R&B

Gay Talese

Du sollst begehren

Auf den Spuren der sexuellen Revolution

Aus dem Amerikanischen von
Gustav Stirner

ROGNER & BERNHARD

1. Auflage, August 2007

Die Originalausgabe erschien 1980
unter dem Titel *Thy Neighbor's Wife*.
Teile des Buches erschienen erstmalig in *Esquire*

ISBN 978-3-8077-1034-1
www.rogner-bernhard.de

Umschlaggestaltung: Philippa Walz und Andreas Opiolka, Stuttgart
Umschlagabbildungen: © ullsteinbild – Roger Viollet
Layout und Herstellung: Leslie Driesener, Berlin
Gesetzt aus der Stempel Garamond
durch deutsch-türkischer fotosatz, Berlin
Druck und Bindung: Clausen & Bosse, Leck
Printed in Germany 2007

Für Nan

Anmerkung:
Die in diesem Buch genannten Namen und beschriebenen Ereignisse sind echt und haben sich so ereignet.

[illegible] Deckt und lag [illegible] des Winters [illegible] war warm [illegible] weiter [illegible]
Wind, das Segel [illegible] Augen [illegible]
[illegible] Sie [illegible] in ihrer [illegible]
[illegible] von Wind [illegible]
[illegible] der Gewässer [illegible]
[illegible] angenommen [illegible] Schön [illegible]
[illegible] im Bann [illegible]
[illegible] waren [illegible] Stadt, es gab [illegible]
[illegible] der [illegible]
[illegible] der [illegible] den [illegible]
[illegible] und [illegible]
[illegible] Verfassung [illegible]

Das Bild war [illegible]
[illegible] an der [illegible]
[illegible] in einem [illegible] hatte. Es [illegible]
[illegible]
[illegible]
[illegible]
[illegible]
[illegible] Gewässern [illegible]

[illegible]
[illegible] Augen [illegible]
[illegible]
[illegible] Magnus [illegible] Was [illegible]
[illegible] nach [illegible]
[illegible]

1

Sie war nackt und lag mit dem Bauch auf dem Wüstensand, ihre Beine waren weit gespreizt, ihr langes Haar wehte im Wind, den Kopf hatte sie nach hinten gereckt, ihre Augen geschlossen. Sie schien ganz gedankenverloren in ihrer eigenen Welt, weitab von allem, ausgestreckt auf dieser vom Wind umwehten Düne in der kalifornischen Wüste nahe der Grenze zu Mexiko, ausgestattet mit nichts außer ihrer natürlichen Schönheit. Sie trug keinen Schmuck, keine Blumen in ihrem Haar; um sie herum waren keine Fußabdrücke im Sand, es gab keinerlei Hinweis auf das Datum und nichts, das die makellose Schönheit des Fotos beeinträchtigt hätte außer den feuchten Fingern des 17-jährigen Jungen, der es in Händen hielt und mit pubertierendem Verlangen und Lust betrachtete.

Das Bild war abgedruckt in einem Magazin für künstlerische Fotografie, das er gerade an einem Kiosk an der Ecke Cermack Road in einem Vorort von Chicago gekauft hatte. Es war 1957, früher Abend, das Wetter kühl und windig, doch Harold Rubin spürte, wie die Wärme in ihm hochstieg, während er das Bild im Schein einer Straßenlaterne unweit des Kiosks betrachtete, ohne den Verkehrslärm und die Passanten, die auf ihrem Nachhauseweg an ihm vorbeikamen, auch nur im Geringsten zu beachten.

Er blätterte das Heft durch, um sich einen Überblick über die anderen Frauen zu verschaffen, die darin abgebildet waren, und er überlegte, wie sehr sie ihn ansprachen. In der Vergangenheit war es vorgekommen, dass er, nachdem er hastig ein solches Magazin erstanden hatte, schwer enttäuscht war, denn sie wurden unter dem Ladentisch verkauft, und man konnte sie infolgedessen nicht vor dem Kauf auf ihre erotische Verwertbarkeit hin in Augenschein nehmen. Entweder waren die Mädchen zu kräftig, wie die Volleyball spielenden Nudisten in *Sunshine & Health*, dem einzigen Magazin in den Fünfzigern, in dem Schamhaare abgebildet waren; oder sie waren zu angestrengt verführerisch, wie die lächelnden Showgirls in *Modern Man*; oder die Models verschwanden in künstlerischen Schattenkompositionen wie in *Classic Photography*.

Es gelang Harold Rubin gewöhnlich zwar dennoch, auch daraus ein gewisses Maß an einsamer Erfüllung und Befriedigung zu ziehen, doch meist wanderten diese Publikationen in die unteren Regionen der Zeitschriftenstapel, die er zu Hause in seinem Kleiderschrank aufbewahrte. Obenauf lagen stets jene Produkte, die sich bereits bewährt hatten, Frauen, die ein gewisses Maß an Emotion ausstrahlten oder in einer Art und Weise posierten, die ihn stimulierte – und, was noch wichtiger war, die diese Wirkung über längere Zeit aufrechterhielten. Mochten sie auch über Wochen und Monate unbeachtet im Schrank liegen, während er auf der Suche nach neuen Entdeckungen war, so wusste er doch, dass er, sollten seine Bemühungen fehlschlagen, immer wieder nach Hause zurückkehren und die Beziehungen zu irgendeiner der Lieblingsdamen aus seinem Papier-Harem wiederbeleben konnte. Die Befriedigung, die ihm dies bescherte, war zwar gänzlich verschieden, aber nicht unvereinbar mit dem Sex, den er mit einem Mädchen hatte, das er von der Morton Highschool kannte. Irgendwie verschwammen die Grenzen. Wenn er auf dem Sofa ihrer Eltern mit ihr schlief, während diese außer Haus waren, dachte er manchmal an die reiferen Frauen aus den Magazinen, aber andersherum kam es auch vor, dass er, wenn er allein mit seinen Heften war, an seine Freundin dachte und sich vorstellte, wie sie ohne Kleider aussah, wie sie sich anfühlte und was sie zusammen anstellten.

In letzter Zeit allerdings empfand Harold Rubin – möglicherweise infolge seiner Überlegungen, die Highschool abzubrechen, seine Freundin zu verlassen und in die Air Force einzutreten – eine gewisse Entfremdung vom Leben in Chicago, und er zog sich immer häufiger in seine Fantasiewelt zurück, insbesondere angesichts der Bilder einer bestimmten Frau, die sich, das musste er zugeben, zu einer Obsession entwickelte.

Es war die Frau, deren Bild er gerade in dem Magazin gesehen hatte, das er nun im Schein der Laterne in der Hand hielt – die Nackte auf der Düne. Zum ersten Mal aufgefallen war sie ihm vor einigen Monaten, in einer vierteljährlich erscheinenden Fotozeitschrift. Dann war sie in verschiedenen Männermagazinen aufgetaucht, in Freizeitmagazinen und einem Akt-Kalender. Es war nicht nur ihre Schönheit gewesen, die ihn angesprochen hatte – die klassischen Linien ihres Körpers und ihre ebenmäßigen Gesichtszüge –, sondern vielmehr die gesamte Aura, die in den Fotos durchzuschimmern schien, der Eindruck, dass sie eins war mit der Natur und ihre Freiheit lebte, während sie am Strand entlangschritt, unter einer Palme stand oder auf einem felsigen Kliff saß, während die Gischt unter ihr aufschäumte. Mochte sie auf einigen der Fotos auch noch so entrückt und ätherisch, sogar unerreichbar wirken, so strahlte sie doch immer auch etwas ganz Reales aus, das ihm das Gefühl gab, ihr nahe zu sein. Mittlerweile wusste er sogar, wie sie hieß. Ihr Name war auf einer Bildunterschrift erwähnt worden, und er war ziemlich sicher, dass es sich dabei um ihren richtigen Namen handelte und nicht um eines jener frivolen Pseudonyme, die manche Playmates und Pin-up-Girls verwendeten, um ihre wahre Identität vor jenen Männern, die sie zu erregen suchten, zu verbergen.

Sie hieß Diane Webber und lebte in einem Haus am Strand von Malibu. Angeblich war sie Ballettänzerin, was die erstaunliche Körperbeherrschung, die sie auf einigen der Fotos an den Tag legte, erklären würde. Auf einem der Bilder wirkte Diane Webber fast schon akrobatisch, wie sie sich graziös mit ausgestreckten Armen über dem Sand abstützte und dabei ein Bein hoch über den Kopf reckte, so dass ihre Zehen in den wolkenlosen Himmel ragten. Auf der Seite gegenüber lag sie seitlich im Sand, ihre Hüften sanft gerundet, die Brüste nackt, einen Schenkel leicht angehoben, so dass ihr Schamhaar kaum verhüllt war, während ihre Brustwarzen unübersehbar hart waren.

Harold Rubin schlug hastig die Zeitschrift zu. Er packte sie zwischen seine Schulbücher und klemmte sie unter den Arm. Es war schon spät, und langsam musste er zum Abendessen zu Hause sein. Als er sich umdrehte, bemerkte er den Zigarre rauchenden Zeitungshändler, der ihm zuzwinkerte, doch er ignorierte ihn. Die Hände tief in den Taschen seines schwarzen Ledermantels, stapfte er eilig nach Hause. Seine langen blonden Haare, die er in einer Entenschwanzfrisur à la Elvis Presley trug, rieben an dem hochgestellten Kragen. Er beschloss, zu Fuß zu gehen, anstatt den Bus zu nehmen, denn er wollte allzu engen Kontakt mit seinen Mitmenschen vermeiden, wollte, dass niemand in seine Privatsphäre eindrang, während er sich voller Vorfreude den Moment ausmalte, wenn seine Eltern zu Bett gegangen waren und er in seinem Zimmer allein sein würde mit Diane Webber.

Er ging die Oak Park Avenue entlang, bog dann nach Norden ab zur 21st Street, wo er an Bungalows und größeren Backsteinhäusern vorbeikam. Berwyn war eine stille Wohngegend etwa dreißig Minuten mit dem Auto von Chicago entfernt. Die Leute hier waren konservativ, sparsam und arbeiteten hart. Ein hoher Prozentsatz von ihnen stammte in erster oder zweiter Generation von Einwanderern aus Zentraleuropa ab, die sich zu Beginn des Jahrhunderts hier niedergelassen hatten und die größtenteils aus Böhmen kamen. Sie bezeichneten sich noch immer als »Bohemians« ungeachtet der – von ihnen als überaus ärgerlich empfundenen – Tatsache, dass man in Amerika mit diesem Wort neuerdings eine bestimmte Sorte junger Menschen assoziierte, die einen sorglosen, lockeren Lebensstil pflegten, Sandalen trugen und Beatnik-Gedichte lasen.

Harolds Großmutter väterlicherseits, der er sich mehr verbunden fühlte als irgendjemand anderem in seiner Familie und die er deshalb regelmäßig besuchte, war in der Tschechoslowakei geboren, wenn auch nicht in Böhmen – sie kam aus einem kleinen Dorf im Süden des Landes, das unweit der Donau in der Nähe der ehemaligen ungarischen Hauptstadt Bratislava gelegen war. Sie hatte Harold häufig davon erzählt, wie es gewesen war, als sie im Alter von vierzehn Jahren nach Amerika gekommen war und als Hausmädchen in einer Pension in einer dieser finsteren, überlaufenen Industriestädte am Lake Michigan gearbeitet hatte, wo damals Tausende kräftiger Männer aus den slawischen Ländern hinzogen, um in den Stahlwerken, Ölraffinerien und anderen Fabriken in der Umgebung von East Chicago zu arbeiten, oder in Gary und Hammond im östlichen Teil Indianas. Es wimmelte damals so sehr von Menschen, so erzählte sie, dass in der ersten Pension, wo sie arbeitete, vier Männer von der Tagschicht vier Betten für die Nacht mieteten, die dann tagsüber an vier Mann von der Nachtschicht vermietet wurden.

Die Männer wurden behandelt wie Tiere, und sie lebten auch wie Tiere, erklärte Harolds Großmutter. Wenn sie nicht von ihren Bossen in den Fabriken ausgebeutet wurden, versuchten sie ihrerseits, die Arbeiter-Mädchen auszubeuten, die wie sie das Pech hatten, zu jener Zeit in diesen Städten zu leben. Andauernd wurde sie von den Männern in der Pension begrapscht, und nachts, wenn sie zu schlafen versuchte, hämmerten sie an ihre Tür. Als sie Harold all dies bei einem seiner letzten Besuche erzählte und er währenddessen in der Küche saß und ein Sandwich aß, das sie ihm gemacht hatte, konnte er sich mit einem Mal vorstellen, wie seine Großmutter fünfzig Jahre zuvor wohl ausgesehen haben mochte: ein schüchternes

Dienstmädchen mit heller Haut und blauen Augen wie er selbst, die langen Haare zu einem Knoten zusammengefasst, ihr mädchenhafter Körper eingehüllt in ein langes graubraunes Kleid, immer auf dem Sprung und in Bewegung, um den gierigen Fingern und kräftigen Händen der stämmigen Männer aus den Fabriken auszuweichen.

Während Harold Rubin seinen Nachhauseweg fortsetzte, die Schulbücher und das Magazin unter seinen Arm geklemmt, fiel ihm wieder ein, wie traurig und dennoch fasziniert er von den Erinnerungen seiner Großmutter gewesen war, und er verstand, warum sie sich mit ihm so offen unterhielt. Er war der Einzige in der Familie, der sich wirklich für sie interessierte, der sich die Zeit nahm, ihr in dem großen Backsteinhaus Gesellschaft zu leisten, in dem sie sonst fast immer allein war. Ihr Mann, John Rubin, ein ehemaliger Lastwagenfahrer, der als Fuhrunternehmer ein Vermögen gemacht hatte, verbrachte die Tage in seiner Garage und kümmerte sich um seinen Fuhrpark – und die Nächte mit seiner Sekretärin, die in den Erzählungen von Harolds Großmutter, wenn überhaupt, dann nur unter der Bezeichnung »die Hure« auftauchte. Das einzige Kind dieser unglücklichen Ehe, Harolds Vater, wurde von seinem Vater, für den er in der Garage ständig Überstunden schieben musste, unablässig drangsaliert. Zu Harolds Mutter konnte seine Großmutter nie ein Verhältnis aufbauen, das eng genug gewesen wäre, um mit ihr all die Enttäuschung und Bitterkeit zu teilen, die sie empfand. Folglich blieb nur Harold, der – manchmal in Begleitung seines jüngeren Bruders – die Stille und Langeweile, von der sie zu Hause umgeben war, wenigstens für kurze Zeit verscheuchte. Und als Harold im Laufe der Jahre älter und wissbegieriger wurde und sich immer mehr von seinen Eltern entfernte, entwickelte er sich schrittweise zum Vertrauten seiner Großmutter und ihrem Verbündeten in einer Welt, die ihnen beiden fremd erschien.

Von ihr erfuhr er etliches über die Kindheit seines Vaters

und die Vergangenheit seines Großvaters – und über die Frage, warum sie überhaupt einen solchen Tyrannen geheiratet hatte. John Rubin war 1895 als Sohn eines jüdischen Hausierers in Russland geboren worden. Als er zwei Jahre alt war, wanderten seine Eltern nach Amerika aus und ließen sich in der Nähe vom Lake Michigan in einer Stadt, die nach einem polnischen König aus dem 17. Jahrhundert Sobieski benannt war, nieder. Ohne Schulbildung und in unverminderter Armut aufgewachsen, wurde John Rubin in jungen Jahren zusammen mit einigen anderen Jugendlichen bei einem Raubüberfall verhaftet, im Verlauf dessen ein Polizist erschossen worden war. Nachdem er auf Bewährung aus dem Gefängnis entlassen worden war, wechselte Rubin in den darauf folgenden Jahren mehrfach den Arbeitgeber. Eines Tages besuchte er seine ältere Schwester, die mit ihrem Mann zusammen in Chicago wohnte und ein Baby hatte, um das sich ein junges tschechoslowakisches Mädchen kümmerte, an dem Rubin sofort Gefallen fand.

Bei einem seiner folgenden Besuche traf er sie allein im Haus an, und obwohl sie seine Annäherungsversuche zurückwies – wie sie es schon früher anderen Männern gegenüber während ihrer Zeit als Zimmermädchen in der Pension getan hatte –, zerrte er sie in ihr Schlafzimmer, wo er sie vergewaltigte. Sie war damals gerade sechzehn, es war ihr erstes sexuelles Erlebnis, und sie wurde schwanger. Völlig verstört und in Panik, da sie weder Verwandte noch Freunde in der Nähe hatte, die sie um Hilfe hätte bitten können, ließ sie sich von ihren Arbeitgebern überzeugen, dass es das Beste war, John Rubin zu heiraten, da er infolge seiner Vorstrafe wegen des erneuten Verbrechens im Gefängnis landen würde, womit ihr auch nicht gedient wäre. Sie heirateten im Oktober 1912, und sechs Monate später brachte sie einen Sohn – Harolds Vater – zur Welt.

Es war eine Ehe, die frei war von Liebe und die sich im Laufe der Jahre auch nicht zum Besseren entwickelte, wie Harolds Großmutter erzählte, und sie fügte hinzu, dass ihr Mann seinen Sohn häufig verprügelte und dass er auch sie schlug, wenn sie versuchte dazwischenzugehen. Ansonsten kümmerte er sich fast ausschließlich um seine Lastwagen. Seine erfolgreiche Karriere hatte damit begonnen, dass er die Geschäftsleitung von Spiegel Inc., einem großen Versandhaus in Chicago, für das er als Lieferfahrer mit einer Pferdekutsche unterwegs war, davon überzeugt hatte, ihm Geld für die Anschaffung eines Lastwagens zu leihen, damit er sein eigenes – motorisiertes – Transportunternehmen aufmachen konnte, was für Spiegel Inc. den Vorteil hatte, dass sie sich von ihren Pferden trennen konnten, die bei weitem nicht an seine Arbeitsleistung herankamen. Nachdem er einen Lastwagen gekauft und sein Versprechen eingehalten hatte, kaufte er einen weiteren und bald darauf einen dritten. Innerhalb eines Jahrzehnts erweiterte er seinen Fuhrpark auf ein Dutzend Lastwagen und erledigte damit nicht nur sämtliche Transporte in Chicago für Spiegel, sondern auch für andere Firmen.

Trotz der vergeblichen Proteste seiner Frau musste sein Sohn schon als Jugendlicher im Fuhrpark seines Vaters als Beifahrer arbeiten, und obwohl John Rubin es zu beträchtlichem Wohlstand brachte und mit Bestechungsgeldern an Lokalpolitiker und Polizeibeamte großzügig umging – »wenn die Räder rollen sollen, muss man sie schmieren«, pflegte er zu sagen –, war er zu Hause ein elender Geizkragen, der seine Frau immer wieder beschuldigte, Kleingeld zu stehlen, das er daheim vergessen hatte. Später ging er dazu über, hier und dort kleinere Geldbeträge liegen zu lassen, an deren Höhe er sich genau erinnerte, oder Münzen in einer bestimmten Konstellation auf seinem Schreibtisch oder an anderen Stellen im Haus zu arrangieren, in der Hoffnung, auf diese Art und Weise nachweisen zu können, dass seine Frau sie einsteckte oder zumindest in die Hand nahm, doch dies gelang ihm nie.

Diese und ähnliche Schilderungen seiner Großmutter in

Kombination mit diversen Beobachtungen, die er selbst schon in der frostigen Atmosphäre, die sein Großvater verströmte, gemacht hatte, erlaubten es Harold Rubin, sich in die Lage seines Vaters hineinzuversetzen. Dieser war ein stiller, humorloser Mann von vierundvierzig Jahren, der nicht die geringste Ähnlichkeit hatte mit dem gerahmten Foto von ihm, das auf dem Klavier stand und während des Zweiten Weltkrieges gemacht worden war und einen jungen, gut aussehenden Mann in einer Korporalsuniform zeigte, der locker und gelöst wirkte, obwohl oder weil er Tausende Meilen von zu Hause entfernt war. Andererseits machte die Tatsache, dass Harold seinen Vater verstehen konnte, das Leben mit ihm nicht im Geringsten einfacher, und als Harold nun in die East Avenue einbog, wo sie wohnten, spürte er, wie die Anspannung in ihm wuchs, und er überlegte, was sein Vater wohl an diesem Abend an ihm auszusetzen haben würde.

In der Vergangenheit war er, wenn es keine Klagen über seine schulischen Leistungen gab, wegen der Länge seiner Haare gerügt worden oder weil er sich bis spätabends mit seiner Freundin herumtrieb – oder wegen seiner Nudistenmagazine, die Harolds Vater eines Abends auf seinem Bett ausgebreitet gesehen hatte, nachdem Harold so unvorsichtig gewesen war, seine Zimmertür offen zu lassen.

»Was ist das für ein Mist?«, hatte Harolds Vater gefragt, wobei er sich bei weitem gepflegter ausgedrückt hatte, als sein Großvater es getan hätte, dessen Vokabular sich jeder erdenklichen Vulgarität bediente und darüber hinaus noch tiefste Verachtung signalisierte, während Harolds Vater sich eher zurückhielt und fast keine Emotionen an den Tag legte.

»Das sind meine Zeitschriften«, hatte Harold geantwortet.

»Sieh zu, dass du sie loswirst«, hatte sein Vater gesagt.

»Aber sie gehören mir!«, hatte Harold plötzlich geschrien, woraufhin sein Vater ihn nur verwundert angesehen hatte und vor Abscheu den Kopf schüttelnd aus dem Zimmer gegangen war. Nach diesem Vorfall hatten beide über Wochen kein Wort miteinander gewechselt, und Harold wollte nicht, dass sich etwas Ähnliches heute Abend wiederholte. Er hoffte, dass das Abendessen rasch und ohne Komplikationen über die Bühne ging.

Bevor er das Haus betrat, warf er einen Blick in die Garage und sah, dass der Wagen seines Vaters darin stand – ein blitzblanker 56er Lincoln, den sein Vater vor einem Jahr neu gekauft und dafür seinen sorgsam gepflegten 53er Cadillac in Zahlung gegeben hatte. Harold stieg die Stufen zur Hintertür des Hauses hinauf und trat leise ein. Seine Mutter, eine matronenhafte Gestalt mit einem sanften Gesicht, stand in der Küche und bereitete das Abendessen zu. Harold hörte das Fernsehgerät im Wohnzimmer und sah seinen Vater, der den in Chicago erscheinenden *American* las. Er lächelte seiner Mutter zu und sagte laut genug »Hallo«, dass es auch ins Wohnzimmer drang und so als Begrüßung beider Eltern durchgehen konnte. Von seinem Vater kam keine Antwort.

Harolds Mutter erklärte, dass sein Bruder mit einer fiebrigen Erkältung im Bett lag und nicht mit ihnen zusammen zu Abend essen würde. Harold sagte nichts weiter, sondern ging in sein Zimmer und schloss leise die Tür. Es war ein hübsch eingerichtetes Zimmer mit einem bequemen Stuhl, einem Schreibtisch aus glänzendem dunklem Holz und einem großen Eichenbett. Die Bücher in den Regalen waren ordentlich aufgereiht, und an den Wänden hingen Nachbildungen von Säbeln und Gewehren aus dem Bürgerkrieg, die früher seinem Vater gehört hatten. Daneben hing eine Glasvitrine mit diversen Werkzeugen aus Stahl, die Harold im Werkunterricht des letzten Schuljahres angefertigt hatte und die ihm eine Nominierung in einem landesweiten Wettbewerb eingebracht hatten, der von der Ford Motor Company gesponsert wurde. Er hatte darüber hinaus für ein Gemälde, das einen Clown darstellte, einen Preis beim Kunstwettbewerb des Warenhauses Wiebold gewonnen, und seine Fähigkeiten auf dem Gebiet der Tischlerei hatte er kürzlich durch die Konstruktion eines Zeitschriftenhalters aus Holz unter Beweis gestellt, die es einem ermöglichte, eine aufgeschlagene Zeitschrift zu betrachten, während man beide Hände frei hatte.

Harold legte seine Bücher auf den Schreibtisch und zog seinen Mantel aus. Dann schlug er die Zeitschrift auf und blätterte zu den Seiten mit den Nacktfotos von Diane Webber. Er stand neben dem Bett, hielt die Zeitschrift in der rechten Hand und strich, während er die Augen halb geschlossen hielt, mit der Linken über die Vorderseite seiner Hose. Sein Geschlecht rührte sich augenblicklich. Er wünschte, er hätte die Zeit, sich noch vor dem Abendessen auszuziehen und sich Befriedigung zu verschaffen oder zumindest ins Bad zu gehen, das am Ende des Flures lag, um sich dort rasch über dem Waschbecken zu erleichtern, während er ihr Foto vor den Spiegel des Medizinschränkchens hielt und sein nacktes Spiegelbild mit ihrem Körper verschmolz und er sich vorstellte, er wäre mit ihr zusammen in der Sonne und im Sand, um dann ihre wunderbaren dunklen Augen auf sein anschwellendes Glied zu richten und so zu tun, als wäre die eingeseifte Hand, die es berührte, die ihre und nicht seine eigene.

Er hatte dies schon häufig durchexerziert, meistens nachmittags, wenn es zu auffällig gewesen wäre, seine Zimmertür zu schließen. Doch obwohl die verriegelte Badezimmertür ihm die Gewissheit bot, ungestört zu sein, fühlte er sich nicht gänzlich wohl dabei, denn zum einen zog er es vor, sich auf seinem Bett auszustrecken, anstatt zu stehen, und zum anderen war auf dem Rand des Waschbeckens nicht genügend Platz, um das Heft dort abzulegen für den Fall, dass er beide Hände benutzen wollte. Außerdem, und das war vielleicht der wichtigste

Grund, konnte es, wenn er nicht Acht gab, passieren, dass das Magazin Wasserspritzer abbekam, denn er ließ das Wasser laufen, damit niemand sonst aus der Familie auf die Idee kam, das Bad zu benutzen, und außerdem, weil er gelegentlich seine Hände unter den Wasserhahn hielt, wenn der Seifenschaum an seinen Fingern zu trocken wurde. Gut möglich, dass Wasserflecken auf Fotos nackter Frauen das ästhetische Empfinden der meisten jungen Männer nicht weiter störten – bei Harold Rubin verhielt es sich jedenfalls anders.

Es gab darüber hinaus noch einen praktischen Grund, warum er darauf achtete, dass seine Magazine möglichst unversehrt blieben: Er hatte in den Zeitungen gelesen, dass landesweit heftige Kampagnen gegen Pornografie im Gange waren, und er konnte deswegen nicht sicher sein, dass er unbegrenzt lange in der Lage sein würde, sich neue Zeitschriften mit Aktfotos zu kaufen, nicht einmal unter dem Ladentisch. Selbst *Sunshine & Health*, das bereits seit zwei Jahrzehnten im Umlauf war und auch Fotos von Familien samt Großeltern und Kindern abdruckte, war im Verlaufe des Jahres bei einer gerichtlichen Anhörung in Kalifornien als obszön bezeichnet worden. Magazine für Kunstfotografie wurden von manchen Politikern und Kirchengruppen als »Schmutz und Schund« disqualifiziert, obwohl diese Publikationen versucht hatten, sich von den übrigen Nackedeiheften dadurch abzugrenzen, dass sie unter jedem Aktfoto so nützliche Informationen abdruckten wie: aufgenommen mit einer 35 × 16 Crown Graphic mit Ektar 101 mm, f:11 bei 1/100 sec. Harold hatte gelesen, dass Eisenhowers Postminister Arthur Summerfield fest entschlossen war, Bücher und Zeitschriften mit sexuellem Inhalt vom Postversand auszuschließen, und der New Yorker Verleger Samuel Roth war gerade wegen Verletzung des Bundes-Post-Gesetzes zu fünf Jahren Haft und einer Geldstrafe in Höhe von 5000 Dollar verurteilt worden. Roth war zuvor schon wegen der Verbreitung des Buches *Lady Chatterley's*

Lover verurteilt worden und bereits 1928 zum ersten Mal verhaftet worden, nachdem die Polizei bei einer Razzia in seinem Verlag die aus Paris eingeschmuggelten Druckplatten von *Ulysses* beschlagnahmt hatte.

Harold hatte gelesen, dass in Los Angeles eine Kinovorstellung eines Films mit Brigitte Bardot gestört worden war, und er konnte sich nur allzu gut ausmalen, dass in einer Stadt wie Chicago mit ihren aufrechten Arbeitern, ihrer kompromisslosen Polizei und dem beträchtlichen moralischen Einfluss der katholischen Kirche die Darstellung von Sexualität in noch stärkerem Maße unterdrückt werden würde, zumal unter der Administration des neu gewählten irisch-katholischen Bürgermeisters Richard J. Daley. Es war Harold nicht entgangen, dass das Cabaret auf der Wabash Avenue mittlerweile geschlossen war, ebenso wie ein weiteres Etablissement dieser Art auf der State Street. Wenn diese Entwicklung sich fortsetzte, würde irgendwann auch sein Lieblingskiosk auf der Cermack Road nur noch Magazine wie *Good Housekeeping* und *The Saturday Evening Post* im Sortiment führen, was seitens seiner Eltern, das war ihm nur allzu klar, als Glücksfall gewertet und keinerlei Proteste provozieren würde.

In all den Jahren hatte er nie gehört, dass seine Eltern auch nur einen Gedanken geäußert hätten, der irgendetwas mit Sexualität zu tun gehabt hätte, hatte er keinen der beiden je nackt gesehen, nie in der Nacht ihr Bett quietschen gehört oder andere Geräusche vernommen, die darauf hingedeutet hätten, dass sie miteinander schliefen. Er nahm zwar an, dass sie es immer noch taten, doch sicher war er sich nicht. Er wusste zwar, dass sein Großvater trotz seiner zweiundsechzig Jahre ein recht aktives Sexualleben mit seiner Geliebten pflegte, doch seine Großmutter hatte ihm kürzlich in einem ihrer Momente bitterer Offenheit erzählt, dass sie zum letzten Mal 1936 miteinander geschlafen hatten. Er wäre ohnehin kein großartiger Liebhaber gewesen, hatte sie schnell hinzugefügt, und während Harold noch über diese Aussage nachdachte, überlegte er zum ersten Mal, ob sie wohl auch heimliche Liebhaber hatte. Er bezweifelte es, denn er hatte niemals erlebt, dass ein Mann sie zu Hause besucht hätte, und sie selbst ging, soweit ihm bekannt war, nur selten aus dem Haus. Aber er erinnerte sich, dass er etwas ein Jahr zuvor zu seinem eigenen Erstaunen eine romantische Sexnovelle in ihrem Bücherschrank entdeckt hatte. Das Buch war in braunes Papier eingeschlagen, und auf der Titelseite war ein französischer Verlag vermerkt und darunter das Veröffentlichungsdatum – 1909. Während seine Großmutter ein Nickerchen machte, hatte Harold auf dem Boden gesessen und das 103 Seiten starke Buch, völlig verzaubert von der Geschichte und erstaunt über die deutlichen Formulierungen, erst einmal und dann ein zweites Mal gelesen. Die Erzählung drehte sich um das unglückliche Sexualleben einiger junger Frauen aus Osteuropa, die, nachdem sie die kleinen Dörfer ihrer Heimat aus Verzweiflung verlassen hatten, nach Marokko zogen und in die Gewalt eines Paschas gerieten, der sie in einem Serail gefangen hielt. Eines Tages, als der Pascha unterwegs war, entdeckte eine der Frauen, als sie aus dem Fenster schaute, einen gut aussehenden Seefahrer, den sie zu sich hinauflockte, um voller Leidenschaft mit ihm zu schlafen. Die anderen Frauen schlossen sich an und beteiligten sich ebenfalls, und in den Pausen zwischen den Liebesakten eröffneten sie ihm die bitteren Einzelheiten ihrer Vergangenheit, die sie an diesen Ort geführt hatten. Während seiner folgenden Besuche las Harold das Buch so oft, dass er bestimmte Stellen auswendig aufsagen konnte …

> Ihre weichen Arme schlangen sich um mich, und unsere Lippen vereinigten sich zu einem süßen, langen Kuss, während dessen mein Speer sich gegen ihren warmen Bauch wölbte. Dann stellte sie sich auf die Fußspitzen, und seine

Spitze grub sich in das dichte Haar an ihrem Unterbauch. Mit der einen Hand führte ich meinen Speer zu ihrem Eingang, der ihn willkommen hieß; mit der anderen fasste ich ihre prallen Hinterbacken und drückte sie an mich …

Harold hörte, wie seine Mutter aus der Küche nach ihm rief. Es war Zeit zum Abendessen. Er legte die Zeitschrift mit den Fotos von Diane Webber unter sein Kissen. Er rief eine kurze Antwort und wartete noch einen Moment, bis sich seine Erektion wieder verflüchtigt hatte. Dann öffnete er die Tür und schlenderte in Richtung Küche.

Sein Vater saß, vor sich einen Teller Suppe, bereits am Tisch und las die Zeitung, während seine Mutter am Herd stand und unbekümmert vor sich hin redete, ohne zu bemerken, dass ihr so gut wie keine Aufmerksamkeit zuteil wurde. Sie erzählte, dass sie, während sie in der Stadt einkaufen war, eine alte Freundin getroffen hatte, eine Kollegin aus der Zeit, als sie im Cook-County-Steuerbüro an der Rechenmaschine gearbeitet hatte. Harold, der wusste, dass sie die Arbeit dort kurz nach seiner Geburt vor siebzehn Jahren aufgegeben hatte und seitdem nie wieder außer Haus gearbeitet hatte, machte eine Bemerkung, wie gut das Essen roch, und sein Vater schaute kurz von der Zeitung auf und nickte, ohne zu lächeln.

Während Harold sich setzte und die Suppe probierte, erzählte seine Mutter weiter, wobei sie den Braten aufschnitt und zum Tisch herübertrug. Sie trug ein Hauskleid, wenig Makeup und rauchte eine Filterzigarette. Harolds Eltern waren beide starke Raucher, und Rauchen war, soweit Harold wusste, das einzige Vergnügen, das sie sich gönnten. Whiskey, Bier oder Wein waren nicht nach ihrem Geschmack, und zum Abendessen gab es immer nur Root Beer oder süße Limonade, die jede Woche kastenweise eingekauft wurde.

Gerade als seine Mutter sich hingesetzt hatte, klingelte das

Telefon. Sein Vater, der den Apparat immer in Reichweite auf dem Küchentisch stehen hatte, verzog das Gesicht und nahm den Hörer ab. Jemand von der Garage rief an. Es passierte jeden Abend während des Essens, und wenn man den Gesichtsausdruck seines Vaters deuten wollte, handelte es sich um unangenehme Neuigkeiten – möglicherweise hatte ein Lastwagen einen Defekt, bevor er zu einer Lieferfahrt aufgebrochen war, oder die Transportarbeiter-Gewerkschaft trat in den Streik. Andererseits wusste Harold aus jahrelanger Erfahrung, dass der grimmige, verbiesterte Gesichtsausdruck seines Vaters nicht notwendigerweise mit dem zusammenhing, was ihm über das Telefon mitgeteilt wurde. Es gehörte zur Persönlichkeit seines Vaters, der Welt mit einem mürrischen Gesicht entgegenzutreten, und Harold wusste, dass er nicht eine Spur freundlicher dreingeblickt hätte, wenn der Anruf von einer der Gameshows im Fernsehen gekommen wäre und man ihm mitgeteilt hätte, dass er gerade einen Hauptpreis gewonnen hatte.

Man musste Harolds Vater anrechnen, dass er ungeachtet des ganzen Ärgers, der mit der Leitung des Rubin'schen Fuhrunternehmens verbunden war, jeden Morgen pünktlich um halb sechs aufstand, um als Erster in der Firma zu sein und sich den ganzen Tag mit Problemen herumzuschlagen, die von der Wartung der 142 Lastwagen bis zum gelegentlich vorkommenden Diebstahl von Ladung reichten – ganz zu schweigen von dem jähzornigen Alten, John Rubin, der über alles und jedes die persönliche Oberaufsicht führen wollte, obwohl das Unternehmen dafür mittlerweile viel zu groß war.

Harold hatte vor kurzem davon gehört, dass einige von Rubins Fahrern von der Polizei angehalten worden waren, weil sie ohne Nummernschilder unterwegs waren. Der Alte war darüber fuchsteufelswild geworden, dabei war es seiner Knauserigkeit zu verdanken: Um Geld zu sparen, hatte er nur zweiunddreißig Nummernschilder für seine 142 Lastwagen gekauft und angeordnet, dass die Männer in der Garage sie immer von

Wagen zu Wagen auswechselten oder es riskierten, ohne Nummernschild zu Lieferfahrten aufzubrechen. Harold wusste, dass sein Großvater wegen dieser Methode irgendwann vor Gericht gezerrt würde, wo er dann versuchen würde, sich mit Bestechungsgeldern aus der Affäre zu ziehen, was ihn aber letztendlich teurer zu stehen käme, als wenn er gleich von Anfang an eine ausreichende Zahl von Nummernschildern gekauft hätte.

Harold hatte sich geschworen, dass er niemals fest angestellt in der Garage arbeiten würde. Er hatte es während der Sommerferien schon mal versucht, aber ziemlich schnell wieder aufgehört, weil er die Beschimpfungen seines Großvaters, der ihn einen »kleinen Penner« genannt hatte, ebenso wenig ertragen konnte wie die seines Vaters, der eines Tages mit Bitterkeit in der Stimme zu ihm gesagt hatte: »Du wirst es nie zu irgendwas bringen.« Diese Vorhersage hatte Harold nicht weiter aus dem Konzept gebracht, denn er wusste, dass die einzige Möglichkeit, von den beiden in Ruhe gelassen zu werden, darin bestand, sich völlig unterzuordnen, und dieser Preis war ihm entschieden zu hoch. Außerdem war er fest entschlossen, nicht den Fehler seines Vaters zu wiederholen und sich einem Mann unterzuordnen, der mit einer Frau, die er nicht liebte, einen Sohn gezeugt hatte, den er nicht wollte.

Nachdem sein Vater den Hörer aufgelegt hatte, widmete er sich wieder seinem Abendessen und verlor kein Wort darüber, worum es in dem Telefonat gegangen war. Eine Tasse Kaffee wurde vor ihn auf den Tisch gestellt, heiß und mit viel Milch, wie er es mochte, und er zündete sich eine Old Gold an. Harolds Mutter sprach davon, dass sie die Nachbarn von gegenüber schon seit einigen Tagen nicht gesehen hatte, und Harold meinte, sie seien vielleicht in die Ferien gefahren. Seine Mutter erhob sich, räumte den Tisch ab und ging dann nachsehen, wie hoch das Fieber ihres jüngeren Sohnes war, der immer noch schlief. Harolds Vater ging ins Wohnzimmer und schaltete den

Fernseher ein. Harold folgte ihm kurz darauf und setzte sich auf die andere Seite des Zimmers. Er hörte, wie seine Mutter das Geschirr spülte, und sah, wie sein Vater gähnte, während er das Kreuzworträtsel in der Zeitung löste und gleichzeitig am Rande ohne großes Interesse das Geschehen auf dem Bildschirm verfolgte. Schließlich erhob er sich, gähnte erneut und sagte, er würde nun zu Bett gehen. Es war kurz nach neun. Nicht einmal eine halbe Stunde später kam auch Harolds Mutter ins Wohnzimmer und sagte Gute Nacht, und kurz darauf schaltete Harold den Fernseher aus, und es wurde ganz still im Haus. Er ging in sein Zimmer und schloss die Tür. Augenblicklich war er erfüllt von Erleichterung und Vorfreude. Endlich war er allein.

Er zog seine Kleider aus und hängte sie in den Schrank. Er nahm die kleine Flasche Italian-Balm-Handlotion, die er im obersten Fach seines Schranks aufbewahrte, und stellte sie auf den Nachttisch neben eine Schachtel Kleenex. Er schaltete die Nachttischlampe auf niedrige Leistung, knipste das Deckenlicht aus, und der Raum war in ein schummriges Licht getaucht.

Es war eine dieser kalten Nächte, wie sie typisch sind für Chicago, und er hörte, wie der Wind gegen das Sturmfenster peitschte, während er fröstelnd ins Bett stieg und die Decken über sich zog. Er lag erst mal ein paar Minuten auf dem Rücken und wartete, dass ihm warm wurde, bevor er seine Hand unter das Kissen gleiten ließ und die Zeitschrift zum Vorschein brachte. Zunächst blätterte er sie nur durch, denn er wollte nicht gleich zu Diane Webber, dem Objekt seiner Begierde, vorstoßen, die ihn auf der Sanddüne auf Seite 19 erwartete, sondern zunächst einmal das gesamte 52 Seiten starke Haft in Augenschein nehmen, das 39 Nacktfotos von elf verschiedenen Frauen enthielt – ein visuelles Aphrodisiakum aus Blondinen und Brünetten, ein stimulierender Auftakt, der der Hauptsache vorausging.

Eine schlanke Frau mit geheimnisvollen dunklen Augen auf Seite 4 erregte Harolds Aufmerksamkeit, doch der Fotograf hatte sie in einer so seltsamen Position an einen Baum lehnen lassen, dass Harold spürte, wie unbequem sie sich dabei fühlte. Die Nackte auf Seite 6, die mit gekreuzten Beinen auf dem Boden eines Ateliers neben einer Staffelei saß, hatte schöne Brüste, doch ihr Gesichtsausdruck war völlig nichtssagend. Harold, der immer noch auf dem Rücken lag, hatte die Beine unter der Decke leicht angewinkelt, während er über die Ansammlung von Beinen und Brüsten, Hüften, Hintern und Haaren hinwegblätterte und die weiblichen Finger und Arme in Augenschein nahm, die sich ihm entgegenreckten, die Augen betrachtete, die sich von ihm abwandten oder ihn anschauten, während er von Zeit zu Zeit mit der linken Hand über seine Genitalien strich und gleichzeitig versuchte, das Heft mit der rechten Hand in einem solchen Winkel zu halten, dass sich die Nachttischlampe nicht auf dem Hochglanzpapier spiegelte.

Während er sich Seite für Seite durch das Magazin durcharbeitete, gelangte er zu den wundervollen Fotos von Diane Webber, doch er blätterte schnell über sie hinweg, denn er wollte sich dieser Versuchung jetzt noch nicht aussetzen. Stattdessen blätterte er weiter zu dem mexikanischen Mädchen auf Seite 27, die auf dem Boden saß und sittsam ein Fischernetz über ihre Schenkel gebreitet hatte, und danach zu der vollbusigen Blondine, die auf sich die Ellbogen gestützt neben einer kleinen Marmorstatue der Venus von Milo auf dem Boden zurücklehnte. Schließlich gelangte er zu einer hübschen, zierlichen Blondine, die anscheinend im Schatten auf einer leeren Bühne – 1/25 sec bei f:22 – stand, die Arme so unter dem Kinn verschränkt, dass sie einen Blick auf ihre aufwärtsgerichteten Brüste gewährten. Außerdem war die Beleuchtung so gewählt, dass Harold fast sicher war, ihr Schamhaar erkennen zu können, und zum ersten Mal an diesem Abend spürte er, dass er eine Erektion bekam.

Wäre er nicht so versessen auf Diane Webber gewesen, so hätte er sich seine Befriedigung auch mit dieser graziösen jungen Blondine verschaffen können, und zwar mehr als einmal, was in seinen Augen ein wirklicher Gradmesser für die Qualität eines erotischen Fotos war. In den Heften, die sich in seinem Schrank stapelten, fanden sich Dutzende nackter Frauen, denen er in der Vergangenheit einzelne Höhepunkte verdankte, manche hatte es sogar geschafft, ihn zwei- oder dreimal auf den Gipfel der Erregung zu treiben; und einige davon würden es in Zukunft wieder schaffen, solange sie nur eine Weile unsichtbar blieben und auf diese Weise ihr Geheimnis zurückgewannen.

Und dann gab es diese extrem raren Aufnahmen wie die von Diane Webber, die ihm stets Erfüllung bereiteten. Er schätzte, dass seine Sammlung fünfzig Fotos von ihr enthielt, und er konnte jedes einzelne davon innerhalb von Sekunden aus jedem seiner 200 Magazine heraussuchen. Er musste nur auf das Titelbild schauen und wusste sofort, wo er sie finden würde, wie sie dastand, was sich im Hintergrund befand und welche Stimmung sie ausgestrahlt hatte in dem Moment, als die Kamera klickte. Er wusste noch ganz genau, wann er jedes einzelne Bild zum ersten Mal gesehen hatte, konnte rekonstruieren, wann und wo er das betreffende Heft gekauft hatte, und so praktisch einzelne Momente seines Leben anhand ihrer Posen nachvollziehen, die ihm so real erschienen, dass er glaubte, sie persönlich zu kennen. Sie war ein Teil von ihm, und durch sie stand er in engerem Kontakt mit sich selbst – nicht nur in Form eines Akts, den viktorianische Moralisten als Selbstmissbrauch bezeichneten, sondern eher als einen Akt der Selbstakzeptanz, als ein Akt des Selbst-Verstehens und als Bestätigung seines Anspruchs auf ein idealisiertes Frauenbild.

Unfähig, sich noch länger zurückzuhalten, blätterte Harold zu der Seite mit Diane Webber auf der Düne. Er betrachtete sie, wie sie auf dem Bauch lag, die Augen geschlossen, den

Kopf in den Wind gestreckt. Die linke Brustwarze war hart, ihre Beine weit auseinandergespreizt, und die späte Nachmittagssonne projizierte ein überdimensionales Schattenbild ihres kurvenreichen Körpers auf den feinen, weißen Sand. Hinter ihrem Körper lag nichts außer der endlosen Weite der Wüste – sie schien so allein, so fassbar und verfügbar; Harold musste sie nur begehren, und sie gehörte ihm.

Er schob die Decke weg. Sein Körper war durchströmt von der Wärme der Erregung und Erwartung. Er griff unter das Bett und zog den hölzernen Zeitschriftenhalter hervor, den er in der Schule angefertigt hatte. Er wusste, dass sein Werkunterricht-Lehrer sehr erstaunt wäre, wenn er erführe, zu welchem Zweck er in dieser Nacht benutzt würde. Er stellte den Zeitschriftenhalter zwischen seine gespreizten Beine, platzierte das Magazin darauf, rückte sich zwei Kissen zurecht und griff nach der Flasche mit der Handlotion. Er lehnte den Kopf zurück, schüttete sich etwas Italian Balm auf die Handflächen und rieb sie aneinander, um sie anzuwärmen. Dann berührte er sanft seinen Penis und seine Hoden und spürte, wie ersterer zu einer vollen Erektion anschwoll. Mit halb geschlossenen Augen lag er zurückgelehnt da und schaute auf sein glänzendes Glied, das vor dem Foto aufragte und einen Schatten auf die Wüstenlandschaft warf.

Während er seine Selbstmassage fortsetzte – vor und zurück, auf und ab, auf und ab –, fixierte er Diane Webbers durchgebogenen Rücken, ihren Hintern, der sich sanft nach oben schwang, ihre prallen Hüften, die warme, feuchte Stelle zwischen ihren Beinen; und er stellte sich vor, wie er sich ihr näherte, sich zu ihr hinabbeugte und schließlich, ohne dass sie auch nur ein Wort des Protestes von sich gab, von hinten in sie eindrang, tiefer und tiefer und schneller und schneller und weiter und tiefer, und mit einem Mal spürte er, wie sie ihren Hintern gegen seine Schenkel stieß, ihre Hüften sich von einer Seite zur anderen wiegten; er konnte sie hören, wie sie vor Vergnügen stöhnte, als seine Hände ihre Hüften fester umfassten, und dann ihre lauten Schreie, als sie heftig zuckend zum Höhepunkt kam, und er spürte es ganz genau; und er spürte, wie sie ihre Hand nach hinten ausstreckte und seine Hoden packte, genau so, wie er es gern mochte – zuerst sanft und dann fester, als sie fühlte, wie sich sein Sperma seinen Weg nach oben bahnte und in einem großen Schwall aus ihm herausschoss, und er hielt die Hände auf, um es aufzufangen, und spürte, wie es zwischen seinen Fingern entlangglitt. Ein paar Sekunden lag er ganz still in seinem Bett und wartete, dass seine Muskeln und seine Beine sich entspannten. Dann öffnete er die Augen und sah sie vor sich, liebreizend und begehrenswert wie immer.

Schließlich richtete er sich auf, wischte sich mit zwei Kleenex ab, nahm noch zwei weitere, denn seine Hände waren noch immer klebrig von Sperma und Handlotion. Dann knüllte er die Papiertücher zu einer Kugel zusammen und warf sie in den Papierkorb. Er machte sich keine Gedanken darüber, dass seine Mutter irgendwelche Vermutungen anstellen könnte, wenn sie den Papierkorb ausleerte. Seine Tage in diesem Haus waren ohnehin gezählt. In ein paar Wochen würde er in die Air Force eintreten, und weiter reichten seine Pläne nicht.

Er klappte die Zeitschrift zu und legte sie auf den Stapel in seinem Schrank. Er schob den hölzernen Zeitschriftenhalter wieder unter das Bett, dann schlüpfte er – erschöpft, aber entspannt – unter die Decke und schaltete das Licht aus. Wenn er Glück hatte, so überlegte er, schickte ihn die Air Force auf einen Stützpunkt in Südkalifornien. Und dann würde er sie irgendwie finden.

2

Im Jahre 1928 gewann die Mutter von Diane Webber einen Schönheitswettbewerb in Südkalifornien, der von einer Automobilfirma gesponsert war. Als Preis bekam sie eine kleine Rolle in einem Stummfilm von Cecil B. De Mille, in dem sie den schüchternen, hübschen Teenager spielte, der sie auch im wirklichen Leben war.

Sie stammte aus Montana und war nach Los Angeles gezogen, um bei ihrem Vater zu leben, der nach der bitteren Trennung von ihrer Mutter seine Stellung bei den Elektrizitätswerken von Billings aufgegeben und in den Filmstudios von Warner Brothers Arbeit als Elektriker gefunden hatte. Zu ihrem Vater hatte sie eine wesentlich bessere Beziehung als zu ihrer Mutter, und außerdem wollte sie dem rauen Landleben des Nordwestens entkommen, wo ihre Eltern so viel gestritten hatten, ihre Großmutter fünfmal verheiratet gewesen und ihre Urgroßmutter beim Schwimmen im Fluss von einem Indianerpfeil in den Rücken tödlich getroffen worden war. Als sie nach Kalifornien kam, war sie davon überzeugt, dass sie es hier weiter bringen würde als in Montana, wo der Himmel zwar endlos weit, die Möglichkeiten aber begrenzt waren.

Das traf auch in fast jeder Hinsicht zu, selbst wenn sie es durch ihre Mitwirkung in diversen Filmen während der späten zwanziger und frühen dreißiger Jahre nie zu wirklichem Starruhm brachte. Ihre Zufriedenheit rührte vielmehr aus einem Gefühl heiterer Gelassenheit und dem Bewusstsein, im sonnigen Kalifornien die düsteren Tage ihrer Kindheit in Montana weit hinter sich gelassen zu haben. In Los Angeles hatte sie das Gefühl, tun und lassen zu können, was sie wollte, sei es, ihr früheres Interesse an Religion wieder aufzugreifen oder durch die Straßen zu spazieren, ohne einen Büstenhalter tragen zu müssen. Irgendwann heiratete sie einen Mann, der fast dreißig Jahre älter war, um sieben Jahre später noch einmal zu heiraten, nur dass ihr Ehemann dieses Mal fünf Jahre jünger war als sie. Dort, in Südkalifornien, hatte sich ein Lebensstil entwickelt, der nicht von traditionellen Werten geprägt, sondern gekennzeichnet war von einer hohen Mobilität und einem gleichzeitigen Mangel an Kontinuität – Eigenschaften also, die ihrer Familie in Montana suspekt gewesen waren. Doch kaum in Los Angeles angekommen, akzeptierte sie diese für sie völlig neuen Werte, genauso wie Tausende anderer junger Frauen, die ebenfalls ihre tristen Heimatstädte im amerikanischen Hinterland verlassen hatten und auf der Suche nach einem nur vage definierten Ziel in Kalifornien gelandet waren. Und auch wenn es nur sehr wenigen dieser hoffnungsvollen jungen Frauen gelang, als Schauspielerin, Fotomodell oder Tänzerin Karriere zu machen – die meisten von ihnen verbrachten ihre besten Jahre als Kellnerinnen in Cocktailbars, Empfangsdamen und Verkäuferinnen oder als unglückliche Ehefrauen in San Fernando Valley –, so blieben sie dennoch fast alle in Kalifornien und brachten Kinder zur Welt, die während der Depressionszeit wenigstens in den Genuss des Sonnenscheins kamen, während der vierziger Jahre das ganze Jahr hindurch Sport treiben konnten und an der Schwelle zum Erwachsensein standen, als Kalifornien gerade seine wirtschaftliche Blütezeit erlebte, die mit dem Zweiten Weltkrieg einsetzte, als im Zuge der explosionsartig steigenden Verteidigungssausgaben Millionen von Dollar in Flugzeugwerke und die technologisch fortschrittliche Rüstungsindustrie an der Westküste gepumpt wurden. Und so kam es, dass in den fünfziger Jahren in Kalifornien eine neue Generation herangewachsen war, die sich durch gutes Aussehen, einen lässigen Kleidungsstil und unkonventionelle Lebensanschauungen in Verbindung mit einem ausgeprägten Gesundheitsbewusstsein auszeichnete. Bald sprach man vom kalifornischen Look, der zunächst in der Werbebranche und dann im ganzen Land und sogar in Übersee als typisch amerikanisch galt. Und zu denen, die in den fünfziger Jahren diesen besonderen Look verkörperten, gehörte Diane Webber, wobei ihre Mutter eine der Letzten war, die dies erkannten.

Dianes Probleme mit ihrer Mutter begannen nach der Scheidung ihrer Eltern. Ihr Vater, ein Schriftsteller namens Guy Empey aus Ogden, Utah, war 27 Jahre älter als seine Frau. Er war klein, untersetzt, herrisch und ein Draufgänger, der im Jahre 1911 der Kavallerie der Vereinigten Staaten beigetreten war. Da er nicht warten wollte, bis sein Land in den Ersten Weltkrieg eingriff, trat er der britischen Armee bei und kämpfte auf den Schlachtfeldern Europas, wo er sich Narben im Gesicht einhandelte, die er den Rest seines Lebens voller Stolz trug. 1917 schrieb er über seine Erlebnisse ein Buch mit dem Titel *Over The Top*, das sich mehr als eine Million Mal verkaufte und anschließend sogar verfilmt wurde – mit Empey als Regisseur und Hauptdarsteller.

In den nächsten zehn Jahren verfasste Guy Empey weitere Bücher, von denen keines jedoch nur annähernd so erfolgreich war wie sein Erstling. Seine finanzielle Situation verschärfte sich, und ab 1930 verfasste er – häufig unter Pseudonym – Romane für verschiedene Groschenheftverlage. Um diese Zeit traf er auf einer Party in Hollywood eine zierliche, quirlige 20-jährige Schauspielerin aus Montana, die ihn mit ihrem kurzen dunklen Haar, ihren großen braunen Augen und ihrem ansteckenden Lächeln an den Stummfilmstar Clara Bow erinnerte. Kurz darauf machte er ihr den Hof: Er schickte ihr Blumensträuße, fuhr sie in seinem Cadillac spazieren und bat sie schließlich, seine Frau zu werden. Sie sagte Ja, obwohl er mit 47 genauso alt war wie ihr Vater.

Allerdings machte er den Fehler, mit seiner jungen Frau in das Haus zu ziehen, das er gemeinsam mit seiner geliebten Mutter und Schwester bewohnte, denen er *Over The Top* gewidmet hatte. Beide waren kultivierte, gebildete Damen aus New York – der Onkel seiner Mutter, Richard Henry Dana, hatte *Two Years Before The Mast* geschrieben, und seine verwitwete Schwester las jede Woche den *New Yorker* und hatte das Haus in Los Angeles mit erlesenen Möbeln und einer wundervollen Bibliothek ausgestattet, die sie von der Ostküste mitgebracht hatte. Keine der beiden Frauen, und besonders Guy Empeys willensstarke Mutter, war von der kleinen Schauspielerin aus Montana sonderlich beeindruckt, und ihm selbst mangelte es entweder an dem Willen oder der Fähigkeit, die sich immer deutlicher abzeichnenden ehelichen Differenzen im Keim zu ersticken, die nur kurzfristig in den Hintergrund traten, als ihr einziges Kind geboren wurde, das sie nach einem damals sehr populären Song Diane nannten.

Als Diane zwei Jahre alt war, trennte sich ihre Mutter von ihrem Vater und ließ sich nach einer kurzen Phase der Aussöhnung drei Jahre später endgültig scheiden. Die darauf folgenden Jahre pendelte Diane zwischen beiden Haushalten. Unter der Woche lebte sie bei ihrer Mutter, die 1939 einen gut aussehenden Mann von 24 Jahren heiratete, der als Fotograf für eine Nachrichtenagentur gearbeitet hatte und als Model im Cowboydress auf Plakaten für Chesterfield-Zigaretten in Erscheinung getreten war. Zum Zeitpunkt ihrer Hochzeit betrieb er ein kleines Restaurant am Sunset Boulevard, und Dianes 29-jährige Mutter begrub ihre letzten Hoffnungen auf eine Karriere beim Film und fing an, bei ihrem neuen Mann als Bedienung zu arbeiten.

An den Wochenenden fuhr Diane mit dem Bus von Hollywood Hills nach Echo Park, wo ihre Großmutter sie abholte und zum Haus ihres Vaters geleitete. Dort war sie, während auf dem Plattenspieler leise Händel lief, dem intellektuellen Einfluss ihrer Tante und Großmutter ausgesetzt, die sie ermutigten, viel zu lesen, sie ins Kino mitnahmen, damit sie gute Filme zu sehen bekam, und unentwegt Wörter benutzten, die sie im Wörterbuch nachschlagen musste. Wenn die Damen ihren täglichen Nachmittagsschlaf hielten und ihr Vater sich – mit minimalem Erfolg – an der Schreibmaschine abarbeitete, saß Diane allein in ihrem Zimmer und las alles von *Tausendundeiner Nacht* bis zu den Stücken von Shakespeare oder anatomischen Lehrbüchern, wodurch sie ein breit gefächertes, wenn auch etwas erratisches Wissen klassischer Prägung erwarb.

Ihre ohnehin schon sprühende Fantasie wurde besonders angeregt, als sie eines Nachmittags zu einer Aufführung des Balletts »Die Nussknacker« mitgenommen wurde. Von da an sah sich Diane in ihren Träumen als bezaubernde Ballerina, die in graziösen Pirouetten allein über die Bühne wirbelte. Sie fing an, einmal in der Woche nach der Schule Ballettunterricht zu nehmen, ein Privileg, das ihre Mutter von ihrem Benehmen und ihren schulischen Leistungen abhängig machte. Ihr Stiefvater, in dessen Gegenwart sie sich nicht recht wohlfühlte, schaute ihr häufig beim Üben zu und machte gelegentlich scherzhafte Bemerkungen, wenn sie auf Zehenspitzen herumbalancierte, ein Bein in die Luft reckte und sich am Kaminsims festhielt. Dieser Anblick gefiel ihrer Mutter gar nicht, die ihrem jüngeren Mann bereits übel nahm, dass er im Flur Pin-up-Girls von Vargas aufhängte, und die es gar nicht komisch fand, dass er ihrer sich allmählich entwickelnden 12-jährigen Tochter plötzlich so viel Aufmerksamkeit schenkte. Eines späten Nachmittags ließ sich ihre gereizte Mutter zu der Bemerkung hinreißen, ihre Tochter würde nie so schön werden wie sie – woraufhin für Diane eine Welt zusammenbrach.

Als ihre Mutter einen Sohn und zwei Jahre später eine weitere Tochter zur Welt brachte, wurde die Situation zu Hause für Diane zunehmend schwieriger. Obwohl sie bereits anfing, sich für Jungs zu interessieren, wurde von ihr erwartet, dass sie nach der Schule sofort nach Hause kam und half, sich um die Kinder zu kümmern. Dieser Zustand hielt an, bis sie die Highschool abschloss, woraufhin sie zu Hause auszog und eine Weile in der Wohnung ihrer Tante mütterlicherseits unterkam, während sie sich das Geld für ihren Unterhalt und die Ballettstunden als Geschenkverpackerin in einem Kaufhaus am Wilshire Boulevard verdiente. Nach einigen Monaten wurden die Wohnverhältnisse zu beengt – ihre Tante hatte ein Verhältnis mit einem verheirateten Mann angefangen, der in der Verwaltung des Beverly Hills Hotel arbeitete –, und sie zog in den »Hollywood Studio Club«, eine Art Wohnheim für Frauen, die in der Filmindustrie arbeiteten, in dem auch ihre Mutter schon gelebt hatte. Dort erfuhr sie, dass ein Nachtclub in San Francisco Tänzerinnen suchte, und obwohl dies für eine aufstrebende Ballettänzerin ein etwas dubioses Angebot war, nahm sie es dennoch an. Da sie zu der Einsicht gelangt war, dass sie mit achtzehn schon zu alt war und zu spät mit dem Training angefangen hatte, um diese physisch anspruchsvolle Kunst wirklich so vollendet zu beherrschen wie in ihrer Fantasie, ging sie zum Vortanzen und bestand den Test. Als sie ihre Mutter fragte, ob sie die Chance wahrnehmen sollte, antwortete diese: »Mich brauchst du nicht zu fragen. Das musst du schon selbst wissen.« Nicht sicher, ob die Worte ihrer Mutter als Desinteresse zu interpretieren waren oder ob sie ihr zu verstehen geben wollte, dass sie von nun an ihre eigenen Entscheidungen zu treffen hatte, machte sich Diane auf den Weg nach San Francisco.

Sie verdiente 80 Dollar die Woche; dafür musste sie an sechs Abenden in der Woche jeweils drei Shows bestreiten, bei denen sie im Ensemble tanzte, während das Rampenlicht Größen wie Sophie Tucker gehörte. Sie trug ein unauffälliges Kostüm, das nur ihre Taille entblößte. Beim Umziehen in der Garderobe war sie zum ersten Mal mit den nackten Körpern anderer konfrontiert und konnte bei dieser Gelegenheit feststellen, wie gut sie im Vergleich zu den anderen Mädchen gebaut war. Deshalb war sie auch nicht sonderlich erstaunt, als eine Kollegin ihr vorschlug, sie solle sich doch als Modell etwas Geld nebenher verdienen. Sie gab Diane die Adresse eines Kunstprofessors in Berkeley, der anderen Tänzerinnen aus der Truppe in der Vergangenheit 20 Dollar für eine kurze Fotosession für Aktaufnahmen bezahlt hatte.

Schüchtern tauchte sie im Atelier des Fotografen auf, aber seine ungezwungene, lockere Art nahm ihr bald schon die anfängliche Verlegenheit. Sie zog sich aus und stand nackt vor ihm, sah, wie er auf Distanz ging, hörte die Kamera klicken, wieder und wieder. Und ohne dass er etwas sagen musste, begann sie sich wie eine Ballettänzerin zu bewegen. Sie hob langsam die Arme, drehte sich im Kreis, stellte sich auf die Zehenspitzen, alles zum Rhythmus einer Musik, die nur sie alleine hörte. Die Anwesenheit des Fotografen hatte sie vergessen. Sie war sich nur ihres Körpers bewusst, den sie vollendet beherrschte wie ein hochsensibles Instrument, mit dem sie sich über Zeit und Raum zu erheben vermochte. Obwohl sie nackt war, fühlte sie sich nicht entblößt. Während sie tanzte, war sie in einer eigenen Welt, ganz versunken in Emotionen, die sich in ihren Bewegungen ausdrückten, die ihr aber selbst nicht bewusst waren, denn es kam ihr gar nicht in den Sinn, darüber nachzudenken, was für eine Wirkung sie auf den Professor hinter der Kamera ausübte. Die struppige, grauhaarige Gestalt in der Entfernung wurde von Diane kaum wahrgenommen, denn sie hatte ihre Brille nicht auf, und sie war ziemlich kurzsichtig.

Als sie nach dem Nightclub-Engagement wieder zurück war in Los Angeles, ergriff sie die Initiative und rief einige Modefotografen an, die sie aus dem Branchenverzeichnis herausgesucht hatte, und bat um einen Termin. Darunter waren solche Männer wie David Balfour, Keith Bernard, Peter Gowland und André de Dienes, William Graham und Ed Lange. Fast alle waren von ihr begeistert und von der Tatsache beeindruckt, dass ein junges Mädchen mit einer so sauberen Ausstrahlung nicht das Geringste dagegen hatte, nackt zu posieren. Sie war ihrer Zeit mindestens um zehn Jahre voraus.

1954, als sie 21 war, tauchten die ersten Bilder von ihr in Nudistenmagazinen und Fotozeitschriften auf. Und ein Jahr später landete eine Serie von Farbfotos, für die sie posiert hatte, auf dem Schreibtisch der *Playboy*-Redaktion in Chicago, wo sie von Hugh Hefner, dem jungen Herausgeber des Männermagazins, persönlich begutachtet wurden – und augenblicklich Eindruck machten.

3

Hefner war 28 Jahre alt, als er die Fotos von Diane Webber zum ersten Mal sah; sein Magazin erschien gerade im zweiten Jahr. Die allererste *Playboy*-Ausgabe hatte er 1953 noch auf dem Küchentisch des Apartments druckfertig gemacht, das er mit Frau und Tochter zusammen bewohnte. Mittlerweile residierte er mit dreißig Mitarbeitern in einem vierstöckigen Gebäude in der Nähe des Zentrums von Chicago und thronte in seinem großen Arbeitszimmer in der obersten Etage hinter seinem L-förmigen Schreibtisch, vor sich ausgebreitet die Fotos von Diane Webber.

Die Art und Weise, mit der er nun lässig jede einzelne Aufnahme begutachtete, ließ nichts mehr von dem schüchternen jungen Mann erahnen, der schon beim geringsten Anzeichen von Nacktheit errötet war und der sich als Teenager seiner erotischen Träume geschämt hatte, die er in seinem Zimmer im Haus seiner puritanischen Eltern träumte. Jetzt, als erfolgreicher Herausgeber einer sexorientierten Zeitschrift, der von seiner Frau getrennt lebte und mit zwei seiner Mitarbeiterinnen ein Verhältnis hatte, waren seine erotischen Fantasien Wirklichkeit geworden. Durch das Magazin, das er geschaffen hatte, hatte er sich selbst quasi neu erfunden.

Sein Leben fand buchstäblich zwischen den Hochglanzseiten seiner Zeitschrift statt, er schlief in einem kleinen Raum hinter seinem Büro und brütete Tag und Nacht über dem Inhalt und dem Layout des *Playboy,* wählte Cartoons aus und überlegte sich Schlagzeilen, bemühte sich um eine Balance zwischen Fakten und Fiktion und las die redaktionellen Texte mit der gleichen Sorgfalt, mit der er jetzt die Fotos von Diane Webber unter dem Vergrößerungsglas studierte.

Auf dem ersten tanzte sie mit nacktem Busen in einem Ballettsaal und trug blickdichte schwarze Strumpfhosen, durch die ihr wohlgeformter Hintern und die geschmeidige Kraft und Grazie ihrer Beine noch besser zur Geltung kamen. Ihr Bauch war flach; ihr glatter Rücken nicht verunziert durch deutlich hervortretende Muskelstränge, wie sie die meisten Tänzerinnen bekommen. Obwohl sie in Bewegung war, glänzte ihre Haut nicht vor Schweiß. Das beeindruckte Hefner ganz besonders, der in seiner Jugend heftig transpiriert hatte, besonders wenn er einem Mädchen beim Tanzen den Arm um die Taille legte oder im Kino um die Schultern.

Langsam folgten seine Augen den Konturen ihrer großen, festen Brüste und fixierten die steifen, rosigen Brustwarzen. Er bewunderte ihre Vollkommenheit und stellte sich vor, wie sie sich unter seinen Händen anfühlten – etwas, wovon er wusste, dass es Tausende von Männern genauso empfanden, sobald diese Fotos in seinem Magazin erscheinen würden.

Hefner identifizierte sich sehr stark mit den Männern, die seine Zeitschrift kauften. Durch die Leserbriefe und die rapide steigenden Verkaufszahlen wusste er genau: Was ihm gefiel, entsprach auch dem Geschmack vieler Männer. Zuweilen sah er sich selbst als Fantasielieferant, als geistigen Kuppler zwischen seinen männlichen Lesern und den Frauen, die seine Seiten schmückten. Jeden Monat, nachdem die neue Nummer unter seiner persönlichen Aufsicht fertiggestellt worden war, stellte er sich vor, welche Höhepunkte er seinen Lesern im ganzen Land mit seinem Bildersortiment bescherte. Handlungsreisende in Motelzimmern, Soldaten in ihren Lagern, Collegestudenten in ihren Wohnheimen, Manager im Flugzeug, die das Magazin in ihren Aktenkoffern versteckt mit sich herumtrugen. Frustrierte Ehemänner, die in bescheidenen Verhältnissen mit bescheidenen Sehnsüchten lebten, die gelangweilt waren von ihrem Leben und ihren Job satthatten – und die alldem wenigstens für kurze Zeit entgehen wollten, indem sie sich vorstellten, sich mit Unmengen von attraktiven Frauen in sexuelle Abenteuer zu stürzen, die in Wirklichkeit jedoch unerreichbar für sie waren, weil sie dazu weder die Fähigkeit noch die Zeit, Geld, Macht oder Lust hatten.

Hefner konnte diese Gefühle nachempfinden, er kannte sie gar zu gut aus den ersten Jahren seiner Ehe, als er sich heimlich von seiner schlafenden Frau weggestohlen hatte, um lange Spaziergänge durch die Stadt zu machen. Am Ufer des Michigansees blickte er an den luxuriösen turmhohen Apartmenthäusern empor, und wann immer er eine Frau am Fenster stehen sah, stellte er sich vor, sie sei genauso unglücklich wie er. Am liebsten wäre er mit jeder intim geworden. Und auch tagsüber zog er manche der Frauen, die er die Straßen entlanggehen, durch den Park spazieren oder in ein Auto steigen sah, mit seinen Blicken förmlich aus. Und obwohl nie etwas geschah, weder ein Wort noch ein Blick ausgetauscht wurde, empfand er trotz allem ein stilles Hochgefühl und konnte noch Wochen später mit seinem fotografischen Erinnerungsvermögen das Bild dieser Frauen mit derselben Klarheit heraufbeschwören, wie er jetzt die Aufnahmen von der Nackttänzerin auf seinem Schreibtisch vor sich sah.

Durch das Vergrößerungsglas betrachtete er Dianes hoch erhobenes Kinn, ihre sinnlichen Lippen und ihre großen haselnussbraunen Augen, die ihn einladend und distanziert zugleich anschauten. Es fesselte ihn, dass sie ihn so unverwandt anblickte und gleichzeitig so wirkte, als hätte sie nicht das Geringste zu tun mit den Wunschvorstellungen, die sie auslöste. Sie machte den Eindruck, als würde sie sich zum ersten Mal hüllenlos präsentieren und wäre, was Männer angeht, noch reichlich naiv. Genau diesen Eindruck sollten die abgebildeten Frauen in seiner Zeitschrift vermitteln – aber nur wenige Playmates verkörperten dieses Image. Angefangen mit Marilyn Monroe in seiner ersten Nummer, waren sämtliche Frauen, die für das Ausklappfoto in der Heftmitte posiert hatten, professionelle Models gewesen, die Selbstbewusstsein und Erfahrung ausstrahlten und denen man ansah, dass sie in der Welt herumgekommen waren. Und dennoch lockten sie jeden Monat neue Leser an – in einer Zahl, die selbst Hefner erstaunte. Gut möglich, dass der rasche und geradezu sensationelle Erfolg weniger mit der Zeitschrift selbst zu tun hatte als mit der Verklemmtheit der Männer, die sie kauften.

Vor der Existenz des *Playboy* hatten die meisten männlichen Amerikaner noch nie ein Farbfoto mit einer nackten Frau gesehen, und sie waren daher überwältigt und verlegen, als sie zum ersten Mal den *Playboy* am Zeitungsstand kauften, wobei sie verschämt das Cover nach innen falteten, um anschließend zügig das Weite zu suchen. Es war, als würden sie öffentlich ein schreckliches Bedürfnis eingestehen, ein lange unterdrücktes Geheimnis offenbaren und gleichzeitig ihre Unfähigkeit bekunden, sich echte Befriedigung zu verschaffen. Obwohl der *Kinsey-Report* damals gerade berichtete, dass nahezu alle Männer masturbierten, galt dies in den frühen fünfziger Jahren noch immer als eine schlimme Handlung, auch wenn diese bis dahin noch nicht in einen Zusammenhang mit Nacktfotos gestellt wurde. Durch den Erfolg des *Playboy*, dessen Auflage innerhalb des ersten Jahres von 60 000 auf 400 000 Exemplare kletterte, war dieser Zusammenhang mittlerweile nicht mehr zu übersehen. Das Leserinteresse beruhte nur zum geringsten Teil auf den Artikeln und Cartoons oder den Geschichten von Ambrose Bierce und Sir Arthur Conan Doyle. Der Schlüssel zum Erfolg war vielmehr Hefners Idee, jeden Monat eine nackte Frau zu präsentieren, die als Projektionsfläche sexueller Wünsche fungierte, und so ein riesiges Publikum von Verehrern zu erschließen, von denen jeder das Playmate des Monats als sein persönliches Eigentum betrachtete.

Sie war ihre Geliebte, die sie in Momenten der Einsamkeit erregte oder deren Bild sie vor Augen hatten, wenn sie mit ihrer Frau ins Bett stiegen. Sie war fast so etwas wie ein sexuelles Fabelwesen, das nur für den Beschauer existierte und der Fantasie Tür und Tor öffnete. Im Bett war sie immer willig und folgsam, wusste, wie man die intimsten Stellen berührte, und sagte und tat nie etwas, das die Stimmung vor der Ekstase trüben oder stören konnte.

Jeden Monat war sie eine andere, befriedigte so das männliche Bedürfnis nach Abwechslung und beugte sich den verschiedensten Obsessionen und Launen, ohne dafür etwas als Gegenleistung zu verlangen. Sie benahm sich haargenau so, wie es normale Frauen eben nicht tun, was das grundlegende Element einer Fantasie darstellt, und sicherte dadurch Hugh Hefners Erfolg, der es als erster Mann in der Geschichte zu Reichtum brachte, indem er offen die onanistische Liebe durch die Illusion einer ebenso verführerischen wie verfügbaren Frau vermarktete. Mit ihr konnte man bequem ein Verhältnis haben, und für den Preis seiner Zeitschrift verschaffte Hefner Tausenden von Männern intimen Kontakt mit Frauen, von denen sie im wirklichen Leben keines Blickes gewürdigt worden wären. Er versorgte alte Männer mit jungen Mädchen, hässliche mit begehrenswerten Schönheiten, Farbige mit weißen Frauen, schüchterne Typen mit Nymphomaninnen. Er war der Komplize monogamer Männer in eingebildeten außerehelichen Affären, er stimulierte träge Männer und war insofern mit dem zentralen Nervensystem seiner Leser im ganzen Land verbunden, deren Lust und Leidenschaft das Resultat seiner gründlichen Brautschau waren, die er an seinem Schreibtisch in Chicago, dem »Erektionszentrum« der Zeitschrift, mit dem Vergrößerungsglas durchführte.

Sich selbst hatte Hefner höhere Ziele gesteckt. Er wollte nicht nur die Aktaufnahmen besitzen, sondern auch die Frauen, die dafür Modell gestanden hatten. Sein sexueller Appetit, lange genug ungestillt, war mittlerweile unersättlich. Es befriedigte ihn nicht, Fantasien zu produzieren – er wollte sie auch erleben, in sie eintauchen, sein stark ausgeprägtes visuelles Vorstellungsvermögen mit seinen physischen Bedürfnissen kombinieren und eine Stimmung kreieren, die er gleichzeitig empfinden und beobachten konnte.

Es ging ihm dabei weniger darum, eine Sache aus zwei Blickwinkeln beurteilen zu können, sondern man konnte seine ganze Persönlichkeit als zweigeteilt bezeichnen – in gewisser Weise war er ein Voyeur seiner selbst, der sich all seiner Handlungen sehr wohl bewusst war. Manche Sachen tat er nur, um sich dabei beobachten zu können. Einmal ließ er sich sogar von einem Homosexuellen aus einer Bar abschleppen, weniger um den Geschlechtsverkehr mit einem Mann zu genießen, sondern einfach nur, um es einmal mitzuerleben. Während seines ersten außerehelichen Verhältnisses hielt Hefner im Film fest, wie er mit seiner Freundin ins Bett stieg. Den 16-Millimeter-Streifen bewahrte, er zusammen mit Schachteln voller persönlicher Dokumente, Fotos und einem detaillierten Tagebuch über sein Sexleben bis heute sorgfältig auf.

Schon von frühester Kindheit an, obwohl er damals ziemlich unattraktiv und scheu war, hatte er ein ausgeprägtes Selbstwertgefühl und hielt sich für etwas Besonderes. Er fand, dass seine Existenz von öffentlichem Interesse war, weshalb er gewissenhaft darüber Buch führte. Er sammelte seine Kinderzeichnungen ebenso wie eine Reihe von Fotoalben mit Schnappschüssen aus der Grundschulzeit bis zum Militärdienst, von seinen College- und Ehejahren bis zur Gründung des *Playboy.* Noch heute bringt er sein privates Archiv mit Briefen, Fotos und Notizen akribisch auf den neuesten Stand und legt dabei die Sorgfalt eines Kurators an den Tag, der von der historischen Bedeutung seines Gegenstands bereits jetzt völlig überzeugt ist.

Was Hefner nicht dokumentierte oder auf Zelluloid bannte, beobachtete er mit solcher Aufmerksamkeit, dass ihm selbst Details im Gedächtnis blieben, solange diese mit ihm in Zusammenhang standen, denn selbstverständlich galt das größte Interesse dabei seiner Person. Eines Abends, bei einem Treffen seiner Pfadfindergruppe – er war damals gerade dreizehn –, beobachtete er durch die halb heruntergelassene Jalousie eines Fensters im Nachbarhaus, wie sich ein junges Mädchen auszog. Es war das erste Mal, dass er ein nacktes weibliches Wesen erblickte – er war wie hypnotisiert. Jahrzehnte später konnte er sich noch genau erinnern, was er in dem Augenblick empfunden und was er gesehen hatte.

Zu Hause war er nie mit Nacktheit konfrontiert gewesen. Seine Mutter war immer korrekt angezogen und zog sich nur hinter verschlossenen Türen um. Wenn sein Vater mit ihm und seinem jüngeren Bruder im Sommer ins Schwimmbad ging, achtete er in der Umkleidekabine peinlichst darauf, seinen Söhnen beim Anziehen der Badehose den Rücken zuzukehren. Hugh Hefner führt seine Schüchternheit zum großen Teil auf das Unbehagen zurück, das er bei seinen Eltern im Schwimmbad hatte beobachten können, in deren Augen die massenhafte Zurschaustellung nackten Fleisches gegen jeden traditionellen Anstand verstieß. Dazu kam noch, dass er schon früh eine Phobie gegen Wasser entwickelt hatte, nachdem ihn ein älterer Junge dazu überredet hatte, ins tiefe Becken zu springen, und er bei dieser Gelegenheit fast ertrunken wäre. Obwohl sein Vater, der ein guter Schwimmer war, versuchte, ihm zu helfen, die Angst zu überwinden, hatte sich der kleine Hugh mit solcher Hartnäckigkeit dagegen gesperrt, dass sein Vater ihm eines Tages aus Frustration und Verärgerung darüber eine Ohrfeige versetzte.

Diesen ungewöhnlichen Gefühlsausbruch empfand sein Sohn als gar nicht so dramatisch, sondern im Gegenteil fast schon als eine Art Erlösung, da sein Vater im Kreis der Familie selten Emotionen zeigte und die meiste Zeit als Buchhalter in einer großen Firma in Chicago verbrachte. Der alte Hefner arbeitete sechs Tage in der Woche, manchmal sogar sieben, und schätzte sich glücklich, während der Depression einen Job zu haben. Hugh und sein drei Jahre jüngerer Bruder Keith wurden fast ausschließlich von ihrer Mutter Grace aufgezogen, einer kleinen, stillen Person von biederer Steifheit. Wie ihr Mann war sie noch vor der Jahrhundertwende auf einer Farm in Nebraska zur Welt gekommen und im strengen Bibelglauben erzogen worden, dem sie auch im Chicago des 20. Jahrhunderts treu zu bleiben versuchte.

In ihrem Haus waren Trinken und Rauchen verboten, ebenso wie Fluchen und Kartenspielen. Sie nahm ihre beiden kleinen Söhne zwar gelegentlich samstags mit ins Kino, die Sonntage aber waren geprägt von religiöser Einkehr, und selbst das Radio blieb an diesen Tagen stumm. Wenn es den Jungs im Haus zu langweilig wurde und sie unruhig wurden, durften sie sich auf die Bank hinters Haus setzen, wo sie zeichneten oder Figuren aus buntem Ton formten, den ihre Mutter für sie kaufte. Für Hugh, der in beidem sehr geschickt war, stellte dies wesentlich mehr als nur eine Ablenkung dar, er ging in dieser Beschäftigung vollkommen auf. Oft war er derart hingerissen von seinen Schöpfungen, dass er sich ganz vertraulich mit ihnen unterhielt und gar nicht mitbekam, wenn seine Mutter in solchen Momenten nach ihm rief.

In der Schule träumte er vor sich hin und schenkte dem Unterricht wenig Aufmerksamkeit, weswegen seine Lehrer mahnende Briefe an seine Eltern schickten, über die seine Mutter gleichermaßen beschämt und wütend war. Vor ihrer Heirat war sie selbst Lehrerin in Nebraska gewesen und konnte daher seine Intelligenz recht gut einschätzen. Umso mehr war sie über seine Zurückgezogenheit verwirrt. Zum ersten Mal hatte sie diese bemerkt, als er mit vier Jahren wegen Ohrenschmerzen im Bett lag und weltvergessen kleine, seltsame Figuren aus der Watte knetete, die er sich aus seinen entzündeten Ohren gepult hatte. Später zeichnete er mit großer Leidenschaft Monster und Schurken, Raumfahrer und Superdetektive.

Wenn in solchen Augenblicken das Telefon im Haus klingelte, schien er es nicht zu hören, obwohl mit seinen Ohren alles in Ordnung war. Im Auto wurde ihm meist übel. Er knabberte an seinen Fingernägeln, und manchmal stotterte er sogar. Das Schockerlebnis im Schwimmbad bewirkte, dass er sich noch mehr abkapselte. Schließlich ließ ihn seine Mutter von einem Kinderpsychologen untersuchen. Nach einer Reihe von Tests stellte sich heraus, dass sein Problem spezieller Art war: Hugh Hefner war ein Genie. Er hatte einen IQ von 152, sei aber, so fügten die Ärzte hinzu, sozial und emotional für sein Alter unterentwickelt, weshalb die Ärzte Mrs. Hefner den Rat gaben, ihrem Sohn zu Hause mehr Wärme, Herzlichkeit und Verständnis entgegenzubringen.

Für Grace Hefner, die sexuell so verklemmt war, dass sie ihren Söhnen nie einen Kuss auf den Mund gab – später erklärte sie einmal, sie hätte gefürchtet, Bazillen zu übertragen –, stellte der Rat der Ärzte eine echte Herausforderung dar. Als gewissenhafte Mutter, und bestätigt in dem Glauben an Hughs intellektuelle Fähigkeiten, bemühte sie sich, ihm zu Hause jegliche Unterstützung und Verständnis entgegenzubringen, doch hätte sie sich damals vermutlich nicht träumen lassen, dass sie in wenigen Jahren den Anblick nackter Pin-up-Girls an Hugh Hefners Schlafzimmerwänden würde akzeptieren müssen.

Die Nacktbilder, stark stilisierte Zeichnungen von Alberto Vargas und George Petty, waren im *Esquire* erschienen, einer Zeitschrift, die in den vierziger Jahren in Chicago herauskam und als das gewagteste Männermagazin in ganz Amerika galt. Hugh Hefner sah den *Esquire* zum ersten Mal im Haus eines Schulfreundes, dessen Vater, ein Schauspieler, die Zeitschrift abonniert hatte. Alles daran erregte den jungen Hefner: die romantischen und spannenden Geschichten von Autoren wie Fitzgerald und Hemingway, die Fotografien von Autoklassikern, die intelligenten Cartoons, die Beschreibungen von Reisen zu exotischen Schauplätzen, die Modeberichte und das

Faltblatt in der Mitte, auf dem jeden Monat eine exquisite Zeichnung einer hinreißenden Frau zu finden war.

Hefner durfte sein Zimmer mit der wortlosen Duldung seiner Mutter mit derart sinnlichen Bildern ausstaffieren, weil seine Leistungen in der Schule plötzlich besser wurden und er entschlossen schien, halbwegs künstlerische Ambitionen zu verfolgen, und seine Mutter wollte dem nicht im Wege stehen. Seine Zeichnungen und Karikaturen, die früher überall im Haus herumgeflogen waren, tauchten nun in der – von ihm herausgegebenen – Schulzeitung ebenso auf wie in seinem bebilderten Tagebuch, das er mit Fakten und Beobachtungen über sich selbst und seine Klassenkameraden immer auf dem neuesten Stand hielt. Da er nicht aktiv Sport trieb und Mädchen gegenüber immer noch schüchtern war, erhielt Hefner den sozialen Kontakt zu seinen Mitschülern dadurch aufrecht, dass er zu ihrem Chronisten wurde.

Mit dieser passiven Haltung absolvierte er die ersten beiden Jahre der Highschool. Doch dann wurde er zunehmend selbstsicherer und entwickelte sich zu einer Persönlichkeit, die nicht nur das Geschehen um sich herum beobachtete, sondern auch daran teilnahm. Er spielte in Theaterstücken und Satiren, die er teilweise mitverfasst hatte. Er wurde Schulsprecher und Vizepräsident des literarischen Clubs. Er machte Rundfunkübertragungen für das Unterrichtsministerium und überlegte sich, ob er Radiosprecher oder Filmstar werden sollte. Er lernte tanzen, sehr gut sogar, und fühlte sich in Gegenwart von Mädchen nicht mehr so unbehaglich. Eines der Mädchen, mit denen er sich traf, war kurz zuvor in der Schulzeitung abgebildet gewesen, weil sie zur beliebtesten Schülerin der Steinmetz Highschool gewählt worden war. Bis vor dem Wettbewerb hatte Hefner sich für sie nicht weiter interessiert, doch ihr Triumph ließ sie plötzlich in einem neuen Licht erscheinen und verlieh ihr zusätzlichen Reiz. Sie symbolisierte die Sehnsüchte aller Schüler und war ein Objekt der Verehrung, und er war geradezu magisch angezogen vom Glanz ihres Ruhms. Er ging oft mit ihr aus, und eines Abends, in der Dunkelheit eines Kinosaals, versuchte er sie zu berühren und fuhr ihr unter den Rock und zwischen die Beine. Das war der aggressivste sexuelle Augenblick seiner gesamten Schulzeit, den er nie mehr vergaß, auch wenn damals an diesem Punkt schon Endstation gewesen war.

Im Jahre 1944 beendete Hugh Hefner als einer der fünfzig besten unter 212 Schülern der Abschlussklasse die Steinmetz Highschool, wo er bei einer Umfrage, welcher Schüler es am wahrscheinlichsten zu etwas bringen wird, auf Platz drei gelandet war. Seine Collegepläne wurden verschoben, weil er bald darauf zum Militär einberufen wurde. Bis zum Ende des Zweiten Weltkrieges in Europa und Asien sollte es noch über ein Jahr dauern. Hughs Mutter war schnell klar, dass sie krank vor Sorgen um Hugh werden würde, wenn sie nur zu Hause saß und nichts tat, und so suchte sie sich eine Anstellung im Forschungslabor einer Farbenfabrik. Obwohl Hugh seinem Militärdienst durchaus mit gemischten Gefühlen entgegensah, fand er die Aussicht darauf, die Welt zu sehen, begrüßenswert, denn bisher war er aus Chicago noch nicht herausgekommen. Zwei Wochen vor seiner Einberufung jedoch begegnete er auf einer Party einem Mädchen, das in ihm den Wunsch weckte, doch noch mehr Zeit als Zivilist zu haben.

Sie war eine hübsche Brünette mit großen braunen Augen und einer schlanken, zierlichen Figur. Sie hatte glatte lange Haare und trug eine Ponyfrisur, und wegen ihrer freundlichen Art fühlte sich Hefner in ihrer Gegenwart rasch wohl. Ihr Name war Mildred Williams, und obwohl sie im gleichen Jahr wie er den Abschluss an der Steinmetz Highschool gemacht hatte, hatten sie nie etwas miteinander zu tun gehabt, was Hefner kaum fassen konnte, weil er sich von ihrer sauberen Ausstrahlung und ihrem guten Aussehen sehr angezogen fühlte. Auf der Party tanzte er oft mit ihr, begleitete sie schließlich nach Hause und traf sich in der Zeit, die ihm noch bis zur Einberufung blieb, so häufig wie möglich mit ihr.

Während des Sommers 1944 schrieb er ihr zahlreiche Briefe aus Camp Hood in Texas, wo er seine Grundausbildung absolvierte und, was seine Einstellung zum Soldatenleben anging, zwischen Langeweile und Ekel schwankte. Hugh Hefner, ein doch recht idealistischer junger Mann von achtzehn Jahren, der weder trank noch rauchte oder fluchte und zu dessen begrenztem sexuellen Erfahrungsschatz noch nicht einmal das Onanieren gehörte, fand sich plötzlich inmitten der Vulgarität und des Zynismus von Militärkasernen wieder. Er konnte sich damit arrangieren, doch selbst hielt er sich raus. Er ging zwar zu den Tanzveranstaltungen der Truppenbetreuung, aber nicht, um dort eine der Frauen aus der Umgebung des Stützpunkts aufzureißen. Seine Freizeit verbrachte er lieber im Kino, oder er zeichnete Karikaturen und Cartoons und schrieb lange, nachdenkliche Briefe an Mildred Williams, die, obwohl er sie kaum kannte, eine immer größere Rolle in seinen Fantasien und Erwartungen an die Zukunft spielte.

Im Urlaub kam er nach Hause, um sie zu sehen – und sie enttäuschte ihn nicht. Zwar verlangten ihre sexuellen Wertvorstellungen, dass sie ihn auf Distanz hielt, doch dies verstärkte nur die Herausforderung und das Geheimnis, das sie für ihn darstellte. Als praktizierende Katholikin lehnte sie den vorehelichen Beischlaf ab, und als praktisch denkende junge Frau, die gerade ein Studium begonnen hatte, fürchtete sie sich vor Komplikationen, die sie von ihrem Studium ablenken konnten. Zwar hatte sie das sorglose Aussehen des typisch amerikanischen Vorzeigemädels, doch war sie aufgewachsen in einer Familie mit fünf Kindern, die in beengten Verhältnissen lebte, mit einem autoritären Vater, dessen Gehalt als Busfahrer nicht reichte, um seine Familie über die Runden zu bringen, und einer religiösen Mutter, die sich an den Glauben klammerte, irgendwann würde sich alles zum Besseren wenden – was aber nie passierte. Mildred entwickelte schon früh das Bewusstsein, sich nur auf sich selbst verlassen zu können und dass, wenn sich etwas zum Besseren wenden soll, man am besten selbst die Initiative ergreift. Faulenzen war ein Fremdwort für sie. In der Schule strengte sie sich an und arbeitete nachmittags und an den Wochenenden in allen möglichen Jobs, um sich ihr Studium zu finanzieren. In der Universität von Illinois arbeitete sie abends in der Bibliothek; sie wollte Lehrerin werden. Sie trat keinem Studentenclub bei, hatte keine Zeit für Rendezvous. Während des Sommers arbeitete sie, ohne sich auch nur einen Tag frei zu nehmen, auch wenn Hefner auf Urlaub in der Stadt war. Obwohl er deswegen eingeschnappt reagierte, bewunderte er doch im geheimen ihre Ernsthaftigkeit und Disziplin, die ihn an die Anstrengungen seiner eigenen Mutter erinnerten, der es vor vielen Jahren gelungen war, ohne die finanzielle Hilfe ihrer bäuerlichen Eltern in Nebraska eine akademische Ausbildung zu absolvieren.

Hefner war nicht weniger ehrgeizig. Nach seiner Entlassung aus der Armee im Jahre 1946 ließ er sich an der Universität von Illinois einschreiben und nahm sich vor, in jedem Semester das Maximum an Kursen zu belegen, um das 4-jährige Curriculum schon in zweieinhalb Jahren zu bewältigen. Er wollte die beiden unproduktiven Jahre beim Militär unbedingt wieder einholen, während derer er auf den verschiedensten Stützpunkten in Amerika herumlungern musste, nachdem der Krieg in Übersee zu Ende war. Als er mit einundzwanzig Jahren sein Studium begann, das er sich durch seinen Militärdienst erworben hatte, konnte er es kaum erwarten, wieder seine alte Schwungkraft zu entwickeln, seine Lebensziele zu definieren und sein beinahe schon viktorianisches Werben um Mildred Williams wieder aufzunehmen.

Sein Bild von ihr resultierte, abgesehen von ihrem seltenen Beisammensein während seiner Urlaubstage, hauptsächlich aus den zahlreichen Briefen, die sie ihm während seines Militärdienstes geschrieben hatte und die, in einem überaus idealistischen Ton abgefasst, auf diskrete Art Zuneigung durchschimmern ließen. Es waren herzliche, ermutigende Zeilen, die ihm über seine Einsamkeit in der Kaserne hinweggeholfen und ihn davon überzeugt hatten, dass sie tatsächlich die Verkörperung des romantischen Wesens war, das er geschaffen hatte.

Doch selbst seine höchsten Erwartungen wurden noch übertroffen, als auch er sich an der Universität von Illinois einschrieb und sie jedes Wochenende gemeinsam verbrachten. In der Woche holte er sie jeden Abend von der Bibliothek ab, und sie gingen Hand in Hand spazieren. Für Hefner war es der wundervollste Herbst seines Lebens. Er war hingerissen und entzückt von ihrem Aussehen und ihrer Art; ihn begeisterte die ungewohnte Freiheit des Collegelebens im Rahmen des Ausbildungsprogramms für Kriegsveteranen, er genoss den Respekt, den die anderen Studenten ihm entgegenbrachten, und er war erfüllt von dem überwältigenden Optimismus, der so viele Amerikaner im ersten Jahr nach dem siegreichen Ende des Krieges beflügelte.

Als Ausgleich zum Studium nahm Hefner am Wochenende Unterricht bei einem Kunstflieger. Nach einem Jahr hatte er seinen Pilotenschein und vollführte mit seinem Doppeldecker waghalsige Loopings, Rollen und andere Manöver. Er sang in einem studentischen Tanzorchester, wobei er sich an den Stil von Frankie Laine anlehnte, rief eine humoristische Studentenzeitung ins Leben und erntete überall gute Noten, vor allem in seinem Hauptfach Psychologie. Zum ersten Mal hatte er das Gefühl, auch körperlich attraktiv zu sein. Seine Zeichnungen und Artikel erschienen in der Campuszeitung *The Daily Illini*, und als intellektuelle Übung schrieb er ein Theaterstück über eine wissenschaftliche Entdeckung, durch die sich die Nichtexistenz Gottes beweisen lässt. Das Stück endet damit, dass die Regierung diese Erkenntnis unterdrückt, aus Angst, das Volk könnte mit dieser Wahrheit nicht leben.

Als Hefner dieses Stück verfasste, war er bereits Agnostiker, was er auch bleiben sollte, nachdem er sich endgültig von seinem fundamentalistisch-methodistischen Hintergrund gelöst hatte. Für ihn war der persönliche Bruch der Familientradition lediglich Bestandteil einer größeren gesellschaftlichen Revolution, die seiner Ansicht nach überall im Gange war. In der Zeitung las er, dass der Industriemanager und Filmproduzent Howard Hughes den Moralkodex Hollywoods in Frage gestellt hatte, indem er in seinem neuesten Film *The Outlaw* zeigte, wie eine vollbusige Schönheit namens Jane Russell mit einem Mann ins Bett stieg. Der *Esquire,* Hefners Lieblingsmagazin, das die Post wegen sittenwidriger Inhalte nicht mehr verschicken wollte, hatte gerade einen Prozess vor dem Obersten Bundesgericht gewonnen und durfte wieder ohne Auflagen versandt werden. Die kürzliche Entdeckung des Penizillins als Heilmittel gegen Geschlechtskrankheiten hatte plötzlich die hemmende Furcht vor Krankheit verringert, die schon seit Jahrhunderten mit sexueller Freizügigkeit assoziiert wurde. Und der *Kinsey-Report* über das Sexualverhalten der Männer, der sich auf über 12 000 Interviews stützte, lieferte den Beweis, dass für die Amerikaner trotz ihrer nach außen hin puritanischen Haltung Sex in Wirklichkeit eine ziemlich bedeutende Rolle spielte. Kinsey zufolge hatten 50 Prozent aller verheirateten Männer während der Ehe schon mindestens einmal außerehelichen Sex und 85 Prozent schon vor der Ehe Geschlechtsverkehr gehabt. Neun von zehn Mannern masturbierten, und – was die Leser am meisten schockierte – 37 Prozent der männlichen Bevölkerung hatten schon mindestens einen Orgasmus im Zuge homosexueller Aktivitäten erlebt.

Diese Ergebnisse führten dazu, dass Dr. Kinsey von Geistlichen, Politikern und Leitartiklern verteufelt wurde, während Hefner tief beeindruckt war von dem Report und in seiner Buchbesprechung in *Shaft,* der Zeitschrift, die er herausgab, schrieb: »Diese Studie legt den Mangel an Verständnis und die

Realitätsferne bloß, durch die unsere sexuellen Normen und Gesetze geprägt sind. Unsere moralischen Ansprüche, unsere Heuchelei in Bezug auf Sex haben zu nichts weiter geführt als Frustration, Kriminalität und Unzufriedenheit.«

Diese letzte Feststellung könnte ebenso gut auf Hefner selbst bezogen sein, der trotz allem, was er in den ersten beiden Jahren am College bereits erreicht hatte, sexuell frustriert war, weil er mittlerweile zweiundzwanzig war und noch immer keinen Geschlechtsverkehr erlebt hatte. Er hatte zwar wiederholt versucht, Mildred zu verführen, aber jedes Mal flehte sie ihn an, zuweilen mit Tränen in den Augen, ihr noch etwas Zeit zu lassen. Es waren nicht nur ihr Glaube und die Angst vor einer Schwangerschaft, die ihr Verhalten beeinflussten; sie wollte unbedingt, dass ihr erstes Mal ein unvergessliches Erlebnis in romantischer Umgebung würde und nicht, wie bei den meisten Studenten der Fall, eine heimliche, hastige Angelegenheit in einem geliehenen Auto.

Anfangs stimmte Hefner ihr zu und bewunderte ihre Haltung. Mildred war wie seine Mutter ungewöhnlich idealistisch veranlagt, eine ernst zu nehmende, starke junge Frau, der man vertrauen konnte und die nach der Hochzeit, so wünschte er es sich zumindest, sein ureigener Besitz sein würde. Während weitere Monate verstrichen, konnte Hefner sein sexuelles Verlangen nicht länger zurückhalten, und wenn sie am Wochenende mit dem von seinem Vater geliehenen Auto in Chicago unterwegs waren, ging ihr intensives Petting langsam, aber sicher in gegenseitige Masturbation und schließlich in Fellatio über. An einem Sonntagabend, als sie mit dem Greyhound-Bus zum Campus zurückkehrten und ihre Zärtlichkeiten in dem abgedunkelten Bus immer leidenschaftlicher geworden waren, bedrängte Hugh sie, ihm unter einer Decke einen zu blasen. Was sie noch mehr erstaunte als sein Wunsch, war ihre eigene Bereitwilligkeit, ihm ohne Zögern oder Peinlichkeit nachzukommen, weil sie so darauf versessen war, ihm zu gefallen, und es sie zusätzlich erregte, etwas derart Verwegenes hinter den Rücken der ahnungslosen Fahrgäste zu treiben. Als sie seinen Penis in den Mund nahm, empfand sie dabei nicht nur Liebe für ihn, sondern spürte auch das dramatische Anbrechen einer bisher nicht bekannten Freiheit.

Sie ging zwar nicht mehr regelmäßig zum Gottesdienst, doch betrachtete sie ihr Verhalten nicht als Zeichen nachlassender Moral, sondern als zunehmende Hingabe an den Mann, den sie eines Tages heiraten würde und von dem sie im Augenblick lernte, wie viel Lust man sich durch gegenseitiges Geben und Nehmen bereiten konnte. Sie bewunderte Hefners breite Kenntnisse und sein starkes Interesse am Thema Sex. Ununterbrochen las er Aufklärungsbücher und erotische Romane oder Nudistenmagazine und Bücher über die Gesetzgebung und Zensur auf dem Gebiet der Sexualität. Von ihm hörte sie zum ersten Mal Begriffe wie »erogene Zonen«, und mit ihm erlebte sie ihren ersten Orgasmus durch Cunnilingus.

An einem Nachmittag in Chicago, als seine Eltern nicht zu Hause waren, nahm er sie mit in sein Zimmer im ersten Stock, ließ die Jalousien herunter und holte Blitzlicht und Kamera aus dem Schrank. Er brauchte sie nicht lange zu bitten, bis Mildred sich langsam auszog und schließlich nackt vor ihm stand. Erregt, aber trotzdem konzentriert, fotografierte er sie in verschiedenen Stellungen: auf dem Bett liegend oder gegen die Wand gelehnt, an der früher Vargas' Pin-up-Girls gehangen hatten. Und es dauerte gar nicht lange, da reagierte sie ähnlich locker wie im Bus und fing ganz von selber an zu posieren und fand an ihrem graziösen Körper genauso viel Gefallen wie er, obwohl es sie selbst erstaunte, mit welcher Bereitwilligkeit sie Sachen tat, die sie noch einige Monate zuvor für undenkbar und furchtbar schockierend gehalten hätte.

Auch wenn sie die Fotos nie zu sehen bekam und keine Ahnung hatte, was Hefner damit vorhatte, stand sie ihm weiter Modell und hatte eine positive Einstellung zu ihren sexuellen

Episoden mit ihm, auch wenn sie länger darüber nachdachte. Mittlerweile stand sie kurz vor dem Abschluss des College, und sie hatte das Gefühl, als stünden ihr diese Erfahrungen zu. Und so willigte sie nach ihrer letzten Prüfung im Frühjahr 1948 schließlich ein, mit Hefner ein Hotelzimmer in Danville, Illinois, zu nehmen und die Nacht mit ihm zu verbringen.

Überzeugt davon, dass sie hervorragend zusammenpassten, und mit dem festen Entschluss, sich so bald wie möglich mit ihr zu verloben, kehrte Hugh im Sommer 1948 ans College zurück, während Mildred ihre erste Stellung als Lehrerin an einer kleinen Highschool im Nordwesten des Bundesstaates antrat. Da sie beide kein Auto besaßen und bis über beide Ohren in Arbeit steckten, sahen sie sich nicht mehr jedes Wochenende. Sie trafen sich hauptsächlich in Chicago, wo ihre geplante Hochzeit von beiden Eltern bereits befürwortet worden war, wobei Hefner bis zu einem gewissen Grad von seinen Prinzipien die Religion betreffend abgerückt war, um die bestehende Harmonie nicht zu gefährden. Auf Mildreds Verlangen hatte er eingewilligt, sich in die Grundlagen des katholischen Glaubens einweisen zu lassen und zu erlauben, dass ihre Kinder im Sinne der Kirche erzogen werden sollten. Es war weniger Mildred als deren Mutter, die darauf sehr großen Wert legte, und Hefner hatte sich anfangs dagegen gesträubt, da er den Katholizismus als tyrannische Instanz gegen die sexuelle Freiheit und das Recht auf ein freizügiges Privatleben fürchtete. Diese Ansicht hatte er in seinen Briefen an Mildred immer wieder vertreten, in denen er die Unfehlbarkeit des Papstes ebenso in Frage stellte wie seine Haltung zur Geburtenkontrolle und Abtreibung, und immer wieder mit der Kirche hart ins Gericht ging wegen ihrer seit dem Mittelalter währenden Zensur von erotischen Büchern, Bildern und Filmen. Seine Ansichten über den Katholizismus hatten sich durch die bevorstehende Hochzeit zwar nicht im Geringsten geändert, doch war er am College zu sehr beschäftigt, um daraus eine

Streitfrage zu machen. Abgesehen davon hatte sich Mildred ohnehin schon so weit vom moralischen Diktat ihrer Kirche gelöst, dass er nicht mit Problemen rechnete, sobald sie erst einmal verheiratet waren.

Also konzentrierte er sich auf das, was ihm im Augenblick am wichtigsten war – nämlich das College im Februar 1949 zu beenden, im darauf folgenden Juni Mildred zu heiraten und sich möglichst rasch als erfolgreicher satirischer Zeichner, Schriftsteller oder sogar Verleger zu etablieren. Im College hatte er sein Talent auf allen drei Gebieten unter Beweis gestellt und daraus eine gute Portion persönliches Selbstvertrauen gewonnen und außerdem die angenehme Erfahrung gemacht, dass sich die jungen Frauen von ihm angezogen fühlten. Doch er nutzte das nicht aus, sondern blieb Mildred treu. Während er früher das Junggesellendasein als Idealzustand betrachtet hatte, konnte er es nun kaum erwarten, mit ihr verheiratet zu sein, besonders seitdem er nach ihrer Verlobung in den Weihnachtsferien 1948 eine gewisse Zögerlichkeit ihrerseits bemerkt hatte.

Er hatte keine Ahnung, wodurch diese ausgelöst wurde, doch es kam vor, dass Mildred verschlossen und verkrampft war, wenn sie ein Wochenende zusammen verbrachten, und die Begeisterung vermissen zu lassen schien, die sie bei ihren ersten sexuellen Erlebnissen im Verlauf des zurückliegenden Frühlings an den Tag gelegt hatte. Er hoffte, dass dies lediglich an den neuen beruflichen Anforderungen lag, und gab sich Mühe, seine Enttäuschung nicht zu zeigen, sondern ihr Verständnis und Geduld entgegenzubringen. Wenn sie allein waren, führten sie lange Gespräche, in deren Verlauf er sich bemühte, durch vorsichtige Fragen die Quelle ihres Unbehagens herauszufinden, doch ohne Erfolg. Und wenn er direkte Fragen stellte, leugnete sie, dass irgendetwas nicht in Ordnung sei.

An einem kalten Wochenende in Chicago lieh Hefner sich den Wagen seines Vaters, holte Mildred bei ihren Eltern ab und fuhr mit ihr ins Kino, wo sie den Film *The Accused* mit Loretta Young in der Hauptrolle anschauten. In dem Film spielt Loretta Young eine gut aussehende, aber verklemmte Universitätsdozentin, die einwilligt, mit einem ihrer Studenten, der sie verzweifelt um Rat und Hilfe bittet, in ein Restaurant essen zu gehen. Im weiteren Verlauf des Abends fährt der Student mit ihr zu einer abgeschiedenen Stelle, wo er zunächst versucht, sie zu verführen, und als dies nicht gelingt, sie zu vergewaltigen. Sie setzt sich mit einem Gegenstand aus Stahl zur Wehr und muss, als er endlich aufhört, sie zu attackieren, feststellen, dass sie ihn umgebracht hat. Von Panik erfüllt flieht sie vom Tatort und schleppt sich zum Highway, wo es ihr gelingt, einen Lastwagen anzuhalten, der sie sicher nach Hause bringt, da sie es schafft, sich zusammenzureißen und sich nichts von dem Geschehen anmerken zu lassen. Am nächsten Tag geht sie wieder wie gewohnt zur Arbeit. In dem Bestreben, nicht als die Frau erkannt zu werden, in dessen Begleitung der Student in der Nacht seines Todes gewesen war, beginnt sie, ihr Aussehen zu verändern und sich modischer zu kleiden. Sie legt sich eine neue Frisur zu und fühlt sich attraktiver und begehrenswerter als je zuvor. Mit dem Erfolg, dass der Lastwagenfahrer sie im Verlauf der polizeilichen Ermittlungen nicht als die Frau identifizieren kann, die er in der Tatnacht mitgenommen hat, und sich außerdem sowohl der Beamte von der Mordkommission als auch der Staatsanwalt in sie verlieben.

Irgendwann jedoch brechen die Schuldgefühle aus ihr heraus, und sie erzählt die Wahrheit. Und an dieser Stelle begann Mildred, die den Film bis dahin mit Tränen in den Augen verfolgt hatte, laut loszuschluchzen, und bat Hefner, sie nach Hause zu bringen. Als sie in den Wagen stiegen, brach Mildred vollends zusammen. Als er seinen Arm um sie legte und versuchte herauszubekommen, was mit ihr war, wurde sie hysterisch.

Schließlich erlangte sie ihre Fassung wieder, und sie drehte sich auf dem Beifahrersitz zu ihm herum und gestand unter Tränen, dass sie in der Stadt, in der sie damals lebte, ein Verhältnis mit einem Kollegen aus dem Fachbereich hätte.

Ungläubig hörte Hefner ihr zu. Es kam ihm vor, als würde dieser unfassbare Moment noch zu dem Film gehören, als wäre das Ganze zu unwirklich, als dass er es akzeptieren konnte. Er saß hinter dem Steuer des geparkten Wagens und fühlte sich wie vor den Kopf geschlagen, betrogen und sehr allein. Mit einem Mal war Mildred zu einer vertrauten Fremden geworden. Eine Geliebte, die ihm plötzlich unbekannt war, obwohl sie ihm nun mit zitternder Stimme zu erklären versuchte, wie es dazu gekommen war. Sie hatte den Mann an einem Freitag kennengelernt, als er ihr anbot, sie zum Bahnhof zu fahren, wo sie den Zug nach Chicago nehmen wollte. Danach hatte sie ihn mehrfach bei Bridgeabenden mit Kollegen getroffen, und eines Abends hatte er sie in seinem Wagen geküsst, und sie war augenblicklich darauf eingegangen und sie hatten es miteinander getrieben.

Dies wäre seitdem noch häufiger passiert, fuhr sie fort und fügte hinzu, sie sei seiner, Hugh Hefners, nicht würdig, und versicherte ihm, dass er sich in keiner Weise verpflichtet fühlen müsse, sie zu heiraten. Sosehr sie auch alles bereute und so niederträchtig sie sich bei ihrem Geständnis auch vorkam, so groß war andererseits auch ihre Erleichterung. Sie fühlte sich regelrecht befreit, doch als sie in seine Augen blickte, stellte sie fest, dass er weinte. Sie nahm ihn in die Arme. Sie sagte ihm, dass sie ihn liebte, auch wenn sie noch einmal wiederholte, dass er sich zum Heiraten lieber eine andere Frau suchen sollte.

Hefner schüttelte den Kopf. Nein, erklärte er, er wollte nur sie. Er gab es zwar nicht zu, aber er wollte sie nun mehr denn je, denn die bedrohliche Gegenwart eines Rivalen rüttelte ihn auf. Er flehte sie an, sich nicht mehr mit dem anderen Mann zu treffen, und Mildred, verwirrt und voller Schuldgefühle, versprach es ihm. Sie redete sich ein, dass ihre kurze Affäre ein

Ausrutscher gewesen war, der gar nicht ihrem Naturell entsprach, und war froh und dankbar, dass Hefner an ihren Hochzeitsplänen festhielt.

Am 15. Juni 1949 ließen sie sich im Saint John Bosco Rectory in Chicago trauen. Mildred trug ein langes weißes Kleid und lächelte auf den Fotos von dem frisch vermählten Brautpaar und den beiden Familien vor der Kirche. Zusammen mit den grauhaarigen Müttern mit weißen Orchideen und den Vätern in vornehmen dunklen Anzügen standen sie vor der Kirche, blinzelten in die Sonne und bemühten sich krampfhaft um einen Ausdruck von familiärer Harmonie.

Nach der Zeremonie fuhren Hefner und Mildred im Wagen seines Vaters nach Hazelhurst, Wisconsin, wo sie ihre kurzen Flitterwochen in Styza's Birchwood Lodge verbrachten. Danach kehrten sie zurück nach Chicago, wo ihr gemeinsames Leben nie wieder so romantisch sein sollte, wie es einmal gewesen war.

Worunter ihre Ehe unter anderem litt, war Hefners Problem, nach dem Abschluss des College einen Job zu finden, der ihm zusagte. Seine verschiedenen Ideen für eine Comicserie wurden von den Vertriebssyndikaten abgelehnt. Schließlich kam er im Personalbüro einer Kartonagenfabrik unter. Als er herausfand, dass die Firma keine Schwarzen einstellte, reichte er aus Protest die Kündigung ein. Da der Stellenmarkt von Kriegsveteranen überschwemmt war und Hefner es vorzog, zu Hause an neuen Zeichnungen zu arbeiten, statt irgendeine unbefriedigende Anstellung anzunehmen, lebten Mildred und er von dem Geld, das sie als Aushilfslehrerin an verschiedenen Schulen in Chicago verdiente, darunter kurioserweise auch die Grundschule, die Hefner besucht hatte.

Um die Ausgaben so niedrig wie möglich zu halten, blieben sie im Haus von Hefners Eltern wohnen, bis Hugh es schaffen würde, seine Zeichnungen an den Mann zu bringen und er

Karriere machte. So dachten sie jedenfalls. Doch zwei Jahre später bewohnten sie noch immer das Zimmer neben dem Schlafzimmer seiner Eltern im ersten Stock des kleinen Backsteinhauses, das in einer ruhigen Straße am nordwestlichen Rand von Chicago lag. Das Haus hatte nach seiner Fertigstellung im Jahr 1930, als Hugh Hefner vier Jahre alt war, 13 000 Dollar gekostet, und es war das einzige Zuhause, das er je gekannt hatte, doch nun in den beengten Wohnverhältnissen empfand er mit einem Mal das Gefühl des Verlusts seiner hochfliegenden Träume seiner Jugend und darüber hinaus den Verlust des sexuellen Interesses an seiner Frau.

Mildred gab sich selbst die Schuld an dieser Situation. Sie hatte Hemmungen, in diesem Haus mit ihm zu schlafen, weil sie wusste, dass das Quietschen ihres Bettes von seinen Eltern im Nebenzimmer gehört wurde, und sie glaubte, ihr Seitensprung hätte Hefners Leidenschaft abgekühlt. Hinzu kamen typisch katholische Schuldgefühle aus ihrer Mädchenzeit, Sex und Lust betreffend, die sich nun wieder bemerkbar machten. Sie hatte sündigen Sex genossen und wurde jetzt dafür bestraft mit einem Eheleben ohne Leidenschaft in der klaustrophobischen Enge des Hauses ihrer Schwiegereltern, wo ihr Mann den ganzen Tag lang nichts anderes tat, als Zeichnungen anzufertigen, wie er es schon als Junge getan hatte, nur dass sie nun eine Tendenz zur Degeneration in seinen Zeichnungen bemerkte. Er fertigte zu seinem eigenen Vergnügen pornografische Versionen der Comicstrips von Dagwood und Blondie an. Er brachte Sexmagazine mit nach Hause und gab sich nicht die geringste Mühe, sie vor ihr zu verbergen, wie er es früher wohl getan hatte und im Falle seiner Mutter immer noch tat.

Seine Mutter, die zu höflich war, um ihnen nachzuspionieren, war Mildred in diesen schwierigen Jahren keine Hilfe, abgesehen davon, dass sie ohnehin nie auf die Idee gekommen wäre, mit ihren Schwiegereltern ihre Eheprobleme zu besprechen. So eng sie räumlich zusammenwohnten, so weit entfernt waren sie emotional voneinander. Die alten Hefners lebten jeder für sich ihr gewohntes Leben, gingen am Morgen ins Büro und kehrten abends zurück, um die Küche zu benutzen, wenn Hugh und Mildred sich nicht dort aufhielten. Es war ein Zuhause, das geprägt war von Sauberkeit und Ordnung, festen Abläufen und Kontrolle. Mildred erlebte nicht ein einziges Mal, dass einer von den beiden auch nur für einen Augenblick die Beherrschung verloren hätte. Nie hörte sie ein lautes oder vorwurfsvolles Wort oder dass einer der beiden mit dem Fuß aufgestampft hätte; allerdings bemerkte sie auch kein einziges Zeichen von Zuneigung, wie etwa einen zärtlichen Begrüßungskuss an der Tür, eine Umarmung oder ein liebevolles Wort. Mildred nahm nicht an, dass dies ein Zeichen mangelnder Zuneigung war, sondern vielmehr einer Gehemmtheit, Gefühle offen zu zeigen. Verglichen mit Mildreds eigenen temperamentvollen und zuweilen auch streitlustigen Eltern waren die Hefners ein außerordentliches Beispiel an Zurückhaltung und Verklemmtheit.

Da der zweite Sohn der Hefners, Keith, auswärts studierte, konnte Mildred nicht beurteilen, inwiefern sich diese Charaktereigenschaften auch auf ihn ausgewirkt hatten, bei ihrem Gatten glaubte sie jedoch den Einfluss bemerken zu können. Wie seine Eltern wollte auch er seine Umgebung stets unter Kontrolle haben und fühlte sich am wohlsten, wenn um ihn herum absolute Ordnung herrschte. Von seiner pietätvollen Mutter hatte er seinen Idealismus und seine Werte, von seinem deutschen Vater, einem Buchhalter, die präzise und pragmatische Art. Doch im Gegensatz zu ihnen zeigte er seine Gefühle. Mildred hatte seinen Zorn gespürt und ihn weinen gesehen. In ihren Augen waren seine pornografischen Zeichnungen Ausdruck seiner Rebellion gegen seine Erziehung und weil sie erkannte, wie tief er in Depressionen versank, schlug sie ihm vor, ihrem Zuhause eine Weile den Rücken zu kehren, seine Karriere erst mal zu vergessen und ans College zurückzugehen, den Ort, wo er zuletzt glücklich gewesen war, um seinen Master zu machen.

Er ging auf ihren Vorschlag ein und immatrikulierte sich an der Northwestern University für ein Graduiertenstudium in Soziologie. Doch das Einzige, was er dort zustande brachte, war eine längere Abhandlung über die Sexualgesetze, von denen die meisten seiner Meinung nach abgeschafft werden müssten, weil sie antiquiert waren und unzulässigerweise in die Privatsphäre eingriffen wie beispielsweise das damals noch immer in verschiedenen Staaten gültige Gesetz, das oralen Geschlechtsverkehr zwischen Eheleuten verbot. Obwohl Hefner hervorragende Noten für seine umfangreichen Studien und Nachforschungen bekam, teilten die Professoren seine Schlussfolgerungen nicht gerade mit großem Enthusiasmus, und nach einem Semester wurde Hefner von einer inneren Unruhe gepackt, und er kehrte dem Campus den Rücken mit dem festen Entschluss, in der wirklichen Welt Fuß zu fassen.

Er fand eine Anstellung als Werbetexter, zuerst in einem großen Kaufhaus, dann in einer kleinen Agentur. Seine erste Arbeitsstelle kündigte er, bei der zweiten wurde er gefeuert. Anschließend engagierte ihn die Werbeabteilung von Esquire Inc., einem Verlagshaus, in dem ein Modemagazin für Männer erschien und außerdem ein anspruchsvolles Monatsmagazin im Taschenbuchformat für Männer mit dem Titel *Coronet*. Hefner sah sich bereits in einer kreativen Atmosphäre arbeiten, umgeben von weltoffenen Redakteuren und hübschen Vargas-Girls. Schon bald jedoch musste er feststellen, dass die weiblichen Angestellten unattraktiv und affektiert und die Männer furchtbar biedere, langweilige Typen waren, die nichts von dem Schwung ausstrahlten, der das Magazin auszeichnete. Eines Tages zog Hefner ein Foto der Schauspielerin Carmen Miranda aus der Tasche, auf dem sie ohne Slip mit hochfliegendem Rock übers Tanzparkett wirbelte, und zeigte es einem der leitenden Angestellten des *Coronet*. Dieser wandte sich irritiert ab.

1951 kündigte der Verlag an, die Werbeabteilung von *Esquire-Coronet* nach New York City zu verlegen, doch Hefner, der kurz zuvor mit seiner Forderung nach 5 Dollar Gehaltserhöhung keinen Erfolg gehabt hatte, kündigte und blieb in Chicago. Er mochte diese Stadt und fühlte sich hier umso wohler, nachdem es ihm gelungen war, einen unabhängigen Verleger zu finden, der sich bereit erklärte, einen Band mit Zeichnungen und Karikaturen über das Leben in Chicago in einer Auflage von fünftausend Stück zu drucken. Auch wenn das Buch finanziell kein großer Erfolg war, stieß es doch bei den Kritikern auf positive Resonanz und brachte Hefner eine gewisse lokale Prominenz ein, so dass er sich in Gedanken schon an seinem Schreibtisch als Herausgeber eines eleganten Magazins sah, das sich mit dem urbanen Leben in Chicago befasste.

In der Zwischenzeit war er für 80 Dollar die Woche als Werbemanager für einen Chicagoer Zeitungsmagnaten namens George von Rosen tätig, einem gerissenen, vorausschauenden Mann, der sich einst vergeblich um eine Festanstellung beim *Christian Science Monitor* bemüht hatte und stattdessen als Vertriebsmanager für diverse Musikzeitschriften tätig gewesen war – darunter einer für protestantische Pfarrer –, und der nach dem Zweiten Weltkrieg beschlossen hatte, selbst Verleger zu werden, und es durch die Publikation so genannter Girlie-Magazine, die sich immer größerer Beliebtheit erfreuten, zu Wohlstand zu bringen.

New Yorker Verleger wie Robert Harrison hatten bereits mit Magazinen wie *Flirt*, *Titter*, *Wink* und *Eyefull*, die sich in erster Linie an einsame Soldaten zu Hause und in Übersee richteten, ein Vermögen gemacht. Aber Harrison, der persönlich etwas gegen Nacktheit hatte und sich ab 1952 in erster Linie dem Skandalblatt *Confidential* widmete, brachte in seinen Heften lediglich Schwarz-Weiß-Aufnahmen von jungen Frauen, die entweder einen Badeanzug, Negligés oder Unterwäsche trugen, die allenfalls um Nuancen gewagter waren als das, was man in den Anzeigen für Damenunterwäsche in der Sonntagsbeilage der *New York Times* zu sehen bekam – damals insgeheim eine der beliebtesten Masturbationsvorlagen im ganzen Land.

Unter den anderen Zeitschriften, die als Onanierhilfe verwendet wurden, bevor George von Rosen auf der Bildfläche erschien, waren Filmzeitschriften, die Starlets im Bikini zeigten, Abenteuerhefte, die gelegentlich leicht bekleidete Schönheiten in schrecklichen Notlagen zeigten, sowie *Sunshine & Health,* das Familienmagazin für Nudisten, und die auflagenstarken Illustrierten *Life* und *Look,* die auf charmante Art gelegentlich Fotos auf ihren Seiten unterbrachten, die sexuell aufreizender waren als alles, was man in den übrigen Heften zu sehen bekam.

Schon in den späten Dreißigern hatten *Life* und *Look* unter dem Vorwand des Fotojournalismus überaus kontroverse Fotos der Schauspielerin Hedy Kiesler abgedruckt, wie sie unbekleidet im Wasser schwamm und dabei sogar eine ihrer Brustwarzen zu sehen war. Die Bilder stammten aus dem tschechoslowakischen Film *Ekstase.* Die Reaktionen und der Presserummel um diesen Film übertrafen alles bisher Dagewesene, so dass der Film später entweder verboten oder nur in zensierter, geschnittener Fassung gezeigt wurde und die Schauspielerin Hedy Kiesler, als sie nach Hollywood übersiedelte, um weitere Filme zu drehen, eine neue Identität annahm und zu Hedy Lamarr wurde.

Im Jahre 1941 druckte *Life* das berühmte Foto von Rita Hayworth, wie sie in einem spitzenbesetzten Seidenschlüpfer auf dem Bett kniet – eine äußerst gestellte, aber seltsam sinnliche Pose, die unbestrittene Nummer eins unter den Pin-up-Fotos – mit Ausnahme vielleicht des Promo-Fotos des Filmstudios mit Betty Gables Hinteransicht in einem eng anliegenden Bikini – das Berichten zufolge später die Atombombe zierte, die über Hiroshima niederging. Als *Life* 1943 das Foto eines lächelnden blonden Models namens Chili Williams abdruckte, deren gepunkteter Badeanzug zwischen den langen Beinen nach innen gefaltet zu sein schien, erhielt die Redaktion nach eigenen Angaben 100 000 »fiebrig-heiße« Zuschriften, und Chili Williams wurde zu Probeaufnahmen eingeladen, die ihr einige kleinere Rollen in Hollywood einbrachten.

Während einige Verleger annahmen, die Begeisterung für Pin-up-Girls würde sich legen, wenn die Truppen wieder zu Hause wären, glaubte George von Rosen fest daran, dass die Keime der Fantasie bereits Wurzeln im erotischen Bewusstsein der Veteranen geschlagen hatten – und brachte nach dem Krieg Zeitschriften heraus, die sich auf das konzentrierten, was er für die drei grundlegenden Elemente hielt: Knarren, Mumm und Mädels. Die Gesetze waren damals, was das Fotografieren weiblicher Anatomie anbelangte, nicht klar definiert und hingen ab von einem langwierigen Rechtsstreit, den aufgebrachte Kirchengruppen gegen *Sunshine & Health* angestrengt hatten. Letztere bestanden auf ihrem Recht, ihre monatliche Zeitschrift samt unretuschierten Nacktaufnahmen weiterhin an Kiosken verkaufen und mit der Post verschicken zu dürfen. Die Post weigerte sich mit der Begründung, ganz nackt sei unzüchtig. Die Mitglieder der Nudistenvereinigung, die *Sunshine & Health* unterstützten, sahen sich hingegen als Anhänger einer gesellschaftlichen Bewegung und nicht als Pornografen und waren davon überzeugt, dass der erste Verfassungszusatz der Nudistenbewegung das Recht auf eine akkurate Selbstdarstellung einschließlich der Schamhaare in einer eigenen, offiziellen Zeitschrift garantierte.

Eine ähnliche Rechtslage wurde auch von einem inoffiziellen Nudistenmagazin geltend gemacht – *Modern Sunbathing & Hygiene* – das von George von Rosen herausgegeben wurde. Er beugte sich zwar dem Bannspruch der Post gegen Schamhaare, zeigte dafür aber ausgiebig stramme Brüste von jungen, drallen Frauen, die zuweilen entgegen der Nudistentradition einzeln bei Innenaufnahmen posierten, was weit entfernt war von der ländlichen Familienidylle, die in *Sunshine & Health* gefeiert wurde, und zu Gerüchten führte, dass George von Rosen, wenn er keine echten Nudisten zur Hand hatte, professionelle Stripperinnen anheuerte.

Frauen, die aussahen wie Stripperinnen, tauchten regelmäßig in von Rosens Magazin *Art Photography* auf, doch wie um die Zensoren davon zu überzeugen, dass sie nur im Dienste der Kunst standen, nahmen sie die statuenhaften Posen unbekleideter Jungfrauen aus der klassischen Bildhauerei ein, und ihre ausdruckslosen Gesichter und verschämt blickenden Augen vermieden den direkten Kontakt mit der potenziell lusterfüllten Linse der Kamera.

Solche Subtilität wurde seitens von Rosen weder erwartet noch gewünscht, wenn es um seine wesentlich eindeutigeren Girlie-Magazine ging, wo er durchaus bereit war, den Mädels, wenn sie schon so was wie Kleidung tragen mussten, zu gestatten, sich darstellerische Freiheiten herauszunehmen und etwa in die Kamera zu blinzeln oder provozierend zu grinsen oder mit den Hüften zu wackeln und mit offenem Mund zu lächeln.

Sein erfolgreichstes Magazin startete er 1951, kurz bevor Hugh Hefner in die Redaktion eintrat. Es hieß *Modern Man*, und das Mädchen auf dem Titelblatt der ersten Nummer war die Schauspielerin Jane Russell, die lächelnd in ausgefransten Shorts, einem eng anliegenden Pullover und Lederstiefeln auf einem Gatterzaun saß. Die Bilderwelt des *Modern Man* konnte durchaus als voyeuristisch gelten, doch von Rosen betrachtete sich nicht als jemand, der mit Schmuddelkram handelte, sondern als Geschäftsmann, der die Talente von Frauen vor der Kamera vermarktete, und dabei ging er mit derselben distanzierten Effizienz zur Sache, die er auch an den Tag gelegt hatte, als er die Zeitschrift *Etude* an Klavierschüler verkaufte oder

The Expositor und *Homiletic Review* an Männer der Kirche. Das Hauptproblem, das sich ihm als Herausgeber beim Start der Zeitschrift stellte, war nicht, zu entscheiden, was Männer sehen wollten, sondern vielmehr, was sie wohl lesen wollten – wenn überhaupt. Gleichzeitig hatte er die Zensoren bei Laune zu halten, indem er journalistische Beiträge ins Heft einbaute, die hoffentlich eine gewisse soziale Relevanz hatten, um ein Gegengewicht zu den Busen und Hinterbacken zu bilden, von denen es auf den Seiten seiner Zeitschrift nur so wimmelte.

Von Rosen vermied es, auch nur einen Beitrag zu drucken, der in irgendeiner Weise als pornografisch oder politisch kontrovers hätte gelten können, und so unterschied sich der redaktionelle Teil von *Modern Man* nicht wesentlich von dem im Grunde asexueller Zeitschriften für Camper und Bergsteiger wie *True* und *Argosy*. In der ersten Ausgabe von *Modern Man* stand ein Artikel über den Zauber der Bergsteigerei, ein Interview mit dem Schauspieler Dana Andrews, der den Lesern Segeltipps verriet, ein anderer berichtete über die Faszination maßgeschneiderter Autos wie dem Jaguar von 1913; darauf folgte eine Bildreportage über die Place Pigalle in Paris und ein Ratgeber für Sammler klassischer Schusswaffen. Die begeisterte Reaktion der Leser auf dieses Sachgebiet sowie in der Folgezeit erscheinende Artikel über Waffensammler und Jäger überzeugten Rosen, bald darauf weitere Magazine auf den Markt zu bringen, die sich ausschließlich mit diesen Themen befassten. *Modern Man* unterschied sich von allen anderen Blättern dieses Genres durch die Kombination von Fotos halbnackter Pin-up-Girls mit künstlerisch steifen, leblosen Ganzaktdarstellungen – eine Kombination, die Hefner später im *Playboy* imitieren sollte.

In dem Bestreben, auf den Seiten des *Modern Man* die erlesensten Beispiele künstlerischer Aktfotografie zu präsentieren, hatte von Rosen im ersten Erscheinungsjahr der Zeitschrift Tausende von Dollar für das Gesamtwerk eines distinguierten

Ungarn namens André de Dienes ausgegeben, der sich in den dreißiger Jahren darauf spezialisiert hatte, die europäische Kunstgeschichte durch Fotografien klassischer Skulpturen von Nackten in den Tuilerien, dem Louvre und anderen bedeutenden Museen zu dokumentieren. Etliche seiner Fotos von nackten Statuen der europäischen Klassik waren in *Esquire* abgedruckt worden, bevor die dortigen Herausgeber den inhaltlichen Schwerpunkt weg von dem verlagern wollten, was ihnen seit der Gründung 1933 über Jahre hinweg Käuferscharen beschert hatte. Es lag nicht nur daran, dass die Herausgeber der Ansicht waren, Girlie-Magazine würden im Zuge des Ausbildungsprogramms für Veteranen zu einem Anachronismus im Nachkriegsamerika werden, und man war es außerdem leid, sich wegen des dubiosen Rufs vor Gericht herumstreiten zu müssen. Obwohl *Esquire* einen Prozess gewonnen hatte, der vom Postminister, einem prominenten Katholiken und Mitglied des Democratic National Committee, gegen die Zeitschrift angestrengt worden war, hatten die juristischen Auseinandersetzungen, die sich von 1942 bis 1946 hinzogen, Zeit und Geld gekostet.

Und auch zuvor schon hatte es seitens der Kirchen Einschüchterungsversuche gegen die Zeitschrift gegeben: In einem Artikel, der in einer Zeitschrift aus dem gleichen Verlag namens *Ken* erschienen war, hatte es einige unschmeichelhafte Anspielungen auf die engen Verbindungen der katholischen Kirche zu General Franco und dessen Unterstützung im spanischen Bürgerkrieg gegeben, und als Reaktion auf den Artikel, verfasst von Ernest Hemingway, forderten die katholischen Kirchenfürsten die Priesterschaft auf, in ihren Sonntagspredigten deutliche Worte der Missbilligung über die Zeitschrift *Esquire* einfließen zu lassen, und es dauerte nicht lange, bis es an den Kiosken zu Kaufboykotten gegen *Esquire*, *Coronet* und vor allem *Ken* kam, was gerade im Falle des letzteren Magazins schließlich zur Einstellung führte. Und so erschienen die Nacktfotos von André de Dienes ab 1951 nicht mehr in *Esquire*, sondern in *Modern Man*, und der Herausgeber, der sich in ganz Amerika am meisten traute, war damals ganz unzweifelhaft George von Rosen, und das blieb er auch, bis Hefner ihm 1953 mit dem *Playboy* den Rang ablief.

Hefner und von Rosen waren sich in vielem ähnlich. Beide waren in puritanischen Elternhäusern im Mittelwesten als Söhne deutschstämmiger Buchhalter aufgewachsen; und beide waren ordentlich, diszipliniert, ehrgeizig und völlig von sich selbst überzeugt. Von Rosen, elf Jahre älter als Hefner, war ein schlanker, lebendiger Mann mit grünen Augen und dem straffen Gesicht eines Marineoffiziers; er kommandierte sein Zeitschriftenimperium auch wie eine Flotte von Schiffen. Von seinen Angestellten verlangte er strikte Pünktlichkeit, Ordnung und Sauberkeit am Schreibtisch und respektvolle Höflichkeit ihm gegenüber. Das Arbeitsklima konnte man fast als steril bezeichnen; die konservativen Angestellten hatten keinen emotionalen Bezug zu den Nacktfotos und Seitenlayouts, die sie bearbeiteten – ebenso wie von Rosen selbst, der sich darin grundlegend von Hugh Hefner unterschied. Für von Rosen war eine Zeitschrift ein effizientes, profitables Wirtschaftsunternehmen; für Hefner waren Zeitschriften eine persönliche Leidenschaft.

Wenn von Rosen dieser Unterschied nicht auffiel, so lag es daran, dass er mit Hefner während dessen Zeit bei *Modern Man* nicht allzu viel zu tun gehabt hatte, und was er mitbekommen hatte, war nicht sonderlich beeindruckend gewesen. Von Rosen hielt Hefners Cartoons für mittelmäßig und weigerte sich, auch nur eine einzige Karikatur abzudrucken. Und er war gelinde gesagt irritiert, als Hefner eines Tages im Büro auftauchte und ein Paket dabeihatte, das seinen Aussagen zufolge einen exzellenten Pornofilm enthielt. Hefners großzügiges Angebot, den heißen Streifen der Belegschaft vorzuführen, wurde prompt seitens von Rosen abgelehnt, der selbst nicht den geringsten Wunsch verspürte, sich so etwas anzusehen, und sich darüber ärgerte, dass Hefner ein derartiges Machwerk während der Arbeitszeit vorführen wollte. Obwohl Hefner seinen Job in der Werbeabteilung zur Zufriedenheit erledigte, vermittelte er ständig den Eindruck, in anderweitige Interessen und Abenteuer verwickelt zu sein. Deutlich gab er von Rosen zu verstehen, dass sein berufliches Schicksal niemals von einem einzigen Arbeitgeber abhängen würde. Diese Haltung stieß bei von Rosen auf wenig Gegenliebe. Hätte von Rosen die volle Tragweite von Hefners Plänen erahnt, hätte ihn dies wahrscheinlich mehr verwirrt als beunruhigt und nur in seiner Annahme bestärkt, sein Angestellter habe sexuell bizarre Neigungen.

Zu dieser Zeit war Mildred Hefner schwanger. Sie waren endlich aus Hefners Elternhaus ausgezogen und wohnten in einem hübschen Apartment am Hide Park von Chicago. Doch Hefner fühlte sich weiterhin unzufrieden in der Ehe und suchte Ablenkung bei einer Krankenschwester, mit der er später einen Sexfilm drehte. Dieser Film entstand in der Wohnung eines Freundes von Hefner, nur zum eigenen Vergnügen und der Erfahrung wegen, ohne dass Hefner sich die geringsten Illusionen machte, als Filmproduzent, und sei es nur von Sexfilmen, Karriere zu machen. Er war allerdings durchaus davon überzeugt, dass sein zukünftiger Erfolg, auf welchem Gebiet auch immer, etwas mit Sex zu tun haben würde, denn das war das Thema, das sein Denken mehr und mehr beherrschte. Seine Neugier wurde immer größer, das Sexleben anderer Leute faszinierte ihn genauso wie sein eigenes. Er las immer wieder Bücher über sexuelle Bräuche und Gesetze in der Vergangenheit, die Versuche von Königen, Päpsten und Theokraten wie Calvin, die Massen einzuschüchtern, indem bestimmte erotische Handlungen für sündig und strafbar erklärt wurden. Er verschlang die Klassiker der erotischen Literatur wie Boccaccio ebenso wie die verbotenen Werke von Henry Miller, den viele

GIs während des Krieges in Europa kennengelernt und in die USA zurückgeschmuggelt hatten. Hefner schaute sich in Kunstbänden die Aktmalereien der alten Meister an, Bilder von da Vinci und Raffael, Tizian, Ingres und Renoir, Rubens, Manet und Courbet, die den menschlichen Körper mit entblößten Genitalien und Brüsten darstellten und deren Figuren dem Betrachter in einer Weise in die Augen schauen, wie von Rosen es in seinem Magazin für Kunstfotografie niemals hätte durchgehen lassen. Nie und nimmer hätte von Rosen etwas ähnlich Suggestives im Foto gezeigt wie Manet auf einem Gemälde einer Nackten von 1865 oder etwa Courbets nackte Damen, die sich wollüstig im Bett umarmen, oder Goyas Maja, die sich hüllenlos in die Kissen lehnt, beide Hände über dem Kopf verschränkt, die Augen auf den Betrachter gerichtet, ihr Schamhaar gut sichtbar.

Natürlich bestand der Unterschied zwischen diesen Bildern und denen, die in Männermagazinen zu sehen waren, darin, dass es sich bei ihnen um Kunst handelte. Aber was als Kunst galt und was als Pornografie bezeichnet wurde, änderte sich manchmal schon von einer Generation zur nächsten, je nachdem, an welches Publikum man sich richtete. Die Kunstwerke mit Darstellungen von Nackten, die in den großen Museen hingen, waren Auftragsproduktionen des Adels oder der Oberschicht, die dafür bezahlt hatten, während die Fotografien, die in den Zeitschriften erschienen, für den Durchschnittsmann auf der Straße gemacht waren, dessen Museum der Kiosk an der Ecke war.

Und es war genau diese Gruppe, welche die staatlichen Zensoren vor unsittlichen Darstellungen bewahren wollten, um dadurch gleichzeitig eine gewisse Kontrolle über sie auszuüben, als das Oberste Bundesgericht in Washington 1896 gegen einen Verleger namens Lew Rosen einen Schuldspruch verhängte, weil er angeblich in seiner Zeitschrift *Broadway* unzüchtige Bilder publiziert hatte. Dies war das erste Urteil eines

Bundesgerichts nach Einführung des Comstock Act, ein Gesetz, das so benannt ist zu Ehren des gefürchtetsten Zensors in der Geschichte der Vereinigten Staaten, Anthony Comstock.

4

Anthony Comstock war ein rachedurstiger Protestant, der 1844 auf einer Farm in New Cannan, Connecticut, geboren wurde. Als er zehn Jahre alt war, starb seine Mutter, deren Tod ihn sehr mitnahm und die er sein ganzes Leben so verehrte, dass er später *ihr* seine Feldzüge im Namen von Sitte und Anstand widmete.

Als Jugendlicher hatte er so besessen masturbiert, dass er seinem Tagebuch anvertraute, die Onanie hätte ihn fast zum Selbstmord getrieben. In späteren Jahren entwickelte er eine panische Aversion gegen erotische Schriften und Bilder, von denen seiner Ansicht nach eine Gefahr für die Öffentlichkeit ausging, und vertrat die Auffassung, dass Justiz und Regierung dieses Problem viel zu nachgiebig behandelten. Obwohl im Jahre 1842 ein Gesetz verabschiedet worden war, das den Import von französischen Postkarten verbot, hatte Comstock diese erotischen Bilder, als er in einem Regiment aus Connecticut im Bürgerkrieg diente, oft genug bei den Soldaten gesehen. Nach dem Ende des Krieges war er über die Prostitution am südlichen Broadway in New York und den Anblick von fliegenden Händlern, die obszöne Broschüren und Bücher auf der Straße verkauften, ebenso entsetzt.

Zu diesem Zeitpunkt existierten auf Bundesebene noch gar keine Gesetze gegen sittenwidrige Publikationen. Zwar gab es in Massachusetts bereits seit dem 17. Jahrhundert Gesetze und Vorschriften gegen verderbliche Reden und Schriften, doch bezogen sich diese Gesetze und Vorschriften auf Äußerungen, die sich gegen die vorherrschende Religion richteten – so wurde beispielsweise in der dortigen puritanischen Kolonie für blasphemische Äußerungen bis ins Jahr 1697 die Todesstrafe verhängt, und auch danach beinhaltete der Strafenkatalog für Gotteslästerung noch so drakonische Maßnahmen wie das Durchbohren der Zunge mit einem glühenden Eisen. Darüber hinaus verboten die Gesetze im puritanisch dominierten Massachusetts die Verbreitung religiöser Schriften mit quäkerfreundlichem Inhalt und wurden 1711 durch zusätzliche Vorschriften erweitert, die das Singen von pietätlosen Liedern unter anderem mit dem Pranger bestraften.

Das erste Gerichtsverfahren wegen Sittenwidrigkeit in sexueller Hinsicht fand 1815 in Pennsylvania statt, wo einem Mann vorgeworfen wurde, ein Bild zum Verkauf angeboten und ausgestellt zu haben, auf dem ein »unzüchtiges« Paar abgebildet war. Da dies jedoch kein amerikanisches Gesetz verletzte, wurde die Verhaftung des Mannes mit einem englischen Gesetz aus dem Jahr 1663 gerechtfertigt, wo im Anschluss an den Fall *Der König gegen Sedley* der Angeklagte Sedley zu einer Woche Gefängnis verurteilt worden war, nachdem er sich in betrunkenem Zustand nackt auf dem Balkon einer Taverne präsentiert, lauthals unzüchtige Bemerkungen gerufen und Urin aus einer Flasche über andere Gäste des Wirtshauses geschüttet hatte. Auch wenn dieses rüpelhafte Verhalten herzlich wenig mit dem Fall des Amerikaners zu tun hatte, der ein Bild mit sexuellem Inhalt ausgestellt hatte, so betrachteten die Strafverfolgungsbehörden in Pennsylvania beide Handlungen als unsittliches Verhalten in der Öffentlichkeit, das im Gegensatz zu den Normen der Allgemeinheit als auch zu dem moralischen Regelwerk der Religion stand.

Das erste erotische Buch, das in Amerika verboten wurde, war die illustrierte Ausgabe des englichen Romans *Memoirs of A Woman of Pleasure* von John Cleland, auch bekannt unter dem Titel *Fanny Hill.* Dieses Buch, das 1749 in London herauskam und 1821 in Massachusetts verboten wurde – mit einer in etwa gleichlautenden Begründung wie zuvor in London –, beschreibt das Gesellschafts- und Sexualleben einer jungen Prostituierten, und zu den ersten Amerikanern, die ein Exemplar davon besaßen, gehörte auch Benjamin Franklin.

Es war durchaus nicht ungewöhnlich, in den Bibliotheken amerikanischer Führungspersönlichkeiten Werke von Autoren wie Ovid und Rabelais, Chaucer und Fielding zu finden, die man als obszön oder unsittlich hätte bezeichnen können. Da das Lesen von Büchern zu damaligen Zeiten hauptsächlich auf eine gebildete Minderheit beschränkt war, hielt man eine Zensur nicht für so notwendig wie in den nachfolgenden Generationen, als auch der gewöhnliche Bürger immer mehr mit Literatur in Berührung kam, Druckpressen immer größere Verbreitung fanden und der religiöse Glaube in dem sich immer weiter ausbreitenden Land aufhörte, das tägliche Leben zu dominieren, wie das bei den ersten Siedlern noch der Fall war. Als mehr und mehr Schulen – die erste öffentliche Highschool öffnete 1820 – gegründet wurden, wuchs innerhalb der Regierung die Besorgnis, welche Bücher den Schülern zugänglich gemacht werden sollten. Eine ähnliche Sorge um die Jugend und der Wunsch, sie vor negativen Einflüssen zu bewahren, brachte Anthony Comstock in den sechziger Jahren des 19. Jahrhunderts zum Ausdruck, um seine Zensurkampagnen in New York zu rechtfertigen.

Damals, unmittelbar nach dem Bürgerkrieg, arbeitete Comstock in New York, zuerst als Verkäufer in einem Lebensmittelgeschäft, später als Kurzwarenvertreter. Unterstützt von der YMCA, deren Mitglied er war, überzog er hohe Beamte unentwegt mit Petitionen, um die Gesetze gegen unsittliche Produkte zu verschärfen. Er war felsenfest davon überzeugt, dass erotische Schriften und Bilder eine Geißel der Jugend darstellten und bei Erwachsenen Masturbation, Lasterhaftigkeit, Abtreibungen und Geschlechtskrankheiten zur Folge hätten.

Viele Politiker stimmten Comstocks Schlussfolgerungen zwar zu, sträubten sich aber, ihn zu unterstützen, da er bei seinem Kampf gegen die Unmoral nicht vor dubiosen und illegalen Methoden wie Spitzeln, Lockvögeln und dem Öffnen der Post zurückschreckte, die im Widerspruch zu den in der Verfassung der USA garantierten Freiheiten standen und vielmehr den rigorosen Maßnahmen glichen, mit denen damals in England der Sittenverfall bekämpft wurde. 1864 hatte die englische Regierung in dem Bestreben, die Ausbreitung von Geschlechtskrankheiten zu verhindern, ein Gesetz verabschiedet, durch das Frauen, die im Verdacht standen, eine solche Krankheit zu verbreiten, zu einer medizinischen Untersuchung verpflichtet und gezwungen wurden, so lange gelbe Kleidung zu tragen, bis sie geheilt waren. In den Hospitälern wurden diese Frauen in gesonderten Abteilungen untergebracht, die unter der Bezeichnung »Kanarien-Stationen« bekannt waren. Diese Praxis wurde über zwanzig Jahre lang beibehalten, bis die Proteste der feministischen Bewegung zur Rücknahme des Gesetzes führten.

Daneben gab es im England der damaligen Zeit verschiedene Behandlungsmethoden gegen Masturbieren, darunter auch eine Art Keuschheitsgürtel, den die Eltern ihrem Sohn allabendlich im Schritt festschnallten, bevor er zu Bett geschickt wurde. Manche dieser Apparaturen waren mit Dornen an der Außenseite versehen oder mit einer Glocke, die immer dann ertönte, wenn der Sprössling sein Geschlechtsteil berührte oder eine Erektion sich regte.

Überall im Land wurden Bürgervereinigungen gegen das Laster gegründet, die nicht nur gegen Prostituierte, Ehebrecher und angebliche Pornografen vorgingen, sondern ebenso gegen die Herausgeber verschiedener Ratgeber in Sachen Sexualität. Diese Gruppierungen waren nichts grundlegend Neues, sie hatten in anderer Form bereits seit Jahrhunderten existiert und sich vor allem während der Mitte des 17. Jahrhunderts hervorgetan, als Oliver Cromwells Puritaner die Monarchie stürzten und im Zuge dessen auch das Theater als ein besonders widerwärtiges Bollwerk der Weltlichkeit abschafften.

Mitte des 19. Jahrhunderts jedoch, unter der strengen Regentschaft von Königin Victoria – als der Spaß am geheimen Sex seinen Höhepunkt erreicht und die Pornografie Hochkonjunktur hatte –, wurden die Bürgervereinigungen zunehmend fanatischer, was seinen Niederschlag in einer Reihe von restriktiven Gesetzen fand.

Es wurde ein Gesetz erlassen, das der Regierung die Durchsuchung von privaten Geschäftsräumen gestattete, um herauszufinden, ob obszöne Schriften verkauft wurden, und 1868 umriss der Lordoberrichter von England den Begriff Sittenwidrigkeit derart pauschal, dass auch Erwachsenen jede Art von Lektüre, die für Kinder nicht geeignet war, verboten wurde. Nach Ansicht des Lordoberrichters von England war obszön, was »moralisch verderblich ist und dazu angetan, diejenigen zu verderben, deren geistige Verfassung für solch unsittliche Einflüsse empfänglich ist«. Dieses Gesetz gestattete es den Gerichten, ein Buch auch dann für pornografisch zu erklären, wenn es nur einige wenige frivole Sätze enthielt. Die Motive des Autors, diese Passagen in das Buch einzubauen, spielten bei der Beurteilung überhaupt keine Rolle.

Noch bemerkenswerter war allerdings die Tatsache, dass dieses viktorianische Gesetz aus dem Jahre 1868 selbst nach dem Tod der am längsten regierenden Herrscherin von England – sie starb 1901 nach mehr als sechzig Jahren auf dem Thron – auch weiterhin die Rechtsprechung in Sachen Pornografie in den USA und in England bis Mitte der fünfziger Jahre des 20. Jahrhunderts beeinflussen sollte. Die amerikanische Nation, die in wirtschaftlichen und politischen Streitfragen erbitterten Widerstand gegen das Mutterland geleistet und sich zu einer Rebellion erhoben hatte, unterwarf sich, was Sexualität anging, weiterhin den Gesetzen Englands. Und niemand war erfolgreicher dabei, Amerikas puritanischen Wurzeln wieder zu Geltung zu verhelfen, als Anthony Comstock, der seine Tätigkeit als »Unkrautjäten im Garten Gottes« bezeichnete.

Comstock und seine Anhänger aus dem YMCA ließen sich von Widersachern nicht abschrecken und appellierten ständig an die Gesetzgeber des Staates New York und die Bundesbehörden in Washington, härter gegen die Verbreitung der Unmoral vorzugehen. Die Zeit für solche Kampagnen war günstig. Die Regierung in Washington, die sich im Gefolge des Bürgerkriegs mit wachsender Straßenkriminalität und Armut unter der Bevölkerung – und gleichzeitig dem skandalösen Treiben einiger wohlhabender Räuberbarone – konfrontiert sah, war jeder Anlass willkommen, um von ihrer Unfähigkeit abzulenken und eine bessere Kontrolle über die renitente Bevölkerung zu gewinnen. Hinzu kamen etliche Geschäftsleute und Industrielle, die der Auffassung waren, sexuelle Zügellosigkeit würde die Arbeitsdisziplin beeinträchtigen, und die daher ebenfalls strengere moralische Richtlinien und ein damit einhergehendes Durchgreifen forderten, sowie kirchliche Gruppen, die die Prostitution und den Verkauf von Schundliteratur in den Straßen zum Anlass nahmen für Forderungen nach strengeren Gesetzen, um gottlosen Schriftstellern das Handwerk zu legen – darunter auch Walt Whitman, der kurz zuvor seine Anstellung im Innenministerium verloren hatte, nachdem sein Buch *Leaves of Grass* erschienen und als »anstößig« beurteilt worden war.

Doch wurde ungestraft gleichzeitig weitaus Schlimmeres publiziert, wie Comstock vor Mitgliedern des Kongresses beklagte, und legte ihnen als Beweis etliche Darstellungen und Zeichnungen aus Ratgeberbüchern für Ehepaare, Broschüren und Flugblättern vor, die er als »moralische Aasgeier« bezeichnete, »die sich über unsere Jugend hermachen und ihr die scharfen Klauen in die Flanken treiben, um sie zu verderben.« Und mit Unterstützung einflussreicher Bürger wie dem Seifenfabrikanten Samuel Colgate und dem Bankier J. P. Morgan, der selbst eine Sammlung pornografischer Werke besaß, gelang es Comstock schließlich, den Kongress davon zu überzeugen,

1873 ein Bundesgesetz zu verabschieden, das jedes »sittenwidrige, obszöne, unzüchtige, lüsterne oder verkommene Druckwerk, sei es ein Buch, ein Pamphlet, ein Brief oder ein Traktat, gleich ob handschriftlich oder gedruckt, das geeignet ist, die Moral zu untergraben« vom Versand durch die Post ausschloss. Das Gesetz, das von Präsident Ulysses S. Grant unterzeichnet worden war, erhielt einen Zusatzartikel, in dem Comstock der eigens geschaffene Posten eines Sittenwächters bei der Post zugestanden wurde. Zwei Monate später war die von Comstock gegründete New Yorker Gesellschaft zur Bekämpfung des Lasters mit polizeilichen Machtbefugnissen ausgestattet, und Anthony Comstock erhielt das Recht, eine Waffe zu tragen.

Während der darauf folgenden Jahre terrorisierten Comstock und seine Gesellschaft unliebsame Verleger, verhafteten Hunderte von Bürgern wegen des Besitzes fragwürdiger Literatur und trieben fünfzehn Frauen in den Selbstmord, denen wegen ihres unmoralischen Lebenswandels ein demütigender öffentlicher Prozess bevorstand. Die Anklage umfasste Vergehen wie Prostitution, Durchführung von Abtreibungen und Verkauf von empfängnisverhütenden Artikeln – sowie im Fall von Ida Craddock die Abfassung eines Ehe-Ratgebers mit dem Titel *The Wedding Night*.

Der New Yorker Verleger Charles Mackey wurde in Handschellen abgeführt, zu einem Jahr Gefängnis und 500 Dollar Geldstrafe verurteilt, obwohl sein einziges Vergehen darin bestand, die *Ars amatoria* von Ovid in seinem Sortiment zu führen. Ein Buchhändler in der Canal Street erhielt ein ähnliches Strafmaß, weil er in seinem Laden ein Exemplar des Eheratgebers *Book of Nature and Marriage Guide* von Dr. Ashton angeboten hatte, das zuvor zwanzig Jahre lang unbeanstandet in New York hatte verkauft werden dürfen. Ein junger Zeitungsverkäufer in der Chambers Street, dem von einem vermeintlichen Kunden eine ansehnliche Summe Geld in Aussicht gestellt worden war, wenn er einige erotische Fotografien besorgte, musste, als er die Bilder dann schließlich lieferte, feststellen, dass es sich bei dem hartnäckigen Kunden um einen von Comstocks Spitzeln gehandelt hatte, und er wurde zu einem Jahr Zuchthaus verurteilt.

Die meisten Schuldsprüche in New York waren das Resultat von Comstocks verdeckten Ermittlungen. Entweder er selbst oder seine Mitarbeiter betraten als unauffällige Kunden die einschlägigen Läden oder schickten eingeschriebene Briefe, denen sie Geld für bestimmte Bücher oder Broschüren beilegten, an verschiedene Buchhandlungen, um die so erworbenen Beweismittel später vor Gericht zu präsentieren. Da der Verkauf und die Verbreitung von Anleitungen zur Empfängnisverhütung illegal waren, landeten etliche arglose Apotheker hinter Gittern, weil sie Kondome oder Gummispritzen verkauften, die viele Frauen aus rein hygienischen Gründen benutzten.

Auch Fotostudios waren häufig Schauplatz von Razzien auf der Suche nach erotischen Aufnahmen, und in einem Fall wurde gegen den Veranstalter einer Ausstellung von stereoskopischen Fotografien ermittelt, weil sich unter den Bildern auch einige Fotos von klassischen Aktskulpturen befanden. Im Jahre 1878 besuchte Comstock mit fünf männlichen Begleitern ein Bordell an der Greene Street in New York. Nachdem sie drei Frauen veranlasst hatten, sich für 14 Dollar nackt auszuziehen, zog Comstock seinen Revolver und verhaftete alle drei wegen unsittlicher Zurschaustellung.

Comstocks Praktiken erregten relativ wenig Protest in den großen Zeitungen, denn die meisten Verleger – wie auch Politiker – fürchteten, öffentliche Kritik an Comstock könnte ihnen als mangelnde Härte und Durchsetzungsbereitschaft gegenüber dem Verbrechen ausgelegt werden. Zudem wollten sie vermeiden, dass Comstock auch ihr Privatleben unter die Lupe nahm. Ein paar kleinere Publikationen – in gewisser Weise die

Untergrundpresse der damaligen Zeit – waren hingegen sehr vehement in ihrer Berichterstattung über Comstock, ganz besonders tat sich dabei eine Zeitung hervor, die ihre Redaktionsräume am südlichen Broadway hatte und die den Titel *The Truth Seeker* trug. Dieses Wochenblatt wurde von einem unerbittlichen Skeptiker, Bibelverächter und Agnostiker namens D. M. Bennett herausgegeben, der sich in der Tradition von Thomas Paine sah und für die Geburtenkontrolle und die Versteuerung von Kircheneigentum eintrat und lautstark den Respekt vor der individuellen Freiheit forderte, die Comstock mit Füßen trat.

In seinen Artikeln verglich D. M. Bennett Comstock mit Torquemada, dem spanischen Großinquisitor des 16. Jahrhunderts, und mit Matthew Hopkins, dem Hexenjäger des 18. Jahrhunderts. »Hopkins«, schrieb Bennett, »war ausgestattet mit einem Maß an gesetzlicher Autorität, das es ihm gestattete, wie ein Raubtier durch einige der Grafschaften von England zu streifen und sich seine Opfer zu greifen, wo immer er sie fand, und mit einer ähnlichen gesetzlichen Autorität ist auch Comstock ausgestattet, dem es dadurch möglich ist, diverse Staaten der USA heimzusuchen und in ähnlicher Weise seinen unglücklichen Opfern nachzustellen.«

Nachdem die Verbreitung von Pornografie in Amerika nun gegen ein Bundesgesetz verstieß – und mit Geldstrafen bis zu 5000 Dollar und mit Zuchthaus bis zu zehn Jahren geahndet wurde –, forderte Bennett, den Straftatbestand Pornografie ebenso klar zu umreißen wie die Delikte Mord, Totschlag, Vergewaltigung, Diebstahl, Raub und Betrug, damit jeder Bürger verstand, worum es sich bei Pornografie handelte. Das Verbrechen Pornografie sei leider unpräzise definiert und werde deshalb von jedem Richter, Geschworenen oder Staatsanwalt unterschiedlich interpretiert, was den Leuten an der Macht ermöglichte, das Gesetz willkürlich auszulegen und je nach

Bedarf, aus welchen Gründen auch immer, Bürger zu Kriminellen zu machen.

Wenn schon der Vertrieb von Broschüren sexuellen Inhalts mit Hilfe der Post unterbunden werden sollte, und zwar in erster Linie zum Schutz der Moral von Jugendlichen, wie Comstock behauptete, warum, so fragte sich Bennett, wurde dann die Post an Familien, Heime und Schulen nicht von Eltern, Lehrern und Erziehern geprüft statt von Zensoren der Regierung und religiösen Fanatikern. Bennett glaubte wie viele prominente Skeptiker seiner Zeit, dass die organisierten Religionen repressiv, intellektfeindlich und tyrannisch seien und nur den einen Zweck verfolgten, das Volk unter Kontrolle zu halten und es mit Versprechungen in die Irre zu leiten, dass ein paradiesisches Dasein nach dem Tode all denjenigen beschert sei, die sich den Glaubensdoktrinen unterwarfen, während den Ungläubigen ewige Verdammnis drohte. Wobei die auf Mythen basierende Liturgie von der Regierung zu keinem Zeitpunkt in Frage gestellt wurde, da sie die Massen einlullte, die ansonsten eventuell auf den Straßen gegen die Ungerechtigkeit des irdischen Daseins rebelliert hätten.

In Bennetts Augen arbeiteten Kirchen und Regierung Hand in Hand daran, die Massen im Zustand der Unmündigkeit zu halten und dadurch die eigene Machtposition zu perpetuieren. Die Kirchen, die von der Steuer befreit waren und riesige Vermögen angehäuft hatten, verzichteten darauf, die manchmal barbarischen Handlungen der Regierung im Krieg zu verdammen, und im Gegenzug stellte die Regierung den Kirchen häufig die Polizei zur Seite, wenn es darum ging, in das Privatleben der Bürger einzudringen. Besonders erregte es Bennetts Zorn, dass die Kirchen sich das Recht anmaßten zu bestimmen, was Menschen mit ihren Körpern im Bett veranstalteten, welchem Zweck der Geschlechtsverkehr zu dienen hatte und wie Sex in Worten und Bildern, wenn überhaupt, dargestellt werden durfte, um zu verhindern, dass sich in die Köpfe unschuldiger Gemeindemitglieder sündige Gedanken einschlichen. Diese Art von Denkverboten betrachtete D. M. Bennett als eine Verletzung der antitheologischen Grundsätze, auf denen die Gründerväter der USA die Verfassung aufgebaut hatten.

Da Bennett diesen Standpunkt mit erbitterter Hartnäckigkeit vertrat und sich nicht scheute, ihn auch in gedruckter Form zu verbreiten, war es nur eine Frage der Zeit, bis er mit dem Gesetz in Konflikt geriet. Und so kam es, dass an einem Wintertag im Jahre 1877 Anthony Comstock höchstpersönlich in Begleitung eines Bundespolizisten mit einem Haftbefehl in Bennetts Büro erschien und ihn ruhig und gefasst darüber informierte, dass man ihn beschuldigte, zwei sittenwidrige und gotteslästerliche Artikel mit der Post versandt zu haben, die beide im *Truth Seeker* erschienen waren. Der eine Beitrag hatte die Überschrift: »Wie vermehren sich die Beuteltiere?« und der zweite: »Offener Brief an Jesus Christus«.

Bennett verteidigte Comstock gegenüber sein Recht, diese Beiträge zu publizieren, da keiner von beiden wirklich sittenwidrig oder gotteslästerlich gewesen sei. Der Artikel über die Beuteltiere, den ein Mitarbeiter geschrieben hatte, behandle rein wissenschaftlich und präzise, was der Titel besage. Der Brief an Christus, den Bennett selbst verfasst hatte, stellte zwar die Jungfräulichkeit der heiligen Maria in Frage, doch war es laut Bennett sein gutes Recht, dieses Wunder anzuzweifeln.

Wenn Comstock wirklich auf der Suche nach Pornografie war, so riet ihm Bennett, brauchte er bloß in der Bibel nachzuschlagen, und schlug ihm bei dieser Gelegenheit gleich die Geschichte von Abraham und seiner Konkubine vor, die Vergewaltigung von Tamar, den Ehebruch des Absalom oder die lustvollen Ausführungen von Salomon. Comstock reagierte darauf sehr barsch und bedeutete Bennett, seinen Mantel zu holen, er ließe sich derart unziemliche Bemerkungen nicht länger gefallen. Bennett wurde in Handschellen zum Gebäude der Hauptpost an der Ecke Broadway und Park Row gebracht, wo

Comstock seinen Amtssitz hatte. Es wurde eine Kaution von 1500 Dollar festgesetzt und der Termin der Vorverhandlung für die Woche darauf anberaumt. Comstock hoffte, dass Bennett das erste Opfer des neuen Bundesgesetzes gegen den Missbrauch der Post werden würde.

Nachdem er gegen Kaution freigekommen war, begann Bennett unverzüglich eine Kampagne zu seiner Verteidigung und ritt erneut publizistische Attacken gegen Comstock und sein Gesetz. Er erfuhr dabei Unterstützung durch eine Vielzahl von Menschen, darunter auch der Anwalt Robert G. Ingersoll, der nicht nur ebenfalls Agnostiker sondern auch eng mit Bennett befreundet war. Ebenso wie Bennett war auch Ingersoll in Illinois aufgewachsen, hatte als Colonel in der Kavallerie der Union gekämpft, wobei es in seinem Fall weniger die Kriegsbegeisterung war, die ihn zur Teilnahme bewogen hatte, sondern seine Ablehnung der Sklaverei. Seine Eltern waren schon zwanzig Jahre vor dem Ausbruch des Bürgerkriegs für die Abschaffung der Sklaverei eingetreten, weshalb sein Vater, ein presbyterianischer Pfarrer, von einer Gemeindeversammlung zur nächsten zitiert worden war und dort mehr Zeit in unangenehmen Diskussionen mit Kirchgängern verbrachte als mit eigentlicher Gemeindearbeit – eine Situation, die einiges beitragen sollte zur skeptischen Grundhaltung seines Sohnes den christlichen Tugenden gegenüber.

Nach dem Krieg betätigte sich Robert Ingersoll als Anwalt und war häufig mit der Verteidigung von radikalen Positionen der damaligen Zeit betraut. Seine Abscheu gegen jegliche Form der Zensur machte ihn zu einem natürlichen Feind Comstocks. Falls die Regierung beabsichtigen sollte, Comstock darin zu unterstützen, solche Zeitschriften wie *The Truth Seeker* mit Zensurmaßnahmen zu überziehen, so wäre er nur allzu gerne bereit, Bennett zu verteidigen, und zwar durch alle Instanzen bis zum Obersten Gerichtshof – und dies teilte er dem Postminister in Washington mit.

Die Beweislage gegen Bennett war dünn – die Artikel waren weder unzüchtig noch gotteslästerlich und darüber hinaus durch den ersten Verfassungszusatz abgedeckt – und es war überaus zweifelhaft, dass Comstock damit vor der höchsten Instanz der Rechtsprechung in den USA Erfolg haben würde, so dass der Postminister, eventuell beeindruckt durch das Einschreiten Ingersolls, beschloss, die Anklage gegen Bennett stillschweigend fallen zu lassen.

Man könnte meinen, der Regierung und dem schrecklichen Comstock noch einmal durch die Lappen gegangen zu sein hätte D. M. Bennett dazu veranlasst, von nun an mehr Zurückhaltung zu üben – und sei es nur aus Furcht vor der Rache des Zensors –, doch das Gegenteil war der Fall. Er feierte das Ereignis in seiner Zeitung und nahm Comstock noch schärfer ins Visier, indem er den Widerruf der Postzensur forderte sowie die Legalisierung von empfängnisverhütenden Hilfsmitteln und Anleitungen zur Geburtenregelung. Darüber hinaus verfasste er eine ausführliche Abhandlung über das Christentum, dessen Geschichte er als eine einzige Aneinanderreihung von Massakern und blutigen Eroberungszügen im Namen Christi darstellte, während die Päpste sich wollüstigen Ausschweifungen hingaben und nicht selten Inzest und Mord verübten.

Den Apostel Paulus porträtierte er als einen pietätlosen Proselyten, einen Heuchler und Frauenhasser, der die frauenfeindliche Tradition der römisch-katholischen Kirche begründet hatte. Papst Paul II. bezeichnete Bennett als einen »scheußlichen, eitlen, grausamen und ausschweifenden Pontifex, dessen Hauptvergnügen darin bestand, Ketzer mit glühenden Kohlen und infernalischen Marterinstrumenten zu quälen«. Die Jesuiten betrachtete er als Henkersknechte, über deren schreckliche Untaten der Mantel der Geheimhaltung gedeckt wurde, und Martin Luther attestierte er eine »geisteskranke Brutalität«, während er Johannes Calvin als einen »berechnenden, grausamen Heuchler« bezeichnete. Pius IV. »versammelte zur Befriedigung seiner sinnlichen Neigungen und schmierigen Gelüste Kurtisanen und schöne Knaben in seinem Palast«, wohingegen Pius VI., »sich der Sodomie, des Ehebruchs und des Mordes schuldig machte« und Sixtus V. »zur Feier seiner Amtseinführung sechzig Ketzer hinrichten ließ.« Nachdem er Dutzende weiterer Päpste, Heiliger, Reformatoren, Evangelisten und Puritaner in ähnlicher Weise dargestellt hatte, schloss Bennett, dass Anthony Comstock »sich seiner christlichen Vorgänger als ebenbürtig erwiesen hat, zumindest soweit es darum geht, seine Mitmenschen zu verhaften, zu verfolgen, einzukerkern und ins Elend zu treiben.«

Diesen Artikel veröffentlichte Bennett 1878. Im gleichen Jahr wurde er abermals von Comstock verhaftet, diesmal jedoch nicht wegen seiner kritischen Ausführungen, die trotz ihrer scharfen Wortwahl durch das verfassungsmäßige Recht auf Meinungsäußerung geschützt waren, sondern wegen eines erotischen Pamphlets mit dem Titel *Cupid's Yokes*, das die freie Liebe propagierte, die Ehe ablehnte und stattdessen für das Zusammenleben in einer erotischen Kommune ohne Restriktionen warb. Wörtlich hieß es darin: »Warum sollen Priester und Behörden ausgerechnet die menschlichen Triebe der Bürger kontrollieren? Hirn und Magen unterliegen doch auch nicht ihrer Kontrolle!«

Bennett hatte dieses Pamphlet weder geschrieben noch veröffentlicht – der Autor war ein bereits inhaftierter Freidenker aus Massachusetts namens E. A. Heywood –, doch er hatte es, wie Zeugen bestätigten, bei einer Veranstaltung in der Nähe von Ithaka, New York, zusammen mit anderen kontroversen Schriften verkauft, und Comstock war davon überzeugt, dass Bennett diesmal im Gegensatz zu seiner letzten Verhaftung nicht so viele einflussreiche Leute finden würde, die sich für ihn starkmachten. Doch mittlerweile, im fünften Jahr seines Kreuzzuges gegen das Laster, hatte sich die öffentliche Meinung immer mehr gegen ihn gewendet, und Bennett gelang es erneut, durch seine Zeitung beträchtliche Unterstützung, auch finanzieller Art, zu erhalten. Trotzdem musste er sich vor Gericht verantworten, wo ein gnadenloser Richter ein antiliberales englisches Gesetz aus dem Jahre 1836 in die amerikanische Rechtsprechung einführte, wonach ein literarisches Werk bereits dann als sittenwidrig zu gelten hatte, wenn auch nur ein Satz darin sittenwidrig und für jugendliche Leser ungeeignet war. Wegen Verkaufs dieses Pamphlets wurde Bennett zu dreizehn Monaten Zwangsarbeit im Zuchthaus von Albany verurteilt.

Tausende von Mitbürgern schickten daraufhin Petitionen an Präsident Rutherford B. Hayes, um Bennetts Begnadigung zu erreichen, und es gab sogar schon Bemühungen, den Obersten Gerichtshof anzurufen. Doch alle Bemühungen wurden zunichtegemacht, als Comstock, dem auf verschlungenen Wegen leidenschaftliche Liebesbriefe des 60-jährigen Bennett an eine junge Frau in die Hände gefallen waren, diesen öffentlich als lüsternen alten Ehebrecher bezeichnete. Bennetts im Gefängnis gemachtes Eingeständnis, die Briefe stammten tatsächlich aus seiner Feder, verscherzte ihm einige Sympathien, darunter sowohl die seiner eigenen Gattin als auch die des Präsidenten Hayes, und es wird berichtet, dass die Weigerung des Präsidenten, Bennett zu begnadigen, in erster Linie auf die Einflussnahme seiner Frau zurückging.

Bennett leistete seine volle Strafe ab. Nach seiner Entlassung – schwer von der harten Zwangsarbeit gezeichnet – bereiste er Europa und überließ seinen Verlag seinem Partner, der ihn auch während seiner Haftzeit vertreten hatte. 1881 gab Bennett das Buch *An Infidel Abroad* heraus, in dem er seine respektlosen Artikel und Kommentare zusammengefasst hatte, die ihn zu einer zentralen Persönlichkeit der Freidenkerbewegung des 19. Jahrhunderts in Amerika hatten werden lassen. Diese Bewegung sollte im Verlauf der folgenden Generationen Verleger wie Emanuel Julius hervorbringen, dessen kontroverse Buchreihe »Little Blue Books« in den zwanziger Jahren des 20. Jahrhunderts den Massenmarkt der Taschenbücher etablierte, sowie Samuel Roth, der zwischen 1930 und 1960 mehrfach wegen Handels mit Büchern, die von der Regierung verboten worden waren, in Haft saß, und Barney Rosset, der schließlich einen gefeierten Sieg über die Zensoren der Post davontragen sollte.

D. M. Bennett, der ein Jahr nach Veröffentlichung seines Buches *An Infidel Abroad* starb, wurde von seinem Peiniger Anthony Comstock um etliche Jahre überlebt. Ehe dieser 1915 starb, schickte er noch viele Menschen hinter Gitter, wobei es ihn mit besonderer Zufriedenheit erfüllte, als das Oberste Bundesgericht der Vereinigten Staaten im Jahre 1896 den Schuldspruch gegen Lew Rosen bestätigte, dessen Publikation *Broadway* provozierende Fotos von Frauen enthielt, die mit Lampenruß unsichtbar gemacht waren, den der Abonnent zu Hause leicht wegreiben konnte. Obwohl Rosens Rechtsanwälte die Urteile der niedrigeren Instanzen mit den vielfältigen Argumenten angefochten hatten – darunter auch der Hinweis auf die Tatsache, dass die Kopie von *Broadway,* die als Beweismaterial galt, auf einen Lockbrief seitens der Regierung verschickt worden war und dass Lew Rosen nicht gewusst habe, mit welcher Leichtigkeit die deckende Schwärze auf den Bildern beseitigt werden konnte –, bestätigte das Oberste Bundesgericht die Comstock-Doktrin, und Lew Rosen war gezwungen, 13 Monate Zwangsarbeit abzudienen.

Nach Comstocks Tod ließ die Verfolgung von Produzenten sittenwidriger Artikel keineswegs nach. Postzensoren und Kirchenfürsten, die Gesellschaft zur Bekämpfung des Lasters in New York und ähnliche Organisationen in anderen Städten, wie die »Watch and Ward Society of Boston« und die »Chicago Law and Order League«, machten weiterhin eifrig Jagd auf Verleger.

Die Chicago League unterstand einem gewissen Arthur Farwell, einem Nachkommen neuenglischer Puritaner, dessen missionarischer Eifer geweckt wurde, als sich während seiner Kindheit herausstellte, dass sein Vater, ein namhafter Politiker, mit diversen Personen aus der Unterwelt von Chicago, darunter auch eine Puffmutter, enge Verbindungen hatte. Ab diesem Zeitpunkt sagte sich der junge Farwell von seinem Vater los und richtete dieselbe Intoleranz gegen jeden Mitbürger, der von politischen Machenschaften oder vom Glücksspiel profitierte oder sich bei unmoralischen Sexspielen vergnügte.

1912 wurden die meisten Bordelle in Chicago vorübergehend geschlossen, nachdem Farwells Verband die Behörden konstant mit Protestschreiben und Petitionen überzogen hatte. Drei Jahre später setzte er durch, dass die Lokale in Chicago sonntags geschlossen bleiben mussten. Wenn Farwells Bemühungen, während der Prohibition die profitträchtige Partnerschaft zwischen Politikern und Gangstern, deren Resultate Flüsterkneipen und Bandenkriege waren, zu unterbinden, wenig Erfolg beschieden war, so lag das daran, dass Chicago damals unter dem starken Einfluss ethnischer Gruppen stand, von denen die bedeutendste die Iren waren, die allerdings nicht die Auffassung der Prohibitions-Anhänger vertraten, Whiskey sei ein Laster, obwohl gerade sie, was Sex anbelangte, noch prüder waren als die Puritaner.

Mitte der zwanziger Jahre, als Hefners Eltern, die der Methodistenkirche angehörten und keinen Tropfen Alkohol tranken, von Nebraska nach Chicago übergesiedelt waren, hatten die irischen Katholiken die Protestanten als Hüter der sexuellen Moral in der Stadt abgelöst. Die Immigrationswelle aus Irland hatte Mitte des 18. Jahrhunderts Chicago mit einer Unzahl von strenggläubigen Katholiken überschwemmt, die sich pedantisch an ihren engherzigen Moralkodex hielten. Nach und nach wurde das politische und gesellschaftliche Leben in Chicago von einem intoleranten Geist bestimmt, der unorthodoxen Gedanken und Verhaltensweisen feindselig gegenüberstand. Bereits zu einer Zeit, als die Iren noch nicht regelmäßig den Bürgermeister stellten – dazu kam es erst in den Zwanzigern –, wurden die Ansichten der irischen Katholiken, was Moral und Zensur sexueller Inhalte betraf, durch den Einfluss irischstämmiger Gesetzgeber, Stadträte, Staatsanwälte, Polizisten und politisch engagierter Geistlicher verstärkt. Die Iren waren schneller erfolgreich als andere Immigranten, weil sie mit dem Vorteil, dieselbe Sprache zu sprechen, in ihrer neuen Heimat ankamen. In ihrem religiösen Glauben und durch ihren gemeinsamen Kampf gegen die Engländer vereint, stellten sie eine politisch mächtige Gruppierung dar. Gestärkt durch ihr Clansystem und durch politische Vetternwirtschaft, entwickelte sich in ihren Wohnvierteln – meist Arbeitersiedlungen mit kleinen Einfamilienhäusern, in denen Schwarze nicht gern gesehen wurden – die gut geölte Maschinerie der Demokratischen Partei Chicagos, und aus solch einem Viertel kam nicht nur Bürgermeister Richard Daley, sondern auch seine beiden Vorgänger, Ed Kelley und Martin Kennelly.

Daleys Nachbarschaft unterschied sich kaum von anderen weißen Immigrantensiedlungen, in denen zum Großteil Polen oder Tschechoslowaken, Italiener oder russische Juden wohnten. Fast überall herrschte ein von engen Familienbanden und gewerkschaftlichem Zusammenhalt geprägter Konservatismus. Anders als in liberaleren Städten blieben die Bevölkerungsgruppen in Chicago länger isoliert und voneinander abgeschottet und damit die politischen Lager klar umrissen. Chicago war gut organisiert, solide und schwerfällig – eine Stadt mit linientreuen Einwohnern, die sich über politische Bevormundung und extremen Rassismus weniger schockiert zeigten als über die Vorführung eines erotischen Films im Kino um die Ecke.

Die Filme, die Hugh Hefner als jugendlicher Platzanweiser im »Rockne Theater« und als Besucher in anderen Kinos gesehen hatte, waren alle zuvor einer Jury der Zensurbehörde vorgeführt worden, der gewöhnlich fünf mit Polizisten verheiratete Hausfrauen angehörten. Als Hefner noch in von Rosens Werbeabteilung arbeitete, weigerte sich der Hauptverteiler für Zeitschriften in Chicago plötzlich, dessen Produkte weiter zu vertreiben, da sie sexorientiert seien und den Unwillen des Bürgermeisters und der kirchlichen Würdenträger provozieren könnten. Von Rosens Zeitschriften wurden daraufhin von Fahrern einer kleineren und mutigeren Firma zu den Zeitungsständen gebracht, die im Transportgewerbe als »Secondary«-Vertrieb bekannt war.

In nahezu jeder größeren amerikanischen Stadt gab es einen »Primary«, einen Hauptvertrieb, der die etablierten Massenzeitschriften wie *Reader's Digest* und das *Ladies' Home Journal* verteilte, und einen »Secondary«, der sich um das kümmerte, wovon der »Primary« lieber die Finger ließ. In Chicago hieß der Secondary »Capitol News Agency«. Wie solche Firmen in anderen Städten auch hatte sie ihre Lagerhäuser in einer abgelegenen Seitenstraße. Die Fenster waren zugemauert, so dass Neugierige vom Gehsteig aus nicht sehen konnten, welche Art von Ware darin aufbewahrt wurde. Ein Fahrer, der mit einem Lastwagen voll neuer Zeitschriften von der Druckerei kam, musste, ehe er eingelassen wurde, an einer Seitentür läuten und sich durch die Sprechanlage identifizieren. Dann erst wurde das große Tor geöffnet, der Lastwagen rollte hinein, und nachdem es wieder geschlossen und abgesperrt war, halfen die Lagerarbeiter dem Fahrer, die Ware abzuladen. Die Kartons mit Zeitschriften wurden abgezählt und mit den Begleitpapieren verglichen. Einige dieser Kartons kamen aus so weit entfernten Städten wie Los Angeles und New York und waren von Spediteuren, die solche Zeitschriftenbündel auch in Denver und Des Moines, Cleveland und Columbus verteilten, auf Nebenstraßen quer durch Amerika transportiert worden. Wenn der große Lastwagen das Lagerhaus in Chicago verließ, verteilten kleinere Lieferwagen von Capitol die bestellten Exemplare an die Zeitungshändler, die sie unter dem Tisch oder in Packpapier eingewickelt verkauften.

Obwohl Capitol bei der Verteilung ihrer Ware mit ähnlicher Vorsicht vorging wie früher die Schwarzbrenner mit ihrem Whiskey, wobei teilweise immer noch die gleichen Fahrer am Steuer saßen, enthielten nicht alle Kartons pornografische Literatur. Capitol vertrieb auch einige akademische und literarische Zeitschriften wie *The Partisan Review*, die sich in Chicago nicht gut genug verkaufte, um den »Primary« zu interessieren, oder gewisse politische Publikationen, die städtische Beamte und religiöse Würdenträger attackierten, wie der kommunistische *Daily Worker*. Darüber hinaus befanden sich im Sortiment von Capitol auch Publikationen für Schwarze, das Magazin *Ebony*, *The Negro Digest*, *Tan* sowie die Zeitung *Daily Defender*.

Die Capitol News Agency war Mitte der dreißiger Jahre von einem unbeschwerten jungen Mann aus Chicago namens Henry Steinborn gegründet worden, der am Anfang hauptsächlich Schreibmaschinenpapier ausfuhr, auf seinem Lastwagen aber immer ein paar Zeitschriften mitbeförderte, die als unanständig und pornografisch galten: *Sunshine & Health*, *The Police Gazette*, *The Hobo News*, Filmmagazine mit »Starlets« in Badeanzügen sowie verschiedene Zeitschriften mit »Bekenntnissen« von Frauen. Obwohl in den letzteren kein einziges erotisches Foto erschien, glaubten viele Priester in Chicago ebenso wie im ganzen Land, dass allein der sündige Inhalt und das Preisgeben intimer Einzelheiten unzüchtige Gedanken auslösen konnte, und sie ermahnten ihre Schäfchen eindringlich, derartige Zeitschriften zu meiden. (Interessant ist in diesem Zusammenhang, dass der historische Fall von 1868 in England, durch den der Begriff des Obszönen überhaupt erst definiert wurde und der unter Rechtsgelehrten als der Hicklin-Fall bekannt ist, die strafrechtliche Verfolgung eines

Pamphlets behandelte, in dem es hieß, dass Priester, wenn sie einer Frau die Beichte abnähmen, häufig von starker sexueller Erregung erfasst würden und dabei zuweilen sogar masturbierten oder mit der reumütigen Person im Beichtstuhl kopulierten.)

Mit der Popularität von Girlie-Magazinen während des Zweiten Weltkriegs wuchs das Geschäft von Capitol und anderer Secondarys im ganzen Land gewaltig. Capitol vertrieb innerhalb von Chicago die Publikationen von Robert Harris *(Wink, Flirt, Whisper, Eyeful)* sowie die eines New Yorker Verlegers namens Adrian Lopez *(Cutie, Giggles, Sir, Hit).* Als nach dem Krieg die Rationierung von Papier aufgehoben wurde, gab es wieder neue Zeitschriften wie *Night and Day, Gala* und *Focus*, und alle veröffentlichten Fotos einer groß gewachsenen, blonden kalifornischen Badenixe mit Namen Irish McCalla und einer attraktiven, ein wenig schelmisch dreinblickenden Brünetten aus Florida, die auf ihren hohen Absätzen eine dominante Ausstrahlung hatte und Betty Page hieß. Diese beiden Frauen waren mehr als jedes andere Fotomodell in den Nachkriegsjahren die Masturbationsmätressen von Tausenden von Männern und behielten bis in die fünfziger Jahre ihre Popularität bei, als Diane Webber in *Sunshine & Health* und in den Zeitschriften von George von Rosen auftauchte, und zwar von Mal zu Mal nackter.

Je gewagter die Aufnahmen in den Heften wurden, die bis auf die Schamhaare alles zeigten, desto mehr fürchtete Henry Steinborn von Capitol News eine Polizeirazzia in seinem Lagerhaus. Schließlich verlegte er seinen Betrieb in ein größeres Gebäude, befestigte über dem Eingang jedoch ein wesentlich kleineres Firmenschild. Zum ersten Mal in seinem Leben machte Steinborn richtig Geld. Sein Fuhrpark umfasste zehn Lastwagen, und mehr Zeitungsstände denn je nahmen ihm unter der Hand seine Girlie-Magazine ab. An jeder 50-Cent-Zeitschritt verdienten der Verkäufer und Henry Steinborn jeweils

10 Cent. Tausende von Zeitschriften wurden jeden Monat in Chicago verkauft, und verschiedene Verleger engagierten sogar Rechtsanwälte als Berater, in der Hoffnung, ein Jurist würde schon wissen, wie viel vom weiblichen Körper man legal auf einem Foto zeigen durfte. Einige Anwälte hatten eine präzise Rechtsansicht darüber, andere zuckten mit der Schulter und sagten, was sittenwidrig sei, hänge vom sittlichen Empfinden des Richters ab. Und so belieferte Steinborn weiter die Zeitungsstände und gelegentlich auch einen kleinen Buchladen, der zunächst in der Dearborn Street lag und später in die Van Buren Street umzog.

In seinem Schaufenster lag eine Auswahl von gängigen Büchern, wie man sie in jedem Geschäft fand. Doch im hinteren Teil des Ladens und unter dem Tresen wurden Bücher und Magazine verkauft, die lediglich der »Secondary« auslieferte.

Es dauerte nicht lange, bis sich die Breite des Sortiments herumgesprochen hatte. Gewisse Kunden kamen öfter vorbei und lernten die Angestellten so gut kennen, dass sie in den Girlie-Magazinen blättern konnten, ohne sie gleich kaufen zu müssen. Die meisten Kunden jedoch erwarben mindestens ein Heft und ließen es in ihrem Mantel oder ihrer Aktentasche verschwinden. Zwei Männer, wahrscheinlich die besten Stammkunden dieses Ladens, beschafften sich dort wöchentlich fast jedes neue Magazin, das im Handel war. Der eine war Hugh Hefner; der andere, ein etwas jüngerer Mann, hieß Harold Rubin.

5

Während Hugh Hefner an jenem Wintertag im Jahre 1955 an seinem Schreibtisch in der *Playboy*-Redaktion saß und darüber nachdachte, welche Aufnahme von Diane Webber für das Centerfold der Mai-Ausgabe verwendet werden sollte, hörte er die Glocken der Holy-Name-Kirche auf der gegenüberliegenden Straßenseite läuten. Es war sechs Uhr abends. Dreimal am Tag wurden die Gläubigen daran erinnert, dass die Jungfrau Maria auf wundersame Weise Mutter des Messias geworden war, ohne dass dem irgendeine sexuelle Handlung vorausgegangen wäre.

Mit dieser Lehre spricht der Katholizismus der Sexualität jegliche Würde ab und leugnet ihre Notwendigkeit für diejenigen, die am tugendhaftesten sind. Diese Doktrin des Leugnens sollte über Jahrhunderte hinweg Bestand haben, und in dieser Zeit forderte die Kirche Enthaltsamkeit von ihrem Klerus, erwartete sie Keuschheit von ihren Gläubigen, sanktionierte den Akt des ehelichen Geschlechtsverkehrs lediglich im Hinblick auf die Weiterverbreitung des Glaubens und kanonisierte solche Frauen wie die heilige Agnes, weil sie es vorgezogen hatte, als Jungfrau zu sterben, als sich männlicher Begierde hinzugeben.

Solcherlei Askese stand, um es vorsichtig zu formulieren, in starkem Kontrast zu dem Lebensstil, der auf der anderen Straßenseite, beim *Playboy*, verfochten wurde, und hätte Hefner vorher darüber nachgedacht, hätte er möglicherweise einen anderen Ort für seine Geschäftsräume ausgesucht, weiter weg von der gigantischen gotischen Kathedrale, die den gesamten Häuserblock überragte und einen missbilligenden Schatten auf das *Playboy*-Gebäude in der 11 East Superior Street warf.

Doch da Kathedralen nicht erbaut und erhalten werden können ohne große Sünder, die ihnen eine Rechtfertigung für ihre Existenz bieten, war Hefner vielleicht genau dort, wo er hingehörte. Aber wie die meisten Sünder, die keine Reue empfinden, konnte auch er keinen Segen seitens der Gläubigen erwarten. Hefner hatte schon einmal den Zorn des Kardinals herausgefordert, als 1954 in der September-Ausgabe des *Playboy* eine Geschichte aus Boccaccios *Decamerone* abgedruckt worden war, die das ausschweifende Leben eines Klostergärtners schildert, der ununterbrochen von lüsternen Nonnen verführt wird.

Die Kirche hatte diese Geschichte Mitte des 16. Jahrhunderts mit einem Bann belegt, und sie war auch im Gefolge der Veröffentlichung im *Playboy* zu keiner positiveren Meinung diesbezüglich gelangt – und nach einem empörten Anruf aus der Kanzlei des Kardinals bat Hefner seine Verteiler bei Capitol, die Ausgabe an den Kiosken in Chicago wieder einzusammeln und sie stattdessen in anderen Städten erneut zu verteilen. Hefner wollte die religiöse Opposition zu diesem frühen Zeitpunkt seiner Karriere als Verleger nicht weiter in Rage bringen, zumal ihm Probleme im Geschäftsalltag ohnehin schon genug zu schaffen machten und er bereits in der Vergangenheit Unannehmlichkeiten erfahren hatte, die möglicherweise auf Beschwerden aus der Kirchengemeinde zurückgingen.

Es kam immer wieder vor, dass die Postbeamten in Chicago die Zustellung der Briefe an den *Playboy* um mehrere Tage verzögerten, wodurch die Bearbeitung neuer Abonnements regelmäßig ins Stocken geriet, und der Postminister in Washington hatte dem *Playboy* den Versand zum kostengünstigeren Zeitschriftenporto verweigert mit der Begründung, es handele sich um ein pornografisches Machwerk. Die Verkehrspolizei hatte ein besonderes Augenmerk auf Parksünder vor dem *Playboy*-Gebäude; nirgendwo sonst in Chicago wurden mit solcher

Schnelligkeit Strafzettel verteilt und Abschleppwagen gerufen, was eines Tages einen Angestellten des *Playboy* namens Anson Mount veranlasste, einen Polizisten auf ein vorschriftswidrig geparktes Auto auf der gegenüberliegenden Straßenseite hinzuweisen. Dabei handelte es sich um die Limousine des Erzbischofs von Chicago, Samuel Stritch.

Der Polizist dachte zunächst, Anson Mount würde sich einen Scherz erlauben, doch als dieser darauf beharrte, dass die Parkvorschriften überall in Chicago gleichermaßen gelten sollten, fragte der Beamte, ob er eine offizielle Anzeige erstatten wolle. Mount bejahte dies, und es wurde ein Protokoll aufgenommen, das Mount anschließend samt Angabe seiner Adresse unterschrieb. Eine Woche später, Mount war gerade in seiner Wohnung, klopfte der Vermieter an der Tür und erklärte ihm, zwei Polizeibeamte wünschten ihn zu sprechen. Die beiden trugen Zivil, und nachdem Mount sie hereingebeten und den Vermieter verabschiedet hatte, fragte einer der beiden ganz unvermittelt: »Was haben Sie gegen den Kardinal?«

Mount erwiderte, er habe nicht das Geringste gegen den Kardinal, doch bevor er viel weiter kam, sprang der andere Beamte in Zivil ihn wutentbrannt an, klatschte ihm mit der flachen Hand ins Gesicht und knallte seinen Kopf gegen die Wand. Dann gingen die Männer weg, und Mount blieb völlig konfus und verschreckt zurück. Sein erster Gedanke war, den Überfall zur Anzeige zu bringen, doch dann gelangte er zu der Erkenntnis, dass dies vielleicht nicht besonders klug war. Die Konsequenzen wären vermutlich um einiges schlimmer als das, was ihm gerade widerfahren war, und einen Prozess gegen die Polizei von Chicago anzustrengen war nutzlos, zeitaufwändig und würde zweifellos jede Menge Schlagzeilen produzieren, die dem Magazin in keiner Weise nützten.

Trotz all dieser Widrigkeiten war der *Playboy* ein voller Erfolg – er war die Zeitschrift mit der höchsten Auflagensteigerung auf dem amerikanischen Markt. Sein Erfolg kam so plötzlich, dass die Kioske im ganzen Land die Nachfrage kaum bedienen konnten und Unternehmen, die den *Playboy* kurz zuvor noch als ungeeignet für die Präsentation ihrer Produkte erachtet hatten, diese Haltung nun überdachten, wobei sie nie auch nur in Erwägung zogen, dass Hefner die Anzeigenentwürfe, die sie ihm vorlegten, eventuell ablehnen könnte.

Hefner druckte grundsätzlich keine Inserate ab, die männliche Probleme wie Kahlköpfigkeit, Übergewicht oder Potenzschwäche zum Thema hatten. Da er ein kleines Vermögen gemacht hatte mit dem reißenden Absatz einer Zeitschrift mit Schwerpunkt auf Vergnügen und Freizeit, in der nackte Mädchen in Verbindung gebracht wurden mit smarten jungen Männern, die rassige Sportwagen fuhren und in eleganten, mit braunem Leder ausgestatteten Junggesellen-Apartments wohnten, hatte Hefner nicht die geringste Absicht, seinen Lesern diese perfekte Illusion durch Anzeigen zu trüben, die sie an ihre Akne, ihren Mundgeruch oder an ihre Plattfüße und Leistenbeschwerden erinnerten. Hefners Credo war: Gesundheit durch Hedonismus; er war Optimist und dachte stets positiv. Mit einer anderen Mentalität hätte er nie erreicht, was er in den beiden Jahren zuvor auf die Beine gestellt hatte.

1953 hatte er den *Playboy* mit einem Anfangskapital von nur 600 Dollar gestartet, die er sich von einer Bank geliehen hatte, wobei er als Sicherheit das Mobiliar seiner neuen Wohnung in Hyde Park angab. Er war damals 27 Jahre alt und lebte zusammen mit einer sexuell unzugänglichen Frau und einer schreienden Tochter im Säuglingsalter, fuhr einen heruntergekommenen Chevrolet, Baujahr 41, und war von goldenen Fantasien beflügelt.

Seinen Job bei von Rosen, wo er 80 Dollar pro Woche verdiente, hatte er schon ein Jahr zuvor gekündigt und eine besser bezahlte, aber weniger interessante Anstellung bei einer Kinderzeitschrift angenommen, die ihm mehr Freizeit ließ, um an der Planung und Konzeption eines eigenen Magazins zu arbeiten. Als ein Mann, der über Jahre hinweg jede Zeitschrift auf dem Markt – vom billigsten Groschenheft mit Pin-up-Girls bis zu den gewagtesten und intelligent gemachten Magazinen – kritisch gelesen und analysiert hatte, war Hefner davon überzeugt, dass das, was ihm vorschwebte, völlig anders werden würde als alles bisher Dagewesene, einschließlich der Girlie-Magazine, die von Rosen vertrieb.

Die Beiträge im *Modern Man* zum Beispiel waren ebenso wie die Artikel in anderen Männerzeitschriften wie *True* und *Argosy* für den sportlichen, erlebnishungrigen Leser geschrieben, der sich für Jagd, Fischfang, Tiefseetauchen, Bergsteigen und Waffen begeisterte. Dieser Themenkreis weckte wieder das Gefühl der Kameradschaft, das so viele Männer während des Krieges erlebt hatten, ignorierte jedoch gleichzeitig die Interessen des berufstätigen Großstädters wie Hefner, der weder der Jagd noch dem Angeln etwas abgewinnen konnte, sondern stattdessen davon träumte, einmal in einem modernen Junggesellen-Apartment mit einer glitzernden Hi-Fi-Anlage zu wohnen und sich ein schmuckes Mädchen und ein neues Auto leisten zu können. Hefner verband die Erfüllung romantischer Abenteuer mit sozialem Aufstieg und materiellem Wohlstand und glaubte fest daran, dass Männer, die im Bett Erfolge aufzuweisen hatten, auch im Beruf erfolgreich waren. Und obwohl es sich dabei nur um Theorien seinerseits handelte, fasste er dennoch den Entschluss, diesen Überzeugungen in seiner Zeitschrift so viel Raum zu geben wie noch kein Verleger vor ihm.

In den anderen Zeitschriften hatten die Darstellungen von Sexualität etwas Dubioses, das meist in Verbindung stand mit Laster und Skandalen. Eine dieser Zeitschriften, *Male*, druckte eine monatliche Artikelserie mit dem Titel »Sin City«, in der detailliert Bericht erstattet wurde über das Nachtleben in diversen amerikanischen Städten und Ortschaften mit ihren Kabaretts, Nachtclubs und Bordellen – und natürlich versäumte die Zeitschrift es nie, den Text mit allerlei Fotos von Stripperinnen oder Nackttänzerinnen zu illustrieren.

In den Girlie-Magazinen von Robert Harrison wurde Sex als eine bizarre Angelegenheit dargestellt, und die darin abgebildeten Peitschen schwingenden, finster dreinblickenden Heldinnen in hochhackigen Schuhen stellten im besten puritanischen Wortsinn Bestrafung für Vergnügen in Aussicht. In Frauenzeitschriften wurde Sex lediglich als Problem behandelt, weshalb die Redaktionen Ärzte und Familientherapeuten als Experten angeheuert hatten, um den Betroffenen Hilfe oder Trost zu spenden. Die Zeitschrift, die Hefner noch am meisten ansprach, der *Esquire*, tat so, als würde Sex überhaupt nicht existieren, während die Hefte, die davon überquollen – die billigeren Hefte auf miesem Papier und die Skandalblätter im Stil des *Enquirer* –, das Thema als einen Abgrund der Sünde behandelten, den es permanent mit Artikeln wie »Die schmutzige Seite des Geschäfts mit Abtreibungen« oder »Wie wild sind die Mädels auf dem Lande?« und »Schmutz und Schund – ein Millionengeschäft« zu erhellen galt.

Das englische Wort »smut« (für Schmutz und Schund) wurde von Redakteuren vieler Großstadtzeitungen einschließlich der *New York Times* gerne in Schlagzeilen verwendet, weil es kurz war, das Interesse der Leser erregte und redaktionelles Missfallen andeutete. Manche Redakteure liebten nichts mehr als Nachrichten, die es ihnen gestatteten, ihre moralische Entrüstung zum Ausdruck zu bringen und gleichzeitig ihre Sensationsgier zu befriedigen. Ein klassisches Beispiel aus der Nachkriegszeit ist das weltweite Aufsehen, das die Affäre zwischen dem Regisseur Roberto Rossellini und dem verheirateten Filmstar Ingrid Bergman auf der Insel Stromboli erregte, im Gefolge dessen die Schauspielerin Hollywood für sieben Jahre den Rücken kehrte.

Während Hefner noch mit der Planung des *Playboy* befasst

war, galten die Schlagzeilen den neuesten sexuellen Enthüllungen, beispielsweise der Geschlechtsumwandlung von Christine Jorgensen, dem Prostitutionsring um die Café-Society des Margarine-Erben Mickey Jelke und dem 1953 erschienenen *Kinsey-Report* über die amerikanische Frau. Kinseys Umfragen besagten, dass etwa 50 Prozent aller Frauen und 60 Prozent aller Collegestudentinnen schon vor der Heirat Geschlechtsverkehr gehabt hatten und etwa 25 Prozent aller Ehefrauen außereheliche Beziehungen unterhielten. Mehr als die Hälfte der weiblichen Bevölkerung masturbierte, 43 Prozent praktizierten oralen Sex mit Männern, und 13 Prozent der Frauen hatten mindestens einmal ein sexuelles Erlebnis mit einer Frau, das zu einem Orgasmus geführt hatte.

Während die nationale Presse Kinseys Recherchen lang und breit diskutierte, sahen etliche Leitartikler in ihm nichts weiter als einen Pornografen. Chicagos konservative *Tribune* brandmarkte ihn sogar als »echte Gefahr für die Gesellschaft«. Einige Zeitungen brachten aus Angst, die Gefühle ihrer Leser zu verletzen, nicht einmal eine kurze Meldung über den Report – der *Philadelphia Bulletin* beispielsweise –, und andere Tageszeitungen, die Berichte und Artikel über den Report planten, wurden durch empörte Proteste religiöser Gruppen von diesem Vorhaben abgebracht. Trotz der geteilten Aufnahme wurden Kinseys Forschungen in wissenschaftlichen und akademischen Kreisen respektvoll anerkannt und inspirierten einen Gynäkologen namens William Masters, eigene Untersuchungen auf dem Gebiet des menschlichen Sexualverhaltens anzustellen.

Für Hefner bestätigte der Report seine lange gehegte Vermutung, dass Frauen mehr und mehr ihre sexuellen Bedürfnisse ausleben wollten und die Nachkriegsgeneration, zu der er gehörte, stillschweigend gegen die Moral der Eltern rebellierten. Beinahe wehmütig betrachtete er seine monogamen Eltern als Überbleibsel der viktorianischen Ära. Seine Mutter gehörte vermutlich zur letzten Generation von Frauen, die als Jungfrau in die Ehe gegangen waren. Hefners eigene Frau war weder so tugendhaft noch in solchem Maße Restriktionen unterworfen wie seine Mutter, und er selbst stand dem weiblichen Trend nach größerer sexueller Freiheit etwas ambivalent gegenüber. Einerseits begrüßte er diese Entwicklung, zumal er selbst in den Genuss der positiven Aspekte daran gekommen war, und doch bedrückte ihn immer noch Mildreds Seitensprung während ihrer Verlobungszeit. Diese bittere Erfahrung war mit schuld, dass die Ehe für ihn nicht das erfüllte, was der romantische Beginn ihrer Studentenliebe erhoffen ließ. Eine Scheidung schien unabwendbar.

Hugh Hefner war nicht der Einzige, der den Verlust seiner Illusionen zu beklagen hatte – Mildred sah die Lage ähnlich, ebenso wie eine Vielzahl junger Ehepaare, die sich seit ihren Collegetagen kannten und die nun auf eine Scheidung oder Trennung zusteuerten. Wie die Hefners wurden viele Paare dieser Generation geplagt von Ruhelosigkeit und Langeweile; das Leben in grauen Flanellanzügen und schmucken Häusern in den Vorstädten bot ihnen keine Erfüllung, zumal sie sich zu jung fühlten, um in den Konformismus der Fünfziger zu verfallen und in einen Countryclub einzutreten, wo sie dem Beispiel des Ex-Generals im Präsidentenamt folgen konnten, der in einem kleinen Wägelchen die Golfplätze des Landes inspizierte.

Für viele junge Männer, die im Zweiten Weltkrieg gekämpft hatten, war dieser Krieg eine glorreiche, romantische Angelegenheit gewesen, ein großes Abenteuer, wenn auch verbunden mit Leid und Not, ein Ausbrechen aus der engen Nachbarschaft auf die Bühne des Weltgeschehens. Und diese romantischen Vorstellungen waren das Erste, das sie begraben mussten, als sie ins zivile Leben zurückkehrten, zurück zu ihren eintönigen Jobs und zu den Frauen, die sie jetzt gar nicht mehr so hinreißend fanden wie damals, als sie während eines Heimaturlaubs hastig geheiratet hatten oder nachdem sie einen langen und von Pflichtgefühl und Anteilnahme geprägten Briefwechsel geführt hatten, der die Einsamkeit in der Garnison vielleicht erträglicher machte, aber gleichzeitig ein trügerisches Gefühl der Vertrautheit hervorrief und die Illusion, man würde gut zueinanderpassen.

Dabei wäre es Frauen während des Krieges als Mangel an Patriotismus ausgelegt worden, wenn sie nicht regelmäßig V-MAIL an die Jungs an der Front geschickt hätten, voll mit aufmunternden Worten der Hoffnung und lieb gemeinten Lügen, um die Illusion von Treue zu erwecken, die zu Hause häufig ebenso wenig Realität war wie bei ihren Liebhabern in Übersee. Was die Sexualität der Frauen betraf, so hatte der Krieg eine befreiende Wirkung, besonders für jene, die auf den expandierenden Arbeitsmarkt der USA strömten und in Fabriken oder Büros arbeiteten, wo sie weit weg waren von der restriktiven Einflussnahme ihrer Elternhäuser, ihrer Verwandten und kleinen Kirchengemeinden. Diese Frauen gehörten zu den Ersten ihres Geschlechts, die angemessen bezahlt wurden, und mit dem Geld, das sie verdienten, mieteten sie sich ihre eigenen Wohnungen, hatten wechselnde Männerbekanntschaften und lernten so viel über sich selbst, dass es ihren Müttern daheim die Sprache verschlagen hätte, wenn nicht sogar Dr. Kinsey. Während sie Briefe schrieben an Männer, die sie liebten, gingen sie mit Männern ins Bett, die sie nicht liebten, und im Zuge all dieser unterschiedlichen Erlebnisse und Experimente entwickelten sie eine Toleranz und ein Verständnis, das eines Tages, wenn sie selbst Eltern sein würden, zu ihrer freizügigen Lebensweise beitragen sollte, die bei den Moralaposteln der Sechziger auf harsche Kritik stoßen würde.

Doch mitgerissen von dem überwältigenden Enthusiasmus für den Einsatz im Krieg und den sozialen Umwälzungen, die dadurch notwendig und zum Teil erst ermöglicht wurden, war die amerikanische Gesellschaft bereit, zeitweilig die aus der Not geborenen Seitensprünge und sexuellen Affären einer ganzen Generation zu entschuldigen. Der Krieg schuf seine eigene Moral, ebenso wie die Bomber und Schlachtschiffe. Die Sache der Alliierten erschien von solcher Rechtschaffenheit getragen, dass der New Yorker Kardinal Spellman amerikanische Militärflugzeuge mit Weihwasser segnete, bevor sie aufbrachen, um feindliche Städte in Schutt und Asche zu legen, während die Lage der Frauen in diesen fernen, vom Krieg überzogenen Ländern so verzweifelt war, dass sie ihre Körper den einrückenden GIs geradezu aufdrängten, um dafür im Austausch Konserven oder Zigaretten zu erhalten. Gleichzeitig war die Regierung in Washington mit solcher Machtfülle ausgestattet, dass sie im Namen der nationalen Sicherheit die Presse zu einem Propagandaorgan mutieren ließ, das die Bombardierung von Hiroshima als heiligen Holocaust hochstilisierte, und es sollten Jahre vergehen, bis sich die Presse von ihrem blinden Glauben an die Regierung frei machte und die Desinformationspolitik Washingtons während des Kalten Krieges oder die Interventionen in Asien kritisch unter die Lupe nahm.

Darüber hinaus markierte das Ende des Krieges auch das Ende der Rolle des siegreichen Eroberers für Tausende junger Amerikaner, die nun zurückkehrten in ihre Dörfer oder Mietwohnungen in der Stadt – junge Männer, die nicht mehr Gegenstand historischer Schlagzeilen waren und die nun langsam den Rückzug antraten in die Friedenszeit mit ihren vergleichsweise unbedeutenden Problemen und privaten Kriegen. Sie hängten ihre Uniform in den Schrank als Andenken an sündige und zärtliche Momente in Übersee und an den Respekt, den man ihnen auf der Straße entgegengebracht hatte; und sie gingen wieder ans College, wo sie um Jahre älter waren als der Rest, oder kehrten zurück in ihre alten Jobs, wo die Arbeit während des Krieges von Frauen unter Umständen genauso gut erledigt worden war.

Für diese Männer war nun der Zeitpunkt gekommen, sich ebenso wie die Nation und die Wirtschaft von Kriegs- auf Friedenszeiten umzustellen und dem gesellschaftlichen Druck nachzugeben, eine Existenz aufzubauen, einen Baukredit zu erhalten und eine Familie zu gründen. Viele Männer hatten damit nicht die geringsten Probleme. Im Gegenteil: Ausgestattet mit Geräten der Heimwerkermärkte und den Statussymbolen der Nachkriegszeit, zogen sie scharenweise in die Vorstädte und Vor-Vorstädte und gewöhnten sich allmählich an Rasenmähen, Pendlerzüge und die wunderbar betäubende Wirkung eines trockenen Martini. Doch Männern wie Hefner war das nicht genug. Sie wollten mehr. Sie wollten etwas anderes. Etwas, das abseits der Hauptstraße des zivilen Lebens lag. Eine kurvenreiche Straße, wie sie irgendwann einmal Kerouac bereisen würde. Hefner wollte nicht in der Masse aufgehen, sondern sich auf sich selbst besinnen, um sein Leben neu zu beginnen und einen Lebensstil zu kreieren, der sein ureigenster war.

Bis zu jenem Zeitpunkt sah er sein bisheriges Leben als Fehlschlag an. Er hatte das große Spiel mitgespielt, sich an die Regeln gehalten und verloren. Geformt von einem konservativen Elternhaus, hatte er sich an der Schule angepasst und war letzten Endes zum Mitläufer geworden. Nach der Armee hatte er das College im Eiltempo nach nur zweieinhalb Jahren abgeschlossen, seine Studentenliebe geheiratet und ein Kind gezeugt. Als Zeichner war ihm der Erfolg versagt geblieben, und er hatte stattdessen eine Reihe unliebsamer Jobs in einem Comicverlag, einer Werbeagentur, einem Kaufhaus und drei Zeitschriftenverlagen angenommen. Und jetzt, im Jahre 1953, war er 27 Jahre alt und hatte nichts vorzuweisen als eine kaputte Ehe und einen klapprigen 1941er Chevrolet.

Während seine Altersgenossen unaufhaltsam auf vorzeitiges Ergrauen in irgendwelchen Firmen zusteuerten, las Hefner noch einmal die Geschichten seines Lieblingsschriftstellers des Jazz Age, F. Scott Fitzgerald, und träumte von Reichtum,

Glanz und schönen Frauen, mit denen er wieder und wieder den Nektar der Liebe kostete. Er wollte Wohlstand, Macht und Ruhm – möglichst ohne die Verpflichtungen, die mit dem Erreichen dieser Ziele gemeinhin einhergehen. Er suchte das unbegrenzte Abenteuer im Geschäft und in der Liebe, und während seiner nächtlichen Spaziergänge durch die Stadt vorbei an den luxuriösen Apartmenthäusern am See sah er immer wieder seine Frauen hinter diesen Fenstern und fühlte sich erfüllt von dem mitreißenden Optimismus seiner Jugendzeit, als er während der Sommerferien im Rockne Theater als Platzanweiser arbeitete und völlig in den Filmen aufging und das Gefühl hatte, alles sei möglich.

Aber selbst in seinen kühnsten Fantasien hätte er sich damals nicht vorgestellt, dass er zehn Jahre später einen 37 Stockwerke hohen Wolkenkratzer in Chicago sein eigen nennen würde, mit einem *Playboy*-Häschen auf dem Dach, das das goldene Kreuz der nahe gelegenen Holy-Name-Kathedrale überragte. Als er im Sommer 1953 das Layout der ersten *Playboy*-Nummer entwarf, hatte er nicht die leiseste Ahnung, wie viele Männer seiner Generation die gleichen Träume und Sehnsüchte hatten. Er rechnete im Höchstfall mit 30 000 Interessenten, eine Schätzung, die er auch erst so hochgeschraubt hatte, nachdem es ihm gelungen war, die Abdruckrechte an einem berühmten Aktfoto von Marilyn Monroe zu erwerben.

Die Aufnahme war eins von mehreren Pin-up-Fotos und drei Nacktaufnahmen aus dem Jahre 1949, als Marilyn Monroe noch eine mittellose Schauspielerin in Hollywood war und für solche Fotos posierte. Als Hefner in der Zeitschrift *Advertising Age* gelesen hatte, dass die Bilder im Besitz eines Kalenderherstellers in einem Vorort von Chicago waren, setzte er sich in seinen Wagen und fuhr zu dem Unternehmen, wo er ohne Termin beim Eigentümer vorgelassen wurde und für 500 Dollar das Bild erstand, das er für das schärfste erachtete. Ausgestreckt auf einem roten Samthintergrund, frech und sinnlich, mit geöffneten Lippen, die Augen halb geschlossen, schaut sie auf dem Bild in die Kamera – und das, wie sie sich später ausdrückte, »mit absolut nichts an außer dem Radio«.

Rückblickend mögen die 500 Dollar, die das Foto gekostet hatte, als Schnäppchen erscheinen, doch Hefner war der einzige Interessent, der bei dem Kalenderverleger vorstellig wurde, vermutlich auch, weil er zum damaligen Zeitpunkt der Einzige war, der bereit war, das Risiko einzugehen, ein Magazin herauszubringen und darin ein ganzseitiges Farbfoto einer Schauspielerin abzudrucken, deren erotische Ausstrahlung weit über die Harmlosigkeiten hinausging, die das Publikum von den Aktmodellen der künstlerischen Fotozeitschriften gewohnt war. Zwar hatte er nur noch 100 Dollar von seinem Bankkredit übrig, doch dafür hatte er einen sensationellen Blickfang erworben, um den herum er seine erste Nummer konzipieren konnte, und dies, in Kombination mit seinem ansteckenden Enthusiasmus, lockte rasch weitere Investoren an, die bereit waren, ihm finanziell unter die Arme zu greifen.

Einer der Ersten, die sich an Hefners neuem Unternehmen beteiligten, war sein enger Freund Eldon Seilers, ein ehemaliger Air-Force-Pilot, der mit ihm zusammen den Sexfilm gedreht hatte. Damals hatte sich Seilers gerade von seiner Frau getrennt und arbeitete als Finanzberater. Nachdem er sich beim *Playboy* eingekauft hatte, ernannte Hefner ihn zu seinem Geschäftsführer. Von Seilers stammte der Vorschlag, die Zeitschrift *Playboy* zu nennen – in Anspielung auf ein schickes Auto, das seine Mutter vor Jahren einmal besessen hatte. Hefner, der sein Magazin schon unter dem Namen *Stag Party* angekündigt hatte und dabei vermutlich auch geblieben wäre, hätte er nicht vom Anwalt des bereits existierenden Pin-up-Magazins *Stag* einen Brief erhalten, in dem dieser rechtliche Schritte androhte, war sofort begeistert von der Idee, weil der Name *Playboy* für ihn den Geist der zwanziger Jahre und die Ära Fitzgerald heraufbeschwor, mit der er sich stark identifizierte.

Hefners jüngerer Bruder Keith, der ein ebenso begeisterter Leser von Girlie-Magazinen gewesen war wie Hugh, beteiligte sich mit 500 Dollar. Seine Mutter, die der Karriere ihres ältesten Sohnes etwas misstrauisch gegenüberstand, steuerte trotz allem 1000 Dollar bei, und sein Vater sollte eines Tages der Chefbuchhalter der Zeitschrift werden.

Noch ehe die erste Ausgabe des *Playboy* gedruckt war, hatte Hefner durch Aktienverkäufe ein Betriebskapital von 10 000 Dollar zusammenbekommen. Hinzu kamen eine Reihe von Autoren und Illustratoren, die an die Zukunftschancen des neuen Männermagazins glaubten und auf ihr Honorar verzichteten, um sich stattdessen in Anteilsscheinen auszahlen zu lassen. Mit seinem Werbeprospekt, der das sensationelle Aktfoto von Marilyn Monroe detailliert beschrieb, stieß Hefner bei Zeitschriftenvertrieben im ganzen Land auf begeistertes Interesse. Etliche von diesen kannten ihn noch aus der Zeit, als er für von Rosen gearbeitet hatte, und sie bestellten nun große Stückzahlen der ersten Ausgabe. Bereits im Sommer 1953 hatten diese Vorbestellungen die 30 000 Exemplare, die Hefner angepeilt hatte, bei weitem überschritten, und im Herbst 1953 lagen bereits Vorbestellungen für 70 000 Exemplare vor, was zwar nicht zwingend bedeutete, dass all diese Exemplare auch verkauft werden würden, doch war diese Zahl allein schon so beeindruckend und erfolgversprechend, dass Hefner von der Druckerei, die den *Playboy* 80 Meilen außerhalb von Chicago herstellte, einen großzügigen Kredit eingeräumt bekam.

Die erste Ausgabe, deren Titelbild eine – bekleidete – Marilyn Monroe zierte, war 48 Seiten stark und richtete sich an den erlebnishungrigen Städter, der ebenso wie Hefner das Junggesellenleben für den Himmel auf Erden erachtete und der Ehe skeptisch gegenüberstand. Der Leitartikel trug bezeichnenderweise den Titel »Die Goldgräberinnen von 1953« und stellte sich auf die Seite von geschiedenen Ehemännern, die unter ungerecht hohen Unterhaltszahlungen an ihre Exfrauen zu leiden hatten. Darüber hinaus gab es auch noch den Nachdruck einer Geschichte von Boccaccio zum Thema Ehebruch, weiterhin sehr gewagte, vom *Kinsey-Report* inspirierte Illustrationen, dazu ein Fotofeature von jungen Paaren, die sich in einem Wohnzimmer beim »Strip Quiz« entkleiden, ein Spiel, das nach Hefners einleitenden Worten ein fabelhafter Zeitvertreib für »Gelangweilte und Blasierte« war. Hefner hatte das Quiz mit Mildred und anderen Paaren in ihrer gemeinsamen Wohnung ausprobiert, doch richtig erregt hatte der Strip ihn nicht. Er wollte mehr, und so spielte er seit einiger Zeit mit dem Gedanken, mit Mildred und einem anderen Paar einen Partnertausch auszuprobieren. Und auch wenn er Mildred noch nichts davon erzählt hatte, so war er sich doch darüber im Klaren, dass seine Bereitwilligkeit, sie mit einem anderen Mann zu teilen, das Ende seiner obsessiven Fixiertheit auf sie und damit auch das Ende seiner Eifersucht und gleichzeitig seiner tiefen Zuneigung zu ihr bedeutete.

Neben dem zu einem Centerfold aufgeblasenen farbigen Aktfoto von Marilyn Monroe bot die Erstausgabe einen Cartoon von Hefner, eine Seite mit Partywitzen, eine Collage aus Schwarz-Weiß-Fotos von nackten Frauen beim Sonnenbaden und einen Artikel über die musikalischen Gebrüder Dorsey, die schon zu Hefners Schulzeit zu Ruhm gekommen waren. Die professionellsten Beiträge stammten aus der Feder von zwei verstorbenen Schriftstellern, Sir Arthur Conan Doyle und Ambrose Bierce, für deren Abdruck Hefner nichts zu bezahlen brauchte, da die Erzählungen noch vor 1900 erschienen und die Urheberrechte darauf erloschen waren.

Es war nicht nur sein knappes Budget, das den jungen Verleger dazu zwang, alte Werke bekannter Schriftsteller zu drucken; nur gar zu gerne hätte er auch die Geschichten von modernen Autoren gebracht, doch deren Agenten und Verleger lehnten ab. Als er beim *New Yorker* um die Erlaubnis vorsprach, *The Greatest Man in the World* vom James Thurber nachzudrucken, holte er sich eine Abfuhr, weil seine Zeitschrift keinen »etablierten Ruf« hatte. Ähnlich erging es ihm bei dem Verlagshaus Scribner's, wo ihm die Zustimmung zum Abdruck von Hemingways *Up in Michigan* verweigert wurde mit der Begründung, der *Playboy* habe bisher noch nicht genug »Profil entwickelt«. Als er sich an den Verlag Random House wegen der Lizenz für John O'Haras *Days* wandte, verlangte man von ihm 1000 Dollar, weit mehr, als Hefner zahlen konnte, ein Zustand, der sich in späteren Jahren, als Hefner zu Wohlstand gekommen war, allerdings ändern sollte, denn von da an zahlte er den Autoren höhere Honorare als irgendeine andere Zeitschrift in Amerika, mit Ausnahme vielleicht des *New Yorker*.

Je näher der Erscheinungstermin des ersten *Playboy*-Heftes rückte, desto größer wurden Hefners Zweifel und Befürchtungen, wie die Öffentlichkeit und die Justizbehörden wohl darauf reagieren würden. Aus diesem Grund verzichtete er dann auch darauf, seinen Namen ins Impressum zu setzen und das Erscheinungsdatum auf die Titelseite zu drucken. Sollte sich nämlich die erste Nummer nur schleppend verkaufen, konnte man sie auf diese Weise einen weiteren Monat an den Kiosken anbieten.

Im Oktober 1953 war die erste Ausgabe des *Playboy* druckreif. Hefner, Eldon Seilers und Art Paul, der für Entwurf und Gestaltung der Zeitschrift zuständig war und ebenfalls eingewilligt hatte, sich in Aktien bezahlen zu lassen, fuhren in die Druckerei nach Rochelle, Illinois, um die letzten Korrekturen vorzunehmen und zuzusehen, wie die ersten 70 000 Exemplare aus der Presse kamen. Hefner war völlig außer sich – total übermüdet und vollkommen aufgedreht gleichermaßen – und deprimiert, denn von nun an hatte er keinen Einfluss mehr auf den Erfolg des Magazins. Jerry Rosenfield, der Mann, der sich um den Vertrieb im ganzen Land kümmerte, war ein ehemaliger Angestellter von George von Rosen, der Hefner ebenfalls

Geld vorgeschossen hatte, gab sich zwar optimistisch, doch weder er noch Hefner konnten mit Sicherheit vorhersagen, was nun passieren würde. Wenn sich nicht mehr als 15 000 Hefte verkauften und mehr als zwei Drittel der Auflage zurückkamen, hätte dies den sofortigen Bankrott und das Ende des *Playboy* nach nur einer Ausgabe bedeutet. In diesem Fall hätte sich Hefner eine Stellung suchen müssen und Jahre gebraucht, um seine privaten Schulden zurückzuzahlen, während er gleichzeitig in einem unmöblierten Haus hätte leben müssen, da er sein Mobiliar an die Bank verpfändet hatte. Als Hefner spät in der Nacht nach Hause zurückkehrte, vermied er es nach Möglichkeit, darüber nachzudenken.

Er musste einfach davon ausgehen, dass es eine zweite Ausgabe geben würde, und für den Rest der Woche arbeitete er in seiner Wohnung schon an dem neuen Layout. Er besaß bereits ein farbiges Aktfoto eines sehr attraktiven unbekannten Fotomodels, das er für das nächste Centerfold verwenden wollte. Darüber hinaus hatte er sich einige Schwarz-Weiß-Akte von André de Dienes verschafft, dazu eine Reihe von Reportagen, die bereits geschrieben waren, und außerdem verfügte er natürlich über einen endlosen Vorrat von Cartoons und Zeichnungen aus seiner eigenen Feder.

Von Mildred erfuhr er in dieser Phase Ermutigung und Unterstützung, sie war tolerant und beklagte sich nie, wenn der Wohnzimmerboden mit Nacktfotos übersät war und die Mitarbeiter ihres Mannes in der Küche aus und ein gingen und leidenschaftlich über Frauen oder Sex diskutierten, während sie versuchte, das Baby zu versorgen.

Noch im Oktober wurde die erste Nummer des *Playboy* in Chicago ausgeliefert. Hefner verließ die Wohnung und fuhr in die Stadt, um das Geschäft an den Kiosken zu überwachen. Er stellte seinen Wagen ab und ging von einem Zeitungsstand zum nächsten, um aus diskreter Entfernung die Käufer zu beobachten. Manchmal gab er sich selber als Kunde aus und blätterte interessiert durch ein *Playboy*-Heft, als sähe er es zum ersten Mal, und wenn der Verkäufer nicht hinschaute, rückte er sein Magazin an eine bessere Position, mehr in den Vordergrund oder direkt neben den *New Yorker* oder den *Esquire.* Am liebsten hätte er auf dem Gehsteig eine Rede gehalten, um der potenziellen Kundschaft die Existenz der neuen Zeitschrift zu verkünden. Doch er musste sich damit begnügen zuzusehen, wie hier und da ein Mann seine Zeitschrift in die Hand nahm und durchblätterte. Kaufte er sie dann tatsächlich, empfand Hefner ein stilles, erregendes Glücksgefühl.

Nach einer Woche hatte er den Eindruck, dass die Stapel an den meisten Zeitungsständen, die er besuchte, kleiner wurden. Eine weitere Woche später bekam er einen aufgeregten Anruf von Jerry Rosenfield, der ihm mitteilte, dass der *Playboy* im ganzen Land reißenden Absatz fand und Hefner unbedingt mit der Arbeit an der zweiten Nummer weitermachen musste. *Time* und *Newsweek* hatten die erste Ausgabe wohlwollend besprochen. Und die *Saturday Review* berichtete, dass selbst »der *Esquire* in seinen besten Zeiten, als die Redaktion sich noch was traute, verglichen mit der neuen Zeitschrift so aufregend wirkte wie die Ernteergebnisse des Landwirtschaftsverbands«. Am Ende des Monats, als bereits mehr als 50 000 Zeitschriften verkauft waren, brach Hefners altes Auto zusammen, und im Hochgefühl vermeintlichen Reichtums kaufte er sich einen schicken neuen Studebaker. Beim zweiten Heft ließ er das Datum – Januar 1954 – auf die Titelseite und seinen Namen ins Impressum setzen. Er war der Verleger und Herausgeber des *Playboy,* und das sollten nun auch alle Leute wissen.

Der kometenhafte Aufstieg seiner Zeitschrift ließ Hefner kaum noch Zeit für sein Eheleben; die Anforderungen, die der monatliche Termindruck mit sich brachte, empfand er ebenso als Herausforderung wie auch als Fluchtmöglichkeit. Als die vierte Ausgabe auf den Markt kam, bekam Mildred ihn kaum noch zu sehen, weil er inzwischen mit seinen sieben Mitarbeitern in das Gebäude gegenüber der Kathedrale gezogen war. Besessen arbeitete er Tag und Nacht und schlief in einem Zimmer hinter seinem Büro. Als Mildred ihm mitteilte, sie sei wieder schwanger, schien ihn das kaum zu interessieren. Er mietete zwar eine größere Wohnung in einem Apartmenthaus am See, doch er selbst zog dort nie ein.

Die nächtlichen Spaziergänge durch die Straßen von Chicago gab er auf und verbrachte Tage, ja sogar Wochen fast ausschließlich im Redaktionsbüro. Dort hing seine Garderobe, dorthin ließ er sich sein Essen bringen und Mädchen kommen, mit denen er in seinem Büroschlafzimmer ins Bett stieg, um danach wieder an seinen Schreibtisch zurückzukehren, wo er Manuskripte las, Schlagzeilen und Bildunterschriften verfasste und Farbdias möglicher Playmates in Augenschein nahm.

Ein Fotograf machte eines Tages einen Schnappschuss von Hefner, wie er hinter seinem Schreibtisch saß und gerade Fotos betrachtete. Hefner sah blass und hager aus; er hatte dunkle Ringe unter den Augen, als wäre er die ganze Nacht nicht ins Bett gekommen. Sein dunkles Haar war kurz geschnitten, wie es damals unter jungen Führungskräften üblich war, aber sein Anzug schlotterte ihm am Körper. Auf dem Foto trug er zufällig eine Krawatte, doch normalerweise bestand seine Bürokleidung aus einem Sporthemd, dunklen Hosen und Mokassins mit weißen Wollsocken. Seine Mitarbeiter vermuteten, mit diesem Aufzug versuche er, den lässigen Look seiner Studentenzeit zu perpetuieren, doch trug er die weißen Wollsocken nur, weil er unter Fußpilz litt, den er sich während seiner Dienstzeit bei der Armee zugezogen hatte. Obwohl der Schnappschuss nicht gerade eine erstklassige Werbung für eine Zeitschrift war, die auf Anzeigenkunden aus der Modebranche schielte, erschien das Foto in der Dezember-Ausgabe 1954 zum ersten Geburtstag des *Playboy* – ein Ereignis, zu dessen Feier Hefner die Auflage auf 175 000 Exemplare hochschraubte.

Der ansonsten scheue Hefner betrachtete sein Magazin zunehmend als eine Bühne, auf der er sich selbst präsentierte, und zwar nicht nur auf solchen Schnappschüssen, die im Heft abgedruckt wurden, oder der eigenwilligen Kolumne, die er verfasste, sondern – als die Zeitschrift ihre Auflage und den Gewinn wieder einmal verdoppelt hatte – auch, indem er Beweise seiner Existenz im Hintergrund von Aktfotos unterbrachte, die er exklusiv für den *Playboy* in Auftrag gab. Auf einem Foto, das eine Frau unter der Dusche zeigte, lagen Hefners Rasierpinsel und Kamm auf dem Waschbecken, und seine Krawatte hing neben dem Spiegel. Noch reflektierte dies nur die Illusion von Hefner als Liebhaber der Frauen auf den Fotos seiner Zeitschrift, doch er wusste, dass es nicht mehr lange dauern würde, bis er, je bedeutender seine Zeitschrift wurde, diese Frauen besitzen würde – in emotionaler wie sexueller Hinsicht. Er würde seine Träume – und die seiner Leser – Wirklichkeit werden lassen, indem er das begehrenswerte Playmate des Monats umwarb, es berührte und schließlich mit ihr schlief.

Doch zuallererst musste er sie für sich selbst begehrenswert machen. Das Faltblatt in der Mitte des Heftes sollte einen Look, eine Ausstrahlung haben, die seiner eigenen Vorliebe für Jungfräulichkeit entsprach. Eine Vorliebe, über deren Widersprüchlichkeit er sich durchaus im Klaren war, verband sie ihn doch auf merkwürdige Weise mit den Kirchgängern von gegenüber, die uber ihn die Nase rümpften. Doch waren diese Widersprüchlichkeit und der Widerstreit seiner Gefühle und Ansichten ein Bestandteil seiner Persönlichkeit. Er neigte zwar einer selbst gezimmerten Philosophie der sexuellen Befreiung zu, hatte aber gleichzeitig einen Madonna-Komplex und unterschied sich insofern kaum von einer Vielzahl von Männern seiner Zeit.

Sie wollten jungfräuliche Frauen, die voller Hingabe und treu bis in alle Ewigkeit waren, dachten jedoch selbst ständig an andere Frauen, schauten ihnen überall nach, am Strand, in den Parks und auf den Straßen, zogen sie mit ihren Blicken aus und stellten im Geiste alles Mögliche mit ihnen an. Oder sie beobachteten sie über den Hinterhof hinweg oder im Fenster eines anderen Gebäudes und ließen sich von ihnen in wilden Fantasien zum Höhepunkt treiben. Hefner war in einem Land aufgewachsen, in dem die Frauen aufgeteilt wurden in »anständige« Mädchen, die mit Sex nichts zu tun hatten, und »unanständige«, auf die das Gegenteil zutraf. Und auch wenn er sich nach den Letzteren verzehrte, konnte er sich dennoch keine romantische Liebe mit einem solchen Mädchen vorstellen. Doch während seiner Collegeromanze mit Mildred hatte er seine Vorstellungen von der Sexualität moderner Frauen revidieren müssen. Er hatte die Erfahrung gemacht, dass selbst eine züchtige, hübsche Studentin wie Mildred bereit war, Nacktaufnahmen von sich machen zu lassen, in einem vollbesetzten Bus Oralverkehr zu betreiben, und sogar zu einem heimlichen Verhältnis fähig war, während sie mit einem anderen verlobt war.

Dies war die Frau der fünfziger Jahre – äußerlich wohlgesittet, mit einer gesunden und anständigen Ausstrahlung, doch sexuell unberechenbar. Und Hefner hoffte, sie auf Bildern in ähnlicher Weise sichtbar werden zu lassen, wie Kinsey es in seinem Report getan hatte. Er wollte die so genannten anständigen Mädchen im *Playboy* haben, um sie im wahrsten Sinne des Wortes zu enthüllen, und, wenn möglich, auf professionelle Models, Stripperinnen und Halbweltgestalten verzichten. Trotz seines Erfolgs war das Foto von Marilyn Monroe von der Kritik eher als Verzweiflungstat einer geistig verwirrten Schauspielerin gewertet worden; in den nächsten fünfzehn Ausgaben nannte Hefner nur ganz selten den Namen des Models auf dem Centerfold, obwohl er ihn für gewöhnlich kannte. Eine davon war Jane Mansfield, eine vollbusige Platinblonde, die mit Gewalt versuchte, die Nachfolgerin von Marilyn Monroe zu werden. Eine andere war Betty Page, die ebenso wie Mildred eine Ponyfrisur trug, in Hefners Bewusstsein jedoch viel präsenter war, da er sie von Fotos aus Untergrund-Zeitschriften kannte, die er als Vorlage zum Masturbieren verwendet hatte.

Der Typ Frau, den er eigentlich als Playmate suchte, sollte so wirken, dass sie Teil seines öffentlichen Lebens sein konnte, eine Frau, mit der man bei gesellschaftlichen Anlässen ebenso Spaß haben konnte wie im Bett. Das einzige Problem war nur, eine solche junge Frau von nebenan zu finden, die das richtige Aussehen hatte und bereit war, für den *Playboy* die Hüllen fallen zu lassen. Das gesunde, sonnengebräunte kalifornische Flair, das Diane Webber ausstrahlte, kam seiner Vorstellung bis jetzt am nächsten: Er hatte die Absicht, sie zum Centerfold der Mai-Ausgabe zu machen, diesmal unter Nennung ihres Namens und einer Kurzbiografie. Doch Hefner wusste auch, dass Fotos von Diane bereits in anderen Zeitschriften erschienen waren; was Kameras anging, war sie keine Jungfrau mehr, doch genau so eine suchte er.

Hefner wollte eine echte Neuentdeckung machen, ihr Vertrauen gewinnen und sie überreden, für den *Playboy* zu posieren, und sie dann, wenn nötig, nach seinem eigenen Geschmack umstylen. Er hatte den Ehrgeiz, das Hefner-Girl als Prototyp der fünfziger Jahre zu kreieren, ähnlich wie das Gibson Girl der neunziger Jahre des 19. Jahrhunderts, das Ziegfeld Girl der Zwanziger, das Goldwyn Girl der Dreißiger und das Powers Model in den vierziger Jahren. Sie sollte unkompliziert sein, ein normales, selbstbewusstes, hübsches Mädchen, wie es den Männern überall begegnen konnte, sei es als lächelnde Sekretärin, als Stewardess oder als Tochter eines Bankangestellten, als Cheerleader am College. Kurzum, das Mädchen von nebenan. Und Hefner wollte das Gefühl haben, dass sie ihm gehörte.

Wenn es nach ihm ging, dann standen sie nach ihrem Debüt

im *Playboy* keiner anderen Zeitschrift für Nacktaufnahmen Modell. Er wollte, dass sie monogam waren. Und um dies zu erreichen, kam er auf die Idee, jedem neuen Playmate zwei Jahre lang monatlich einen Scheck zu schicken. Während dieser Zeit sollten sie ausschließlich für den *Playboy* tätig sein und durch öffentliche Auftritte vor Inserenten und Abonnenten zusätzlich Geld verdienen können und Hefner, der sich gerade einen stürmischen Lebensstil zulegte, zusätzliche Glaubwürdigkeit verleihen.

Als erstes von ihm entdecktes Playmate hatte Hefner auch bereits ein bestimmtes Mädchen im Auge: eine Angestellte von ihm, die im zweiten Stock in der Verkaufsabteilung arbeitete. Die 22-jährige Blondine hatte blaugrüne Augen und einen cremefarbenen Teint. Sie war fröhlich und aufgeweckt, und obwohl sie sich eher unauffällig kleidete, hatte Hefner auf den ersten Blick erkannt, dass sie einen prachtvollen Körper besaß. Ihr Name war Charlaine Karalus. Sie war erst seit einem Monat bei der Zeitschrift, nachdem sie sich auf eine Anzeige des Personalchefs Eldon Sellers beworben hatte und Hefner schon bei ihrem Einstellungsgespräch aufgefallen war. Hefner lud sie zum Essen ein und holte sie mit seinem bronzefarbenen Cadillac-Cabriolet ab, das er gerade für 6500 Dollar in bar gekauft hatte.

Sie kamen prächtig miteinander aus und trafen sich von da an regelmäßig – unter anderem in seinem Schlafzimmer im Büro. Charlaine war bemüht, sich auf jede nur erdenkliche Art und Weise nützlich zu machen und vor allem Hugh Hefner zu gefallen, dessen Aufmerksamkeit ihr schmeichelte, dessen Erfolg sie beeindruckte und den sie nicht enttäuschen wollte, als er sie bat, das Playmate der Juli-Ausgabe zu werden. Dafür versprach er, die Aufnahmen höchstpersönlich zu überwachen und ihr und ihrer Mutter die Fotos vorzulegen, ehe sie in Druck gingen. Er gab ihrer Mutter einen Job in der Verkaufsabteilung und erklärte Charlaine, dass er statt ihres wirklichen

Namens das Pseudonym »Janet Pilgrim« zu verwenden gedachte, eine ironische Anspielung auf die Pilgerväter an Bord der *Mayflower*, die den Puritanismus nach Amerika gebracht hatten.

Die Einführungsworte zu ihrem Bild in der Juli-Ausgabe schrieb Hefner selbst: »Vermutlich nehmen Sie an, unsere hinreißend schönen Playmates lebten in einer anderen Welt. In Wirklichkeit aber finden Sie diese Schönheiten ganz in Ihrer Nähe: Ihre neue Sekretärin; die rehäugige Schöne, die Ihnen gestern beim Lunch gegenübersaß; das Mädchen, das Ihnen in Ihrem Lieblingsgeschäft Hemden und Krawatten verkauft. Wir entdeckten Miss Juli in unserer eigenen Verkaufsabteilung, wo sie Abonnementanträge und Leserpost bearbeitet. Ihr Name ist Janet Pilgrim, und sie ist ebenso tüchtig, wie sie schön ist. Janet hat nie zuvor Modell gestanden, aber wir sind davon überzeugt, dass sie neben den Playmates der Vergangenheit bestehen kann.«

Das Ausklappfoto in der Heftmitte zeigte sie dann auch auf einem Schreibtisch sitzend, das offene Negligé gab den Blick auf ihre großen Brüste mit den rosigen Brustwarzen frei. Im Hintergrund, mit dem Rücken zur Kamera, steht ein Mann im Smoking, mit einem Zylinder in der Hand – Hugh Hefner.

Es gab mehrere hundert Leserzuschriften, die sämtlich begeistert waren von Janets Pilgrims Debüt, und Hefner bedrängte sie, sich auch für die kommende Weihnachtsausgabe ablichten zu lassen. Doch dieses Mal war ihre Begeisterung nicht mehr ganz so groß, zum einen, weil ihre Verwandtschaft sich teilweise empört über ihren Zeitschriftenauftritt geäußert hatte, und zum anderen, weil einige der Briefe, die sie daraufhin von wildfremden Männern erhalten hatte, in einem sehr persönlichen Ton gehalten waren, der ihr Unbehagen bereitete. Doch gegen Hefners Charme und Überzeugungskraft war sie machtlos, und so erschien sie ein weiteres Mal auf den Seiten des *Playboy*.

Diesmal stellte er sie unter einen Christbaum, schmückte ihren nackten Körper mit glitzernden Juwelen und brachte ihre herrlichen Brüste durch eine weiße Nerzstola, die er ihr lose um die Schultern hängte, noch besser zur Geltung. Darüber hinaus veröffentlichte er von ihr eine Reihe Schwarz-Weiß-Fotos, die wirkten, als wären sie mit versteckter Kamera gemacht, und die zeigten, wie sie sich zu Hause entspannt, Frank-Sinatra-Platten hört und eine Illustrierte liest und sich anschließend langsam auszieht, um ins Bett zu gehen. Im Text berichtete Hefner, sie zöge es vor, in Herrenpyjamas zu schlafen – aber nur mit dem Oberteil, die Hosen würde sie wegwerfen.

Kaum dass diese Tatsache publiziert worden war, bekam die Redaktion etliche Pyjamajacken zugeschickt, welche die männlichen Absender gegen die Hosen eintauschen wollten. Janet konnte sich vor Angeboten als Fotomodell kaum retten. Sogar in einer Broadwayshow sollte sie auftreten. Aber sie entschied sich, beim *Playboy* zu bleiben, dessen monatliche Auflage 1957 von 600 000 auf 900 000 Exemplare kletterte, was nicht zuletzt ihrem Einsatz zu verdanken war.

Eine der Werbemaschen bestand darin, dass jeder Mann, der für 150 Dollar ein lebenslanges Abonnement abschloss, einen persönlichen Anruf von Janet Pilgrim erhielt. Sie reiste im ganzen Land umher und repräsentierte die Zeitschrift bei Tagungen, Messen und Autorennen. Sie verbrachte ein Wochenende als Ehrengast im Dartmour College, wo sie an einem Studentenvarieté teilnahm, ihre Fotos signierte und sich weitaus besser amüsierte als mit älteren Männern bei geschäftlichen Tagungen. Die Letzteren hielten sie für sexuelles Freiwild, folgten ihr durch Hotelhallen und Korridore und machten ihr eindeutige Anträge oder pressten sie beim Tanzen fest an sich. Wenn Janet mit ihnen für ein Foto posierte und ihnen gestattete, ihr ein Küsschen auf den Mund zu geben, versuchten sie fast jedes Mal, ihr die Zunge zwischen die Lippen zu schieben.

Am meisten irritierte sie allerdings, dass Hugh Hefner neue

Frauen in sein Büroschlafzimmer lockte, während sie für den *Playboy* unterwegs war. Sie war stinkwütend und todtraurig zugleich, als ein Kollege ihr davon erzählte. In einem unglücklichen Elternhaus aufgewachsen, hatte sie sich schon mit 18 in eine zum Scheitern verdammte Ehe geflüchtet und nun angenommen, ihre Romanze mit Hefner brächte ihr zum ersten Mal in ihrem Leben Sicherheit und Stabilität. Tief verletzt zog sie sich zurück und reagierte auch nicht auf seine Anrufe, was dann dazu führte, dass er spät vor ihrer Wohnung auftauchte und gegen die Tür hämmerte, bis sie aufmachte und er sicher sein konnte, dass sie nicht mit einem anderen Liebhaber zusammen war. Eines Nachmittags tauchte er plötzlich auf, als sie mit einem jungen Mann in einem Lokal in der Nähe des Büros einen Drink nahm. Er packte sie am Arm und zerrte sie nach draußen. Sie war, wie ihr neuer Name, *sein* Produkt, und er machte seine Besitzrechte geltend, wann immer es ihm passte.

Zweimal kündigte sie, und jedes Mal redete er so lange auf sie ein, bis sie ihre Entscheidung wieder revidierte. Sie posierte sogar noch einmal für das Centerfold, wobei sie für die Begeisterung und Freude, mit der er sie im Studio beobachtete, gemischte Gefühle hegte. Er war ein egoistischer junger Mann mit einer seltsamen Unschuld, ein Cola trinkender Pressemagnat in weißen Sportsocken, der mit einem erstaunlichen Gespür für die Wirklichkeit ein Imperium aus dem Boden stampfte. Er log sie nicht an, aber seine Art zu leben war für sie vollkommen verwirrend. Nachdem er ihr erzählt hatte, dass seine Ehe bereits seit über einem Jahr am Ende war – Mildred und er lebten inzwischen getrennt –, erfuhr sie, dass seine Frau gerade sein zweites Kind auf die Welt gebracht hatte, einen Sohn. In einer Zeitungskolumne las sie eines Morgens, dass sie angeblich am Abend zuvor mit Hefner in einem Hotel diniert habe. Tatsächlich war Hefner jedoch in Begleitung einer Blondine gewesen, die Janet sehr ähnlich sah und gerade als Cheerleader nackt im *Playboy* posierte.

Bald nach diesem Vorfall verabschiedete sich Janet Pilgrim aus Hefners wundersamer Welt, nachdem sie zwei Jahre lang Teil davon gewesen war, und zwar mit einer Entschlossenheit, die keiner an ihr vermutet hätte. Sie hatte einen erfolgreichen jungen Geschäftsmann kennengelernt, dessen Werte eher mit ihren eigenen in Einklang standen, und nachdem er sich hatte scheiden lassen, heiratete sie ihn, bekam Kinder und zog mit ihm in einen eleganten Vorort von New York City.

Hefner, der inzwischen 31 Jahre alt war, machte weiter wie zuvor. Er vernaschte eine Frau nach der anderen, wobei fast alle mit der Zeitschrift zu tun hatten, entweder als Fotomodell oder als Angestellte. Nicht, dass ihn diese Büroaffären von seiner Arbeit abgelenkt hätten, im Gegenteil – sie waren ein Jungbrunnen, aus dem er Nahrung für sein Ego bezog und die ihm den Mut verliehen für wagemutige Geschäftsentscheidungen, die sein Vermögen vermehrten und ihn zu einer Person des öffentlichen Lebens machten. Unter dem Einfluss seines Pressechefs Victor Lownes, einem geschiedenen Mann von 29 Jahren, der ursprünglich auf einem Foto für einen Artikel des *Playboy* über junge Führungskräfte Modell gestanden hatte, begann Hefner, sich eleganter und kostspieliger zu kleiden, und legte sich einen weißen Mercedes zu.

Hefner wurde von Zeitungen und Zeitschriften aus dem ganzen Land interviewt, er trat Pfeife rauchend im Fernsehen auf und widerlegte überzeugend die puritanische Auffassung, dass beruflicher Erfolg nur möglich sei durch den Verzicht auf Vergnügen. Er reiste kreuz und quer durch die Staaten und stellte dabei fest, dass der *Playboy* sich nicht nur glänzend verkaufte, sondern inzwischen auch nicht mehr nur unter dem Ladentisch angeboten wurde. Die Männer schauten nicht mehr verlegen, wenn sie ihn kauften, und verzichteten auch darauf, das Männermagazin verschämt zusammenzurollen oder in einer anderen Zeitung zu verstecken, was vermutlich dem Bewusstsein geschuldet war, dass sie nicht allein waren, sondern sie sich in Gesellschaft von nahezu einer Million anderer Männer befanden, die ebenfalls allmonatlich den *Playboy* kauften, zusätzlich zu einer Reihe von weiteren Zeitschriften, und dass die Menschen im ganzen Land dem Phänomen Sexualität zunehmend toleranter gegenüberstanden beziehungsweise sich brennend dafür zu interessieren schienen.

In dieser freudianischen Ära wurden die Amerikaner aufgeschlossener, erkannten ihre Bedürfnisse und hatten aufgrund von Automation und kürzeren Arbeitszeiten mehr Gelegenheit, auf Vergnügungssuche zu gehen. Die neu entwickelte Antibabypille wurde von den Frauen bereits mit Sehnsucht erwartet; der Bikini, importiert aus Frankreich, fing an, die amerikanischen Strände zu erobern. Die Zeitungen berichteten über Privatclubs in einigen der Vorstädte, in denen Partnertausch betrieben wurde. Aus den Musikboxen dröhnte die Musik eines hüftschwingenden Elvis Presley, und in den Nightclubs strömten die Menschen zusammen, um sich den schockierenden neuen Komiker Lenny Bruce anzuhören.

Lenny Bruce war einmalig. Er sprach das Unaussprechliche deutlich aus und schilderte gewisse, streng private Gepflogenheiten, die das errötende Publikum als seine eigenen erkannte. Bruce und Hefner, die beide auf ihre ganz persönliche Art die bisher üblichen Grenzen der Darstellung von Sexualität sprengten, hätten nie so ein riesiges Publikum ansprechen können, wäre nicht die Gesetzeslage zum Ende der fünfziger Jahre hin liberaler geworden. Doch ausgerechnet der Mann, der für diese Wende verantwortlich war und der mit seinem rebellischen Leben der sexuellen Revolution in den sechziger Jahren den Weg geebnet hatte, war in Amerika relativ unbekannt. Umso mehr war er den staatlichen Autoritäten als ein unverbesserlicher literarischer Outlaw ein Begriff.

Sein Name war Samuel Roth.

6

Samuel Roth wurde in einem österreichischen Gebirgsdorf als Sohn orthodoxer jüdischer Eltern geboren, die dem gedruckten Wort große Wertschätzung entgegenbrachten. Am Sabbat las ihm seine Mutter von den Wundern der Rabbis vor und hoffte, ihn so zu einer religiösen Laufbahn zu inspirieren, doch diese Hoffnung erfuhr einen empfindlichen Dämpfer durch ein Ereignis, das sich 1904 während der Überfahrt seiner Familie und zweihundert weiterer Emigranten nach New York im Zwischendeck des Schiffes ereignete.

Samuel Roth war damals neun Jahre alt; er saß in seiner Koje und las ein jiddisches Pamphlet, das ihm ein Fremder an der Gangway in Hamburg in die Hand gedrückt hatte. Das Traktat war eine Zusammenfassung des Neuen Testaments und handelte von einem Propheten, der brillanter war als alle Rabbis zusammen, später gekreuzigt wurde und wieder von den Toten auferstand, um seine geistliche Mission zu erfüllen. Der junge Roth war so begeistert von der Schrift, dass er anfing, sie den Passagieren in seiner Nähe laut vorzulesen, was religiöse Debatten und Diskussionen von solcher Heftigkeit nach sich zog, dass man sie noch ein Deck weiter oben hören konnte.

Plötzlich erschien ein großer Rabbi mit einem roten Bart auf der Treppe und fragte mit drohender Stimme, wer denn aus dieser »heidnischen Schriftrolle« gelesen habe. Alles zeigte auf den Jungen, und als der Rabbi in das dunkle, rauchige Verlies hinunterstieg, wurde es mäuschenstill. Ein Mann, der den Fragenden erkannt hatte, flüsterte ehrfurchtsvoll: »Das ist der große Rabbi aus Pinsk.«

Der Geistliche näherte sich dem Jungen, riss ihm das Pamphlet aus der Hand und verdammte es als sündiges, für Juden verbotenes Werk. Er riss es in Stücke und warf die Papierfetzen aus einer Schiffsluke ins Meer. Erschrocken und gedemütigt starrte Roth ihn an und zuckte zusammen, als er dem strafenden Blick des Rabbi bemerkte und dessen Warnungen vor den Übeln falschen Wissens über sich ergehen lassen musste. Als der Priester sich wieder nach oben begeben hatte, fühlte Samuel, wie in ihm der Hass gegen den frommen Mann und dessen destruktives Handeln aufstieg. Die Erinnerung an dieses Ereignis und die Flüche des Rabbis ließen ihn nicht los und sollten ihn noch jahrelang beschäftigen, mit dem Ergebnis, dass er, was Literatur betraf, nie wieder ein anderes Urteil als sein eigenes gelten ließ.

Roth war ein eifriger Schüler an den öffentlichen Schulen der Lower East Side von Manhattan. Seine Lehrer waren von seiner Diskussionsfreude allerdings wenig angetan und standen seiner Angewohnheit, Bücher, die nicht zum Lehrstoff gehörten, in die Klasse mitzubringen, alles andere als tolerant gegenüber. Er erhielt zahlreiche Klassenbucheinträge und wurde schließlich von der Schule geworfen, sehr zum Zorn seines Vaters, eines einfachen Hosenschneiders. Der hatte wenig übrig für einen Sohn, der sich mit den Autoritäten anlegte.

Roth verstand sich selbst als Rebell, wenn nicht gar als Anarchist. Er wurde ein Anhänger von Emma Goldman und Alexander Berkman, deren radikale Vorträge er in einem Auditorium am East Broadway verfolgte. Er las regelmäßig die anarchistische Zeitschrift *Mother Earth* und schloss Freundschaften mit etlichen jungen Männern, die ebenso wie er dem System kritisch gegenüberstanden und es später als Streikführer und Gewerkschaftsfunktionäre zu Macht und Ansehen bringen sollten. Doch Roth war zu sehr Individualist, um sich über längere Zeit einer Gruppe unterordnen zu können, was auch seine eigene Familie einschloss, und so kam es, dass er im Alter von fünfzehn Jahren von seinem Vater aus dem Haus geworfen wurde und an keiner der zahlreichen Schulen, die er besuchte, einen Abschluss machte. »Ich war zu sehr in Bücher verliebt«, schrieb er später in sein Tagebuch, »um ein guter Schüler zu sein.«

Mit Gelegenheitsjobs hielt er sich notdürftig über Wasser. Am East River verkaufte er Zeitungen an Arbeiter, die mit der Fähre von Brooklyn nach Manhattan pendelten; er arbeitete als Kellner in einem kleinen Restaurant und als Aushilfe in einem Drugstore. Er füllte Flaschen ab, tippte Etiketten und verkaufte gelegentlich Kondome an verschämte Rabbis. Nachts, wenn er nicht in der Wohnung eines Freundes auf dem Sofa übernachten konnte, schlief er in Hauseingängen, benutzte Zeitungsstapel als Kopfkissen und wusch sich in den öffentlichen Waschräumen von Bahnhöfen oder Parks. Nur in Bibliotheken fühlte er sich zu Hause. Besonders angetan war er von der Zweigstelle an der Ecke East Broadway und Bowery, dort las er immer wieder die Werke von Keats, Shelly, Swinburn, Spencer und Darwin, schrieb Gedichte und Artikel, die er jedes Mal an jüdische Wochenblätter schickte, wo sie gelegentlich sogar gegen Zahlung eines Honorars abgedruckt wurden.

Nachdem ein Freund von ihm einige seiner Veröffentlichungen einem einflussreichen Englischprofessor an der Columbia-Universität gezeigt hatte, erhielt Roth 1916 ein Stipendium, war aber als Student genauso erfolglos wie früher als Schüler, weil er sich weniger um sein Studium als um die Herausgabe einer literarischen Zeitschrift auf dem Campus kümmerte und sich in der studentischen Protestbewegung gegen den Eintritt Amerikas in den Ersten Weltkrieg engagierte.

Er war zwar wegen seiner schlechten Augen vom Wehrdienst freigestellt, doch hielt es ihn auch nicht länger am College, und so ging er schon nach einem Jahr ab. 1918 heiratete er ein junges Mädchen von der Lower East Side und eröffnete an der West Eighth Street 49 einen kleinen Buchladen, der rasch durch die illegale Schnapsdestille, die er im Hinterzimmer betrieb, eine gewisse Beliebtheit erlangte. Er gab Malern aus Greenwich Village Gelegenheit, ihre Bilder bei ihm auszustellen, und fungierte als eine Art Pfandleiher für Schriftsteller und Künstler. Als Sicherheit für kleine Darlehen, die selten zurückgezahlt wurden, akzeptierte er Manuskripte und Porträts, unverkäuflichen Schmuck und Familienerbstücke, alte Bücher, die keinen Sammlerwert hatten, und seltene Bücher, die niemand kaufen wollte.

Er war glücklich, einen Buchladen zu besitzen, verdiente aber zu wenig und löste das Geschäft 1920 auf, als ein befreundeter Redakteur des *New York Herald* ihm den Auftrag zuschanzte, literarische Berühmtheiten in London zu interviewen. Auch dieses Unternehmen erwies sich als Fehlschlag, weil die Artikel, die er nach Hause an die Redaktion schickte, dem *Herald* zu provokant waren. Von einigen Poeten behauptete er, sie knabberten »an den trockenen Knochen von Keats«, und auch seine Meldung, George Moore sei »eine Fackel im Vakuum«, entsprach nicht ganz dem, was der *Herald* im Sinn hatte, als man ihn zum Literaturkorrespondenten gemacht hatte. Und so kam es, dass er im Alter von 26 Jahren – gerade als er anfing, einen englischen Akzent zu kultivieren und sich an den täglichen Gebrauch eines Spazierstocks und eines Mantels mit Pelzkragen zu gewöhnen, der seiner schlanken Gestalt Würde verlieh – mit Schimpf und Schande nach New York zurückberufen wurde, wo er sein sprachliches Talent in den nächsten Jahren lediglich darauf verwendete, jüdischen Einwanderern in einer Privatschule an der Lower East Side die Grundlagen der englischen Sprache beizubringen.

Finanziell war er in der glücklichen Situation, dass seine Frau es als Hutmacherin zu einigem Wohlstand gebracht hatte – ein Handwerk, das sie als Teenager erlernt hatte. Sie hätte darin weiterhin Erfolge feiern können, hätte sie sich nicht der Überredungskunst ihres Mannes gebeugt und sich 1925 mit ihm zusammen auf ein unternehmerisches Abenteuer eingelassen, das er für intellektuell befriedigender erachtete, nämlich die Gründung einer literarischen Zeitschrift und ein Versandantiquariat, das spezialisiert war auf leicht anrüchige Literatur des 19. Jahrhunderts und Werke von Autoren wie Zola und Balzac, Maupassant und Flaubert vertrieb.

Roths Zeitschrift trug den Namen *Two Worlds Monthly*. In den ersten Ausgaben brachte er Ausschnitte aus dem verbotenen Buch *Ulysses*, womit er sich nicht nur mit der amerikanischen Zensur anlegte, sondern auch mit dem Autor James Joyce, der in Paris lebte und, obwohl ihm Roth in Anerkennung seines »überragenden Genies« mit 50 Dollar pro Folge das Doppelte des sonst üblichen Honorars angeboten hatte, steif und fest behauptete, Roth habe gar keine Genehmigung von ihm erhalten, sein Buch auszugsweise abzudrucken.

Roth argumentierte, er hätte die Genehmigung von Ezra Pound bekommen, der als Agent von Joyce bei ihm vorstellig geworden war, was in Europa wiederum zu einem Zerwürfnis zwischen Pound und Joyce führte. In der Zwischenzeit druckte *Two Worlds Monthly* weiterhin Fortsetzungen des *Ulysses*, wobei Roth die erotisch allzu deutlichen Stellen herausstrich. Trotzdem wurde er per Gerichtsbeschluss aufgefordert, die Serie einzustellen, die in der Zwischenzeit ohnehin die meisten seiner Leser bereits derart langweilte, dass sie der Zeitschrift scharenweise den Rücken kehrten, was Roth und seine Frau fast in den Bankrott trieb.

Sein ganzes Leben lang war es Roths ganzer Stolz, der erste amerikanische Herausgeber gewesen zu sein, der die amerikanische Zensur mit *Ulysses* herausgefordert hatte. Und als er 1930 – drei Jahre bevor der angeblich pornografische Roman in einem als Meilenstein gefeierten Urteil des Bundesrichters John M. Woolsey aus den Niederungen der Pornografie in den Rang des Kunstwerks erhoben wurde – wegen des Vertriebs einer unbereinigten Fassung des Buches zu sechzig Tagen Haft verurteilt wurde, nahm er dieses Urteil an wie einen Orden.

Während der Verlag Random House den ganzen Verdienst an dem juristischen Triumph für sich in Anspruch nahm und in den folgenden Jahren Unsummen an den Rechten verdiente, die sich der Verlag direkt von Joyce gesichert hatte, war Roth davon überzeugt, dass es nur seiner eigenen Unnachgiebigkeit zu verdanken war, dass Random House sich zu dieser noblen und etwas verspäteten Verteidigung dieses heutigen Klassikers der modernen Literatur veranlasst sah. In seinem Tagebuch notierte Roth: »Reiche Verleger lassen den armen gerne den Vortritt, wenn es darum geht, Präzedenzfälle zu schaffen, was moralische Maßstäbe betrifft.«

Möglicherweise weil er genug hatte von moralischen Maßstäben und Armut und in dem Bemühen, sich nach dem Verlust ihrer Ersparnisse vor seiner Frau zu rehabilitieren, stürzte sich Roth nun vollends in die literarische Unterwelt und zog diverse Unternehmen auf, darunter auch einen Buchversand, den er unter falschem Namen und ständig wechselnder Adresse führte und von dem er sich florierende Geschäfte versprach, da er unter anderem Werke wie *Le Jardin Parfumé* in seinem Sortiment hatte, eine arabische Liebeslehre aus dem 14. Jahrhundert, in der 237 Stellungen in Wort und Bild beschrieben waren. An dieses Buch war Roth durch einen anderen Untergrundverleger gekommen, der kurz zuvor wegen der Verbreitung der Memoiren eines Freudenmädchens hinter Gittern gelandet und froh war, die dreihundert Exemplare des *Jardin Parfumé* loszuwerden, die noch in einem Lagerhaus in der Fourth Street deponiert waren. Das Buch, das in Paris gedruckt worden war, kostete normalerweise 35 Dollar, doch der Verkäufer war in einer so verzweifelten Situation, dass er Roth die Ladung zum Stückpreis von 3 Dollar überließ, was bedeutete, dass dieser daran 10 000 Dollar verdienen konnte.

Lange bevor Roth auch nur annähernd so viel Geld scheffeln konnte, hatte die New Yorker Gesellschaft zur Bekämpfung des Lasters, die ihn seit der Fortsetzungsreihe von *Ulysses* wachsam beobachtete, sein Versandgeschäft bereits mit Informanten infiltriert. Es war ihr nicht nur gelungen, über eine fingierte Bestellung an ein Exemplar des *Jardin Parfumé* zu kommen, sondern darüber hinaus wurde eine Razzia in einem Laden an der East 12th Street durchgeführt, den er und seine Frau für eine Kunstauktion und einen Bücherverkauf gemietet hatten, und dabei entdeckte man ein Buch von Boccaccio sowie eine Serie von gezeichneten Figurinen, die John Sumner, der Vorsitzende der Gesellschaft und Nachfolger von Anthony Comstock, für obszön und sittenwidrig erklärte. Für diese Gesetzesüberschreitung wurde Roth zu drei Monaten Zwangsarbeit auf Welfare Island in New York verurteilt.

Weder resozialisiert noch reumütig widmete er sich nach der Entlassung aus der Haft augenblicklich wieder verlegerischen Drahtseilakten. Wegen seiner Verhaftungen und der Arroganz, mit der er seine Prinzipien verteidigt hatte, genoss er nun in den abseits gelegenen Winkeln des Buchgeschäfts ein gewisses Prestige, und es kamen häufig Schmuggler aus Europa auf ihn zu, die ihm pornografische Romane und Klassiker der erotischen Literatur anboten, und Sammler, die ihm so gut wie jedes gewagte Sammlerstück abnahmen. Fotografen stellten ihm ihre privaten Aktaufnahmen zur Verfügung, und Autoren versorgten ihn mit Manuskripten, die, aus welchen Gründen auch immer, kein anderer Verleger drucken wollte.

Eines der Manuskripte, das Roth drucken und binden ließ, war die Biografie des amerikanischen Präsidenten Herbert Hoover, die von einem Engländer namens John Hammill stammte und so sehr vor Häme strotzte, dass die Zeitungen des Landes sich weigerten, es zu besprechen oder auch nur Anzeigen dafür abzudrucken. Dennoch verkaufte Roth fast 200 000 Exemplare, und es wurde ein Bestseller in Washington, Boston und St. Louis. Ein anderes Buch, das Roth herausgab, war *The Woman That Was Pope* von Clement Wood, der behauptete, dass in den Jahren 853 bis 855, zwischen der Regentschaft der Päpste Leo IV. und Benedikt III., ein weiblicher Kaplan den Vatikan regiert hätte; und auch wenn dieses Buch damals kein Bestseller wurde, so trug es doch zu dem ohnehin schon schlechten Ruf bei, den Roth in der Erzdiözese und bei den Polizeibehörden von New York schon genoss.

Roth druckte und vertrieb diverse Untergrundauflagen von *Lady Chatterley*, ebenso das alte indische Lehrbuch der Liebeskunst, *Kamasutra*, weiterhin ein Buch mit dem Titel *Self-amusement* – »ein Handbuch über Freuden und Gefahren eines weltweiten Brauches, auch Selbstbefleckung genannt«. Darüber hinaus veröffentlichte er selbst geschriebene Werke, darunter auch eine Biografie zur Würdigung des umstrittenen Schriftstellers Frank Harris, der hauptsächlich durch seine vor Ausschweifungen strotzenden autobiografischen Erzählungen *My Life and Loves* Berühmtheit erlangt hatte. Eine hanebüchene Geschichte, die nahezu sämtliche Leser entweder faszinierend oder schockierend fanden, mit Ausnahme von Mrs. Harris, die erklärte, ihr Mann hätte seine erotischen Abenteuer maßlos übertrieben. 1931, nach seinem Tod, soll sie gesagt haben: »Wenn Frank auf unserer Frankreichreise wirklich all das getrieben haben will, was er laut seinem Buch veranstaltet hat, dann muss er es auf dem Trittbrett unseres fahrenden Wagens getrieben haben.«

Zwar glaubten viele Freidenker in den frühen dreißiger Jahren, dass die Zensur in Amerika langsam nachließ, besonders nachdem Richter Woolsey das Verbot von *Ulysses* aufgehoben hatte. Roth jedoch neigte nicht zu derartigem Optimismus, wobei die Tatsache eine Rolle gespielt haben dürfte, dass sein Büro an der 46th Street von einem Hotelfenster auf der gegenüberliegenden Straßenseite aus von Männern mit einem Teleskop beobachtet wurde. Von einem Postangestellten erfuhr er im Vertrauen, dass Bundesinspektoren seine Post filzten, indem sie die Briefe über Dampf öffneten und lasen, um anschließend seine Kunden zu besuchen und sie zu einer Aussage gegen ihn zu überreden. Roth schrieb daraufhin einen Beschwerdebrief an den Postminister James A. Farley, auf den er allerdings keine Antwort erhielt, jedoch wurde ihm einige Zeit später eine Anklage zugestellt, in der ihm vorgeworfen wurde, Pornografie mit der Post versandt zu haben. Unter den Büchern, die als Beweise aufgezählt wurden, waren *Lady Chatterley* und *Le Jardin Parfumé*.

Der Prozess endete mit seiner Verurteilung zu einer 3-jährigen Freiheitsstrafe, die Roth im Bundesgefängnis von Lewisburg, Pennsylvania, absaß. Dass seine missliche Lage keine größeren Proteste oder Klagen der literarischen Welt auslöste, erstaunte ihn nicht weiter, denn in seinen Augen waren die meisten Verleger nichts weiter als Duckmäuser, die sich lieber bedeckt hielten, anstatt für eine unpopuläre Sache einzutreten. In seiner im Gefängnis verfassten Autobiografie erinnerte sich Samuel Roth insbesondere an die Reaktion von Alfred A. Knopf, nachdem die Gesellschaft zur Bekämpfung des Lasters ihn gewarnt hatte, *The Well of Loneliness* von Radclyffe Hall herauszubringen: »Knopf machte genau das, was er unter solchen Umständen immer macht«, schrieb Roth. »Er opferte seine Loyalität dem gedruckten Buchstaben gegenüber aus Furcht vor der Zensur. Er ließ die Druckvorlagen zerstören und pfiff auf sämtliche Verträge.«

Wenig schmeichelhafte Worte fand Roth auch für die Anwälte aus dem Literaturbetrieb: »Seinen Anwalt zu wechseln ist nicht so, wie seinen Juwelier zu wechseln oder seinen Arzt. Jeder Anwalt, an den man sich wendet, findet neue Probleme (die mit Ihrem Fall nicht das Geringste zu tun haben), die er in Rechnung stellt, und da sie alle Hand in Hand arbeiten wie die Hexen in *Macbeth*, schraubt dies den Preis desjenigen immer weiter in die Höhe, den man schließlich mit seiner Verteidigung betraut.«

Roth saß seine gesamte Strafe in Lewisburg ab und kehrte nach seiner Entlassung wieder nach New York und zu einem Lebensstil zurück, der ihn unweigerlich wieder ins Gefängnis führen musste. Ein Freund von ihm meinte einmal, Roth säße vielleicht sogar gerne im Gefängnis, um sein Heil als literarischer Märtyrer zu finden. Dagegen verwahrte sich Roth jedoch entschieden, sein Strafregister sei leicht zu erklären: »Ich führe einen ständigen Krieg gegen die Polizei« – und damit meinte er nicht nur Streifenbeamte und Detectives, sondern auch Staatsanwälte, FBI-Agenten, Postbeamte und die Geistlichkeit samt ihrer Verbündeten in den Gesellschaften zur Bekämpfung des Lasters – jeden, der sich das Recht herausnahm zu bestimmen, was geschrieben oder gelesen werden durfte, befand sich im Krieg mit Roth. Und so musste er sich mit einem Leben voller Schikanen und Repressalien abfinden.

Er gewöhnte sich daran, nach seiner Entlassung von Polizisten in Zivil durch die Straßen von New York verfolgt zu werden, die auch schon bald seine neue Büroadresse am Broadway Nr. 696 ausfindig machten. In diesem Büro arbeiteten außer einigen Angestellten und seiner Frau auch seine Tochter und sein Sohn, die beide noch zur Schule gingen und, obwohl ihnen die juristischen Probleme ihres Vaters nicht nur Kummer bereiteten, sondern manchmal auch peinlich waren, sein Eintreten für das Recht auf freie Meinungsäußerung teilten. Roths Tochter übersetzte das erste Buch, das ihr Vater nach seiner Entlassung herausgab, Claude Tilliers Roman *Mon Oncle Benjamin*, während Roths Sohn bis zu seiner Einberufung in die Armee als Teilzeitkraft in der Verkaufsabteilung arbeitete.

In der Hoffnung, die Postinspektoren damit zu verwirren, und um seine Bücher vor seinem berüchtigten Namen zu schützen, benutzte Roth für seine Geschäftsbriefe und Päckchen fiktive Firmennamen. Manche der Etiketten besagten, dass seine Bücher von einem Verlag namens Coventry House veröffentlicht wurden, andere bei Avalon Press oder Boar's

Head Publishers. Manchmal deponierte Roth bestellte Bücher sogar in Schließfächern auf Bus- oder Eisenbahnstationen, um einigen speziellen Kunden den passenden Schlüssel zukommen zu lassen. Diese Bücher, zum Beispiel Werke von Henry Miller, Frank Harris und dem anonymen französischen Verfasser von *My Secret Life*, waren meist teure Ausgaben, die in Frankreich hergestellt und dann in die USA geschmuggelt worden waren, obwohl die professionellen Schmuggler sich während des Krieges kaum noch gegen die Amateure aus der U.S. Army behaupten konnten. Viele Veteranen kehrten mit Seesäcken voller illegaler Druckwerke in die Staaten zurück; dem literarischen Schwarzmarkt drohte ein Überangebot. Als gelte es, auch die letzten Reste eines noch immer unbesiegten Feindes zu vernichten, reagierte die Regierung nach dem Krieg darauf mit noch härteren Maßnahmen gegen die Pornografie, von denen nicht nur die Bücher betroffen waren, die Roth herausbrachte, sondern auch die erotischen Werke moderner Autoren, die bei renommierten Verlagen unter Vertrag standen.

Zu den bekannteren Romanen, die ins Visier der Staatsmacht gerieten, gehörten Lillian Smiths *Strange Fruit*, Erskine Caldwells *God's Little Acre* und Edmund Wilsons *Memoirs of Hecate County*. In New York war der Feldzug gegen Wilsons Buch von der Vereinigung zur Bekämpfung des Lasters angeführt worden, und nachdem ein Gericht in zweiter Instanz das Urteil eines New Yorker Bezirksgerichts bestätigt hatte, wonach Wilsons Werk pornografisch sei, brachte dessen Verleger Doubleday & Company den Fall vor den Obersten Gerichtshof der USA. Die neun Richter stimmten vier gegen vier, nachdem einer von ihnen, Richter Felix Frankfurter, sich für befangen erklärt hatte, da er mit dem Autor befreundet war, und so blieb das Urteil aus New York weiterhin gültig.

Unter den Büchern, die 1948 im Lauf einer Kampagne gegen Pornografie in Philadelphia beschlagnahmt wurden, waren William Faulkners *Sanctuary* und James T. Farrells Studs

Lonigan-Trilogie. Und diese Bücher hätten eventuell noch Jahre ein Dasein im literarischen Untergrund führen müssen, wäre da nicht ein Richter in Pennsylvania namens James Bok gewesen, der eine ganz eigene Rechtsauffassung hatte.

Bok verurteilte die Razzia in Philadelphia und erklärte, dass Bücher nur dann als sittenwidrig zu gelten hätten, wenn sie den Leser zu kriminellen Handlungen verleiteten, und er bezweifelte, dass Bücher allein dies bewirken könnten, da die Leser noch durch eine Reihe von anderen Faktoren beeinflusst würden. »Wenn ein normaler Mensch ein obszönes Buch liest und seine Empfindsamkeit gering ist, wird er es zum Gähnen finden«, schrieb Richter Bok. »Wenn er die Allgemeine Bauordnung liest und seine Empfindsamkeit hoch ist, werden sich zwischen ihm und dem Buch Dinge ins Bild drängen, die dort nicht hingehören.«

Diese wohlwollende Einstellung so genannter Pornografie gegenüber wurde 1948 nur von einer kleinen Minderheit unter den Richtern geteilt. Die große Mehrheit aber verurteilte die Lektüre eines obszönen Buches als kriminelle Handlung. Da diese Rechtsauffassung von den Vierzigern bis weit in die fünfziger Jahre gültig blieb, kam Samuel Roth in den Genuss des gesamten Strafenkatalogs.

Nachdem er sich wegen des Verkaufs der angeblich pornografischen *Waggish Tales of the Czechs* vor Gericht verantworten musste, wurde er von den Postinspektoren angeklagt, weil er in unsittlicher Weise auf dem Postweg Werbung gemacht hatte für Bücher, die keinen unsittlichen Inhalt hatten. Eines der Bücher, *Self-Defense for Women*, wurde in einer Art und Weise beworben, die möglicherweise männliche Masochisten ansprach, während das andere, angekündigt als eine Romanze voller Leidenschaft, sich als leidenschaftslose Novelle mit dem Titel *Bumarap* entpuppte, die Roth selbst im Gefängnis verfasst hatte. Aufgrund dieser irreführenden Werbung wurde er wegen Betrugs angeklagt.

Während seine Berufungsverfahren noch liefen, erhielt Roth Besuch von Agenten des FBI, die erfahren hatten, dass er sich bereit erklärt hatte, zugunsten des der Spionage angeklagten ehemaligen Mitarbeiters des Außenministeriums Alger Hiss vor Gericht auszusagen, und die ihn nun eindringlich davor warnten, dies zu tun. Roth kannte Hiss gar nicht mal persönlich, doch er kannte den Hauptbelastungszeugen, Whittacker Chambers, den er in den Zwanzigern im Greenwich Village als hoffnungsvollen Dichter kennengelernt hatte, der ihm mehrfach Gedichte hatte zukommen lassen, die er unter dem Pseudonym »George Crosley« verfasst hatte – der gleiche Name, den Chambers Hiss zufolge auch benutzt hatte, als er in dessen Apartment in Washington als Untermieter einzog.

Als Chambers aussagte, er könne sich nicht erinnern, diesen Namen je benutzt zu haben, meldete Roth sich bei Hiss' Anwälten und teilte ihnen seine Erinnerungen an »Crosley« mit, die Chambers' Glaubwürdigkeit als Hauptbelastungszeuge des Komitees für unamerikanische Aktivitäten und dessen Anklagevertreter Richard Nixon aufs Schwerste hätten beschädigen können. Und Roth wäre auch – ungeachtet der Warnungen des FBI – in den Zeugenstand getreten, doch Hiss und seine Anwälte waren der Auffassung, dass die Unterstützung eines landesweit bekannten Pornografen von zweifelhaftem Wert war.

Alger Hiss räumte Jahre später, nach seiner Verurteilung und seiner Haftstrafe, allerdings ein, dass es damals vielleicht ein Fehler gewesen war, Roth nicht in den Zeugenstand zu rufen. Doch zu dem Zeitpunkt, als Hiss diese Aussage machte, stand es um den Ruf von Roth noch schlimmer als je zuvor.

1954 wurde er im Rundfunk von dem Kommentator Walter Winchell als schmieriger Pornograf öffentlich gebrandmarkt. Dieser war erbost, weil Roth eine Anti-Winchell-Biografie von Lyle Stuart herausgegeben hatte. Einen Tag nach der Sendung, die mit der Aufforderung endete, den Verleger doch endlich wieder wegen Verbreitung von Schundliteratur ins Gefängnis zu werfen, stand die Polizei mit einem Durchsuchungsbefehl vor seiner Wohnungstür in der 81st Street. Die Begründung für den Durchsuchungsbefehl lautete, dass Roth und seine Frau verdächtigt wurden, einer kriminellen Vereinigung anzugehören, und trotz Roths Protest drangen die Beamten in das Apartment ein und öffneten Schlafzimmerschränke, Schreibtische und Aktenschränke und stellten alle Zimmer auf den Kopf. Roth wurde daran gehindert, seinen Anwalt anzurufen, und als er aus der Wohnung rannte, um unten auf der Straße von einer Telefonzelle aus zu telefonieren, wurde er von zwei Polizisten angegriffen und daran gehindert.

Daraufhin wurden Roth und seine Frau zum Büro des Bezirksstaatsanwalts Frank Hogan gebracht, wo mittlerweile einige von Roths Angestellten auf dem Flur saßen und darauf warteten, vernommen zu werden. Von ihnen erfuhr Roth, dass inzwischen auch seine Firmenräume gefilzt und sämtliche Aktenschränke, Schreibtische und Bücher in Polizeiautos abtransportiert und die gesamte Post geöffnet worden war. Das Telefon würde von der Polizei beantwortet. Die Razzia war geleitet worden von Hogans Assistent Maurice Nadjari, der, als einer von Roths Angestellten ihn fragte, was nun aus der Firma werden würde, antwortete: »So wie ich das sehe, ist dein Chef raus aus dem Geschäft.«

Während des nächtlichen Haftprüfungstermins verlangte Nadjari, die Kaution für Roth und seine Frau auf jeweils 10 000 Dollar festzusetzen, da mehr als dreizehn Lieferwagen mit insgesamt über fünfzigtausend obszönen Büchern beschlagnahmt worden seien. In den nächsten Tagen war die Razzia das Stadtgespräch. Ein paar Monate später jedoch, als ein Gericht feststellte, die Durchsuchungen und die Beschlagnahme von Roths Besitz seien illegal gewesen, war das Echo minimal. Der Bezirksstaatsanwalt bot an, das Verfahren einzustellen, wenn Roth im Gegenzug darauf verzichtete, die Stadt zu verklagen.

Widerwillig stimmte er zu, denn zu diesem Zeitpunkt, im Jahre 1955, war Roth bereits in zahlreiche andere Prozesse verwickelt, die von Bundesbehörden gegen ihn angestrengt worden waren, und er hatte darüber hinaus eine Vorladung erhalten, in der er aufgefordert wurde, vor dem Senatsausschuss zur Untersuchung von Jugendkriminalität und Pornografie zu erscheinen, der geleitet wurde von Senator Estes Kefauver aus Tennessee.

Senator Kefauver, der sich Hoffnungen machte, als Kandidat der Demokraten ins Präsidentschaftsrennen zu gehen, galt seit seinem 1951 live im Fernsehen ausgestrahlten Verhör mehrerer Mafiabosse im ganzen Land als aufrechter Kämpfer gegen das Verbrechen. Privat war er einigen Angehörigen der Presse allerdings eher als Schürzenjäger bekannt, und dies hatte in mindestens einem Fall auch Auswirkungen auf seinen Feldzug gegen das organisierte Verbrechen. In Chicago, wo er eine Untersuchung zum Einfluss der Gangsterbanden angesetzt hatte, waren heimlich Fotos von Kefauver in seinem Hotelzimmer gemacht worden, wo er sich im Bett mit einer jungen Frau vergnügte, die enge Beziehungen zur Unterwelt unterhielt. Nachdem er über die Existenz dieser Fotos unterrichtet worden war, sagte der Senator die öffentlichen Anhörungen der Untersuchungskommission ab.

Seine Ermittlungen in Sachen Pornografie blieben von solchen außerordentlichen Senatorenaktivitäten ungestört, und während des Verhörs im Federal-Court-Gebäude in New York attackierte er Roth mit ungewöhnlicher Schärfe, bezeichnete dessen Geschäfte als »Schleim« und machte ihn verantwortlich für Amerikas wachsende Jugendkriminalität.

Das bestritt Roth energisch, indem er auf seine beiden Kinder verwies, die nicht kriminell waren, obwohl sie in seiner Umgebung aufgewachsen waren und für ihn arbeiteten. Er gab zu bedenken, dass vermutlich keine andere gesellschaftliche

Gruppe so wenig gefährdet war, durch den Einfluss von Büchern auf die schiefe Bahn zu geraten, wie kriminelle Jugendliche, da diese nämlich kaum Bücher lasen. Roth hatte auf jeden Vorwurf eine überzeugende Erwiderung, doch seine selbstsichere Art und der leichte englische Akzent hatten etwas Herablassendes, was Kefauver maßlos irritierte. Nachdem Roth nahezu all seinen Publikationen einen künstlerischen Wert attestiert hatte, bemerkte Kefauver, dass Roth einmal versucht hatte, einen Vertrag mit der Prostituierten Pat Ward auszuhandeln, die Freundin des der Zuhälterei angeklagten Millionenerben Mickey Jelke.

»Aus welchem Grund legen Sie Wert darauf, ein Buch über jemand zu veröffentlichen, der gerade in einen Skandalprozess verwickelt war?«, fragte Kefauver.

»Meiner Ansicht nach«, erwiderte Roth«, dreht sich das gesamte Neue Testament um Frauen dieser Art.«

Kefauver verschlug es die Sprache, doch er erholte sich wieder, und in seinem Schlusswort betonte er noch einmal, dass Roths Geschäfte »verwerflich« seien – eine Einschätzung, die von Senator Langer geteilt wurde. Dann erlaubte Kefauver, dass Roth ebenfalls ein Schlussplädoyer vor dem Ausschuss hielt.

»Ich bin der Ansicht, dass die Leute, die mich kritisieren, im Unrecht sind«, erklärte Roth und fügte mit Blick auf Kefauver hinzu: »Und Sie ganz besonders, da Sie über mich zu Gericht sitzen, aber ich glaube fest daran, Sie davon in nicht allzu ferner Zukunft überzeugen zu können!«

»Dazu werden Sie eine Menge Überredungskunst brauchen.«

»Es wird mir dennoch gelingen!«, beharrte Roth.

Roth verließ den Ausschuss in der Überzeugung, eine eindrucksvolle Vorstellung geliefert zu haben, und er rechnete damit, dass ihn dies teuer zu stehen kommen würde. Er sollte mehr als Recht behalten. Sein Anwalt teilte ihm mit, dass die

Regierung eine 26 Punkte umfassende Anklageschrift gegen ihn vorbereitete und ihn so schnell wie möglich vor Gericht stellen wollte. Die Anklage wegen gesetzwidrigen Versands sittenwidriger Schriften mit der Post stützte sich vor allem auf eine Zeitschrift im Taschenbuchformat mit dem Titel *Good Times*, in der Fotos von Aktgemälden abgedruckt waren, und auf eine einzelne Ausgabe der vierteljährlich erscheinenden Buchreihe *American Aphrodite*, in der die von Aubrey Beardsley verfasste und illustrierte Geschichte »Venus und Tannhäuser« abgedruckt worden war.

Obwohl Roth überzeugt war, dass weder *Good Times* noch die esoterisch-verspielten Erotikzeichnungen Beardsleys irgendeine Jury in ihrem sittlichen Empfinden verletzen würden, bat er dennoch darum, den Gerichtstermin zu verschieben, um sich besser auf den Prozess vorbereiten und sich um seine daniederliegenden Geschäfte und sein Familienleben kümmern zu können. Sein Antrag wurde abgelehnt, und so fand er sich im Januar 1958 in einem Gerichtssaal wieder und blickte auf eine Geschworenenbank und einen massigen ehemaligen Bezirksstaatsanwalt mit hochrotem Kopf, der nun auf der Richterbank saß. Der Prozess dauerte neun Tage, während der Roth sich nicht in eigener Sache äußerte und so dem Rat seiner Familie folgte, dass seinen Interessen besser gedient sei, wenn er schwieg. Roth wandte sich telefonisch an Dr. Kinsey mit der Bitte, für ihn als Entlastungszeuge vor Gericht aufzutreten. Doch der prominente Sexualwissenschaftler lehnte entschieden ab, da er, wie er sagte, Pornografie grundsätzlich nicht unterstütze. Die Leute, die für Roth aussagten, beschrieben ihn als Verfechter individueller Rechte und Literaturliebhaber, während die Anklage ihn als jemanden darstellte, der aus reiner Gewinnsucht handelte und große Töne spuckte. Womit die Anklage Erfolg hatte.

Nach zwölfstündiger Beratung befanden ihn die Geschworenen für schuldig in vier Fällen: Er habe »Venus and Tannhäuser« von Beardsley sowie drei sexuell anstößige Werberundschreiben mit der Post verschickt. Obwohl ihn das Votum der Geschworenen entsetzte, glaubte Roth, da er in zweiundzwanzig von sechsundzwanzig Fällen nicht schuldig gesprochen worden war, dass er mit einer Haftstrafe von höchstens neunzig Tagen davonkommen würde. Doch sein Anwalt, der über bestimmte Kanäle ins Justizministerium verfügte, erklärte ihm, dass er sich auf wesentlich Schlimmeres gefasst machen müsste. »Sie sind ein Wiederholungstäter, bei dem man aus dem Vollen schöpfen kann«, sagte der Anwalt und fügte hinzu: »Und einer von Ihren Feinden sitzt im Senat.«

Diese pessimistische Einschätzung der Situation erwies sich als zutreffend, als Roth am 7. Februar 1956 vor dem Richter stand und dieser ihm verkündete, dass er zu fünf Jahren Zuchthaus und einer Geldstrafe von 5000 Dollar verurteilt sei. Roth war damals zweiundsechzig Jahre alt und spürte, dass sein Leben nicht mehr ewig dauern würde. Die Perspektive, dass seine Existenz, die in einem Dorf in den Karpaten begonnen hatte, nun in einem amerikanischen Kerker enden sollte, war beklemmend, doch bevor er sich mit diesen Gedanken an seine Familie wenden konnte, packten ihn zwei Wachleute an den Armen und brachten ihn durch eine Seitentür aus dem Gerichtssaal in eine vergitterte Zelle.

Sein Anwalt legte gegen das Urteil Berufung ein, doch wurde es von sämtlichen Instanzen bestätigt, auch wenn ein Bundesrichter namens Jerome Frank dem Obersten Gerichtshof empfahl, den Fall Roth noch einmal aufzurollen und die juristische Definition des Begriffes »sittenwidrig« neu zu fassen. Die 1957 verwendete Definition war noch immer stark geprägt von dem englischen Gesetz aus dem Jahr 1868, der so genannten Hicklin-Entscheidung, die besagte: »… als sittenwidrig zu gelten hat eine Sache dann, wenn nachgewiesen werden kann, dass die sittenwidrige Sache den Geist jener moralisch entarten und korrumpieren kann, die für solche unmoralischen Einflüsse zugänglich sind und in deren Hände solche Publikationen gelangen können.«

Richter Frank bezweifelte, dass Druckwerke überhaupt jemanden »moralisch entarten und korrumpieren« konnten – egal ob jung oder alt, jedenfalls hatte er während der ausgiebigen Recherchen, die er vor Abfassung seiner Meinung angestellt hatte, keinerlei Beweise gefunden, die ihn vom Gegenteil überzeugt hätten. Er gab unumwunden zu, dass erotische Literatur sexuell stimulierend wirken konnte, doch das Gleiche ließ sich auch von Parfüm und Dutzenden anderer Produkte sagen, die unbeanstandet von der Post befördert und im Schaufenstern angeboten wurden. Und auch wenn das Foto einer nackten Frau eine erregende Wirkung auf Männer hatte, so galt das in gleichem Maße auch für Werbefotos, die Modelle in Badeanzügen und Unterwäsche zeigen – wenn man es genau betrachtete, fügte Richter Frank hinzu, waren Männer tagaus, tagein von gut angezogenen Frauen umgeben, die eine stimulierende Wirkung auf sie ausübten, und er zitierte einen Psychiater, dessen Ansicht er vermutlich teilte: »Ein Bein, das durch einen Seidenstrumpf verhüllt wird, ist wesentlich attraktiver als ein nacktes Bein. Ein Busen, der durch einen BH in Form gehalten wird, ist verlockender als die platte Realität.«

Was Jerome Frank an der damaligen Rechtslage besonders erzürnte, war, dass sie der Staatsmacht ermöglichte, zum Schutz der öffentlichen Moral in die Privatsphäre der Bürger einzudringen. Er schrieb:

> Fehlbare Menschen – Staatsanwälte, Richter und Geschworene – mit weitreichenden Befugnissen auszustatten, was die Zensur von Kunst und Literatur betrifft, sie zu etwas zu machen, was J. S. Mills ›Moralpolizei‹ genannt hat, bedeutet, die Kunst deren despotischem Urteil zu unterwerfen. Wer heute ein zweitklassiges Buch als obszön verdammt, kann morgen das Gleiche mit dem Meisterwerk

eines Genies tun. Originalität sollte – wenn auch in Maßen – gefördert und nicht eingeschüchtert werden. Ein Autor könnte versucht sein, seiner Fantasie Fesseln anzulegen, wenn er immer mit einem Auge auf Staatsanwälte oder Geschworene schielen muss, zumal sich Autoren ohnehin schon mit Verlegern herumplagen müssen, die aus Angst vor dem Urteil der Zensurbehörde Manuskripte von den Shelleys, Twains und Whitmans der Gegenwart ablehnen. Einige wenige Männer kämpfen beharrlich für das Recht, Bücher zu schreiben, zu veröffentlichen und zu vertreiben, die der Großteil ihrer Zeitgenossen abscheulich findet. Wenn wir diese wenigen ins Gefängnis stecken, erleidet die Gesellschaft anscheinend keinerlei Schaden, doch dieser Eindruck ist trügerisch. Denn die Verurteilung und Bestrafung dieser wenigen wird jene Schriftsteller abschrecken, die sensibler und weniger bereit zu kämpfen sind. Das, was sie infolgedessen nicht schreiben, ist der wahre Verlust, denn es könnten Meisterwerke darunter sein. »Durch Unterdrückung«, schrieb Spinoza, »wird der Staat soweit zurückgestutzt, bis es keinen Platz mehr gibt für Talente und Begabungen.«

Der Fall *Vereinigte Staaten von Amerika gegen Samuel Roth* kam im April 1957 vor das Oberste Bundesgericht. Roths Anwälte argumentierten, dass die Bundesrichtlinien zur Postbeförderung, der so genannte Comstock-Act von 1873, gegen die Verfassung verstießen und dass die kontroverse Literatur, die Roth vertrieben hatte, unter den ersten Verfassungszusatz falle. Die Staatsanwälte hielten dagegen, dass die absolute Freiheit der Rede nicht das war, was den Gründervätern vorschwebte, jedenfalls nicht dann, wenn die Interessen der öffentlichen Moral auf dem Spiel standen, und fügten hinzu, dass es selbst in jener Gesellschaft »nicht unumstritten war, in welchem Maße Pressefreiheit und individuelle Redefreiheit gewährt werden sollen.«

Nachdem die neun Richter beide Seiten gehört hatten, gingen sie mit sich selbst zu Rate, und als zwei Monate später ihre Voten verkündet wurden, stellte sich heraus, dass auch sie gemischte Gefühle für Samuel Roth hegten.

Richter William O. Douglas empfahl Roth freizulassen, denn wenn er wirklich schuldig war, dann nur deshalb, weil er bei seinen Lesern »Gedanken« und keine »offenkundigen Handlungen« oder »antisoziales Verhalten« hervorgerufen hatte. Außerdem fügte Richter Douglas hinzu: »Ich habe ebenso großes Vertrauen in die Fähigkeit unseres Volkes, sich von schädlicher Literatur fernzuhalten, wie in seine Fähigkeit, zwischen Wahr und Falsch zu unterscheiden, wenn es um Theologie, Wirtschaft, Politik oder irgendein anderes Gebiet geht.« Richter Hugo L. Black stimmte mit Douglas darin überein, dass Pornografie durch den ersten Verfassungszusatz abgedeckt war, und schloss sich ihm mit der Warnung an, dass »die gleichen Kriterien, mit denen man heute ein billiges Traktat unterdrückt, morgen vielleicht ein literarisches Kleinod verhindern«.

Auch wenn Richter John M. Harlan sich weniger um literarische Kleinode kümmerte und bestimmte gesetzliche Regelungen befürwortete, soweit es um Pornografie ging, schloss er sich dennoch seinen Kollegen Black und Douglas an.

Der Vorsitzende Richter Earl Warren jedoch sprach sich für Roths Verurteilung aus; ihn hatte besonders dessen »Art und Weise« pikiert, mit der er für seine Bücher und Zeitschriften warb. Auch wenn das Material selbst nicht den Tatbestand der Obszönität erfüllte, so musste in Warrens Augen doch jeder, der öffentlich mit geschmackloser Reklame an die niedersten Instinkte appellierte, dafür bestraft werden. Auch die fünf anderen Richter – William J. Brennan, Felix Frankfurter, Harold H. Burton, Tom C. Clark und Charles E. Whittacker – bestätigten Roths Schuldspruch und waren ebenfalls der Meinung, dass das Recht zur Herstellung und Verbreitung von Pornografie von der Verfassung nicht geschützt war. Pornografie war Richter Brennan zufolge, der das Mehrheitsvotum verfasste, »von keinerlei gesellschaftlicher Bedeutung oder sozialem Wert«, und laut Brennan bestand das Kriterium dafür, was pornografisch war und was nicht, darin, »ob das Material in seiner Gesamtaussage bei einem nach gegenwärtigen gesellschaftlichen Maßstäben durchschnittlichen Mensch in erster Linie niedere Instinkte anspricht«.

Da sechs der neun Richter keine Veranlassung sahen, Roth freizusprechen, wurde er verurteilt, die volle Gefängnisstrafe von fünf Jahren abzusitzen, was seitens religiöser Gruppen und der Gesellschaften zur Bekämpfung des Lasters im ganzen Land lautstark begrüßt wurde. Das Nationale Büro für Anständige Literatur gab eine Stellungnahme heraus, wonach »der Kampf für Anstand und Moral Aufwind erfahren« habe, und General Eisenhowers Postminister Arthur Summerfield erklärte erfreut darüber, dass das Gericht den Comstock Act nicht angetastet hatte: »Das Postministerium begrüßt die Entscheidung des Obersten Gerichtshofs als einen Schritt in die richtige Richtung, um zu verhindern, dass obszöne Sendungen in den Briefkästen landen.«

Doch viele Strafverteidiger kamen nach der sorgfältigen Lektüre des Votums von Richter Brennan zu der Auffassung, dass sich hier ein radikaler Wandel in der juristischen Bewertung der Darstellung sexueller Inhalte andeutete, der zu der Hoffnung Anlass gab, dass die Restriktionen gegen etliche Bücher, die noch verboten waren, in Zukunft vielleicht gelockert würden. Dadurch, dass der Oberste Gerichtshof den Begriff der Obszönität zum ersten Mal definiert hatte, waren mit einem Mal sämtliche Verbindungen zu der restriktiven englischen Auslegung gekappt, die auf dem Fall Hicklin von 1868 basierte.

Im Fall Hicklin hatte das damalige englische Gericht entschieden, dass ein Buch in seiner Gesamtheit als obszön zu gelten hatte, wenn darin nur ein Absatz lüsternen Inhalts zu finden war, während Richter Brennans Formulierung zufolge die »Gesamtaussage« eines Buches obszön sein musste, damit es verboten werden konnte. Im Fall Hicklin konnte ein Aufklärungsbuch unter Strafe gestellt werden, wenn es für Jugendliche ungeeignet war, während Richter Brennan vom »durchschnittlichen Menschen« sprach. Da Richter Brennan Pornografie außerdem dadurch gekennzeichnet sah, dass sie »keinerlei gesellschaftliche Bedeutung oder sozialen Wert hatte«, konnte dies bedeuten, dass in Zukunft ein Buch oder ein Film mit nur einem Minimum an »gesellschaftlicher Bedeutung« von der Zensur unbehelligt bleiben würde. Und wenn dies zutraf, dann stellte das Roth-Urteil in den Augen der Fürsprecher für weiterreichende Freiheiten unter Umständen ein positives Omen dar. In welche Richtung sich das Ganze entwickeln würde, ließ sich jedoch erst absehen, als ein neuer Fall von Verbreitung sittenwidriger Inhalte vor dem Obersten Gerichtshof verhandelt wurde und man die Urteilsbegründung nach entsprechenden Hinweisen absuchen konnte. Ein solcher Fall landete im Herbst 1957 vor Gericht.

Dabei ging es um den aus Frankreich importierten Film *The Game of Love*, der in einem Kino in Chicago mit einem Aufführungsverbot belegt worden war, weil darin Nacktszenen vorkamen und die Handlung angeblich dekadent war. Gleich zu Beginn des Films ist ein völlig nackter Junge zu sehen, der nach einem Bootsunfall an einem Badestrand im Blickfeld junger Mädchen erscheint. Im weiteren Verlauf wird er von einer attraktiven älteren Frau verführt, die ihn auf die erotischen Episoden vorbereitet, die er später mit einem Mädchen seines Alters erleben wird. Obwohl der Streifen keine expliziten Sexszenen enthält, wird in einigen Szenen der Geschlechtsakt offen angedeutet, so dass die Bundesrichter einer mittleren Instanz das Urteil aus Chicago bestätigten. Doch als der Oberste Gerichtshof den Fall verhandelte und den Film in Augenschein nahm, kam er zu der Ansicht, dass darin genügend gesellschaftliche Relevanz enthalten war, um zu entscheiden, dass der Film nach der neuen Roth-Definition nicht als obszön zu gelten hatte.

Das Oberste Bundesgericht zitierte das Roth-Urteil ebenfalls, als es die Urteile wegen Verbreitung obszöner Inhalte gegen *One*, eine Zeitschrift für Homosexuelle, und das Nudistenmagazin *Sunshine & Health* kassierte. Das homosexuelle Blatt war von einem Postamtsvorsteher in Los Angeles vom Versand ausgeschlossen worden, und obwohl das Distrikts- sowie das Berufungsgericht die Maßnahme für rechtens erklärt hatten, entschied das Oberste Bundesgericht, dass *One* inhaltlich einen Standpunkt beziehungsweise Lebensstil vertrete, der durch den Verfassungszusatz für Redefreiheit geschützt sei. Im Fall *Sunshine & Health* gegen Postminister Summerfield urteilten die Bundesrichter ganz ähnlich, mit der Folge, dass auch Schamhaare und Genitalien Ausdruck einer »Idee« sein konnten, wie die Nudistenbewegung sie vertrat. Auch ihre Zeitschrift musste deshalb nach dem Gesetz von der Post befördert werden. Zu Summerfields Missvergnügen über dieses Urteil kam noch hinzu, dass er in einer Ausgabe von *Sunshine & Health* einen Postbeamten abgebildet sah, der in einem Nudistencamp in Florida ein Sonnenbad nahm. Der Angestellte wurde fristlos entlassen.

Während nach und nach von der höchsten Instanz in Washington ein Pornografieurteil nach dem anderen aufgehoben wurde und zensierte Bücher und Filme unter dem Schlagwort »Roth« wieder rehabilitiert wurden, wandelte sich dessen Name zunehmend zu einem juristischen Terminus, wobei der Mann, der nun in Lewisburg einsaß, darüber in Vergessenheit geriet; denn ironischerweise hätte er sich nun während seiner Zeit im Gefängnis, die bis in die sechziger Jahre dauerte, die Bücher, denen er seinen Aufenthalt dort unter anderem verdankte, völlig legal durch die Post zuschicken lassen können.

7

Er verließ das Bett, den Rücken ihr zugekehrt, nackt und weiß und mager, und ging zum Fenster hinüber, ein wenig gebeugt, und zog die Vorhänge beiseite und sah einen Augenblick lang hinaus. Sein Rücken war weiß und schmal, der kleine Hintern schön und von erlesener, zarter Männlichkeit, sein Nacken rötlich und fein und doch kräftig.

Eine innerliche, nicht eine äußerliche Kraft lag in dem zarten, doch kräftigen Körper.

»Du bist so schön!« rief sie. »So rein und zart! Komm!« Sie streckte die Arme nach ihm aus.

Er schämte sich, zu ihr zu gehen, seiner erregten Nacktheit wegen.

Er nahm sein Hemd vom Fußboden auf, hielt es vor sich und ging zu ihr.

»Nein!« sagte sie und streckte noch immer ihre schönen Arme von den hängenden Brüsten fort. »Ich will dich sehen!«

Er ließ das Hemd fallen und stand still und sah ihr entgegen. Die Sonne schoss einen hellen Strahl durchs niedrige Fenster und traf seine Schenkel und seinen schlanken Bauch und den aufgerichteten Phallus, der sich dunkel und heiß aus der kleinen Wolke lebhaften goldroten Haars erhob. Sie erschrak ein wenig und fürchtete sich.

»Wie seltsam!«, sagte sie langsam. »Wie seltsam er dasteht! So groß! Und so dunkel und so anmaßend! Ist er so?«

Der Mann sah an seinem schlanken weißen Körper hinunter und lachte. Das Haar auf seiner sehnigen Brust war dunkel, fast schwarz. Aber an der Wurzel des Bauches, wo der Phallus dick und gekrümmt sich erhob, war es goldrot, eine helle kleine Wolke.

»So stolz«, murmelte sie ängstlich, »und so gebieterisch. Jetzt weiß ich, warum Männer so anmaßend sind. Aber er ist herrlich, wirklich! Wie ein anderes Wesen! Ein bisschen zum Fürchten …« Sie zog die Unterlippe zwischen die Zähne, so ängstlich und aufgeregt war sie …

»Leg dich hin!« sagte er. »Leg dich hin! Lass mich zu dir!« Er hatte es eilig jetzt.

Und danach, als sie ganz still dalagen, musste die Frau den Mann wieder aufdecken und das Mysterium des Phallus betrachten.

»Und jetzt ist er ganz winzig und weich wie eine kleine Knospe Leben!«, sagte sie und nahm den weichen kleinen Penis in die Hand. … »Und wie hübsch dein Haar hier ist! Ganz, ganz anders!«

»Das ist das Haar von John Thomas, nicht meins«, sagte er.

»John Thomas, John Thomas!« Und rasch küsste sie den weichen Penis, der sich schon wieder regte.

»Ja!«, sagte der Mann und streckte seinen Körper fast schmerzhaft. »Er hat seine Wurzeln in meiner Seele, dieser Herr! Und manchmal weiß ich nicht, was ich mit ihm machen soll. Ja, ja, der hat seinen eigenen Willen, und es ist schwer, es ihm recht zu machen. Aber ich will trotzdem beileibe nicht, dass man ihn mir totmacht.«

»Kein Wunder, dass die Menschen immer Angst vor ihm gehabt haben!«, sagte sie. »Er ist wirklich ziemlich schrecklich.«

Ein Schauer rann durch den Körper des Mannes, als der Bewusstseinsstrom wieder die Richtung änderte und abwärtskreiste. Und er war hilflos, als der Penis sich in langsamen, weichen Wellenstößen füllte und schwoll und sich erhob und hart wurde und hart und herrisch dastand in sei-

> ner sonderbar ragenden Art. Die Frau erbebte auch, als sie ihm zusah.
>
> »Da! Nimm ihn dir! Er gehört dir«, sagte der Mann.
>
> Und sie zitterte, und ihr Bewusstsein löste sich auf. Scharfe, weiche Wellen unaussprechlicher Lust spülten über sie hin, als er in sie eindrang und den seltsamen Schauer in ihr auslöste, der sich ausbreitete und ausbreitete, bis sie mitgerissen wurde von der letzten, blinden Woge der Leidenschaft.

Diese Szene und weitere intime Passagen aus *Lady Chatterley* waren der Grund, warum das Buch in Amerika dreißig Jahre lang als obszönes Werk galt. 1959 hob ein Bundesrichter im Gefolge des Roth-Urteils dieses Verbot auf und billigte dem Verfasser D. H. Lawrence sogar geniale schriftstellerische Fähigkeiten zu.

Hätte Lawrence noch gelebt, hätte er dieser Einschätzung zweifellos zugestimmt, obwohl er sich nach Fertigstellung des Romans 1928 – zwei Jahre vor seinem Tod – eher daran gewöhnt hatte, als lüsterner Pornograf und Sexteufel beschimpft zu werden oder, wie ein englischer Kritiker es formulierte, »der Quell des schlimmsten Ergusses, der je die Literatur unseres Landes besudelt hat. Selbst in den Kloaken französischer Pornografie würde man vergeblich nach einer ähnlichen Scheußlichkeit suchen.«

Lady Chatterley war Lawrence' zehnter und letzter Roman. Er erzählt die Geschichte der frustrierten Ehefrau eines herrischen Aristokraten, der nach einer Kriegsverletzung an Impotenz leidet, und von ihrer Affäre mit einem Förster, von dem sie schwanger wird und für den sie ihren Ehemann verlässt und damit ihrem Zuhause und ihrer gesellschaftlichen Klasse den Rücken kehrt. Obwohl es die Geschichte eines Ehebruchs darstellt, war Lawrence davon überzeugt, ein Buch geschrieben zu haben, das eine positive Einstellung zur körperlichen Liebe vermittelte und vielleicht dazu beitragen konnte, den puritanischen Geist von der »Furcht vor der Körperlichkeit« zu befreien. Seiner Meinung hatten Jahrhunderte der moralischen Verteufelung geschlechtlicher Lust dazu geführt, dass das Bewusstsein der Menschen »zurückgeblieben« war und unfähig, eine »natürliche Beziehung zu Sex zu entwickeln und einen vernünftigen Respekt für die merkwürdigen Vorgänge in unserem Körper«; und so schuf er Lady Chatterley, eine sexuell erwachende Heldin, die es wagte, ihrem Liebhaber das Feigenblatt wegzunehmen, um das Mysterium der Männlichkeit zu erkunden.

Während es sowohl unter Fotografen wie Pornografen seit langem gängige Praxis war, nackte Weiblichkeit zur Schau zu stellen, wurde der Phallus auf Bildern meist wegretuschiert und in erigiertem Zustand schon gar nicht gezeigt, weswegen Lawrence in voller Absicht einen »phallischen Roman« verfasste; und so konzentriert sich Lady Chatterley in seinem Buch immer wieder auf den Penis ihres Liebhabers, streichelt ihn mit den Fingern und ihren Brüsten, berührt ihn mit ihren Lippen, hält ihn in der Hand und sieht staunend zu, wie er wächst. Sie greift ihrem Liebhaber zwischen die Beine, liebkost seine Hoden und wiegt sie in ihrer Hand; und während Lawrence diese Verwunderung beschreibt, spürten zweifellos Tausende von männlichen Lesern ein Ziehen in ihren eigenen Lenden und stellten sich das Vergnügen vor, von Lady Chatterley an ihren empfindlichen Stellen berührt zu werden, um sich durch anschließendes Masturbieren wenigstens der Illusion hinzugeben, ihr Liebhaber zu sein.

Da Masturbation eine häufige Nebenwirkung erotischer Literatur ist, wäre dies allein Grund genug gewesen, eine Kontroverse auszulösen, doch Lawrence ging noch weiter und beschrieb am Beispiel des Försters die Gefühle und das Befremden, die ein *Mann* angesichts seines Penis empfindet – er scheint wirklich einen eigenen Willen zu besitzen, ein Ego, das in völligem Missverhältnis zu seiner Größe steht, und bringt einen immer wieder in peinliche Situationen wegen seiner Bedürfnisse, seinem Verlangen und seinem unvorhersehbaren Wesen. Männer haben zuweilen das Gefühl, von ihrem Penis beherrscht zu werden; er bringt sie vom rechten Weg ab und verführt sie dazu, sich nachts mit Frauen einzulassen, deren Namen sie am nächsten Morgen bereits vergessen haben. Unerbittlich und unersättlich besteht er darauf, seine Potenz ständig unter Beweis zu stellen, und bereichert so das Leben eines Mannes durch unerwünschte Komplikationen und wiederholte Zurückweisungen. Empfindlich, aber unverwüstlich, Tag und Nacht verfügbar, und das fast ohne nachzuhelfen, tut er zielgerichtet, wenn auch nicht immer geschickt, seit einer Unzahl von Jahrhunderten seine Pflicht – immer auf der Suche, fühlend, sich ausdehnend, tastend, penetrierend, pulsierend, schrumpfend und mehr wollend. Ohne je seine lüsternen Absichten und Interessen zu verbergen, ist er das aufrichtigste Organ des Mannes.

Gleichzeitig ist er ein Symbol der maskulinen Unvollkommenheit. Er ist nicht ausbalanciert, asymmetrisch, lässt den Kopf hängen und sieht oft richtiggehend hässlich aus. Ihn in der Öffentlichkeit zu zeigen gilt als »unsittliche Zurschaustellung«. Er ist sehr verletzlich, auch wenn er aus Stein besteht, und die Museen der Welt sind voller herkulischer Figuren mit Penissen, die mehr oder weniger beschädigt sind oder ganz fehlen. Die einzigen unbeschädigten Penisse sind unproportional klein; möglicherweise geschaffen von Bildhauern in dem Bestreben, das unterentwickelte Glied ihres Auftraggebers nicht zu sehr zu verschrecken. In religiösen Kunstwerken wird der Penis häufig als Schlange dargestellt, eine Schlange, die unter den Füßen der Heiligen Jungfrau zertreten wird; seit dem 11. Jahrhundert haben Priester infolge des Zölibats seinen lüsternen Lockungen widerstanden. Masturbation wurde von der katholischen Kirche seit jeher als Akt der Sünde betrachtet, und unverheirateten männlichen Gemeindegliedern empfahl man kalte Wassergüsse als probates Mittel gegen die ersten Zuckungen aufsteigender Begierden.

Auch wenn die moralischen Triebkräfte der jüdisch-christlichen Tradition und das Rechtssystem versuchten, den Penis zu läutern und seinen Samenerguss auf die geheiligte Institution Ehe zu beschränken, so ist er von Natur aus keineswegs monogam. Er kennt keine kodifizierte Moral. Die Natur hat ihn dazu bestimmt, sich zu verschwenden, er verlangt nach Abwechslung, und lediglich die Kastration kann den Reiz verschwinden lassen, der von Prostitution, Unzucht und Ehebruch oder Pornografie ausgeht.

Die Pornografie ist besonders reizvoll für die Penisse der Männer, die sich weder eine Prostituierte noch eine Geliebte leisten können oder zu scheu oder zu hässlich sind, um Frauen anzusprechen. Oder für jene, die zeitweise keinen Kontakt zu Frauen haben (beispielsweise weil sie im Gefängnis sitzen oder im Krankenhaus liegen), und solche, die sich zur ehelichen Treue verpflichtet fühlen, was aber nicht ausschließt, mit einer Zeitschrift in orgiastischen Fantasien zu schwelgen oder sich beim ehelichen Beischlaf vorzustellen, man wäre mit einer anderen Frau zusammen. Dies nennt man »Überlagerung«, und es ist sicherlich die am weitesten verbreitete und gleichzeitig privateste Form von Untreue auf der Welt, und sie funktioniert auch ohne Pornografie als Stimulans.

Jeden Tag ist der Penis unendlich vielen erotischen Reizen ausgesetzt: in Geschäften, Büros, auf Reklametafeln und in der Fernsehwerbung. Der Schlafzimmerblick eines blonden Models, das Creme aus einer Tube drückt; die Brustwarzen, die sich unter der Seidenbluse einer Verkäuferin abzeichnen; das scharenweise Auftreten knackiger Hintern in engen Jeans auf den Rolltreppen von Kaufhäusern, der mit anderen Stoffen versetzte Duft, der aus der Kosmetikabteilung herüberweht: Moschus, hergestellt in den Genitalien eines Tieres, um ein anderes Exemplar seiner Gattung anzulocken.

Die Großstadt bietet eine moderne Version der Fruchtbarkeitstänze wilder Stämme, eine sexuelle Safari, und viele Männer verspüren den Drang, ihren Jagdinstinkt immer wieder unter Beweis stellen zu müssen. Der Penis, oft als Waffe betrachtet, ist auch Last und Fluch des Mannes. Manche macht er zu rastlosen Wüstlingen, Voyeuren, Exhibitionisten und Vergewaltigern. Er treibt sie in militärische Abenteuer und häufig in den frühen Tod. Sein sinnloses Treiben hat eheliche Zwietracht, Scheidung, Trennung von Kindern und Unterhaltszahlungen zur Folge. Seine Liederlichkeit führt auf höchster Ebene zu politischen Skandalen und zum Sturz von Regierungen. Es gab sogar Männer, die so unglücklich mit ihm waren, dass sie versuchten, ihn loszuwerden.

Aber ebenso wie Lady Chatterleys Förster würden die meisten Männer eingestehen, dass sie ihn niemals absichtlich umbringen würden. Und wenn er auch den »Terror des Körpers«, wie Lawrence es nannte, versinnbildlicht, so ist er dennoch tief verwurzelt in der Seele des Mannes, und ohne seine Potenz vermag der Mann nicht wirklich zu leben. Ohne sie verlor Lord Chatterley seine Lady an einen gesellschaftlich Niedrigerstehenden.

Die Tatsache, dass Lord Chatterley ein Opfer des Krieges war, gelähmt nach einer Verwundung auf den Schlachtfeldern in Flandern, während er seinem Volk diente, ließ die Geschichte seiner Frau, die mit einem geilen Förster durchbrennt, in den Augen vieler Engländer noch tragischer und obszöner erscheinen. Und so kam es, dass, nachdem Lawrence 1928 die endgültige Fassung von *Lady Chatterley* fertiggestellt hatte, sowohl sein Verleger als auch sein Agent damit nichts zu tun haben wollten.

Als auch andere Verlage ablehnten, nahm er sein Manuskript und fuhr damit nach Florenz, wo er mit Hilfe italienischer Drucker, die kein Wort Englisch verstanden, aber nonchalant reagierten, als er ihnen die Sexszenen wörtlich übersetzte – »So was machen wir doch jeden Tag«, erklärte einer der Drucker –, eine limitierte, gebundene Ausgabe von 1000 Exemplaren herstellen ließ. Jedes Exemplar war auf cremefarbenem italienischen Papier gedruckt, sauber geheftet und eingebunden, von ihm handsigniert und zum Preis von 10 Dollar zu haben. Die Bücher wurden nach England geschmuggelt und durch Freunde an viele Leser verteilt, die es möglicherweise noch weniger denn je erwarten konnten, das laut Aussagen der Kritiker »anrüchigste Buch der englischen Literatur« endlich lesen und einen Blick in den »Abgrund der Widerwärtigkeiten« werfen zu können.

Die erste Ausgabe verschwand im Handumdrehen, eine zweite folgte. Doch schon bald versiegte der Nachschub in England, da Scottland Yard dazu überging, in den Häusern seiner Freunde Razzien durchzuführen, um das Buch zu konfiszieren. Die Zensurbehörde der Vereinigten Staaten wurde ebenfalls alarmiert. Infolgedessen beschlagnahmten Zollbeamte in New York mehrere Lieferungen des Buches und verkauften, Lawrence zufolge, etliche Exemplare gleich wieder an Schwarzmarkthändler weiter. Untergrundverleger ließen faksimilierte Raubdrucke der italienischen Ausgabe anfertigen und verkauften sie zu Tausenden. Einige der Ausgaben waren von minderer Qualität, schlecht gebunden und nicht selten verschwommene fotografische Kopien, während andere, teurere Ausgaben in edlem schwarzem Ledereinband an Bibeln oder Gesangbücher erinnerten.

Lawrence fühlte sich sowohl von den Zensoren als auch von den Schwarzmarktpiraten um sein Geld betrogen, denn sie waren gleichermaßen schuld, dass er keine Tantiemen bekam. Die meisten seiner begeisterten Leser waren umso erfreuter, dass sie dank der Schwarzdrucker bekamen, was die italienischen Drucker nicht liefern konnten. Und auch wenn in der Untergrundszene einige Verleger wie Samuel Roth riesige Profite machten, so zahlten diese Männer gewöhnlich einen Preis für die Verbreitung der Worte, die Lawrence geschrieben hatte. Roth ging in den Dreißigern zweimal wegen illegaler Einfuhr des Buches hinter Gitter, und dies trug ebenso wie seine übrigen Geschäfte mit illegalen Büchern letztendlich zu der 5-jährigen Haftstrafe bei, zu der er 1956 verurteilt wurde und die er im Sommer 1959 noch immer absaß, als *Lady Chatterley* in den Vereinigten Staaten freigegeben wurde.

Die Freigabe von *Lady Chatterley* war das Verdienst eines romantischen jungen Radikalen namens Barney Rosset, der mit Samuel Roth bekannt war und einen Avantgarde-Verlag in Greenwich Village namens Grove Press betrieb und in dieser Eigenschaft eine Klage gegen das Postministerium angestrengt hatte. Wäre Rosset ein Jahrzehnt früher zur Welt gekommen, wäre er unter Umständen ein Zellengenosse von Roth geworden, dessen leidenschaftliches Eintreten gegen Bevormundung und Abscheu vor der Zensur er teilte. Doch Rosset hatte das Glück, dass er etliche erotische Bücher zu einem Zeitpunkt publizierte, als sich im ganzen Land eine größere sexuelle Freizügigkeit ausbreitete, von der sowohl die Literatur als auch das Alltagsleben betroffen waren. Ein weiterer Vorteil, den er gegenüber Roth hatte, war sein Wohlstand. Er stammte aus einer wohlhabenden Familie und verfügte von daher über die finanziellen Mittel, um sich von brillanten Anwälten verteidigen zu lassen, wenn vor Gericht solche Bücher verhandelt wurden wie Lawrence' *Lady Chatterley*, *Tropic of Cancer* von Henry Miller und andere Romane und Filme mit erotischem Inhalt, die Grove Press seit den späten Fünfzigern und über die gesamten sechziger Jahre im Programm hatte.

Seinen Reichtum verdankte Rosset seinem Vater, einem ehrgeizigen Bankier und Geschäftmann aus Chicago, dessen jüdische Vorfahren in Russland Champagnerkorken hergestellt hatten und der aus Patriotismus und Publicitygründen während des Zweiten Weltkriegs seine Privatyacht der US-Marine zur Verfügung gestellt hatte. Rossets Mutter, die den Bankier

1921 im Anschluss an einen Schönheitswettbewerb geheiratet hatte, bei dem sie den ersten Platz belegt hatte, war die Tochter eines militanten irisch-katholischen Exilanten aus Galway, der ein kleines Kanalreinigungsunternehmen in Michigan betrieb, gälisch sprach und für die Engländer eine solche Verachtung empfand, dass er die Farbe Rot in seinem Haus nicht duldete, weil sie ihn an die roten Uniformröcke der britischen Soldaten erinnerte. Barney Rosset, das einzige Kind aus dieser Ehe, blieben die antisemitischen Bemerkungen, die seine Mutter im privaten Kreis über ihre jüdischen Nachbarn fallen ließ, nicht verborgen, und manchmal fragte er sich, ob ihre Judenfeindlichkeit nicht im Grunde gegen ihn gerichtet war.

Als Jugendlicher war er sensibel, hyperaktiv und rebellisch. Er besuchte eine Privatschule, an der er sich als Mitherausgeber der Zeitung *Anti-Everything* profilierte, und er beteiligte sich an der Blockade eines Kinos, in dem *Gone with the Wind* laufen sollte, weil darin vermeintlich Schwarze in herabwürdigender Weise dargestellt wurden. Obwohl Rosset schmächtig war und eine Brille trug, wurde er zum herausragenden Halfback der Footballmannschaft seiner Highschool, und seine Freundin war das vermutlich hübscheste Mädchen des ganzen Jahrgangs. Er war außerdem Sprecher der Abschlussklasse, der Erste unter seinen Freunden, der ein Auto fuhr – ein brandneues, beigefarbenes Packard-Cabrio – und der Erste, der sich eine illegale Ausgabe des *Tropic of Cancer* kaufte.

In seinem ersten Semester am Swartmore College schrieb er 1940 eine Seminararbeit über Henry Miller, doch schon im folgenden Jahr hielt er den Einfluss der Quäker auf das College nicht mehr aus und wechselte an die Universität von Chicago. Als ihm auch diese nicht zusagte, siedelte er drei Monate darauf nach Los Angeles über, wo er sich an der UCLA einschrieb. Noch im gleichen Jahr, im Oktober 1942, trat er in die Armee ein und brachte es zum Leutnant des Signal Corps, der als Fotograf an Einsätzen in China teilnahm, wo er von seinen Kameraden manchmal mit Gewalt daran gehindert werden musste, sich in ungesichertes Gebiet vorzuwagen.

Nach dem Krieg kehrte Rosset nach Hause zurück, machte an der Universität von Chicago einen Bachelor in Philosophie, erwarb ein kleines Flugzeug, mit dem er über die Wolkenkratzer der Stadt hinwegschwebte, und hatte eine Affäre mit einer blonden Dame der Gesellschaft, die den Ehrgeiz hatte, Malerin zu werden. Zu einer Zeit, als dies noch Skandale provozierte, lebte das Paar ohne Trauschein zusammen – zunächst in New York und später in Frankreich –, und als sie schließlich 1949 in der Provence doch noch heirateten, war ihre Romanze im Grunde genommen zu Ende.

Nach ihrer Rückkehr nach New York setzte sie sich allmählich von Rosset ab, um sich einem jüdischstämmigen amerikanischen Maler zuzuwenden, der mit abstrakt expressionistischen Bildern auf den Durchbruch hoffte, während Rosset einer jungen Angestellten in der Buchhandlung Brentano begegnete, deren Vater im Zweiten Weltkrieg Offizier des deutschen Geheimdienstes gewesen war und die er 1953 heiratete. Damals war er dreißig Jahre alt und seit einem Jahr Besitzer von Grove Press, wo er begonnen hatte, die Werke begabter Schriftsteller herauszugeben, die den großen amerikanischen Verlagshäusern noch zu unkommerziell, unkonventionell oder schockierend erschienen, die jedoch Rossets eklektischen Geschmack ansprachen.

Unter Vertrag hatte er Autoren wie Jean Genet, Samuel Beckett, Simone de Beauvoir, Alain Robbe-Grillet, Eugene Ionesco und andere Literaten, die in Paris im Exil lebten, das damals noch als Hauptstadt der westlichen Kultur galt. Rosset verbrachte ziemlich viel Zeit in dieser Stadt, nicht nur, um mit französischen Agenten und Verlegern zu verhandeln, sondern auch, um die Bekanntschaft vieler junger Amerikaner zu machen, die in Paris literarische Zeitschriften herausgaben oder ihre ersten Romane schrieben, wenn sie sich nicht in den Cafés des linken Seineufers herumtrieben und für sich selbst herausfanden, was Hemingway gemeint hatte, als er schrieb, Paris sei ein Fest auf Rädern. In Frankreichs Metropole herrschte eine gesellschaftliche und künstlerische Freiheit, die einzigartig auf der Welt war. Und es war in erster Linie einem kühnen Verleger namens Maurice Girodias zu verdanken, dass diese Amerikaner in Paris englischsprachige Bücher kaufen konnten, die zur damaligen Zeit in ihrer Heimat verboten waren, weil sie zu skandalös oder realistisch waren.

Maurice Girodias war wie Rosset Sohn eines jüdischen Vaters und einer katholischen Mutter, und schon bald nachdem die beiden sich in Paris kennengelernt hatten, entwickelte sich zwischen ihnen eine enge Freundschaft und gegenseitige professionelle Bewunderung. Girodias' Firma, Olympia Press, war 1953 gegründet worden und war der erste Verlag, der Nabokovs *Lolita*, J. P. Donleavys *The Ginger Man*, Pauline Réages *The Story of O* sowie *Naked Lunch* von William Burroughs und *Candy* von Terry Southern und Mason Hoffenberg in englischer Sprache herausbrachte. Wie Rosset war auch Girodias impulsiv und wagemutig, er selbst bezeichnete sich als Anhänger des Individualanarchismus und verabscheute den »Esprit bourgeois« in all seinen Manifestationen. Auch wenn ein Teil seines Verlagsprogramms ganz konventionell war – er publizierte auch politische Essays und russische Klassiker in französischer Sprache, ja sogar eine Zeitschrift, die sich ausschließlich der Kunst des Strickens widmete –, war sein Name untrennbar mit Libertinage verbunden, der die Weltliteratur solche fleischlichen Werke verdankte wie *With Open Mouth*, *The Chariot of Flesh* und *White Thighs*.

Der letztgenannte, unter dem Pseudonym Frances Stengel publizierte Roman war das Werk eines talentierten italo-schottischen Autors namens Alexander Trocchi, dem Herausgeber einer in Paris ansässigen englischsprachigen Literaturzeitschrift mit dem Titel *Merlin*. Girodias hatte außerdem einen Kriminalroman mit dem Titel *Lust* veröffentlicht, der von dem britischen Dichter Christopher Logue unter dem von Girodias erdachten *»nom de plume«* Graf Palmiro Vicarion erschienen war, und er hatte die Urheberschaft an *Candy* einem fiktiven »Maxwell Kenton« untergeschoben, weil sein amerikanischer Co-Autor Terry Southern befürchten musste, dass es seine Chancen, einen Verleger für ein von ihm geplantes Kinderbuch zu finden, drastisch verringern würde, wenn sein richtiger Name mit der Geschichte einer zügellosen jungen Schlampe aus Wisconsin in Verbindung gebracht würde.

Andere Autoren, die es – aus welchen Gründen auch immer – vorzogen, ihre wahre Identität im Dunkeln zu lassen, schrieben für Girodias unter Pseudonymen wie »Marcus Van Heller«, »Miles Underwood« und »Carmenita de las Lunas«. Wenn Girodias Geldprobleme hatte, was wegen seiner nachlässigen Geschäftsführung häufig der Fall war, schickte er Waschzettel an seine Klientel in Frankreich und Übersee, die in verführerischen Worten ein neues Sexbuch anpriesen, das er allen Kunden wärmstens ans Herz legte. Wenn er genügend Bestellungen mit Vorauszahlungen zusammenhatte, engagierte er einen Autor, der ihm innerhalb kurzer Zeit einen Roman nach seiner Handlungsidee schrieb.

»Es war ein einziger Spaß«, erinnerte er sich später in seinen Memoiren an den turbulenten Beginn seiner Karriere im Paris der Nachkriegsjahre. »Die angelsächsische Welt wurde von einer erotischen Armada angegriffen, infiltriert, überrannt und erobert. Die Schulmeister in England schäumten über vor hilfloser Wut. Den Richtern standen unter ihren Perücken die Haare zu Berge, und in New York und London kletterten die Schwarzmarktpreise für unsere grün eingebundenen Produkte in fantastische Höhen.«

Indem er diese Armada befehligte, trat Maurice Girodias, der den französischen Mädchennamen seiner Mutter angenommen hatte, in die Fußstapfen seines Vaters Jack Kahane, eines englischen Juden, der nach seiner Emigration bis zu seinem Tod im Jahre 1939 als Schriftsteller und Verleger im Pariser Exil gelebt und ebenfalls englischsprachige Bücher herausgebracht hatte, die von vielen als obszön erachtet wurden.

Kahane, der in Manchester zur Welt gekommen war, hatte sich als junger britischer Soldat im Ersten Weltkrieg in der Schlacht von Ypern durch deutsches Giftgas einen Lungenschaden zugezogen. Doch sein Hass auf die Deutschen wich nach dem Krieg seiner Enttäuschung über den fortdauernden viktorianischen Puritanismus in England und den daraus resultierenden Konformismus, und lange bevor die Regierung mit ihren Tiraden gegen D. H. Lawrence begann, hatte Kahane seine Heimat verlassen und war mit seiner attraktiven französischen Frau auf den Kontinent gezogen, wo er in Paris den Verlag Obelisk Press gründete, sich mit Henry Miller anfreundete und als Erster den *Tropic of Cancer* veröffentlichte.

Neben seinen eigenen unanständigen Romanen veröffentlichte Kahane die Werke von Cyril Connolly und Anaïs Nin, *My Life and Loves* von Frank Harris und die Gedichte von James Joyce sowie Auszüge aus *Finnegans Wake* und publizierte Lawrence Durells ersten Roman *The Black Book.* Doch kurz nach der Fertigstellung seiner Autobiografie unter dem Titel *Memoirs of a Booklegger* im Jahre 1939 starb Jack Kahane und hinterließ seinem 21-jährigen Sohn Maurice neben diversen unbezahlten Rechnungen die Herausforderung, Obelisk Press weiterzuführen.

Eine Weile hielt sich das Unternehmen dank der vielen GIs, die sich damals in Paris aufhielten und in großen Mengen die Werke von Miller und Harris sowie *Fanny Hill* kauften, einigermaßen über Wasser. Doch dann machte sich Maurice Girodias in Paris politische Feinde, als er ein Buch herausgab, in dem eine prominente Gestalt aus der Résistance betrügerische Absprachen zwischen französischen Regierungsstellen und der Wirtschaft aufdeckte. In dem folgenden Prozess wegen Verleumdung wurde Girodias zwar freigesprochen, doch von da an war er im Visier der Polizei, von der er nun immer häufiger Besuch bekam und die in seinen Geschäftsräumen nach pornografischer Literatur suchte.

Zuerst wurde er über die Werke von Henry Miller verhört, wegen derer man jahrelang nicht belangt worden war, dann wurde, Monate nach der Veröffentlichung, Nabokovs *Lolita* für obszön erklärt. Schließlich gab es Einwände gegen *Notre-Dame-des-Fleurs* von Genet und gegen die viktorianische Geschichte *Under the Hill*, geschrieben und illustriert von Aubrey Beardsley.

Allmählich konnte sich Girodias des Eindrucks nicht erwehren, dass die liberale Tradition in Frankreich – das Erbe der blutigen Revolution – durch reaktionäre Kräfte innerhalb der Regierung untergraben wurde, und dieses Gefühl teilten etliche politische Beobachter und Korrespondenten, die sich damals in Frankreich aufhielten. Einer von diesen, David Schoenburn, war der Auffassung, dass die militärischen Debakel der *Grande Nation* in Indochina und Algerien bei vielen stolzen Patrioten zu der Überzeugung geführt hatten, dass es dem Land an Disziplin fehlte und die exzessive Freizügigkeit auf Kosten der Bildung und Intelligenz ging, weshalb die Nation dringend eine Wiederherstellung von Ordnung, Gehorsam und Moral der alten Schule brauchte.

Da Säuberungsaktionen gegen Pornografie gewöhnlich den Aufstieg eines autoritären Regimes signalisieren – gleich zu Beginn seiner Machtübernahme ließ Hitler Nudistenlager verbieten, ebenso den Verkauf des Aufklärungsbuches *Die vollkommene Ehe* –, waren die Schikanen gegen Girodias gegen Ende der fünfziger Jahre nur ein erstes Anzeichen dafür, welch konservativer Geist sich unter General de Gaulle und seiner ebenso frommen wie verhärmten Gattin etablieren würde. Das Ansehen und der Einfluss der katholischen Kirche und des Militärs nahmen immer mehr zu, und bald wurde Maurice Girodias das Opfer der, wie er sagte, »schweinischen Tugenden« des bourgeoisen Extremismus. Über Frankreich schrieb er in seinen Memoiren: »Freude und Fröhlichkeit haben diese Nation verlassen, der Algerienkrieg hat die letzten jungen Künstler aus Paris verscheucht. In dieser steril sauberen Stadt, weißgewaschen durch ein Regierungsdekret, ist der Geist tot und das weltliche Fest beendet.«

Girodias schloss die Pariser Niederlassung von Olympia Press und hielt sich viel in Amerika auf, wo die liberalisierte Definition von Obszönität, für die Roth verantwortlich war, der literarischen Szene in Greenwich Village, San Francisco, Los Angeles und Chicago zu neuem Aufschwung verhalf. Espressobars schossen in den großen Städten wie Pilze aus dem Boden, und Schriftsteller und Dichter der Beatgeneration kamen zu Wohlstand. Taschenbuchausgaben der Werke von Genet und Beckett fanden reißenden Absatz in den Universitätsbuchhandlungen, und *Lolita,* das in Frankreich immer noch verboten war, wurde 1958 von G. P. Putnam's in den Staaten veröffentlicht, ein Jahr bevor Barney Rosset und Grove Press *Lady Chatterley* auf den Markt brachten.

Während die Franzosen ihrem antiquierten Kriegshelden folgten, wurden die jungen Amerikaner ihres eigenen alternden Generals langsam überdrüssig. Sie machten sich über seine gestelzten Verlautbarungen an das Pressekorps des Weißen Hauses lustig und waren in gleichem Maße beschämt und empört, als er, nachdem er 1960 russische Vorwürfe, die USA würden die Sowjetunion durch Spionageflugzeuge ausspähen, zurückgewiesen hatte, kurze Zeit später durch das Geständnis eines amerikanischen U-2-Piloten als Lügner entlarvt wurde, der über sowjetischem Territorium abgeschossen und gefangen genommen worden war.

Dies war einer von vielen Vorfällen, die in der amerikanischen Bevölkerung Zweifel an der Integrität und der Überlegenheit der amerikanischen Führung aufkommen ließen, und er war gleichzeitig ein Symbol dafür, wie weit sich die junge Generation bereits von den Sitten und Gebräuchen der Vergangenheit losgelöst hatte. Durch sein Geständnis hatte der Pilot der U-2 gegen die militärischen Traditionen verstoßen – etwas, das zu Eisenhowers aktiver Zeit bei der Armee undenkbar gewesen wäre –, und ebenso setzten sich nun viele der jüngeren Amerikaner über bestehende Konventionen und Beschränkungen hinweg, mit denen ihre Eltern aufgewachsen waren, und trugen so zur Entstehung einer Gesellschaft bei, die weniger geheimnistuerisch und offener sein sollte, weniger konformistisch – eine Gesellschaft, in der auf den Universitätsgeländen das Recht der freien Rede eingefordert, gegen Rassismus demonstriert und während des Vietnamkrieges Einberufungsbescheide verbrannt wurden. Auch wenn die meisten dieser Vorfälle im Allgemeinen mit den sechziger Jahren in Verbindung gebracht werden sollten, so waren die ersten Erschütterungen schon während der Präsidentschaft Eisenhowers zu spüren, und etliche der frühen Anzeichen dafür, dass ein Riss durch die Gesellschaft ging, waren sexueller Natur.

1959 produzierte ein Filmemacher namens Russ Meyer, der bis dahin als Fotograf von Nacktaufnahmen für verschiedene Männermagazine gearbeitet hatte, einen Film mit dem Titel *The Immoral Mr. Teas*, in dem die nackten Brüste und Hintern attraktiver Hollywood-Starlets zu sehen waren. Meyer machte sich das kürzlich gelockerte Gesetz gegen die Verbreitung von obszönen Inhalten zunutze und war in der Lage, seinen Film in diversen Filmkunst-Kinos im ganzen Land zu zeigen, wodurch er ein weitaus größeres Publikum erreichte als die üblichen einsamen Männer und aus einer Investition von 24 000 Dollar einen Profit von annähernd einer Million schlug. Dadurch ermutigt, kamen Dutzende von Nachahmungen auf den

Markt, in denen überall nacktes Fleisch zu sehen war, und so entstand eine Industrie, die jährlich mit »Skin Flicks« genannten Filmen Millionenumsätze erwirtschaftete.

Auch wenn die Nachtclub-Vorstellungen von Lenny Bruce nach wie vor von der Polizei gestürmt wurden, so gelang es ihm doch, die Anklagen wegen Obszönität in der Berufungsinstanz abzuschmettern, wodurch er in der Lage war (bis zu seinem Tod infolge von Drogenmissbrauch 1966), weiter gegen das amerikanische Heuchlertum zu wettern und lautstark zu fordern, dass die Pornografie durch das Recht auf freie Meinungsäußerung geschützt werden sollte, während er gleichzeitig sardonische Überlegungen über das Sexualleben von Zensoren und Klerikern anstellte.

Während Nacktfotos von Frauen bis dahin fast ausschließlich in Männermagazinen zu sehen waren, druckte *Harper's Bazaar* 1960 ein Foto von Richard Avedon, auf dem eine Dame der Gesellschaft, Christina Paolozzi, oben ohne zu sehen war, was ihr zwar die Ächtung durch die High Society einbrachte, sie aber gleichzeitig als Medienstar etablierte und *Harper's Bazaar* ein modisch selbstbewusstes Image verschaffte.

Das Protestgeschrei der Durchschnittsbürger, wann immer in Filmen oder Zeitschriften nacktes Fleisch zu sehen war, wurde immer leiser, und selbst knappe Bikinis wurden an den Stränden zunehmend toleriert. Ohne Zweifel spielte der *Playboy* dabei eine einflussreiche Rolle, der sich – mittlerweile im siebten Jahr seines Erscheinens – zu einem Sprachrohr für größere Freiheit und zu einem unermüdlichen Streiter für den Bikini entwickelt hatte, und der mittlerweile ganz offen nicht nur an den Zeitungsständen der Großstädte, sondern auch in Drugstores in der Provinz verkauft wurde. Was das Magazin für Anzeigenkunden attraktiv machte, war die Tatsache, dass es unter jungen Leuten einen hohen Marktanteil hatte – ein Viertel jeder Auflage wurde an Collegestudenten verkauft. Viele ältere Amerikaner, die von den Inhalten des *Playboy* eher abgeschreckt wurden, fanden dessen ungeachtet seinen kommerziellen Erfolg beeindruckend, und es schien, als ob die Geschworenen im ganzen Land allmählich weniger gewillt waren, diejenigen, die mit ähnlichen Periodika handelten, hinter Gitter zu bringen – selbst im Chicago von Bürgermeister Daley.

1959 hatte ein Geschworenengericht aus fünf Frauen und sieben Männern – unbeeindruckt von einer kirchlichen Gruppe, die im Gerichtssaal saß und leise Rosenkränze betete – fünfundfünfzig unabhängige Zeitungsverkäufer freigesprochen, die während einer Razzia des Sittendezernats wegen des Verkaufs von Girlie-Magazinen festgenommen worden waren. Nachdem das Urteil der Geschworenen verkündet worden war, wirkte der Vorsitzende Richter zunächst völlig verblüfft, sank von seinem Stuhl und musste ins Krankenhaus gebracht werden. Er hatte einen Herzanfall erlitten.

Bis 1960 war das Vermögen Hugh Hefners so rasch angewachsen, dass er es sich erlauben konnte, für 370 000 Dollar ein viktorianisches Haus mit achtundvierzig Zimmern in der Nähe des exklusiven Lake Shore Drive von Chicago zu kaufen, in das er dann noch einmal 250 000 Dollar für die Renovierung und Einrichtung investierte. Dazu gehörte auch ein riesiges drehbares rundes Bett, das bald zum Zentrum seines immer größer werdenden Imperiums werden sollte. Im selben Jahr eröffnete er in Chicago den ersten Playboy-Club, in dem ein bis dahin unbekannter schwarzer Komiker namens Dick Gregory auftrat und dessen Wände mit Postern von Centerfold-Stars wie Janet Pilgrim und Diane Webber dekoriert waren. Zu den ersten Gästen zählte Harold Rubin, der gerade einundzwanzig geworden und im Augenblick ohne Anstellung war.

Wie um sich auch offiziell von der großväterlichen Ära eines Dwight D. Eisenhower zu distanzieren und zu demonstrieren, dass nun eine neue Generation das Ruder übernahm, wählte die Nation im November 1960 den gut aussehenden 43-jährigen Senator von Massachusetts, John F. Kennedy, als jüngsten Präsidenten der amerikanischen Geschichte ins höchste Staatsamt.

Im Verlauf seiner kurzen und dramatischen Amtszeit – während der er eine gescheiterte Invasion Kubas zu verantworten hatte, eine militärische Konfrontation mit den Russen auf hoher See glorreich hinter sich brachte und verschiedene Krisen im Kongo, in Berlin und in Südostasien ebenso wie im amerikanischen Süden zu meistern hatte – fand er dennoch die Zeit, das Friedenkorps zu gründen und für Fitness und Gesundheitsbewusstsein zu werben, indem er sich dem Volk immer wieder als sportlicher, jugendlicher Mann präsentierte, der in Newport segeln ging oder in Badehose am kalifornischen Strand von Bewunderinnen umringt wurde, und tauchte so das Weiße Haus in eine Atmosphäre von Glanz und Glamour, die für diejenigen, die das Glück hatten, dabei zu sein, unvergesslich bleiben sollte.

Alles, was er in seinen Reden sagte, in der Öffentlichkeit tat oder privat las, stieß in diesen trendbewussten Zeiten auf reges Interesse. Als seine Vorliebe für die Agentenromane Ian Flemings bekannt wurde, stiegen deren Verkaufszahlen rapide; durch ihn wurde Zigarrenrauchen zu einem weltmännischen Vergnügen; selbst sein speziell für ihn angefertigter Schaukelstuhl, auf den er wegen seiner Rückenprobleme angewiesen war, wurde zu einem Designklassiker, der von Möbelherstellern prompt nachgebaut wurde.

Und selbstverständlich wurde seine Popularität noch zusätzlich gesteigert durch seine elegante junge Ehefrau Jacqueline, die zur meistfotografierten Frau der Welt wurde und – Ironie des Schicksals – so zur Masturbationsvorlage zahlreicher männlicher Zeitschriftenleser avancierte. Nie zuvor in der amerikanischen Geschichte haben so viele Männer insgeheim die Frau des Präsidenten begehrt, aber so verführerisch sie auch sein mochte, es änderte nichts am Interesse ihres Gatten an anderen Frauen. Er war zwar katholisch erzogen, aber nicht monogam. Er gehörte zu einer Elite unter den Gläubigen, ein wohlhabender Kirchgänger, der ebenso wie sein Vater vor ihm mit Kardinälen verkehrte und sich von den lustfeindlichen Dogmen, die das Sexleben der weniger begüterten Gemeindeglieder reglementierten, nicht beeindrucken ließ.

Auch wenn über seine Seitensprünge in den Zeitungen nichts berichtet wurde, so hielten sich dennoch permanent Gerüchte, und verschiedene Journalisten mutmaßten, dass zu seinen Geliebten unter anderem zwei Hollywood-Schauspielerinnen zählten sowie eine junge Radcliffe-Absolventin, die in Boston lebte, eine attraktive Sekretärin aus dem Stab des Weißen Hauses, die elegante Schwägerin eines Unternehmensmanagers und eine süße, frisch geschiedene Frau, die in Los Angeles lebte. Wenn in den sechziger Jahren in der Öffentlichkeit kein Name einer Geliebten genannt wurde, an der man einen Skandal um diese geheime Leidenschaft des Präsidenten hätte festmachen können, so lag es daran, dass er, anders als einige seiner Amtsvorgänger, kein Interesse an einer einzigen Geliebten hatte, sondern die Abwechslung liebte, und wenn man einem Korrespondenten aus seiner nächsten Umgebung Glauben schenken darf, konnte er den Geschlechtsakt so beiläufig und rasch vollziehen, wie er einen Swimmingpool der Länge nach durchschwamm. Was seine Zuneigung zu den Frauen, die das Bett mit ihm teilten, nicht in Abrede stellen soll, sondern lediglich illustriert, dass Geschlechtsverkehr für ihn keine komplizierte, mit Verpflichtungen beladene Angelegenheit darstellte, sondern ein reines Vergnügen war, eine gesunde körperliche Übung, die ihn von Spannungen befreite und ihm das Gefühl gab, vor Leben zu sprühen. So gesehen war Kennedy, wie D. H. Lawrence sich ausgedrückt hätte, ein phallischer Präsident.

So zeittypisch seine sexuellen Eskapaden auch gewesen sein mögen, es gab doch Mitarbeiter des Weißen Hauses und politische Verbündete, die insgeheim entsetzt von diesem Verhalten waren und die, nachdem sie so lange daran gewöhnt waren, das Präsidentenamt mit älteren Männern in Verbindung zu bringen, auf den jugendlichen Elan von Kennedy und anderen Pionieren an der Sexfront nicht vorbereitet waren.

Eine gut aussehende Frau, die 1960 an Kennedys Kampagne mitgewirkt hatte und sich in dem Glauben wiegte, ihren Job im Weißen Haus ihrem Idealismus und ihrer Intelligenz zu verdanken, war bitter enttäuscht, als sie feststellen musste, dass Kennedy und einige seiner Männer wesentlich mehr an ihren körperlichen Vorzügen interessiert waren. Eine andere Sekretärin im Weißen Haus, die den Präsidenten auf Reisen begleitete und auch etliche private Stunden mit ihm verbrachte, wenn Jacqueline nicht dabei war, entwickelte bis zum Jahr 1963 eine immer größere Furcht, dass die Presse das süße Leben des Präsidenten enthüllen könnte und sie mit hineingezogen würde – weshalb ihre erste Reaktion auf die Meldung von seinem Tod in Dallas auch ein Gefühl der Erleichterung war. Nun würde sein Bild als dynamischer und galanter Staatsmann bestehen bleiben und nicht durch Berichte über sein ausschweifendes Privatleben getrübt werden, so dachte sie zumindest.

Hugh Sidey, der Washington-Korrespondent der *New York Times*, hatte noch vor Kennedys Tod einen Artikel über den sittlichen Verfall im Weißen Haus verfasst, doch sein Bericht war nur ein vertrauliches Memo an die Herausgeber in New York. Sidey schrieb darin, dass die Zügellosigkeit und der Prunk der Kennedy-Administration Erinnerungen an den Hedonismus des alten Rom wachriefen und dass ihm dies die Arbeit als Korrespondent erheblich erschwerte, da die Regierungssprecher nachts oder an den Wochenenden so gut wie nie zu erreichen waren, weil sie anscheinend überall in Washington oder sonst wo gesellschaftliche Verpflichtungen hatten. Während eines speziellen Wochenendes, das der Präsident mit seinem gesamten Stab in Palm Beach in Florida verbrachte, war Sidey zufolge sogar Kennedys Mutter Rose an dem munteren

Treiben beteiligt, denn sie erschien zu der Party in Begleitung ihres, wie Sidey jemanden sagen hörte, »Gigolo«.

Da dieses Memo eigentlich nur für den internen Gebrauch bei der *Times* gedacht und zugänglich war, staunte Sidey nicht schlecht, als er ins Büro von Robert Kennedy, des Obersten Staatsanwalts der USA, zitiert wurde und dieser ihn mit hochrotem Kopf anbrüllte: »Wir sollten Sie wegen Verleumdung anklagen.« Auf dem Schreibtisch von Robert Kennedy lag eine Kopie des Memos. Als Sidey wissen wollte, wie Kennedy in dessen Besitz gelangt war, erhielt er zur Antwort, es sei ihm zugeschickt worden. Daraufhin wurde Sidey wütend, und während er sich für die gedankenlose Bemerkung über Rose Kennedy entschuldigte, weigerte er sich, irgendetwas von dem, was er sonst noch geschrieben hatte, zurückzunehmen und erklärte, die Vorgänge im Weißen Haus seien »ekelerregend« und fügte hinzu: »Ich bin nicht der Auffassung, dass man auf diese Art und Weise ein Land regieren sollte oder dass Leute wie Sie darauf hinarbeiten sollten, dass es so regiert wird.«

Hätte die *Times* den Inhalt des Sidey-Memos abgedruckt, wären unter Garantie etliche zustimmende Leserbriefe bei der Redaktion eingegangen, vor allem von Lesern, die in den Kleinstädten und Dörfern abseits der Ostküste lebten. Denn trotz der durch Kennedy inspirierten Euphorie und der lange ersehnten Veränderungen wuchs die Zahl derer, die zur amerikanischen Mittelklasse gehörten und zunehmend das Gefühl hatten, dass alles zu schnell ging, dass es zu viele Sit-ins im Süden gab und zu viele Partys in Washington, zu denen sie nicht eingeladen waren. Die Kennedys installierten ein Clanwesen, eine so genannte »In Crowd« von smarten, intelligenten Leuten – Filmstars, Harvard-Professoren und reiche Liberale –, die alle gesellschaftlichen Bereiche demokratisieren wollten, solange nur ihre exklusiven, von der Polizei abgeschirmten Wohnviertel und ihre Privatstrände in Neuengland und den Hamptons davon verschont blieben.

Der Kult um die Jugendlichkeit während der Kennedy-Ära erweckte bei vielen amerikanischen Männern zwischen dreißig und vierzig den Eindruck, bereits zum alten Eisen zu gehören. Besonders jene jungen Führungskräfte, die sich mit ihren Unternehmen identifizierten und die Weisheit noch immer mit Alter assoziierten, wurden nun plötzlich von einem Gefühl der Unsicherheit erfasst und kamen sich in dieser Zeit der neuen Selbstbilder und sich wandelnden Werte vor wie ein Auslaufmodell. Bei Besuchen an ihren früheren Colleges waren sie überrascht, welche Zustände nun in den Sechzigern auf dem Campus herrschten – junge Studentinnen, von denen einige bereits die Pille ausprobierten, lebten offen mit jungen Männern zusammen, ohne verheiratet zu sein, und nahmen Freiheiten wie selbstverständlich in Anspruch, die für ihre Vorgängergeneration den Rauswurf bedeutet hätten. Die männlichen Studenten der sechziger Jahre schienen sämtliche bürgerlichen Konventionen abgelegt zu haben, sie trugen weder Krawatten noch Anzug und legten statt Respekt vor den Älteren ein unbeschwertes Selbstvertrauen an den Tag, das genährt wurde von der Auffassung, durch die Kenntnisse auf dem Gebiet der neuen Technologien an der Vorgängergeneration, die zunehmend überflüssiger wurde, karrieremäßig vorbeizuziehen und gleich zur Spitze vorzustoßen.

Auch wenn diese Haltung bei älteren Collegeabsolventen häufig auf Ablehnung stieß, beneideten diese dennoch all jene, die in den Genuss der neuen Freiheit kamen, und wunschten sich, sie wären jünger oder ungebunden, um ebenfalls daran teilzuhaben. Einer unter den Tausenden von Mittdreißigern, die damals so empfanden, war John Bullaro, ein leitender Angestellter eines Versicherungskonzerns aus Los Angeles, der später in ein wollüstiges Abenteuer gelockt werden würde, das seine kühnsten Sehnsüchte weit übertreffen sollte.

8

John Bullaro war nicht ganz einen Meter achtzig groß und von kompakter Statur, er hatte dunkelbraune Augen und ein ebenmäßiges Gesicht. Jeden Morgen erschien er in Schlips und Kragen im Büro seiner Versicherungsgesellschaft in Downtown Los Angeles und strahlte gute Laune aus. Seine Kleidung war konservativ, und der kurze, adrette Schnitt seiner hellbraunen Haare hätte seinem konservativen italoamerikanischen Vater, der einst in Chicago einen Friseursalon betrieben hatte, sicherlich gefallen.

Als Anhänger von John F. Kennedy hatte ihn der gewaltsame Tod des Präsidenten tief erschüttert. Er war sich bewusst, dass Kennedys liberaler Einfluss den Generationenkonflikt zwischen Vätern und Söhnen verschärft hatte, der als Begriff damals noch gar nicht existierte. Als 1964, während der Studentenunruhen in Berkeley, ein Student mit dem Slogan »Traue keinem über dreißig« für Schlagzeilen sorgte, fühlte sich der 33-jährige Bullaro persönlich angegriffen, denn er schätzte sich als mindestens ebenso vertrauenswürdig und idealistisch in seinen Zielen ein wie diese selbstgerechten Campus-Radikalinskis, die an allem herumnörgelten.

Nachdem er zunächst mit dem Gedanken gespielt hatte, Medizin zu studieren, war er doch umgeschwenkt und hatte ein Studium der Sozialpädagogik an der Universität von New York aufgenommen und 1956 mit einem Master abgeschlossen. Danach arbeitete er mehrere Jahre als Direktor des Boys' Club in Hollywood, einer gemeinnützigen Jugendorganisation. 1960, kurz nach seiner Heirat mit Judith Palmer, einer hübschen Blondine, die an der Beverly-Hills-Klinik eine Ausbildung zur Krankenschwester machte, wechselte er seinen

Arbeitsplatz und nahm eine besser bezahlte Stellung bei einem Versicherungsunternehmen an. Diese Branche, so fand er, hatte in gewisser Weise auch etwas mit Sozialarbeit zu tun und diente damit auch dem Allgemeinwohl und der nationalen Fürsorge.

Ohne das risikoreiche Engagement der großen Versicherungsgesellschaften, so glaubte Bullaro, hätten die Vereinigten Staaten nicht das ökonomische Wunder der letzten hundert Jahre vollbracht. Jedenfalls waren dies seine Gedanken, als er in seinem Büro voller Stolz die Geschichte der New York Life Insurance Company studierte, die seit 1845 das amerikanische Abenteuer durch alle Höhen und Tiefen begleitet hatte. Die New York Life hatte die industrielle Revolution mitfinanziert, das Leben der vom Goldrausch nach Kalifornien gelockten Glücksritter in ihren Planwagen versichert und viele Millionen Dollar in Regierungsanleihen investiert, um den militärischen Einsatz der amerikanischen Armee in Europa und Asien zu unterstützen.

Sein Unternehmen konnte sich rühmen, im Laufe der Zeit das Leben von neun Präsidenten versichert zu haben, auch wenn John F. Kennedy nicht darunter war. Dazu zählten die beiden Roosevelts sowie mit Garfield und McKinley zwei Präsidenten, die Opfer eines Mordanschlags wurden. Außerdem waren unter den Kunden der New York Life solche wagemutigen Individualisten wie der Astronaut Virgil Grissom, der Entfesselungskünstler Henry Houdini, Charles Edison und Walter Chrysler sowie General George Custer, dessen letzter Einsatz 1876 am Little Big Horn von Bullaros Arbeitgeber mit 5000 Dollar versichert gewesen war.

Als Bullaro bei der Versicherung anfing, zählte sie bereits zu den fünf größten der Branche, unterhielt 360 Filialen im ganzen Land und beschäftigte nahezu 10 000 Angestellte. Fast genauso groß war die Zahl der Vertreter, die auf Provisionsbasis um Kunden warben. Doch das hinderte Bullaro nicht, sich der

Firma persönlich verbunden zu fühlen, und da er sich in Organisationen gut einfügen und sich mit ihren Unternehmenszielen identifizieren konnte, war sein Aufstieg in der Firma vorprogrammiert. 1962 wurde er, nachdem er die strengsten Anforderungen der Firma erfüllt hatte, zum stellvertretenden Büroleiter ernannt und stieg 1964 zum Bezirksleiter auf. Da dies einherging mit einer massiven Gehaltserhöhung, kaufte er sich ein großzügig angelegtes Haus in Woodland Hills, einem Vorort von Los Angeles. Er gehörte dem lokalen Rotary Club und der Handelskammer an, beteiligte sich an Spendenaktionen für wohltätige Organisationen und arbeitete als Berater für den Boys' Club von Hollywood, wo er früher angestellt gewesen war. Darüber hinaus saß er im Vorstand der Kirche der Religiösen Wissenschaft von Valley Oaks, nachdem er sich vom Katholizismus seines italienischen Vaters und den jüdischen Traditionen seiner Mutter gelöst hatte.

Während seiner Jugend als Teenager in einer kleinbürgerlichen Gegend von Chicago, wo Antisemitismus weit verbreitet war, hatte er seinen Freunden die russisch-jüdische Herkunft seiner Mutter immer verschwiegen. Aus Angst vor sozialer Ausgrenzung und in der Hoffnung, sich in die christliche Mehrheit einzufügen, war er einem Jugendclub der Episkopalkirche beigetreten, doch nachdem seine Familie auf Drängen der Mutter, die die kalten Winter und das beengte Wohnen in Chicago satthatte, 1951 nach Los Angeles umgezogen war, gewann Bullaro zusehends an Selbstsicherheit.

Er hatte das Gefühl, dass in der offenen Atmosphäre, die in Südkalifornien herrschte, solche Kriterien wie Herkunft und Abstammung keine so große Rolle spielten, denn es gab hier anders als in Chicago keine strikt voneinander getrennten Wohngegenden, in denen Italiener, Iren, Slowaken oder Deutsche dominierten, die sich untereinander bekämpften und nur einig waren, wenn es gegen Schwarze oder Juden ging. Los Angeles war eine relativ junge Stadt, in der Traditionen und Bindungen zur alten Welt keine Rolle spielten. Die Siedler, die hier landeten, kamen nicht aus Europa, sondern aus anderen Städten der USA – sie waren in diesem Land geboren, sich ihrer nationalen Identität bewusst, und sie suchten keinen Schutz oder Unterstützung in ethnischen Allianzen. Ihre Abhängigkeit vom Auto ließ eine in hohem Maße mobile Gesellschaft entstehen, die weniger Beschränkungen und Hemmnissen unterlag als die von Chicago oder New York, und in dem angenehmen Klima von Los Angeles erschienen sogar die Slums, weiße Reihen von Hütten, die von Palmen umstanden waren, wesentlich erstrebenswerter als die dunklen, feuchten Mietskasernen Chicagos im Winter.

Und ebenso wie die Tausenden von Menschen, die Jahr für Jahr nach Westen strömten und Kalifornien zu dem am schnellsten wachsenden Staat der USA machten, spürte Bullaro die befreiende und erfrischende Wirkung, die der Umzug nicht nur auf ihn selbst, sondern auch auf seine Familie hatte. Sein Vater, der nur ungern seinen florierenden Frisiersalon in Chicago aufgegeben hatte, fand bald Arbeit in den MGM-Studios, wo er Clark Gable, Fred Astaire, Mario Lanza und anderen Prominenten die Haare schnitt. Seine Mutter, die nach achtzehn Jahren wieder ein Kind bekommen hatte, widmete sich freudig ihrem Baby und mischte sich weniger in die Angelegenheiten ihres Sohnes ein. Auch wenn sie versucht hatte, ihn davon abzubringen, Los Angeles zu verlassen, um an der New York University zu studieren, und sie später enttäuscht war, dass er nicht die junge jüdische Frau heiratete, mit der er sich regelmäßig traf, so legte sie doch keinen Widerspruch ein, als er erklärte, er wolle Judith Palmer heiraten, und erschien zu seiner kirchlichen Trauung, die von einem kongregationalistischen Priester geleitet wurde.

Bullaros Hochzeit mit Judith Palmer 1958 erfolgte zu einem nicht geringen Teil aus seinem Bestreben nach Assimilation heraus. Von ihr akzeptiert zu werden war für ihn fast so, wie zu einem erlesenen Club zu gehören, in dem die Mehrheit der Bürger Mitglied war. Er empfand sich nicht länger als Angehöriger einer Minderheit, als Teil-Amerikaner. Judiths Vater, ein leitender Angestellter aus der Luftfahrtindustrie, hatte gute Beziehungen zu Führungspersönlichkeiten des militärisch-industriellen Komplexes, der Milliarden von Dollar in die Wirtschaft Kaliforniens investierte, und in ihm sah er einen natürlichen Verbündeten in den Chefetagen der Wirtschaft, in die auch er aufsteigen wollte.

Vom ersten Augenblick an hatte er sich von Judiths natürlicher Schönheit und ihrem zarten Teint angezogen gefühlt. Ihre hohen Backenknochen und ihr kurzes blondes Haar erinnerten ihn an Kim Novak. Auf Partys trank sie mehr als jede andere Frau, die er bis dahin kennengelernt hatte, doch er führte dies auf ihren liberalen Familienhintergrund und den Einfluss ihres geselligen Vaters zurück, den er bewunderte. Da ihr Alkoholkonsum sie nie aus der Rolle fallen ließ, machte sich Bullaro deswegen keine großen Sorgen, obwohl ihm die Auswirkungen auf ihr gemeinsames Sexualleben zu denken gaben. Im Anschluss an Partys, bei denen viel getrunken wurde, war sie im Bett völlig enthemmt und betrieb mit ungewöhnlicher Geschicklichkeit und Inbrunst Fellatio.

Ansonsten verhielt sie sich sexuell eher passiv, was mit Fortdauer ihrer Ehe im Laufe der sechziger Jahre immer schlimmer werden sollte. Es schien, als ob die verbotene voreheliche Leidenschaft, die sie miteinander in den Fünfzigern reichlich genossen hatten, durch die Institution Ehe erloschen war und es ein zusätzliches Stimulans brauchte, um sie wieder zu entfachen. Hinzu kam, dass Judith nach der Geburt ihrer Kinder – zuerst ein Sohn und dann eine Tochter – abends häufig müde und erschöpft war, worüber Bullaro zuweilen sogar froh war, weil seine Verpflichtungen bei New York Life zunahmen und er so auch zu Hause bis spät in die Nacht arbeiten konnte, während die Familie schlief.

Er genoss das Leben in seinem Haus in Woodland Hills. Es war das erste Haus, das ihm gehörte, nachdem er ein Leben lang in Mietwohnungen zugebracht hatte. Es war ein beigefarbenes Haus im Ranchstil mit einem Schindeldach. Davor standen Pinien und Pfefferbäume. Die geschwungene Auffahrt wurde von Silberregenbeeten gesäumt, und in der Garage parkten zwei Autos, Bullaros neuer Oldsmobile und ein älterer Thunderbird, den Judith von ihrem Vater geschenkt bekommen hatte. Das Innere des Hauses war im spanischen Stil gehalten, es gab einen Kamin aus roten Ziegelsteinen und einen ovalen Tisch, der als Bar diente und mit Flaschen kalifornischen Weins dekoriert war.

An den Wochenenden gingen die Bullaros manchmal mit befreundeten Ehepaaren essen, und im Anschluss daran fuhr man meist nach Hause, um noch einen gemeinsamen Drink zu nehmen. An einem dieser Abende war neben Bullaros Kollegen von New York Life auch noch ein Mitglied der rechtsgerichteten John Birch Society dabei, der einen politischen Film über die Konservative Partei vorführte und mit einigem Eifer bemüht war, Bullaro dazu zu bewegen, beim Aufbau einer Zweigstelle der JBS in Woodland Hills mitzuwirken.

Auch wenn Bullaros politische Ansichten sich nach dem Tod Kennedys gewandelt hatten – er war konservativer geworden –, lag es ihm fern, der John Birch Society beizutreten; und auch wenn er ebenso wie seine Freunde über die Rassenunruhen im Stadtteil Watts von Los Angeles schockiert war und die permanenten Krawalle an den Universitäten auch ihn empörten, so stellte er doch fest, dass er eine widerwillige Faszination für das Auftreten der jungen Leute empfand. Er war beeindruckt von ihrer Bereitschaft und dem Engagement, mit dem sie sich für Minderheiten oder abweichende Meinungen einsetzten, und von der Unbeschwertheit, mit der sie die sexuellen Freiheiten auskosteten, von denen Bullaro nur neidvoll träumen konnte.

Sonntagmorgens kam es manchmal vor, dass er trotz seiner Ankündigung Judith gegenüber, er würde mit seinem Fahrradclub eine Tour machen, alleine die zwanzig Kilometer lange Strecke nach Venice Beach radelte, wo sich Studenten, Hipster und Künstler in den Cafés am Strand trafen, in der Sonne saßen und diskutierten oder Taschenbücher lasen, von denen Bullaro noch nie etwas gehört hatte. Während er in seinem NYU-Sweatshirt und Turnschuhen, von denen er wusste, dass sie zu weiß waren, langsam auf seinem Rennrad die palmengesäumten Wege entlangrollte, beobachtete er die bunten Frisbees, die durch die Luft glitten, langhaarige Paare, die am Strand entlangschlenderten, und manchmal, wenn er an den Apartments am Strand vorbeikam, erhaschte er einen Blick durch die Fenster ins Innere, wo junge Leute ganz zwanglos nackt herumliefen. Es kam häufig vor, dass ihm der Geruch von Marihuana um die Nase wehte und aus den Cafés Folksongs drangen, die sich über seine materialistische Welt lustig machten, und in solchen Momenten war er versucht, vom Rad zu steigen und sich zu diesen stillen Fremden an den Tisch zu setzen, um mit ihnen zu diskutieren und sie vielleicht sogar davon zu überzeugen, dass er dem System ebenfalls skeptisch gegenüberstand, dass er trotz seines scheinbaren Erfolges eine innere Leere empfand und im Grunde genommen einer von ihnen war. Doch vermutlich würden sie sich ohnehin nur über ihn lustig machen, und so ließ er es jedes Mal bleiben, radelte weiter und nahm seine Sonntagstouren nach Venice Beach als das hin, was sie höchstwahrscheinlich waren, nämlich ein Schwelgen in Selbstmitleid, eine Art Suche nach der Lösung eines Problems, das er nicht näher definieren konnte. Er wusste nur, dass er über dreißig war und sich alt und isoliert vorkam.

Als ob es den Sonntag nie gegeben hätte, saß Bullaro am Montagmorgen dann wieder, in Anzug und Krawatte, in seinem neuen Wagen und fuhr voller Enthusiasmus ins Büro – oder flog, wie an diesem Septembertag im Jahre 1965, nach Palm Springs, um dort drei Tage lang ein paar Dutzend neu eingestellter Vertreter aus Kalifornien in einem modernen Hotel, das mitten in der Wüste lag, auf ihren zukünftigen Job bei der New York Life vorzubereiten. Sie würden sich Vorträge anhören, an Seminaren teilnehmen und Details über die Pläne und Ziele des Unternehmens in der Zukunft erfahren. Die geladenen Vertreter und Agenten hatten in ihrer kurzen Karriere bewiesen, dass sie in der Lage waren, Versicherungen zu verkaufen, was ein seltenes und ganz besonderes Talent ist, da der Vertreter ein Produkt an den Mann bringen muss, das in der öffentlichen Wahrnehmung mit Tod und Unheil assoziiert wird, weswegen Versicherungsvertreter gerade zu Beginn ihrer Karriere häufig Zurückweisung und Ablehnung erfahren.

Als Folge davon, so glaubte zumindest Bullaro, waren Frauen für diesen Beruf weniger geeignet als Männer, da Frauen gewöhnlich Situationen vermieden, bei denen sie im offenen Gespräch von einem Gegenüber eine Zurückweisung erfuhren, während Männer sich daran schon früh gewöhnten, wenn sie sich bei ihren ersten sexuellen Avancen die ersten Abfuhren einhandelten, so dass für sie Zurückweisungen zum Leben dazugehörten. Schon am ersten Konferenztag bemerkte Bullaro, dass sich unter den siebzig neuen Vertretern nur vier Frauen befanden. Eine davon hatte allerdings mit ihren Vertragsabschlüssen fast alle Männer in den Schatten gestellt. Bullaro hatte bereits von ihr gehört, noch ehe er sie am ersten Abend in der Cocktaillounge kennenlernte.

Er hatte mit drei leitenden Angestellten zusammengesessen, als sie den überfüllten Raum betrat. Sie war ohne Begleitung, und einer der Männer an Bullaros Tisch, der sie bereits kannte, lud sie ein, sich zu ihnen zu setzen, was sie auch tat. Ihr Name war Barbara Cramer. Sie war zierlich, Mitte zwanzig, trug eine Brille, hatte kurzes blondes Haar und eine wohlproportionierte Figur, die in ein dunkles Kostüm gehüllt war. Auch wenn sie keinen großen Glanz ausstrahlte, so war sie doch auf eine knabenhafte Art sehr attraktiv. Sie setzte sich neben Bullaro, lehnte eine Zigarette höflich ab und bestellte einen Drink, um anschließend still, aber aufmerksam dem Gespräch zu folgen, das die Männer nun wieder aufnahmen. Dabei ging es um den Keogh-Plan, ein steuerbegünstigtes Modell der Altersvorsorge für Freiberufler, das der Kongress gerade verabschiedet hatte, und auch wenn Barbara Cramer sich nicht gleich einmischte, so erweckte sie doch den Eindruck, dass sie über die komplexen Zusammenhänge dieser Regelungen genauso gut Bescheid wusste wie die Männer.

Nach etwa einer Stunde und zwei weiteren Runden Cocktails erhoben sich Bullaros Kollegen, wünschten eine gute Nacht und ließen Bullaro allein mit Barbara Cramer am Tisch zurück. Sie machte zwar keine Anstalten zu gehen, klagte aber über leichte Kopfschmerzen. Bullaro bot ihr an, ein Aspirin zu besorgen. Da an der Bar reger Betrieb herrschte, schritt er durch die Halle und begab sich in sein Zimmer im ersten Stock. Als er nach den Tabletten suchte, hörte er, wie die Zimmertür hinter ihm ins Schloss fiel. Er drehte sich um und sah, dass Barbara Cramer ihm gefolgt war; sie stand neben dem Bett und lächelte ihn an.

»Ich habe eben beschlossen, dass ich gar kein Aspirin brauche. Was mir fehlt, ist, mal ordentlich zu vögeln.«

Er wusste, dass er sich nicht verhört hatte, aber ihre Direktheit verschlug ihm die Sprache. Sein erster Gedanke war, ob sie wohl von irgendeinem seiner Kollegen gesehen worden war, als sie in sein Zimmer kam. Der Vizepräsident der kalifornischen Firmenvertretung schlief nebenan, ein paar andere leitende Angestellte gegenüber; doch ehe er etwas sagen konnte, hatte sie bereits Jacke und Schuhe abgelegt und fing an, ihre Bluse aufzuknöpfen.

»Nun«, fragte sie, während er sie noch immer fassungslos anstarrte, »wollen Sie mir nicht Gesellschaft leisten?«

Bullaro war von der Geschwindigkeit, in der sich die Dinge entwickelten, ebenso erregt wie verwirrt. Sie schaute ihn fragend an, die Finger noch immer an den Knöpfen ihrer Bluse.

»Ich nehme an, wir wissen, was wir tun«, sagte Bullaro schließlich, legte das Aspirin auf den Schreibtisch und trat an den Schrank. Er zog seine Schuhe aus, nahm seine Krawatte ab, und obwohl er sie nicht eine Sekunde aus den Augen ließ, entkleidete sie sich ungeniert weiter, hängte ihre Bluse sorgfältig über einen Stuhl, legte ihren Schmuck und ihre Brille auf den Schreibtisch und zog ihren Rock aus. Als sie ihren Büstenhalter öffnete und splitternackt ans Bett trat, konnte er ihre großen Brüste und ihre festen Schenkel und Pobacken bewundern. Sie kroch unter die Decke und beobachtete ihn, während er Hose und Unterhose ablegte. Er hatte eine Erektion, und als er selbstbewusst durchs Zimmer schritt, fiel ihm auf, dass sie es nun war, die ihn beobachtete.

Sie sagte nichts, als er zu ihr ins Bett stieg, doch sogleich spürte er, wie ihre Hände sich über Brust und Bauch hinunter zu seinem Penis tasteten. Er lag auf dem Rücken, während sie ihn streichelte und sich schließlich auf ihn legte. Sie übernahm die Initiative, und er genoss ihre Dominanz. Sie war so anders als seine Frau oder all die anderen, die er bis dato kennengelernt hatte – sie brauchte keine liebkosenden Worte, keine langen Zärtlichkeiten oder Küsse. Es schien, als wäre ihr Interesse rein körperlich und ohne emotionale Ablenkung, und es dauerte nicht lange, da saß sie rittlings auf ihm und führte ihn in sich ein. Einige Augenblicke bewegte sie sich mit geschlossenen Augen auf und ab, dann krallten sich ihre Finger plötzlich fester in seine Hüften; sie seufzte leise und hielt inne.

»So ist es besser«, sagte sie.

»Besser als Aspirin?«, fragte er und sah ihr Lächeln. Sie drehte sich um und gab ihm zu verstehen, dass nun er an der Reihe war, sich seine Befriedigung zu verschaffen, und er legte sich auf sie und kam innerhalb kurzer Zeit zum Höhepunkt.

Das Ganze hatte nicht einmal zehn Minuten gedauert; anschließend blieben sie noch eine Weile liegen, bevor sie aufstand, ihre Brille wieder aufsetzte und sich langsam anzog. Er bemerkte, dass sie eine üppige, frauliche Figur hatte, die in seltsamem Kontrast zu ihrem kleinen, knabenhaften Gesicht mit der Kurzhaarfrisur stand. Sexuell verhielt sie sich wie ein Mann: Sie war die erste Frau, die sich von ihm nahm, was sie wollte, und wieder ging.

»Morgen Abend kannst du zu mir kommen«, sagte sie, während sie mit dem Rücken zu ihm vor dem Spiegel stand und sich anzog.

Sie drehte sich um, und er nickte ihr vom Bett aus zu. Dann schritt sie zur Tür und öffnete sie ganz langsam, um sich zu vergewissern, dass niemand auf dem Gang war. Sie winkte ihm zu und verschwand, indem sie die Tür leise hinter sich zuzog.

9

Barbara Cramer war auf einer Farm in Missouri zur Welt gekommen und bekam schon in frühem Alter zu spüren, dass sie ein ungewolltes Kind war. Ihre Mutter, die bei ihrer Geburt bereits 39 Jahre alt war, hatte fast zwei Jahrzehnte zuvor, als ihre Ehe, wenn schon kein dauerhaftes Glück, so doch Hoffnung versprach, zwei Töchter zur Welt gebracht, und die unerwartete Ankunft von Barbara in einem Farmhaus, in dem es damals, 1939, nicht einmal fließendes Wasser gab, bedeutete nur zusätzliche Plackerei und fortgesetzte Verpflichtungen innerhalb einer tristen Ehe.

Da Barbara ihrer chronisch missmutigen Mutter lieber aus dem Weg ging und ihre beiden älteren Schwestern früh das Haus verlassen und geheiratet hatten, um anschließend ein Dasein zu führen, das nur eine Nuance weniger trist war, wuchs Barbara mit einem Minimum an weiblichem Einfluss auf. Wenn sie nicht im einzigen Klassenraum des Schulgebäudes von Osage County saß, wo die Schüler der sechsten und siebten Klasse in den vorderen Reihen platziert waren – denn an sie wandte sich der Unterricht –, während die jüngeren weiter hinten saßen und versuchten aufzuschnappen, was immer sie konnten, half sie ihrem Vater auf der Farm, jätete das Unkraut im Garten, fütterte die Hühner und fuhr den Traktor über die Weizen- und Maisfelder.

Der Hof lag sieben Meilen von Chamois, der nächsten Stadt, entfernt, und Barbaras Kontakte waren auf einige wenige Freunde von benachbarten Farmen beschränkt – meistens Jungs, mit denen sie Sport trieb und von denen sie schon bald auf eine ganz freimütige und natürliche Art und Weise alles über Sex erfuhr. Eines Tages, als sie zehn Jahre alt war, beobachtete sie, wie zwei Jungs, die sie kannte, in einer Scheune standen und ihre Hände vor sich auf und ab bewegten. Und als einer der beiden ihr zurief, sie solle doch mitmachen, kam sie näher und erkannte, dass beide sich den Penis rieben.

Zwar hatte sie ihren Vater schon manchmal nackt gesehen, wenn er in dem Zimmer neben der Küche ein Bad in der Zinkwanne nahm, aber sie hatte noch nie einen erigierten Penis gesehen, und so reagierte sie nun mit unerschrockener Neugier. Als der Ältere, der ungefähr dreizehn war, sie fragte, ob sie seinen Schwanz berühren wollte, tat sie es ohne Zögern. Und als er sie bat, ihn zu massieren, und ihr zeigte, wie sie es machen sollte, tat sie auch dies und war eigentlich eher erstaunt als schockiert, als ihr plötzlich eine cremige Flüssigkeit durch die Finger quoll.

Während der Kleinere sich eigenhändig zum Höhepunkt verhalf, küsste sie der Ältere. Sie fühlte sich jedoch nicht missbraucht, sondern geborgen und begehrt. Seitdem masturbierten sie und der ältere Junge oft miteinander im Heuschober, doch weiter gingen sie nie, auch wenn sie darüber kein Wort verloren, aber vielleicht spürten sie einfach, mit welchen Gefahren dies eventuell verbunden sein könnte.

Bei ihr zu Hause wurde nie über Sex gesprochen. Als Barbara zu menstruieren begann, gab ihre Mutter ihr einige weiße Stoffstreifen, die aus einem Laken geschnitten waren, und sagte ihr, sie solle sie in ihren Schlüpfer legen und hinterher verbrennen. Bei den Bauersfrauen dieser Gegend war es üblich, alte Laken zu diesem Zweck aufzuheben, doch es war eher Verlegenheit als finanzielle Not, die sie davon abhielt, Monatsbinden im Laden zu kaufen.

Barbara fand die derben Frauen auf dem Land allesamt unattraktiv, und erst als sie die Highschool in Chamois besuchte, lernte sie eine Geschlechtsgenossin kennen, die sie körperlich anziehend fand. Ihr Name war Frances; sie war groß und elegant, hatte dunkles Haar und war ebenso bei den Jungs beliebt wie von den Mädchen beneidet – mit Ausnahme von Barbara, die mit ihrer Rolle als Klassenrüpel zufrieden war und nicht das Gefühl hatte, mit weiblicher Schönheit konkurrieren zu müssen. Die beiden wurden bald dicke Freunde, hauptsächlich weil sie sich gegenseitig ergänzten: Frances war anmutig und ausgeglichen, während Barbara burschikos und vorlaut war. Sie ließ sich von den Jungen nicht einschüchtern, antwortete schlagfertig auf ihre frechen Bemerkungen und nahm sogar einen kräftigen Schluck aus der Whiskeyflasche, die sie zuweilen auf den Schulhof schmuggelten. Die zwei Mädchen waren unzertrennlich, bis auf die Sommermonate, in denen Barbara ganztags arbeitete, um Geld für ihren Unterhalt zu verdienen.

In einem Sommer hatte sie einen Job in einem Gemischtwarenladen auf dem Lande, der vor der Tür eine Zapfsäule und im Hinterraum eine Kneipe hatte, weshalb sie zusätzlich zum Verkauf von Haushaltswaren und Betanken der Autos auch noch Bier für die Farmer und die Jungs aus der Umgebung zapfen musste, von denen etliche eine damals recht populäre Irokesenfrisur trugen.

Weil sie weiter weg sein wollte von zu Hause, mietete sie sich im Sommer darauf in einer Pension im achtzig Kilometer entfernten Jefferson City bei der Tante eines Klassenkameraden ein und arbeitete bei Woolworth am Cola-Stand, wo sie etliche einsame Nachmittage am Radio verbrachte und Elvis Presleys »Heartbreak Hotel« lauschte. Später fand sie eine besser bezahlte Arbeit in einer Hosenfabrik, wo sie, umgeben von übellaunigen Näherinnen mittleren Alters, den ganzen Tag über den Schritt von Herrenhosen befummelte, Reißverschlüsse auf- und zuzog und andauernd an Sex denken musste.

Sie war inzwischen sechzehn geworden und hatte vor kurzem ihre Unschuld an einen Studenten aus Chamois verloren, vom dem sie dachte, dass sie ihn liebte. Er war intelligenter als die meisten, und wenn sie sich in seinem klapprigen alten Wagen liebten, achtete er stets darauf, ein Kondom zu benutzen. Zu ihren Gemeinsamkeiten gehörte ihre Abneigung gegenüber dem Landleben; er sprach oft davon, Pilot bei einer Fluggesellschaft werden zu wollen. Sie bewarb sich als Stewardess bei verschiedenen Luftlinien und bat darum, St. Louis als Heimatflughafen zugeteilt zu bekommen, und das, obwohl sie sich weder für hübsch noch für anpassungsfähig genug hielt. Darum war sie weder erstaunt noch enttäuscht, als sie nirgendwo angenommen wurde.

Sie wusste zwar nicht, was sie mit ihrem Leben anfangen sollte, war jedoch wild entschlossen, der ländlichen Armut und dem andauernden Kinderkriegen, von dem sie jahrelang umgeben war, zu entfliehen. Nach Beendigung der Highschool kehrte sie nach Jefferson City zurück und bediente das Röntgengerät in einem Krankenhaus und zog anschließend nach St. Louis, wo sie sich mit Frances eine Wohnung teilte. Ihre Freundin hatte einen Job in einem Versicherungsbüro, und Barbara fand eine Arbeit in der Rechnungsabteilung einer Kartonfabrik, was sie allerdings ziemlich bald bereute. Die Angestellten waren nach Geschlechtern getrennt, und Barbara saß in einem Raum zusammen mit fünfzehn missmutigen, verhärmten Frauen, die weder Geist noch Humor hatten.

Barbara hatte noch nie eine Frau kennengelernt, die in ihrem Beruf zufrieden war. Wann immer sie ein Buch las, stand darin nie ein Wort über erfolgreiche Geschäftsfrauen oder Frauen, die Karriere machten, die Respekt, Wohlstand und sexuelle Freizügigkeit genossen und unabhängig von einem Mann waren – doch ungefähr dies schwebte Barbara vor, und wenn nicht in Missouri, dann eben irgendwo anders. Und als Frances eines Abends vorschlug, nach Los Angeles zu ziehen, war Barbara sofort bereit, ihre Zelte abzubrechen. Zu dieser Zeit waren ihre Eltern gerade geschieden, und ihr Freund hielt sich beim Flugtraining in Texas auf; nichts hielt sie mehr zurück.

Was ihr in Los Angeles sofort gefiel, war das warme Klima, die Palmen und die Freundlichkeit der Menschen, denen sie begegnete. Hier schien es eine perfekte Kombination aus Arbeit und Vergnügen zu geben; was hier zählte, waren Gesundheit und Sportlichkeit ebenso wie Produktivität und Materialismus, und Barbara hatte das starke Gefühl, dass dies der richtige Ort für sie war.

Nachdem sie die ersten beiden Wochen bei Frances' Tante untergekommen waren, fanden die beiden jungen Mädchen eine Wohnung in Hollywood, arbeiteten – für die Übergangszeit, wie sie sagten – als Sekretärinnen und machten am Wochenende mit einem neu erworbenen Gebrauchtwagen Entdeckungsfahrten durch die Stadt. Nach einigen Monaten als Stenotypistin bei der *Encyclopedia Americana* fand Barbara einen besseren Job in der Vertragsabteilung eines großen Autohändlers, und hier hatte sie ihr erstes Verhältnis mit einem verheirateten Mann, dem Schwiegersohn des Chefs.

Während der Mittagspause, hin und wieder auch abends, begleitete sie ihn in ein Motel, und da sie an Sex und nicht an Heirat interessiert war, fand sie das unverbindliche Arrangement ganz angenehm, das bis in alle Ewigkeit so hätte weitergehen können, hätte er sich nicht plötzlich gefühlsmäßig engagiert und versucht, von ihr Besitz zu ergreifen. Als er ihr eines Mittags im Bett unter Tränen sein frustrierendes Dasein mit seiner Frau und seinem dominanten Schwiegervater schilderte, wusste Barbara, dass es an der Zeit war, das Verhältnis zu beenden, ehe es zu kompliziert wurde.

Sie fand einen neuen Job in der Versicherungsabteilung eines anderen Autohändlers, wo sie einen hochgewachsenen, muskulösen Vertreter kennenlernte, der während der Basketballsaison in der NBA spielte. Sie gab ihm zu erkennen, dass sie an ihm interessiert sei, worauf er sofort ansprang. Doch als sie dann miteinander im Bett waren, entpuppte er sich als oberflächlicher, egoistischer Liebhaber, ein großer, aggressiver, unsensibler Bulle, der sein Pulver schon nach wenigen Augenblicken verschossen hatte und sich dann auf die Seite rollte und einschlief. Und trotzdem fühlte sie sich von seinem athletischen Körper angezogen und tolerierte bei ihm Dinge, die sie einem anderen Mann niemals hätte durchgehen lassen, unter anderem, weil er in gewisser Weise eine Berühmtheit war, ein Mann mit einem Namen, Stolz und einem Ego – und einem jungenhaften Charme, den er mit Erfolg einsetzte, um den kleinen, dickbäuchigen Männern, die seine Fans waren, Autos zu verkaufen.

Sie selbst kam mit ihrer Arbeit gut zurecht und legte eine außergewöhnliche Effizienz an den Tag, die von ihren Arbeitgebern auch anerkannt wurde und ihr Gehaltserhöhungen und größere Verantwortung einbrachte. An den Wochenenden fuhr sie Wasserski oder ging Ski fahren, und sie verlebte unbeschwerte Tage in dem Bewusstsein, dass der Umzug nach Los Angeles haargenau die richtige Entscheidung gewesen war, bis sich Frances nach zwei Jahren entschloss, einen Mann zu heiraten, mit dem sie schon eine Weile zusammen war. Obwohl ihre Zuneigung zu Frances nie sexueller Art war, reagierte sie auf diese Nachricht mit Panik. Sie fühlte sich traurig und konfus, und später, nach Frances' Auszug aus der gemeinsamen Wohnung, fühlte sich Barbara betrogen und verlassen. Sie ging nicht zu Frances' Hochzeit und sah sie auch danach nie wieder.

Doch sie hatte das Glück, sich mit einem interessanten Mann anzufreunden, der mit siebzig immer noch äußerst vital und ihr gegenüber sehr verständnisvoll war. Er zählte zu den Autokönigen der Stadt, verkaufte wöchentlich ganze Flotten von Fahrzeugen und stellte Barbara Cramer ein, damit sie ihm bei der Leitung der Versicherungsabteilung behilflich sein sollte. Und während er in geschäftlichen Belangen hart und gewitzt war, benahm er sich ihr gegenüber stets freundlich und nett, und sie sah in ihm den Vater, den sie nie gehabt hatte. Er führte sie in teure Restaurants, überzeugte sie davon, dass sie etwas Besonderes war, und ermutigte sie, ihren Ambitionen nachzugehen, ohne sich um das traditionelle Rollenbild der Frau zu kümmern.

Nach einem Jahr in seiner Firma suchte sie sich eine Stellung, die mehr Unabhängigkeit bot, und so kam es, dass sie als Vertreterin bei der New York Life anfing. Sie kaufte verschiedenen Einzelhändlern die Listen ihrer besten Kunden ab und notierte sich die Namen aller Leute, die sie durch das Automobilgeschäft kennengelernt hatte. Dann verbrachte sie endlose Stunden am Telefon und vereinbarte Gesprächstermine. Anschließend fuhr sie in ihrem roten Mustang-Cabrio, das sie frisch gekauft hatte, kreuz und quer durch die Stadt, um die Leute im persönlichen Gespräch über die Vorteile einer Lebensversicherung aufzuklären. Obwohl sie ebensoviel Widerstand wie die anderen Vertreter erlebte, hatte sie mehr Erfolg, weil sie hartnäckiger war und weil sie sich auf diverse Zielgruppen konzentrierte, die gemeinhin ignoriert wurden, zum Beispiel berufstätige Frauen, vor allem Krankenschwestern, die tagtäglich mit Unfällen und Tod konfrontiert waren und ihren Vorträgen darüber, wie wichtig es war, richtig versichert zu sein, sehr aufgeschlossen gegenüberstanden.

Während der ersten beiden Jahre bei der New York Life, als sie sich nahezu ausschließlich ihrer Arbeit widmete und annähernd 30 000 Dollar pro Jahr verdiente, hatte sie an Männern kein wirkliches Interesse. Und so war sie selbst überrascht, als sie in der entspannten Atmosphäre der Cocktaillounge am ersten Abend in Palm Springs plötzlich ein starkes Verlangen nach Sex verspürte.

Als sie John Bullaro vorgestellt wurde, fand sie ihn sofort körperlich attraktiv, doch nachdem sie eine Stunde neben ihm gesessen hatte, war ihr klar, dass er nicht der Typ war, der die Initiative ergreifen würde. Und als er ihr dann anbot, ihr ein Aspirin zu holen, folgte sie ihm einfach.

10

John Bullaros Affäre mit Barbara Cramer, die sich durch den Herbst und Winter 1965 bis ins Frühjahr 1966 hinzog, war gekennzeichnet durch schnellen Sex um die Mittagszeit in Motelzimmern, die vom Büro gut zu erreichen waren. Anschließend fuhr sie zu ihren Kunden weiter, während er alleine beim Lunch saß, erotischen Gedanken nachhing oder zuweilen von Schuldgefühlen und Angst bedrückt wurde.

Er befürchtete, dass früher oder später jemand aus der Firma von seiner Liaison mit Barbara erfahren könnte, wodurch ein Skandal heraufbeschworen würde, der ihn seine Karriere und seine Ehe kosten konnte. Doch noch war nichts geschehen, was seine nervöse Unruhe rechtfertigte. Ganz im Gegenteil: Seitdem er Barbara Cramer kannte, war sein Leben reicher geworden; die erregende Wirkung, die von ihr ausging, übertrug sich auch auf seine Ehe. Plötzlich hatten er und Judith wieder Spaß im Bett, und beruflich verzeichnete er ebenfalls Erfolge. Kürzlich hatte er erfahren, dass er ausgewählt worden war, an einem Schulungsseminar für Topmanager in der Zentrale in New York teilzunehmen.

Barbara freute sich sehr darüber, denn sie hatte ihn stets in seinen Karriereplänen ermutigt. Er war immer wieder verblüfft, wie sie es fertigbrachte, ihre Beziehung auf Sex und geschäftliche Angelegenheiten zu beschränken, ohne sich jemals gefühlsmäßig auf ihn einzulassen oder zu verlangen, dass er sie heiratete. Niemals rief sie ihn zu Hause an oder beklagte sich darüber, dass er abends und am Wochenende unabkömmlich war, und außer bei einer Gelegenheit, als sie mit Interesse angehört hatte, dass Judith ausgebildete Krankenschwester war, legte Barbara auch nicht die geringste Neugier an den Tag.

Wenn sie Bullaro im Büro begegnete, verhielt sie sich völlig korrekt und formell, selbst an Tagen, an denen sie zuvor im Motel gewesen waren. Es kam nicht häufig vor, dass sie abends gemeinsam essen gingen, und wenn, dann zahlte sie manchmal die Rechnung, ebenso wie zuweilen auch in den Motels. Einmal, als sie in einem Motel waren, das ihm nicht allzu behaglich war, weil es in der Nähe von Woodland Hills lag, erklärte sie ihm, er solle im Auto warten, während sie zur Rezeption ging, die Anmeldung ausfüllte und mit dem Schlüssel in der Hand wieder zurückkam.

Sie war die unabhängigste, selbständigste Frau, die er je kennengelernt hatte, und obwohl sie ihn ungemein faszinierte, versetzte ihm ihre kühle, leidenschaftslose Art im Bett zuweilen einen Stich. Es wirkte, als ob für sie das Liebesspiel nicht mehr bedeutete, als wenn sie ihren roten Mustang volltankte, mit dem sie von einem Geschäftstermin zum nächsten rauschte. Andererseits wäre er vermutlich in Panik verfallen, wenn sie ihm plötzlich mit romantischen Gefühlen gekommen wäre, und deswegen beklagte er sich auch nicht über die Art ihrer Beziehung – er war versorgt mit gutem außerehelichem Sex, musste nicht viel Zeit opfern, und weder seine Stellung noch seine Ehe waren dadurch gefährdet – zumal er sich im Laufe des letzten Jahres daran gewöhnt hatte und vielleicht sogar davon abhängig geworden war.

Und doch konnte Bullaro seine innere Unruhe nicht vertreiben. Er wurde das Gefühl nicht los, für seine Untreue irgendwann einmal teuer bezahlen zu müssen. Daher war er beinahe erleichtert darüber, im Herbst für einige Zeit aus Los Angeles zu verschwinden, um an dem Schulungsseminar in New York teilzunehmen. Doch wenige Monate vor seinem Abflug endete seine Beziehung mit Barbara Cramer abrupt und auf eine Weise, die er nicht erwartet hatte.

Nachdem er sie wochenlang nicht gesehen hatte – angeblich hatte sie wegen dringender Geschäftstermine nie Zeit –, rief

Barbara ihn eines Tages an und erklärte, sie hätte einen faszinierenden Mann getroffen, und mit einer Stimme, die so ganz gegen ihre Art beinahe schüchtern klang, gestand sie, vielleicht sogar verliebt zu sein. Dieser Mann, so fuhr sie fort, sei Ingenieur, ein brillanter Techniker, der an den Raketen mitgearbeitet habe, mit denen die amerikanischen Astronauten in den Weltraum flogen, und während Bullaro sie zu ihrer Entscheidung beglückwünschte, hatte er das unangenehme Gefühl, auf eine subtile Art herabgewürdigt zu werden.

Sofort versuchte er, sie zu überreden, noch am selben Abend mit ihm auszugehen; sie schlug ihm die Bitte jedoch höflich ab. Eine Woche später bemühte er sich erneut, aber sie wiederholte, dass sie sich von nun an nur mehr mit dem Ingenieur treffe, und fügte hinzu, dass sie sich überlegten zu heiraten. Bullaro musste sich schließlich eingestehen, dass die Affäre zu Ende war, und diese Erkenntnis stimmte ihn etwas traurig.

Also widmete er sich einen ereignislosen Sommer lang seiner Arbeit, machte kurz Ferien mit Judith und den Kindern und bereitete sich gedanklich auf die Monate in New York vor. Weil er dort fast den ganzen Winter verbringen musste, wollte er regelmäßig an den Wochenenden nach Los Angeles fliegen, und als Judith ihn im September zum Flughafen fuhr, sagte sie, dass sie ihn vermissen würde, sich aber freute, dass dieser Trip seinen Aufstieg ins Topmanagement bedeute. Judith kam ihm beim Abschied auffällig fröhlich vor, kein bisschen sentimental. Und als Bullaro an Bord der Maschine ging, fühlte er sich seltsam beunruhigt.

Seit seiner Studentenzeit an der NYU war ein Jahrzehnt vergangen, in dem er nicht mehr in New York gewesen war. Den Wolkenkratzer der New York Life an der Ecke Madison Avenue und 27th Street hätte er von seiner alten Wohnung in Greenwich Village sogar zu Fuß erreichen können. Den ersten Sonntagnachmittag verbrachte er damit, über den Washington

Square zu schlendern, sich die Folksongs der Studenten am Springbrunnen anzuhören und den jungen Frauen in Miniröcken nachzuschauen, deren Brustwarzen sich unter ihren T-Shirts deutlich abzeichneten. Doch der Anblick von so viel jugendlicher Freiheit reizte ihn lange nicht mehr so wie an den kalifornischen Stränden. Sein Engagement galt nun der New York Life, und er war sich der Ehre bewusst, einer von elf Angestellten aus ganz Amerika zu sein, die zum General Manager ausgebildet wurden. Nach Beendigung des Kurses sollten die Teilnehmer wieder in ihr Gebiet zurückkehren und über einen Stab von Assistenten und Vertretern in einer Hauptniederlassung der New York Life Insurance Company gebieten. Das bedeutete für Bullaro und die anderen mehr Geld und mehr Prestige und die Gelegenheit, noch näher zur Spitze aufzurücken.

Die Männer wohnten im Roosevelt Hotel an der 45th Street und fuhren jeden Morgen mit der Untergrundbahn oder einem Taxi, das sie sich teilten, zum New York Life Building, außer Bullaro, der etwas früher aufstand und die achtzehn Blocks im Laufschritt bewältigte, um sich körperlich fit zu halten. Die Gehsteige waren um diese Tageszeit noch nicht sehr bevölkert; ein paar Fußgänger blieben jedoch immer stehen, um zuzusehen, wie er im dunklen Anzug und Krawatte an ihnen vorbeitrabte, den Aktenkoffer unter den Arm geklemmt wie einen Football. Er rechnete schon damit, sich irgendwelche spöttischen Bemerkungen anhoren zu mussen, aus denen hervorging, was für ein Bild er dabei abgab, doch alles, was er je hörte, war das rhythmische Klatschen seiner schweren Ledersohlen auf dem Gehsteig.

In der Nähe der Zentrale verlangsamte er das Tempo und schob sein Hemd in die Hose. Das Gebäude war ein grauer Wolkenkratzer mit gotischen Fenstergiebeln, der über eine Reihe von zurückgesetzten Terrassen zweiunddreißig Stockwerke hoch aufragte und an der Spitze von einem pyramidenförmigen Dach mit einer goldenen Laterne gekrönt wurde. Bullaro schritt durch das bronzene Portal in eine hohe, gewölbte Marmorhalle, die zu den verzierten Türen der Fahrstühle führte, die lautlos in die Höhe glitten. Da innen alle Decken mit geräuschabsorbierendem Filz ausgeschlagen waren, konnte man den Lärm der Schreibmaschinen und die Gespräche in den Büros nur gedämpft vernehmen. Bullaro kam sich immer vor wie ein Gläubiger in einer Kathedrale, und seine Ehrfurcht wurde noch größer, als er sich mit der Gesellschaft und der Geschichte des Versicherungswesens vertraut gemacht hatte, das er als eine säkulare Form der Religion erachtete, denn es verlieh dem Leben nach dem Tod einen materiellen Wert und nahm sich der natürlichen Furcht des Menschen vor dem Jenseits an.

Als Bullaro in der ersten Woche die Archive der New York Life besichtigte, entdeckte er in Glasvitrinen die Unterschriften berühmter Versicherungsnehmer: General Custer, Roger Hornsby, Franklin D. Roosevelt. Auch Fotografien von Katastrophen, die für die Gesellschaft überaus kostspielig gewesen waren, konnte man betrachten: der Brand im Iroquois Theatre in Chicago 1903; das Erdbeben in San Franciso 1906, bei dem auch das Gebäude der New York Life zerstört worden war; die angeblich unsinkbare *Titanic,* die 1912 mit elf Versicherungsnehmern an Bord gesunken war, und der Dampfer *Lusitania*, der 1915 von deutschen U-Booten torpediert wurde, was unter anderem den Tod von achtzehn Passagieren zur Folge hatte, die bei der New York Life versichert waren.

Während Schiffsversicherungen in den Seefahrernationen in verschiedenen Formen seit der Renaissance existierten, so las Bullaro, stieß die Praxis, das menschliche Leben zu versichern, in Europa auf das Missfallen der Kirchenfürsten, die jeden, der eine solche Police unterschrieb, als Glücksspieler verdammten, der mit dem Tod und dem göttlichen Willen spielte. In etlichen Ländern, darunter auch Frankreich, waren Lebensversicherungen bis ins späte 18. Jahrhundert verboten, doch in den Ländern, in denen die Seefahrt eine bedeutende Rolle spielte, wie beispielsweise England, wo es seit langem Usus war, Schiffe und Ladung gegen Stürme und Piraten zu versichern, gab es wenig Widerstand, den Schutz auch auf Menschen und Güter auf dem Land auszudehnen.

Bullaro las, dass es die Engländer gewesen waren, die den Verkauf von Versicherungen in Amerika eingeführt hatten, doch dümpelte dieser Geschäftszweig während des 18. Jahrhunderts nur vor sich hin, was teilweise daran lag, dass die Mehrheit der Bürger in der damaligen Agrargesellschaft nicht über die Mittel verfügte oder willens war, im Voraus für einen theoretischen Notfall zu zahlen. Mit der einsetzenden industriellen Revolution jedoch begann das Geschäft der Versicherungsgesellschaften als Hüter und Bewahrer des Wohlstands zunehmend zu florieren, so dass, wie Bullaro den neuesten Statistiken entnehmen konnte, die Größten unter ihnen Mitte der sechziger Jahre des 20. Jahrhunderts zu den vermögendsten Unternehmen des Landes gehörten und sogar die führenden Ölgesellschaften hinter sich ließen.

Der bedeutendste Versicherer des Landes, Prudential Life, hatte ein Aktivvermögen von 35 Milliarden Dollar, 10 mehr als der Ölkonzern Exxon, der selbst von der Nummer zwei unter den Versicherungen, Metropolitan Life, noch um 7 Milliarden übertroffen wurde. Die New York Life, Bullaros Firma, hatte derzeit einen Wert von 14 Milliarden und lag damit auf Platz vier, hinter der Equitable mit 20 Milliarden und vor der John Hancock mit 13 Milliarden. Darüber hinaus gab es noch dreißig weitere Firmen mit einem Vermögen von über 1 Milliarde Dollar, und jeden Tag nahm die Versicherungsbranche 120 Millionen Dollar ein, während sie nur halb so viel infolge von Todesfällen oder in Form von Renten wieder auszahlte. Insgesamt wurden 10 Prozent des Bruttoinlandsprodukts auf Versicherungen verwendet.

Doch trotz der Macht und Bedeutung der Branche blieben die Männer an der Spitze dieser riesigen Unternehmen weitgehend anonym. Wann immer eine Zeitschrift einen Artikel über das Versicherungswesen bringen wollte, stand sie vor dem Problem, ein auch nur einigermaßen bekanntes Gesicht aufzutreiben, das man auf dem Cover platzieren konnte. Das Geschäft brachte offensichtlich bei den Führungskräften einen Hang zu Zurückhaltung und Unauffälligkeit hervor, und als Bullaro die Chefetage der New York Life besichtigte und die großen Ölgemälde der Präsidenten aus der Vergangenheit betrachtete, die an den Wänden hingen – viktorianische Gestalten mit dicken Backenbärten im 19. Jahrhundert, bebrillte Konservative im 20. –, war er beeindruckt, wie ähnlich sie einander sahen. Überall der gleiche Gesichtsausdruck, die gleiche Zurückhaltung und Gelassenheit – sie waren schüchterne Wirtschaftslenker, und Bullaro fragte sich, ob seine eigene Persönlichkeit und seine Begabungen mit diesen Zahlmeistern des öffentlichen Vertrauens kompatibel waren.

Er hielt sich zwar für fleißig und anpassungsfähig genug, um sich in die Hierarchie der New York Life einzufügen, doch bei allem Ehrgeiz war er sich immer eines tief im Verborgenen schlummernden Teils seiner Persönlichkeit bewusst, der gegen jede konzerngeprägte Konformität rebellierte und den es dauernd nach Freiheit verlangte – doch hütete er sich, diese Auffassung während seines Aufenthalts in New York zu äußern. Seine Erscheinung und sein Verhalten in der Zentrale waren das Abziehbild des karrierebewussten Jungmanagers auf dem Weg nach oben. Er schien völlig aufzugehen in den Theorien und der Geschäftspolitik des Unternehmens und arbeitete sich mit großem Eifer in die neu aufgelegten Gesundheitsprogramme und Prämiensysteme ein. Nach Feierabend besuchte er zuweilen mit seinen Kollegen ein Restaurant, doch im Gegensatz zu ihnen ließ er die anschließenden Barbesuche aus und sparte seine sexuellen Energien für die Wochenenden mit Judith in Los Angeles auf.

Die Trennung hatte einen heilsamen Einfluss auf seine Ehe: Die Besuche zu Hause waren jedes Mal wie zweite Flitterwochen. Eine lächelnde, bildhübsche Judith, die mit ihren hellblonden Haaren aus der Menge herausstach, umarmte ihn herzlich am Flughafen und unterhielt sich angeregt mit ihm während der Fahrt nach Woodland Hills, und abends, wenn die Kinder im Bett waren, vögelten sie mit einer Inbrunst, die an ihre Verlobungszeit erinnerte.

Doch als er wieder nach Los Angeles zurückkehrte und die Leitung der Zweigstelle in Woodland Hills übernahm, wo er unter anderem allein neun Risikoprüfer beschäftigte, geriet seine Beziehung zu Judith nach und nach wieder in die gleiche vorhersehbare Routine wie vor seinem Aufenthalt in New York. Nach einem anstrengenden Tag mit Haushalt und Kindern ging Judith früh zu Bett, während er sich im Wohnzimmer seinem seit der Beförderung rapide gewachsenen Arbeitspensum widmete.

Er hatte zwar seit Monaten nicht mehr mit Barbara Cramer gesprochen, inzwischen jedoch gehört, dass sie den Ingenieur John Williamson geheiratet hatte, aber nach wie vor in ihrem alten Job arbeitete, und zwar mit dem gleichen Erfolg wie früher. Bullaro überlegte, ob er ihr schreiben oder sie anrufen sollte. Aber noch ehe er sich dazu entschließen konnte, traf er sie eines Nachmittags am Aufzug im Hauptbüro. Sie gab sich besonders herzlich, und Bullaro war nun, da sie verheiratet war, ihr gegenüber wesentlich ungezwungener und weniger ängstlich, mit ihr gesehen zu werden. Als sie sich für einen der nächsten Tage zum Mittagessen verabredeten, wäre er nie auf die Idee gekommen, dass sie wieder sexuell miteinander verkehren würden.

Bei ihrem gemeinsamen Essen jedoch schlug Barbara in ihrer unnachahmlichen Art vor, im Anschluss ein Motel aufzusuchen. Bullaro dachte erst, sie würde einen Witz machen, aber als sie ihr Angebot wiederholte und sagte, er könne im Wagen warten, während sie am Empfang den Schlüssel holte, verlangte er die Rechnung und verließ mit ihr zusammen das Restaurant. Er war von ihrer Impulsivität und Direktheit genauso hingerissen wie früher und konnte es kaum erwarten, mit ihr ins Bett zu kommen. Doch als er auf dem Motelparkplatz in seinem Wagen saß und sie die Anmeldung ausfüllte, fühlte er sich unbehaglich und kauerte sich hinter dem Lenkrad zusammen, während er sich fragte, ob es wohl so klug war, sich hier mit einer verheirateten Frau aufzuhalten, und ob sie wohl den Familiennamen ihres Mannes in die Anmeldung eintrug. Davon sagte er allerdings nichts, als sie mit dem Zimmerschlüssel zum Wagen zurückkehrte.

Im Motelzimmer entledigte sie sich hastig ihrer Kleider; Bullaro betrachtete erneut ihren bemerkenswerten Körper, und wie früher legte sie auch diesmal eine gewisse Aggressivität an den Tag, als sie nackt ins Bett kletterte und ihn bestieg. Die Leichtigkeit, mit der sie zum Höhepunkt kam, und die Geschicklichkeit, mit der sie ihn über sich zog, ohne seinen Schwanz herauszuziehen, erinnerte ihn an eine Zirkusnummer, und ihr Verhalten bewies, dass ihr seit der Heirat weder ihr sportlicher Stil noch ihr Appetit nach zusätzlichem Sex abhandengekommen war.

Als sie fertig waren und sich auf dem Bett ausruhten, fragte Bullaro, ob sie glücklich verheiratet war. Sie bejahte und erklärte, ihr Gatte sei der bemerkenswerteste Mann, den sie je getroffen habe. Er sei sensibel und selbstsicher und ließe sich von ihrem Freiheitsdrang nicht abschrecken, ganz im Gegenteil: Er ermutigte sie sogar, noch unabhängiger zu werden, in der Hoffnung, dass von ihrem wachsenden Selbstbewusstsein auch ihre Ehe profitieren würde. Eine Ehe sollte die persönliche Entwicklung fördern und nicht mit Einschränkungen und

Verboten einhergehen, fuhr sie fort, während Bullaro ihr zuhörte und mit einem gewissen Zynismus vermutete, dass dies eigentlich die Ansichten ihres Mannes waren, die sie lediglich in andere Worte kleidete. Er hatte sie nie so reden hören, und er wunderte sich über die Motive ihres Mannes und überlegte, wie dieser wohl reagieren würde, falls er erfuhr, was sich eben in diesem Motelzimmer abgespielt hatte, während er schweigend zuhörte, wie Barbara ihm zu seiner – und eventuell auch ihrer eigenen – Beruhigung erklärte, welche Art Ehe sie mittlerweile führte.

Die meisten Ehepaare, so erklärte sie, litten unter »Besitzansprüchen«. Sie wollten ihren Partner mit Haut und Haar besitzen, erwarteten Monogamie, und wenn einer dem anderen einen Seitensprung gestand, wurde das fast immer als Zeichen dafür interpretiert, dass die Ehe unter Auflösungserscheinungen litt. Aber genau das war absurd, erklärte sie – verheiratete Männer und Frauen sollten in der Lage sein, Sex auch mit anderen Leuten zu genießen, ohne ihre eigentliche Beziehung zu gefährden, ohne zu lügen oder sich wegen ihrer außerehelichen Erfahrungen schuldig zu fühlen. Man konnte vom Partner nicht erwarten, dass er alle Bedürfnisse erfüllt. Ihre Beziehung zu John Williamson sei durch ihren gegenseitigen Respekt vor der Freiheit des anderen inniger geworden, sie seien sich ihrer Liebe sicher genug, um sich gegenseitig offen zu gestehen, dass sie manchmal auch mit anderen Partnern ins Bett gingen.

Als er dies hörte, wurde Bullaro nervös, und er unterbrach sie, um ihr zu sagen, dass sie hoffentlich nicht die Absicht hatte, ihrem Mann von diesem Motelbesuch zu erzählen. Sie lachte und antwortete beiläufig, dass John Williamson solch ein Geständnis nicht im Mindesten aufregen würde, weil er nicht im Geringsten zur Eifersucht neigte. Plötzlich spürte Bullaro Panik und Wut in sich hochsteigen, und er sprang aus dem Bett und wollte gerade losbrüllen, da streckte sie die Arme aus, schüttelte den Kopf und erklärte ihm, er solle sich beruhigen; sie würde ihrem Mann schon nichts sagen. Dies beruhigte Bullaro nur ansatzweise, und obwohl sie ihr Versprechen wiederholte, traute er ihr nicht recht über den Weg.

Nachdem er das Motel verlassen hatte, beschloss er, nie mehr mit ihr zu schlafen. Ihr freizügiges Leben und die lächerlichen Philosophien ihres Gatten über sexuelle Aufrichtigkeit waren eine explosive Mischung, und wenn diese hochging, wollte er möglichst nicht in der Nähe sein. Er hatte in den Zeitungen genügend Geschichten über untreue Ehefrauen und deren Liebhaber gelesen, die von Gatten ermordet worden waren, die angeblich überhaupt nicht eifersüchtig waren, und er wusste, dass es besser war, sich vor Barbara in Acht zu nehmen. Das Mindeste, was ihm drohte, wenn er diese Beziehung weiterführte, nun, da sie mit ihrer neu entdeckten Freiheit herumexperimentierte, war, dass es einen Skandal gab und dabei seine Ehe und die vielversprechende Karriere ein abruptes Ende fanden. Und als Versicherungsmann, der er war, kam er zu dem Ergebnis, dass diese Situation ein zu hohes Risiko darstellte.

Zwei Tage später, als seine Sekretärin ihm mitteilte, Mrs. Williamson sei am Telefon, war er versucht, ihr zu sagen, dass er von nun an für Verabredungen zum Lunch und Motelbesuche nicht mehr zur Verfügung stand. Doch sie hatte nur ein dringendes Versicherungsproblem zu besprechen, und während der ganzen Unterhaltung blieb ihr Ton streng geschäftlich. Am Ende ihres Gesprächs erzählte sie ihm von einer außergewöhnlichen Frau, die gerne für New York Life als Vertreterin arbeiten wollte, und bat ihn, sich einmal mit ihr zu unterhalten und sie den normalen Eignungstest der Gesellschaft absolvieren zu lassen. Bullaro, in dessen Aufgabenbereich auch Neueinstellungen fielen, gab ihr für den nächsten Nachmittag einen Termin. Barbara bedankte sich und hängte ein.

Die Bewerberin, die Barbara am nächsten Tag in sein Büro

begleitete, war eine grazile Person Ende zwanzig mit langem dunklen Haar, ebenmäßigem Gesicht und ausdrucksvollen Augen, die während des gesamten Gesprächs aufmerksam auf ihn gerichtet blieben. Ihr Name war Arlene Gough. Sie war in Spokane geboren und lebte mit ihrem Mann, einem Ingenieur, in Los Angeles. Sie sagte, sie hätte zwar bisher lediglich als Dekorateurin und als Sekretärin bei der Flugzeugfirma Hughes Aircraft gearbeitet, doch sie war zuversichtlich, dass sie auch Versicherungen verkaufen konnte. Sie war konservativ gekleidet und trug ein gut geschnittenes graues Kostüm. Bullaro war von ihrer Wortgewandtheit ebenso beeindruckt wie von ihrer Gelassenheit und sinnlichen Ausstrahlung und hoffte nur, dass sein Interesse an der Frau für Barbara, die ihm gegenübersaß, nicht allzu offensichtlich war.

Als seine Sekretärin hereinkam und sagte, die Testunterlagen lägen im Konferenzzimmer bereit, verabschiedete sich Barbara. Es war schon spät am Nachmittag, als Arlene Gough ihren Test absolviert hatte; die meisten Mitarbeiter waren bereits gegangen, und das Büro sollte gleich geschlossen werden. Sie schien ganz guter Dinge zu sein, als sie in Bullaros Arbeitszimmer zurückkehrte, und fragte, wann denn die Ergebnisse des Tests vorliegen würden. Er erklärte, es würde ein paar Tage dauern und er würde sich dann bei ihr melden. Sie fragte, ob es ihm etwas ausmachte, wenn sie im Büro blieb, bis er mit seiner Arbeit fertig war, und ob er sie dann nach Hause fahren könnte – ihr Mann sei auf Geschaftsreise und Barbara habe nicht warten können. Sie wohnte nicht weit von Bullaro entfernt, und er meinte, es sei ihm ein Vergnügen.

Im Wagen saß sie dicht neben ihm, war heiter und aufgeschlossen, und als sie vor ihrem Haus hielten, lud sie ihn zu einem Drink ein. Sie holte Eis aus der Küche, trat neben ihn an die Bar und schaute ihm in die Augen, als warte sie nur darauf, von ihm geküsst zu werden. Als er sie daraufhin wirklich küsste, sprach sie sofort darauf an und presste sich eng an ihn.

Er spürte ihre Hände, die langsam über seinen Rücken zu seinen Hüften und Schenkeln wanderten, und schließlich flüsterte sie ihm zu, dass sie ins Schlafzimmer gehen sollten.

Hatte Bullaros vorsichtiger Charakter die Leidenschaften seines Penis normalerweise halbwegs im Griff, so war es nun umgekehrt; er folgte ihr, ohne zu zögern, und riss sich die Kleider vom Leib. Und dann sah er ihren wunderschönen nackten Körper, der so graziös und sehnig war wie der einer Tänzerin. Später, als er in sie eindrang, spürte er, wie sie ihre langen Beine um seine Hüften schlang und ihre kühlen Fersen in seine Lenden bohrte. Bullaro war völlig im Rausch, und als er kam, hörte er auch sie seufzen, spürte, wie ihre Bewegungen schneller wurden, und konnte kaum fassen, was mit seinem Leben geschah – Arlene war sexuell genauso gierig wie Barbara, und dies ließ nur einen Schluss zu, dass in ihren Ehen etwas nicht stimmte oder etwas sehr Bizarres im Gange war.

Da Arlene ihren Mann noch am selben Abend zurückerwartete, verließ Bullaro sie kurz nach sieben. Er fühlte sich während der Heimfahrt durch die ruhigen Wohnviertel von Woodland Hills angenehm erschöpft. Als er in die Einfahrt einbog, sah er Judith im Garten. Er stieg aus, entschuldigte sich für die Verspätung und erklärte, er hätte mit einem Vertreter, der persönliche Probleme habe, ein paar Drinks nehmen müssen. Falls Judith skeptisch war, zeigte sie es nicht, und als sie gemeinsam das Haus betraten, blieb er durch den Lärm des Fernsehers und durch das Geschrei der Kinder von weiteren Fragen verschont.

Am nächsten Tag rief Barbara ihn im Büro an und fragte ihn, wie ihm Arlene gefallen habe. Er hatte den Eindruck, dass sie von seinem und Arlenes Techtelmechtel Bescheid wusste, doch Bullaro antwortete förmlich, er spare sich seine Meinung über ihre Freundin auf, bis er das Resultat der Einstellungsprüfung kenne. Er konnte es nicht abwarten, das Gespräch zu beenden, und als Barbara ein gemeinsames Mittagessen vorschlug, akzeptierte er sofort und legte den Hörer auf.

Eine Stunde später war Arlene Gough am Apparat und sagte, wie sehr sie ihr Zusammensein genossen hätte. Sobald sie die Reisetermine ihres Mannes für die kommende Woche kenne, würde sie ihn anrufen, um sich mit ihm zu verabreden. Hastig fügte sie hinzu, sie wolle ihn unbedingt wiedersehen, egal ob er sie als Vertreterin einstellte oder nicht. Bullaro war erleichtert, das zu hören; er hatte nämlich gerade beschlossen, dies auf keinen Fall zu tun.

In den nächsten beiden Monaten stattete er auf seinem Heimweg dem Haus der Goughs immer wieder Besuche ab und setzte – gegen sein besseres Wissen – auch seine Beziehung zu Barbara Williamson fort. Er fand es einfach zu mühsam, Barbaras Beharrlichkeit zu widerstehen – einerseits, weil er die kurzen erotischen Rendezvous mit ihr genoss, und andererseits hielt er es für unklug, sie jetzt, da er sich auch mit ihrer Freundin Arlene traf, abzuweisen. Obwohl keine der beiden Frauen sich nach den sexuellen Qualitäten der jeweils anderen erkundigte, nahm er doch an, dass sie kein Geheimnis voreinander hatten, was ihn jedoch nicht weiter störte, solange ihre Ehemänner nichts ahnten.

Barbaras ständig wiederholte Versicherung, sich keine Sorgen machen zu müssen, überzeugte ihn schließlich. Sie täten niemandem weh, meinte sie, und hätten einfach nur jede Menge Spaß miteinander. Dem konnte John nur zustimmen, zumal er zu seinem Erstaunen feststellte, dass sein Verhältnis mit Barbara und Arlene auch sein sexuelles Interesse an seiner Frau wiederbelebte; und da seine Leistungen im Büro darunter auch nicht litten, sah er nicht ein, warum diese Kombination aus glücklichen Umständen nicht unvermindert so weitergehen sollte.

Doch als er im Januar 1967 an einem regnerischen Montagmorgen ins Büro kam, teilte seine Sekretärin ihm mit, dass ein gewisser John Williamson schon zweimal angerufen hätte. Bullaro krampfte sich der Magen zusammen, und er bekam eine

Gänsehaut. Die Sekretärin, die offensichtlich keine Ahnung hatte, dass dieser Mann Barbaras Ehemann war, erklärte, er habe keine Nachricht hinterlassen, wolle aber wieder anrufen.

Bullaro nickte, ging in sein Arbeitszimmer und zog leise die Tür hinter sich zu. Langsam ließ er sich in seinen roten Ledersessel sinken, strich sich über die Stirn und versuchte verzweifelt, die Ruhe zu bewahren. Auf dem Schreibtisch starrten ihn die Fotos seiner Frau und seiner Kinder an, an den Wänden hingen Urkunden seiner Firma für herausragende Leistungen, sein Diplom von der NYU und eine Medaille, die sein Engagement für den Boys' Club von Hollywood ehrte. Plötzlich hatte er den Eindruck, als würde sein ganzes wohlgeordnetes Leben aus den Fugen geraten und in tausend Scherben zerbersten, und er hasste sich für seine Unvernunft und gab Barbara die Schuld, ihn verführt zu haben. Wäre er nur seinem Instinkt gefolgt, befände er sich jetzt nicht in einer so misslichen Situation. Doch im Augenblick konnte er nichts weiter tun als abwarten und sich auf die Konfrontation vorbereiten. Das Schlimmste, was ihm passieren konnte, war ein Angriff auf sein Leben oder ein Skandalprozess, der in der Öffentlichkeit breitgetreten wurde und durch den der Ruf von Judith und der Versicherungsgesellschaft erheblichen Schaden erlitt. Auch wenn sich herausstellen sollte, dass Williamson, wie Barbara beteuert hatte, kein eifersüchtiger Mann war, bestand immer noch die Möglichkeit, dass er Bullaro erpressen wollte, ihm einen Privatkredit zu geben oder einen geschäftlichen Gefallen zu tun, oder dass er etwas ganz Ausgefallenes von ihm verlangte.

Bullaro hörte das Telefon klingeln, und schon informierte ihn seine Sekretärin, dass Mr. Williamson am Apparat sei. Er ließ sich verbinden. Die sonore Stimme am anderen Ende klang tief und so leise, dass Bullaro ihn kaum verstand.

»Ich bin John Williamson, Barbaras Ehemann«, waren seine ersten Worte. »Ich habe mir überlegt, ob wir nicht einmal zusammen zu Mittag essen sollten.«

»Ja, natürlich«, erwiderte Bullaro rasch. »Wie wäre es heute?« Er hatte zwar bereits eine wichtige geschäftliche Verabredung zum Lunch, doch er beschloss, diese lieber abzusagen, als noch länger die quälende Ungewissheit auszuhalten, die ihn plagte.

»Prima«, sagte Williamson. »Kann ich so um halb eins vorbeikommen und Sie abholen?«

Bullaro stimmte zu, Williamson bedankte sich und hängte ein.

Den Rest des Vormittags blätterte er unkonzentriert in den Akten auf seinem Schreibtisch und schaute ständig auf die Uhr. Er versuchte, Barbara in ihrem Büro zu erreichen, doch sie ging nicht ans Telefon, und bei ihr zu Hause wollte er es nicht riskieren, aus Angst, ihr Mann könnte abheben.

Pünktlich um halb eins ertönte der Summer in Bullaros Büro, und seine Sekretärin teilte ihm mit, dass Mr. Williamson im Wartebereich saß. Bullaro ging mit ausgestrecktem Arm auf den großen breitschultrigen Mann zu, der einen dunklen Anzug, ein weißes Hemd und eine Krawatte trug. Er war Mitte dreißig, hatte blondes Haar und ein Gesicht, das an einen Löwen erinnerte und von auffallend hellblauen Augen bestimmt wurde. Williamson zwang sich zu einem Lächeln, schüttelte ihm die Hand und dankte ihm mit leiser Stimme, dass er sich so kurzfristig habe freimachen können.

Draußen war der Himmel bedeckt, es hatte aufgehört zu regnen. Auf dem Parkplatz schlug Williamson vor, seinen Wagen, einen beigefarbenen Jaguar XKE, zu nehmen. Bullaro war voller Bewunderung für den Wagen, und als er einstieg, bemerkte er eine Klimaanlage, die aber noch nicht vollständig eingebaut war. Williamson erklärte ihm, dass er diese gerade erst gekauft hatte, und fügte hinzu, dass er sämtliche Arbeiten dieser Art selbst erledigte.

Er fuhr schnell und schaltete abrupt von einem Gang in den anderen. Bullaro erkannte am eng sitzenden Anzug, dass er muskulöse Arme und Schultern haben musste; auch seine rötlich gefleckten Hände mit den dicken Fingern machten einen kräftigen Eindruck. Auch wenn Williamson ihn nicht direkt anschaute, sondern sich scheinbar ganz auf die Straße konzentrierte, so spürte Bullaro doch, dass er von ihm intensiv beobachtet wurde und Williamson möglicherweise jedes nervöse Zucken seinerseits aus den Augenwinkeln wahrnahm. Bullaro wusste nicht, worüber er sich mit ihm unterhalten sollte, doch er verspürte nichtsdestotrotz einen starken Drang zu reden, und so machte er schließlich eine Bemerkung über Williamsons leichten Südstaatenakzent. Der antwortete, er sei in Alabama geboren, aber nach Abschluss der Highschool von dort fortgezogen. Bullaro wartete darauf, dass Williamson noch mehr erzählte, doch der hüllte sich in Schweigen, bis Bullaro fragte, wo er aufs College gegangen sei. Williamson erwiderte knapp, dass er nicht auf dem College gewesen war, und Bullaro wünschte, er hätte sich die Frage verkniffen.

Sie fuhren weiter, das Schweigen wurde immer bedrohlicher, doch bevor er noch eine dumme Frage riskierte, hielt er lieber den Mund und versuchte sich zu entspannen, indem er möglichst nonchalant aus dem Fenster blickte. Sie fuhren durch Canoga Park ins Tal und benutzten dabei Straßen, die Bullaro recht vertraut waren – er hatte in dieser Gegend schon Versicherungen verkauft, war mit dem Rad unterwegs gewesen und hatte in den Restaurants der Umgebung gegessen. Als Williamson von der Hauptstraße abbog und das Restaurant Red Rooster ansteuerte, wurde Bullaro wieder von Panik erfasst – hier war er häufig mit Barbara gewesen, und dass Williamsons Wahl ausgerechnet auf dieses Lokals gefallen war, empfand Bullaro als böses Omen.

Doch er sagte keinen Ton, als er ausstieg und Williamson in den Speisesaal folgte, wo sie nach kurzem Warten zu einem Tisch im hinteren Teil des Raumes geführt wurden. Es herrschte reger Betrieb, aber zum Glück kam bald ein Ober vorbei, und Bullaro konnte sich sofort einen Drink bestellen. Williamson saß ihm mit gefalteten Händen gegenüber und wirkte entweder unsicher oder besorgt. Er schien sich nicht recht entschließen zu können, wie er das Gespräch beginnen sollte. Bullaro lehnte sich vor, und endlich machte Williamson den Mund auf.

»Ich weiß Bescheid über Sie und Barbara«, sagte er ruhig.

Bullaro starrte vor sich auf den Tisch und hatte das Gefühl, in der Falle zu sitzen. Er hasste Barbara dafür, dass sie ihn verraten hatte.

»Ich weiß darüber Bescheid«, fuhr Williamson fort, »und ich finde es gut.«

Bullaro glaubte seinen Ohren nicht zu trauen und blickte auf. »Sie finden es gut?«, wiederholte er verblüfft.

»Ja«, sagte Williamson, »Sie tun meiner Frau gut. Sie erfüllen gewisse Bedürfnisse in ihrem Leben. Sie hält eine Menge von Ihnen. Ich finde das Ganze wunderbar und«, fügte er mit leiser, aber fester Stimme hinzu, »ich möchte, dass es weitergeht.«

Jetzt war Bullaro vollkommen verwirrt und dachte, Williamson habe einen etwas seltsamen Humor und mache sich über ihn lustig. Aber als er sein Gegenüber skeptisch musterte, sah er, dass dessen blaue Augen freundlich auf ihm ruhten, und er war von seiner Aufrichtigkeit überzeugt. Er hatte allerdings keine Ahnung, wie er darauf reagieren, was er sagen sollte und welche Motivation hinter Williamsons merkwurdiger Bitte stand, die Beziehung mit Barbara aufrechtzuerhalten.

Der Ober brachte die Drinks, was Bullaro ein wenig Zeit zum Nachdenken gab, bevor er etwas antwortete. Er wollte auf keinen Fall etwas Unpassendes sagen, hatte jedoch im Augenblick jedes Gefühl für die reale Situation verloren. Als sie das Restaurant betreten hatten, hatte er damit gerechnet, von einem rachsüchtigen Ehemann bedroht oder erpresst zu werden. Stattdessen machte der ihm nun Komplimente und ermutigte ihn, weiterhin mit seiner Frau zu schlafen. Unter diesen seltsamen Umständen war Bullaro gar nicht mehr davon überzeugt, dies überhaupt noch zu wollen. Was er aber noch weniger wollte, war, diesen ungewöhnlichen Mann vor den Kopf zu stoßen, denn es konnte ja immer noch sein, dass er sich dafür rächen würde.

Als sich der Ober wieder entfernte, entschied Bullaro, dass es besser sei, zumindest im Augenblick auf Williamsons Vorschlag einzugehen, Streit und Debatten zu vermeiden und ihm vielleicht ein wenig zu schmeicheln. Innerlich war er erleichtert, seine Ehe und seine berufliche Stellung waren offensichtlich nicht in Gefahr, zumindest im Moment nicht. Und um diese Erleichterung zu feiern, hob er sein Glas, dankte Williamson für dessen freundliche Worte und drückte seine Bewunderung für die emanzipierte Ehe aus.

»Ich finde es wirklich toll, was Sie und Barbara erreicht haben«, fing Bullaro an.

»Ja, aber wir haben weit Größeres vor.«

Bullaro nickte und erklärte, dass er von Barbara über Williamsons Einstellung informiert war, wonach Besitzansprüche in der Ehe fehl am Platz seien und die Partner im Idealfall in der Lage sein sollten, mit anderen Leuten Sex zu haben, ohne dass es deswegen zu Eifersucht oder Schuldgefühlen kommen sollte.

Williamson erklärte, das Bullaros Zusammenfassung seiner Ansichten zwar zutreffend war, er jedoch wesentlich komplexere und ehrgeizigere Pläne hatte. Er traf sich regelmäßig mit einer Gruppe von Leuten, um Möglichkeiten zu diskutieren, wie eine tiefere Erfüllung in der Ehe zu erreichen sei. Die amerikanische Ehe sei in Gefahr; die traditionellen Rollen der Geschlechter verlangten eine Neudefinition; Therapeuten und Psychiater wären von Berufs wegen viel zu abgehoben, um sich mit dem Thema zu befassen, und darüber hinaus persönlich gar nicht darauf vorbereitet.

Williamsons Gruppe hingegen machte seiner Meinung nach bemerkenswerte Fortschritte – vorwiegend deshalb, weil ihre Mitglieder sich als »Instrumente der Veränderung« verstanden. Es seien in erster Linie Leute aus dem Mittelstand, die verantwortungsvolle Posten in der Gesellschaft bekleideten, sich aber dennoch über bestimmte Mängel und Unzulänglichkeiten ihrer Umgebung und ihrer eigenen Persönlichkeit bewusst waren und nach einem besseren Weg suchten. Williamson bemerkte, dass zu der Gruppe auch eine Frau gehörte, an der Bullaro bereits Interesse gezeigt habe, nämlich Arlene Gough.

»Ja«, sagte Bullaro und war erstaunt, dass auch Arlene dazugehörte. »Aber die Angelegenheit wird mir zu kompliziert, und ich möchte die Beziehung etwas abkühlen lassen.«

»Schön, lassen wir sie abkühlen«, antwortete Williamson beiläufig.

Bullaro war von seiner vertrauensvollen Ungezwungenheit beeindruckt, und er fragte sich, ob es nicht vielleicht Williamson gewesen war, der Arlene Gough mit Barbara zu ihm ins Büro geschickt hatte. Das ganze Arrangement kam ihm reichlich suspekt vor, wie ein abgekartetes Spiel, bei dem es um Sex ging, und dennoch hörte er, während Williamson beim Essen fortfuhr, von den interessanten Leuten zu erzählen, die in seinem Haus zusammenkamen, und dass sie ihre Sitzungen zuweilen nackt abhielten, neugierig zu und fühlte sich gegen seinen Willen stimuliert.

Nach dem Essen erklärte Williamson, er hoffte, dass Bullaro ihn einmal zu Hause besuchen und seine Freunde kennenlernen würde. Bullaro erklärte, dies würde er gerne tun.

»Prima«, sagte Williamson, »dann bis morgen Abend um acht Uhr.«

Bullaro, der alarmiert war von der Schnelligkeit, mit der die Dinge ihren Lauf nahmen und mit der er sich in Williamsons erotische Welt hineinziehen ließ, verbarg sein Unbehagen und sagte, er würde kommen.

11

Geschichte ist nichts weiter als eine Erfindung des Menschen, um Ordnung in seine Vergangenheit zu bringen. Evolution ist keine Erfindung, sondern eine Realität und eine Tatsache; und sobald der Mensch dies in vollem Umfang versteht, wird er in der Lage sein, Ordnung in seine Zukunft zu bringen und seine Vergangenheit endlich zu begreifen.

John Williamson

John Williamsons Vergangenheit begann während der Depressionszeit in einer sumpfigen Gegend südlich von Mobile, Alabama, in einer verschlafenen kleinen Ansammlung aus Holzhütten inmitten von Kiefern und Zypressen, mit Vögeln, Eichhörnchen und Kaninchen, auf die jeden Morgen Männer Jagd machten, die ebenso wie ihre Beute von ihren ursprünglichen Trieben gesteuert wurden.

Die Männer benutzten Steinschleudern und Gewehre, um zu töten, während die Frauen an Eisenherden kochten, die mit Holz befeuert wurden und die im Winter die einzige Wärmequelle in den Hütten darstellten, wenn der Hagel auf die Dächer prasselte und die Umgebung von einer Eisschicht überzogen war. Die Sommer in den Wäldern waren heiß und schwül, und manchmal war es so windstill, dass sich kein Blättchen bewegte, die Vögel stumm in den Bäumen saßen und das einzige Geräusch das Zerplatzen einer Luftblase auf der trägen Wasseroberfläche war, die von einer unsichtbaren Kreatur stammte, die irgendwo in den trüben Tiefen ihre Mahlzeit verdaute.

In der Nacht sangen die Grillen und Heuschrecken, die

Schlangen kamen aus ihren Löchern gekrochen, aber die zwei Dutzend Menschen, die in den sechs Hütten auf der Lichtung wohnten – die Familie von John Williamson und ihre Anverwandten –, wanderten furchtlos über die vertrauten Pfade dieses zweifelhaften Paradieses, das sie der Ungewissheit der Zivilisation vorzogen. Selbst wenn die Männer bei den Farmern oder in den Industriebetrieben in der Gegend Ganztagsarbeit gefunden hätten, wären sie in den Wäldern geblieben, wo sie die Geräusche der Abgeschiedenheit kannten und gelernt hatten, als Jäger, Fischer und illegale Schnapsbrenner zu überleben. Den Alkohol verkauften sie an Schwarzhändler, die damit die Dörfer und Städte versorgten, in denen er verboten war.

Ihre Destillen lagen versteckt in den Sümpfen, das Sieden von Mais und Zucker wurde von einem Onkel von Williamson besorgt, während sein einarmiger Vater Claud den Whiskey bei Nacht und Nebel in einem Wagen, der zwar alt, rostig und verbeult, aber technisch in Ordnung war, zum Schwarzhändler brachte.

Claud Williamson war ein drahtiger, dunkelhaariger, chronisch übellauniger Mann, der in seiner Jugend seinen linken Arm verloren hatte bei dem Versuch, auf einen fahrenden Güterzug zu springen. Auch wenn er rasch lernte, mit der physischen Behinderung zurechtzukommen, bereitete ihm der Verlust doch mentale Probleme, mit denen er länger zu kämpfen hatte. Er litt lange Zeit unter Phantomschmerzen und träumte nachts manchmal, dass Insekten in die Kiste eindrangen, in der sein Arm beerdigt war, und ihn auffraßen. Außerdem war er überzeugt, dass der Arm in einer unnatürlichen Stellung begraben war und dies zu seinen Beschwerden beitrug. Schließlich grub er die Kiste wieder aus und fand sich in seinen Annahmen bestätigt; nachdem er den Arm gerade gebogen und einen Spalt in der Kiste versiegelt hatte, ließen die Schmerzen allmählich nach.

John Williamsons Mutter Constance, im Mittelwesten geboren, hatte sich aus Rebellion gegen ihre eigene Mutter, die sie hasste, mit Claud in Alabama niedergelassen. Ihre Mutter war eine vollbusige Frau aus Chicago, die als Tänzerin durch die Lande tingelte und Constance' Vater wegen eines gut aussehenden Spielers verließ und dann, als auch diese Romanze zu Ende war, Verhältnisse mit verschiedenen Männern unterhielt, während derer sie Constance, die ihr einziges Kind war, entweder allein ließ oder manchmal für Wochen und Monate bei irgendwelchen Bekannten unterbrachte, die sie kaum kannte.

Constance war meist auf sich gestellt und lernte sehr früh, alleine klarzukommen. Sie war anpassungsfähig, freundlich und zurückhaltend und zeichnete sich an allen Schulen, die sie besuchte, durch Fleiß aus und las alles, was sie in die Finger bekam. Im Gegensatz zu ihrer auffälligen Mutter, die sich nach der letzten Mode kleidete und ununterbrochen die Aufmerksamkeit der Männer suchte, war es Constance ziemlich einerlei, wie sie aussah oder was sie für einen Eindruck machte. Sie war ein einfaches blondes Mädchen mit rundem Gesicht und ausdruckslosen blauen Augen, das schon als Teenager und anschließend ihr Leben lang unter Übergewicht litt.

Nachdem ihre Mutter einen Autohändler geheiratet und sich mit ihm in Mobile, Alabama, niedergelassen hatte, lief Constance, die damals fünfzehn Jahre alt war, von zu Hause weg. Als ihre Mutter sie endlich fand, lebte sie mit der Williamson-Sippe im Wald, hatte inzwischen Claud geheiratet und erwartete ein Kind. Sie widerstand allen Versuchen ihrer Mutter und ihres Stiefvaters, sie zurückzuholen, und blieb in den Wäldern, wo sie 1924 eine Tochter auf die Welt brachte, und acht Jahre später, 1932, nachdem sie Claud wegen seiner heftigen Trinkerei bereits zweimal verlassen hatte und wieder zu ihm zurückgekehrt war, gebar sie einen Sohn, John Williamson.

Die primitiven Lebensbedingungen waren wenig idyllisch, doch Constance fand Trost und Geborgenheit in der Intimität der Kommune, die wie eine bäuerliche Großfamilie zusammenlebte. Ebenso wie das Gemüse, das sie anpflanzten, das Wild und die Fische, die sie fingen, teilten sie auch ihre persönlichen Sorgen und Probleme miteinander. Die Männer halfen sich gegenseitig, wenn sie neue Hütten bauten oder ihre Vorratsscheunen vergrößerten, und die Frauen fungierten bei der Geburt von Kindern als Hebammen. Jedes Kind bewegte sich frei und ungebunden, und war eines verletzt oder hatte sich erschreckt, rannte es nicht unbedingt zu seinen Eltern, sondern zum nächstbesten Erwachsenen.

Die schulpflichtigen Kinder trotteten gemeinsam jeden Morgen, zuweilen sogar barfuß, auf engen Pfaden eine Meile bis zur Schotterstraße, wo der Bus hielt und sie zur fünfzehn Kilometer entfernten Dorfschule brachte. Wenn sie am Nachmittag wiederkamen, halfen sie im Haushalt und hackten Holz für den Herd. Hatten sie nichts zu tun, trafen sich die pubertierenden Jungen und Mädchen an versteckten Orten und vergnügten sich miteinander. Sexuelle Kontakte zwischen Cousins und Cousinen waren aufgrund der isolierten Lage keine Seltenheit. Seinen ersten Geschlechtsverkehr hatte John Williamson im Alter von zwölf mit einer etwas älteren Cousine, doch galt zumindest innerhalb der engeren Familie Inzest als Tabu.

Viele der Mitglieder der Waldkolonie waren französischer Abstammung und katholisch getauft, und so pilgerten die Gläubigen unter ihnen sonntags regelmaßig zu einer kleinen Kirche an der Landstraße, wo sie gemeinsam mit den Kreolen aus der Umgebung den Predigten eines alten Jesuitenpriesters lauschten, der mit dem Auto aus dem dreißig Kilometer entfernten Mobile kam. Constance Williamson, die zum Katholizismus übergetreten war, spielte die Orgel, doch ansonsten war kein Mitglied ihrer Familie sonderlich religiös. Im Gegenteil, ihre Tochter Marion, eine sinnenfrohe Brünette mit dunklen Augen und einer üppigen Figur, galt unter den »anständigen«

Frauen als vom Satan besessen, denn anders ließ sich ihr wildes und zügelloses Verhalten kaum erklären.

Marion Williamson trug die engsten Kleider, die sie finden konnte, und ab dem Zeitpunkt, als sie vierzehn war, gab es keinen Mann in den Wäldern, der sich nicht nach ihr verzehrte. Das Wissen um diese Tatsache ließ sie noch koketter werden, und es bereitete ihr unendliches Vergnügen festzustellen, welche Wirkung sie auf das andere Geschlecht hatte. Doch gleichzeitig wusste sie, dass keiner der Männer aus den Wäldern gut genug für sie war und ihr bieten konnte, was sie wollte – herauskommen aus der öden, klaustrophobischen Enge der Holzhütte ihres mürrischen Vaters und ihrer gelassen vor sich hin vegetierenden Mutter.

Sie betrachtete ihre Mutter beinahe als so etwas wie ein vergessenes Opfer einer geheimen Tragödie, ein Wolfskind in der Wildnis, und Marion fühlte sich ihr weniger verbunden als ihrer Großmutter mütterlicherseits, dem alternden Backfisch, den sie zu seltenen Anlässen in Mobile besuchten. Ihre Großmutter war eine attraktive Frau, die nach Parfüm duftete, ihr Haar dunkel färbte und deren mächtige Brüste in ihren maßgeschneiderten Hausmänteln prächtig zur Geltung kamen. Außerdem wohnte sie in einem gemütlich eingerichteten Haus und besaß ein großes Auto, das sie von dem dicken Deutschen bekommen hatte, der ihr zweiter, aber nicht letzter Ehemann war. Sie trank Martinis und rauchte Kette, hatte Humor und sprühte vor Leben, und als Marion diese weltgewandte Dame mit ihrer eigenen Mutter verglich, sah sie darin eine rückwärtsgewandte Evolution, und in ihrem jugendlichen Verstand gab es keinen Zweifel, welche der beiden Frauen die klügere war.

Marions Fluchtgedanken wurden beflügelt von der Veränderung, von der die gesamte Umgebung von Mobile ab 1940 erfasst wurde, als Tausende von spendierfreudigen Piloten und Seeleuten angesichts des drohenden Krieges in der Region zusammengezogen wurden. Im Radio waren dauernd Berichte über deutsche und japanische Angriffe zu hören, und Tag für Tag dröhnten von dem nahe gelegenen Militärflughafen in Brookley Kampfflugzeuge über die Sumpfgebiete um Mobile. Die Schiffswerften in Mobile verzeichneten dicke Aufträge aus dem Verteidigungsministerium, und es dauerte nicht lange, bis die Nachfrage nach Arbeitskräften so groß wurde, dass sogar die Männer aus den Wäldern eingestellt wurden; und unter diesen war auch, obwohl er nur einen Arm hatte, Marions Vater Claud.

An den Wochenenden waren die Gehsteige der Küstenstädte bevölkert von Seeleuten und Angehörigen der Luftwaffe, die nach Frauen Ausschau hielten, und eine von denen, die sie bald zu sehen bekamen, war die lächelnde Marion Williamson, die älter aussah, als sie war, und von zu Hause weggelaufen war. Und als ihre Eltern das nächste Mal von ihr hörten, hatte sie bereits einen Soldaten geheiratet und war eine Ehefrau von fünfzehn Jahren.

Da auch die Ehe ihr ruheloses Wesen nicht bändigen konnte, dauerte es nur einige Monate, bis sie, unter tätiger Mitwirkung des Militärs, wieder geschieden war. Im Alter von sechzehn heiratete sie jedoch erneut, dieses Mal einen Marinepiloten, der in Pensicola, Florida, stationiert war und zehn Jahre älter war als sie. Sein Name war John Wiley Brock, und er nahm sie mit nach Norfolk, wo sie im Februar 1941 einen Sohn bekamen.

Als Brock nach Pearl Harbor versetzt wurde, zogen Marion und ihr Baby zu den Schwiegereltern nach Montgomery, doch nach dem japanischen Überfall auf Pearl Harbor, den Brock überlebte, machte sich Marion mit ihrem Kind auf den Weg nach Kalifornien, was sie ihren Schwiegereltern damit erklärte, dass sie näher bei ihrem Mann sein wollte, während sie auf seine Rückkehr wartete. In Kalifornien traf sie allerdings einen anderen Mann, mit dem sie sich auf eine Affäre einließ, und da ihr dabei das Kind im Weg war, brachte sie es in einem Kinderheim unter. Es dauerte nicht lange, bis ihre Schwiegereltern in einem zornigen Brief von Brock, der auf dem Flugzeugträger *Enterprise* stationiert war, über Marions Verhalten aufgeklärt und gebeten wurden, nach Kalifornien zu fliegen und das Kind abzuholen. Dies taten sie auch und nahmen den Kleinen mit nach Montgomery, wo ihnen ungeachtet der Proteste von Marion das Sorgerecht für den Jungen übertragen wurde. Um zu vermeiden, dass seine Frau im Falle seines Todes in den Genuss seines Vermögens kam, änderte Fähnrich Brock in der Zwischenzeit sein Testament und die Begünstigungsklausel in seiner Lebensversicherung als Militärangehöriger und richtete einen Treuhandfonds für seinen Sohn ein – eine seiner letzten Handlungen, bevor sein Torpedoflugzeug in der Schlacht von Midway von einem japanischen Flakgeschütz getroffen wurde und auf der Wasseroberfläche zerschellte.

1943 heiratete Marion den Marineoffizier Richard McElligott, einen Absolventen der Universität Annapolis, mit dem sie zwei Söhne und eine Tochter hatte. Doch auch diese Beziehung konnte ihre Abenteuerlust, was andere Männer betraf, nicht stillen, und so dauerte es nicht lange, bis sie den Marineoffizier wegen eines PR-Mannes verließ, der für die Filmfirma Columbia arbeitete und mit dem sie einen weiteren Sohn bekam, bevor sie auch diesen Ehemann wegen eines Brasilianers verließ.

Während ihrer endlosen Odyssee nach der Flucht aus den Wäldern lebte sie wie ein rastloser Zugvogel in verschiedenen Städten der USA, Europas und Südamerikas und arbeitete in den unterschiedlichsten Berufen. Sie war Fremdenführerin in Rio de Janeiro, Bardame in Taramolinas, stellvertretende Einkäuferin der Kinderabteilung von Saks Fifth Avenue, Kassiererin in einem hawaiianischen Restaurant in Beverly Hills. Doch kehrte sie regelmäßig, und stets unangekündigt, nach Alabama zurück, um ihre Eltern und ihre Großmutter zu besuchen. Ihr letzter Besuch bei ihrer Großmutter vor deren Tod führte sie in eine Honkytonk-Kneipe an der Grenze zwischen Alabama und Mississippi, wo die beiden Frauen zusammen mit Marions Pot rauchender Tochter die ganze Nacht zur Musik aus der Jukebox tanzten und an den Spielautomaten zockten.

Unter all den Männern, die Marion kannten, gab es nur einen, der für ihr nomadenhaftes Wesen Verständnis hatte und ihr Dasein nachvollziehen konnte, und das war ihr Bruder John, der ihr allerdings auch seinen ersten Blick auf die weite Welt jenseits der Bäume zu verdanken hatte. Als er noch zur Schule ging, hatte sie ihn zweimal eingeladen, sie und ihren dritten Mann, den Marineoffizier Richard McElligott zu besuchen. Beim ersten Mal, 1943, war McElligott auf einem Kreuzer in Boston stationiert, und der 11-jährige Williamson wohnte sechs Monate lang in ihrem Apartment in Cambridge. 1947, als Williamson fünfzehn war, verbrachte er den Sommer mit den McElligotts unweit von Los Angeles in Alhambra in Kalifornien, wo er eine Gruppe von Teenagern traf, die Hotrods und modifizierte Rennwagen fuhren und denen er half, ihre Motoren zu warten. Schon damals war John Williamson ein geschickter Mechaniker.

In Alabama hatte er nach der Schule etliche Stunden als Lehrling eines Mechanikers verbracht, der seine Werkstatt nicht weit von der Lichtung hatte, auf die seine Eltern während des Kriegs ihr Haus versetzt hatten, indem sie es auf Baumstämmen dorthin gerollt hatten. Williamson war ein sehniger, nachdenklicher Junge mit fast weißblondem Haar und ewig schmutzigen Fingern, die unentwegt an kaputten Motoren, Jagdgewehren und defekten Plattenspielern herumfummelten. Er hatte ein instinktives Gespür für mechanische Zusammenhänge und tastete sich quasi durch die Arbeitsgänge einer Reparatur. Mit zwölf Jahren hatte er sich ein eigenes Radio aus Draht und ausrangierten Metallteilen gebastelt, die er im Wald gefunden hatte, darunter auch ein Stück Kupfer, das er aus einer der Destillen abgebaut hatte, was ihm eine gehörige Tracht Prügel seitens seines Vaters einbrachte.

In der Dorfschule brachte er ausgezeichnete Leistungen in Physik, Chemie und Mathematik, während er in Geschichte völlig versagte. In seiner Klasse gab es achtzehn Schüler, doch Freundschaften schloss er keine, zumal die Anwesenheit seines unausstehlichen Vaters ihn davon abhielt, irgendjemanden zu sich nach Hause einzuladen. Meist zog er es vor, allein zu bleiben, ein Buch zu lesen, an Maschinen zu basteln oder über seinen selbst gebauten Kurzwellensender mit fernen Stimmen zu kommunizieren.

Es gab zwar Bauernmädchen in der Nähe, mit denen er gelegentlich schlief – eine erlaubte ihm sogar, sie nackt zu fotografieren –, aber wirklich verliebt oder fest mit jemandem liiert war er nie. Seine Gedanken kreisten nur um seine Flucht aus dem primitiven bäuerlichen Milieu des Südens. Nachdem er 1949 die Highschool absolviert hatte, schrieb ihm seine Schwester, dass sie ihm einen Studienplatz in Annapolis besorgt hatte, doch er fand die Vorstellung, in ein enges akademisches Korsett gezwängt zu werden, wenig attraktiv, und so ging er stattdessen zur Marine. Nach der Grundausbildung in einem Bootcamp in San Diego und einem Intensivkurs in Elektrotechnik in Nordkalifornien wurde Williamson zu den amerikanischen Besatzungstruppen auf eine kleine Inselgruppe im Südpazifik versetzt, wo er den Großteil der nächsten sechs Jahre verbringen sollte.

Während dieser Zeit entwickelte er sich zu einem der vielseitigsten Elektrotechniker der ganzen Marine, der in der Lage war, die verschiedensten Geräte vom Fernschreiber bis zum Radar zu warten und reparieren. Zuerst war er auf die Marschallinseln abkommandiert, auf ein ödes, fast baumloses Atoll namens Kwajalein, auf dem etwa tausend Soldaten nichts weiter taten als die Zeit totschlagen, doch seine Stellung als Wartungsspezialist erlaubte ihm schon bald, mit Patrouillenflugzeugen der Marine zu verschiedenen anderen Inseln zu fliegen, wo er neben amerikanischen Militärangehörigen und Zivilisten beiderlei Geschlechts auch Einheimische kennenlernte, die er wesentlich interessanter fand.

Eine seiner Lieblingsinseln war Ponape in den Karolinen, ein vulkanisches Eiland mit tropischem Dschungel und ausgedehnten Regenwäldern, mit Wasserfällen und Flüssen. Es war bewohnt von mehreren tausend freundlichen Eingeborenen, die ebenso wie die Bewohner der meisten anderen Inseln eine eigene Sprache, Kultur und Gebräuche hatten. Williamson lernte ihre Sprache und wurde in ihre Häuser eingeladen, machte sich vertraut mit ihren Kunstgegenständen und nahm an ihren Riten und Zeremonien teil. Er trank sogar ihre *Kava,* ein stark alkoholisches Getränk aus der Wurzel der Pfefferpflanze, und manchmal erinnerte ihn dieses abgelegene Eiland auf gespenstische Art und Weise an die hinterwäldlerische Umgebung seiner Kindheit, die er eigentlich weit hinter sich gelassen zu haben glaubte.

Als die amerikanischen Militäreinheiten Anfang der fünfziger Jahre nach und nach die Inseln räumten und sie der Aufsicht des Innenministeriums überließen, das sie im Auftrag der Vereinten Nationen verwaltete, schied Williamson frühzeitig aus der Marine aus und trat in den zivilen Staatsdienst ein, um als Techniker die Radar- und Funkstationen der US-Truppen im Südpazifik zu warten, die notwendig waren, damit die USA den Südpazifik weiter kontrollieren konnten.

Mit einem Stab von amerikanischen und einheimischen Mitarbeitern schlug er sein Büro auf der Insel Truk auf und flog jede Woche Tausende von Meilen, um die technischen Einrichtungen der anderen Außenposten zu kontrollieren. Eines Tages besuchte er die Insel Yap und lernte dort eine blonde Deutsche kennen, die drei Jahre älter war als er, in einer Wellblechbaracke lebte und im Archiv des amerikanischen Hospitals arbeitete. Ihr Name war Lilo Goetz. Sie wollte Anthropologin werden, Expertin auf dem Gebiet der Eingeborenenkultur im Südpazifik, einer Welt, die sie faszinierte, seit sie als kleines Mädchen in Berlin den Film *Mutinity on the Bounty* gesehen hatte. Während ihrer Schulzeit hatte sie alle nur greifbaren Bücher über den Südpazifik gelesen und 1950 ihr Elternhaus in Westberlin verlassen, um nach Honolulu zu fliegen und dort zwei Jahre lang an der Universität von Hawaii zu studieren.

Danach reiste sie kreuz und quer durch den Pazifik, lebte kurz auf verschiedenen Inseln, ehe sie sich auf Yap niederließ. Sie lernte einen Mann aus Yap kennen, und als sie sich daran gewöhnt hatte, in der von den meisten Insulanern bevorzugten Kauerstellung mit ihm zu vögeln, wusste sie, dass sie sich erfolgreich ihrer neuen Umgebung angepasst hatte. Diese Stellungen verlangen ein ausgewogenes Gleichgewichtsgefühl und starke Beine, die sie durch jahrelangen Sport und Ballettübungen erworben hatte. Und ihre gesunde Frische war es auch, die Williamson am meisten gefiel, als er sie 1953 auf einer Party kennenlernte, die vom Personalchef des amerikanischen Hospitals veranstaltet wurde.

Entgegen seiner gewohnten Zurückhaltung Frauen gegenüber, die er nicht kannte, verwickelte Williamson sie in ein Gespräch und lud sie für die nächste Woche zum Abendessen ein, wenn er wieder in Yap war. Sie nahm freundlich dankend an, erwähnte aber nicht, dass sie bereits Erkundigungen über ihn eingezogen hatte, nachdem sie ihn vom Fenster ihres Büros aus bemerkt hatte, als er einige Zeit zuvor während eines Hurrikans auf einem nahe gelegenen Turm gestanden und unbeeindruckt von Sturm und Regen Fotos von dem Unwetter gemacht hatte. Es hatte ihr Spaß gemacht, ihm zuzuschauen – seine durchnässte, vom Wind gepeitschte Gestalt erinnerte sie an die von Gischt umtosten Kapitäne der Filme ihrer Jugendzeit, die sich furchtlos an die Masten klammerten, doch anders als diese entpuppte er sich, als er ihr schließlich im Restaurant gegenübersaß, keineswegs als raubeinig, oberflächlich oder zudringlich.

Im Gegenteil, er war zurückhaltend und nachdenklich, ein aufmerksamer Zuhörer und äußerst belesen – vielleicht sogar ein wenig melancholisch. Und was Sex anging, schien er ihr auf eine reservierte Art beharrlich zu sein. Obwohl er offensichtlich enttäuscht war, als sie sich auch nach einigen gemeinsamen Abenden weigerte, mit ihm ins Bett zu gehen, rief er sie immer wieder an und traf sich jedes Mal mit ihr, wenn er von Truk herübergeflogen kam. Als Beweis, dass ihm daran lag, ihr zu gefallen, ließ er sich die Tätowierung an seinem rechten Arm entfernen, nachdem sie einmal bemerkt hatte, eine Tätowierung kennzeichne einen Rohling, der er hoffentlich nicht sei.

Es dauerte nicht mehr lange, bis Williamson nicht nur ihr Liebhaber war, sondern sie sogar überreden konnte, zu ihm auf die Insel Truk zu übersiedeln. Was ihre Entscheidung beschleunigte, war Williamsons Erklärung, unter den Eingeborenen würde sich eine zunehmende Feindseligkeit westlichen Ausländern gegenüber breitmachen, und als eines Nachts zwei männliche Insulaner, die nicht lächelten, in der Nähe von Lilos Unterkunft mit Macheten herumfuchtelten, gelangte sie zu der Einsicht, dass Williamson vielleicht Recht hatte. Auf der Insel Truk fühlte sie sich wesentlich sicherer und wohler, und als sie im März 1954 heirateten, begann eine Zeit, die ihr als die romantischste Phase ihres Lebens in Erinnerung bleiben sollte.

Doch im November, als sie im sechsten Monat schwanger war, erkrankte sie an perniziöser Anämie, und Williamson hielt es für besser, von den pazifischen Inseln Abschied zu nehmen und nach Amerika zurückzukehren – nicht nur Lilo zuliebe, sondern auch aus eigenem Interesse. Seine Arbeit stellte nicht länger eine Herausforderung für ihn dar, er war des primitiven Lebens auf tropischen Inseln überdrüssig geworden und hasste die ewige Fliegerei von Ort zu Ort. Außerdem hatte er gehört, dass es im Augenblick an der Ostküste von Florida gute Arbeitsmöglichkeiten für Ingenieure und Techniker gab, und zwar in Cape Canaveral und Umgebung, wo gerade mit staatlichen Geldern ein Raketenprojekt gestartet wurde, in der Hoffnung, eines Tages Satelliten in den Weltraum schießen zu können. Zu diesem Zweck wurden diverse große Firmen mit üppigen finanziellen Mitteln ausgestattet, damit sie die Weltraumforschung voranbrachten, und amerikanische Wissenschaftler entwickelten zusammen mit Wernher von Braun und anderen Raketeningenieuren, die aus Deutschland herübergebracht worden waren, größere und stärkere Versionen der V-2-Raketen, die von den Nazis im Zweiten Weltkrieg eingesetzt worden waren.

Da Lilo den Umzug in die USA nicht als notwendiges Übel betrachtete, sondern ihm mit Vorfreude entgegenfieberte, verließen sie Truk, sobald sie in der Lage war, die Reise anzutreten. Ende Februar 1955, einen Monat nachdem sie in Florida angekommen waren und Williamson eine Stellung bei Boeing gefunden hatte, brachte sie einen Sohn zur Welt, den sie auf Lilos Wunsch Rolf nannten. Das Kind zu versorgen lenkte sie von ihrer Enttäuschung ab, die sie angesichts der Tatsache empfand, dass ihre Lebensumstände alles andere als idyllisch waren, denn sie mussten in einem kleinen, feuchten Motel wohnen, das verloren in der Wildnis am Strand stand, nur wenige Meilen von der Militärbasis Cape Canaveral entfernt. Dies war nicht das verlockende Florida, über das sie in Reisezeitschriften gelesen hatte – nichts als einsame Dünen und dürre Palmen, die wie Vogelscheuchen in den Himmel ragten; dahinter erstreckte sich ein riesiges Sumpfgebiet, in dem Milliarden von Moskitos lebten. Cape Canaveral lag fast zweihundert Kilometer südlich von Daytona Beach und noch weiter entfernt von Fort Lauderdale und war damals noch nicht darauf vorbereitet, die Familien der Wissenschaftler und Techniker aus dem Raumfahrtzentrum vernünftig unterzubringen. Der nächste Lebensmittelladen war in Cocoa Beach, fünf Kilometer entfernt. Zum nächsten Kino musste man zwanzig Kilometer fahren, das Krankenhaus, in dem Rolf zur Welt gekommen war, lag dreißig Kilometer entfernt. Und um ein gutes Restaurant zu besuchen oder nur einen Hauch von Nachtleben zu genießen, musste man neunzig Kilometer landeinwärts fahren.

Auch wenn Lilo manchmal den malerischen Inseln des Südpazifiks, nachtrauerte, bemerkte sie doch, dass ihr Mann Spaß an seiner Arbeit hatte, obwohl die Militärvorschriften ihm verboten, sich mehr als nur oberflächlich mit ihr darüber zu unterhalten. Er fuhr jeden Morgen mit seinem schwarzen Ford-Cabrio zum Luftwaffenstützpunkt und traf sich mit den anderen Ingenieuren und Technikern in den Hangars, wo ihre Büros und Labors untergebracht waren. Abends kehrte er zurück ins Motel, und sie aßen in ihrer Zweizimmerwohnung zu Abend. Nahezu sämtliche Bewohner der windschiefen Holzhäuser am Rand des Highways hatten in irgendeiner Weise mit der Militärbasis in Cape Canaveral zu tun, und Lilo fand es reichlich absurd, dass diese Pioniere einer Zukunftstechnologie unter solch antiquierten und primitiven Bedingungen lebten und arbeiteten.

Dies änderte sich allmählich, als 1956 neue Häuser und Motels gebaut wurden, die weiter entfernt vom Strand entlang der Lagunen angelegt wurden. Und als Amerika 1957 durch die Nachricht schockiert wurde, dass die Sowjets einen Satelliten namens *Sputnik* ins All geschossen hatten, flossen mit einem Mal scheinbar unbegrenzte Finanzmittel seitens der Regierung in Washington, um im Wettrennen zu den Sternen mit den Sowjets mitzuhalten. Jeden Tag landeten Militärmaschinen aus Washington, und Wernher von Braun und sein Trupp pendelten regelmäßig von Huntsville nach Cape Canaveral. Höhere Türme, mehr und mehr Startrampen und Hangars wurden entlang der Küste errichtet, und die Anzahl der Mitarbeiter verdreifachte sich. Clevere Geschäftsleute legten das Sumpfgelände um Cocoa Beach trocken und verwandelten es in wertvolles Bauland. Läden, Kneipen, Schnellrestaurants, Tankstellen und Apotheken wurden eröffnet, Waschsalons, Versicherungsbüros, Arztpraxen und Kirchen kamen bald hinzu.

Kurz vor dem Grundstücksboom bauten Lilo und John Williamson an der Lagune in Cocoa Beach für weniger als 10 000 Dollar ein kleines Haus, dessen Wert sich bald vervierfachte. Williamson verließ Boeing, weil Lockheed ihm eine bessere Stellung anbot. Er gehörte nun zu dem Team von Ingenieuren, das an der Entwicklung der X-17, der Polaris und anderer Raketen arbeitete, und gelegentlich musste er für ein paar Tage verreisen, ohne dass dafür eine Erklärung abgegeben wurde. In Cape Canaveral arbeitete er manchmal Tag und Nacht durch. Die häufigen Fehlschläge und Funktionsstörungen der frühen Raketenmodelle führten dazu, dass Williamson und seine Kollegen unter chronischer Übermüdung und Depressionen litten. Sie alle spürten den Druck, den Vorsprung der Russen einholen zu müssen, die mittlerweile noch größere Raketen bauten, mit denen man Hunde und sogar einen Menschen ins All schießen konnte, während gleichzeitig die immer stärker werdende Präsenz der Presse in Cape Canaveral zur Folge hatte, dass Pannen und Unfälle auf amerikanischer Seite nicht lange geheim gehalten werden konnten.

Zu Hause bei Lilo und seinem Sohn war Williamson angespannt und geistesabwesend. Er schlief unregelmäßig, verbrachte viele Nachtstunden mit der Lektüre von technischen Büchern oder Science-Fiction-Romanen oder bastelte an technischen Geräten herum, die er teilweise selbst entworfen hatte. An seinem Sohn, der inzwischen drei Jahre alt geworden war, zeigte er wenig Interesse. An einem Sonntagmorgen im August 1958, als Williamson gerade den Propeller seines Amphibienfahrzeugs reparierte, fiel der Kleine von einer Mauer in die Lagune. Da der Propeller das Aufplatschen übertönte, blieb der Sturz unbemerkt, und der Junge verfing sich unter einem angedockten Segelboot und ertrank.

Als Lilo, die in der Küche gewesen war, nach ihm sah und ihn nirgends finden konnte, rannte sie zum Strand und alarmierte ihren Mann. Williamson suchte die Lagune ab und tauchte ins Wasser, ohne eine Spur von dem Jungen zu entdecken. Erst später, als die Polizei kam, wurde das tote Kind geborgen. Lilo erlitt einen Nervenzusammenbruch und musste zwei Monate lang Beruhigungsmittel nehmen. John Williamson, der sich wegen seiner Unachtsamkeit die Schuld an dem Vorfall gab, reiste nach der Beerdigung mit Lilo nach Europa, wo sie ihre Schwester und deren Mann besuchten.

Als sie sechs Wochen später im Oktober 1958 zurückkehrten, wurde Williamson wegen seines Schicksalsschlags von Lockheed für ein Jahr von seinen eigentlichen Aufgaben freigestellt, um in Kalifornien als militärischer Berater zu arbeiten. Lilo begleitete ihn, lebte mit ihm in Motels und möblierten Apartments, nahm verschiedene Jobs an und war froh, als sie 1959 wieder ein Kind erwartete.

Nach der Rückkehr nach Florida war Lilo viel allein, wenn John zu den Raketenleitstationen in der Karibik fliegen musste. Eines Abends überredete er sie, ihre Schwester in Deutschland zu besuchen; er sagte, er wäre im Augenblick mit einer Geheimsache beschäftigt und käme bald nach und anschließend würden sie wahrscheinlich nach Pakistan übersiedeln. Er schien voller Vorfreude, und auch sie konnte es kaum erwarten, diesem Ort, mit dem sie in erster Linie Einsamkeit und Verzweiflung verband, für immer den Rücken zu kehren.

Kurz darauf schrieb er ihr nach Deutschland, seine Pläne seien plötzlich über den Haufen geworfen worden, er könne nicht nach Europa reisen, sie sollte wieder zurück nach Florida kommen. Als Lilo ihren Mann in Cocoa Beach wiedersah, war sie so schockiert von seinem verhärmten, niedergeschlagenen Aussehen, dass sie ihn gar nicht zu fragen wagte, weshalb ihre Pakistanpläne sich zerschlagen hätten. Er hatte dunkle Ringe unter den Augen, Gewicht zugelegt, rauchte eine Zigarette nach der anderen und trank viel. Zeitweise wirkte er fast wie im Koma oder als ob er unter Drogen stünde. Es dauerte Monate, ehe sie ahnte, was passiert war und weshalb er sie nicht in Europa abgeholt hatte, um mit ihr nach Pakistan zu ziehen.

Aus dem wenigen, was sie zu Ohren bekam, und den Gerüchten, die im Umlauf waren, schloss sie, dass ihr Mann als Ingenieur an dem U-2-Aufklärungsflugzeug gearbeitet hatte; eine dieser Maschinen war 1960 bei einem Einsatz über der Sowjetunion von russischer Artillerie abgeschossen worden, wobei der Pilot, Gary Powers, gefangen genommen wurde. Die Russen erklärten, die U-2 sei von einem Stützpunkt in Pakistan gestartet.

Obwohl dieser Zwischenfall wochenlang Schlagzeilen in der Weltpresse machte, Präsident Eisenhower sowie die militärische Führung der USA in arge Verlegenheit brachte und zur zeitweiligen Einstellung des U-2 Projekts führte, glätteten sich die politischen Wogen mit der Zeit. Lilos Mann jedoch blieb weiterhin niedergeschlagen und voller Verbitterung über einige Vertreter von Regierung und Militär, deren Namen er allerdings nicht nannte. Lilo nahm an, es habe interne Auseinandersetzungen über die Funkausrüstung und Leistungsfähigkeit der U-2 gegeben, von der erwartet worden war, dass sie in Höhen fliegen konnte, die von russischen Bodenwaffen nicht zu erreichen waren. Jedenfalls hatten die Russen wieder einmal ihre technische Überlegenheit bewiesen und, der Laune ihres Mannes nach zu urteilen, damit einen ziemlichen Katzenjammer bei den amerikanischen Spionagepiloten und ihren zivilen Mitarbeitern verursacht.

John Williamson ging weiterhin jeden Morgen in sein Büro bei Lockheed, doch seine Stimmung blieb so finster und niedergeschlagen, dass Lilo ernste Zweifel kamen, ob er den beruflichen Anforderungen noch gerecht werden konnte. Als sie einmal andeutete, ein Psychiater könne ihm vielleicht helfen, reagierte er kühl. Auch die erfolgreichen Raumflüge von Alan

Shephard 1961 und John Glenn 1962 hellten seine Laune nur wenig auf, obwohl diese beiden Ereignisse Tausende begeisterter Zuschauer, die den Strand von Cape Canaveral säumten, zu Freudentänzen hinrissen. Er nahm seine Frau zwar mit zu den Feierlichkeiten und Partys im Anschluss an die Landung der Astronauten, doch anders als die anderen Techniker, Politiker und Astronauten schien er sich nicht sonderlich zu amüsieren oder zu freuen. Er trank viel und sprach wenig. Lilo kam fast gar nicht mehr an ihn heran. Dieser Mann hatte kaum noch Ähnlichkeit mit der romantischen Gestalt, die sie Jahre zuvor auf dem windumtosten Turm im Regen eines tropischen Hurrikans beobachtet hatte. Sie zog die Möglichkeit in Betracht, dass er etwas mit anderen Frauen hatte, denn einige der weiblichen Angestellten, die in den Büros der Weltraumorganisation oder in den Läden, Restaurants und Bars von Cocoa Beach arbeiteten, waren ziemlich attraktiv. Wenn er nicht mit mindestens einer von diesen Sex hatte, kam er offensichtlich ohne aus, denn sein Sexualleben zu Hause war so gut wie nicht existent.

Wenn er abends nach Hause kam – für gewöhnlich sehr spät und mit einer Whiskeyfahne –, wirkte er verschlossen und abweisend. Er nahm seine Umwelt kaum wahr und interessierte sich für seine kleine Tochter genauso wenig wie zuvor für seinen Sohn. Nach dem Essen blieb er bis spät in die Nacht auf und las Bücher über Philosophie, Religion und Psychologie sowie Science-Fiction-Romane, die er gleich dutzendweise verschlang.

Kurz vor Weihnachten 1962 vertiefte er sich in einen dicken Roman, der plötzlich und unerklärlicherweise seine Lebensgeister wiederzuerwecken schien. Der Titel des Buches lautete *Atlas Shrugged*, die Autorin hieß Ayn Rand, und als Williamson es zu Ende gelesen hatte und Lilo ihn fragte, worum es dabei ging, setzte er ihr verschiedene Aspekte des Romans auseinander. Die Hauptfiguren waren amerikanische Industrielle mit ausgeprägtem Willen und Idealismus, die von einer

Gruppe von Bürokraten und Politikern aus Washington durch Vorschriften und Gesetze zu mittelmäßigen, angepassten Mitläufern gemacht werden sollten, um sie so besser unter Kontrolle halten zu können. Die Individualisten jedoch rebellierten gegen diesen Anpassungsdruck, indem sie sich und ihre Talente nicht länger in den Dienst des Staates stellten, sondern eine eigene Gesellschaft nach ihren Idealvorstellungen gründeten und sich an einen Ort zurückzogen, der nur ihnen bekannt war. Der Held des Buches war ein merkwürdiger, rätselhafter intellektueller Rebell namens John Galt, die weibliche Hauptfigur die dynamische Erbin einer Eisenbahndynastie namens Dagny Taggart, und der zynische Tenor, der die Schilderungen der staatlichen Bürokratie durchzieht, war genau das, was John Williamson seit mindestens zwei Jahren ebenfalls empfand.

Auch er hatte das Gefühl, dass die einzige Möglichkeit, die Gesellschaft zu verbessern, darin bestand, sich zeitweilig von ihr zurückzuziehen, um an einem abgeschiedenen Ort ein alternatives Leben zu entwickeln und dann das Ganze allmählich auszuweiten und dazu überzugehen, Leute anzulocken, die nicht nur bereit waren, sich zu ändern, sondern es auch wert waren, geändert zu werden. Williamson selbst stand schon lange der Sinn nach Veränderung. Im Augenblick sah er sich als fehlgeleiteten Wanderer, der aus den Wäldern Alabamas zu den pazifischen Inseln und von dort zum Stamm der Technokraten nach Cape Canaveral gezogen war und immer noch nicht gefunden hatte, was er suchte – einen Ort, wo er hingehörte. Vielleicht würde er ja ebenso wie der Held des Buches feststellen, dass dieser Ort gar nicht existierte, sondern erst geschaffen werden musste. Und auch wenn er keine Ahnung hatte, wie er das anstellen sollte, beschloss er, nicht länger für die Regierung zu arbeiten.

Er kündigte seine Stellung in Cape Canaveral und hatte vor, höchstens eine Woche später nach Los Angeles zu fliegen und für die Übergangszeit einen gut bezahlten Job anzunehmen, der ihm von einer Elektronikfirma angeboten worden war, die Tonbandgeräte herstellte. Lilo erklärte er, er hoffte, sie würde sich ihm anschließen. Sie sollte sich einen Monat Zeit nehmen, um in aller Ruhe mit dem Kind im Auto die Strecke nach Kalifornien zu bewältigen, und bei ihrer Ankunft würde ein fertig eingerichtetes Haus auf sie warten. Lilo wusste selbst nicht, was sie tun sollte. Daran, dass ihre Ehe noch lange halten würde, glaubte sie nicht mehr, aber andererseits hatte sie auch keinen Grund, in Florida zu bleiben, und kein Verlangen, einen solchen Grund zu finden, und so willigte sie ein, ihm nachzukommen.

Im Februar 1963 kam Lilo mit ihrer 2-jährigen Tochter in Kalifornien an, verbrachte gemeinsam mit Williamson ein ruhiges Jahr in einem Vorort von Los Angeles und war eher erleichtert als erstaunt, als er ihr eines Tages riet, sich von ihm scheiden zu lassen. Wo es keine Leidenschaft mehr gab, existierte auch keine Feindseligkeit. Sie stimmte mit ihm überein, dass jeder seine eigenen Wege gehen sollte, und akzeptierte alle seine Scheidungsbedingungen. Sie konnte weiterhin im Haus in Los Angeles bleiben, bekam das Grundstück in Florida überschrieben, das Miete abwarf, und 650 Dollar Alimente im Monat. Außerdem bot Williamson ihr an, ihr eine Lebensversicherung zu finanzieren, und einen Tag bevor die Scheidung rechtskräftig wurde, brachte er eine Versicherungsagentin ins Haus, um die Bedingungen zu besprechen. Die Vertreterin war Barbara Cramer.

12

Barbara war John Williamson zum ersten Mal begegnet, als sie versuchte, der Elektronikfirma in Los Angeles, bei der er als Generaldirektor arbeitete, eine Versicherung zu verkaufen. Als sie in seinem Büro erschien, behandelte er sie eher distanziert, beinahe schon unhöflich. Er hatte den Termin vergessen und war verärgert, dass sie ihn nicht auf den nächsten Tag verschieben konnte. Also ließ er sie eine ganze Weile warten, ehe er sie schließlich in seinem schmucklosen, spärlich möblierten Arbeitszimmer empfing, wo er ketterauchend hinter seinem stahlgrauen Schreibtisch saß und ihr kaum zuhörte, während sie ihm Einzelheiten der Police auseinandersetzte.

Es war noch früh am Nachmittag, und trotz seiner Distanziertheit war Barbara Cramer dennoch entspannt und zuversichtlich. Sie kam gerade aus einem Motel, in dem sie sich mit Bullaro vergnügt hatte. Die anschließende Fahrt durchs Valley hatte sie fast ebenso genossen. Immer noch erfrischt von der Dusche im Motel, summte sie die Lieder aus dem Radio mit. Autofahren war für sie ein sinnliches Erlebnis, eine Gelegenheit, ganz allein ihren eigenen Gedanken nachhängen zu können, während sie zum Klang der Musik über breite, glatte Straßen glitt. Sie war der festen Ansicht, dass es Tausenden anderer Kalifornier ebenso ging und auch sie Tag für Tag die Entspannung, Trost und die Möglichkeit zur Selbstreflexion hinter dem Steuer eines Autos suchten. Los Angeles war eine Stadt der motorisierten Wanderer zwischen den Welten, der Tagträumer, die Reisen ins Reich der Fantasie unternahmen, während sie auf den Freeways dahinglitten, und Barbara Cramer hatte an diesem sonnigen Nachmittag eine so gute Laune, dass sie sich diese auch von der unfreundlichen Atmosphäre in Williamsons Büro nicht verderben ließ.

Dieser Mann, der sich betont den Anschein gab, als sei es ihm ganz egal, welchen Eindruck er erweckte, erregte, wenn überhaupt, allenfalls ihre Neugier. Sein Büro war so auffallend nüchtern eingerichtet, dass es schon Absicht sein musste. Statt persönlicher Andenken oder Fotografien standen auf seinem Schreibtisch lediglich zwei bis zum Rand mit Zigarettenstummeln gefüllte Aschenbecher. Auf dem Boden lag kein Teppich, die Sessel waren unbequem. Die grau gestrichenen Wände waren vollkommen kahl, bis auf ein großes Bild über seinem Schreibtisch, auf dem zwei leere Straßen eine Wüstenfläche teilten und ins Nichts führten. Auf ihre Fragen antwortete er meist einsilbig, seine Kommentare waren kurz und bündig und seine Haltung desinteressiert. Und doch spürte sie, dass hinter der gleichgültigen Fassade eine verzweifelte Not lag. Vielleicht hatte er eine Mauer um sich herumgebaut und hoffte, jemand würde drüberklettern.

Als sie mit ihren Ausführungen fertig war, stand er abrupt auf und gab ihr zu verstehen, dass ihre Unterredung nun beendet war. Er bat sie, die Unterlagen dazulassen, damit er sie durcharbeiten konnte. Innerhalb einer Woche würde er sie anrufen und ihr mitteilen, zu welchem Entschluss er gekommen sei. Nachdem eine Woche vergangen war, ohne dass er sich bei ihr gemeldet hatte, rief sie ihn an und fragte ihn, ob er Lust hätte, mit ihr zu Mittag zu essen. Er lehnte ab, schlug aber stattdessen vor, gemeinsam in einem Restaurant zu Abend zu essen. Sie nahm die Einladung an und verbrachte, ganz im Gegensatz zu ihren Erwartungen, einen bezaubernden Abend mit ihm.

Sie speisten in einem orientalischen Restaurant in den Hollywood Hills und besuchten anschließend einen Nachtclub. Sie tranken reichlich und unterhielten sich locker und offen über ihr Privatleben. Barbara konnte nicht glauben, dass dieser interessante Mann mit der sanften Stimme dasselbe übellaunige Geschöpf war, das sie in seinem Büro kennengelernt hatte. Entweder hatte er eine gespaltene Persönlichkeit, oder sie hatte ihn an einem besonders miesen Tag erwischt. Jetzt vermittelte er ihr das Gefühl, vollkommen entspannt zu sein, und als sie über ihre Vergangenheit plauderten, stellten sie erstaunliche Parallelen fest: Beide kamen sie vom Lande und lebten nun in der größten Stadt der USA; sie waren beide Exilanten im Land der Großunternehmen, die der weißen bäuerlichen Unterschicht entflohen waren und versuchten, es ohne die üblichen Beziehungen und Abschlusszeugnisse bis ganz nach oben zu schaffen. Im Laufe des Abends erzählte Williamson, dass er den Entschluss gefasst hatte, sich von seiner Firma zu trennen, um ein eigenes Geschäft aufzubauen. Und obwohl Barbara in diesem Augenblick klar wurde, dass er ihr in Zukunft kaum noch nützen konnte, was den Abschluss der Versicherung mit seinem Unternehmen anging, war es ihr egal. Als sie an jenem Freitag – Arm in Arm – die Bar verließen, schlug er ihr vor, über das Wochenende gemeinsam nach San Francisco zu fahren.

Sie stimmte zu, und drei Stunden später standen sie etwas übermüdet, aber überschwänglich in der Empfangshalle eines Motels in San Francisco.

»Zwei Zimmer«, sagte Williamson.

Der Portier schaute sich das Paar an und fragte: »Wozu zwei?«

»Weil wir zwei Leute sind«, antwortete er.

Den Entschluss, die erste Nacht getrennt zu schlafen, fand Barbara äußerst romantisch. Dieser Einfall gehörte zu den vielen kleinen Überraschungen, die John Williamson in ihren Augen noch interessanter machten. Auch in der zweiten Nacht passierte nichts. Erst als sie nach Los Angeles zurückgekehrt waren und den Abend in ihrem Apartment verbrachten, gingen sie miteinander ins Bett. Es war der aufregende Höhepunkt eines Wochenendes voll tiefer Vertrautheit und sich steigernder Leidenschaft.

Seine Wirkung auf Barbara war unmittelbar und angenehm verwirrend, in seiner Gegenwart fühlte sie sich seltsam scheu, nicht aggressiv, sehr feminin und dennoch befreit. Sie fühlte sich so unabhängig wie eh und je, in der Lage, ihren spontanen Einfällen und Neigungen nachzugehen, und sie wusste aus ihren Gesprächen, dass er ihre unabhängige Einstellung und ihre unkonventionelle Erscheinung respektierte. Diese Eigenschaften seien ihm gleich bei ihrer ersten Begegnung aufgefallen, und er hatte sich deswegen zu ihr hingezogen gefühlt, auch wenn er sich ihr gegenüber so schroff verhalten hatte. Unterwürfige, abhängige Frauen interessierten ihn nicht, erzählte er ihr. Das konventionelle Rollenverhalten zwischen Mann und Frau, das in fast allen Ehen – einschließlich seiner eigenen, gescheiterten Ehe – vorherrschte, lehne er völlig ab. Sollte er noch einmal heiraten, erklärte er Barbara, dann nur eine starke, gleichberechtigte Persönlichkeit, mit der er in einer fortschrittlichen, abenteuerreichen Beziehung leben könne.

Je mehr Zeit Barbara mit ihm verbrachte – sie trafen sich fast jeden Abend, und manchmal besuchte sie ihn in seinem Junggesellen-Apartment in Van Nuys –, desto mehr wurde ihr klar, dass seine vielen Bücher über Psychologie, Anthropologie und Sexualität nicht nur intellektuelle Neugier verrieten, sondern auch ein wachsendes professionelles Interesse.

Williamsons Ambitionen, was seine Karriere betraf, schienen sich vom Technischen aufs Sinnliche zu verlagern, von den Wundern der Elektronik zur Dynamik der Begierde. Und auch wenn sich sein Augenmerk dabei auf die gegenwärtige Gesellschaft richtete, so erstreckte sich sein Wissen doch bis zurück zur Antike und den frühen Religionen, von den ersten Propheten und Häretikern über die Wissenschaftler und Ketzer des Mittelalters bis hin zu den Freidenkern und Gründern ländlicher Utopias des Industriezeitalters. Sein besonderes Interesse galt den Arbeiten des umstrittenen österreichischen Psychiaters Wilhelm Reich, der sich dem Rollenverständnis der Geschlechter widersetzte und in der Unterdrückung der Frauen das Bestreben der Gesellschaft erkannte, die Kleinfamilie als notweniges Element zum Erhalt der Regierungsmacht zu konservieren. In einer vom Mann dominierten Welt, behauptet Reich, gäbe es ein »ökonomisches Interesse«, die traditionelle Rolle der Frau aufrechtzuerhalten, nämlich »den Staat mit Kindern zu versorgen« und sich ohne Bezahlung um den Haushalt zu kümmern. »Da die Frau ökonomisch vom Mann abhängig ist und für ihre Beteiligung am Produktionsprozess eine geringere Vergütung erhält«, bemerkte Reich einmal, »ist die Ehe für sie eine schützende Einrichtung, in der sie allerdings reichlich ausgenutzt wird.«

Die Durchschnittsfrau in der früheren Gesellschaft wird von Reich als »sexverneinend« oder im besten Fall als »sextolerierend« beschrieben. Aus dem Blickwinkel der konservativen Moral, die von Regierung und religiösen Institutionen verfochten wurde, wirkte sich diese sexuelle Passivität positiv auf die Treue und Bereitwilligkeit der Ehefrauen aus, während die Männer ihre unerfüllte Lust in Form von »Söldnersexualität« bei Prostituierten oder Mätressen auslebten, die gesellschaftlich minder geachtet waren. Diese Frauen kamen größtenteils aus den niedrigsten Gesellschaftsklassen und waren sexuelle Dienerinnen in einem System, das sie verachtete und bestrafte, aber nicht eliminieren konnte, da, wie Reich schreibt, »Unzucht und Prostitution ein Teil der sexuellen Doppelmoral sind, die dem Mann vor und während der Ehe gestattet, was der Frau aus ökonomischen Gründen versagt werden muss.«

Obwohl Reich selbst persönlich nicht für die Prostitution und Promiskuität eintrat, lehnte er eine Einmischung in das Sexualleben Erwachsener – Homosexuelle nicht ausgenommen – ab, solange es von gegenseitigem Einverständnis geprägt war. Ebenso verwahrte er sich dagegen, die geschlechtliche Liebe zwischen Jugendlichen Repressionen zu unterwerfen:

> Es besteht die Anschauung, die Abstinenz der Jugendlichen sei wichtig im Interesse sozialer und kultureller Leistungen. Diese Behauptung stützt sich auf Freuds Theorie, dass die soziale und kulturelle Leistung des Menschen ihre Energie aus sexuellen Triebkräften beziehe, die von ihrem ursprünglichen Ziel zu »höheren« Zielen abgeleitet worden sind. Diese Theorie ist bekannt unter dem Namen »Sublimierung« … Es wird behauptet, geschlechtliche Betätigung in der Jugend vermindere die Leistung. Tatsache aber ist – und alle Sexualwissenschaftler sind sich darin einig –, dass jeder Jugendliche masturbiert. Das allein genügt, um das Argument zu entkräften. Oder kann man etwa sagen, Geschlechtsverkehr verhindere soziale Leistungen, Masturbation aber nicht?

Während seiner ganzen Laufbahn, die in den zwanziger Jahren des 20. Jahrhunderts als Assistent von Freud in Wien begann, brachte Wilhelm Reich seine gewagte Verteidigung sexueller Freuden nur Unbill ein und führte ihn am Ende sogar in ein amerikanisches Gefängnis, in dem er 1957 starb. Abweichend von Freuds ausschließlich verbaler Analyse studierte Reich auch den Körper, nicht nur den Geist, und kam nach Jahren klinischer Beobachtungen und sozialer Arbeit zu der Erkenntnis, dass man Anzeichen eines gestörten Verhaltens anhand der Muskulatur, der körperlichen Haltung und der Form des Unterkiefers und Mundes erkennen konnte. Der defensive oder gehemmte Charakter eines Patienten drücke sich immer auch körperlich aus. Diese körperliche Verkrampfung bezeichnet er als »Panzer«.

Seiner Meinung nach lebten die Menschen hinter verschiedenen Schichten dieser Panzerung, die, ähnlich wie die aus der Archäologie bekannten Erdschichten, einschneidende Begebenheiten und Turbulenzen eines Lebens reflektierten. Der Panzer eines Menschen, den er sich zum Schutz vor Schmerzen und Zurückweisung zugelegt hat, konnte genauso gut die Fähigkeit zur Freude und Leistung blockieren, und Gefühle, die zu sehr unterdrückt wurden, konnten sich in selbstzerstörerischen Akten oder Aggressionen anderen gegenüber entladen. Reich war davon überzeugt, dass sexuelle Deprivation und Frustration die Ursache von Chaos und Kriegen waren. Der Protestslogan gegen den Krieg in Vietnam, »Make Love, Not War«, greift auf eine These von Reich zurück, der den sexualfeindlichen Moralismus religiöser Elternhäuser und Schulen im Verbund mit der »reaktionären Ideologie« der Regierungen verantwortlich machte für die Herausbildung von Bürgern, die sich vor eigener Verantwortung fürchteten und Autoritäten regelrecht herbeisehnten.

Weiterhin glaubte Reich, dass Menschen, die in ihrem eigenen Leben keine sexuelle Befriedigung finden konnten, dazu neigen, die Ausdrucksformen von Sexualität innerhalb der Gesellschaft als widerwärtig und erniedrigend zu empfinden, wie man am Beispiel Comstocks und anderer Zensoren erkennen konnte, und er vertrat die Auffassung, dass die religiöse Tradition der Verdammung der Sexualität als Übel ihren Ursprung in der körperlichen Verfassung der im Zölibat lebenden religiösen Führer und Märtyrer hatte. Menschen, die den Körper verneinten, waren Reich zufolge eher gewillt, Vorstellungen von »Vollkommenheit« und »Reinheit« der Seele zu entwickeln. Daraus folgerte er, dass die Macht mystischer Gefühle auf »sexuelle Energien« zurückging, die »Inhalt und Ziel geändert hatten«, und fügte hinzu, dass die Fixierung auf Gott bei Menschen, die ihre Seligkeit in der Erotik gefunden haben, abnahm.

Solcherlei sexuell befriedigte Menschen besaßen, was Reich einen »genitalen Charakter« nennt. Das Ziel seiner Therapie war, diesen genitalen Charakter in seinen Patienten freizulegen, um den Panzer zu durchdringen und neurotische Erstarrungen und Störungen in Kanäle der Zärtlichkeit und Liebe zu leiten und die »angestauten sexuellen Energien« freisetzen zu können. Ein Mensch mit genitalem Charakter war, so Reich, eins mit seinem Körper, seinen Wünschen, seiner Umgebung. Er besaß »orgiastische Potenz«, die Fähigkeit, »sich dem Fluss der Energie beim Orgasmus ohne Vorbehalte hinzugeben …, frei von Angst und Missfallen und ohne die Zuhilfenahme der Fantasie«. Obwohl ein genitaler Charakter allein keine dauernde Zufriedenheit versprach, so Reich, würde ein solcher Mensch zumindest nicht von zerstörerischen oder irrationalen Emotionen gelenkt oder von übertriebenem Respekt vor Institutionen blockiert, die das Leben weder schöner noch besser machten.

Gerade weil Reich den Geschlechtsverkehr für ein wirksames Mittel gegen viele Leiden hielt, warfen ihm seine Kritiker vor, er trete nur für den hemmungslosen Genuss ein, worauf Reich erwiderte, sein Ziel sei, seinen Patienten zu erlauben, Schmerz *und* Freude zu empfinden. »Genuss und *joie de vivre*«, schreibt er, »sind nicht ohne Mühen zu erringen, nicht ohne schmerzliche Erfahrungen und unerfreuliches Ringen mit sich selbst.« Und er erklärte, dass die Fähigkeit, Liebe zu geben und Glück zu empfinden, vergleichbar war mit der »Fähigkeit, Schmerz und Missvergnügen zu ertragen, ohne desillusioniert in einen Zustand der Erstarrung zu fliehen.«

Im Gegensatz zu etlichen Therapeuten der Freud'schen Schule war Reich nicht der Ansicht, dass die Kultur auf der Repression der Sexualität beruhte, sondern er setzte sich dagegen zur Wehr, dass Kirche und Staat die sexuelle Moral des Bürgers bestimmten und kontrollierten, indem sie die Freuden des Fleisches verunglimpften und damit angeblich die Entwicklung des Geistes beförderten. Kontrolle und nicht Moral war der zentrale Punkt, an dem es Reich zufolge anzusetzen galt. Die organisierte Religion in den christlichen Ländern erzog ihre Gläubigen zu Gehorsam und Akzeptanz des Bestehenden, sie erwartete und strebte nach Konformität und Anpassung.

Diese Bemühungen würden von Regierungen unterstützt, die Gesetze zum Schutz der öffentlichen Moral verabschiedeten und so die Angst- und Schuldgefühle der gesetzestreuen und gottesfürchtigen Menschen verstärkten, die manchmal Sexpraktiken bevorzugten, die von der Kirche nicht abgesegnet waren. Diese Gesetze statten die Regierungen mit einem zusätzlichen Arsenal von Waffen aus, um gewisse radikale Individuen oder Gruppen, die sie entweder als politische Bedrohung oder anderweitig gefährlich betrachteten, wegen ihres Sexualverhaltens öffentlich zu diskreditieren, zu schikanieren oder ins Gefängnis zu stecken. Die Schriftstellerin Ayn Rand ging noch weiter als Reich, indem sie mutmaßte, dass manchmal eine Regierung regelrecht drauf hoffte, dass Bürger gegen die Gesetze verstießen, denn dies gab ihr die Gelegenheit, von ihrem Gewalt- und Bestrafungsmonopol Gebrauch zu machen: »Wer will eine Nation gesetzestreuer Bürger?«, fragt ein Regierungsbeamter in *Atlas Shrugged.* »Wer hat dann was davon? ... Man braucht nur ein paar Gesetze zu verabschieden, die weder befolgt noch durchgesetzt oder objektiv interpretiert werden können, und schon hat man eine Nation von Gesetzesbrechern, und dann macht man Kasse bei den Schuldigen ... Die einzige wirkliche Macht, die eine Regierung hat, ist die Macht, gegen Kriminelle durchzugreifen.«

Unter jenen, gegen die hart durchgegriffen wurde, war auch Wilhelm Reich, der damit zu einem Märtyrer der sexuellen Revolution wurde, dessen Worte und Ideen in jedem Land, in dem er lebte oder arbeitete, Kontroversen hervorriefen. In Deutschland war er wegen seiner Schriften über sexuelle Freizügigkeit und »konterrevolutionären Denkens« aus der Kommunistischen Partei ausgeschlossen worden, die Nazis denunzierten ihn als »jüdischen Pornografen«. Er ging nach Dänemark, wo ihn 1933 die Angriffe orthodoxer Psychiater dazu veranlassten, nach Schweden weiterzuziehen. Doch die Feindseligkeiten ließen auch dort nicht nach, und er siedelte ein Jahr später nach Norwegen über. 1939, nach zwei Jahren übler Kampagnen in der norwegischen Presse, ging er in die Vereinigten Staaten, wo er in New York eine psychiatrische Praxis eröffnete, junge Psychiater ausbildete und Vorlesungen an der School for Social Research hielt. 1941, eine Woche nach dem Angriff auf Pearl Harbor, sperrte ihn das FBI, das ein Dossier über ihn führte, in dem er als potenziell feindseliger Ausländer eingestuft war, für drei Wochen auf Ellis Island ein.

Nach dem Krieg, als hämische Zeitungsartikel von seinem Anspruch berichteten, die »Orgonenergie« entdeckt zu haben – eine Ur-Kraft, die im lebenden Organismus und in der Atmosphäre gefunden und von Patienten in »Orgonakkumulatoren« absorbiert werden konnte, die wie eine Telefonzelle aussahen –, geriet er ins Visier der amerikanischen Gesundheitsbehörde FDA. Ungeachtet der Tatsache, dass seine Patienten schriftlich bestätigten, vor der Benutzung der Akkumulatoren darüber aufgeklärt worden zu sein, dass die Behandlung im Rahmen eines Experiments erfolgte und ihnen keinerlei Heilung in Aussicht gestellt worden war – obwohl die meisten sich Hoffnungen machten, durch diese Energie alle möglichen Krankheiten von Impotenz bis Krebs loszuwerden –, wurde die Anwendung der Orgonakkumulatoren seitens der FDA als Betrug eingestuft und verboten, ebenso alle seine Bücher über seine sozialpolitischen Theorien zu Gesundheit und Sexualität.

Während der McCarthy-Ära in den fruhen fünfziger Jahren rissen sich nur wenige darum, für Reichs bürgerliche Freiheiten einzutreten, und er selbst tat sich auch keinen Gefallen, als er zu einem Gerichtstermin nicht erschien und stattdessen dem Richter schrieb, der Gerichtssaal sei ein ungeeigneter Platz, um über wissenschaftliche Fragen zu urteilen. Wegen Missachtung des Gerichts und Verstoß gegen das Arzneimittelgesetz wurde Reich 1956 zu zwei Jahren Haft verurteilt und in das Bundesgefängnis von Lewisburg, Pennsylvania, eingeliefert, zu dessen

Insassen, nach seiner Verurteilung wegen Verbreitung unsittlicher Schriften 1956, bald auch Samuel Roth zählen sollte. Doch nachdem er acht Monate seiner Strafe verbüßt hatte, erlitt Reich einen tödlichen Herzanfall.

Der Tod von Wilhelm Reich machte keine großen Schlagzeilen – in der *New York Times* vom 5. November 1957 fand sich weit unten auf Seite 31 ein kurzer Nachruf – und abgesehen von akademischen Dissidenten, Therapeuten, die seiner Schule anhingen, und jungen Amerikanern, die sich mit der »Beat«-Bewegung (Kerouac, Burroughs und Ginsberg waren Anhänger von Reich) identifizierten, interessierten sich nur wenige Menschen für die Untergrundausgaben seiner Werke, die von der FDA verboten und teilweise verbrannt worden waren.

Das alles änderte sich Mitte der sechziger Jahre, als Biografien und Artikel über ihn erschienen, verfasst von früheren Kollegen und Freunden, und seine Bücher wieder frei verkäuflich waren – darunter auch *Die Massenpsychologie des Faschismus*, *Charakteranalyse* und *Die sexuelle Revolution*. Besonders unter Studenten und Aktivisten, die durch ihn den Zusammenhang zwischen Sex und Politik besser verstanden, fanden sie ein aufnahmebereites Publikum.

Hätte Reich die radikalen sechziger Jahre noch miterlebt, hätte er zweifellos viele seiner Prophezeiungen bestätigt gesehen, wonach die Gesellschaft »sich von einem Tausende Jahre währenden Schlaf erhob« und dabei war, »ohne Paraden, Uniformen, Trommeln und Kanonendonner« dieses epochale Ereignis zu feiern, das nichts weniger bedeutete als eine Revolution der Sinne. Kirche und Staat verloren langsam die Macht über Körper und Geist der Menschen. Reich bestritt nicht, dass der Umwandlungsprozess anfänglich Konfrontationen, Konflikte und groteske Auswüchse hervorrufen würde, doch am Ende dieser Entwicklung stand, so glaubte er, eine gesündere, sexbejahende, offene Gesellschaft.

Die Gründung des Free Speech Movement in Berkeley 1965 mit seinem verklausulierten Slogan »Freedom Under Clark Kerr« (man beachte die Anfangsbuchstaben), die Bürgerrechtsproteste im Süden und die Antikriegsdemonstrationen in Washington, die Sit-ins, Teach-ins und Love-ins – das alles waren Manifestationen einer neuen Generation, die sexuell weniger gehemmt war als ihre Vorfahren und weniger gewillt, politische Autorität und gesellschaftliche Traditionen, Rassenbarrieren und militärische Dienstpflichten, Dekane und Priester blindlings zu respektieren. Sie besaß mehr von dem, was Reich »genitalen Charakter« genannt hatte, und weniger von dem, was von einem anderen radikalen Freudianer, Géza Róheim, als »After-Moral« bezeichnet wurde.

Während sich das Medieninteresse in den Sechzigern hauptsächlich auf blasphemische, büstenhalterlose, friedliebende junge Anhänger der Gegenkultur konzentrierte, begannen ganz im Stillen auch etliche Ehepaare aus der Mittelklasse, sich auf die Suche nach freien Entfaltungsmöglichkeiten zu machen und das Selbstbestimmungsrecht über den eigenen Körper einzufordern. Ähnlich wie junge Männer den Kriegsdienst verweigerten, weil sie ihr Leben nicht in Vietnam aufs Spiel setzen wollten, setzten sich Frauen, die der Kirche angehörten, über kirchliche Verbote hinweg, indem sie durch Abtreibungen oder Empfängnisverhütung die Geburt ungewollter Kinder verhinderten. Laut Statistik nahmen 1967 sechs Millionen Frauen, darunter viele praktizierende Katholikinnen, die Pille, und in dieser Ära der Topless-Bars, Miniröcke und langhaarigen Anwälte und Geschäftsleute schien es klar, dass die bestimmenden Kräfte der Gesellschaft nur begrenzten Einfluss darauf hatten, welche Kleider man zu tragen oder wie kurz man seine Haare zu scheren hatte. In Antonionis Film *Blow Up* erlebte das weibliche Schamhaar sein Debüt auf der Filmleinwand, und penisförmige Vibratoren aus Plastik wurden in den Schaufenstern von Apotheken vieler Städte ausgestellt, auch wenn die *New York Times* auf ihren Seiten dafür keine Anzeigen duldete.

Die sexuelle Befriedigung des Körpers – Vergnügen statt Vermehrung – wurde langsam auch in der Mittelschicht als erstrangiger Sinn und Zweck des Koitus angesehen, und in dem Versuch, das Krankheitsbild von Patienten, die an mangelndem Lustempfinden litten, besser zu verstehen und zu kurieren, beschritten die Forscher von Masters und Johnson in St. Louis wissenschaftliches Neuland, als sie eine zwanzig Zentimeter lange, phallische »Koitions-Maschine« bei einer Reihe von Testpersonen einsetzten, zu denen auch ehemalige Prostituierte gehörten. In späteren Versuchen wurden Männern mit Erektionsstörungen »Ersatzfrauen« als Sexualpartner zur Verfügung gestellt.

Ein Prozess gegen das Masters and Johnson Center, der vom Ehemann einer der Ersatzfrauen angestrengt worden war, und die abfälligen Spekulationen in der Presse über die Leistungskraft der Maschine trugen zu der Entscheidung des Zentrums bei, in Zukunft bei ihrer Forschungsarbeit auf diese Methoden zu verzichten. Allerdings war es Ersatzfrauen nach wie vor möglich, bei einer der anderen Sexkliniken eine Anstellung zu finden, die im Kielwasser des Erfolgs und der Bekanntheit von Masters and Johnson überall im Land eröffnet wurden. In einigen dieser Kliniken wurden Paare in der Kunst der erotischen Massage unterrichtet, und man zeigte ihnen Lehrfilme über Fellatio, Cunnilingus und die Freuden der gegenseitigen Masturbation, in denen es heftiger zur Sache ging als in den Filmen, die in den Kinos an der berüchtigten 42nd Street in Manhattan liefen und als pornografisch galten.

Die Zahl der amerikanischen Paare, die Partnertausch betrieben, lag laut Angaben einiger Szene-Magazine bei über einer Million. Die meisten von ihnen waren Verheiratete mit Kindern. In einer Rede vor der Amerikanischen Psychologischen Gesellschaft sagte der Autor und Psychologe Dr. Ellis, dass Ehen ein »gesundes Maß an Ehebruch« manchmal guttat. Kollektive Nacktheit könnte ebenfalls Fortschritte in der Persönlichkeitsentwicklung herbeiführen, erklärte der Psychologe Abraham A. Maslow, der glaubte, dass Nudistencamps Orte sein konnten, an denen Menschen hinter ihrer Panzerung hervortreten konnten, um auf diese Weise zu mehr Selbstakzeptanz, Offenheit und Ehrlichkeit zu finden.

Gemischtes Nacktbaden und Massagen wurde in den Sechzigern populär durch so genannte »Growth Center«, wie das Esalen-Institut an der kalifornischen Westküste, eine luxuriöse Zuflucht auf felsigen Klippen, wo der Geist von Reich noch immer am Leben zu sein schien. Die Einrichtung, die über Dutzende von Erotikseminaren die Supervision führte, an denen Tausende vorwiegend zur Mittelklasse gehörende Amerikaner teilnahmen, wuchs zu einem Millionenunternehmen. Die meisten Therapieformen, die in Esalen zur Anwendung kamen, waren teilweise von Reich inspiriert: Bioenergetik, Encounter, Urschrei-Therapie, Rolfing, Massage. Der prominenteste Therapeut war Frederick S. Perls, ein deutscher Emigrant, der vor dem Krieg in Europa Reichs Patient gewesen war.

Wie Reich war auch Perls unzufrieden mit Freuds »Gesprächstherapie« und vielen seiner eher steifen Anhänger, die nach Perls' Ansicht »von Tabus besessen waren« – es sei, als ob »katholische Heuchler aus Wien in die jüdische Wissenschaft eingedrungen« seien. Perl setzte in seinen Therapien auf neue Methoden, um eine bessere Beweglichkeit des Körpers, intensiveres Selbsterleben und Selbstausdruck herbeizuführen – »Lebensgefühl«, wie er es nannte. Zu viele Menschen würden vom Kopf beherrscht und hätten sich ihrem Körper entfremdet. »Wir müssen unseren Verstand verlieren und wieder zu unseren Sinnen kommen«, erklärte Perls.

Viel von dem, was in Esalen und anderswo verfochten wurde, stimmte mit Williamsons Einstellung überein. Er wollte aber noch einen Schritt weiter gehen als die Anhänger von Reich und das soziopolitische Gefüge durch sexuelle Experimente verändern. Er hoffte, bald seine Gesinnungsgemeinschaft für Ehepaare verwirklichen zu können, die sich von der Doppelmoral lösen, Frauen von ihrer untergeordneten Rolle befreien und eine sexuell freie und vertrauensvolle Atmosphäre schaffen wollten, wo es keine Notwendigkeit für Besitzgier, Eifersucht, Schuld und Lüge gab. Und nun war der richtige Zeitpunkt für ein solches Wagnis, dachte Williamson; die Gesellschaft war im Umbruch und die Leute neuen Ideen gegenüber aufgeschlossen, besonders in Kalifornien, wo so viele Trends und Moden ihren Anfang nahmen.

Falls sein Projekt Erfolg hatte, würde es aller Wahrscheinlichkeit nach auch finanziell profitabel – so wie Esalen oder das Synanon-Institut, das von einem Ex-Alkoholiker gegründet worden war; oder zumindest mit üppigen Forschungsgeldern bedacht wie das Kinsey-Institut oder die Masters-and-Johnson-Klinik – und darüber hinaus zum Entstehen einer gesünderen, von größerer Gleichberechtigung geprägten Gesellschaft beitragen. Aber zuerst einmal musste er seine Kerngruppe organisieren, jene Vertrauten um sich scharen, die ihm bei den ersten Schritten behilflich sein und als »Instrumente der Veränderung« im Leben anderer Menschen dienen würden. Er hatte bereits mehrere Kandidaten im Auge, Leute, mit denen er sich, seitdem er vor drei Jahren nach Kalifornien gekommen war, angefreundet hatte. Die meisten waren Ende zwanzig, Anfang dreißig, geschieden oder unglücklich verheiratet, und alle waren sie rastlos und auf der Suche. Manche waren Ingenieure, konservative Leute, die ihr gutes Auskommen der florierenden Rüstungsindustrie von Kalifornien verdankten, die jedoch eingestanden, dass sie grenzenlos angeödet waren von ihrer Arbeit und ihrem Leben zu Hause, und die bereit schienen, sich auf radikale Alternativen einzulassen.

Zu den Frauen, an die Williamson dabei dachte, gehörte Arlene Gough, mit der er einmal ein kurzes Verhältnis gehabt hatte und immer noch befreundet war. Dann gab es noch zwei Frauen, die in seiner Elektronikfirma arbeiteten. Eine davon war besonders attraktiv und früher einmal Stewardess gewesen. Die Frau jedoch, die er für das »Project Synergy«, wie er sein Vorhaben nennen wollte, unbedingt brauchte, war Barbara Cramer.

In den Monaten, die er seit ihrem Trip nach San Francisco mit ihr verbracht hatte, bemerkte er nach und nach, dass sie bereits einen Großteil der Eigenschaften besaß, die einmal alle Frauen im Synergie-Projekt auszeichnen sollten: Sie hatte Erfolg im Beruf, war unabhängig und selbstsicher, sexuell unverklemmt und aggressiv, wenn ihr danach zumute war, und sie ließ sich nicht abschrecken von möglicher Zurückweisung. In gewisser Weise erinnerte sie ihn an Dagny Taggart, die Heldin aus *Atlas Shrugged*, obwohl Barbara Cramer glücklicherweise keine weibliche Großindustrielle war und von daher eher als Vorbild für die neuen Frauen aus der im Wandel befindlichen Mittelklasse dienen konnte. Unter dem Aspekt der Synergie passte sie ideal zu ihm – ihre Vorzüge glichen seine Defizite aus und umgekehrt. Sie war wortgewandt und voller Tatendrang, während er introspektiv und theoretisch veranlagt war. Sie war direkter und effizienter, dafür aber weniger visionär und kalkulierend. Sie schob nichts auf die lange Bank, sie wusste, was sie wollte. Sie war jetzt siebenundzwanzig und hatte beschlossen, keine Kinder zu wollen. Die Strapazen und Probleme ihrer Mutter und anderer Frauen mit Kindern wollte sie sich ersparen. Trotzdem bemühte sich Barbara, femininer zu werden, sanfter und sensibler, und sie gestand Williamson, dass sie sich manchmal zu bestimmten Frauen sexuell hingezogen fühlte. Williamson bedrängte sie, dieses Gefühl nicht zu unterdrücken, sondern es im Interesse eines größeren Bewusstseins auszuleben.

Gleich nach ihrer Heirat im Sommer 1966 – ein konventioneller Akt, der, darüber waren sich beide einig, lediglich eine gesellschaftlich akzeptierte Fassade für ihren unkonventionellen Lebensstil darstellen würde – beschloss John Williamson, Barbaras Toleranz für sexuelle Abwechslung in ihrer Ehe auszuloten.

Kurz bevor sie zu einem beschaulichen Wochenende nach Lake Arrowhead aufbrechen wollten, informierte er sie, dass sie eine junge Frau aus seiner Firma namens Carol im Wagen begleiten würde – die ehemalige Stewardess, mit der er ein Verhältnis hatte, ehe er Barbara traf. Als Barbara darauf nicht gerade begeistert reagierte, schilderte er ihr Carol als sehr feminines, charmantes Wesen und fügte hinzu, dass es für Barbara nicht nur vergnüglich, sondern auch vorteilhaft sein könnte, sich mit ihr anzufreunden.

Er hatte schon früher in freundlichen Worten von Carol gesprochen, dabei aber nie angedeutet, dass er noch ernsthaft mit ihr liiert war. Barbara stellte sich Carol als typische Empfangsdame vor, das Aushängeschild einer gesichtslosen Firma, ein naives, junges Geschöpf, das in John eine Vaterfigur gefunden hatte und sich, wie so viele Frauen, zu ihm hingezogen fühlte, weil er ihnen zuhörte – sich wirklich anhörte, was sie zu sagen hatten.

Am späten Nachmittag, als sie Carol schon etwas näher kannte, änderte Barbara allmählich ihre vorgefasste Meinung. Sie war groß und blond, hatte eine schlanke Figur und dunkle Augen und wirkte alles andere als naiv. Sie war sehr gelassen, ohne dabei hochmütig oder affektiert zu erscheinen. Sie schien wirklich glücklich zu sein, Barbara kennenzulernen, und bemerkte, wie sehr sie Johns Beschreibung ihrer beruflichen Karriere beeindruckt hatte. Auf der Fahrt nach Lake Arrowhead achtete Carol streng darauf, Barbara in alle ihre Gespräche mit John über ihre Firma und gemeinsamen Freunde mit einzubeziehen.

Trotz ihrer Bemühungen waren Barbaras Gefühle Carol gegenüber eher zwiespältig, und es fiel ihr auf, dass dies typisch war für die widerstreitenden Gefühle, die sie im Umgang mit Frauen empfand. Obwohl sie sich insgeheim zu ihnen hingezogen fühlte, fiel es ihr schwer, sich mit ihnen zu unterhalten, da sie während ihrer burschikosen Jugend und den darauf folgenden Jahren kaum Kontakt zu ihrem eigenen Geschlecht gehabt hatte. Die einzige Freundschaft mit einer Frau, die sie mit Frances gepflegt hatte, war traurig geendet, und Barbara konnte noch immer nicht verstehen, warum sie damals so seltsam feindselig auf Frances' Ankündigung, sie werde heiraten und aus der gemeinsamen Wohnung ausziehen, reagiert hatte.

Was Barbara während der Autofahrt außerdem irritierte, war der Eindruck, in diesem Gespann mit Carol und John das fünfte Rad am Wagen zu sein und dass die beiden das Wochenende hinter ihrem Rücken arrangiert hatten. Schon seit dem Zeitpunkt, als er ihr eröffnete, dass Carol sie begleiten würde, hatte Barbara über die Absichten ihres Mannes nachgedacht, und sie überlegte nun, ob sie möglicherweise in Lake Arrowhead in die unangenehme Situation geraten würde, Carol als Bettpartnerin zurückweisen oder akzeptieren zu müssen. Oder vor die Wahl gestellt zu werden, sich an die Seitenlinie zurückzuziehen, während ihr Mann in Carols Armen lag, um unter Beweis zu stellen, dass gesunder, offener Sex mit Freunden nicht an der tieferen Bedeutung der Ehe rüttelte.

Als sie den See erreichten, war es bereits dunkel, und Barbara stellte mit Erleichterung fest, dass ihr Bungalow zwei getrennte Schlafzimmer hatte. Bevor sie ihre Koffer auspackten, schlug John vor, schnell noch zu Abend essen zu gehen, bevor das Restaurant schloss. Nach einem guten Essen, ein paar Drinks und einer angeregt freundlichen Unterhaltung, bei der viel gelacht wurde, fühlte Barbara sich wohler. Doch dann musste sie bei ihrer Rückkehr in den Bungalow feststellen, dass John und Carol ihr Gepäck in ein Schlafzimmer brachten und anfingen, sich auszuziehen.

Barbara blieb verwirrt im Wohnzimmer zurück und wartete vergeblich auf eine Erklärung, die nicht kam. Zu stolz, ihr Unbehagen zu zeigen, und zu schockiert, um klar denken zu können, saß sie auf dem Sofa und starrte auf die angelehnte Tür zum Schlafzimmer. Sie hörte, wie beide ihre Sachen in den Schrank hängten und leise miteinander redeten. Die offene Tür war zweifellos Johns Art, ihr zu bedeuten, dass sie gerne mitmachen konnte, ohne dass er versuchte, sie zu bedrängen. Die Entscheidung lag ganz allein bei ihr.

Barbara empfand die Situation als brutal und erschreckend, und die Erinnerung an das, was John seit ihrer Hochzeit über die Vorteile einer offenen Sexualität erzählt hatte, milderte Barbaras Unsicherheit auch nicht. Eine Sache war es, sich mit seiner Theorie einverstanden zu erklären – sie in einem Augenblick wie diesem in die Praxis umzusetzen, dazu mit einer Frau, die sie eben erst kennengelernt hatte, eine ganz andere. Je länger sie zögerte, umso klarer wurde ihr, dass sie entweder unfähig war oder nicht den Willen hatte, sich der Tür zu nähern.

Sie fühlte sich wie betäubt, ihr war schwindlig, und sie musste all ihre Kraft aufwenden, um aufzustehen und sich ins andere Schlafzimmer zu begeben. Sie schloss die Tür. Mitternacht war vorbei, sie war müde und fror. Sie stellte fest, dass sie ihren Koffer im Wohnzimmer gelassen hatte, aber sie hatte keine Lust, ihn zu holen. Langsam zog sie sich aus, kroch ins Bett und versuchte zu schlafen. Bis zum frühen Morgen lag sie wach und weinte und hörte die Geräusche des Liebesaktes im Nebenzimmer.

Am nächsten Morgen wurde sie kurz vor Mittag von ihrem Mann mit einem zärtlichen Kuss geweckt. Carol stand lächelnd hinter ihm und hielt ein Frühstückstablett in der Hand. Bald saßen beide auf ihrem Bett, streichelten und trösteten sie, als sei sie ein junges Mädchen, das sich von einer schweren Krankheit erholte. Barbara hatte ein seltsames Gefühl und genierte sich. John beteuerte, dass er sie liebe und sie brauche. Barbara zwang sich zu einem Lächeln, gab aber keine Antwort. Er schlug vor, nach dem Frühstück schwimmen zu gehen. Daraufhin meinte Barbara, sie wolle lieber noch eine Weile im Bett bleiben, und bat sie vorauszugehen, sie käme später nach.

Sie verbrachte einen Großteil des Nachmittags im Bungalow, machte anschließend einen langen Spaziergang in der Sonne und der frischen Luft und versuchte, ihr Gleichgewicht wiederzufinden. Sie war nicht böse auf John und Carol, doch sie ahnte, dass dieses Wochenende eine neue Phase in ihrer Ehe einleiten würde. Aber statt in Panik und Schrecken zu verfallen, fühlte sie sich seltsam zufrieden und gelöst. Ihr Mann hatte sie von gewissen undefinierbaren Ängsten und romantischen Illusionen über Sex und körperliche Freuden befreit, die nichts mit der ehelichen Liebe zu tun hatten. Das Bewusstsein, dass ihr Mann die Nacht zuvor mit einer anderen Frau ins Bett gegangen war, empfand sie nun, da sie sich von dem Schock erholt hatte, gar nicht mehr so schockierend. Und als John ihr am Morgen in Gegenwart von Carol seine Liebe erklärt hatte, hatte sie ihm geglaubt, denn zur Lüge gab es keinen Grund. Ihre Beziehung war plötzlich ehrlicher und offener geworden und hatte sich nicht nur für ihn, sondern auch für sie weiterentwickelt. Sie wusste, jetzt konnte sie tun, was sie wollte und mit wem sie wollte, ohne seinen Groll zu riskieren; zumindest nahm sie das an. Seine Abneigung gegen heimliche Affären, sexuelle Besitzansprüche und Eifersucht hatte er gestern Nacht in einem drastischen Akt des Bruchs mit einer jahrhundertealten Tradition von Besitzen und Betrügen eindringlich demonstriert, und Barbara musste zugeben, dass sie gleichzeitig verblüfft und erregt war über die Wendung, die ihr Leben gerade genommen hatte. Sie war mit einem ungewöhnlichen, mysteriösen, unterhaltsamen, unberechenbaren, stillen Mann verheiratet, der sagte, dass er sie liebte und sie brauchte.

Erleichtert und zufrieden kehrte sie vom Spaziergang zurück, nahm ein Bad, zog sich um und begab sich in die Hotelbar, wo sie nach John und Carol Ausschau hielt. John lächelte und winkte ihr zu, als er sie erblickte. Beide standen auf und umarmten sie, und bald fühlte sich Barbara in Carols Gegenwart beinahe genauso wohl wie mit ihrem Mann. Obwohl in der Bar viel Betrieb war, breitete sich zwischen den dreien eine eigenartige Wärme aus, während sie dasaßen und sich bei ihren Drinks unterhielten, und das anschließende Essen im Restaurant erschien Barbara fast wie das feierliche Ende der vorangegangenen Stunden voller Ängste und Befürchtungen. Von nun an konnte nichts mehr sie erschüttern.

Kurz vor elf, unmittelbar nach dem Essen, tauchte zu ihrer Überraschung plötzlich ein Mann an ihrem Tisch auf, für den Barbara einmal eine Schwäche gehabt hatte. Es war David Schwind, ein Freund von John, der von Beruf Ingenieur und ungefähr dreißig Jahre alt war. Er gehörte zu den wenigen Männern aus Johns Bekanntenkreis, die nicht wenigstens einmal verheiratet gewesen waren. Barbara hatte ihn Anfang des Jahres am Pine Fiat Lake beim Wasserskifahren mit Freunden kennengelernt und sich von seinen kantigen und doch feinen Gesichtszügen, seiner athletischen Figur und seiner scheuen und zurückhaltenden Art angezogen gefühlt. David Schwind arbeitete bei Douglas Aircraft, und John hatte eine Kostprobe seiner Fähigkeiten als Mechaniker erhalten, als David in kurzer Zeit den defekten Motor eines Wasserskiboots repariert hatte. Seit damals hatte John sich Davids Freundschaft erworben, indem er mit ihm zu Mittag essen ging oder auch nach der Arbeit Kontakt zu ihm hatte. Als David sich nun in Lake Arrowhead unangekündigt neben Barbara setzte, hatte sie das Gefühl, als hätte ihr keineswegs erstaunter Mann mit dessen Erscheinen bereits gerechnet beziehungsweise dass dieser Besuch das Resultat eines Telefonats war, das John ein paar Stunden zuvor geführt hatte. Und auch wenn ihr der Zweck dieses Besuchs nicht ganz klar war, so war doch anzunehmen, dass ihr Ehemann, so wie sie ihn kannte, seine Gründe und Absichten hatte und er diese zum angemessenen Zeitpunkt auch enthüllen würde.

In der Zwischenzeit bestellte Barbara in fröhlicher Resignation noch einen Drink und agierte David gegenüber mit Liebenswürdigkeit, obwohl sie an ihm ein gewisses Unbehagen bemerkte. Er nippte nervös an seinem Glas, sprach sehr wenig und hörte abwesend zu, während John den Großteil der Unterhaltung bestritt, wovon man allerdings nur schwer etwas mitbekam, da es in der Bar mit einsetzendem Wochenendbetrieb zunehmend lauter wurde. Schwind schien mit sich selbst und der Frage beschäftigt zu sein, ob seine Anwesenheit wohl vernünftig sei. Eine halbe Stunde später, John hatte gerade die Rechnung bezahlt und sich erhoben, meinte David, er müsse sich jetzt auch langsam auf den Heimweg machen, doch John drängte ihn, mit ihnen in den Bungalow zu kommen, und Barbara lächelte David aufmunternd zu, zumindest hoffte sie, dass ihre Blicke aufmunternd wirkten.

Es war bereits weit nach Mitternacht, als sie zurückkamen. Sie saßen noch eine Weile im Wohnzimmer, Barbara bot sich an, Kaffee zu machen, und bat David, ihr den Herd in der Ecke anzuzünden. Während sie darauf warteten, dass das Wasser kochte, unterhielten sie sich angeregt miteinander und waren bald so in ihr Gespräch vertieft, dass sie gar nicht merkten, wie John und Carol leise das Zimmer verließen. Als David einen Blick über die Schulter warf und das leere Sofa sah, war er verdutzt.

»Wo ist John?«, fragte er.

Als sie sah, dass die Schlafzimmertür geschlossen war, antwortete sie mit ihrer neu erworbenen Nonchalance: »Mit Carol zusammen.« Als David sie fragend anschaute, fügte sie hastig hinzu: »Das ist okay. Du brauchst dir keine Sorgen zu machen.«

»Soll ich lieber gehen?«

»Nein, bitte nicht.« Sie rückte näher an ihn heran, legte die Arme um seinen Hals und erklärte, ihr Mann rechnete damit, dass er blieb – und sie ebenso. Sie schaltete das Wohnzimmerlicht aus, nahm seine Hand, führte ihn in ihr Schlafzimmer und fing sogleich an, sich auszuziehen.

In dieser Nacht und im Morgengrauen noch einmal mit David zu schlafen war für Barbara ein Quell großer Erleichterung und ein von Schamgefühlen ungetrübter Genuss. Keine Spur von Zweifeln, sich gefühlsmäßig von ihrem Mann entfernt zu haben – ganz im Gegenteil. Sie war davon überzeugt, eine neue, viel tiefere emotionelle Bindung mit John erreicht zu haben. Es schien ihr, als hätten sie beide, obwohl und gerade weil in verschiedenen Zimmern mit verschiedenen Leuten, untereinander das Geschenk liebenden Vertrauens ausgetauscht.

Anstatt ihn weniger zu lieben, nachdem sie mit einem anderen Mann geschlafen hatte, war sie sich sicher, ihn noch mehr zu lieben, und als sie zum Frühstück aufstand und David schlafen ließ, wurde sie im Wohnzimmer von John mit einem anerkennenden Lächeln und einem Kuss empfangen.

13

John Bullaro, dessen außereheliches Verhältnis mit Barbara Williamson ausgerechnet von ihrem Ehemann sanktioniert worden war, indem dieser ihn zum Lunch ausgeführt und ihn gedrängt hatte, die Beziehung aufrechtzuerhalten, wusste genau, dass er keine Wahl hatte, als Williamsons erstaunlichem Wunsch nachzukommen, und so tat er dies eben.

Bullaro hatte sich außerdem bereit erklärt, die Williamsons in ihrem neuen Haus in Woodland Hills zu besuchen und ein paar ihrer emanzipierten Freunde zu treffen. Der Einladung hatte er mit gemischten Gefühlen entgegengesehen, bis er sich eines Abends überwand und die dort versammelten Leute ihm recht sympathisch und körperlich attraktiv erschienen, darunter besonders eine dunkeläugige, zierliche Brünette, die ihn gleich an der Haustür mit einem heiteren Lächeln empfing und nichts weiter am Leib hatte als ein Negligé. Ihr Name war Oralia Leal. Im Licht über der Eingangstür konnte er ihre festen Brüste und die dunklen Brustwarzen durch den dünnen Stoff erkennen, und als er ihr durch die Halle folgte, betrachtete er ihre anmutigen Hüften und bemerkte, dass sie unter dem Negligé vollkommen nackt war.

Während Oralia ein Glas Wein für ihn holte, kamen Barbara und Arlene Gough auf ihn zu, gaben ihm einen Begrüßungskuss und führten ihn in ein großes, nur schwach beleuchtetes Wohnzimmer, in dem ein halbes Dutzend vollständig angezogener Leute auf dem Teppich saß und aufmerksam den Worten von John Williamson lauschte, der gerade mit leiser Stimme über das Werk des indischen Spiritualisten Krishnamurti sprach.

Als er Bullaro erblickte, erhob er sich, dankte ihm für sein

Kommen und stellte ihn den anderen vor. Williamson war leger angezogen; er trug ein Sporthemd, Jeans und Mokassins, während die Gäste recht formell gekleidet waren – die Männer trugen wie Bullaro Anzug und Krawatte, die Frauen Kostüme, Schmuck und Schuhe mit halbhohen Absätzen. Nur Oralias Aufzug ließ eine Bereitwilligkeit für Schlafzimmerfreuden durchblicken oder kündigte eventuell eine spätere erotische Solovorstellung an, der die anderen zuschauen würden. Doch als sie mit Bullaros Wein ins Wohnzimmer zurückkehrte, schien sie mit einem Mal ganz schüchtern und zurückhaltend, beinahe so, als schämte sie sich für ihren Aufzug, und es dauerte nicht lange, bis sie sich zu Williamsons Füßen auf den Boden setzte, als ob sie Schutz bei ihm suchte, und während des restlichen Abends kaum ein Wort redete.

Bullaro saß auf dem Sofa zwischen Barbara und Arlene und lauschte der Diskussion über Krishnamurti, von dem er noch nie etwas gehört hatte – ebenso wenig wie von Maslow und den ganzen anderen Namen, die in den Unterhaltungen zwischen Williamson und seinen Freunden auftauchten. Bullaro fühlte sich intellektuell unterlegen und nahm sich fest vor, seinen Bildungshorizont zu aktualisieren und zu erweitern, unbedingt mehr Bücher zu lesen und seine Interessen auszuweiten, um sich in seiner Persönlichkeit nicht länger beschneiden zu lassen von der verengten Perspektive des Versicherungswesens. Es schien ihm fast, als sei sämtlicher wissenschaftlicher Elan, den er jemals besessen hatte, am Tag seines Abschlusses in Sozialpädagogik versiegt, und nun musste er wie ein Ignorant einem stämmigen blonden Mann zuhören, der nicht über die Highschool hinausgekommen war. Aufmerksam betrachtete Bullaro diesen Mann, zu dessen Füßen die katzenhafte Oralia kauerte, und er musste widerwillig anerkennen, dass Williamson eine Aura müheloser Autorität verströmte und ein imponierendes Wissen über Fakten, Zahlen und Menschen demonstrierte; und auch wenn es ihm einen Stich versetzte, so musste Bullaro außerdem zugeben, dass er von diesem Mann vermutlich vieles lernen konnte. Das Einzige, was Bullaro an diesem Abend nicht erfahren sollte, war der wahre Zweck der Zusammenkunft und die Art der Beziehung, die zwischen diesen Menschen und Williamson existierte; er saß über eine Stunde lang in der Runde, trank ein zweites Glas Wein, und nachdem die Diskussion umgeschwenkt war zu der spektakulären Herzverpflanzung, die kurz zuvor einem Chirurgen an der Stanford University geglückt war, beantwortete er kompetent Williamsons Fragen über die steigenden Kosten bei Versicherungen gegen medizinische Behandlungsfehler, doch dann musste er sich auf den Weg nach Hause machen. Bis dahin hätte sich die Szenerie in dem Wohnzimmer – abgesehen von Oralia – in jedem x-beliebigen Haus in den Suburbs abspielen können. Und auch wenn sich daran im Laufe des Abends noch einiges ändern konnte, so hatte Bullaro an *diesem* Abend einfach keine Zeit. Seine Frau Judith wartete auf ihn, denn er hatte ihr lediglich erzählt, er würde wegen eines Geschäftstermins etwas später kommen. Als John und Barbara Williamson ihn zur Tür geleiteten, erklärten sie ihm, dass sie hofften, er würde bald wieder vorbeikommen und vielleicht länger bleiben, sie hätten jeden Abend Besuch und er sei immer willkommen. Bullaro nickte und bedankte sich, und er wusste, dass er wiederkommen würde, und wenn es nur war, um die anmutige Figur dieser Oralia zu bewundern und seine Neugier zu befriedigen, wer diese Leute waren, die Williamson emanzipiert nannte.

In der folgenden Woche erschien Bullaro eines Abends unangemeldet bei Williamson und wurde von Barbara an der Tür herzlich in Empfang genommen. Er entschuldigte sich, dass er nicht vorher angerufen hatte, aber er sei auf dem Heimweg ohnehin in der Gegend gewesen und habe dann die Autos gesehen, die in der Auffahrt geparkt waren, und sich gedacht, er könne für einen kurzen Besuch hereinschauen. Barbara erklärte ihm, sie sei froh darüber, und führte ihn durch das Foyer ins Wohnzimmer. Dort blieb er wie angewurzelt stehen und hielt den Atem an: Mitten im Zimmer saßen nackte Menschen, nippten an ihrem Wein und unterhielten sich mit einer Selbstverständlichkeit, die Bullaro fast ebenso verblüffte wie der Anblick ihrer entblößten Körper.

Obwohl er während seines denkwürdigen Mittagessens mit Williamson von diesem auf die Möglichkeit vorbereitet worden war, dass es hier zu Nacktsitzungen kam, fühlte er, wie sein Pulsschlag sich beschleunigte, seine Hände feucht wurden und es in seinen Lenden zuckte. Er wandte sich an Barbara, wollte eine Erklärung, die seine Spannung und Unbehaglichkeit verringern sollte. Stattdessen zog sie ihn wortlos und beiläufig zu einem Sofa, auf dem eine vollbusige Rothaarige saß, deren mit Sommersprossen übersäten Brüste lediglich mit einer Perlenkette bedeckt waren.

»Du erinnerst dich sicherlich an John Bullaro, der neulich schon mal hier war?«, sagte Barbara. Die Frau nickte und grinste. Als sie ihm ihre Hand hinaufreichte, schienen sich auch ihre Brüste aufzurichten. Bullaro wurde rot. Barbara nahm seine Hand und stellte ihn den anderen vor. Doch alles, was er mit heimlichen Blicken bemerkte, waren hängende Brüste, behaarte Brustkästen, pralle Pobacken, weiße Schenkel, Schamhaar in den verschiedensten Farben, große und kleine Penisse, beschnitten und unbeschnitten – und bemerkenswert unerigiert.

In einer Ecke entdeckte er den ihm wohlbekannten Körper von Arlene Gough, die sich mit einem bekleideten Paar unterhielt, was Bullaro dankbar zur Kenntnis nahm. Neben der Stereoanlage kniete der gut gebaute David Schwind, der Ingenieur, den Bullaro beim letzten Mal kennengelernt hatte. In der Mitte des Zimmers, umgeben von einem kleinen Kreis von Leuten, die seinen Worten andächtig lauschten, saß die stämmige Gestalt von Williamson, mit breiten Schultern, einem Schmerbauch und einem kleinen Penis – ein blonder Buddha, dessen rechter Fuß von der atemberaubenden, olivenhäutigen Oralia massierte wurde, die wirkte wie eine nackte Nofretete und deren perfekter Körper Bullaros Ansicht nach den Neid jeder Frau im Zimmer erregen musste.

Williamson rief ihm zu, er solle sich zu ihm setzen. Bullaro überließ Barbara dem Ingenieur, stieg vorsichtig über Leiber und Schenkel und setzte sich zu seinem Gastgeber und Oralia, die ihn scheu anlächelte und Hallo sagte, auf den Teppich, worauf Oralia weiter Williamsons Fuß massierte. Auch wenn Bullaro sich noch so sehr anstrengte, die Gesichter der übrigen Besucher zu fixieren und durch Kopfnicken den Eindruck zu erwecken, dass er ihrer Konversation folgte, wurden seine Blicke doch immer wieder auf Oralias Gestalt gelenkt, und er stellte fest, dass ihre Haut makellos, ihre Brüste kein bisschen schlaff, ihr Bauch glatt und ihr schwarzes Schamhaar ein sorgsam zurechtgestutztes schwarzes Dreieck war. Er spürte, wie sein Schwanz seine Shorts auszubeulen begann, zog das Knie an und nippte an dem Wein, den ihm jemand gereicht hatte.

Er versuchte, der Verlockung ihrer Reize zu entgehen, und schaute zur Decke, als studiere er die schweren hölzernen Balken an der steil geneigten Decke, die seiner Schätzung nach zehn Meter hoch war. Es war ein ungewöhnliches Haus, das sich an einen Berggipfel kauerte und einen Blick über das gesamte Valley bot, und während seines vorangegangenen Besuchs hatte er von der geräumigen Terrasse aus die Lichter der Häuser in der Dunkelheit unterhalb des Anwesens beobachtet. Abgesehen von einer Treppe, die vom Wohnzimmer zu einer erhöht gelegenen Küche führte, bestand der gesamte Wohnbereich nur aus einem Stockwerk. Von seinem Platz aus konnte er zwei Türen sehen, die wahrscheinlich in die Schlafzimmer führten. Eine davon öffnete sich plötzlich, und heraus trat ein nacktes Pärchen und gesellte sich zu den anderen.

Was immer auch in diesem Haus hinter verschlossenen Türen vor sich ging, selbst das, was er mit eigenen Augen sah, lag jenseits seines Vorstellungsvermögens. Vor allem in diesem Schwindelzustand gebremster Erregung. Irgendwie fühlte er sich nicht dazugehörig, was ihn frustrierte. Er hasste es, Außenseiter zu sein, selbst unter diesen Leuten – ein Gefangener seiner Kleider in einem Zirkel emanzipierter Nudisten. Obwohl ihn die Sehnsucht nach dem Abenteuer, die ihn immerzu plagte, dazu drängte, sich auszuziehen, hielt ihn eine noch überzeugendere innere Kraft davon ab, zum ersten Mal vor so vielen Leuten jenes unberechenbare Organ, das, wie er meinte, die Last jeden Mannes war, zu enthüllen, auch wenn angesichts der Vielzahl schlaffer Penisse, von denen er sich umgeben sah, er der Einzige zu sein schien, der daran schwer zu tragen hatte.

Hätte Williamson ihm gleich zu Anfang vorgeschlagen, zu seiner eigenen Bequemlichkeit das eine oder andere Kleidungsstück abzulegen, wäre er darauf möglicherweise sogar eingegangen. Ohne eine solche Aufforderung jedoch konnte er seine Hemmungen nicht überwinden. Wahrscheinlich war es typisch für Williamson, die Menschen sich selbst von ihren Hemmungen befreien zu lassen, während er dabei ein unbeteiligter Beobachter blieb, und plötzlich erschien Bullaro das Haus als eine Art Labyrinth, in das Williamson die Leute lockte, um sie mit undefinierten Versprechungen anzustoßen und sie dann aufzufordern, nun alleine weiterzusehen und das Ganze als Lernprozess deklarierte.

Bullaro hörte Gelächter hinter sich, drehte sich um und sah, wie Arlene und Barbara fröhlich ein neues Paar begrüßten. Arlene bedeckte ihre Scham mit einer Papierserviette, wackelte mit den Hüften und klapperte mit den Wimpern wie eine Stripteasetänzerin. Barbara, die wahrscheinlich nur deshalb noch angezogen war, weil sie die Haustür öffnen musste, winkte Bullaro zu sich. Der ergriff die Gelegenheit, Williamsons kleinem Seminar und der offensichtlich unerreichbaren

Oralia zu entkommen, erhob sich und ging zu ihr und den anderen, die am Eingang standen, von wo aus er dann einen geordneten Rückzug antreten wollte.

Er fand sich damit ab, einen Abend erlebt zu haben, den er sich nicht erklären konnte. Er hatte alles und nichts gesehen und litt unter einer visuellen Reizüberflutung. Außerdem wurde es spät, und er wollte nicht, dass es zu Hause Streit mit Judith gab, die vermutlich noch wach war, obwohl es schon nach Mitternacht war. Er küsste Barbara zum Abschied, und sie begleitete ihn zur Tür und erinnerte ihn daran, dass sie am nächsten Tag zum Mittagessen verabredet waren. Sie schlug vor, sich hier im Haus zu treffen, anstatt ein Restaurant auszusuchen, und er willigte ein und sagte, er wäre kurz vor eins bei ihr.

Judith schlief schon, als er heimkam, und ersparte ihm damit die Verlegenheit, sie anlügen zu müssen, wo er gewesen war. Eigentlich fand er es schade, dass sie nicht mehr wach war, denn er strotzte vor sexueller Energie, und er hätte gerne im Dunkeln mit ihr geschlafen und dabei an den Anblick von Oralia gedacht, jedenfalls wäre ihm dies lieber gewesen, als sich Oralia aus dem Kopf zu masturbieren. Bullaro war nie ein großer Onanist gewesen, nicht einmal als Schuljunge in Chicago, wo er im Friseurladen seines Vaters durchaus dieses oder jenes Girlie-Magazin gesehen hatte. Später, als Mitglied des Fußballteams der Amundson Highschool, stand er unter dem Einfluss der Trainer dieser Ära, die der spartanischen Philosophie anhingen, Masturbation schwäche Körper, Geist und Kampfeslust. Und als Bullaro in den Fünfzigern selbst Trainer der Footballmannschaft des Boys' Club war, stand er immer noch unter dem Einfluss dieses Denkens. Geschlechtsverkehr hingegen war etwas ganz anderes, auch wenn er nicht genau wusste, warum – oder ob überhaupt – Geschlechtsverkehr weniger verheerende Auswirkungen auf den Körper haben sollte als Masturbation; doch derlei akademische Fragen schob er an diesem Abend lieber beiseite.

Er mixte sich einen Scotch mit Wasser, nahm sich ein Buch und legte sich aufs Sofa, um zu lesen, bis er einschlief; und so schlief er an jenem Abend dann auch ein: auf dem Sofa mit einem dicken Band über den amerikanischen Bürgerkrieg auf der Brust.

Er erwachte bei Morgengrauen und schlich leise ins Badezimmer, rasierte sich und zog sich fürs Büro an. Judith hinterließ er auf einem Zettel die Nachricht, er sei zum Frühstück verabredet. Dann setzte er sich ins Auto und war verschwunden, noch ehe sie aufwachte.

Am Vormittag im Büro fühlte Bullaro sich nicht recht wohl in seiner Haut und hatte sogar ein schlechtes Gewissen. Er wusste, er sollte Judith anrufen; aber was konnte er ihr anderes erzählen außer weiteren Lügen? Es war absurd und lächerlich. Er benahm sich wie ein Schuljunge, verschleierte die Wahrheit und fürchtete, ertappt zu werden wie damals, als er seinen Freunden in Chicago seine jüdische Herkunft verschwieg und seiner Mutter erzählte, was sie hören wollte, damit sie beide so tun konnten, als sei er ihr ganzer Stolz. Am meisten störte ihn an der ganzen Situation, dass er in der vergangenen Nacht eigentlich nichts getan hatte und sich dennoch schuldig fühlte. Wenn er wenigstens mit Oralia ins Bett gegangen wäre oder an irgendwelchen Ausschweifungen auf dem Teppich im Wohnzimmer der Williamsons teilgenommen hätte, dann wäre es gerechtfertigt gewesen, Judith zu belügen. So aber verdeckte sein Täuschungsmanöver lediglich seine Unfähigkeit, sich seine geheimen Wünsche in diesem lüsternen, morbiden Haus zu erfüllen. Der Verlauf des gestrigen Abends bestätigte, wie viel Weisheit in Williamsons Auffassung steckte, über Sex zu lügen sei eine Verschwendung von Zeit und Energie.

Bullaro bewunderte die Ehe der Williamsons, die sybaritische Szene in ihrem Wohnzimmer und die Tatsache, dass Barbara ganz ungehemmt Gäste begrüßte, während Oralia sich nackt vor ihrem Mann räkelte, ihm die Füße massierte und später noch wer weiß was mit ihm anstellte. Bullaro saß in seinem roten Ledersessel und dachte stundenlang über diese Fragen nach, während er gleichzeitig eher prosaische Versicherungsakten durcharbeitete. An den Wänden seines Büros zeugten die gerahmten Urkunden von diversen Leistungen und Taten für die Gemeinschaft, doch keine von den Tugenden, die er bei diesen Gelegenheiten demonstriert hatte, würde ihn jetzt davon abhalten, rechtzeitig das Büro zu verlassen, um pünktlich um 12:30 Uhr zu seinem erotischen Lunch mit Barbara zu erscheinen.

Voller Vorfreude auf die Genüsse, die ihn erwarteten, fuhr er den kurvenreichen Mulholland Drive die Hügel hinauf zum Haus der Williamsons und wurde bei seiner Ankunft nicht enttäuscht. Barbara war allein und begrüßte ihn mit einem langen Kuss und einer innigen Umarmung. Ohne zu zögern, nahm sie seinen Vorschlag an, das Mittagessen zu verschieben und gleich ins Bett zu gehen.

Zuerst war er erstaunt über die vielen Spiegel an den Wänden und an der Decke. Minuten später genoss er bereits die reizvollen Vorzüge dieser Ausstaffierung. Als er nackt auf dem Bett lag, konnte er von allen Seiten beobachten, wie Barbara sich mit kokettem Lächeln über ihn beugte, seinen Penis in den Mund nahm und ihn bis zum Wahnsinn erregte. Es war ein seltenes Vergnügen, ihren sinnlichen Körper und ihren vorgebeugten blonden Schopf vervielfacht in den Spiegeln zu sehen. Zahlreiche Hände und Lippen liebkosten eine Unmenge von Penissen, die alle ihm gehörten, die er alle spürte – es war die reinste optische Orgie.

Bald schon spürte er das konvulsivische Zucken in ihm aufsteigen, und als sein ganzer Körper erzitterte, schloss er die Augen, legte sich zurück und schwelgte noch einen Augenblick in seinem Orgasmus, bevor er sie wieder öffnete und sich, vielfach gespiegelt, ermattet auf dem Bett liegen sah. Über eine Stunde blieb er mit Barbara im Bett, eine ungewöhnlich lange Zeit für ihre sonst sehr hastigen Zusammenkünfte, doch an diesem Tag hatten beide größeren Appetit auf Sex als auf Essen, und so stillten sie ihre Bedürfnisse bis zur gegenseitigen Erschöpfung.

Es war kurz vor drei, als er wieder zurück über die Straßen am Fuß des Abhangs glitt und sich so leicht und beschwingt fühlte, als würde er schweben. Doch kaum dass er wieder in den nüchternen Räumen seines Büros angekommen war und mit seiner Frau telefoniert hatte, war er erneut damit konfrontiert, dass die Schwerpunkte seines Lebens sich zusehends verschoben.

Er rief Judith an und schlug ihr vor, in ihrem Lieblingsrestaurant zu Abend zu essen, doch sie lehnte ab, ohne dass an ihrer Stimme erkennbar gewesen wäre, ob sie sich über sein spätes Nachhausekommen ärgerte. Ganz im Gegenteil: Sie klang ganz ruhig, sogar fröhlich, und erklärte, sie hätte bereits Vorbereitungen für das Abendessen zu Hause getroffen, doch sie fügte hinzu, dass sie später am Abend noch etwas unternehmen würden. John Williamson hätte angerufen und nach ihm gefragt. Sie hätten sich sehr nett am Telefon unterhalten, und Williamson habe ihr erklärt, dass er sehr viel von Bullaro hielt, und vorgeschlagen, sie sollten doch später auf einen Drink vorbeikommen. Und Judith, die seit Tagen nicht aus dem Haus gekommen war, hatte die Einladung angenommen und erklärt, sie kämen gegen neun Uhr vorbei.

John Bullaro war sprachlos und starr vor Schreck. Seine Hand krallte sich um den Hörer, in seinem Kopf tauchten dauernd Bilder nackter Leute in Williamsons Wohnzimmer auf. Und auch wenn er nicht annahm, dass Williamson fähig war, eine Frau, der er noch nie begegnet war, einem solchen Anblick auszusetzen, wusste er doch, dass man sich bei ihm auf rein gar nichts verlassen konnte. Er brachte kein Wort heraus. Schließlich fragte Judith, ob er noch da sei. Als er bejahte, bat sie ihn, pünktlich zum Essen zu Hause zu sein, weil sie in der Küche fertig sein wollte, bevor das Mädchen von nebenan zum Babysitten herüberkam, und fuhr dann fort, ihm Dinge zu erzählen, die Bullaro gar nicht hören wollte, denn er konnte es kaum erwarten, dass sie auflegte und er Gelegenheit hatte, bei den Williamsons anzurufen. Er wollte eine Erklärung für den Anruf bei Judith, zumindest einen Hinweis darauf, was er an dem bevorstehenden Abend zu erwarten hatte, aber er ermahnte sich, während er deren Nummer wählte, darauf zu achten, dass er nicht zu gereizt oder schroff klang, vor allem falls Williamson selbst den Hörer abnahm, denn im Umgang mit diesem Mann, dieser Auffassung war Bullaro damals noch, war größte Vorsicht angesagt.

Als er dort anrief, ging niemand ans Telefon. Er versuchte es im Laufe des Nachmittags noch mehrmals, doch ohne Erfolg. Bei Barbara im Büro das Gleiche. Als er nach Hause fuhr, blieb ihm keine andere Wahl, als Judith darauf vorzubereiten, dass der Abend eventuell mit einigen Überraschungen garniert werden würde.

Beim Essen, als die Kinder bereits im Bett lagen, erklärte er Judith, er habe das Gefühl, die Williamsons wären ein reichlich ungewöhnliches Paar. Er hätte im Büro gehört, sie seien Mitglieder einer so genannten Encounter-Gruppe, die zuweilen nackt Sitzungen in ihrem Haus abhielt. Bullaro versicherte zwar, er könne sich nicht für die Richtigkeit der Information verbürgen, Judith sollte sich jedoch auf alles Mögliche gefasst machen, und falls sie ein schlechtes Gefühl bei der Sache hätte, könnten sie ja noch absagen.

Sie schaute ihn auf eine seltsame Art an und schien verwirrt und verärgert zu sein. Ungeduldig fragte sie, was er ihr eigentlich klarmachen wolle und warum er bis zum letzten Augenblick gewartet hätte, damit herauszurücken. Sofort entschuldigte er sich, sie aus der Fassung gebracht zu haben. Er hätte ihr nur berichten wollen, was er erfahren habe, worauf Judith erklärte, sie fände die ganze Nackt-Encounter-Geschichte lächerlich. Solange man von ihr nicht verlange, sich auszuziehen, sähe sie keinen Grund abzusagen. Bullaro sprach nicht mehr darüber, war aber im Stillen verblüfft über ihre tolerante Haltung.

Auf der Fahrt dorthin sprach Judith nur sehr wenig, und er nahm an, dass sie nun ebenfalls verunsichert war. Als sie bei den Williamsons vorfuhren, standen drei Autos in der Einfahrt, und alle Lichter im Haus brannten. Er hörte Stimmen, läutete und wartete. Oralia öffnete die Haustür, und er war erleichtert zu sehen, dass sie ganz gesittet Rock und Pullover trug. Barbara und John, beide ebenfalls bekleidet, kamen ihnen entgegen und ließen sich Judith vorstellen. Auch im Wohnzimmer waren alle korrekt angezogen, Arlene Gough und David Schwind eingeschlossen.

Nachdem Judith die Architektur des Hauses mit seinen hohen Decken sowie die antiken Möbel und Bilder wortreich bewundert hatte, führte Barbara sie hinaus auf die Terrasse, wo man einen fantastischen Blick über das Tal hatte. Wein wurde eingeschenkt, Musik ertönte aus der Stereoanlage, und bald saß die Runde gemütlich im Wohnzimmer und unterhielt sich angeregt, bis plötzlich Judith ganz unerwartet sagte, sie hätte gehört, die Williamsons würden nackt an Encounter-Sitzungen teilnehmen.

John Williamson nickte, Barbara lächelte, und John Bullaro wurde kreideblich.

»Aber was *macht* man bei so einer Nacktparty?«, fragte Judith interessiert.

»Wir machen Dinge, die Menschen tun«, antwortete Williamson.

»So wie mein Mann mir das geschildert hat, sitzt ihr herum und redet miteinander«, fuhr Judith fort. »Aber warum ausgezogen?«

»Hast du es je versucht?«, fragte Williamson.

»Ich habe es nie notwendig gefunden.«

»Sich auszuziehen kann ein erster Schritt sein, um gewisse Barrieren zu beseitigen«, erklärte Barbara. »In unserer Gruppe versuchen wir, eine offene und ehrliche Beziehung zueinander herzustellen. Viele Probleme entstehen nur, weil wir unfähig sind, unsere Bedürfnisse direkt auszudrücken, und …«

»Schon richtig«, unterbrach sie Judith. »Aber man braucht doch nicht nackt zu sein, um ehrlich zu sein.«

»Du hast ganz Recht«, erwiderte John. »Man muss dazu die Kleider nicht ablegen, doch *vielen* Leuten hilft das Nacktsein, psychologische Barrieren abzubauen, was am Ende zu einer höheren Ebene der Wahrhaftigkeit führen kann.« Während Williamson fortfuhr, sich über seine sexuelle Therapie zu verbreiten, saß Bullaro nervös schweigend daneben und wünschte, er könnte ein anderes Thema anschneiden. Der Wein war Judith zu Kopf gestiegen, dachte er. Dadurch wurde das Unbehagen, das sie auf dem Hinweg schon geplagt hatte, verstärkt, sie fühlte sich in die Defensive gedrängt und agierte beinahe feindselig. Es blieb ihm nichts anderes übrig, als nach Möglichkeit zu vermeiden, selbst in das Gespräch verwickelt zu werden, was ihm eventuell sogar gelungen wäre, hätte sich Barbara nicht plötzlich an ihn gewandt und ihn so laut, dass jeder es hören konnte, gefragt: »Warum bist du denn heute so schweigsam, John?«

»Ach, ich höre zu«, antwortete Bullaro, nippte an seinem Wein und schaute gleichgültig über die Terrasse. Aber Barbara ließ nicht locker.

»John, findest du, dass ihr, Judith und du, offen zueinander seid?«

Bullaro richtete seinen Blick langsam auf Barbara. Er machte ein leicht gequältes Gesicht. Im Zimmer war Totenstille eingekehrt, alles wartete auf seine Antwort. Schließlich nickte er und sagte leise: »Ja, das sind wir, glaube ich.«

»Wir sind sogar sehr ehrlich miteinander«, bekräftigte ihn Judith.

»Du willst also damit sagen, dass John dir alles erzählt?«, fragte Barbara.

»Ja, das tut er.«

»Erzählt er dir auch, wenn er mit mir zusammen ist?«

Judith drehte sich zögernd zu ihrem Mann um, der kopfschüttelnd auf den Boden blickte.

»Ich verstehe nicht, was du meinst«, erwiderte Judith.

»Ich auch nicht«, sagte Bullaro und sah wütend auf. »Worauf willst du hinaus?«

»Ich wollte nur wissen, ob du Judith je von uns erzählt hast.«

»*Was* denn?«, erwiderte er.

»Nun«, fuhr Barbara gleichmütig fort, »hast du ihr von heute Nachmittag erzählt?«

Alle beugten sich vor; Bullaro sah, wie seine Frau ängstlich von einem zum anderen blickte und schließlich fragte: »Was ist heute Nachmittag passiert?«

»Nichts ist passiert!«, brüllte Bullaro. »Ich war hier und habe mit Barbara zu Mittag gegessen.«

»Ach, komm schon, John«, unterbrach ihn Barbara. »Nennst du das Ehrlichkeit?«

»Stimmt«, sagte Oralia. »Du weißt ganz genau, dass ihr mehr miteinander hattet als nur ein Mittagessen.«

Bullaro war verblüfft, dass ausgerechnet Oralia, die bis jetzt so zurückhaltend gewesen war, sich gegen ihn stellte. Und als er sich umsah, musste er erkennen, dass auch die anderen ihn anklagend anschauten, sogar Arlene Gough, die auf dem Sofa saß und ihn wie einen Fremden betrachtete. Als er sich zu Judith umdrehte, bemerkte er, dass sie Tränen in den Augen hatte, und zu ihren Füßen saß der große Initiator des Ganzen, John Williamson. Es herrschte Stille, bis Barbara ihn direkt anschaute und erneut herausforderte.

»Was *sonst* haben wir getan, John, außer zusammen zu Mittag zu essen?«

Bullaro sah keinen Ausweg mehr. Er wusste, dass es sinnlos war, so zu tun, als wäre nichts passiert, denn Barbara würde ihn bis auf die Knochen bloßstellen.

»Also gut, um Gottes willen«, schrie er. »Ich war heute Mittag mit Barbara im Bett! Ist es das, was ihr hören wollt? *Ich war heute Mittag mit Barbara im Bett!*«

»Nur heute?«, fragte Barbara sofort.

»Nein!«, brüllte er. Jetzt war ihm alles egal. »Ich habe schon davor mit ihr geschlafen!«

Niemand sagte ein Wort, keiner bewegte sich, und in der Stille des Raumes saß Bullaro mit gesenktem Kopf und pochendem Herzen da. Er fühlte sich leer, und ihm war schlecht. Er hörte Judith schluchzen, hob den Kopf und sah, wie John Williamson sich über sie beugte, leise auf sie einsprach und dabei mit seinen Händen zart ihre Fußgelenke massierte. Diese seltsame Berührung schien ihr zunächst unangenehm zu sein, denn sie verzog das Gesicht, aber da sie keinen Protest äußerte, machte Williamson mit seinen Berührungen weiter, und bald saßen alle um sie herum, trösteten sie und ließen Bullaro, der sich verlassen und verurteilt vorkam, links liegen.

Ein paar Minuten verfolgte Bullaro wie hypnotisiert das seltsame Schauspiel, wie die gesamte Gruppe einschließlich Barbara dieses Trostritual um seine Frau herum vollführte. Doch als Judith aufhörte zu weinen, setzte sie sich kerzengerade auf und erklärte mit erstaunlicher Gereiztheit:

»Ich finde das, was ihr John heute Abend angetan habt, einfach scheußlich!«

Keiner sprach ein Wort, John Williamson hörte auf, ihr die Knöchel zu massieren, und Judith wandte sich nun ihrem Mann zu.

»Sag, bist du außer mit Barbara mit anderen Frauen fremdgegangen?« Ihre Stimme klang fest, aber nicht vorwurfsvoll.

»Ja«, gab er zu.

»Mit wem noch?«

»Mit Arlene Gough«, sagte er und deutete auf die schlanke, teilnahmslos wirkende junge Frau neben Barbara.

Wortlos musterte Judith Arlene einen Augenblick lang und wandte sich wieder an ihren Mann.

»Hast du je mit diesem schwarzhaarigen Mädchen aus unserem Apartmenthaus in La Peer geschlafen?«

Obwohl er Eileen zehn Jahre nicht mehr gesehen hatte, erinnerte er sich sofort an sein Verhältnis mit ihr. Sie war eine geschiedene Kunsterzieherin aus Chicago, die in dem Apartmentkomplex 145 North La Peer in Beverly Hills die Wohnung nebenan bewohnt hatte. Eileens Bewegungen waren geschmeidig wie die einer Primaballerina, sie hatte muskulöse Schenkel und exotische Gesichtszüge …

»Ja«, antwortete er.

»Oh, ich habe es gewusst«, sagte Judith triumphierend. »Damals bin ich fast verrückt geworden vor Eifersucht, ich habe mich für meine Gedanken gehasst, und jetzt stellt sich heraus, dass ich Recht hatte mit meinem Verdacht! Ich kann mich erinnern, dass ich einmal versucht habe, mit dir darüber zu sprechen; aber du hast beleidigt und entrüstet alles abgestritten …«

»Jetzt hör mir einmal zu …«

»Nein, *du* hörst jetzt mir zu. Du hast es geschafft, dass ich mir monatelang hysterisch vorkam. Ständig habe ich mir den Kopf über diese Frau aus der Wohnung neben uns zerbrochen. Ich habe sie im Haus ein und aus gehen sehen, manchmal, wenn ich in der Wäschekammer war, konnte ich sogar durch die Wand hören, wie sie mit dir im Büro telefonierte, und ich habe es trotzdem nicht glauben wollen. Ich erinnere mich, wie du an einem Wochenende gesagt hast, du würdest mit Freunden vom Health Club zum Camping fahren. Ich wusste genau, dass du in Wirklichkeit mit ihr unterwegs warst. Ich bin sogar zum Club gefahren, um zu sehen, ob du dein Auto wirklich dort abgestellt hattest, wie du mir gesagt hast. Es war natürlich nicht da. Sonntagnacht habe ich gehört, wie sie nach Hause kam, und kurz darauf kamst du auch, und zwar aus derselben Richtung wie sie! Ich habe nämlich aus dem Fenster geschaut. Und als du reinkamst, habe ich bemerkt, dass du deinen Ehering nicht anhattest. Ich glaube, das war der Moment, als ich dich nach ihr gefragt habe. Und du hast Stein und Bein geschworen, ich wäre verrückt, ich würde mir was einbilden.«

»Verdammt, Judith, damals hast du dir eingebildet, ich würde mit jeder Frau ins Bett gehen. Und wenn du nichts getrunken hattest, wolltest du von Sex sowieso nichts wissen. Also, was hast du von mir erwartet?«

Judith gab keine Antwort, denn plötzlich spürte sie das wache Interesse, mit dem die anderen die intimen Enthüllungen ihrer Ehe aufnahmen, und schämte sich. Das peinliche Schweigen hielt an, bis John Williamson langsam aufstand, auf Bullaro zuschritt, der zusammengesunken, den Kopf in die Hände vergraben, auf seinem Sessel saß, und ihm seinen Arm um die Schulter legte. Daraufhin wandte er sich an Judith und prophezeite ihr optimistisch, dass sich die schmerzvollen Ereignisse des heutigen Abends für sie und ihren Mann irgendwann heilsam auswirken würden. Ihre Beziehung habe dank ihrer Ehrlichkeit eine neue Ebene erreicht, verkündete Williamson, auf der sie ohne die üblichen falschen Vorstellungen und Illusionen wachsen und gedeihen könne. Das Eingeständnis sexueller Untreue sei zwar schmerzlich für sie gewesen, aber die Bullaros seien im Grunde immer noch dasselbe Paar; ihre Probleme lägen jetzt nur offen vor ihnen, doch als Menschen seien sie nach wie vor die gleichen.

Während Bullaro verdrossen Williamsons Worten lauschte und sich vorstellte, dass er diese Rede wohl schon etliche Male zuvor gehalten hatte, schien Judith von seinen Ausführungen beeindruckt und unterbrach ihn, indem sie sagte, sie fühle sich durch die Entwicklung der Dinge in der Tat als anderer Mensch. Zum einen, so erklärte sie, empfand sie eine persönliche Genugtuung darüber, nun zu wissen, dass ihr Misstrauen ihrem Ehemann gegenüber gerechtfertigt war und nicht die Halluzinationen einer überspannten Hausfrau, als die er sie damals dargestellt hatte. Zum anderen begriff sie jetzt, dass sie sich selbst erniedrigt hatte, weil sie so besitzergreifend gewesen war, und mit ihren Überwachungsmaßnahmen nur ihre eigene Unsicherheit vergrößert hatte. Sie hatte sich aufgeführt wie ein zänkisches Weib, was eigentlich gar nicht ihre Art war. Williamson nickte anerkennend und sagte, sie sei ein Opfer ihrer »Besitzansprüche« geworden: ein weit verbreitetes Übel in der Ehe. Judith gab zu, sie hatte sich ihr Leben lang zu eng an die Menschen um sie herum geklammert, wahrscheinlich weil ihre Mutter starb, als sie zehn Jahre alt war, und sie sich vor den Frauen fürchtete, mit denen ihr Vater später zusammen war. Aber nun, mit ihrem Ehemann, wollte sie dieses Problem endlich bewältigen. Worauf Williamson meinte, er und seine Gruppe würden ihr gerne dabei helfen, wenn sie gewillt sei, damit offen umzugehen; und dann machte er ihr einen Vorschlag: Sie solle noch einmal herkommen und mit ansehen, wie ihr Mann mit einer anderen Frau ins Schlafzimmer ging, um mit ihr ins Bett zu gehen, um auf diese Art und Weise die Erfahrung zu machen, dass ein unverhüllter Akt körperlicher Untreue weniger bedrohlich war als einer, den sie sich einbildete und mit Emotionen verbrämte.

Während sich Judith Williamsons Vorschlag noch überlegte, blickte ihr Mann ihn angewidert an und verkündete: »So weit sind wir noch nicht!«

»Sie soll selbst entscheiden«, wies Barbara ihn zurecht.

Nachdem sie sich schüchtern nach ihrem Mann umgesehen hatte, sagte Judith schließlich zögernd: »Ich würde es gerne probieren.«

Bullaro traute seinen Ohren nicht. Er konnte es einfach

nicht fassen, dass die Frau, mit der er nahezu zehn Jahre verheiratet war und die er zu kennen glaubte, plötzlich so unternehmungslustig und sorglos mit ihrem Privatleben umzugehen vermochte.

14

Während der nächsten Wochen besuchte John Bullaro in Begleitung von Judith mehrfach das Haus der Williamsons, und es war sicherlich die bizarrste Periode seines Lebens. Selbst wenn er Jahre später über die erotischen Abenteuer nachdachte, fiel es ihm schwer zu glauben, dass sie tatsächlich passiert waren – und dass er sie hatte geschehen lassen, auch wenn er während der ganzen Zeit ein eher widerwilliger Teilnehmer war oder es zumindest vorzog, sich für einen solchen zu halten.

Im Gegensatz dazu war Judith alles andere als widerwillig, denn sie hatte darauf bestanden, auf Williamsons Herausforderung zur offenen Untreue einzugehen, in der Hoffnung, dass dies die Therapie war, die ihr half, ihr lebenslanges Gefühl der Abhängigkeit zu überwinden. Sie war sich bewusst, dass sie die eifersüchtige, misstrauische Hausfrau in den Suburbs, zu der sie geworden war, nicht mochte. Doch bis zu dem glücklichen Zusammentreffen mit Williamsons Gruppe war sie niemals jemandem begegnet, der in der Lage oder gewillt war, ihr dabei zu helfen, sich zu ändern. Sie betrachtete die Gruppe als Katalysator ihrer Befreiung, und so wie ihr Mann dazu gezwungen worden war, seine Lügen einzugestehen, hoffte auch sie, bestimmte persönliche Geheimnisse, die ihr viel Angst und Schuldkomplexe verursacht hatten, loszuwerden. Sie wollte zum Beispiel endlich zugeben, dass auch sie während der Ehe untreu gewesen war, und als sie mit Bullaro nach dem ersten Abend nach Hause fuhr, war sie versucht, mit ihm darüber zu sprechen. Aber sie brachte nicht den Mut auf, vielleicht weil ihre Affäre in gewisser Weise etwas ungewöhnlich war, weil darin ein junger Mann schwarzer Hautfarbe involviert war.

Sein Name war Meadows. Er war Krankenpfleger in einer Veteranenklinik in Los Angeles gewesen, wo Judith das letzte Jahr ihrer Schwesternausbildung absolviert hatte. Weil es nur männliche Patienten gab, wurden die Studentinnen ständig von Pflegern begleitet. Meadows, groß und attraktiv, war der erste Schwarze, den Judith näher kennenlernte. In den Pausen, wenn sie die Patienten zum Ballspielen hinaus auf den Rasen geführt hatten, saßen Judith und Meadows im Gras und unterhielten sich. Und eines Tages, als ihre Gespräche schon ziemlich intim geworden waren, schlug Meadows vor, sie sollten sich auch nach der Arbeit treffen.

Obwohl Judith damals erst ein Jahr verheiratet war, hatte sich ihr Sexleben mit Bullaro zu einer fantasielosen Routineangelegenheit an den Wochenenden entwickelt, wofür sie sich in erster Linie selbst verantwortlich machte, wogegen sie allerdings völlig machtlos war. Nach ihrer Hochzeit hatte sie beim Sex einfach keinen solchen Spaß mehr wie vorher, als das Ganze noch in aller Heimlichkeit passieren musste und sie sich mit Bullaro – ebenso wie mit ihren früheren Liebhabern am College – verstohlen in Motels oder Apartments von Freunden schleichen musste oder sie es in den Schlafzimmern zu Hause trieben, wenn Eltern oder Aufpasser nicht da waren beziehungsweise nichts mitbekamen. Heimlicher Sex hatte für Judith etwas Aufregendes, auf wundersame Art Verruchtes, es war ein Aufbegehren gegen ihre streng religiöse Erziehung, doch seit ihrer Hochzeit im Februar 1958, als all diese Verbote sie nicht mehr tangierten, dauerte es nicht lange, bis sie darin nicht viel mehr sah als eine weitere Hausfrauenpflicht wie Kochen und Einkaufen. Und so empfand sie es die ganzen weiteren Jahre, bis auf den kurzen Seitensprung mit Meadows im Winter 1959 und Frühling 1960.

Sie und Meadows gingen immer von der Klinik in das nahe gelegene Apartment eines anderen schwarzen Pflegers – gewöhnlich, wenn ihr Mann länger arbeitete – und verbrachten

Stunden damit, sich mit völliger Hemmungslosigkeit zu lieben. Für Judith bedeuteten diese Eskapaden Nervenkitzel und Wohlgefühl – es war das reine Vergnügen, nicht kompliziert durch die Möglichkeit emotionaler Verstrickungen, denn sie wusste, dass sie ihn niemals heiraten konnte; er musste für immer verbunden sein mit dem unakzeptabelsten Teil ihres Wesens, eine dunkle Fantasie, die ebenso plötzlich, wie sie sich erfüllt hatte, auch schon wieder beendet war. Ihre Affäre gelangte an einen Punkt, wo sie ihrem Mann abends nicht mehr in die Augen sehen konnte, wo sie es nicht mehr fertigbrachte, so zu tun, als würde sie schlafen, wenn er ins Schlafzimmer kam, oder ihren Widerstand gegen seine seltenen Avancen in irgendeiner Weise zu rechtfertigen. Als sie erkannte, welches Doppelleben sie führte, entschloss sie sich, Kinder zu bekommen, in dem Glauben, dass dies ihrem Leben Freude und Erfüllung bringen würde, was schließlich auch geschah.

Doch während der folgenden Jahre der Monogamie blieb ihre sexuelle Leidenschaft gebremst. Und auch wenn sie sich manchmal nach einer sündigen Romanze sehnte, wie sie sie mit Meadows genossen hatte, so fürchtete sie doch, dass dies die Stabilität ihrer Ehe und Familie gefährden könnte, und der bloße Gedanke daran verstärkte die zunehmende Unsicherheit, die in ihr aufkam angesichts der Möglichkeit, dass ihr Ehemann es mit der Treue auch nicht so genau nahm.

Sie war nie in der Lage gewesen, ihr Misstrauen zu unterdrücken, und sie war froh zu hören, dass solche Gefühle Williamsons Ansicht nach eventuell überflüssig waren und man sich ihrer entledigen sollte. Sie war überrascht, dass sie sich über die Geständnisse ihres Ehemanns während ihres ersten Abends nicht viel mehr aufgeregt hatte, und sie freute sich auf diesen zweiten Besuch, während sie auf dem Beifahrersitz neben ihrem Mann saß, der sich mit starrem Blick am Lenkrad festklammerte.

Als sie in Williamsons Haus ankamen, stellte Judith fest,

dass sie sämtliche Gäste vom letzten Mal kannte. Die einzige Ausnahme war eine attraktive, kurvenreiche junge Frau mit roten Haaren und Grübchen am Kinn namens Gail, die es, als sie den Bullaros vorgestellt wurde, vermied, Judith anzusehen, worauf diese sich fragte, ob sie bereits dazu bestimmt war, später als Bettpartnerin ihres Mannes zu fungieren. In diesem Augenblick kamen ihr starke Zweifel an ihrem Selbstvertrauen. Gleichzeitig entging es ihr nicht, wie ihr Mann auflebte, als Gail ihn anlächelte, ihm den Platz neben sich auf dem Teppich anbot und ihm ihre ganze Aufmerksamkeit schenkte.

Judith saß auf dem Sofa neben David Schwind und Arlene Gough und nippte an ihrem Wein, ohne dem Gespräch um sie herum zu folgen, so verschüchtert war sie. Und dann kam John Williamson auf sie zu und kniete sich zu ihren Füßen nieder. Er war zärtlich und besorgt und gab ihr das Gefühl, ganz genau zu wissen, was sie empfand. Als er seine Hand auf ihren Knöchel legte und mit seiner eigenartigen Massage begann, wehrte sie sich nicht dagegen, sondern genoss es. Obwohl sie sich körperlich nicht von ihm angezogen fühlte, imponierte ihr seine ungewöhnliche Ausstrahlung, die ihn so besonders, so mysteriös, ja sogar taktlos erscheinen ließ. Und was sie außerdem beeindruckte, war der Einfluss, den er auf die Leute in diesem Raum ausübte. Ohne sichtbare Mühe hatte er deren Leben mit dem seinen verknüpft, und statt sich von ihm bedroht zu fühlen, spürte Judith an der Art, wie er mit ihr sprach, dass er an ihrem Wohlbefinden und ihrem Wachsen als Persönlichkeit ernsthaft interessiert war. Als er sie fragte, ob sie sich schon stark genug fühle, um ihr übertriebenes Besitzdenken auszuloten, über das sie das letzte Mal gesprochen hatte, zögerte sie zunächst und sagte, um seine Anerkennung zu gewinnen, dann schließlich ja.

Williamson hob die Hände und bat um Ruhe. Er erklärte der Gruppe, Judith suche ihre Hilfe bei der Bewältigung ihres Besitzdenkens, wandte sich dann an Gail und bat sie, John Bullaro in eines der Schlafzimmer zu begleiten. Sogleich erhob sie sich und streckte Bullaro ihre Hand entgegen, der mit einem Mal unsicher wurde, als er die Augen aller, auch Judiths, auf sich gerichtet sah. Obwohl sie ihm mit einem Kopfnicken ihr Einverständnis anzeigte, klopfte ihm das Herz, und seine Knie waren wacklig, als er sich erhob. Als er jedoch Gail folgte und den Schwung ihrer Hüften sah, konnte er es kaum erwarten, mit ihr im Bett zu liegen.

Sie führte ihn in ein Zimmer, das Bullaro zuvor noch nie gesehen hatte und das durch eine kleine Schreibtischlampe schwach erleuchtet war. Nachdem sie die Tür hinter sich geschlossen hatte, blieb sie einen Augenblick wie bewegungslos neben dem Bett stehen, als ob sie mit einem Mal unentschlossen war oder keine Lust mehr hatte, und Bullaro befürchtete bereits, der Gang ins Schlafzimmer diene lediglich dazu, Judiths Eifersucht auf die Probe zu stellen, ohne dass es wirklich zu Sex käme. Aber dann zog Gail die Bettdecke zurück und fing an, ihre Bluse aufzuknöpfen, wobei sie gleichzeitig erklärte, wie merkwürdig sie sich vorkam: Bis vor zwei Jahren hatte sie noch im Mittelwesten gelebt und war trotz ihrer siebenundzwanzig Jahre noch Jungfrau gewesen, ein Opfer des irisch-katholischen Milieus, aus dem sie stammte. Und nun, so bemerkte sie beim Lösen der Haken ihres Büstenhalters, stand sie kurz davor, zum ersten Mal mit einem verheirateten Mann ins Bett zu steigen, und das auch noch, während gerade mal zehn Meter weiter weg seine Frau im Zimmer nebenan saß!

Bullaro lächelte und überlegte, was man dazu sagen sollte, doch dann zog er sich doch schweigend aus und beobachtete mit fieberhafter Begierde, wie sie ins Bett schlüpfte. Kurz darauf lag er neben ihr, küsste sie zärtlich, streichelte ihre großen Brüste und die rötlichen Schamhaare. Obwohl sie regungslos dalag, bildeten sich glänzende Schweißperlen auf ihrer Haut. Mit einem Mal schien sie scheu, nervös und unwissend. Sie hielt die Augen geschlossen, als wolle sie nicht sehen, was mit ihr geschah. Sie erwiderte zwar seine Küsse, fasste ihn aber nicht an. Er fragte sich, wie eine Frau, die so passiv war, in Williamsons Gruppe geraten war. Dann dämmerte ihm, dass sie vielleicht genau wie Judith in diesem Augenblick einem Test unterzogen wurde. Es könnte doch sein, dass Williamson, der Erlöser von allen sexuellen Problemen, Gail half, ihre Frigidität zu überwinden, und Bullaro dabei als Ersatzpartner fungierte.

Flüsternd fragte er sie, ob alles in Ordnung sei, worauf sie mit geschlossenen Augen nickte. Als er jedoch nach einigen Anfangsschwierigkeiten endlich in sie eindrang, erwachte sie plötzlich unter ihm zum Leben, wölbte sich ihm entgegen, schlang ihre Beine um ihn und fing an zu stöhnen, erst leise, dann immer lauter, während er seine Stöße beschleunigte, bis sie beinahe schrie und Bullaro sich wünschte, er könnte sie zum Schweigen bringen; er war noch nie mit einer lauten Frau im Bett gewesen und wusste nicht, wie er reagieren, was er sagen oder tun sollte, außer weiterzumachen mit seinen Stößen und nicht an die Leute da draußen im Wohnzimmer zu denken, die garantiert alles mithören konnten.

Plötzlich hörte Bullaro unvermittelt ein hohes, hysterisches Heulen aus dem Wohnzimmer, und er erkannte die Stimme seiner Frau. Er bemühte sich, nicht auf ihre Schreie zu achten und selbst zum Orgasmus zu kommen, doch er war der kontrapunktischen Geräuschkulisse – Gails ekstatisches Stöhnen und Judiths trostloses Heulen und Kreischen – nicht gewachsen, und es dauerte nicht lange, da war seine Erektion dahin.

Gail schlug die Augen auf, sagte aber nichts. Er stützte sich auf die Ellbogen und vergrub sein schwitzendes Gesicht im Kopfkissen. Eine Weile lagen beide bewegungslos nebeneinander, während die Schreie im Wohnzimmer langsam verstummten und Judith von anderen Stimmen getröstet wurde. Dann öffnete sich die Schlafzimmertür, und Arlene Gough streckte den Kopf herein und erklärte flüsternd, dass alles in Ordnung sei. Sie warf einen kurzen Blick auf die beiden im Bett, kam ins Zimmer, setzte sich neben sie und fragte lächelnd, ob sie Lust auf einen Dreier hätten. Bullaro dankte kopfschüttelnd und meinte, für mehr als einen Zweier würde es bei ihm an diesem Abend nicht reichen.

Als Arlene wieder weg war, gelang es Bullaro, seinem Penis wieder Leben einzuhauchen und mit Gail zum Höhepunkt zu kommen, allerdings nicht halb so leidenschaftlich wie zuvor. Auch wenn sie nicht mehr zu hören war, so spürten doch beide Judiths hemmende Gegenwart. Erst als sie sich anzogen, hörte Bullaro wieder ihre Stimme, aber nun war sie nicht mehr verzweifelt – sie lachte. Und als er die Tür öffnete, sah er sie neben Williamson in einem Sessel sitzen. Sie wirkte sehr glücklich und zufrieden.

Nur Judith und John Williamson befanden sich im Raum, die anderen mussten in den anderen Schlafzimmern verschwunden sein, und Judith schien so auf Williamson konzentriert, dass sie Bullaro gar nicht bemerkte, bis er sich zur ihr hinabbeugte und sie küsste. Sie lächelte ihn an und versicherte ihm, alles sei in Ordnung. Sie gab ihm zu erkennen, dass sie mit Williamson allein sein wolle. Bullaro entfernte sich und hatte zum ersten Mal in seiner Ehe das Gefühl, dass Judith nicht mehr ihm allein gehörte.

Dieser Eindruck verfolgte ihn während der Fahrt nach Hause und die ganze folgende Woche. Sie kam zwar ihren Haushaltspflichten nach und war liebevoll zu den Kindern, schien jedoch ihren eigenen Gedanken nachzuhängen, und anstatt abends mit ihm ins Bett zu gehen, blieb sie bis spät in die Nacht auf und las Bücher von Alan Watts, Philip Wylie und J. Krishnamurti, die Williamson ihr geliehen hatte.

Eines Abends bestand sie darauf, allein zu den Williamsons zu gehen, und als sie um drei Uhr morgens nach Hause kam, war sie voller Energie und von einem völlig neuen Selbstgefühl erfüllt. Er hatte auf sie gewartet, wollte mit ihr reden – sie aber flehte ihn an, sie allein zu lassen, damit sie sich noch an den Schreibtisch setzen und dem inneren Drang, Gedichte zu verfassen, nachgeben konnte.

Sie hatte zwar ihre Besitzansprüche abgelegt, doch bedeutete dies, dass auch sie für solche Ansprüche nicht mehr zugänglich war, und je mehr sie sich von ihm entfernte, desto verzweifelter versuchte er, sie zurückzugewinnen. Ironischerweise war sie plötzlich zu der Frau geworden, die er sich früher in seiner Fantasie erträumt hatte: die mutige, impulsive, sexuell befreite Frau, nach der er Ausschau gehalten hatte, wenn er durch Venice Beach geradelt war, und die für ihn am ehesten von der Kunstlehrerin aus dem Apartmenthaus in La Peer verkörpert worden war.

Da es offensichtlich war, dass Judith die Gruppe um Williamson nunmehr als Quelle ihrer Stabilität und Erleuchtung betrachtete, blieb Bullaro nichts anderes übrig, als ebenfalls in engem Kontakt mit der Gruppe zu bleiben, und als Judith am folgenden Tag vorschlug, das Wochenende mit den Williamsons am Big Lake zu verbringen, willigte er schweren Herzens ein, weil er fürchtete, sie würde ohnehin mitfahren, und das womöglich noch in Begleitung eines anderen Mannes.

Während der hundert Kilometer langen Fahrt in Williamsons Wagen saß Bullaro auf dem Rücksitz, hielt Judiths Hand und hoffte, ein entspannendes Wochenende würde wenigstens einen Teil der einstigen Harmonie und Eintracht in ihrer Beziehung wiederherstellen. Die Unterhaltungen zwischen den vieren verliefen locker und freundlich, und nach dem Essen brachten die Williamsons noch ein paar Flaschen Wein mit zum Bungalow, und sie saßen bis Mitternacht vor dem Kamin und erzählten sich Geschichten aus ihrer Jugendzeit.

Bullaro bestritt den Großteil der Unterhaltung, da die Williamsons an allem, was er zu sagen hatte, interessiert schienen und immer wieder Fragen stellten. Während er weinselig in Erinnerungen schwelgte, begann er über Dinge zu reden, die er nie zuvor preisgegeben hatte. Er sprach von dem Antisemitismus in seiner Nachbarschaft in Chicago und über seine Befürchtungen, als Halbjude erkannt zu werden. Er erinnerte sich an die zahlreichen Verletzungen, die er sich auf dem Footballfeld eingehandelt hatte in dem Versuch, das Klischee des unsportlichen Juden zu durchbrechen. Er erinnerte sich an die Auseinandersetzungen mit seiner jüdischen Mutter, seine unbehaglichen Besuche in christlichen Kirchen und an die vielen Lügen, die er in der Nachbarschaft verbreitet hatte in der Hoffnung, gesellschaftlich akzeptiert zu werden, und es überkam ihn angesichts dieser Erinnerungen eine solche Scham, dass er sich vor Selbstekel zusammenkrümmte. Doch gleichzeitig spürte er auch Mitleid mit dem einsamen Jungen, der er einmal gewesen war – und plötzlich fing er an zu zittern, stand auf und verschwand, ohne auf die Williamsons oder Judith zu achten, die darauf warteten, dass er weitersprach, in seinem Zimmer.

Barbara kam ihm nach und machte die Tür hinter sich zu. Sie bemerkte die Tränen in seinen Augen, reichte ihm ein Taschentuch und schlang ihre Arme um ihn. Er saß mit gesenktem Kopf auf dem Bett. Sie küsste ihn, tröstete ihn mit sanften Worten und begann sein Hemd aufzuknöpfen.

Als sie ihn vollständig ausgezogen und auch ihre Kleider abgelegt hatte, sagte sie ihm, er solle sich flach auf den Rücken legen, was er befolgte. Dann legte sie sich neben ihn und begann ihn sacht zu massieren. Auch wenn sie schon unzählige Stunden zusammen im Bett verbracht hatten, war dies doch das erste Mal, wo er ihre Zärtlichkeit spürte.

Nachdem sie sich geliebt hatten, waren Bullaros Ängste verschwunden, und er schlief entspannt in ihren Armen ein. Kurz darauf weckten ihn seltsame Geräusche aus dem Nebenzimmer, und als er aufstand und die Tür öffnete, bemerkte er auf dem Teppich vor dem brennenden Kamin zwei nackte Körper, die aufeinanderlagen.

Die Frau lag auf dem Rücken, die Augen geschlossen, ihr

blondes Haar über den Fußboden gegossen, die Beine gespreizt und hoch erhoben, die Zehen zur Decke gereckt. Sie stöhnte leise und bewegte ihre Hüften, als der breitschultrige Mann, der über ihr kniete, mit seinem Penis in sie eindrang, der im Schimmer des Kaminfeuers aussah wie ein rot glühender Nietnagel.

Bullaro, der noch nie zwei Menschen beim Geschlechtsakt beobachtet hatte, war wie vom Donner gerührt und verfolgte eine Weile fasziniert, wie die ineinander verschlungenen Körper sich im flackernden Licht der knisternden Holzscheite bewegten, und einen kurzen Moment empfand er diesen Anblick als schön. Doch dann erkannte er die vertrauten Schenkel seiner Frau, sah den fremden, stinkenden Penis raus- und reinflutschen und hörte, wie er sie zum Stöhnen brachte und gegen ihre Arschbacken klatschte, und mit einem Mal hatte Bullaro das Gefühl, als würde ihm das Gedärm aus dem Bauch gerissen.

Er wich zurück, drehte sich um und wankte in sein Zimmer. Er spürte Barbaras ausgestreckte Arme, die ihn trösten wollte, doch er schlug ihre Hände weg. Er wollte nicht von ihr angefasst werden, wollte von niemandem mehr berührt werden. Er warf die Tür hinter sich ins Schloss und brach weinend auf dem Bett zusammen.

15

Überzeugt davon, dass sein Leben für immer aus der Balance geraten war, schmiedete John Bullaro heimliche Rachepläne und trug sich mit dem Gedanken, seinen Rivalen John Williamson zu ermorden und Selbstmord zu begehen. Williamsons Tod wäre leicht zu bewerkstelligen – ein paar Pistolenschüsse in den Rücken, während er seinen Kopf zwischen Judiths Schenkel vergrub; seine Frau wollte er allerdings verschonen, wenn auch nur, weil sich jemand um die Kinder kümmern musste. Sich selbst sah er nach dem letzten Tag seines Tauchlehrgangs in der Brandung von Malibu versinken – ein romantischer Abgang, den er häufig auf der Fahrt ins Büro oder nach Hause vor seinem geistigen Auge ablaufen ließ.

Was ihn ein wenig tröstete, waren die Nachrichten im Autoradio, denen zu entnehmen war, dass er nicht der Einzige war, bei dem es drunter und drüber ging. Das Jahr 1968 war eine einzige Aneinanderreihung von Akten der Gewalt, des Wahnsinns und der Selbstzerstörung, die das Land erschütterten. Martin Luther King Jr. war in Memphis ermordet worden, Robert F. Kennedy in Los Angeles tödlichen Schüssen zum Opfer gefallen. Und in Bullaros Geburtsstadt Chicago spielten sich blutige Straßenschlachten zwischen knüppelschwingender Polizei und Tausenden von Antikriegsdemonstranten und militanten Hippies, genannt Yippies, ab, die der Presserummel um den Parteitag der Demokraten in die Stadt gelockt hatte. Unter den vielen unbeteiligten Zuschauern auf den Gehsteigen, die von den anstürmenden Polizeitrupps zu Boden gestoßen und verprügelt worden waren, befand sich auch ein Zuschauer namens Hugh Hefner.

In Vietnam starben weiterhin Tausende amerikanische Soldaten in einem ungewollten Krieg, den niemand zu beenden in der Lage schien, und Präsident Johnsons Popularität hatte mittlerweile einen solchen Tiefpunkt erreicht, dass er darauf verzichtete, für eine weitere Amtszeit zu kandidieren. Während Friedensaktivisten im ganzen Land Universitätsgelände besetzten, protestierten Anhänger der Bürgerrechtsbewegung in Orangeburg, South Carolina, gegen die Rassentrennung auf einer Bowlingbahn, was im Verlauf der anschließenden Straßenschlachten mit der Polizei den Tod dreier schwarzer Studenten sowie 37 Verletzte zur Folge hatte. Bei den Olympischen Spielen in Mexico City reckten zwei schwarze US-amerikanische Medaillengewinner im Sprint jeweils eine Faust mit einem schwarzen Handschuh in die Höhe, während das »Star-Spangled Banner« gespielt wurde. Sie wurden aus der Mannschaft ausgeschlossen. In Nevada sandte die stärkste Wasserstoffbombe, die je auf amerikanischem Boden gezündet wurde, Schockwellen aus, die die Spieltische im hundertfünfzig Kilometer entfernten Las Vegas erzittern ließen.

Castro-Bewunderer entführten US-amerikanische Passagierflugzeuge und zwangen sie zur Landung in Kuba. Jacqueline Kennedy, die schillerndste Witwe der USA, flog in einem Privatflugzeug zu einer Privatinsel in der Ionischen See, um den griechischen Tankerkönig Aristoteles Onassis zu heiraten. Nachdem bei einer Revolte gegen die Haftbedingungen, in die siebenhundert Insassen des Staatsgefängnisses von Oregon verwickelt waren, ein Schaden von 2 Millionen Dollar entstanden war, wurde ein neues Gefängnis gebaut. In Boston standen der Kinderarzt Dr. Benjamin Spock und der Kaplan der Universität Yale, Reverend William Sloane Coffin, vor einem Bundesgericht; sie waren angeklagt, in verschwörerischer Weise jungen Männern Ratschläge und Anleitungen zur Umgehung der Wehrpflicht erteilt zu haben. Dreiundzwanzig Jahre nachdem amerikanische Marines die Insel in einer der blutigsten Schlachten des Zweiten Weltkriegs erobert hatten, wurde Iwo Jima an die Japaner zurückgegeben. Drogenfahnder entdeckten im Hafen von New York in einem Auto, das an Bord eines Schiffes aus Frankreich ins Land gebracht worden war, 220 Pfund Heroin im Wert von 22,4 Millionen Dollar.

Papiergeld galt als suspekt, und Investoren lösten einen Goldrausch an der Börse aus; arabische Scheichs, reich gesegnet mit amerikanischen Dollars aus Ölverkäufen, gehörten zu denen, die am kräftigsten investierten. Der kalifornische Industrielle und Kunstsammler Norton Simon zahlte mehr als 1,5 Millionen Dollar für ein Gemälde von Renoir. In verschiedenen Städten eröffneten Body-Painting-Studios, wo nackte Körper bemalt wurden, und das Studio in Chicago wurde geleitet von dem 27-jährigen Harold Rubin. Die bekannteste literarische Figur des Jahres war der chronische Onanist in Philip Roths Novelle *Portnoy's Complaint*.

Feministinnen verbrannten bei der Wahl zur Miss America in Atlantic City ihre Büstenhalter. Und größtenteils infolge der Pille sank die Geburtenrate in den USA auf den niedrigsten Stand seit der Depressionszeit. Männer wie Frauen waren nackt auf der Theaterbühne in der New Yorker Aufführung des Musicals *Hair* zu sehen, ebenso auf der Kinoleinwand in dem schwedischen Film *Ich bin neugierig (gelb)*. Am Tag bevor die Nation einen Mann ins höchste Staatsamt wählte, der versprochen hatte, die sexuelle Freizügigkeit und das organisierte Verbrechen zu bekämpfen und Recht und Ordnung wiederherzustellen, erschien in New York die erste Ausgabe einer schlüpfrigen Zeitschrift, deren Inhalt sich ausschließlich auf Sex und Pornografie beschränkte. Der Titel der Zeitschrift war *Screw*.

Die Herausgeber vertraten die Auffassung, dass nichts, was zwischen Erwachsenen in beiderseitigem Einverständnis geschah, obszön sein konnte und Pornografie, genau wie jede andere Form des Ausdrucks, ein Weg zur Erkenntnis der Natur sei. Die Darstellung von Sexualität beleidige hauptsächlich die

Gefühle derjenigen, denen ihre eigene Nacktheit nicht geheuer war. *Screw* attackierte die bürgerliche Kultur der Ära Nixon mit einer Sichtweise der amerikanischen Gegenwart, die keine etablierte Zeitschrift je gedruckt hätte.

Jede Woche publizierte *Screw*, das 35 Cent pro Ausgabe kostete, Fotos von Leuten, die ihre Genitalien offen zur Schau stellten und der Gesellschaft den Stinkefinger zeigten. Bildunterschriften und Artikel enthielten reihenweise Four-Letter-Words, die, so glaubte die Redaktion, zwar nicht salonfähig waren, aber den Zorn und die Enttäuschung des Durchschnittsbürgers auf die Regierung in adäquater Weise reflektierten. In den Cartoons tobten sich viehische Politiker und Richter in wüsten Orgien aus, und Viersternegeneräle ließen erst ihre Bomben auf Vietnam fallen und vergnügten sich danach beim gegenseitigen Analverkehr. Auch der Direktor des FBI blieb von *Screw* nicht verschont, er wurde in einem Artikel auseinandergenommen, dessen Überschrift allein schon eine Unverschämtheit war, nämlich die Frage, mit der sich schon viele Leute beschäftigt hatten: »Ist Edgar Hoover eine Schwuchtel?« Und während das Blatt die Verlautbarungsrhetorik prominenter Bürgerrechtler ansonsten ignorierte, brachte es doch die Geschichte eines Farbigen, der einen Prozess wegen Rassendiskriminierung angestrengt hatte, weil er in verschiedenen legalen Bordellen in Nevada nicht bedient worden war.

Die nackten Frauen auf den Fotos in *Screw* waren selten ausgesprochen schön, denn es ging der Zeitschrift um einen unretuschierten Realismus, und so druckte sie gewöhnlich aussehende weibliche Personen mit ihren natürlichen Fehlern und Unvollkommenheiten – die Molly Blooms und Constance Chatterleys der Moderne, im Gegensatz zu den perfekten Plastik-Playmates im *Playboy*. *Screw* dokumentierte die fortschreitende Anonymisierung der amerikanischen Gesellschaft anhand des steigenden Verkaufs von Vibratoren für Frauen und der Entdeckung der Männer als potenzielle Käufer künstlicher Vaginas und aufblasbarer Gummipuppen. Im Anzeigenteil gab es Inserate von Prostituierten, die ihre Dienste anboten, von alten Jungfern mit ihren Sehnsüchten und einsamen Männern mit ausgefallenen Vorlieben: »Gut aussehender Fußfetischist sucht Mädchen mit empfindlichen Sohlen. Zuschriften an Ed, GPO Box 2428, NYC 10001.«

Die Redakteure gossen in ihren respektlosen Leitartikeln wahre Jauchekübel über die Regierung aus, die sich überall einmischte, die einen Krieg rechtfertigte und gleichzeitig Verleger erotischer Zeitschriften, wie Ralph Ginzburg, den Herausgeber von *Eros*, hinter Gitter brachte. Und nachdem die New Yorker Polizei eine Aufführung des Theaterstücks *Ché* gestürmt und das Ensemble einschließlich des Putzmannes verhaftet hatte, weil in der Vorstellung Fellatio zu sehen gewesen war, die als gefährlich für die Moral der Theaterbesucher erachtet wurde, stellte *Screw* die Frage, warum die Polizei in der gleichen Woche nicht die Straßen der Stadt gesperrt hatte, auf denen insgesamt 145 Menschen zu Tode gekommen waren.

Die ständigen Polizeirazzien in Sexshops und Pornokinos in New York wurden in *Screw* mit zynischer Bestürzung dokumentiert, denn die Redaktion war der Auffassung, dass man hinter jedem knüppelschwingenden Polizisten eine frigide irisch-katholische Mutter, einen betrunkenen Vater oder einen latent homosexuellen Priester im Beichtstuhl vermuten konnte, der für die fleischlichen Freuden von Männern und Frauen nur Missbilligung übrighatte. Wenn eine Gemeinde an einen Pornobezirk angrenzte, wie beispielsweise die alteingesessene Nachbarschaft von Vater Duffy am Times Square, gab es endlose Kämpfe zwischen den Verteidigern der Freiheit des Einzelnen und den Verfechtern religiöser Vorschriften. Und während die großen Tageszeitungen der Stadt die jüngsten

Kampagnen gegen das Laster am Times Square unterstützten (im Verlauf derer beispielsweise die Peepshows mit Münzeinwurf abgeschafft wurden, die vom gemeinen Volk in Anspruch genommen wurden, während teure Sexshows wie *Oh! Calcutta!* für das reguläre Theaterpublikum weiterhin zugänglich waren), verteidigte die Redaktion von *Screw* das Recht schmutziger alter Männer auf Vergnügen, trat für das Existenzrecht der Prostituierten am Straßenrand ein und ließ sich auch nicht aus der Ruhe bringen vom Anblick schwarzer Teufel aus den Ghettos, die in purpurfarbenen Zuhälterschlitten durch Wohngegenden der unteren Mittelklasse kurvten.

Die Redaktion widersprach der herrschenden Auffassung, dass der Times Square erst in den letzten Jahren durch die Ausbreitung des Sexgewerbes weniger sicher geworden war und an Attraktivität verloren hatte. Stattdessen belegte sie, dass die Gegend schon immer ein Amüsierviertel gewesen war, dominiert von zwielichtigen Talenten auf der Durchreise und vergnügungssüchtigen Touristen – ein Ort, an dem Leute das suchten, was sie in ihrer eigenen Nachbarschaft nicht duldeten. Außerdem hatte die Polizei den Times Square mittlerweile wesentlich besser unter Kontrolle als zu Zeiten Vater Duffys, als jugendliche Gangs aus den Armenvierteln in Hell's Kitchen die Gegend mit Raub- und Mordzügen unsicher machten und es zu Beginn des Jahrhunderts südlich der 42nd Street so viele Prostituierte gegeben hatte, dass ein Bischof sich zu der Aussage verleitet sah, sie seien zahlreicher als die Methodisten in der Stadt.

Im Interesse der historischen Perspektive druckte *Screw* häufig die verblichenen Aktfotos von Prostituierten vergangener Zeiten oder Showgirls, die damals der Schrecken des muffigen New Yorker Bürgermeisters Fiorello »Kleine Blume«, La Guardia waren; und in einer Kolumne mit dem Titel »Schmutz und Schund von gestern« veröffentlichte *Screw* alte pornografische Privatschnappschüsse, die der Redaktion anonym von irgendwelchen Siebzigjährigen zugeschickt wurden, mit dem Wunsch, der Nachwelt einen sichtbaren Beweis ihrer lange zurückliegenden Vergnügungen zu hinterlassen, weil es ihnen mittlerweile egal war, was ihre Nachbarn dachten, oder weil die Nachbarn alle tot waren.

Die erste Durchsuchung der Redaktionsräume von *Screw* fand kurz nach der Auslieferung der Ausgabe vom 30. Mai 1969 statt, in der eine Fotomontage des damaligen Bürgermeisters von New York, John Lindsay, mit einem stattlichen Penis abgedruckt war und im Begleittext zu lesen war, seine politischen Fähigkeiten könnten denen im Bett längst nicht das Wasser reichen, auch wenn jene auf die Missionarsstellung beschränkt seien. Obwohl die leitenden Redakteure von *Screw* wegen Verbreitung obszöner Inhalte verhaftet, erkennungsdienstlich behandelt und eine Weile hinter Gitter gesteckt wurden, erschien die Zeitschrift weiterhin jede Woche, schamlos wie immer, denn dank des finanziellen Erfolgs konnte sich *Screw* den Luxus leisten, sich von Topanwälten vertreten zu lassen, die auf das Recht ihrer Mandanten auf freie Meinungsäußerung plädierten und diese immer wieder freibekamen. Trotz weiterer behördlicher Schikanen – die Polizei verhaftete immer wieder Straßenverkäufer, die das Magazin anboten, darunter auch einige, die blind waren – erreichte das Blatt nach einem Jahr bereits eine Auflage von 140 000 Exemplaren, und der Schriftsteller Gore Vidal pries es als das einzige Magazin in Amerika, das die Bedürfnisse seiner Leser wirklich ernst nahm.

In der Annahme, der Großteil seiner Leser würde sich für die verschiedenen sexuellen Subkulturen in New York interessieren, wenn nicht sogar dazugehören, druckte *Screw* Adressen und Kurzbeschreibungen von Bars, in denen Swinger-Pärchen, Homosexuelle, Lesbierinnen und Lederfetischisten auf ihre Kosten kamen. Es informierte darüber, wo man am preiswertesten Kondome und Aphrodisiaka, Präservative und Massagestäbe kaufen konnte. Den vielen Leuten, die sich »Ehehilfen« durch die Post kommen ließen und Hemmungen hatten, fehlerhafte oder wertlose Ware zu reklamieren, bot *Screw* einen besonderen Service. Die Zeitschrift ließ die gängigsten Versandartikel in ihren Labors testen und deckte zum Beispiel so manchen Schwindel auf, wie beispielsweise ein Gerät zur Penisverlängerung oder erektionsfördernde Salben, die auch nicht effektiver waren als irgendeine schmerzlindernde Salbe, die man im Laden um die Ecke für ein Zehntel des Preises kaufen konnte.

Da die Zeitungsreklamen für Pornofilme den erotischen Inhalt der Streifen ständig übertrieben, notierte ein Kritiker in seinem Filmüberblick die Anzahl der Erektionen, die er beim Zuschauen im Kino gehabt hatte, und führte das so genannte »Peter-Meter« ein, eine Messskala, die an jeden Film angelegt wurde. Auch zwielichtige Gesellschaftsclubs und Partnervermittlungen wurden streng unter die Lupe genommen. Und bei den Besprechungen von Sachbüchern und Romanen mit sexuellem Inhalt wurden die leidenschaftlichsten Passagen gerne ausgiebig zitiert, um dem Leser einen Eindruck vom Stil des Autors zu vermitteln.

Als eine neue Paperback-Ausgabe mit den gesammelten Briefen von James Joyce im Viking-Verlag erschien, zitierte *Screw* als einzige Zeitschrift längere Auszüge aus den pikanten Briefen, die Joyce an seine Frau Nora geschrieben hatte, während er längere Zeit von ihr getrennt war: »Schon kleine Dinge bewirken einen Riesenständer bei mir: eine laszive Bewegung deines Mundes, ein kleiner brauner Fleck auf deinem weißen Laken … die Vorstellung, deine heißen, geilen Lippen an mir saugen zu fühlen, dich zwischen deinen beiden Titten mit den rosigen Zitzen zu ficken, in dein Gesicht zu spritzen und meinen Samen auf deinen heißen Wangen und Augen zu verschmieren, meinen Schwanz zwischen deine Hinterbacken zu stoßen und dich ausgiebig zu rammeln.«

»Was Fickfantasien angeht, gerade mal guter Standard«, lautete der Kommentar seitens *Screw*, das allerdings die Viking-Ausgabe dennoch begrüßte, da damit ein alter Satz R. L. Menckens bestätigt wurde, der besagte: »Die großen Künstler der Welt sind niemals Puritaner gewesen, und unter normalen Kriterien auch nur selten respektabel.«

Der Mann, der für den Inhalt und die Philosophie von *Screw* verantwortlich zeichnete, war der Herausgeber und Mitbegründer Alvin Goldstein, ein Mann, der weniger Wert darauf legte, die Gesellschaft zu verändern, sondern in seinem Blatt die Welt widerspiegeln wollte, wie sie jeden Tag und jede Nacht von Tausenden von unbeachteten Leuten – zu denen er sich auch zählte – erlebt wurde. Goldstein war ein scheuer, übergewichtiger, sexuell frustrierter und rastloser Mensch im Alter von 32 Jahren. Seine erste Ehe mit einer jüdischen Prinzessin, die ihn gegen den Willen ihrer Eltern geheiratet hatte, war bitter geendet, und auch seine zweite Ehe mit einer hübschen Stewardess, die sich dann zur Feministin entwickelte, hielt nicht lange.

Nach dem Besuch des Pace College in New York, wo er sein Examen in Englisch gemacht hatte, war er Versicherungsagent, Taxifahrer und Glaser. Er war Wohlfahrtsempfänger und Industriespion für die Bendix Corporation gewesen sowie der Verfasser von bizarren Geschichten für ein Sensationsblatt, *The National Mirror.* In seinen Beiträgen schilderte er lustvolle Freuden, die nach jüdisch-christlicher Tradition mit Strafe und Pein geahndet werden. Die Tatsache, dass ihm solche Beispiele in großer Anzahl aus der Feder flossen, beruhte nicht auf seiner lebhaften Fantasie, sondern auf persönlichen Erinnerungen.

Alvin Goldstein war geboren worden und aufgewachsen in einem Viertel von Brooklyn, in dem Jugendkriminalität an der Tagesordnung war und die populärste Sportart Ladendiebstahl hieß. Er war ein stotternder, schlaffer, ängstlicher Junge, der bis zu seinem zehnten Lebensjahr ins Bett machte. Von strengen jüdischen Lehrerinnen eingeschüchtert und verunsichert, saß er mit gesenktem Blick im Unterricht, immer in der Furcht, unangenehm aufzufallen, während er zahllose Bilder von Kampfpiloten im Zweiten Weltkrieg zeichnete, die sich erbitterte Luftkämpfe lieferten. In der fünften Klasse fiel er durch und wurde zu einem Kinderpsychologen in Behandlung geschickt. Seine schulischen Leistungen besserten sich trotzdem nicht, und seine moralische Verfassung verschlechterte sich weiter. Er fühlte sich gedemütigt, weil man ihn mit Jüngeren in eine Klasse gesteckt hatte und er von Gleichaltrigen ignoriert und zurückgewiesen wurde. Schließlich steigerte sich seine Entfremdung zur Feindseligkeit. Nach der Schule wurde er auf der Straße regelmäßig von älteren Jungen, hauptsächlich Schwarzen, verprügelt. Bald schon machte ihm das beinahe Spaß. Zumindest erregte er damit ihre Aufmerksamkeit – und auf seltsame Art auch ihren Respekt, da er sich immer wieder ihrer Prügel aussetzte. Wenn er die Gangs an der Ecke der Schule stehen sah, die Breitnasen, die Einbrecherkönige, provozierte er sie mit Gesten, und wie beabsichtigt fielen sie über ihn her, bearbeiteten ihn mit ihren Fäusten, und er schlug zurück wie ein Verrückter, verfluchte sie und forderte sie dazu heraus, ihm immer noch eins zu versetzen.

Seine Mutter, eine mitfühlende Frau ohne Selbstbewusstsein, war die Tochter russischer Immigranten und stotterte genauso schlimm wie er. Sein Vater, aufgewachsen an der Lower East Side, vorzeitig von der Highschool abgegangen, arbeitete zunächst als motorisierter Bote und dann als Fotograf bei *International News Fotos*, einer Agentur des Zeitungsmagnaten Hearst, und wenn er nicht mit Kameras behängt zusammen mit der Pressemeute auf Jagd nach Sensationen war, wirkte er völlig abwesend und apathisch. Wenn die Familie zum Beispiel in einem chinesischen Restaurant zu Abend aß, saß sein Vater devot am Tisch und redete den Kellner mit »Sir« an. Zu Hause war er entweder missmutig oder kümmerte sich überhaupt nicht um die Familie. Das Einzige, das Goldstein an seinem Vater bemerkenswert fand, waren die Fotos von nackten Mädchen, die er in seiner Schreibtischschublade aufbewahrte, darunter auch Aufnahmen von Orientalinnen, die er während des Krieges, als er für Hearst im Pazifik fotografierte, aufgenommen hatte. Einige hatte er sogar von Freunden im Polizeipräsidium nach einer Pornorazzia am Times Square bekommen.

Der einzige Mensch, den Al Goldstein in seiner Familie bewunderte, war sein Onkel George. Der Bruder seiner Mutter, ein großer, stattlicher Mann, war geschieden und wohnte in einem Apartmenthotel im Theaterviertel von Manhattan, wo er einen gut frequentierten Parkplatz betreute und ständig hinter dem Steuer des Straßenkreuzers irgendeiner Berühmtheit saß. Obwohl er die Inhaber nie so gut kennenlernte wie ihre Autos, vermittelte er seinem Neffen den Eindruck, mit fast allen Topproduzenten und Stars vom Broadway, mit Spielern und Zuhältern bekannt zu sein. Außerdem verfügte er über eine Überzeugungskraft, die so groß war, dass, als er seiner Bestürzung über die Tatsache Ausdruck verlieh, dass sein Neffe mit sechzehn immer noch Jungfrau war, Goldsteins Eltern ihm augenblicklich beipflichteten, dies sei ein weiteres Problem im ohnehin schon tristen Leben ihres Sohnes, und dankbar sein Angebot annahmen, dem Abhilfe zu schaffen. Bald darauf erhielt Al einen Anruf von seinem Onkel, er solle am nächsten Abend um zehn Uhr in seiner Hotelsuite erscheinen, wo ihn eine Frau erwarten würde.

Fein herausgeputzt in seinem Bar-Mitzvah-Anzug erschien Al Goldstein eine halbe Stunde zu früh im Hotel. Sein Onkel begrüßte ihn, schenkte ihm einen Whiskey ein und schickte ihn dann über die Straße in einen Drugstore, wo er ein Präservativ kaufen sollte – die teure Luxusausführung aus angefeuchteter Ziegenhaut, die sein Onkel für den Rolls-Royce unter den Präsern hielt.

Die Tür zur Suite 709 stand halb offen, als Al zwanzig Minuten später wieder auftauchte. Sein Onkel saß in dem verdunkelten Wohnzimmer vor dem Fernsehapparat und sah sich einen Ringkampf an. Er winkte ihm zu und forderte ihn auf, sein Jackett auszuziehen. Dann wies er auf die Tür des Schlafzimmers und wünschte ihm viel Glück.

Nervös machte Al die Tür auf und hörte drinnen aus der Finsternis eine heisere Stimme sagen: »Hallo, ich heiße Helen. Ich bin froh, dass du da bist.« Er hielt sich noch am Türknauf fest, da sprach sie schon weiter: »Komm doch rein und mach die Tür zu. Du brauchst keine Angst zu haben.« Sie schien freundlich und nett zu sein, er konnte sie allerdings immer noch nicht sehen, dafür roch er ihr Parfüm umso deutlicher.

»Nervös?«, fragte sie.

»Nein.«

»Möchtest du dich gerne ausziehen und zu mir legen?«

»Ja.«

Allmählich konnte er sie in dem unbeleuchteten Raum ausmachen. Sie saß im Bett unter der Decke. Er hatte den Eindruck, dass sie blond war. Sorgfältig legte er Hemd und Krawatte ab und hörte Münzen in seiner Hosentasche klappern, als er seine Hose über den Stuhl legte. Als er sich zögernd dem Bett näherte, spürte er, wie sie ihre Arme nach ihm ausstreckte, und bald schon umarmte sie ihn ganz mütterlich und dirigierte sanft seine Hände an ihrem Körper entlang. Sie ließ ihn ihre großen Brüste streicheln, ihren Bauch und die Schamhaare zwischen ihren Beinen. Sie war sehr groß, aber nicht fett, und als er seinen Mund auf ihre Brüste presste, sagte sie ermutigend: »So ist's recht. Alles, was du gerne tun möchtest, ist richtig.«

Dann spürte er, wie ihre Hände seinen Körper erforschten, seinen Penis berührten und ihn auf eine Weise erregten, die für ihn fremd und wundervoll war. Als sie ihn fragte, ob er ein Präservativ mitgebracht habe, sagte er ja. Als er aber aufstand, um es zu holen, und das Licht vom Broadway durch das Fenster auf seinen steifen Schwanz fiel, schämte er sich und drehte ihr den Rücken zu, während er seine Kleider durchsuchte. Er stöberte in seinen Hosentaschen, dann in seinen Hemdtaschen, dann wieder in seiner Hose, bis er es schließlich fand. Nachdem er zaghaft wieder ins Bett gekrochen war, nahm sie ihm das Päckchen aus der Hand, machte es auf und stülpte das Kondom gekonnt über seinen Penis. »Du wirst sehen, alles läuft wunderbar«, sagte sie, während er vor lauter Erregung kein Wort herausbrachte.

Sie benetzte ihre Fingerspitzen an ihren Lippen, fasste sich zwischen die Beine und zog ihn auf sich, schob ihn rein und begann sich in einem Rhythmus auf und ab zu bewegen, dem er sich anpasste. Er fühlte sich total eingeschlossen in dieser großen Frau, umklammert von ihren schweren Beinen und den langen Armen. Und als er kam, drückte sie ihn fest an sich und sagte: »Oh, das war aber schön.« Nie hatte er sich glücklicher gefühlt.

Später, als er ruhig und entspannt neben ihr lag, fragte sie ihn, wie es ihm in der Schule gefiel, und stellte ihm ein paar weitere eher allgemeine Fragen, erzählte aber nichts von sich selbst, und er war zu scheu, um ihr Fragen zu stellen. Er wäre gerne länger mit ihr im Bett seines Onkels geblieben, aber es war schon spät, und da er am Morgen zur Schule musste, sagte er schließlich, er müsse sich auf den Heimweg machen. Während er sich anzog, sah sie ihm zu, und als er ihr Gute Nacht sagte und sich bei ihr bedankte, gab sie ihm einen Kuss.

Im Wohnzimmer saß sein Onkel immer noch vor dem Fernseher und schaute den Ringkampf. Als Al hereinkam, erhob er sich und fragte, ob alles gut gelaufen war. Hocherfreut, dass dies der Fall war, schüttelte er Al die Hand, worauf dieser sich bedankte und kurz darauf mit dem Fahrstuhl nach unten fuhr und hinaustrat in die Nachtluft, umringt von Menschen, Lärm und grellem Licht. Und mit einem Mal fühlte er sich reifer.

Ein paar Monate später, mit siebzehn Jahren, verließ er vorzeitig die Schule und ging zum Militär. Ein Brief ans Pentagon, von einem Freund seines Vaters bei Hearst verfasst, verschaffte Al Goldstein eine Einberufung ins Signal Corps, wo er die nächsten drei Jahre als Fotograf an den verschiedensten Stützpunkten tätig war und Hunderte von Militärparaden und Ordensverleihungen im Bild festhielt. Einmal fotografierte er sogar auf Bitten seines Sergeanten, wie dieser sich von einer Prostituierten oral befriedigen ließ.

Während seiner Zeit beim Militär, sowohl in Amerika wie in Europa, war Goldstein regelmäßiger Kunde bei Prostituierten. Erst nach seiner Entlassung im Winter 1958, als er, ausgestattet mit einem Veteranenstipendium, das Pace College besuchte, begriff er allmählich, dass man für Sex nicht unbedingt zahlen muss. Und hier auf dem College fühlte er sich das erste Mal seiner Umgebung weder gesellschaftlich noch intellektuell unterlegen. Beim Militär war er erwachsen geworden und hatte in einsamen Nächten in den Kasernen ziemlich viel gelesen. Im Pace College war er zwei bis drei Jahre älter als seine Klassenkameraden, hatte mehr von der Welt gesehen als sie und erfreute sich als heimgekehrter Veteran eines gewissen Respekts. Zusätzlich zu seinen erfolgreichen Studien schrieb er für die Campuszeitung und arbeitete jede Nacht bei seinem Vater als Fotolehrling für *International News Fotos*. Da er sein Stottern inzwischen fast überwunden hatte, trat er dem Debattierclub im College bei und wurde bald zu dessen Vorsitzendem ernannt.

Die Erfahrung, anerkannt zu werden, bewirkte bei ihm allerdings nicht, dass er die Menschen in seiner Umgebung auch akzeptierte. Ganz im Gegenteil: Sein neu erworbenes Selbstbewusstsein und sein Status motivierten ihn zusätzlich, seinem lange unterdrückten Zorn und seinem Ärger Ausdruck zu verleihen. Jetzt, da seine Worte verstanden wurden, wollte er sich entschädigen für die vielen Jahre erstickter Wut und unzusammenhängenden Gestammels, das die Leute oft genug im Spott nachäfften. Und falls er es je zu etwas bringen sollte, so wäre es seine größte Befriedigung zu wissen, dass seine ehemaligen Lehrer und Klassenkameraden sein Erfolgspotenzial nicht erkannt hatten.

Erfolg bedeutete Al Goldstein als Mitglied im Debattierclub alles, besonders wenn das Pace College von Teams der Ivy League herausgefordert wurde, deren Mitglieder in seinen Augen gesellschaftlich privilegiert und reich und deshalb seiner Verachtung wert waren. Mit allen Tricks versuchte Goldstein, Punkte gegen sie zu sammeln: Er verfälschte und verdrehte Tatsachen und tischte Lügen in Dutzenden von Variationen auf, ohne dass dies sein Gewissen belastet hätte; seiner Meinung nach *verdienten* Ivy-League-Typen, belogen zu werden.

Es dauerte nicht lange, bis sich seine verbalen Attacken auch gegen das College selbst richteten. Er fing an, sich mit seinen Professoren anzulegen, Artikel gegen Campusvorschriften zu schreiben, und er rebellierte gegen den Brauch, in den Vorlesungen Jacke und Krawatte zu tragen. Als 21-jähriger Junior ließ sich Goldstein einen Bart wachsen und wurde als erster Beatnik am College bekannt. Als er seine Literaturlisten zugunsten der Romane von Kerouac und Gedichte von Ginsberg vernachlässigte, ließen seine akademischen Leistungen nach, obwohl ein weiterer Grund dafür die viele Zeit gewesen sein mag, die er mit einer hübschen Studentin verbrachte, die ebenfalls Mitglied im Debattierclub war.

Da sie sein allerserstes Liebeserlebnis war, war seine Hingabe ebenso romantisch wie seine Erwartungen naiv. Hinzu kam, dass sie in sexueller Hinsicht eine abenteuerlustige und beliebte junge Dame war, die ihm von Anfang an deutlich erklärt hatte, dass sie nicht beabsichtigte, ihr gesellschaftliches Leben auf seine nächtlichen Wünsche zu beschränken. Gelegentlich traf sie sich, teils mit seinem Wissen, teils heimlich, mit anderen

Männern – nicht ständig, aber doch oft genug, um Goldstein konstant in einem Zustand von Unsicherheit und Verzweiflung zu halten. Sein Problem war, dass er sich weder von ihr trennen noch sie in den Griff bekommen konnte. Er war ihr körperlich hörig. In Nächten, in denen er nicht mit ihr zusammen war, masturbierte er zu dem geistigen Bild, das er von ihr vor Augen hatte; und er sah mit einer Deutlichkeit, die ihn fast zum Wahnsinn brachte, ihre schlanke, biegsame Gestalt, ihre langen Beine, wie sie sich um die Körper anderer Männer schlangen, von denen er fürchtete, dass sie ihrer mehr wert waren als er.

Obwohl er selbst von Übergewicht geplagt war, hatte er eine Aversion gegen dicke Frauen. Und trotz der Tatsache, oder vielleicht gerade weil seine Mutter große Brüste hatte, bevorzugte Goldstein kleine, feste Brüste wie die des Mädchens aus dem Debattierclub. Und auch wenn sie ihm seit dem ersten Tag ihrer Beziehung Ärger und Seelenqualen bereitete und all seine Selbstzweifel wieder zum Leben erweckt wurden, rief sie dennoch gleichzeitig einen ganz neuen Kampfgeist in ihm wach, einen grimmigen Eroberungstrieb. Sie war wie die Herausforderung einer Debatte, etwas, das er am Ende mit scharfem Verstand, einem schnellen Mundwerk und, in diesem besonderen Fall, mit seinem cunnilingualen Zungenschlag für sich entscheiden würde.

Wenn es einen Weg zu ihrem Herzen gab, dann möglicherweise über die virtuose Bearbeitung ihrer Vulva. Zu dieser Schlussfolgerung gelangte er eines Nachts, als sie seinen Kopf zwischen ihre Beine drückte und erklärte, dies würde ihr am meisten Lust bereiten. Zuvor hatte er noch nie etwas von Cunnilingus gehört, und schon gar nicht unter dieser Bezeichnung. Die wenigen Male, als in seiner Anwesenheit beim Militär oder in seiner Nachbarschaft in Brooklyn davon gesprochen wurde, war es in gemeinen, ordinären Ausdrücken geschehen, von denen der höflichste noch »Mufftauchen« war. Und kein junger

Straßenstrolch mit einem Funken Ehrgefühl hätte zugegeben, so etwas zu tun. Das war unmännlich, wenn nicht gar unhygienisch, und brachte einen Mann in eine der Frau untergeordnete Stellung. Das war nur was für Perverse.

Nachdem Goldstein mehr über diese Technik in den Sexlexika verschiedener Bibliotheken in Erfahrung gebracht hatte, wusste er, dass Cunnilingus und Fellatio vor dem Gesetz als obszön galten, als eine Form von Sodomie, und dass beides in fast allen amerikanischen Staaten verboten war, auch wenn Ehepaare sich ganz privat auf diese Weise vergnügten. In Connecticut wurde oraler Sex als Verbrechen mit 30 Jahren Haft bestraft. In Ohio waren es 21 Jahre, in Georgia konnte dieses »Verbrechen gegen die Natur« lebenslange Zwangsarbeit zur Folge haben – eine weitaus strengere Strafe als für Geschlechtsverkehr mit Tieren, der in Georgia lediglich mit fünf Jahren geahndet wurde.

Die Gesetze gegen oralen Sex waren selbstredend von den kirchlichen Morallehren beeinflusst, die seit dem Mittelalter derlei unreproduktive Praktiken als unnatürlich verdammten, obwohl sie ganzen Völkerscharen seit den frühesten Tagen unserer Zivilisation völlig natürlich erschienen. Bilder von Paaren, die sich oral vergnügen, sind auf chinesischen Schriftrollen, die bis 200 vor Christus zurückdatieren, zu sehen, ebenso wie auf alten orientalischen Reisschüsseln, Parfümflakons und Schnupftabakdosen. Geschnitzte Figuren in erotischen Oralstellungen zieren die alten Tempel in Indien. Der römische Satiriker Juvenal aus dem 1. Jahrhundert nach Christus berichtete oft von Cunnilingus und Fellatio und erklärte, diese Praktiken seien in der damaligen Zeit zwischen Hetero- und Homosexuellen allgemein üblich gewesen.

Während die mittelalterliche Kirche diejenigen, die sich zu derartigen Vergnügungen bekannten, auf das Schwerste bestrafte, und denen, die ihre Sünden nicht zugaben, Schuldkomplexe aufoktroyierte, hielt die Vorliebe für orale Betätigung im

Privatbereich jahrhundertelang unvermindert an, obwohl sie nur selten offene Erwähnung findet, außer in verbotenen Kunstwerken oder Büchern wie dem Roman *Fanny Hill* aus dem 18. Jahrhundert oder später in den zensierten Werken von Henry Miller.

Goldstein hatte fast alle Bücher von Miller gelesen und war nicht nur von der plastischen Beschreibung des Cunnilingus durch den Autor stark beeindruckt, sondern darüber hinaus davon überzeugt, dass Miller es selbst ungeheuer genoss, einer Frau auf diese Weise Lust zu bereiten – eine Kunst, die auch Al Goldstein nach viel Übung und Ermutigung seitens seiner jungen Freundin zu beherrschen lernte. Wenn er mit seinem Kopf zwischen ihren Beinen lag und mit seiner Zunge ihre Klitoris und die Schamlippen liebkoste, seine Hände fest in ihre Hinterbacken krallte und sie hin- und herbewegte, wie er wollte, spürte er eine Macht über sie wie sonst nie. Seine Zunge war eine potentere Waffe als sein Penis, zumindest schien es ihm damals so. Sie war verlässlicher, fügsamer, verständnisvoller und reagierte auf jedes Kommando. Sein Penis konnte schlaff und nicht hochzukriegen sein, aber seine Zunge war immer in der Lage, zuzustoßen und sich im Schoß des Mädchens zu winden und zu aalen; und während sein Mund über sie hinwegglitt, genoss er nicht nur den Anblick ihrer wohlgeformten Schenkel, sondern gleichzeitig auch das Gefühl der Seelenverwandtschaft mit Henry Miller.

Aber wenn er nicht mit ihr im Bett war, interessierte sie sich nicht weiter für ihn. Das verstärkte sich noch, als sie anfing, Abendkurse zu belegen. Im Herbst 1960 ging ihre Beziehung langsam zu Ende. Bald fand er ein anderes Mädchen, das nicht ganz so klug, dafür aber aufmerksamer war. Doch so gern wie seine erste Freundin hatte er sie nicht.

Nachdem er in seiner Freizeit als Assistent eines Fotografen der Hearst-Agentur alles gelernt hatte, was er wissen musste, nahm Goldstein während der Weihnachtsfeiertage den Auftrag einer Fotoagentur an, nach Kuba zu fliegen, wo die wachsenden Spannungen zwischen dem neuen Castro-Regime und der amerikanischen Regierung bald zum Abbruch der diplomatischen Beziehungen führen sollten – eine unausweichliche Entwicklung, die von der Gegenwart Al Goldsteins in Havanna vielleicht sogar noch beschleunigt wurde. Kaum war er angekommen, fing er an, aus seinem Hotelfenster mit einem Teleobjektiv Aufnahmen von der weiblichen Miliz zu machen, die gerade vorbeimarschierte. Am Nachmittag spazierte er durch die Stadt und fotografierte militärische Anlagen und antiamerikanische Slogans an Plakatwänden. Am Abend hängte er sich vier Kameras um den Hals und nahm an einer Pressekonferenz teil, die der Bruder des kubanischen Führers, Raúl Castro, abhielt, und nachdem Goldstein über dreißig Aufnahmen von ihm und den anderen Männern auf der Rednerbühne gemacht hatte, wurde er von bewaffneten Wächtern aus dem Raum gedrängt und aufgefordert, seinen Film abzuliefern.

Goldstein protestierte in scharfen Worten gegen diese Behinderung seiner Arbeit und verweigerte die Herausgabe. Als er dann großspurig mit seinem Presseausweis herumwedelte, wurde er kurzerhand gezwungen, ein Fahrzeug zu besteigen, das ihn in ein Militärgefängnis brachte, wo man ihn wegen Verdachts der Spionage festhielt. Er verbrachte vier Tage und Nächte hinter Gittern, bis das amerikanische Konsulat die Kubaner davon überzeugen konnte, dass er kein Spion, sondern lediglich ein übereifriger Fotografiestudent auf Urlaub war; woraufhin er entlassen und mit dem nächsten Flugzeug nach Miami geflogen wurde.

Auch wenn der Rummel um seine Kuba-Krise auf dem Campus seinen Status als Respektsperson festigte, wurde sein Wunsch, das College zu verlassen, immer stärker, hauptsächlich weil er drauf und dran war, zum dritten Mal hintereinander durch seine Mathematikprüfung zu fallen. Zudem langweilte ihn das Studentenleben. Im Frühjahr 1961 ging er ohne

Abschluss ab, und in dem Bestreben, Beruf und Abenteuer zu verbinden, wurde er freier Pressefotograf. Doch er wurde schwer enttäuscht. Sein wichtigster Auftrag innerhalb der nächsten zwei Jahre war ein relativ ereignisloser Flug nach Pakistan, wo er die Ankunft der First Lady, Jacqueline Kennedy, fotografierte. Seine abenteuerlichste Reise unternahm er, als er im Januar 1963 mit einer jungen Frau, die er nicht liebte, nach Great Neck auf Long Island durchbrannte.

Kennengelernt hatte er sie auf dem College, kurz bevor er es verließ. Obwohl er sie nicht sonderlich attraktiv fand – sie war die verwöhnte Tochter gesellschaftlich ambitionierter jüdischer Eltern, hatte Übergewicht und war aggressiv –, gefiel ihm die Tatsache, dass er ihr imponierte. Sie war der erste Mensch, der ernsthaft behauptet hatte, dass er eines Tages Erfolg haben würde. Hätten ihre Eltern nicht so vehement gegen ihre seltenen Rendezvous opponiert, hätte sich die Beziehung bestenfalls zu einer lockeren Bekanntschaft entwickelt, doch die Beharrlichkeit, mit der sie behaupteten, er sei ihrer unwürdig und sie dazu aufforderten, sich nicht mehr mit ihm zu treffen, stachelte ihren Widerstandsgeist erst recht an und löste in Al Goldstein eine zornige Reaktion aus, die sich nicht mehr kontrollieren ließ. Er *musste* die Tochter dieser Leute heiraten. Und er tat es. Doch es sollte ihm bald leidtun.

Kurz nachdem das junge Paar seine neue Wohnung in der West 54th Street in Manhattan bezogen hatte, stellten beide fest, dass ihre Charaktere offensichtlich unvereinbar waren. Und auch wenn sie zweieinhalb Jahre verheiratet blieben, stritten sie nahezu ununterbrochen und gingen kaum miteinander ins Bett. Stattdessen schlich sich Al Goldstein spätnachts ins Badezimmer, um zu den Aktaufnahmen von Diane Webber, Betty Page oder Candy Barr zu onanieren. Letztere war eine hübsche Stripperin aus Texas, die 1953 in dem berühmten Untergrundporno *Smart Alek* die Hauptrolle gespielt hatte. Manchmal benutzte er auch die Unterwäschereklame in der *New York Times* oder Fotos von Marilyn Monroe in *Life*, wie sie im Badeanzug aus dem Pool stieg, oder die neuesten Aufnahmen von Jacqueline Kennedy in eng anliegenden, dekolletierten Abendkleidern, aus denen er sie in seiner Fantasie herausschälte.

Um sich erotisch zu stimulieren, sah er sich pornografische Filme am Broadway an und verbrachte ganze Nachmittage in der Gesellschaft einsamer Männer mit geheimen Wünschen und Begierden, durch leere Stühle von ihnen getrennt, ängstlich jeden Blickkontakt vermeidend, wenn zwischen zwei Filmen die Saalbeleuchtung anging. Wann immer Goldstein abends eine Ausrede fand, um allein ausgehen zu können, besuchte er eines der vielen Bordelle, die er in Harlem kannte und die für weiße Freier damals noch zugänglich waren. Black Power und Rassenangst brachten den Sextourismus allerdings bald zum Erliegen, und als Resultat wurden die Prostituierten in dicken Schlitten Richtung Downtown gebracht und am Times Square und der Lexington Avenue abgestellt.

In einer Hinsicht erfüllte sich während seiner Ehejahre die Prophezeiung seiner Frau: Goldstein hatte beruflich Erfolg, allerdings nicht als Fotograf. Er entpuppte sich als begnadeter Versicherungsvertreter. Fasziniert von der Aussicht, mehr Geld zu verdienen, als er je als Fotograf erzielen konnte, hatte er auf eine Stellenanzeige der Versicherung Mutual of New York in der *Times* geantwortet. Schon im ersten Jahr war er die Nummer 14 unter ihren 7000 Agenten. Ehrgeizig und voller Energie fuhr er auf seinem Motorroller von Termin zu Termin durch die Stadt, und dank seines rhetorischen Talents gelang es ihm, Unmengen von Menschen davon zu überzeugen, dass von allen Seiten Unheil drohte.

Aber nach zwei Jahren zeigte sein deprimierendes Privatleben Wirkung, und die Zahl seiner Abschlüsse ging immer mehr zurück, und plötzlich stand er vor dem drohenden Debakel, vor dem er andere Leute immer gewarnt hatte. Eines Nachts kam er nach Hause und entdeckte, dass seine Wohnung geplündert worden war. Die Möbel waren weg, seine Anzüge lagen verstreut und zerrissen in der Gegend herum. Seine teuren Zigarren waren in der Mitte auseinandergebrochen, seine Stereoanlage fehlte, der Boden im Badezimmer war mit Scherben übersät, die nach Rasierwasser rochen. Seine Frau war nirgendwo zu sehen, und sie hatte alles mitgenommen, was ihr gehörte.

Er geriet in hilflose Wut. Er wusste, er konnte nicht beweisen, dass seine Frau sich auf diese Weise für seine häufigen Zurückweisungen gerächt hatte. Würde er sie verklagen, wäre ihr Vater, ein Rechtsanwalt, genau der richtige Gegner vor Gericht. Goldstein verließ die Wohnung so, wie er sie vorgefunden hatte, und verbrachte die nächsten Tage im Haus seiner Eltern in Queens, ein unversicherter Versicherungsvertreter, niedergeschmettert und sprachlos, der während der folgenden Tage in New York hauptsächlich Trost bei Freunden fand, denen er Versicherungen verkauft hatte.

Bald darauf beschloss er, sich aus dem Beruf zurückzuziehen. Er war davon überzeugt, wenn er weiter mit Versicherungen hausieren ginge, würden seine Depressionen nur noch größer, und als einer seiner Freunde, ein Mann, der den belgischen Pavillon auf der New Yorker Weltausstellung leitete, ihm einen Job bei einer Art Glückslotterie anbot, nahm er ihn sofort an. Sechs Abende in der Woche stand er nun in auffälliger Aufmachung hinter dem Mikrofon und animierte die Leute, Zehn-Cent-Münzen auf kleine rote Kreise zu werfen, die in Holzblöcke eingefräst waren, und so einen Fernseher zu gewinnen. Das Spiel war nicht manipuliert, und während des Sommers 1965 musste er dreißig Fernsehgeräte an ihre Gewinner aushändigen, während er selbst mit dieser Tätigkeit 250 Dollar pro Woche verdiente und in der Rummelplatzatmosphäre völlig aufging.

Doch im Herbst 1965 schloss die Weltausstellung, und

Goldstein, der bei verschiedenen Kreditgesellschaften über 4000 Dollar Schulden hatte, die er noch mit seiner Frau zusammen gemacht hatte, arbeitete während der nächsten Jahre als Teppichverkäufer, Lexikonvertreter und Taxifahrer. Außerdem spendete er regelmäßig gegen Bezahlung Blut bei einer Blutbank am Times Square. Entmutigt und unzufrieden mit der Welt, fing er im Alter von dreißig Jahren an, sich immer mehr gehen zu lassen und nur noch seinen Tagträumen nachzuhängen.

Auch wenn er seit den bösen Erfahrungen seiner Ehe vor einer engeren Bindung mit einer Frau zurückschreckte, sehnte er sich dennoch nach weiblicher Gesellschaft und stellte sich vor, dass es in New York jede Menge Frauen geben musste, die genauso einsam waren wie er und die man nur zu fragen brauchte, wenn man denn wusste, wo man sie fand. Er hätte in Bars und Diskotheken gehen können, doch der Lärm und die Sauferei dort gefielen ihm ebenso wenig wie die unausweichliche Konkurrenz der anderen Männer im Rennen um die begehrtesten Frauen. Und für die Studentenszene fühlte er sich zu alt und zu fett. Natürlich konnte er jederzeit auf Prostituierte aus Bars oder vom Straßenstrich zurückgreifen – zum ersten Mal in seinem Leben verstand er die absolute Notwendigkeit dieser Frauen für die Gesellschaft –, aber aufgrund seiner finanziellen Verhältnisse musste er sich diese Gewohnheit versagen. Er unterschrieb einen Vertrag bei einer computergestützten Partnerschaftsagentur, die sich schon bald als Schwindel erwies, kaufte sich jede Woche den *East Village Other* und ging die Anzeigen durch, in denen Frauen ihrem Wunsch nach männlicher Gesellschaft deutlich Ausdruck verliehen und eine Chiffrenummer angaben. Von zehn Briefen auf ein solches Inserat blieben neun unbeantwortet. Und meldete sich tatsächlich mal eine Frau, war sie gewöhnlich eine Prostituierte.

Er wurde sogar Mitglied in mehreren Clubs der Einsamen

Herzen und korrespondierte mit Organisationen, die Brieffreunde vermittelten; er kaufte Wochenzeitschriften, die Kontaktanzeigen abdruckten wie Wally Beachs *Secret Service* in New York, Sharons *Exotic* in Toronto, der *Renaissance Club of Index* in Washington und die *Happy-Press of Wittler* in Kalifornien. Schließlich verfasste Goldstein selbst eine Anzeige in eigener Sache und brachte sie in den Zeitungen der gesamten Lonely-Hearts-Szene Amerikas in Umlauf. Er schrieb:

> Ich bin dreißig Jahre alt, 1,75 m groß, habe blaue Augen und braunes Haar, war Bildreporter in Pakistan und Kuba usw. Bin geschieden. Ich hoffe, dass dieser Umstand Ihr Interesse nicht beeinträchtigt. Man sieht mir auch nicht an, dass ich »gebrauchte« Handelsware bin; ich betrachte mich eher als ein gut eingelaufenes Paar Schuhe. Spaß habe ich an allem, besonders an einem guten Buch, an Kino, Theater, Spaziergängen und Geselligkeiten. Ich reise viel in meinem Beruf und werde in Kürze ein paar Tage in einem Nudistencamp in Mays Landing, New Jersey, verbringen. Einmal probiere ich alles!
>
> Über eine kurze Antwort auf dieses Selbsporträt würde ich mich freuen. Bitte mit Adresse und Telefonnummer.
>
> In Erwartung zukünftiger Freuden
>
> Ihr Al Goldstein

Er fügte seine Adresse und Telefonnummer hinzu und wartete wochenlang, doch niemand meldete sich.

Ohne Freundin, ohne Arbeit traf er eines Tages einen Bekannten aus dem Pace College auf der Straße, der ihm von einem lukrativen Teilzeitjob erzählte. Eine große Gesellschaft bot 200 Dollar die Woche plus einen 10 000-Dollar-Bonus, sobald die Arbeit zur allgemeinen Zufriedenheit abgeschlossen sei. Goldstein erhielt die Nummer eines auf Arbeitsrecht spezialisierten Anwalts in New York, der mit ihm einen Termin arrangieren würde. Nachdem er dort angerufen hatte, wurde er von dem Arbeitsrechtler und einem weiteren Mann persönlich interviewt und bekam die Stelle. Goldstein war nun Industriespion für eine Tochtergesellschaft der Bendix Corporation.

Die Tochtergesellschaft – P&D Manufacturing aus Long Island City, die Zündsysteme und andere Kraftfahrzeugteile für die Autoindustrie in Detroit produzierte – war ein profitables Unternehmen, dessen Vorstand befürchtete, ihre Arbeiter könnten aus der alteingesessenen, vom Management kontrollierten Gewerkschaft austreten und sich der mächtigen unabhängigen Gewerkschaft United Auto Workers anschließen, die höhere Löhne und bessere Arbeitsbedingungen forderten. Die UAW kam schon seit einiger Zeit mit Lautsprecherwagen vor die Fabriktore gefahren und forderte die Angestellten auf, bei der nächsten Arbeiterversammlung für sie zu stimmen. Jetzt wollte die Direktion in Erfahrung bringen, wie viele ihrer vierhundert Arbeiter wohl für den Austritt aus der alten Gewerkschaft stimmen würden.

Goldsteins Aufgabe war es, sich unter die Belegschaft zu mischen, ihre Absichten hinsichtlich der UAW auszukundschaften und seine Informationen heimlich der Direktion mitzuteilen. Goldstein fing als Assistent im Lager an und belieferte die ganze Fabrik mit Autoteilen, was ihm gestattete, sich in allen Abteilungen frei zu bewegen, Bekanntschaften zu schließen und seine Ohren aufzusperren. Es dauerte keinen Monat, bis er herausgefunden hatte, dass die Mehrzahl der Arbeiter der UAW den Vorzug gab. Nach Rücksprache mit der Direktion half er, das Gerücht zu verbreiten, bei einem Wahlsieg der UAW würde die Fabrik von Long Island in den Süden der USA verlegt, wodurch fast alle Beschäftigten ihre Jobs verlören. Nachdem es einen ähnlichen Fall bei einer anderen Fabrik auf Long Island bereits gegeben hatte, war das Gerücht absolut glaubhaft. Als es zur Abstimmung kam, verlor die UAW mit 203 zu 198 Stimmen.

Anfangs bereitete ihm der Triumph ein perverses Vergnügen. Später allerdings entwickelte er Schuldgefühle und kam sich schäbig vor. Auch wenn etliches, das er in seinem Leben angestellt hatte, nicht immer astrein gewesen war, so hatten seine Sympathien immer den Abhängigen gegolten. Seine Rolle als Direktionsspion ekelte ihn an. Er behielt die Stellung zwar noch ein paar Wochen – man erwartete von ihm, dass er seine heimliche Tätigkeit fortsetzte –, doch spürte er die ganze Zeit, dass sogar seine Arbeitgeber ihn mit verachtungsvollen Blicken betrachteten, erinnerte er sie doch dauernd an ihr Doppelspiel.

Ohne Ankündigung verließ er eines Abends die Fabrik und tauchte weder am nächsten noch am übernächsten Morgen auf. Er kam überhaupt nicht mehr. Er wusste nicht genau, was ihn zu diesem Schritt veranlasst hatte, er war einfach eines Morgens mit dem Verlangen aufgewacht, seine Verbindungen zu der Firma zu kappen. Der daraus resultierende Verlust des 10 000-Dollar-Bonus schreckte ihn nicht ab. Er blieb tagelang zu Hause, weigerte sich, das permanent läutende Telefon abzuheben, irrte nachts ziellos durch die Stadt, stöberte in Buchläden am Times Square und besuchte die rund um die Uhr geöffneten Kinos. In dieser Zeit wurde er immer abhängiger vom Radio, hörte sich regelmäßig die Talkshows von Barry Gray, Long John Nebel und Jean Shepherd an, ebenso wie die Kommentatoren des Senders WBAI, die über das Establishment herzogen, und einige andere Sendungen, die ihm in seinem Elend passende Gesellschaft boten.

Den Sommer 1966 – er arbeitete gerade wieder als Taxichauffeur – verbrachte er größtenteils damit, mit dem neuen deutschen Kofferradio, das ihn den Großteil seiner Ersparnisse gekostet hatte, im Wagen zu sitzen und seinen Lieblingssendungen zu lauschen. Für das Kurzwellengerät von Nordmende hatte er 500 Dollar bezahlt. Nun konnte er Tag und Nacht Musik und Nachrichten aus der ganzen Welt empfangen. Dieses Radio, das er überallhin mitschleppte, stellte in jenem Jahr nahezu seinen einzigen Kontakt zur Umwelt dar, und Goldstein hätte sich zweifellos noch länger von der Welt abgekapselt, wäre er nicht zufällig eines Tages einem Versicherungsagenten begegnet, den er aus seiner Zeit bei der Mutual of New York kannte. Der Mann gab sich herzlich, schien um Goldsteins Wohlbefinden besorgt und erzählte ihm im Laufe des Gespräches, dass er manchmal mit einer Stewardess ausging, die mit einer Kollegin zusammenwohnte. Er schlug Goldstein vor, sie anzurufen und zum Essen einzuladen. Die Dame wohnte in der East 91st Street, arbeitete als Stewardess für Pan American und hieß Mary Philips. Sie sei eine hübsche Blondine mit blauen Augen und stamme aus South Carolina.

Seine Beschreibung riss Goldstein aus seiner Lethargie. Als er zurück in seine Wohnung an der 20th Street kam, wählte er sofort ihre Nummer. Niemand hob ab. Eine Stunde später versuchte er es wieder, dann, nach einer weiteren Stunde, noch einmal. Mit fast verzweifelter Hartnäckigkeit probierte er es die ganze Nacht, den nächsten Tag, die ganze Woche.

Enttäuscht und niedergeschlagen, weil es ihn an die Zeit erinnerte, als seine Inserate in den Zeitschriften für einsame Herzen ohne Antwort geblieben waren, rief er seinen Freund bei der Versicherungsgesellschaft an, der ihn tröstete und ermutigte, nicht aufzugeben. Mary Philips sei wahrscheinlich auf einem Überseeflug oder kurz auf Urlaub. Und er fügte hinzu, wenn sie wieder in New York sei und es Goldstein endlich gelingen würde, sie zu treffen, würde er es nicht bereuen.

Goldstein bedankte sich, und während der nächsten zwei Wochen versuchte er mehrmals täglich, sie zu erreichen. Ihre andauernde Abwesenheit öffnete seiner Fantasie Tür und Tor, die Frau wurde zu einer fixen Idee. Er war davon überzeugt, dass sie all seine romantischen Wünsche erfüllen würde, und er war eifersüchtig auf die Piloten, die mit ihr flogen, und auf die Geschäftsmänner, die ihr in 10000 Metern Höhe zwischen zwei Zeitzonen Anträge machten – und dann, eines Nachmittags, als er wieder einmal ihre Nummer gewählt hatte und es am anderen Ende läutete, war Goldstein schon versucht, einfach aufzulegen, als er die Stimme einer Frau hörte, die »Hallo?« sagte und auf seine Frage, ob er Mary Philips sprechen könne, antwortete: »Am Apparat.«

Leicht stotternd stellte Goldstein sich vor, erwähnte den Namen ihres gemeinsamen Bekannten von der Versicherung und fragte, ob sie in der kommenden Woche einmal Zeit hätte, mit ihm zu Mittag oder zu Abend zu essen. Sie bedankte sich, sagte aber, sie sei durch ihren Flugplan und andere Verpflichtungen derart ausgelastet, dass sie den ganzen Monat keine Zeit mehr für eine Verabredung hätte. Aber danach würde sie sich gerne mit ihm treffen, und sie schlug ihm vor, sie noch einmal anzurufen. Sie klang aufrichtig, er mochte ihre Stimme, sie hatte einen warmen, lebhaften Klang, doch im nächsten Augenblick erinnerte er sich daran, dass sie ja als Stewardess arbeitete und er ihre berufsmäßige Höflichkeit in seiner Naivität möglicherweise überbewertete.

Trotzdem fuhr er fort, sie regelmäßig anzurufen. Doch jedes Mal, wenn er sie erreichte, gab sie ihm einen Korb – allerdings mit so viel Charme und Freundlichkeit, dass er ihr weder böse sein konnte noch den Mut verlor. Ihr ausweichendes Verhalten steigerte seine Wünsche und Erwartungen nur umso mehr.

Endlich, nach fünf Monaten fruchtloser Versuche, gelang es Al Goldstein, Mary Philips zu einem Rendezvous zu überreden. Sie aßen zu Mittag in einem Restaurant unweit der Lexington Avenue in der Nähe ihrer Wohnung. Als er ihr gegenübersaß, war er von ihrer Schönheit so beeindruckt, dass er kaum ein Wort heraus- noch einen Bissen herunterbrachte. Ihre blauen Augen waren umwerfend. Ihr blondes Haar, ihr sanfter Teint, ihr sonniges Wesen, all das vermittelte ihm den Eindruck, sie hätte nie einen unglücklichen Tag in ihrem Leben gehabt. Ihre schlanke Figur entsprach ganz seinem Geschmack, und als er so dasaß, ihr zuhörte und die anderen Leute beobachtete, die das Restaurant betraten, konnte er nicht umhin, sich zu fragen, was diese wohl dachten. Möglicherweise fragten sie sich, wie um alles in der Welt diese goldene Schönheit dazu kam, mit einem fetten jüdischen Taxifahrer zu Mittag zu essen.

Aber Mary schien das nicht zu stören. Sie beantwortete offen und ausführlich all seine Fragen zu ihrem Job und ihrer Kindheit im Süden. Ihre Vorfahren waren Landärzte und Rechtsanwälte, ihre Mutter war Musikerin, und ihr Vater lehrte Geschichte am Citadel Military College in Charleston. Sie schien ihre Eltern sehr gern zu haben. Je länger Goldstein ihr zuhörte, desto mehr wurde ihm bewusst, wie wenig sie gemeinsam hatten. Er wusste instinktiv, obwohl er sie kaum kannte, dass sie kein Mensch war, dem man sich unsittlich nähern konnte. Sie schien viel zu ätherisch für seine plumpen niederen Instinkte. Und dann erzählte sie ihm plötzlich, dass sie schon im ersten Jahr vom College geflogen war, weil man sie mit ihrem Liebhaber auf ihrem Zimmer erwischt hatte.

Die Unbekümmertheit, mit der sie ihm dies berichtete, erstaunte ihn fast noch mehr als die Offenbarung selber. Ihre Stimme verriet nicht die geringsten Gewissensbisse, nichts änderte sich an ihrer engelhaften Erscheinung, als sie schilderte, wie sie kurz vor Ende des Wintersemesters vor das Disziplinarkomitee des Hood College in Frederick, Maryland, zitiert und beschuldigt worden war, mehrere Nächte lang einen Mann in ihrem Zimmer versteckt zu haben. In Wirklichkeit, so gestand sie Goldstein sogar, hatte sie fast einen ganzen Monat mit dem jungen Mann zusammengelebt. Obwohl sie wusste, dass dies gegen die Campusregeln verstieß, war sie der Auffassung, in ihrem eigenen Zimmer ein Recht auf Privatleben zu haben. Als Mary mit ihrem Freund die Schule verließ und nach Charleston fuhr, um ihren Eltern zu erzählen, dass sie von der

Schule geflogen war, reagierten diese verärgert. Ihr Vater warf ihren Liebhaber aus dem Haus, und ihre Mutter nahm ihr das Versprechen ab, niemandem zu erzählen, warum sie das College verlassen hatte.

Nachdem Mary tagelang Trübsal geblasen hatte, las sie zufällig in der Zeitung, dass ein Vertreter der Pan American gerade in Charleston angekommen sei, um Stewardessen einzustellen. Mary erblickte darin ihre große Chance, dem anhaltenden Missfallen ihrer Eltern zu entkommen. Sie meldete sich bei dem Vertreter der PanAm an, bestand den Test und wurde genommen. Einige Wochen später reiste sie zu einem Trainingsseminar in Miami. Fünf Wochen darauf bestand sie alle Prüfungen und wurde nach New York versetzt. Im ersten Jahr flog sie in die Karibik. Anschließend wurde sie auf Atlantikflügen eingesetzt. Sie erklärte Goldstein, keine großen Ambitionen in diesem Beruf zu haben; sie wollte viel lieber Redakteurin oder freie Journalistin werden. Dennoch hatte sie Spaß an der Arbeit, und in New York zu leben gefiel ihr auch.

Nach dem Essen lud sie Goldstein in ihr Apartment ein. Sie war offen und freundlich, und sie unterhielten sich den ganzen Nachmittag, bis sie ihm irgendwann auf eine Art, wie es nur Frauen können, zu verstehen gab, dass sie gerne mit ihm schlafen wollte. Er zögerte, konnte nicht glauben, wie ihm geschah, aber schließlich, es war noch nicht ganz dunkel, lagen sie zusammen im Bett.

Danach sah er sie öfter, blieb aber skeptisch, was ihre Zuneigung anbelangte. Er hielt sie manchmal für einen Akt der Rebellion gegen ihre Eltern, unterließ es aber, das Motiv ihrer Liebe allzu deutlich zu hinterfragen. Im Frühling 1968 zog sie zu ihm in seine Wohnung, und im Sommer fuhren sie nach Mexiko und heirateten dort, obwohl er von seiner ersten Frau noch nicht geschieden war. Solche technischen Details interessierten ihn während dieses chaotischen Jahres nicht, als man die Regierung schlichtweg ignorierte und ziviler Ungehorsam und Widerstand die politische Landschaft bestimmten. Obwohl sich Goldstein nie für einen politischen Aktivisten gehalten hatte, verspürte er plötzlich den Wunsch, sich der Anti-Establishment-Bewegung anzuschließen, und er beschloss, der Untergrundpresse seine Spionagemission für die Bendix Corporation zu enthüllen.

Er sah darin einen Ausweg, sich von seinem Schuldkomplex zu befreien, und gleichzeitig eine Möglichkeit, eine große Firma, die wichtige Rüstungsverträge mit der Regierung geschlossen hatte, zu kompromittieren; und als Goldstein der Redaktion der radikalen *New York Free Press* alle Fakten unterbreitet hatte, freute er sich zu hören, dass die Redakteure ganz versessen darauf waren, seine Geschichte zu veröffentlichen. Sie konnten ihm zwar nicht mehr als 100 Dollar dafür zahlen, versprachen ihm aber, seine Geschichte auf der Titelseite zu bringen und ihm genügend Platz einzuräumen, um die schmutzigen Machenschaften des Managements gegen die nichtsahnenden Arbeiter in allen Details zu schildern.

Zehn Tage brauchte Goldstein, um seinen Artikel niederzuschreiben. Als er ihn ablieferte, waren die Redakteure höchst beeindruckt von dem entlarvenden Report und sagten voraus, dass die Veröffentlichung die Firmenhierarchie bei Bendix schwer ins Wanken bringen würde, doch eine Woche später, nachdem die 10 000 Exemplare der New Yorker *Free Press* mit Goldsteins Geschichte und der Schlagzeile »Ich war Industriespion der Bendix Corporation« auf der Titelseite an den Zeitungsständen verteilt worden waren, stellte sich heraus, dass die Redakteure das öffentliche Interesse an seinem Hintergrundbericht zu hoch eingeschätzt hatten oder die Leute, die ihn lasen, das Ganze einfach nicht glaubten.

Was auch immer der Grund gewesen sein mochte, die *Free Press* erhielt keinen einzigen Leserbrief, keinen Anruf als Reaktion auf den Artikel. Al Goldstein, der all die Tage mit hochgeschraubten Erwartungen in der Redaktion herumgesessen hatte, fiel regelrecht in sich zusammen wie ein Ballon, aus dem die Luft entweicht. Trotzdem stellte sich die Zusammenarbeit mit der *Free Press* als Gewinn für ihn heraus, weil er dabei die Bekanntschaft eines jungen Mannes machte, der ihm später half, seine eigene Zeitung herauszubringen.

Jim Buckley war Schriftsetzer und Redaktionsassistent bei der *Free Press*. Der kleine, dunkelhaarige Mann von 24 Jahren stammte aus New England. Trotz seiner vier Jahre bei der Marine und eines Lebens voller Missgeschicke strahlte er die Unschuld eines alterslosen Chorknaben aus. Er hatte große rehbraune Augen, ein sauberes, blasses Gesicht und ein furchtsames Gemüt, hinter dem sich ein rastloser Geist verbarg, der ihn von Stellung zu Stellung jagte, von einem Ort zum anderen, wobei er sich kurzfristig jedem anschloss, der zumindest ein ungefähres Ziel hatte.

Geboren in Lowell, Massachusetts, wuchs er in verschiedenen Waisenhäusern auf, während seine zerstrittenen, getrennt lebenden Eltern ihn abwechselnd für sich beanspruchten und ihn nach kurzer Zeit wieder ins Waisenhaus abschoben. Buckley besuchte Schulen in New England und Florida, Kalifornien und Hawaii, bis er die Schule abbrach und sich per Anhalter durchs Land schlug, wobei ihm zugutekam, dass beim Anblick seiner schmächtigen Gestalt am Straßenrand nahezu jeder Autofahrer unweigerlich anhielt. Nach seiner Entlassung aus der Marine im Jahr 1965 bereiste er den Orient. Danach arbeitete er bei einer Sicherheitsfirma in San Francisco am Fernschreiber, darauf als Straßenverkäufer bei der *Free Press* in Los Angeles, als Koch in einem Restaurant in Greenwich Village, als Schreibkraft bei der UNO, als Eiscremeverkäufer auf der New Yorker Weltausstellung (dabei stand er in einer Glaszelle, nicht weit entfernt von der Stelle, wo Goldstein seine Glückslotterie durchzog) und als Portier in einem billigen Hotel in London, in dem Touristen für 5 Dollar pro Nacht abstiegen.

Nachdem er in Frankreich mit amerikanischen Studenten zusammengelebt hatte, die mit Rauschgift handelten, und in Nordafrika mit arabischen Schafhirten, um anschließend in der Heimat in eine romantische Fernbeziehung zur Nichte von James Agee zu schlittern, überkam Buckley das Gefühl, er sei nun bereit, sich in New York niederzulassen und sich eine Karriere als Journalist aufzubauen. Doch schon nach wenigen Wochen bei der *Free Press* hatte er die Nase wieder voll und beschloss, seine geringen Ersparnisse in eine eigene Zeitschrift zu investieren, die weniger polemisch und dafür profitabler sein sollte als die *Free Press*, deren unglücklichen Besitzer man nicht einmal um eine Gehaltserhöhung anzugehen wagte, weil er ständig barfuß durch die Redaktion latschte.

Das war die Zeit, als sich Jim Buckley und Al Goldstein begegneten, dessen Spionagegeschichte Buckley redigiert hatte und mit dessen offensichtlichen Frustrationen er sich nicht nur identifizieren konnte, sondern in denen er eine Basis für eine lebensfähige Partnerschaft erkannte – oder zumindest ein Aufbegehren gegen die Möglichkeit, dass es keiner von ihnen je schaffen würde, Erfolg zu haben. Obwohl Goldsteins Idee, eine Sexzeitschrift herauszubringen, Buckley, der sich noch nicht ganz von seiner strengen Erziehung in katholischen Waisenhäusern befreit hatte, anfänglich nicht zusagte, musste er doch zugeben, dass es zweifellos einen Markt für die Sorte Wochenzeitschrift gab, wie sie Goldstein vorschwebte: eine Art Verbraucherreport über körperliches Vergnügen, eine Zeitschrift, die ohne Scham die erotische Welt widerspiegeln sollte, die überall sichtbar war und von den zimperlichen Vertretern der Presse des Establishments ignoriert wurde. Sex war *das* Thema in Amerika zur Mitte des 20. Jahrhunderts, erklärte Goldstein Buckley voller Stolz. Eine Zeitschrift, die Lust und Spaß verband, wäre ein willkommener Kontrast zu den drögen Palavern der Neuen Linken, die im Augenblick die Untergrundpresse in Amerika beherrschte.

Und so investierte im Sommer 1968 jeder von ihnen 175 Dollar, um eine Gesellschaft zur Veröffentlichung einer Zeitschrift zu gründen, die Goldstein *Screw* nannte, unter anderem inspiriert von einer vor kurzem eingestellten poetischen Zeitschrift mit dem Titel *Fuck You – a Magazine of the Arts*. Aus Angst, seine erste Frau könnte eines Tages rechtliche Ansprüche auf sein Stammkapital erheben, überschrieb er seine Hälfte auf seine zweite Frau, Mary Philips, und führte sie als Mitherausgeberin im Impressum, obwohl sie immer noch Stewardess bei der PanAm war. Goldstein wurde Chefredakteur und setzte seinen Namen an die Spitze einer langen Liste von Mitarbeitern, von denen die meisten nur in seiner Fantasie existierten.

Im November 1968 ließen sie die erste, zwölf Seiten starke Ausgabe von *Screw* drucken. Im einleitenden Text pries Goldstein die Zeitschrift als die »sensationellste neue Publikation in der Geschichte des Westens«. Das Heft hatten die beiden in Eigenregie fertiggestellt: Die Artikel im Heft stammten von Goldstein, Buckley war für den Satz verantwortlich. Persönlich verteilten sie die 7000 Exemplare an die Zeitungsstände in New York, die bereit waren, eine Zeitschrift in ihr Sortiment aufzunehmen, auf deren Titelblatt eine brünette Schönheit im Bikini eine riesige koschere Salami streichelte.

Von der ersten Nummer wurden über 4000 Exemplare verkauft. Die zweite Ausgabe lief noch besser, und nach der zehnten Ausgabe mit inzwischen 24 Seiten waren es bereits annähernd 100 000 verkaufte Exemplare. Jetzt hatte *Screw* genügend Geld, um weitere Reporter und Redakteure einzustellen, und viele von denen, die bei *Screw* anfingen, hätten von den Fähigkeiten und ihrer Bildung her auch bei nahezu jeder anderen Zeitung in New York arbeiten können. Der Literaturkritiker von *Screw*, Michael Perkins, hatte einen Abschluss der Ohio University und zuvor Buchbesprechungen für die *Village Voice* geschrieben. Der neue Geschäftsführer von *Screw*,

Ken Gaul, war graduierter Literaturwissenschaftler und hatte für Prentice-Hall und andere Verlagshäuser gearbeitet. Der zweite Chefredakteur, Dean Latimer, hatte bei einem Schreibwettbewerb ein Stipendium in Stanford gewonnen, und der Artdirector Steven Heller, den Buckley noch aus seiner Zeit bei der *Free Press* kannte, sollte Jahre später die gleiche Position bei der *New York Times* übernehmen. Ein junger Fotojournalist namens Peter Brennan hatte seine Studien in Literaturwissenschaft in Fordham und Harvard jeweils mit Auszeichnung abgeschlossen.

Als Brennan 1971 zu *Screw* stieß, hatte die Redaktion ihren Sitz aus den beengten Räumlichkeiten am Union Square in ein geräumigeres Büro in einem Fabrikgebäude zwei Straßen weiter verlagert. Auch wenn die Fassade des Gebäudes finster und rußgeschwärzt war und es in einer Seitenstraße der Fifth Avenue lag, in die nie ein Sonnenstrahl fiel, so war es in den Augen von Goldstein und Buckley doch genau der richtige Ort, um unauffällig ihr kontroverses Blatt zu produzieren – ohne im Geringsten zu ahnen, dass auch dieser neue Standort bereits von der Polizei und dem FBI überwacht wurde.

16

Obwohl dem zwölfgeschossigen Gebäude, das *Screw* nun bezog, der Entwurf für ein Fabrikgebäude aus dem Jahr 1907 zugrunde lag, war es eine architektonische Meisterleistung. Es hatte abgesetzte Säulen, Bogenfenster an der Vorderseite, Zierleisten aus Metall, die sich über seine gesamte Fassade zogen, und an der Vorderwand, über einer verzierten Fensterreihe in der zweiten Etage, waren die Initialen seines stolzen Vorbesitzers – E. W. B. – eingraviert. Edward West Browning, aus älteren Boulevardzeitschriften besser bekannt als »Daddy« Browning, war Millionär und Immobilienmakler und in den Zwanzigern wegen seiner skandalösen Verbindung zu einer blauäugigen, koketten und vollbusigen 14-Jährigen namens Peaches Heenan in die Schlagzeilen geraten.

Browning hatte Peaches eines Nachts auf einem Highschool-Ball im Hotel McAlpin am Broadway kennengelernt; und obwohl er damals bereits ein grauhaariger Mann um die fünfzig war, war es durchaus nicht ungewöhnlich für ihn, sich mit solch jungen Leuten zu umgeben. Schließlich war er in New York für seine Jugendarbeit bekannt und galt als Menschenfreund, der gern großzügige Spenden an bedürftige Studenten, kranke Kinder und Waisenkinder verteilte.

1919 adoptierten Browning und seine Frau, deren 3-jährige Ehe noch kinderlos geblieben war, ein kleines Mädchen. Ein Jahr später, nachdem sie noch ein weiteres Mädchen adoptiert hatten, baute ihnen Browning dann ein entzückendes Luxusanwesen. Es befand sich auf dem Dach eines seiner großen Mietshäuser an der Upper West Side und war von einem Garten umgeben, der neben japanischen Laternen und Tempelglocken, Springbrunnen und Singvögeln einen eigenen See hatte, welcher groß genug war, um mit einem Boot darauf zu rudern. Die berühmte Freigebigkeit von Daddy Browning, die von der Presse landesweit gepriesen wurde, diente womöglich als Vorbild für die 1924 entstandenen Comicfiguren von Daddy Warbucks und dem kleinen Waisenmädchen Annie.

Dennoch ließ sich seine Frau 1925 von ihm scheiden und nahm ihre ältere Adoptivtochter mit sich nach Paris, während die jüngere, Sunshine genannt, bei Browning zurückblieb. Auf sein Inserat für ein »14-jähriges Mädchen«, das der 8-jährigen Sunshine Gesellschaft leisten könnte, erhielt er dann zunächst auch Tausende von Zuschriften und jede Menge wohlwollende Publicity. Als er dann jedoch die junge Peaches Heenan kennenlernte und später auch mit ihr ausging, erschien Brownings Image als Wohltäter schlagartig in einem ganz anderen Licht. Lächelnd fuhr sie auf der Rückbank seines protzigen blauen Rolls-Royce auf der Fifth Avenue spazieren, umgeben von Geschenkboxen voller Spielsachen, teuren Kleidern und edlem Schmuck. 1926, an ihrem sechzehnten Geburtstag, wurde Peaches Heenan dann, mit Einwilligung ihrer in Trennung lebenden Eltern, die sie in einem Mietshaus in Washington Heights großgezogen hatten, die zweite Mrs. Browning.

Zu diesem Zeitpunkt wurde das Vermögen Edward Brownings auf mehr als 20 Millionen Dollar geschätzt. Geboren in Manhattan, war er als Sohn wohlhabender Eltern im Sinne der viktorianischen Ideale erzogen worden, hatte die Bibel studiert und die Tugend harter Arbeit zu würdigen gelernt. So erreichte er das Erwachsenenalter mit einem eher beschränkten Erfahrungsschatz an jugendlichem Leichtsinn. Durch seine Ehe mit Peaches entschied er sich letztendlich, dem Vergnügen mehr Zeit zu widmen als seinem Geschäft, und tatsächlich gewöhnte er sich recht schnell an sein neues Image des eleganten Salonlöwen. Plötzlich war er mittendrin im Jazz Age und posierte geduldig im Blitzlicht der Kameras, wenn er die in ihren Hermelin gehüllte Peaches in schicke Restaurants ausführte. Er stellte Peaches eine Limousine samt Chauffeur zur Verfügung und zahlte die Rechnungen für die Shoppingorgien mit ihrer Mutter in der Fifth Avenue. Peaches' Mutter, eine Krankenschwester, hatte ihre Beziehung zu Browning von Anfang an unterstützt und dafür, während er noch um sie warb, Geldgeschenke von ihm angenommen.

In seinem Büro hütete Browning ein dickes Album, in dem er alle Zeitungsberichte, in denen sein Name vorkam, sammelte. Nie ließ er die Gelegenheit für ein Interview aus – noch nicht einmal, als er zehn Monate nach seiner Hochzeit vor einer neugierigen Horde Journalisten zerknirscht zugeben musste, dass ihm Peaches davongelaufen war. Hausangestellte berichteten, dass Peaches das Haus auf Long Island mit ihrer Mutter in einem Umzugswagen, bepackt mit allen Habseligkeiten, die ihr Bowles geschenkt hatte, verlassen hatte. Trotz seiner bitteren Enttäuschung verkündete Browning, dass er sie noch immer liebe, und flehte sie über die Presse an, zu ihm zurückzukehren.

Jedoch war die nächste Gelegenheit, bei der er seine Frau zu Gesicht bekommen sollte, ein überfüllter New Yorker Gerichtssaal. Während ihre Anwälte von ihm die Scheidung und die Zahlung einer enormen Abfindung forderten, trat Peaches selbst als Klägerin auf und beschuldigte ihn seelischer Grausamkeit und Unsittlichkeit. Sie sagte aus, dass er es genoss, sie nackt am Frühstückstisch zu sehen, und dass er ihr einmal ein Heft mit Nacktfotografien gegeben hatte, und sie deutete an, dass er ein Herr mit unnatürlichen Gelüsten sei.

Als Brownings Anwälte dann Peaches ins Kreuzverhör nahmen, brachten sie aus ihr heraus, dass sie vor ihrer Ehe ein erotisches Tagebuch geführt hatte, in dem alle Männer verzeichnet waren, mit denen sie sonst noch Verkehr gehabt hatte – eine Tatsache, die im Gerichtssaal für einigen Tumult sorgte, den der Richter mit energischem Einsatz seines Hammers zu übertönen versuchte, die Peaches aber unter Tränen eingestand.

Obwohl die festgesetzte Abfindung weit geringer ausfiel, als Peaches Browning gehofft hatte – sie erhielt 170 000 Dollar in bar und schließlich noch sechs Gebäude an der West Side –, so profitierte sie doch erheblich von der Publicity um ihre Person und entwickelte sich, unter der Obhut ihrer Mutter, zur Varietékünstlerin und ehrgeizigen Schauspielerin. Dennoch blieb sie beruflich erfolglos, und die Meldungen, die während der folgenden Jahrzehnte in der Presse über sie zu lesen waren, beschränkten sich hauptsächlich auf ihre späteren Ehen – sie sollte nach Browning noch drei weitere Männer heiraten und sich von ihnen scheiden lassen – bis dann, 1956, die Nachricht die Runde machte, dass die ehemalige Peaches Browning im Alter von vierundvierzig Jahren in einem Badezimmer tot zusammengebrochen war.

Edward Browning, der 1934, kurz vor seinem sechzigsten Geburtstag, verstarb, hatte sich während seiner letzten Jahre auf das konzentriert, was er am besten beherrschte, das Immobiliengeschäft. Schon lange vor den meisten Großindustriellen seiner Zeit hatte er die kommende Wirtschaftskrise vorausgeahnt und einen Großteil seines Besitzes an der West Side noch vor dem Zusammenbruch gewinnbringend verkauft, darunter auch das Geschäftshaus in der 11 West 17th Street.

Jahrzehnte nach seinem Tod sah das Gebäude von außen noch fast genau so aus, wie er es verlassen hatte, mit seiner noch erhaltenen Schmuckfassade aus der Jahrhundertwende und seinen tief eingeritzten Initialen. Im Inneren hingegen wurden schon bald Spuren des Verfalls und der Vernachlässigung sichtbar. Die Farbe bröckelte ab, die Risse in den Wänden wurden breiter, und die Fensterscheiben waren so verschmutzt vom Ruß der Stadt, dass sie das Tageslicht in Dämmerlicht verwandelten. Die verschiedenen kleinen Hutmacher und Nähereien, die sich früher für gewöhnlich in dem engen zwölfgeschossigen Gebäude in der Nähe des Garment

Center eingemietet hatten, zogen nach und nach aus. Einige, weil sie bankrott waren, und andere, weil sie mit der mittlerweile veralteten Ausstattung sowie dem einzigen, langsam schleichenden und kaum noch fahrtüchtigen Fahrstuhl des Gebäudes unzufrieden waren.

Zwischen den dreißiger und den sechziger Jahren wechselte das Gebäude mehrmals den Eigentümer, doch keiner von ihnen fand es profitabel, so dass in den Siebzigern die oberen Etagen fast nur noch mit Mietern belegt waren, die in besseren Zeiten eher unerwünscht gewesen wären. Im elften Stock saß *Screw*, im zehnten befand sich die Hauptgeschäftsstelle der Kommunistischen Partei; und ganz oben hatte sich eine Kommune homosexueller junger Männer eingemietet, die Brownings alte Geschäftsräume in Wohnungen verwandelt hatten. In den unteren Etagen waren die meisten Mieter, wenn sie nicht gerade einer sozialen oder politischen Randgruppe angehörten, dann doch zumindest auf eine gewisse Art unkonventionell, ein wenig mysteriös oder skurril.

Einer der Mieter war ein Metallarbeiter, der Schlagringe herstellte. Dann gab es da eine Gruppe Männer mittleren Alters, die an bestimmten Abenden zusammenkamen, um an ihren Modelleisenbahnen herumzubasteln und sie dann auf den Miniaturstrecken, die den Raum umkreisten, fahren zu lassen. Auf einer anderen Etage saßen die Herausgeber des Horrormagazins *Monster Times* und auf einer weiteren die von dem Skandalblatt *Peeping Tom*. Ein geschiedener New Yorker Salonlöwe, ein Nachkomme von Cornelius Vanderbilt Whitney, nutzte seine Etage als Atelier und Liebesnest, während die zurückgezogene rothaarige Buchbinderin, die ebenfalls im Haus wohnte, nachts häufig Besuch von ihrer Zwillingsschwester bekam. Zwei Stockwerke tiefer arbeitete ein israelischer Mechaniker, umgeben von tippenden Schreibmaschinen, an denen niemand saß, denn die Maschinen waren alle vollautomatisch. Kurz vor Weihnachten 1970 mieteten zwei Männer, die ihr

Geld zuvor mit einem Schnellimbiss verdient hatten, eine Wohnung im neunten Stock und eröffneten dort einen Massagesalon.

Sie verdeckten die Risse in den Wänden hinter einer braunen Holztäfelung und legten die Böden mit Teppichen aus, so dass die Dielen mitsamt der unzähligen rostigen Nadeln und Stecknadeln, die noch von den ehemaligen Nähereien stammten, unter ihnen verschwanden. Im Eingangsbereich, gleich neben dem Fahrstuhl, richteten sie einen Empfangsraum ein und möblierten ihn mit einem modernen dänischen Schreibtisch, gepolsterten Drehstühlen, einer Stereoanlage und einem großen Kaffeetisch, auf dem *Playboy*- und *Penthouse*-Hefte auslagen. Im hinteren Trakt wurden Dusche und Sauna eingebaut sowie vier kleine Massageräume. In jedem Raum stand jeweils ein Massagebett und ein Beistelltisch mit den nötigen Utensilien, also Franzbranntwein, Öl, Talkumpuder und Kleenex-Boxen.

Dann inserierten sie in der *Village Voice* und anderen Zeitungen und suchten weibliche Mitarbeiter als »Körpermodelle« oder »Masseusen«. Sie hofften, wenigstens acht oder zehn Frauen einstellen zu können, die sich ihr tägliches Pensum so einteilen sollten, dass in den zu erwartenden Stoßzeiten, also mittags, fünf Uhr nachmittags und elf Uhr abends, alle vier Massageräume besetzt wären. Massagesalons waren noch relativ neu in New York und daher von der Polizei noch nicht als getarnte Bordelle identifiziert. Daher stellten sich Dutzende von arglosen jungen Frauen vor, die dachten, es handle sich um ein Fotoatelier oder eine Art Club. Kamen sie dann erst einmal dahinter, dass sie in Wirklichkeit die Körper nackter Männer einreiben und damit Erektionen provozieren sowie weiteres sexuelles Verlangen stimulieren sollten, suchten sie sich anderswo Arbeit.

Dennoch gab es genügend Frauen, befreite Geschöpfe der

Sechziger, denen diese Arbeit nichts ausmachte. Der Anblick fremder nackter Männer bereitete ihnen keineswegs Unbehagen, und ebenso wenig fühlten sie sich den moralischen Zwängen verpflichtet, denen sich ihre Mütter in den frühen Fünfzigern noch hatten unterwerfen müssen. Unter jenen Frauen waren sowohl Studentinnen, die sich auf diese Weise ihr Studium finanzierten, als auch Aussteigerinnen und in die Jahre gekommene Blumenkinder; hinzu kamen schlecht ausgebildete Frauen, denen Massagen erstrebenswerter und weit lukrativer erschienen als das ewige Abrackern als Kellnerin oder Sekretärin. Eine Büroangestellte, die gerade von *Monster Times* gefeuert worden war, ging einfach zwei Stockwerke höher, wurde als Masseuse engagiert und hatte dort mit 350 Dollar wöchentlich schon bald ihr bisheriges Einkommen mehr als verdoppelt.

Der rasche Erfolg des Salons brachte eine neue soziale Klientel in das Gebäude: nervöse Geschäftsmänner der Mittelschicht, deren heimliches Kommen und hastiges Gehen die düstere Atmosphäre des Hauses noch steigerte. Die Kommunisten im zehnten Stock, die meisten von ihnen grauhaarige Radikale der alten Linken, deren politischer Eifer sich zum Großteil bereits in den großen Aufständen und Demonstrationen während der Wirtschaftskrise verbraucht hatte, störte der Massagesalon ganz besonders. Nicht nur, weil sie prüde waren, sondern weil sie wussten, dass der getarnte Bordellbetrieb eine Etage unter ihnen zur traurigen Berühmtheit des Gebäudes beitragen würde und über kurz oder lang unweigerlich zu unerwünschten Besuchen der Polizei führen musste. In Anbetracht der im Haus kursierenden Gerüchte, das FBI habe Räumlichkeiten in der neunten Etage angemietet, und der ständigen antikommunistischen Bombendrohungen per Telefon sowie der Feindseligkeit, die ihnen von politischen Gegnern auf der Straße entgegenschlug, war die Paranoia der alternden Parteimitglieder nicht einmal ungerechtfertigt. Denn letztendlich konnten sie niemals sicher sein, dass die verbissenen Anzugträger, denen sie im Fahrstuhl begegneten, nicht doch vom FBI waren.

Die einzigen Mieter, die den Massagesalon begrüßten, waren die männlichen Redakteure von *Screw*, die die Sauna jederzeit benutzen und sich zu reduzierten Preisen von einer Obenohne-Dame ihrer Wahl zum Orgasmus streicheln lassen konnten. Zum Dank dafür veröffentlichten sie in ihrer Zeitschrift vielversprechende Artikel über das Etablissement, das sich Experience One nannte. Bald erschienen in *Screw* auch bezahlte Anzeigen, in denen der Salon seine Telefonnummer und Geschäftszeiten bekannt gab sowie die magischen Hände seiner attraktiven Masseusen rühmte, die ekstatische Freuden garantieren sollten.

Solch vielverheißende Versprechungen wurden schon bald von anderen Salons in New York aufgegriffen und übertrumpft. Manche veröffentlichten sogar Fotos von barbusigen Frauen, verführerisch zwinkernden Studentinnen und Hippiekurtisanen, die dem Kunden zu verstehen gaben, dass sie für den bezahlten Preis mehr als nur eine einfache Massage bekämen. Es dauerte nicht lange, bis sich die ersten Leser bei der Redaktion über eine derartige Irreführung beschwerten. So würden gewisse Masseusen nach anfänglicher sexueller Stimulation einem Kunden, der bereits 25 oder 30 Dollar für seine halbstündige Massage bezahlt hatte, nur unter der Aussicht auf ein weiteres Trinkgeld von mindestens 15 Dollar Befriedigung durch Hand oder Mund beschaffen. Andere wiederum beschwerten sich darüber, dass sich einige Masseusen weigerten, die männlichen Genitalien überhaupt zu berühren, unabhängig vom angebotenen Preis, mit der Begründung, dies sei gegen das Gesetz.

Bezüglich der Frage, was in der Zurückgezogenheit des Massageraums moralisch erlaubt war, wurde das Gesetz nicht nur innerhalb der Stadt, sondern gar landesweit von Fall zu

Fall verschieden ausgelegt. Existierten früher noch spezielle kommunale und regionale Bestimmungen, die es professionellen Masseuren und Masseusen untersagten, Massagen am jeweils anderen Geschlecht durchzuführen, so waren diese noch aus der Viktorianischen Zeit stammenden Vorschriften bereits während des Zweiten Weltkriegs hinfällig geworden, übernahmen damals doch zunehmend Krankenschwestern und andere medizinische Hilfskräfte weiblichen Geschlechts die Versorgung verletzter GIs, weshalb sich auch der Berufsstand der Masseure das Recht herausnahm, Kunden und Patienten ohne Rücksicht auf deren Geschlecht zu behandeln. Sie sahen keinerlei Grund, weshalb die Behandlung einer Person anderen Geschlechts durch einen gelernten Masseur, der in seiner Ausbildung nicht nur in Neurologie und Pathologie, sondern auch in der menschlichen Muskulatur geschult wurde, ethisch bedenklicher sein sollte als beispielsweise die Behandlung durch einen Psychiater oder einen Podologen.

Allerdings erhielten die Masseure und Masseusen, die eine Praxis eröffnen wollten – viele von ihnen Mitglieder in anerkannten Berufsverbänden wie der American Massage and Therapy Association oder der New York State Society of Medical Masseurs – ihre Zulassung in Städten wie New York durch die kommunale Gesundheitsbehörde, ebenso wie Friseure und Kosmetiker, während Krankenschwestern und Ärzte jeglicher Fachrichtung ihre Konzession vom New Yorker Bildungsministerium bekamen.

1968 wurde dies dann auf Drängen der Berufsverbände geändert, so dass alle ausgebildeten Masseure und Masseusen von nun an als medizinisches Personal eingestuft wurden. Damit wurde ihre Zulassung ab sofort vom Bildungsministerium in Albany ausgestellt. Voraussetzung für die Zulassung war eine vorher absolvierte Ausbildung mit einem Umfang von mindestens 500 Stunden an einer dafür vorgesehenen Fachschule und das Bestehen der darauf folgenden Abschlussprüfung, in welcher sowohl die Massagetechniken des Kandidaten als auch sein Wissen über das menschliche Muskel- und Nervensystem genauestens überprüft wurden.

Weiterhin vergewisserten sich die Prüfer, dass der Auszubildende mit den allgemeinen Gepflogenheiten seines Berufs vertraut war. Dazu gehörte sowohl der Usus, die Genitalien der Person auf dem Massagebett immer vor Beginn der Massage mit einem Handtuch abzudecken, als auch direkten körperlichen Kontakt mit der weiblichen Brust zu vermeiden. Allerdings hielten sich die Prüfer mit Ermahnungen in dieser Richtung zurück, da in all den langen Jahren der Nachkriegszeit, in der sich die Massage am anderen Geschlecht in den Vereinigten Staaten bereits durchgesetzt hatte, kaum ein Fehlverhalten seitens eines Masseurs gemeldet wurde.

Das heißt nicht, dass es keine Regelverstöße am Massagebett gegeben hätte; vielmehr hatte es sich in Massagekreisen insgeheim längst herumgesprochen, dass gewisse zugelassene Masseusen, darunter einige Matronen, deren stabile Figuren keinerlei romantische Verwicklungen vermuten ließen, bereitwillig auf die speziellen Wünsche ihrer besonders vertrauenswürdigen Kunden eingingen. Da sich dies weitestgehend auf Masturbation beschränkte, was von einigen Masseusen der alten Schule, meist skandinavischer Herkunft, als gesundheitsfördernder Höhepunkt einer Entspannungsmassage angesehen wurde, und dies immer diskret und auf ausdrücklichen Wunsch des Patienten praktiziert wurde – und nicht nur dessen Wohlbefinden, sondern auch das Trinkgeld steigerte –, waren die Berufsverbände, auch wenn sie genitale Befriedigung nie offiziell duldeten, nicht besonders erpicht darauf, das Fehlverhalten ihrer Mitglieder offiziell anzuprangern. Genauso wenig rührten sich die Verbände der Ärzte und Krankenschwestern, wenn es um Überschreitungen in ihren Kreisen ging. So war es für sie mit Sicherheit schon längst kein Geheimnis mehr, dass bestimmte Ärzte seit Jahrzehnten illegale Abtreibungen für besonders privilegierte Patientinnen arrangierten, oder sich Psychiater manchmal mit ihren weiblichen Patienten auf ein Schäferstündchen auf ihrer Couch einließen. Ebenso wie sie wussten, dass Nachtschwestern und Therapeutinnen ihren sexuell frustrierten Krankenhauspatienten während der Zeit ihrer aufgezwungenen Enthaltsamkeit hin und wieder Erleichterung verschafften.

Tatsächlich erinnerten sich alte Männer später oft an solch wohltätige Masturbationen am Krankenbett als Höhepunkt in ihrem Genesungsprozess, und daher ist es auch gar nicht überraschend, dass einige dieser Masseusen der ersten Stunde zu den Pionieren der ersten »Praxen« gehörten, die unauffällig und unscheinbar in den späten Fünfzigern und zu Beginn der Sechziger in den Kleinstädten der Westküste aus dem Boden schossen. Diese Praxen waren eigentlich Massagesalons und befanden sich meist in Geschäftshäusern, die vornehmlich an Allgemeinärzte, Zahnärzte, Fußpfleger, Hautärzte und andere Vertreter der Heilberufe vermietet waren. Dem Erscheinen nach ähnelte ein solches Massagestudio sehr stark einer Arztpraxis – sie hatte eine weiße Tür mit Milchglaseinsatz, auf welchem in kleinen schwarzen Buchstaben die Wörter »Physiotherapie« oder »Massage« zu lesen waren. Die Inneneinrichtung war steril, fast schon antiseptisch, und auffallend ordentlich. An der Wand hingen gerahmte, auf Pergament verfasste und mit schönen Schnörkeln verzierte Zulassungen und Diplome für Massage und Physiotherapie von manchmal eher zweifelhafter Herkunft. In den hinteren Räumen waren neben dem Massagetisch, den Duschen, dem Vorrat an weißen Handtüchern und den üblichen Essenzen oftmals auch ein Whirlpool, eine Sauna oder diverse Fitnessgeräte zu finden.

Kunden wurden nur nach Voranmeldung empfangen, und die Masseusen, durchwegs kultiviert wirkende Frauen, trugen meist eine gestärkte Schwesterntracht, über die sie, während sie einen nackten Mann auf dem Tisch massierten, einen weißen Kittel zogen. Eine derart gestaltete Ganzkörpermassage mit anschließender Masturbation war für viele Männer eine hocherotische Erfahrung, weil sie zum einen den traditionell verwerflichen Akt in einer klinisch sauberen Umgebung erlebten und zum anderen ihre pubertären Fantasien befriedigen konnten, die sich um intime Zärtlichkeiten mit Kindermädchen, Lehrerinnen, Nonnen und anderen Frauenfiguren drehten, von denen man sich keinesfalls vorstellen konnte, dass sie in einem Massagesalon arbeiteten, um dort mit ihren öligen Fingern einen erigierten Penis so lange zu bearbeiten, bis er in ein kleines Handtuch oder ein bereits zurechtgelegtes Papier-Taschentuch ejakulierte.

Dutzende von Männern wurden wöchentliche Stammkunden dieser Etablissements, die jahrelang ohne Schwierigkeiten mit dem Gesetz ihren Service feilbieten konnten; nicht nur, weil auch einflussreiche Politiker und Justizbeamte zu ihrer zufriedenen Kundschaft zählten, sondern auch weil die Masseusen ihre Arbeit fair und diskret verrichteten. Eine Ganzkörpermassage kostete selten mehr als 15 Dollar für eine halbe Stunde, und zusätzliches Trinkgeld wurde von den Masseusen häufig abgelehnt. Sie beschränkten ihre Inserate in der lokalen Presse auf wenige Zeilen unter »Massage«, worin sie lediglich ihre Geschäftszeiten und Telefonnummern nannten. Auch die Diskretion ihrer Kunden schützte ihre Praxen. Tatsächlich glaubten einige Männer, dass sie als Einzige in den Genuss der *spécialité* der Masseuse gekommen wären. Und auch weniger naive Klienten prahlten in der Regel nicht öffentlich mit ihren Besuchen im Massagesalon. Freunden von einer wilden Nacht in einem Bordell zu berichten oder sich mit ihnen über außereheliche Aktivitäten auszutauschen war etwas ganz anderes, als mittägliche Verabredungen mit einer verhinderten Krankenpflegerin zuzugeben, die dem ausschließlichen Zweck dienten, sich einen runterholen zu lassen, was im Bekanntenkreis eventuell als alberne Verzweiflungstat abqualifiziert worden wäre.

Ein großes abenteuerliches Wagnis stellte so etwas jedenfalls nicht dar, zumal es eventuell für dämlich erachtet werden konnte, eine Frau für einen Dienst zu bezahlen, den man sich ohne weiteres selbst erweisen konnte. Eingeweihte würden dem jedoch nicht zustimmen. Im Gegensatz zu den Millionen von Männern, die gelegentlich und mit Hilfe der stimulierenden Bilder im *Playboy* oder anderen einschlägigen Magazinen in aller Heimlichkeit masturbierten, zog der Kunde eines Massagesalons es vor, dabei eine Komplizin zu haben, eine junge Dame mit angenehmem Äußeren, die ihm durch ihre Anwesenheit über die Einsamkeit und Schuldgefühle, die sonst mit dieser Art Liebesakt verbunden sind, hinweghalf.

Der typische Klient solcher Praxen suchte heimliche Ablenkungen vom monotonen Eheleben: Er war erfolgreich in seinem Beruf, leidlich zufrieden mit Frau und Familie, und wenn er in die Jahre kam, fand er Geschmack an sexueller Abwechslung, ohne sich dabei in romantische Gefühle verstricken zu wollen, die er sich weder finanziell noch emotional leisten konnte. Zu alt für die Single-Szene und zu langsam für die schnellen, laienhaften Stelldicheins, die ihm in den Eckkneipen seines Viertels von frustrierten Frauen anderer Männer angeboten wurden, scheute er nicht nur die heiklen und möglicherweise krankheitsverseuchten Absteigen von Straßenhuren, sondern sogar die gehobeneren Boudoirs der Freudenmädchen und sonstiger Damen, die jede Nacht das zu Geld machten, was Balzac das Vermögen zwischen ihren Beinen genannt hatte.

Für einen solchen Mann, der nahezu täglich von den widerstreitenden Kräften von Lust und Schuld, innerer Unruhe und Vorsicht geplagt wurde, war eine sexuell beruhigende Massage das perfekte Allheilmittel. In den sechziger Jahren gab es in den Vereinigten Staaten wohl kaum noch eine Großstadt, in der nicht zumindest eines dieser als medizinische Praxen getarnten Etablissements zu finden war, in denen ihm weiß gekleidete manuelle Therapeutinnen das Verlangen erfüllten, auf eine Art berührt zu werden, die er von seiner Frau zu Hause niemals bekommen konnte oder wollte.

1970 änderten sich jedoch die Dinge, und der ehemals private Service der Masseusen wurde nun öffentlich gemacht. Sie bekamen Konkurrenz von jungen Unternehmern der Gegenkultur, die ganz offensichtlich in den Straßen der City – neben Headshops, in denen Haschpfeifen, Yogabücher und andere bemerkenswerte Produkte fernöstlicher Glückseligkeit verkauft wurden – unkonventionelle Massagesalons und Aktstudios eröffneten. Über der Eingangstür oder im Fenster platzierten sie dann Werbeschilder wie »Mädchen Ihrer Wahl – Aktmodelle«, und auf der Straße verteilten langhaarige junge Männer Prospekte mit unmissverständlichen Angeboten an männliche Passanten.

Obwohl diese Flyer keine sexuelle Befriedigung versprachen, so stellten sie doch eine »erotische Massage« von einer »Oben-ohne-Masseuse« in Aussicht. Anfänglich erregte dies auch nicht im Mindesten die Aufmerksamkeit der Behörden, da um 1970 erotische Massagen und die Zurschaustellung nackter Körper bereits in den meisten Teilen Amerikas weitestgehend akzeptiert wurden. Für die Musicals *Hair* und *Oh! Calcutta!* waren Nacktszenen auf den Bühnen am Broadway zugelassen worden; und in verschiedenen Städten waren auch Oben-ohne-Bars und Nacktbars erlaubt, zumindest vorübergehend. Die berühmte Esalen-Massage, die attraktive, sonnengebräunte nackte Masseusen und Masseure den ölig glänzenden Kunden der kalifornischen Gesundheitszentren verabreichten, wurde in illustrierten Bänden aufs Genaueste beschrieben und dadurch in ganz Amerika bestens bekannt; in Talkshows empfahlen Therapeuten und Autoren, Anhänger der Reich-Doktrin, Paaren erotische Massagen zur Auflockerung ihrer Beziehung. In Sexkliniken wurden »impotente« Männer vom weiblichen Personal kuriert und sexuell unbefriedigte Patientinnen dazu erzogen, ihre Liebhaber durch kunstvolles Streicheln der Genitalien und gegenseitige Masturbation zu stimulieren; sie wurden dazu angehalten, einsame Stunden dazu zu nutzen, sich so oft wie möglich selbst zu befriedigen, wenn möglich auch mit Hilfe eines Vibrators oder Dildos. Zum vielleicht ersten Mal in der Geschichte Amerikas wurde der Akt der Selbstbefriedigung im schulischen Aufklärungsunterricht nicht als traurige oder beschämende Angelegenheit dargestellt.

Obwohl die Genossenschaften der anerkannten Massageberufe angesichts der grellen Neonreklame und psychedelischen Schilder, welche die neuen Salons deutlich erkennbar machten, ziemlich verstimmt waren, hielten sie sich mit lautstarker Kritik zurück; schließlich waren ihnen die heimlichen Praktiken verhinderter Krankenschwestern längst vertraut. Selbst die Polizei hatte allen Grund, die Etablissements schonend zu behandeln. Nach Jahren gewalttätiger Konfrontationen mit jungen Leuten, die gerichtliche Klagen gegen Polizisten wegen Körperverletzung zur Folge hatten, sowie negativer Schlagzeilen in der Presse scheute sich die Polizei vor einem allzu rigorosen Vorgehen; und solange das Massagegesetz noch so vage formuliert war wie im Jahre 1970, war sie nicht gerade erpicht darauf, Razzien in Massagesalons durchzuführen.

Somit war die Zeit für junge Unternehmer günstig. Zu der rechtlichen Unsicherheit und einem immer größer werdenden Markt für Vergnügungsartikel und -leistungen kam der Überfluss an sexuell befreiten Frauen – arbeitslose Freigeister der Sechziger, die keinerlei Gewissensbisse verspürten, ihr Geld mit der manuellen Befriedigung fremder Männer zu verdienen. Die Anfangsinvestitionen hielten sich für den jungen Inhaber in Grenzen, beschränkten sich die Kosten doch größtenteils auf die Anmietung eines Studios in der zweiten oder dritten Etage über einem Laden in einem Geschäftsviertel und die Kosten für Amateurtischler, die ihnen diverse Zwischenwände aus Hartfaserplatten einzogen, um die vorhandenen Räume in eine Empfangshalle und mehrere kleine Zimmer für Massagen, und gelegentlich auch Aktaufnahmen, zu unterteilen. Das gesamte Etablissement konnte recht preiswert eingerichtet werden, mit Sofas aus dem Trödelladen, Stühlen, einem alten Schreibtisch, gebrauchten Massagetischen und Armeebetten, die unter bedruckten indischen Decken versteckt wurden. An den Wänden hingen wahlweise psychedelische Poster oder knallige Ölbilder, die durchaus von einer Hippiemasseuse hätten gemalt sein können, die nach einer längeren Phase heilsamen Nichtstuns in einer ländlichen Kommune gerade wieder ins Großstadtleben zurückgekehrt war. Obwohl etliche der jungen Leute, die 1970 die ersten Studios eröffneten, selbst kurz in Kommunen gelebt hatten und sich mit der Friedensbewegung identifizierten, kaschierten sie mit ihrem betont lässigen Auftreten und ihren ausgeblichenen Jeanshemden ganz andere, nämlich geschäftliche Ziele: Sie waren Easy Riders, die in ihren Studententagen nebenbei mit weichen Drogen gedealt hatten und jetzt mit weichem Sex Geschäfte machten.

Einer der ersten Salons, der sich in New York ganz offensichtlich prächtig entwickelte, nannte sich The Pink Orchid. Er befand sich in der 200 East 14th Street abseits der Third Avenue und war von zwei ehemaligen Studenten am City College, Alex Schub und Dan Russel, eröffnet worden.

Schub, ein vielversprechender und eher introvertierter Rockmusiker, war gleichzeitig ein begabter Tischler und nutzte diese Fähigkeit für den Ausbau des Studios, während der aufgedrehte Russel, Sohn eines Rechtsanwalts und Neffe eines Verlegers von Nachdrucken seltener Bücher, der eigentliche Kopf und Motor des Unternehmens war.

Nach dem schnellen Erfolg des Pink Orchid – im Sommer 1970 behandelten sie durchschnittlich vierzig Kunden am Tag – stellten die beiden jungen Männer zusätzliches Personal ein und eröffneten neue Studios: den Perfumed Garden in der West 23rd Street und das Studio Lexington Avenue Models nahe der 57th Street. Gleichzeitig konnten andere Jungunternehmer den talentierten Alex Schub buchen, damit er ihnen beim Ausbau ihres eigenen Studios zur Hand ging.

Für einen seiner Freunde, einen ehemaligen Literaturstudenten am Fairlay Dickinson College, entwarf er die vier schwach beleuchteten, malvenfarbenen Räume des Secret Life Studio, das sich an der Ecke 26th Street und Lexington Avenue befand. Für einen anderen Bekannten, einen ehemaligen Studenten an der Columbia High, dem die Studios Casbah East und Casbah West gehörten, konzipierte er einen kreisrunden Massageraum mit weißen Plastikwänden und gezackten Kanten, der die Atmosphäre einer ultramodernen Höhle vermittelte oder genauso gut als abgesplitterter Teil einer Raumkapsel hätte durchgehen können. An der Third Avenue, in der Nähe der 51st Street, baute Schub das Middle Earth Studio, das von einem Studienabbrecher mit einer Leidenschaft für Tolkien eröffnet worden war. Allerdings hatte es mit seinen Perlenvorhängen, den Bodenkissen und den überall brennendem Räucherstäbchen wohl eher den Charme einer Hippiekommune.

Konkurrenten dieser Salons waren Etablissements wie das Stage Studio in der 12 East 18th Street, die mit Privatstunden mit »jungen Schauspiel-Models« warben, und das Studio 34 in der 440 West 34th Street, das versprach: »Fünf wunderschöne College-Girls – genau so, wie du sie magst«.

Als Gehalt erhielt eine Masseuse fast überall ein Drittel der Behandlungskosten plus Trinkgelder. Ihr Verdienst lag zwischen 300 und 500 Dollar pro Woche und hing davon ab, wie viele Tage und Stunden sie arbeitete. Jeder Salon hatte eine Nachmittags- und eine Nachtschicht, die Arbeitszeiten der Masseusen waren flexibel. Angehende Schauspielerinnen und Tänzerinnen tauschten ihre Stunden häufig mit anderen Masseusen oder meldeten sich krank, wenn sie irgendwo vorsprechen wollten. Über ein Münztelefon, das im hinteren Teil des Studios, nahe der privaten Umkleideräume für die Masseusen, installiert war, standen sie in regelmäßigem Kontakt mit ihren Agenten.

Die Mädchen, die noch die Uni besuchten, Hochschulen wie zum Beispiel die NYU, CCNY und Hunter, nutzten die Zeit im Empfangszimmer, wenn sie gerade keinen Kunden zu bedienen hatten, für ihre Studienlektüre. Andere Masseusen wiederum – junge, unternehmungslustige geschiedene Frauen, Aussteigerinnen, ehemalige Sekretärinnen mit einer Abneigung gegen straffe Büroarbeit, Ehefrauen à la Belle-de-Jour, Freundinnen des Besitzers, hübsche Lesbierinnen und Bisexuelle, denen der Salon Gelegenheiten für gewisse schwesterlichen Massagen bot – vertrieben sich die Wartezeit mit Gesprächen, lasen in bunten Zeitschriften, machten ihre Yogaübungen oder setzten sich in eine Ecke und meditierten, ungeachtet der Dauerbeschallung durch das Radio und des pausenlosen Läutens des Telefons auf dem Schreibtisch des Managers.

War der Manager einmal für kurze Zeit nicht im Empfangszimmer und eine Masseuse hob den Hörer ab, konnte es ihr passieren, dass eine männliche Stimme am anderen Ende der Leitung laut stöhnte oder Obszönitäten von sich gab. Deshalb beantwortete in den meisten Salons nur der Manager die Anrufe. Er war es auch, der den Kunden das Geld abnahm, ihnen einen Behandlungsraum zuwies und nach 25 Minuten die Masseusen mit einem Summton darauf aufmerksam machte, dass die halbe Stunde so gut wie vorbei war. Zuweilen fungierte er auch als Rausschmeißer, was aber selten notwendig war, denn randalierende Kunden waren die Ausnahme. Fast alle Männer, die Massagesalons frequentierten, hatten gute Manieren und waren ein wenig schüchtern, die meisten trugen Anzug und Krawatte. Wenn sie das Studio betraten, manchmal noch mit dem Prospekt in der Hand, den man ihnen auf der Straße aufgedrängt hatte, wurden sie vom Manager an dessen Schreibtisch begrüßt und von den hier versammelten Masseusen mit einem erwartungsvollen Lächeln bedacht. Hatte der Kunde beim Manager gezahlt und sich eine Masseuse ausgesucht, geleitete sie ihn dann sogleich durch den Empfangssaal in einen der Behandlungsräume, über dem Arm ein gestärktes Laken aus dem Wäscheschrank.

Sie schloss die Tür, breitete das Laken über die Massagebank und wartete, bis der Mann komplett nackt war, ehe sie selbst anfing, sich auszuziehen. Die meisten Studiobesitzer glaubten, dass ein verdeckter Polizeiermittler, der das Studio unter Umständen besuchen könnte, die Masseuse nicht wegen Unzucht anzeigen konnte, wenn er sich vorher bereits vor ihr entblößt hatte, und auch wenn diese Vermutung noch nie vor einem Gericht überprüft werden konnte, so hielten sich doch fast alle Salons an dieses ungeschriebene Gesetz.

Obwohl die Mehrheit der Männer alt genug war, um als Vater der Masseuse durchgehen zu können, fand mit Beginn der Massage ein erstaunlicher Rollentausch statt: Es war die junge Frau, die hier den Ton angab. Sie hatte die Macht, Vergnügen zu spenden oder zu versagen, während der Mann mit geschlossenen Augen leise stöhnte, während sein Körper mit Babyöl oder Talkumpuder eingerieben wurde. Für diese Männer war es möglicherweise das erste Mal, dass sie mit der sexuell emanzipierten Jugendbewegung, von der sie so viel gehort und gelesen hatten, mit der Welt von Woodstock und der Pille konfrontiert wurden. Und wenn sie nach regelmäßigen Besuchen ihre Masseusen besser kennengelernt hatten, gelang es ihnen sogar häufig, einen Einblick in die Denkweise dieser ihnen doch so fremden Generation zu werfen, die zu zeugen sie mitgeholfen hatten.

Die Masseusen wiederum lernten viel über die Frustration von Männern mittleren Alters, deren Eheprobleme, berufliche

Niederlagen, Fantasien und Unsicherheiten. Manche Männer waren bei der Behandlung so nervös, dass sie am ganzen Körper zitterten und schwitzten. Andere konnten weder ejakulieren noch erigieren, wenn die Masseuse nicht ein persönliches Interesse an ihnen bekundete, ihrer Figur schmeichelte und ihnen versicherte, ihr Penis sei genauso groß wie der anderer Männer oder sogar noch größer. Es gab Kunden, die so sehr von Schuldkomplexen gequält waren, dass es ihnen nur gelang, zum Höhepunkt zu kommen wenn die Masseuse sie beim Masturbieren wie Schuljungen, die man bei der »Selbstbefleckung« erwischt hatte, schimpfte.

Dann gab es da Kunden, die gerade aus dem Priesteramt ausgeschieden waren und nun versuchten, sich zum ersten Mal in ihrem Leben der Berührung durch eine Frau auszusetzen; oder orthodoxe Rabbis, die ihren Penis in Kondome oder Plastiktüten steckten, um den direkten Hautkontakt bei der Masturbation zu vermeiden; und dann waren da noch angesehene Börsenmakler und Bankiers, die sich von ihrer Masseuse eine Fellatio wünschten, weil ihnen ihre Ehefrauen diese Art von Zärtlichkeit verweigerten. Es gab auch Arbeiter in Blaumännern, die sich auf diese Art von einer Masseuse befriedigen ließen und gestanden, dass sie es nie wagen würden, ihre Frauen darum zu bitten.

Alte Männer mit Stock, Witwer, Geschiedene und zeitgenössische Daddy Brownings hatten regelmäßige Termine in bestimmten Salons, die manchmal sogar eine Flasche ihres Lieblingswhiskeys für sie im Wäscheschrank bereithielten. Unter den Kunden waren aber auch kräftige junge Männer, die so voller Energie steckten, dass sie den doppelten Preis für zwei Masseusen gleichzeitig zahlten und bis zu drei Orgasmen während der halbstündigen Behandlung hatten. Eines Tages erschien ein extrem schüchterner Mann namens Arthur Bremer mit Anzug und Weste im Victorian Studio, Ecke 46th Street und Lexington Avenue. Er war während der Massage so verkrampft, dass er keinen Orgasmus erreichte. Einen Monat später, während einer politischen Kundgebung in Maryland, schoss Arthur Bremer auf den Gouverneur von Alabama, George C. Wallace, der für den Rest seines Lebens an den Rollstuhl gefesselt blieb.

Unter den Gästen der Massagesalons waren aber auch viele Romantiker. Von Zeit zu Zeit verliebte sich einer von ihnen in seine Masseuse und regte sich dann maßlos auf, wenn er einmal zu früh zum vereinbarten Termin erschien und entdecken musste, dass diese gerade mit einem anderen Mann im Massageraum war. Das Secret Life Studio, Ecke 26th Street und Lexington Avenue, hatte einmal einen frisch geschiedenen Harvard-Absolventen, der in Manhattan eine psychiatrische Praxis betrieb, zum Stammkunden. Seine Masseuse war eine attraktive Blondine mit Abschluss an der Louisiana State University, die früher für *Look* gearbeitet hatte. Nachdem er sich mehrmals von ihr gegen Bezahlung hatte verwöhnen lassen, fingen sie an, sich auch privat zu treffen. Innerhalb nur eines Jahres waren sie dann verheiratet und zogen später nach Florida.

Einige Geschäftsleute, die regelmäßig Massagesalons besuchten, aber unzufrieden waren, weil die meisten nicht einmal über die primitivsten sanitären Einrichtungen, wie zum Beispiel eine Dusche, verfügten, kamen hin und wieder auf die Idee, selbst einen komfortabel eingerichteten Salon zu eröffnen, den sie dann mit Designerstühlen, modernen Massagebänken, Sauna, Solarium und Klimaanlage ausstatteten. Im Fahrstuhl kam Musik aus den Lautsprechern, und die Kunden konnten auf Wunsch mit Kreditkarte bezahlen. Das erste dieser luxuriös ausgestatteten Studios war das Experience One im neunten Stock von Daddy Brownings altem Geschäftshaus, das den zwei Männern vom ehemaligen Schnellimbiss gehörte. Aber es dauerte nur ein Jahr, bis es von verschiedenen anderen Studios an Luxus und Eleganz noch übertrumpft wurde. Ein

Stammgast in diesen Etablissements war Al Goldstein, der Chefredakteur von *Screw*, der daraufhin begann, in seiner Zeitschrift eine wöchentliche Kolumne über das florierende Massagegeschäft zu verfassen, in der er mit Fug und Recht behaupten konnte, jeder seiner erfreulichen Orgasmen sei für ihn steuerlich absetzbar.

Goldstein nahm sich vor, jedem Salon in New York, den alten wie den neuen, unangemeldet einen Besuch abzustatten. Für denselben Preis, den auch jeder andere Kunde zu bezahlen hatte, wollte er sich persönlich von den manuellen Fertigkeiten des weiblichen Personals überzeugen, die hygienischen Verhältnisse unter die Lupe nehmen und die Freundlichkeit des Managements bewerten. Seine Ergebnisse sollten dann als Kurzbericht in *Screw* veröffentlicht und die Salons von ihm auf einer Skala von einem bis insgesamt vier Sternen eingeordnet werden.

Als Goldstein 1971 mit der Artikelserie begann, gab es in New York höchstens ein Dutzend solcher Salons, aber gegen Ende 1972 waren es bereits vierzig. Goldstein fand heraus, dass Leistungen und Preise überall verschieden waren und sich zuweilen von Tag zu Tag änderten, je nach Laune der Masseusen. Das Pink Orchid in der 14th Street war heiß und überfüllt, als er es besuchte. Es gab weder Dusche noch Klimaanlage, und Goldstein zahlte 14 Dollar, um von einer mürrischen Brünetten in Hotpants massiert zu werden. Für ein Trinkgeld von 15 Dollar masturbierte sie ihn teilnahmslos und blies ihm sogar einen, schaute dabei aber hauptsächlich auf ihre Armbanduhr. In der nächsten Ausgabe von *Screw* gab er der Pink Orchid einen einzigen Stern und fügte hinzu: »Nicht zu empfehlen!«

Im Mademoiselle Studio an der Ecke 58th und Lexington Avenue, das drei Israelis gehörte, die ihren Salon mit Klimaanlage, sieben Räumen, Bar und einem Filmprojektor, der bunte erotische Bilder an die Wand warf, ausgestattet hatten, blätterte Goldstein 20 Dollar für eine Massage auf den Empfangstresen, und nach weiteren 25 Dollar durfte er es auf dem Wasserbett mit einer attraktiven 26-jährigen Frau treiben, die ihm erzählte, sie lebe seit ihrer Scheidung mit ihren zwei Kindern in einem Vorort in Connecticut, wo sie am Wochenende Grundstücke verkaufte. Sie war liebenswert und unterhaltsam. Goldstein verlieh dem Mademoiselle drei Sterne: »Sehr zu empfehlen: das Beste seiner Art«.

Im Middle Earth Studio, dass sich im zweiten Stock eines Backsteingebäudes in der Third Avenue befand, zahlte Goldstein dem Manager 18 Dollar und suchte sich als Masseuse eine blauäugige Brünette mit langen, glatten Haaren und reiner Haut aus, die ein Kreuz des Rosenkreuzer-Ordens um den Hals trug. Sie war heiter und graziös und stimulierte ihn mit Leichtigkeit. Sie hatte wunderschöne Hände mit langen Fingern und schien Spaß an der Sache zu haben. Nicht einmal wandte sie ihren Blick von seinem steifen Penis, während sie ihn liebkoste. Sie wusste offensichtlich, dass es jedem Mann Genuss bereitet, eine Frau beim liebevollen Streicheln dieses seltsamen Dings zu beobachten. Er verspürte das starke Verlangen, ihr seinen Schwanz in den Mund zu stecken; doch als er sie darum bat, lehnte sie höflich ab – mit der Begründung, dass dies gegen die Vorschriften im Middle Earth verstoße. Nur »manuelle Befriedigung« sei gestattet, was automatisch zur Massage gehörte, ohne dass ein zusätzliches Trinkgeld nötig wäre. Schließlich vertraute sie ihm an, dass der Manager vom Flur aus durch den kleinen Spiegel an der Wand ins Zimmer schauen und sich so jederzeit davon überzeugen könne, ob die Regeln auch beachtet werden. Nach dieser Offenbarung war es mit der intimen Zweisamkeit vorbei; und obwohl Goldstein die Massage gefallen hatte, reagierte er sichtlich irritiert und gab dem Middle Earth Studio lediglich zwei Sterne.

Die vielen Spiegel, die er später in den größeren Salons zu Gesicht bekommen sollte, Spiegel, die manchmal über die gesamten Wände und Decken der Massageräume gingen, hatten von da an eine sehr beunruhigende Wirkung auf ihn. Nicht nur, dass er befürchtete, dahinter einen voyeuristischen Manager vorzufinden, sondern *er* wollte keinesfalls sehen, wie sein korpulenter Körper von allen Seiten reflektiert wurde, während er nackt auf der Massagebank lag.

Im Caesar's Retreat in der East 46th Street, ein Studio, das nicht nur mit viel Plüsch, sondern auch mit einer Unmenge von Spiegeln eingerichtet war, gelang es einer in eine Toga gehülten Masseuse, Goldstein mit ihrem außergewöhnlichen Talent so erfolgreich von seiner Befangenheit zu befreien, dass er dem Unternehmen vier Sterne zubilligte. Kein anderer Salon in New York konnte dem Caesar's Retreat bis dato das Wasser reichen. Der Besitzer, ein ehemaliger Börsenmakler namens Robert Scharaga, der ursprünglich aus der Bronx stammte, hatte sich die Ausstaffierung der unzähligen Räume mit kreisrunden Bädern, römischen Gipsstatuen und Springbrunnen Tausende von Dollar kosten lassen. Während die Kunden im Empfangssalon auf ihre halbstündige Massage mit warmen Kräuterölen warteten, wurden sie mit kostenlosem Champagner versorgt. Eine einfache Massage kostete 20 Dollar, aber wer mehr zahlte, konnte auch mehr bekommen, und bei 100 Dollar war das immerhin ein Champagnerbad mit drei freizügigen jungen Damen.

Nachdem Goldstein alle Salons in New York getestet hatte, reiste er durchs Land und entdeckte dabei, dass die erotische Massage in der Zwischenzeit zur nationalen Einrichtung geworden war, zum Schnellimbissgeschäft in Sachen Sex und Futter für die Libido. In Falls Church, Virginia, einem Vorort von Washington, war ein Massagesalon mit zehn Räumen in einem Einkaufszentrum untergebracht. Es gab Salons in Charlotte, Atlanta, und in Dallas; und im streng katholischen Chicago gab es gar ein Studio in der South Wabash Street, das wie eine echte Kirche eingerichtet war. Den Schreibtisch des Managers hatte man in einen 600 Pfund schweren gotischen

Beichtstuhl eingelassen, der aus einer abgerissenen Kirche stammte. Im Salon standen nicht nur Kirchenbänke, sondern es fand sich auch sonstiges religiöses Zubehör, während in den kunstvoll geschnitzten Bücherregalen aus dunklem Holz Pornohefte und Dildos ausgelegt waren.

In der Hoffnung, damit den Salon vor dem Zugriff der Polizei zu schützen, hatte der Besitzer sein Unternehmen als Privatclub getarnt. Jeder, der dem Club beitreten wollte, musste sich zunächst ausweisen und dann eine schriftliche Erklärung abgeben, dass er keiner gesetzgebenden Institution angehörte. Die Kunden mussten diese Erklärung nicht nur unterschreiben, sondern außerdem noch laut vor dem Beichtstuhl verlesen. Dabei ahnten sie wahrscheinlich nicht, dass gleichzeitig ihre Stimmen von einem kleinen versteckten Mikrofon aufgezeichnet und ihre Gesichter durch den purpurfarbenen Vorhang des Betstuhls gefilmt wurden. Der vorsichtige Inhaber dieses Etablissements hieß Harold Rubin, und als Goldstein den Salon betrat, um eine Massage zu verlangen, stellte sich Rubin als begeisterter Leser von *Screw* vor und bestand darauf, dass sich sein Gast mit zwei Masseusen auf Kosten des Hauses vergnügte.

In Los Angeles besuchte Goldstein Dutzende von »Massageinstituten« am Santa Monica Boulevard und am Sunset Strip, von denen einige rund um die Uhr geöffnet waren. Der bedeutendste Salon von Los Angeles hieß Circus Maximus. Er gehörte dem 42-jährigen Mark Roy, einem ehemaligen Tanzlehrer, der danach als Leiter verschiedener Schlankheitssalons für Damen zu Geld gekommen war, und befand in einem geräumigen dreigeschossigen Haus einen halben Block südlich des Sunset, am La Cienega Boulevard, auf dessen angrenzenden Parkplatz bis zu achtzig Autos Platz hatten. Ebenso wie das Caesar's Retreat in New York, vermittelte auch die Ausstattung des Circus Maximus römische Lebens- und Sinnesfreuden. Die dreißig Masseusen trugen purpurne, goldene oder weiße Mini-Togen aus Krepp, und die Werbung versprach: »Seit den Tagen von Pompeji sind die Männer nicht mehr so verwöhnt worden.«

Eine halbe Stunde Fahrtzeit entfernt vom Sunset Strip, in den stillen Hügeln des Topanga Canyon, hoch über dem Malibu Beach, besuchte Goldstein ein nudistisches »Entwicklungszentrum«, das sich Elysium nannte. Auf einem bezaubernden Grundstück, von Bäumen und hohen Zäunen gegen neugierige Blicke abgeschirmt, verwöhnten sich die stets nackten Mitglieder gegenseitig oder ließen sich vom Personal massieren. Wie das Esalen-Institut im Norden von Kalifornien bot auch das Elysium seinen Mitgliedern und Gästen eine große Auswahl an »Bewusstseinsseminaren« und psychotherapeutischen Programmen, nur dass das Elysium durchweg vergnügungsorientiert war: Neben Swimmingpool und Sauna gab es Reit- und Tennisplätze sowie diverse Séparées im Hauptgebäude, in die sich Pärchen zum Beischlaf zurückziehen konnten.

Goldstein hatte schon zu einem früheren Zeitpunkt in *Screw* Fotos vom Elysium veröffentlicht, aber er war noch beeindruckter, als er die Anlage endlich mit eigenen Augen sah und von ihrem Gründer, Ed Lange, einem großen, gut gebauten ehemaligen Modefotograf mit elegant gestutztem grauen Bart, ein Interview bekam. Lange war vor 52 Jahren in Chicago als Sohn einer konservativen deutschstämmigen Familie geboren worden, hatte sich zu Schulzeiten zu einem außerordentlich guten Sportler entwickelt, in sich selbst aber die starke Neigung zu einem weniger reglementierten, kreativeren Lebensstil entdeckt. Seit er in den dreißiger Jahren, als Teenager, zum allerersten Mal *Sunshine & Health* gekauft hatte, war er vom Nudismus begeistert; und als er schließlich in den vierziger Jahren nach Los Angeles zog, wo er als Designer in Hollywood arbeitete und als freiberuflicher Fotograf seine Fotos an Magazine wie *Vogue* und *Bazaar* verkaufte, trat er einem der ersten Nudistenclubs bei, welcher das eine oder andere Mal von einer Polizeirazzia heimgesucht wurde.

Mitte der fünfziger Jahre lernte er in diesem Club ein außergewöhnlich attraktives Ehepaar kennen, Joseph und Diane Webber, und es war Lange, der in den nächsten fünfzehn Jahre die meisten Aktaufnahmen von Diane Webber machte, welche in verschiedenen Magazinen in ganz Amerika erschienen. Später wurden diese und andere Nacktfotos in den von ihm mittlerweile gegründeten Zeitschriften dann erneut abgedruckt. Der Kauf des Grundstückes des Elysiums bedeutete für Lange die Erfüllung eines lang gehegten Lebenstraumes.

Als Goldstein dort auftauchte, war Lange gerade in einen Prozess mit den Behörden von Los Angeles verwickelt, die unter dem Vorwand, Nudisten sei es verboten, sich in Gruppen zu versammeln, sein Center schließen wollten. Nicht nur das Elysium war von dem Rechtsstreit betroffen, sondern auch das benachbarte, etwas höher in den Hügeln von Topanga Canyon gelegene »Entwicklungszentrum« Sandstone Retreat, ein Anwesen von ungefähr sechs Hektar Größe, in dem einige Nudistenpaare ganz offen und bewusst ihre sexuelle Freiheit ausleben, um sich für immer von Besitzansprüchen und Eifersucht zu befreien. Der Eigentümer von Sandstone hieß John Williamson, und eines der Paare dort waren John und Judith Bullaro.

17

Nicht lange nachdem John Williamson der Liebhaber von Judith Bullaro geworden war, zog er sich aus dem Berufsleben zurück, verkaufte seinen Geschäftsanteil an eine Elektronikfirma für nahezu 150 000 Dollar und leistete eine Anzahlung auf ein einsam gelegenes Grundstück, das die Heimat seiner Liebeskommune werden sollte. Seine neue Zuflucht lag 340 Meter über dem Pazifischen Ozean in den Bergen von Santa Monica, acht Meilen von Malibu Beach und eine Stunde Autofahrt von Los Angeles entfernt.

Wer sein Refugium erreichen wollte, musste sich mit dem Auto eine enge, kurvenreiche Straße hinaufwagen, die einen Blick von atemberaubender Schönheit bot. Sie wand sich durch den Smog hindurch, der über dem Tal hing, und kletterte am Rande tiefer Schluchten entlang in die Höhe. Es war eine gefährliche Strecke, die keine Unachtsamkeit des Fahres duldete, wenn man nicht in die Tiefe stürzen wollte. Dieser schwindelerregende Zickzackkurs wurde nur dadurch erträglich gemacht, dass einem am Ende der Reise verlockende sexuelle Freuden winkten.

Man erreichte Sandstone Retreat, das auf der Südseite des Berges lag, über eine private Zufahrt, die von zwei Steinsäulen markiert war. Das Haupthaus, das sich etwa 300 Meter hinter dem Eingangstor befand, war ein großes zweistöckiges Gebäude, das sich an einen steilen Abhang schmiegte, umgeben von Eukalyptusbäumen und Farnkraut. Davor war ein Fischteich angelegt, der von einer kurz geschorenen Rasenfläche gesäumt wurde. Von der Sonnenterrasse im zweiten Stock hatte man einen Blick auf das glitzernde Meer mit den sich schwach abzeichnenden silbernen Segelbooten, und im Hintergrund sah man die verschwommene Silhouette von Catalina Island. Hinter dem Haus, wo der felsige Grund noch weiter anstieg, lagen kleine Hütten, die man über hölzerne Treppen erreichen konnte, sowie eine große Glashalle, in der ein fünfzig Meter langes Schwimmbecken untergebracht war, in dem sich nackte Körper tummelten.

Vor vielen Jahren hatten diese sechs Hektar Land des Sandstone-Anwesens sowie die angrenzenden Gebiete, die sich meilenweit durchs Gebirge zogen, reichen Farmern und Hollywood-Größen wie zum Beispiel Lana Turner gehört; aber als Williamson das Grundstück 1968 zum ersten Mal mit einem Makler besichtigte, machte es einen völlig verwahrlosten Eindruck; er sah nur heruntergekommene Gebäude, teilweise von umgestürzten Bäumen blockierte Straßen und Erdwälle aus getrocknetem Schlamm. Das nächste Lebensmittelgeschäft lag meilenweit entfernt unten im Tal, im Topanga Shopping Center, einem beliebten Treffpunkt von Hippies, die mit Rauschgift handelten, Motorradgangs in Lederjacken und Dutzenden von unterernährten Hunden, die sich nicht im Geringsten um hupende Autofahrer kümmerten.

Als Williamson das Gelände seinen Freunden und zukünftigen Mitgliedern der Kommune zeigte, waren sie nicht gerade begeistert. Sie fanden die Lage zu einsam und abgeschieden und die gesamte Anlage zu verwahrlost; alle wussten, dass es viele Monate harter Arbeit kosten würde, um die Häuser wieder bewohnbar und die Straßen befahrbar zu machen.

Dennoch erwarb Williamson das Grundstück und zog seine Mitstreiter dann nach und nach auf seine Seite. Er appellierte an ihren Pioniergeist und erinnerte sie daran, wie sehr sie sich danach gesehnt hatten, der Hektik, dem Smog und der Beengtheit der Großstadt zu entfliehen, und schließlich überzeugte er sie davon, dass dies der ideale Platz sei, um ihr sinnliches Utopia zu errichten. Williamson war beharrlich und überzeugend. Ebenso wie die Gründerväter früherer Kommunen war er mit der zivilisierten Welt nicht glücklich. Er empfand das Stadtleben in Amerika als erdrückend, zerstörerisch für den Geist, hielt die organisierte Religion für klerikalen Schwindel und die Regierung für behäbig und habgierig. Er sah den Durchschnittsverdiener, der horrende Steuern zahlte und jederzeit austauschbar war, dazu verdammt, ein isoliertes Dasein in einer computergesteuerten Welt zu fristen.

Bis auf einige Ausnahmen teilten Williamsons Jünger seine Ansichten. Genau wie er waren auch sie Teil des Systems gewesen und hatten es als beengend empfunden. Jeder von ihnen war auf der Suche nach einem Weg aus der Langeweile und der Tristesse seines Privat- und Ehelebens. Die meisten waren mindestens einmal geschieden und kamen aus repressiven oder instabilen Familienverhältnissen.

Oralia Leal zum Beispiel war das älteste von sieben Kindern einer mexikanischen Einwandererfamilie aus Texas. Sie war vor ihren ärmlichen Familienverhältnissen und den ständigen sexuellen Nachstellungen durch ältere Verwandte geflohen und schaffte tatsächlich ihren Abschluss am Los Angeles Junior College, bloß um danach in eine bedrückende Ehe hineinzuschlittern und sich mit einer Reihe von unbefriedigenden Jobs als Sekretärin oder Empfangsdame über Wasser zu halten. Arlene Gough, ein in Spokane geborenes »Armee-Balg«, Tochter eines Berufssoldaten, war in ihrer Kindheit mit ihren Eltern von Stützpunkt zu Stützpunkt gezogen, wurde mit sechzehn schwanger und brachte noch zwei Ehen hinter sich, ehe sie dreißig war. Die rothaarige Gail stammte aus einer streng puritanischen irisch-katholischen Familie in South Dakota. Ihr erstes sexuelles Erlebnis hatte sie im Alter von siebenundzwanzig Jahren mit ihrem Verlobten, wonach sie von ihrer Mutter zu einem Priester geschickt wurde, bei dem sie um Vergebung für ihre Sünde bitten sollte. Der Ingenieur David Schwind wiederum, der bei dem Flugzeughersteller Douglas Aircraft einem eher unbefriedigenden Job nachgegangen war,

war das Produkt zurückgezogen lebender konservativer Eltern in der Provinz von Ohio, wo er seine maßgebliche Ablenkung von der täglichen Langeweile im *Playboy* fand oder während seiner nächtlichen Streifzüge, die ihn vor das Schlafzimmerfenster einer attraktiven älteren Frau in der Nachbarschaft führten.

Die anderen aus Williamsons Clique stammten aus ähnlich traurigen Verhältnissen und waren alle etwa Ende zwanzig, Anfang dreißig; sie hatten die jugendbewegten sechziger Jahre an sich vorbeiziehen lassen, ohne dabei etwas Besonderes zu erleben oder einen Grund für eine Verbesserung ihres Daseins zu sehen, bis sie letztendlich Williamson begegneten und von ihm in sein Liebesnetz gezogen wurden. Mit Hilfe seiner Frau hatte er die Verlockung sexueller Freiheit ausgenutzt, um ihr Leben an das seine zu ketten und sie in eine Art Gruppenehe einzubinden, die, davon war er überzeugt, all ihre Bedürfnisse nach Zuwendung und emotionaler Unterstützung befriedigen und sie einer Sache verpflichten würde, die größer war als sie selbst und ihnen ein Gefühl von Geborgenheit gab, das sie bis dahin vermisst hatten.

In Sandstone bot er ihnen Unterkünfte und eine Umgebung, die weit luxuriöser waren als alles, was sie sich unten in der Stadt hätten leisten können; und während jeder bestimmte Arbeiten auf dem Anwesen verrichten musste, ermunterte Williamson die Männer und Frauen, sich über die traditionelle Rollenverteilung im Haushalt hinwegzusetzen und alle Arbeiten gemeinsam zu verrichten, sowohl in der Küche als auch im Freien. Abends, nach getaner Arbeit, hörte sich Williamson aufmerksam und geduldig an, was seine Anhänger ihm von sich selbst und ihren Ängsten anvertrauten. Er war Psychotherapeut und Lehrer in einer Person, ein Vorbild für die Männer, ein Liebhaber für die Frauen.

Jede einzelne von dem halben Dutzend Frauen, die nun zu seiner Gruppe gehörten, hatte er umworben, und indem er auch seine eigene Frau mit den Männern teilte, schuf er eine Atmosphäre des Einvernehmens, die offene Sexualität und gleichberechtigte Partnerschaften innerhalb der Gruppe förderte, und er glaubte, er könne so die Keimzelle für einen Kult schaffen, dem sich schon bald viele andere Paare, die an die Gleichberechtigung innerhalb der Partnerschaft glaubten, anschließen würden.

John Bullaro blieb allerdings skeptisch, was Williamsons Absichten anging. Der hauptsächliche Grund, warum er die Kommune noch nicht verlassen hatte, war, dass sich seine Frau Judith weigerte, die Gruppe aufzugeben. Sie war von Williamson fasziniert, schlief so oft wie möglich mit ihm und unterstützte seinen Plan vor allem deshalb, weil er für die größere Freiheit der Frau eintrat und die Doppelmoral der Männer verurteilte. Nach jahrelanger Frustration als Hausfrau im Valley hatte Judith endlich einen Lebensstil gefunden, der ihren Geist und ihren Körper gleichermaßen ansprach. Wollte John Bullaro seine Ehe retten – und das wollte er jetzt mehr denn je –, dann hatte er keine andere Wahl, als bei der Gruppe zu bleiben und darauf zu hoffen, dass Judiths Faible für Williamson sich als vorübergehende Laune entpuppen würde, die nur ihrer wechselhaften und ruhelosen Natur zuzuschreiben war.

In der Zwischenzeit ließ sich Bullaro auf seine eigene Art auf die Gruppe ein: Er genoss die sexuellen Erfahrungen mit den willigen Frauen, die Williamson umgaben – Barbara, Arlene, Gail und die exotische Oralia, mit der er schließlich auch Verkehr hatte –, sah sich aber sonst nicht in der Lage, Williamsons Wünschen zu entsprechen. Im Gegensatz zu den anderen Männern, die ihre Jobs aufgegeben hatten, um Williamson bei der Restaurierung des Grundstückes zu helfen, erschien Bullaro jeden Tag pünktlich in seinem Büro bei New York Life und war jeden Abend wieder rechtzeitig zurück bei seiner Frau und den anderen, um mit ihnen gemeinsam ein paar Drinks und das Abendessen einzunehmen, nachdem sie den ganzen

Tag mit dem Schrubben von Böden, dem Streichen von Wänden, Holzhacken, Heckenschneiden und anderen Renovierungsarbeiten verbracht oder, im Fall von Williamson und David Schwind, mit zwei Bulldozern die holprige Einfahrt planiert hatten.

Bullaro hatte sein Haus im Valley nach dem Kauf von Sandstone zwar vermietet, seine Kinder aber nicht mit in die Kommune gebracht. Stattdessen mietete er eine nahe gelegene Farm im Topanga Canyon und erklärte Williamson, seine Kinder seien noch zu jung, um den in Sandstone praktizierten Freiheiten ausgesetzt zu werden, und obwohl er und Judith einen Architekten damit beauftragt hatten, für sie ein Haus zu entwerfen, das dann vermutlich in nächster Zukunft auf einem der höheren Hügel des Sandstone-Anwesens gebaut werden sollte, wollte Bullaro die Dinge insgeheim gar nicht so weit kommen lassen. Im Moment galt es für ihn, Zeit zu gewinnen, daher gab er vorübergehend den neu entdeckten Freiheitsgelüsten seiner Frau nach, nahm an den jederzeit zugänglichen Vergnügungen der Nudistengruppe im Haupthaus teil und versuchte, seine zunehmende Abneigung und Eifersucht, die er gegen den wortkargen, robusten Williamson verspürte, der Judith momentan als seine persönliche Liebessklavin hielt, weitestgehend vor den anderen zu verbergen.

Eines Abends jedoch, als sich alle nackt im Haupthaus von der schweren körperlichen Arbeit in der sengenden Hitze erholten, konnte Bullaro seine Feindseligkeit nicht länger im Zaum halten. Er war an diesem Abend etwas eher vom Büro nach Sandstone heraufgefahren und hatte auf der Fahrt lange über Williamsons starken Einfluss auf die Gruppe nachgedacht und war zu dem Schluss gekommen, dass dieser nicht besonders weise oder dynamisch war, sondern vielmehr die Fähigkeit besaß, die Leere im Leben anderer erfolgreich zu nutzen.

Die meisten Menschen, dachte Bullaro, waren geborene Mitläufer, Wanderer auf der Suche nach einem Führer und damit leichtgläubige Jünger eines beliebigen Gelehrten, Theologen, Diktators, Drogenhändlers oder Hollywood-Gurus, der ihnen Heilung und Lösungen versprach. Das wurzel- und traditionslose Kalifornien war schon immer ein besonders fruchtbarer Boden für neue Ideen. Und wenn ein Hellseher über genügend Kraft und Entschlossenheit verfügte und seine Vorstellungen von einer rosigeren Zukunft klugerweise nur vage umriss, so dass genug Platz blieb für die Ideale und Träume seiner Zuhörer, so würde er früher oder später genügend Anhänger finden. Williamson, der mit seiner Philosophie Sünde und Schuld ignorierte und das Vergnügen verherrlichte, gehörte zu dieser Kategorie, davon war Bullaro überzeugt. Williamson schmeichelte seinen Jüngern, indem er sie »Veränderer« nannte und ihnen die Macht übertrug, andere Menschen so zu verändern, dass aus ihnen praktizierende Pioniere seiner Sextheorie wurden. Zwar musste Bullaro zugeben, dass Williamson bei Judith genau diese Verwandlung bewirkt hatte, jedoch bezweifelte er, dass Williamson es schaffen würde, seine Doktrin auch auf der anderen Seite der Berge zu verbreiten – und genau das hatte er im Sinn; er hatte die Absicht, irgendwann einmal seine Philosophie zu vermarkten und öffentlich in der Presse für das Sandstone-Projekt zu werben. Neue Paare sollten Geld dafür zahlen, seine »Menschenveränderer« zu besuchen, ihre Vergnügen zu teilen und sich bekehren zu lassen. Williamson war ein Guru der Fleischeslust.

Obwohl Bullaro bewusst war, dass Williamson einer solch bildlichen Darstellung der Absichten und Ziele Sandstones widersprechen würde, scherte er sich an diesem heißen Abend, als er seinen Wagen parkte und zum Haupthaus hinüberging, keinen Deut mehr darum, was Williamson wohl denken würde. Auf dem Sonnendeck sah er Judith, die sich nackt neben Williamson rekelte, während der Rest der Gruppe bei einem ruhigen Gespräch im Wohnzimmer versammelt war und Bullaro weitestgehend ignorierte.

Nachdem er seine Sachen abgelegt und im Schrank neben der Eingangstür verstaut hatte, wandte sich Bullaro Richtung Sonnendeck, blieb dann aber doch stehen angesichts einer sarkastischen Bemerkung von Barbara über seine Unverschämtheit, immer erst dann in *Sandstone* aufzutauchen, wenn die Gruppe die Tagesarbeit bereits erledigt hätte, worauf er sofort und mit lauter Stimme reagierte. »Warum lässt du es nicht einfach stecken? Ich will von deinem ganzen Mist heute Abend nichts hören!«

Barbara lächelte und schien erfreut, ihn so leicht provozieren zu können, während sich auf der Terrasse Williamson auf den Bauch rollte, sich auf die Ellbogen stützte und Bullaro irritiert fragte:

»Warum kannst du ihr nie zuhören, ohne dass dein aufgeblasenes Ego sich meldet?«

»Weil«, sagte Bullaro, »ich nicht der Meinung bin, dass *sie* die richtige Person ist, um sich über die Eigenheiten anderer auszulassen. Sie sollte sich lieber um ihre eigenen Probleme kümmern – sie hat genug davon –, statt an mir herumzukritisieren.«

Williamson schüttelte schweigend den Kopf, als wäre das Thema zu nichtig, um auch nur ein weiteres Wort darüber zu verlieren; aber Bullaro fuhr, den Blick von oben herab auf Williamson gerichtet, wütend fort: »Und warum lässt du sie nicht ihre eigenen Schlachten schlagen? Oder ist sie ohne deine großartige Unterweisung und Unterstützung völlig aufgeschmissen?«

Als sich Williamson erhob, fühlten sich alle Anwesenden unsicher; nie zuvor hatten sie erlebt, dass jemand in solch einem Ton mit Williamson redete; und Judith stand nun ebenfalls, ihre Hand an Williamsons Arm und so mit ihm gegen ihren Ehemann verbunden.

»Barbara kommt verdammt gut alleine klar, wahrscheinlich um einiges besser als du«, verkündete Williamson eisern und mit hochrotem Gesicht. »Du bist so sehr damit beschäftigt, dich darum zu sorgen, dass etwas schiefgehen könnte, dass du gar nicht bemerkst, was wirklich um dich herum vorgeht. Alle haben seit Monaten schwer geschuftet, um die Farm auf Vordermann zu bringen, damit wir endlich Geld verdienen können, um damit das abzusichern, was für uns das Wichtigste ist, doch das Einzige, was dich interessiert, ist dein verdammtes Ego!«

»Du hast ganz Recht, ich mache mir Sorgen um mein Ego«, brüllte Bullaro zurück. »Weil diese Scheißgruppe unter deiner fachmännischen Anleitung alles getan hat, um mein Ego zu zerstören – samt meiner Familie! Dein größtes Vergnügen auf dieser Welt ist es doch, die Frauen anderer Männer zu ficken. Deine eigene zu ficken macht wohl nicht so richtig Spaß, wie?«

Williamson sah ihn finster an. »Du kannst einfach nicht den Gedanken ertragen, dass deine Frau auch auf andere Männer reagiert und zu einer unabhängigen Persönlichkeit heranwächst. Du würdest sie lieber in einen Schrank sperren und weiterhin heimlich deine eigenen Sexspiele treiben. Du bist durchschaut, mein Lieber!«

Ehe Bullaro etwas erwidern konnte, ging Williamson abrupt an ihm vorbei, Judith einen Schritt hinter ihm, und ließ ihn neben der gläsernen Schiebetür zum Sonnendach stehen. Bullaros Herz pochte, und er verspürte eine Mischung aus Angst und Befriedigung. Er hatte Williamson herausgefordert, wozu er bis jetzt nicht den Mut gehabt hatte, doch als er nun so dastand und in den nächtlichen Himmel starrte, fühlte er sich plötzlich unsicher. Er ging hinaus aufs Sonnendeck, wo eine leichte Brise wehte, und setzte sich in einen der Liegestühle. Von dort konnte er die entfernten Lichter der Küste sehen und die Grillen auf der Wiese hören. Er wusste, er hatte Judith verloren, zumindest für den Augenblick. Ihre Loyalität Williamson gegenüber hatte ihn verblüfft. Trotzdem glaubte er, sie jederzeit zurückgewinnen zu können. In diesem Moment war er sich allerdings gar nicht so sicher, ob er das überhaupt wollte.

Nach einer Weile hörte er ein Geräusch hinter sich, drehte sich um und sah, dass es die Frau eines Apothekers namens Bruce war, eine durchsetzungsfähige Frau mit kleinen, festen Brüsten. Er dachte, sie wäre herausgekommen, um ihn zu trösten; stattdessen fragte sie ihn fast flüsternd: »Wie konntest du nur so mit John reden, nach allem, was er für uns getan hat?«

Bullaro schluckte seinen Ärger hinunter und gab keine Antwort. Nicht einen Augenblick länger wollte er bei Williamsons lächerlichen Anhängern bleiben. Er erhob sich, ging zum Schrank und begann, sich anzuziehen. Er sah, dass Williamsons Schlafzimmertür geschlossen war, und konnte dahinter Stimmen vernehmen, verzichtete jedoch darauf, Judith zu rufen und ihr zu sagen, dass er jetzt fahren würde; sollte sie doch zusehen, wie sie heute nach Hause kam.

Die Kinder und ihr Babysitter schliefen bereits, als er daheim ankam, und da er sich völlig erschöpft fühlte, ging er sofort ins Bett. Am nächsten Morgen, einem Freitag, wachte er zeitig auf und stellte fest, dass Judith noch nicht zurückgekehrt war. Er war zwar beunruhigt, aber noch nicht alarmiert. Beim Frühstück erklärte er den Kindern und dem jungen Mädchen, dass Judith im Laufe des Tages zurückkehren würde, was sie ohne weitere Fragen akzeptierten. Dann fuhr er ins Büro und konzentrierte sich den ganzen Tag auf die Arbeit; gegen fünf Uhr beschloss er spontan, dass *er* die heutige Nacht außer Haus verbringen würde, damit sich Judith den Kopf zerbrechen konnte, wo er wohl abgeblieben sei.

Er fuhr über die kurvenreiche Straßen des Canyon zum Pacific Coast Highway und bog dann nach rechts in Richtung Malibu Beach ab. Während er an einer Ampel stand, beobachtete er sonnengebräunte junge Leute, die in Bikinis und Surfanzügen die Straße überquerten – Sonnenanbeter, die bunte, glänzende Bretter auf ihren Köpfen balancierten und dabei vorsichtig zu den Autofahrern herüberlächelten. Bullaro setzte seine Fahrt am Strand entlang fort, vorbei an trampenden Hippies. Als er von der Straße abbog und vor einem Motel ausstieg, stand plötzlich eine junge Frau mit zerzausten langen blonden Haaren neben ihm, die offensichtlich todmüde war. Er ging auf sie zu und fragte sie, ob sie in der Cafeteria des Motels etwas mit ihm essen würde. Sie nickte und folgte ihm.

Er setzte sich in eine Nische und bestellte ihr einen Hamburger und eine Coca-Cola, während sie sich auf der Toilette frisch machte. Obwohl sie recht gepflegt aussah, als sie zu ihm zurückkam, konnte er noch immer einen unangenehmen Geruch wahrnehmen, so als hätte sie seit Wochen kein Bad mehr genommen, weshalb er seinem ersten Impuls, sie mit auf sein Zimmer zu nehmen, widerstand. Er schlief allein in dieser Nacht und dachte an Judith, genoss jedoch sein Alleinsein und seine Unabhängigkeit von Williamsons Gefolgschaft. Als er am nächsten Vormittag nach Hause zurückkehrte und bemerkte, dass Judith immer noch nicht da war, überfiel ihn zum ersten Mal der Anflug von Panik.

Diesen Nachmittag war er mit David Schwind und Bruce, dem Apotheker, am Strand zum Tauchkurs verabredet; und da der Babysitter diese Woche freihatte, nahm er die Kinder einfach mit, in der Annahme, dass Judith es nicht abwarten könnte, sie zu sehen, und sicherlich mit Bruce und David von Sandstone zum Strand herunterkäme. Bullaro war etwas zu früh dort, und nachdem er seine Tauchausrüstung aus dem Auto geladen hatte, tollte er mit den Kindern noch ein wenig in der Brandung.

Kurz darauf sah er auch schon David Schwinds Cadillac auf den Parkplatz fahren. Vorn saßen drei Leute, aber Judith war nicht darunter. Stattdessen war die Frau mitgekommen, die ihn vor zwei Tagen auf dem Sonnendeck heruntergemacht hatte, Bruce' nicht gerade schüchterne Ehefrau. Die zwei Männer nickten ihm kurz zu, als sie sich zum Tauchkurs gesellten, aber

Bruce' Frau drehte sich weg, als sie ihn erblickte; und da sie zum ersten Mal mit beim Tauchkurs war, konnte Bullaro nur vermuten, dass sie von Williamson geschickt worden war, um zu verhindern, dass sich die anderen mit ihm abgaben. Wenn sie nicht gerade im Wasser waren, wich sie David und ihrem Mann die ganze Zeit nicht von der Seite, und sobald der Unterricht vorüber war, verlangte sie, dass sie sofort zum Auto zurückkehrten, was sie auch taten. Bullaro, jetzt noch frustrierter, sah ihnen dabei zu, wie sie davonfuhren, und wünschte sich zum wiederholten Male, Williamson umzubringen. Es wäre am leichtesten, sich mit einem Gewehr im Unterholz zu verstecken und ihn genau dann zu erschießen, wenn er gerade mit dem Bulldozer den Hang hoch- und runterfuhr.

Nachdem er mit den Kindern wieder zu Hause eingetroffen und von Judith noch immer weit und breit nichts zu sehen war, fühlte er sich von ihr betrogen und zutiefst enttäuscht; er musste mit ihr sprechen. Während er auf das Freizeichen für sein Gespräch mit Sandstone lauschte, war er kurz davor, wieder aufzulegen, doch dann hörte er schon Barbaras Stimme. Er bat sie, Judith an den Apparat zu holen, worauf sie antwortete: »Ich werde sie fragen, ob sie überhaupt mit dir sprechen will.«

»Tu das!«, entgegnete er barsch.

Nach einer Weile meldete sich Barbara wieder. »Sie hat keine Lust, mit dir zu reden.«

»Sag ihr, es ist wegen der Kinder.«

Wieder entstand eine längere Pause, bis Barbara schließlich wiederholte: »Sie will nicht mit dir sprechen.«

Am liebsten wollte er schreien oder Drohungen ausstoßen, doch das hätte die Kinder nebenan nur erschreckt. Also hängte er ein und versuchte, sich zu beruhigen.

Am späten Abend, nachdem er die Kinder mit Essen versorgt, mit ihnen gespielt und sie zu Bett gebracht hatte, wählte er noch einmal die Nummer von Sandstone, und als Barbara seine Stimme erkannte, erklärte sie gereizt: »Hör zu, John:

Judy kommt nicht ans Telefon. Sie wird dafür sorgen, dass jemand nach den Kindern sieht. Wir wären dir jedoch sehr dankbar, wenn du nun nicht mehr anrufen würdest. Wir hatten einen langen Tag und sind alle sehr müde.«

Dann legte sie auf. Bullaro stand da, den Hörer in der Hand, und zitterte am ganzen Körper. Er fühlte sich hilflos und verletzt. Es gab niemanden in der ganzen Stadt, an den er sich wenden konnte – keinen von der Versicherungsagentur, kein Familienmitglied und keinen Freund. Jeder, mit dem er in den letzten Jahren engeren Kontakt hatte, stand unter Williamsons Einfluss, und nun erniedrigten sie ihn, setzten ihm Hörner auf und ließen ihn mit den Kindern zurück. Williamson hatte völlig Recht gehabt mit seiner Behauptung, Bullaro sei selbst schuld an dieser vertrackten Situation. Bisher hatte er es genossen, mit anderen Frauen zu schlafen, und jetzt, da Judith anfing, Anspruch auf ihre eigene Unabhängigkeit zu erheben, war er mit der Situation überfordert.

Trotzdem sah Bullaro einen Unterschied zwischen dem, was er getan hatte, und dem, was sie ihm jetzt antat; für ihn war der Sex mit Barbara, Arlene, Gail oder Oralia nicht mehr als eine fröhliche, unkomplizierte Freizeitgestaltung gewesen, die keinerlei Gefahr für seine Ehe darstellte. Judith aber hatte sich offensichtlich in Williamson verliebt. Sie war diesem Mann gegenüber loyal und ergebener als ihrem eigenen Mann, was sie nicht nur während der Auseinandersetzung auf dem Sonnendeck durch ihr Verhalten deutlich demonstriert hatte, sondern auch durch ihre Anhänglichkeit Williamson gegenüber seit dem Beginn ihrer Beziehung.

Barbara schien das nicht zu stören, ganz im Gegensatz zu Bullaro. Allein schon der Anblick der beiden, wie sie an dem besagten Abend auf der Sonnenterrasse nackt nebeneinanderlagen und ihre Intimität genossen, hatte Bullaro mehr verletzt, als er zugeben mochte. Was als Gruppenexperiment zur Gleichstellung der Geschlechter begonnen hatte, war für Judith zu einer ernsthaften Liebesbeziehung geworden. Es genügte ihr offensichtlich nicht mehr, mit Williamson nur ins Bett zu gehen, sie musste die Geschichte mit Romantik aufladen, Williamson zum Mittelpunkt ihres Lebens machen und damit ihre Ehe und das Wohl ihrer Kinder gefährden.

Das war absolut typisch für solch konservative Frauen wie Judith, dachte Bullaro verbittert. Sie konnten einfach eine außereheliche Beziehung nicht genießen, ohne sich früher oder später emotional darin zu verstricken. Das genau war es, was diese Frauen von Männern wie ihm unterschied. Ein Durchschnittsmann könnte, wenn er die Ausdauer dazu hätte, mit verschiedenen Frauen Sex haben, ohne dass dies die Zuneigung und das Begehren, das er für seine Frau empfand, minderte. Doch Frauen wie Judith – im Gegensatz zu sexuell *wirklich* befreiten Frauen wie Barbara und Arlene – konnten einen Mann niemals einfach nur als Werkzeug für ein erotisches Vergnügen betrachten, sondern wollten dazu Liebesschwüre und Kerzenlicht, eben nicht bloß einen Penis, sondern den dazugehörigen Mann.

Dies alles zu begreifen brachte ihm Judith allerdings auch nicht zurück. Ehe er nicht wieder mit Williamson ins Reine kam und damit in Sandstone wieder akzeptiert wurde, hatte er wenig Chancen, mit Judith auch nur zu sprechen. Zwar war er sich nicht sicher, ob er sie überhaupt noch liebte, nicht nach all den Demütigungen, die sie ihm angetan hatte, aber wenn er es genau betrachtete, war ihm klar, dass er sie brauchte und auf keinen Fall verlieren wollte, schon gar nicht an diesen Williamson. Bullaro vermisste sogar die anderen aus der Gruppe, mit all ihren Fehlern, waren sie doch der einzige engere menschliche Kontakt, den er noch hatte – noch immer verfolgten ihn seine in der Kindheit wurzelnden Ängste, ausgestoßen oder zurückgewiesen zu werden. Und so beschloss er, dass er seinen Zorn und seinen Stolz zurückstellen *musste*, um nach Sandstone zu fahren und Williamson persönlich um Verzeihung zu bitten. Das bedeutete seine totale Kapitulation, kurz und schmerzlich, aber es schien für ihn keinen anderen Ausweg zu geben.

Bullaro rief seine jüngere unverheiratete Schwester an und flehte sie an, die Nacht bei seinen Kindern zu bleiben. Es klappte. Kurz vor elf Uhr abends, gleich nachdem sie eingetroffen war, raste er mit Vollgas nach Sandstone rauf. Sein großer Kombi lag schwer in den engen Gebirgskurven, und auch wenn er sich noch ein wenig dafür schämte, dass er nun betteln ging, so hätte es auf diesen Straßen für ihn sowieso keine Umkehrmöglichkeit gegeben, so dass er seinen Weg ohne Zögern weiterverfolgte. Als er in den Hof hinter dem Haupthaus einbog, brannte nur noch vereinzelt Licht, und die Vorhänge vor dem großen Fenster waren zugezogen. Er klopfte an die Eingangstür und musste eine geraume Zeit warten, bis er Schritte vernahm und Barbara ihn durch die Tür fragte: »Was willst du?«

»Ich möchte John sprechen«, antwortete er.

Es dauerte eine Weile, bis die Tür sich zur Hälfte öffnete und Bullaro John Williamson erkannte, der hinter Barbara im dunklen Wohnzimmer stand. Ohne auf eine Antwort zu warten, sagte Bullaro in ruhigem Ton: »John, ich möchte mich für neulich Abend entschuldigen.«

Williamson blieb still und unbewegt, völlig unempfänglich für Bullaros Versuch.

Schließlich fragte Barbara: »Meinst du das wirklich?«

»Ja.«

Da erst meldete sich Williamson mit sanfter, aber entschlossener Stimme zu Wort. »Bist du sicher, dass du das nicht nur sagst, um an Judith heranzukommen?«

»Ja. Was passiert ist, tut mir *wirklich* leid … und ich möchte wieder zu euch gehören.«

Mit hängendem Kopf wartete Bullaro an der Tür. Mittlerweile glaubte er schon fast selbst an das, was er da sagte. Dann spürte er Williamsons Hand auf seiner Schulter, und Barbara öffnete die Tür, um ihn einzulassen. Hinter ihm, in der Mitte des verdunkelten Wohnzimmers, standen die anderen – alle außer Judith. Als sie nacheinander auf ihn zutraten und ihn umarmten, warnte ihn Williamson: »Judy hat keine Lust mehr, mit deiner Feindseligkeit zu leben.«

»Das kann ich ihr nicht verdenken«, antwortete Bullaro.

Bald darauf erschien Judiths attraktive blonde Gestalt, fremd und vertraut zugleich, und sie kam ihm nun zögernd, aber mit ausgestreckten Armen entgegen. Minutenlang blieben sie eng umschlungen stehen, und Bullaro spürte ihre Küsse und sein eigenes Begehren. Einer nach dem anderen verschwand, bis sie allein in dem riesigen Raum waren. Dann nahm ihn Judith bei der Hand und führte ihn in ein Schlafzimmer, wo sie ihm sanft und behutsam dabei half, seine Kleider abzulegen. In dieser Nacht liebte sie ihn mit einer Leidenschaft, wie er es schon seit Jahren nicht mehr erlebt hatte.

Am nächsten Morgen wachten sie spät auf und frühstückten zusammen – es war wie im Urlaub; alle waren entspannt und fröhlich, und als Bullaro Williamson erblickte, war es, als wäre nie ein böses Wort zwischen ihnen gefallen. Es war erstaunlich, dachte Bullaro, wie Williamson das machte – einen Tag konnte er böse und unheilvoll wirken, den nächsten hatte er die Aura eines Heiligen, und ohne Anzeichen der geringsten Anstrengung bestimmte seine Laune die Atmosphäre im ganzen Haus und beeinflusste jeden Einzelnen in seiner Nähe. An diesem Morgen war Williamson Gönner in Person und gab Bullaro nicht das Gefühl, ein Büßer zu sein, der sich erst langsam das Vertrauen und die Billigung der Gruppe zurückgewinnen musste. Bullaro fühlte sich erstaunlich ungezwungen ihnen gegenüber – Barbara, Oralia und sogar der Frau des Apothekers –, und in den darauf folgenden Tagen verbrachte er freiwillig immer mehr Zeit in Sandstone und fing sogar an, auf dem Grundstück zu arbeiten.

Dafür hielt er sich nur noch sporadisch in seinem Büro bei New York Life auf. Er vertraute darauf, dass die vielen Verkäufer, die er persönlich angestellt und ausgebildet hatte, auch ohne seine ständige Aufsicht gute Arbeit leisten würden, und beschloss, sein Leben von nun an unabhängiger zu gestalten. Die Firma konnte auch ohne ihn überleben, warum also er nicht ohne sie? Er kam zu dem Schluss, dass er schon viel zu lange nur für die Firma gelebt hatte, und beschloss, sich in Zukunft mehr mit sich selbst zu beschäftigen und zu testen, inwieweit er sich an das Leben an diesem ungewöhnlichen Ort namens Sandstone gewöhnen konnte.

Da er jetzt öfter tagsüber dort war, konnte er die erstaunlichen Fortschritte, die sie auf dem Anwesen bereits gemacht hatten, viel besser würdigen. Sowohl das Haupthaus als auch die kleineren, höher gelegenen Häuser waren frisch gestrichen und komfortabel eingerichtet. Die Außenanlagen waren so gut wie fertig und die Straßen geebnet, wenn sie auch noch nicht alle asphaltiert waren. Selbst die Elektroanschlüsse und Wasserleitungen waren entweder repariert oder erneuert worden. Die große Schwimmhalle mit den Glastüren, in der das Wasser bis auf Körpertemperatur erwärmt wurde, war an kühlen Abenden der Lieblingsplatz der Gruppe, ebenso der hohe Hügel hinter dem Haupthaus, der in der Dämmerung einen fantastischen Blick auf den Pazifik bot. Die Nächte waren still und friedlich – der nächste Nachbar wohnte zwei Meilen entfernt –, und die einzigen nächtlichen Ruhestörer waren ein paar streunende Waschbären, die von Westen her über die Umzäunung des Grundstücks kletterten und sich ohne Erfolg an den verschlossenen Mülltonnen zu schaffen machten, die vor der Treppe zur Küche standen.

Eines Abends, als die Gruppe nach dem Essen im Wohnzimmer noch ein wenig zusammensaß, fühlte Bullaro das Bedürfnis, über den positiven Einfluss, den die Rückkehr nach Sandstone auf ihn hatte, zu sprechen. Zufrieden erklärte er, dass er seine Aversionen überwunden und sich von den beengenden Zwängen, die ihn einst an die Stadt unten gefesselt hatten, befreit hätte. Williamson hörte zunächst schweigend zu und schlug dann schließlich vor, Bullaro solle sich eine Weile in die Wüste zurückziehen und dort in absoluter Einsamkeit seine Gefühle prüfen.

»Oh, das könnte ich sofort, ohne weiteres«, antwortete Bullaro prahlerisch.

»Dann *mach* es«, sagte Williamson mit Nachdruck.

»Gut, ich werde es dieses Wochenende machen«, sagte Bullaro.

»Warum nicht *jetzt*?«, fragte ihn Williamson. Bullaro wusste nicht, was diese Herausforderung sollte. Er blickte sich um und merkte, dass ihn alle gespannt ansahen und warteten, wie er reagieren würde. Es war fast elf Uhr abends, eine idiotische Zeit, um in die Wüste zu fahren, aber Bullaro sah keine Möglichkeit, dem zu entgehen. Er gab sich Mühe, beiläufig zu klingen, als er sagte: »Okay, ich mache es.«

Williamson griff nach seinen Autoschlüsseln, die auf dem Kaminsims lagen, und reichte sie Bullaro hinüber. Sie gehörten zu Williamsons Jaguar-Cabrio. Bullaro nahm sie ohne Kommentar entgegen und überlegte dabei, ob Williamson ihn vielleicht auf diese Art daran hindern wollte, die Nacht in seinem eigenen Kombi zu verbringen, statt im Wüstensand zu schlafen.

Nachdem er sich eine kurze Hose, ein Hemd und ein Paar Wanderstiefel angezogen hatte, lud er einen Schlafsack, Konserven, Wasserkanister, Holzscheite und ein großes Jagdmesser in den Jaguar. Judith half ihm bei den Vorbereitungen, während die anderen von der Veranda aus zuschauten. Bullaro fühlte einen Anflug von Aufregung in sich hochsteigen und genoss es, im Mittelpunkt zu stehen. Aus irgendeinem ihm noch nicht ganz ersichtlichen Grund freute er sich auf den Ausflug.

In seinen Tagträumen hatte er sich oft als Entdecker gesehen, während er sich im wirklichen Leben von Vorsicht und Konventionen hatte leiten lassen – bis er Williamson kennengelernt hatte. Er gab Judith einen Kuss, stieg ins Auto und ließ den Motor an. Ehe er davonfuhr, drehte er sich noch einmal um, winkte der Gruppe zu, die sich um Williamson scharte, und sah, dass dieser lächelte.

Er fuhr durchs Valley nach Norden, in Richtung Lancaster, um sich dann zwei Stunden später nach Osten, zur Mojavewüste, zu bewegen. Es war bei seiner Abfahrt ziemlich heiß gewesen, doch mittlerweile hatte sich die Nacht abgekühlt, so dass er stoppte, um das Verdeck zu schließen. Kein anderer Wagen begegnete ihm auf der Straße, und das eintönige Flachland zu beiden Seiten war dunkel und vertrocknet. So fuhr er noch eine weitere Stunde, dachte dabei an Judith und die Kinder, an die Gruppe in Sandstone, und während er durch die Nacht glitt, wurde ihm bewusst, dass er eine Reise mit ungewissem Ziel vor sich hatte, die ihn in das Innere seiner selbst führen sollte.

Er fuhr so lange weiter, bis er merkte, dass ihm vor Erschöpfung schon die Augen zufielen. Er drosselte die Geschwindigkeit, schaltete das Fernlicht an und steuerte das Auto vorsichtig von der Straße über den harten Sand auf eine Reihe von Wüstenbüschen zu, die als Schutz gegen den Wind gut geeignet schienen. Kaum hatte er seinen Schlafsack auf dem Boden ausgerollt, übermannte ihn auch schon der Schlaf.

Um sieben Uhr morgens erwachte er unter einer sengenden Sonne, blickte sich um und sah meilenweit nur ödes Land und verdorrtes Buschwerk, Staub, Steine und darüber einen blassblauen Himmel. Noch nie zuvor war er so von Einsamkeit umgeben gewesen, und die unendliche Weite und Stille erregte ihn; er fühlte sich erholt und entspannt und konnte es kaum noch erwarten, in diesen neuen, von allen Zwängen und Erwartungen befreiten Tag aufzubrechen.

Er nahm ein paar Schlucke aus seiner Feldflasche, machte sich eine Konserve auf und aß ein paar Happen. Dann stand er auf, entfernte sich ein paar Meter vom Wagen und grub ein Loch, um darin seine Notdurft zu verrichten. Obwohl er weit weg war von der Straße, wahrscheinlich sogar viele Meilen von jeder Menschenseele entfernt, genierte er sich ein wenig, hier einfach so seinen Gürtel aufzuschnallen und am hellen Tag seine Hose herunterzulassen, und wenn er einen geeigneten Busch gefunden hätte, hätte er sich wahrscheinlich hinter diesem verschanzt, um zumindest den Anflug einer Privatsphäre zu wahren. Stattdessen hockte er nun über seinem Loch, balancierte auf den Fersen, mit den Armen nach vorn, und fing gerade an, sich an diese ungewohnte Position zu gewöhnen, als er in der Ferne plötzlich ein knatterndes Geräusch hörte. Er drehte sich um, konnte aber nichts entdecken. Doch das Geräusch blieb und wurde allmählich lauter. Als er zum Himmel blickte, sah er ein kleines Flugzeug, das direkt auf ihn zugeflogen kam. Wahrscheinlich war es jemand, der glaubte, er hätte sich in der Wüste verirrt und wäre in Schwierigkeiten. Verlegen stand er hastig auf und zog seine Hose hoch. Die Maschine sauste über ihn hinweg, drehte und kam noch einmal zu ihm zurück, worauf ihr Bullaro lässig zuwinkte. Nachdem das Flugzeug verschwunden und wieder Stille eingekehrt war, ließ er seine Hosen erneut runter und setzte seine Sitzung ungerührt fort.

Am späten Vormittag, wieder auf der Hauptstraße, stoppte er an einer einsamen Tankstelle, ließ den Wagen volltanken und setzte seine Fahrt in Richtung Death Valley fort. Jetzt begegnete er auch anderen Fahrzeugen auf der Landstraße, meist Lastwagen, die ihm Sand vor die Windschutzscheibe wirbelten. Bis zum Mittag war die Temperatur auf 38 Grad angestiegen, das Hemd klebte ihm am Rücken, seine Haut juckte, und er hatte das Gefühl, genauso zu stinken wie die Anhalterin, die er vor kurzem vor dem Motel in Malibu getroffen hatte. Er wünschte, er könnte jetzt in Sandstone im Pool baden und den Anblick der nackten Körper von Judith, Oralia und den anderen genießen. Er war drauf und dran umzukehren, um bei Anbruch der Nacht wieder in Sandstone zu sein, beschloss dann aber, noch eine weitere Nacht in der Wüste zu verbringen, obwohl er langsam unruhig wurde. Er hatte Williamsons Herausforderung angenommen, weshalb er jetzt bei drückender Hitze mitten durchs Niemandsland kurvte; er war also wieder einmal zum Opfer seines idiotischen Stolzes geworden. Immerhin hatte er sich selber bewiesen, dass er, im Unterschied zu den meisten Männern in seinem Alter, noch in der Lage war, sich zu verändern, dass er sich neuen Erfahrungen öffnen konnte und bereit war, auch einmal was zu riskieren.

Den gesamten Nachmittag und Abend, den er an einem einsamen Fleck am westlichen Ende des Death Valley – unweit vom China Lake – verbrachte, gingen Bullaro Williamson und die Gruppe nicht aus dem Kopf. Es war jetzt kälter als in der Nacht zuvor, und so schichtete er ein paar Holzscheite und trockene Zweige, die der Wind über den Sand geweht hatte, zu einem Lagerfeuer, legte sich in seinen Schlafsack und blickte hinauf zu den Sternen. In der Ferne hörte er das beunruhigende Heulen der Kojoten. Irgendwo hatte er gelesen, dass Kojoten in Rudeln außerordentlich mutig, allein jedoch furchtbar feige seien, was er ehrlicherweise auch von sich selbst sagen musste. Er war unselbständig; ein Mann, der in der Menge mutig war, sich aber versteckte, wenn er sich auf sich allein gestellt sah, wie ein einzelner Holzscheit, der es allein nicht schafft, das Feuer am Leben zu erhalten. In dieser Nacht bekam er kein Auge zu, und als es dämmerte, packte er seine Sachen in den Kofferraum und fuhr die lange Strecke zurück nach Sandstone.

Als er die Bergkuppe erreichte und in die Einfahrt einbog, bereits mit Blick auf die vertrauten Bäume, die das Haupthaus umgaben, war er von der Schönheit dieses Ortes überwältigt und fühlte eine niemals vorher erlebte Freude darüber, dort leben zu dürfen. Als er den Wagen geparkt hatte und bereits mit dem Auspacken des Kofferraums beschäftigt war, winkte ihm David Schwind von seinem Bulldozer aus zu; er drehte sich um und sah nun John Williamson lächelnd auf sich zukommen.

Williamson streckte ihm zur Begrüßung beide Arme entgegen, und als Bullaro es ihm gleichtat, umarmte ihn Williamson auf eine Art, wie dies unten in der Stadt niemand tun würde. Dann unterhielten sie sich eine ganze Weile, und Bullaro beschrieb seinen Ausflug, erzählte Williamson, wo er gewesen war und was er empfunden hatte. Schließlich gestand er, dass erst die Stunden, die er in absoluter Einsamkeit verbracht hatte, ihm gezeigt hätten, wie sehr er Williamson und seiner Liebeskommune verbunden war.

Williamson nickte stumm, aber als er sich umdrehte, um zurück zum Haus zu gehen, bemerkte Bullaro voller Erstaunen, dass Williamson Tränen in den Augen hatte.

Sandstone und das, was Williamson dort erschaffen wollte, entsprach dem Ideal einer Gemeinschaft, wie sie in Robert Heinleins Science-Fiction-Roman *Stranger in a Strange Land* beschrieben wird. Der Roman handelt von einer Gruppe von Frauen und Männern, die in völliger Abgeschiedenheit ein behagliches und sorgenfreies Leben führen, nackt zusammen im geheizten Swimmingpool baden und ohne Scham und Schuldgefühle miteinander schlafen. Sie verspotten das neunte Gebot, denn wie der Romanheld erklärt: »Es ist nicht nötig, meine Frau zu begehren. Liebt sie! Ihre Liebe kennt keine Grenzen ...«

Obwohl Williamson eine gewisse Ähnlichkeit zwischen der Thematik des Romans und seinen eigenen Ambitionen in Sandstone zugeben musste, betrachtete er das Buch nicht als inspirative Quelle, sondern lediglich als einen der unzähligen und ungenügenden Versuche, ein mächtiges und sehr reales Verlangen darzustellen und heraufzubeschwören, das bereits im Laufe der Jahrhunderte schon so manchen Menschen verzehrt hatte: die Hoffnung nämlich, innerhalb der westlichen Kultur den Geist erhabener Liebe und sinnenfroher sexueller Vereinigung wieder lebendig werden zu lassen, ähnlich wie im frühen Christentum noch heidnische Paarungsriten zelebriert wurden, bis dann im Mittelalter die Kirche mit ihrem Verständnis von Schuld und Sünde dem ein Ende bereitet hatte.

Ein Mann, mit dem sich Williamson hingegen identifizieren *konnte*, war der Maler Hieronymus Bosch, der im 15. Jahrhundert eine erotische Sekte namens »Die Brüder und Schwestern des freien Geistes« leitete, deren Mitglieder sich für direkte Abkömmlinge von Adam und Eva hielten. Sie verrichteten ihre

Andacht nackt und in geheimen Kirchen, die sie Paradies nannten, und wenn sie sich beim Gruppensex vereinten, so war das für sie keine unpersönliche Orgie, sondern das Erleben ihrer geteilten Liebe. Das den Priestern und Nonnen auferlegte Zölibat verdammten sie als Vergewaltigung der Natur ebenso wie die Auffassung, sexuelle Freuden wären die Wurzel aller Sünden. Auch wenn die Freiheit suchenden Brüder und Schwestern später dann von der Inquisition ausgelöscht wurden, so berichten die Gemälde Boschs doch noch recht anschaulich von den erotischen Erfahrungen dieser Gemeinschaft, deren Mitglieder sich auch Adamisten nannten.

Zeitlich und räumlich näher an Williamson, gründete im 19. Jahrhundert ein radikaler Theologe das sexuelle Utopia in Oneida, New York. Mit seiner Frau und seinen engsten Freunden praktizierte er dreißig Jahre lang die freie Liebe und frönte auf seinem einsam gelegenen Besitz, den er den »Himmel auf Erden« nannte, mit unzähligen Geliebten der Idee des »immerwährenden Umwerbens«. Das Herzstück des Anwesens war ein imposantes Gebäude, das er mit seinen Jüngern erbaut hatte und das Raum für bis zu einhundert Menschen bot. Darum gruppierten sich weitere Häuser, in denen sich die Schlaf- und Schulräume für die Kinder der Kommune befanden, sowie Fabriken, in denen die Mitglieder florierende Unternehmen betrieben. Eines davon, die Oneida Silversmith Company, wurde 1870 gegründet und entwickelte sich im 20. Jahrhundert zu einer millionenschweren Unternehmensgruppe.

Der Begründer von Oneida, John Humphrey Noyes, war ein würdevoller Autokrat mit sauber gestutztem rotem Bart, der in den dreißiger Jahren am Theologischen Seminar in Andover und der Yale Divinity School studiert hatte. Wegen seiner sehr eigenwilligen Bibelinterpretation hatte er sich jedoch den Zorn seiner klerikalen Vorgesetzten zugezogen, weshalb ihm die Priesterweihe verwehrt wurde und er damit zu einem lebenslangen Dasein als abtrünniger Priester verdammt war.

Noyes' Ansichten über Sex und Ehe sowie seine Behauptung, die Bibel favorisiere die freie Liebe zwischen allen Gläubigen, erbosten die Kirchenherren in Neuengland besonders. Noyes verdammte die monogame Ehe als eine egoistische und besitzergreifende Einrichtung, welche die menschliche Fähigkeit, mehreren Personen gleichzeitig Liebe zu schenken, nicht zur Entfaltung kommen ließe. Stattdessen predigte er die »komplexe Ehe«, in der Gruppen von Männern und Frauen einträchtig miteinander leben und arbeiten und regelmäßigen Geschlechtsverkehr miteinander haben, ohne auf einen bestimmten Partner fixiert zu sein, ebenso wie alle gemeinsam die Elternrolle für die innerhalb der Kommune geborenen Kinder übernehmen. Um den Frauen die Angst vor ungewollter Schwangerschaft zu nehmen und die Anzahl der Geburten auf ein Maß zu beschränken, das die Gesellschaft finanziell verkraften konnte, hielt Noyes die Männer dazu an, ihren Samenerguss während des Geschlechtsverkehrs zurückzuhalten, es sei denn, er hatte im Vorfeld sein Einverständnis zum Kinderwunsch eines Paares gegeben oder selbst ein williges Paar zu diesem Zwecke auserkoren.

Dass es Noyes möglich war, sich derart in die Intimsphäre seiner Anhänger einzumischen und ihre sexuellen Handlungen zu bestimmen, beruhte wahrscheinlich darauf, dass ihn seine Anhänger als begnadeten Verkünder von Gottes Willen verehrten – er war ihr Messias, ein majestätischer und unnahbarer Mann, der ihnen Erlösung von ihren Sünden, ewiges Wohlergehen und sexuelle Freuden mit mehreren Partnern versprach. Das Leben sei dazu da, um glücklich zu sein, versicherte er ihnen: »Der glücklichste Mensch ist der beste Mensch und tut die besten Taten.« Angesichts der Prüderie der übrigen Welt erklärte er: »Sich seiner Geschlechtsorgane zu schämen bedeutet, sich Gottes Werk zu schämen« und fügte hinzu: »Der moralische Kodex, der aus dieser Scham hervorgegangen ist, ist ein hoffnungsloser Kampf gegen die Natur.«

Dass John Humphrey Noyes sexuelles Vergnügen billigte, bedeutete noch lange nicht, dass er Disziplinlosigkeit oder Faulheit duldete. Alle seine Männer und Frauen mussten sechs Tage in der Woche arbeiten, sei es auf der Farm der Kommune, im Haushalt, in der Schule oder in einem der vielen Betriebe, die es in Oneida gab. Das gesamte Geld, das durch die Herstellung und den Verkauf von selbst gefertigten Produkten verdient wurde – 1866 verdienten sie allein schon mit Viehwirtschaft 88 000 Dollar –, floss in die Gemeinschaftskasse Oneidas, um den hohen Lebensstandard der Kommune zu finanzieren.

Die medizinische Betreuung durch die hauseigenen Ärzte und Zahnärzte war kostenlos. Schneider und Schuster sorgten für die Herstellung und Reparatur von Kleidung und Schuhwerk, und in der riesigen Speisehalle des Haupthauses wurden zwei bis drei Mahlzeiten täglich serviert. Im Keller gab es ein türkisches Bad, und auf den weiten Rasenflächen waren Kricket- und Baseballfelder abgeteilt. Auf dem See tummelten sich Fischer- und Segelboote, und im Sommer konnte man dort baden. Für die kulturelle Unterhaltung sorgte ein zweiundzwanzig Mann starkes Orchester und eine eigene Theatergruppe, die am Wochenende durch gesellige Tanzabende im Ballsaal ergänzt wurden.

Jedes Kind musste bis zum sechzehnten Lebensjahr die Gemeinschaftsschule besuchen, und die begabteren Schüler wurden danach auf die Universität nach Yale und Columbia geschickt, wo sie zu Ärzten, Rechtsanwälten und Ingenieuren ausgebildet wurden. Einige von ihnen kamen nach erfolgreichem Studienabschluss zurück, um wieder in der sich immer weiter ausbreitenden Kommune zu wohnen und zu arbeiten. Wenn Noyes einen Knaben für reif für sein erstes sexuelles Erlebnis befand, teilten Frauen aus der Kommune freiwillig das Bett mit dem Jungen, während Noyes und einige ausgewählte Männer sich um die Unterweisung der Jungfrauen kümmerten. Damit tat Noyes nicht nur den älteren Mitgliedern der Gemeinschaft einen Gefallen, sondern er glaubte auch, dass die Jüngeren davon profitieren würden, erfahrenere Liebhaber zu haben. Hinzu kam, dass sich die älteren Männer bei der Befolgung von Noyes' Prinzip der »männlichen Zurückhaltung« bereits bewährt hatten, und er somit kaum ungewollte Schwangerschaften zu befürchten hatte. Den jüngeren Mitgliedern war es zwar gestattet, den Geschlechtsverkehr auch innerhalb ihrer eigenen Altersgruppe zu genießen, jedoch war die Gemeinschaft ängstlich darauf bedacht, jedes Zeichen von »exklusiver Liebe« zu unterdrücken. Wie alles andere musste auch der eigene Körper mit der Gruppe geteilt werden, denn Besitzansprüche jeder Art verstießen gegen den Gemeinschaftsgeist und Gottes Willen.

In den Spielzimmern lernten die Kinder schon früh, dass sie keinerlei Anrecht auf ein bestimmtes Spielzeug hatten; alle Sachen mussten geteilt werden. Wenn bemerkt wurde, dass ein Mädchen eine Puppe besonders bevorzugte, indem sie sie herausputzte und mit ihr redete und sie nachts mit ins Bett nahm, setzten die Aufsichtspersonen alles daran, das kindliche Nachahmen der traditionellen Mutterrolle zu unterbinden. Den Mädchen wurde vorgehalten, dass Puppen unrealistische Abbilder des wirklichen Lebens seien und dergleichen Beschäftigungen nicht den weiblichen Idealen Oneidas entsprächen.

Die wortführenden Frauen in Oneida vertraten nicht die Ansicht, dass sich die Hauptaufgaben der Frau auf Kinderbetreuung und Hausarbeit beschränkten. Sie teilten Noyes' Meinung, dass verheiratete Frauen im übrigen Teil der Welt häufig zu »Gebärmaschinen« degradiert wurden, und strebten selbst vielmehr nach spiritueller Reife, persönlicher Emanzipation und ihrer intellektuellen Weiterentwicklung. Noyes ermutigte sie, an den spätabendlichen, hauseigenen Weiterbildungskursen teilzunehmen und jederzeit Gebrauch von der 4 000 Bände umfassenden Bibliothek zu machen. Oneidas Frauen trugen Röcke und Pumphosen, schnitten ihr Haar kurz und hatten die gleichen Rechte und Pflichten wie die Männer. Sie arbeiteten ebenso in den Fabriken wie die Männer Küchendienste übernahmen, und alle zusammen kümmerten sich um die Kinder der Gemeinschaft.

Angesichts der Vorliebe und Zuwendung kleiner Mädchen für Puppen befürchteten sie, dass diese aufgeputzten Wachsfiguren mit bemalten Gesichtern, deren Kleider die Tradition der Außenwelt reflektierten, einen ungeliebten Einfluss auf die Kinder haben würden, der irgendwie ausgemerzt werden musste. Eine Lehrerin schlug als Lösung vor, alle Puppen zusammenzutragen, ihnen ihre Kleidchen auszuziehen und sie über rot glühender Kohle in »einer fröhlichen Lohe zu verbrennen«. Nachdem diese Anregung von den Komitees, die für Kindergarten und Schule verantwortlich waren, in Erwägung gezogen worden war, wurden die Kinder selbst zu diesem Thema befragt. Von den ältesten ermutigt, stimmten die kleinen Jungs geschlossen für die Verbrennung der Puppen, während die kleinen Mädchen nur widerstrebend einwilligten. Eines von ihnen erinnerte sich viele Jahre später in seinen Memoiren an diese grauenhafte Szene, die sich im Jahre 1851 ereignet hatte: »Zur bestimmten Stunde bildeten wir einen Kreis um den Ofen – jede von uns hatte ihre Lieblingspuppe im Arm – und begannen dann, singend um das Feuer herumzulaufen. Jede, die an der Ofentür vorbeikam, musste ihre Puppe in die lodernden Flammen werfen und dabei zusehen, wie sie vor ihren Augen für immer verschwand.«

John Humphrey Noyes hatte persönlich seine Einwilligung zur Verbrennung gegeben. »Der Puppengeist«, erklärte er, »ist eine Art Götterverehrung und damit der Anbetung von Götzenbildern gleichzusetzen.« Genauso entschieden hätte er jede Person aus der Kommune verbannt, die sonstiges, von »exklusiver« Liebe geprägtes Verhalten demonstriert hätte, sei es eine Mutter ihrem Kind gegenüber oder ein turtelndes Liebespaar. »Das neue Gebot besagt«, schrieb Noyes, »dass wir einander lieben sollen – nicht als Paare, wie in der restlichen Welt, sondern *en masse.*« Ein gehorsames, gottesfürchtiges Mitglied von Oneida sollte nicht auf Liebe und Zuwendung verzichten, daher musste es vor der egoistischen Bindung an einen Blutsverwandten oder der besitzergreifenden Leidenschaft eines Geliebten geschützt werden. Noyes beharrte: »Unsere Herzen müssen frei sein, um all die Menschen lieben zu können, die unserer Liebe wert sind.« Als ihm einmal einer der Männer gebeichtet hatte, er sei hoffnungslos in eine Frau verliebt, belehrte Noyes ihn ungeduldig: »Du liebst nicht sie, sondern das Gefühl, glücklich zu sein.«

Humphrey Noyes' unorthodoxe Ansichten von Liebe und Ehe entsprangen keineswegs einer unkonventionellen Kindheit, schließlich war die bekannte und wohlhabende Familie, in die er 1811 in Brattlebor, Vermont, hineingeboren wurde, alles andere als exzentrisch. Noyes' Mutter, Polly Hayes, war eine wohlerzogene, intelligente Frau, die aus einer Familie in New England stammte, die später den 19. Präsidenten der Vereinigten Staaten, Rutherford B. Hayes, stellen sollte. Sein Vater, John Noyes Sr., ein ehemaliger Hauslehrer (er hatte Daniel Webster unterrichtet), war nicht nur Priester, sondern auch ein erfolgreicher Geschäftsmann und wurde von den Wählern in Vermont in den Kongress berufen, als John Humphrey Noyes gerade erst vier Jahre alt war.

Als Junge war Noyes als begeisterter Sportler und fleißiger Schüler bei den Erwachsenen äußerst beliebt gewesen, und ebenso wie sein Vater absolvierte er das Dartmouth College mit Auszeichnung. Als er 1830 den Campus in der Absicht, Jura zu studieren, verließ, wurde er stattdessen von der imponierenden Ausstrahlung und der Überzeugungskraft gewisser Erweckungsprediger angezogen, die in ganz New England im Namen Gottes die traditionelle Bibelauslegung herausforderten und der calvinistischen Doktrin von der menschlichen Unwürde und dem Überhandnehmen der Sünde energisch entgegentraten. Einige dieser neuen Geistlichen gingen sogar so weit zu behaupten, der Mensch könne sich nach seiner Konvertierung über die Sünde erheben und schon auf Erden Vollkommenheit erlangen – eine Prophezeiung, die nicht nur bei einer Vielzahl von Zuhörern Anklang fand, sondern den Menschen auch durchaus realistisch vorkam, schien es doch zu dieser Zeit, kurz nach dem Befreiungskrieg gegen die Engländer, als sei nichts unmöglich. Es war eine Zeit, in der die Amerikaner vor Enthusiasmus und Optimismus nur so strotzten. Die junge Nation konnte sich jetzt, da sie ihre Bande zum Mutterland gesprengt hatte, frei entfalten und in die Tiefen ihrer eigenen Wildnis vordringen, ihr Bewusstsein erweitern und sich von ihrer puritanischen Vergangenheit lösen, um ihr Schicksal von nun an selbst zu bestimmen.

Ein Mann namens Joseph Smith, Sohn eines armen Bauern aus New England, behauptete im Jahr 1827, ihm wäre der Engel Moroni erschienen. Auf diese und ähnliche Erscheinungen begründete Smith dann das Mormonentum und die Polygamie, bis dann 1844 eine wütende Meute das Gefängnis in Illinois, in dem er gefangen gehalten wurde, stürmte und ihn tötete. Brigham Young, ein ehemaliger Anstreicher und Glaser, trat als Prophet die Nachfolge Smiths an und zog mit den Mormonen Richtung Westen, nach Utah, wo die neue religiöse Strömung wuchs und gedieh, was Young gestattete, sich 27 Ehefrauen zu halten.

Jahre vorher war ein lutheranischer Prediger in Pennsylvania dem Engel Gabriel begegnet, was ihn dazu inspirierte, 800 Jünger um sich zu scharen, die uneigennützig und zufrieden im völligen Zölibat miteinander lebten. Ihr Zufluchtsort war ein landwirtschaftliches Gut, das sie Harmony nannten.

Frances Wright, Tochter wohlhabender schottischer Eltern, war Kommunistin und Gegnerin der Sklaverei und gründete 1826 in der Nähe von Memphis eine Kommune mit dem Namen Nashoba. Schwarze und Weiße arbeiteten gemeinsam auf der 800 Hektar großen Farm und durften sogar miteinander schlafen – was viele auch taten, bis sich die Kunde von ihrem Sexualverhalten im Land ausbreitete und heftige Debatten auslöste, was dann, gemeinsam mit der andauernden schlechten finanziellen Lage der Farm, dazu führte, dass die Kommune im Jahr 1830 aufgelöst wurde. Neben ihrer Opposition gegen die Sklaverei war Frances Wright auch für ihre Vorlesungen und Artikel bekannt, in denen sie sowohl die organisierte Kirche als auch die Institution der Ehe kritisierte. »Durch die Ehe«, verkündete sie, »verliert die Frau ihre Unabhängigkeit und wird Eigentum ihres Ehemannes.«

Ähnliche Ansichten über die Ehe wurden oft auch von anderen weiblichen Aktivisten sowie von Frauen, die Mitte des 19. Jahrhunderts in kleinen Kommunen im Staat New York, in New England und in Städten wie Berlin Heights, Ohio, in freier Liebe lebten, vertreten. Manchmal wurde Freiheit zwischen den Geschlechtern auch in so genannten »fourieristischen« Niederlassungen propagiert. Dies waren größere Gemeinschaften von Menschen, die ihr Utopia nicht über den Kommunismus, sondern über den Kapitalismus zu erreichen suchten, inspiriert von den Schriften eines wunderlichen idealistischen, beinahe mittellosen französischen Aristokraten namens Charles Fourier.

Vor seinem Tod, 1837 in Paris, hatte Fourier Vorlesungen gehalten und mehrere Werke veröffentlicht, in denen er die Meinung verfocht, die angeborene Habgier und der destruktive Charakter des Menschen des 19. Jahrhunderts sei unermesslich und mache ihn daher völlig untauglich für die Erfüllung der Ideale des Weltkapitalismus, es sei denn, das gesellschaftliche System der westlichen Zivilisation würde einer radikalen Änderung unterzogen werden. Fourier schlug vor, die Regierungschefs sollten ihre Staatsbürger in Gruppen von höchstens 1 600 Menschen aufteilen. Jede Gruppe würde dann in einer Art

Grandhotel-Gewerbe-Einheit oder »Konsumgemeinschaft«, die alle privaten und beruflichen Bedürfnisse eines Bürgers befriedigte, zusammenleben.

Im Idealfall sollte so eine Konsumgemeinschaft in einem sechsstöckigen Gebäude untergebracht sein, das freundlich eingerichtet und gemütlich möbliert sein sollte, mit separaten Flügeln für Industriebetriebe und soziale oder häusliche Aktivitäten. Verwalter würden das Einkommen innerhalb einer Konsumgemeinschaft kontrollieren, und jeder bekäme den Job, der seinen Fähigkeiten und Talenten entsprach, sollte jedoch hin und wieder seinen Arbeitsplatz tauschen, um so das Aufkommen von Langeweile zu verhindern; und alle hätten ein Mindestgehalt, das sie durch hohe Produktivität oder besonderes Talent aufstocken konnten. Die Mieten wären innerhalb des Komplexes verschieden, abhängig von der Größe und der Ausstattung der Wohnungen. Und wollten Bewohner ein teureres Apartment, das sie sich nicht leisten konnten, beziehen, so könnten sie die Differenz durch Überstunden ausgleichen. Zwar würden einerseits Leistungssteigerungen durch schnellen beruflichen Aufstieg belohnt, andererseits könnte aber auch kein Mitglied der Gemeinschaft wegen Mangel an Fleiß verstoßen werden. Ebenso wenig müsste irgendjemand der Gemeinschaft sexuelle Frustration oder Zurückweisung befürchten, stünde doch selbst den körperlich unattraktiven Mitgliedern ein »sexuelles Minimum« zu, das sie von »erotischen Heiligen« bekämen, die in extra für diesen Zweck eingerichteten Suiten zur Verfügung stünden.

Fourier war strikt gegen Monogamie. Er vertrat die These, die Kernfamilie sei dem Utopismus abträglich, weil sie der Nährboden für Besitzansprüche, Vetternwirtschaft, Introvertiertheit und eingeschränkte Lebensanschauung sei und damit den größeren Zielen der Menschheit im Weg stünde. Obwohl es Fourier zu Lebzeiten nicht geschafft hat, genügend Kapital aufzubringen, um zumindest eine seiner Modellkommunen aufzubauen, so wurden doch ein paar seiner Visionen von einflussreichen Amerikanern beachtet. Darunter war auch Albert Brisbane, den Fourier in Paris kennengelernt hatte und dessen Buch *The Social Destiny of Man* die Aufmerksamkeit des Chefredakteurs der New Yorker *Tribune*, Horace Greeley, auf Fourier lenkte. Er bot Brisbane an, die Theorien und Utopien von Charles Fourier in den Kolumnen der *Tribune* darzulegen, wodurch der Fourierismus in ganz Amerika bekannt wurde.

Anfang der vierziger Jahre des 19. Jahrhunderts wurden Dutzende von Fourier inspirierte Experimente von verschiedenen Utopisten, Eskapisten und Verfechtern der freien Liebe gewagt. Sie nisteten sich in geräumigen Gebäuden auf abgelegenen Farmen ein oder bezogen ihr Quartier in den äußeren Bezirken von Städten und Dörfern im Nord- und Mittelwesten, bis hinüber nach Texas, wo sie versuchten, den Lebensunterhalt für die Gemeinschaft durch den Anbau von Gemüse, Handarbeiten und die Herstellung von Geräten und Artikeln für den täglichen Gebrauch zu erwirtschaften. Nur wenige dieser Kommunen hielten sich länger als zwei Jahre. In der Regel hatten sie nicht genügend Kapital, waren mangelhaft organisiert und durch Fraktionskämpfe und Meinungsverschiedenheiten zersplittert.

Die vielleicht bekannteste, wenn auch sexuell eher diskrete Niederlassung dieser Art war das Brook Farm Institute of Agriculture and Education, das im Jahre 1841 in West Rexburry, zehn Meilen von Boston entfernt, gegründet worden war und sich sechs Jahre halten konnte. Historisch ist die Institution hauptsächlich deshalb interessant, weil ein vielversprechender junger Schriftsteller zu ihren Mitgliedern zählte, der gerade seine Stellung im Bostoner Zollamt verloren hatte – Nathaniel Hawthorne.

Er verdiente sich Kost und Logis durch seine Arbeit auf der Farm und war anfangs von dem ländlichen Experiment und der außergewöhnlichen Atmosphäre fasziniert. Und selbst nach einem anstrengenden Arbeitstag, an dem er die Felder mit Jauche und Kuhmist gedüngt hatte, war er in der Lage, einem Freund zu schreiben: »Diese Art von Schwerstarbeit ist nicht halb so unappetitlich oder unangenehm, wie du glaubst. Sie macht die Hände kaputt, sicher, aber nicht die Seele. Dieser goldene Regen ist eine reine und segensreiche Flüssigkeit. Sonst würde Mutter Erde sie nicht so bereitwillig aufsaugen und uns mit einer reichen Ernte an gutem Korn und Feldfrüchten für unsere Arbeit belohnen.«

Aber schon nach sechs Monaten verließ Hawthorne die Brook Farm wieder, weil er fürchtete, die friedliche Kommune wäre seinen literarischen Ambitionen abträglich. »Romantik und Poesie«, schrieb er später, »... brauchen Konflikte, um sich entfalten zu können.« In seinem Roman *The Blithedale Romance,* den er 1852, inspiriert von der Brook Farm, verfasste, erklärte er, dass sich die Menschen in diesen Kommungen *zu* nahe kämen und somit *zu* sehr die Probleme und persönlichen Pikiertheiten ihrer Mitmenschen mitbekämen:

> Zwischen zwei Menschen konnte sich kein unfreundliches Gefühl entwickeln, ohne dass nicht gleich die ganze Kommune mehr oder weniger in Verwirrung geriet und sich unbehaglich fühlte. Wenn einer von uns seinem Nachbarn eine Ohrfeige gab, spürte jedes einzelne Mitglied das Brennen an seinem Ohr. Somit verschwendeten wir, obwohl wir viel weniger streitsüchtig waren als die übrige Welt, mehr Zeit als notwendig damit, uns die Ohren zu reiben.

Obwohl John Humphrey Noyes mit der fourieristischen Bewegung vertraut war und in den dreißiger Jahren des 19. Jahrhunderts Kommunen der freien Liebe, wie in Brimfield, Massachusetts, besucht hatte, zog er es vor, sich von den sexuellen Radikalen und sozialen Reformern seiner Zeit zu distanzieren. Stattdessen hielt er sich für einen Gesandten Gottes, einen spirituellen Boten, der dazu ausersehen war, Gott auf Erden dabei zu helfen, eine Religion zu verbreiten, welche die Menschen dazu bringen sollte, ihre Nächsten wirklich und wahrhaftig zu lieben.

Im Gegensatz zum visionären Fourier oder den umherziehenden Intellektuellen, die das Brook Farm Institute besuchten – dazu zählten Thoreau und Emerson, Henry James und Margaret Fuller, Brisbane und Greeley –, war Noyes weder Theoretiker noch Utopist oder gar ein Verfechter individueller Freiheit; er war vielmehr ein überzeugter Kommunist, ein Absolutist, ein Theokrat, der nur den Wunsch hatte, die Sünde der Eigensucht aus den Seelen der Menschheit zu brennen und sie zum »Bibelkommunismus«, wie er es nannte, zu bekehren. Auch wenn Noyes den Egoismus anderer aufs Schärfste verdammte – sein eigenes Ego war monumental. Ob es um seine vielen Vorzugsrechte oder die unbeschränkte Ausübung seiner Autorität ging – für alles fand er eine Rechtfertigung in der Bibel, sogar für sein Verbot der monogamen Ehe. Er schrieb:

> Im himmlischen Königreich gibt es keine Institution der Ehe, bei der ein Mann eine Frau ausschließlich besitzt (Matt. 22, 23–30), denn nach der Wiederauferstehung ist niemand mehr in Ehe gebunden, sondern alle leben als Engel Gottes im Himmel … Die Abschaffung sexueller Monogamie macht uns frei für die uns von Christus, den Aposteln und dem gesamten Tenor des Neuen Testaments nahegelegte Liebe zu allen Gläubigen. Dennoch steht die Wiederherstellung wahrer zwischengeschlechtlicher Beziehungen an zweiter Stelle, sie kommt nach der Verbindung zwischen Mensch und Gott. Bibelkommunisten handeln in dieser Reihenfolge. Seit 1834 haben sie sich hauptsächlich der Aufgabe gewidmet, die Religion des Neuen Gebots weiterzuentwickeln und die Einheit mit Gott zu erreichen.

Sein Bezug auf 1834 war bezeichnend; war es doch das Jahr, in dem er endgültig von seiner spirituellen Unfehlbarkeit überzeugt war und er sich endlich von allen Sünden befreit fühlte – ein Gefühl, dass sich bereits seit drei Jahren in seinem Inneren Bahn gebrochen hatte. Schließlich hatte er das erste göttliche Zeichen während einer aufwühlenden viertägigen Kundgebung der Erweckungsbewegung, welche nahe seines Heimatorts in Putney, Vermont, stattfand, empfangen. Zu diesem Zeitpunkt war er gerade zwanzig Jahre alt, ein ambitionierter und ehrgeiziger Jurastudent, der sich seiner Bestimmung damals allerdings noch nicht bewusst war. Nach der Kundgebung reflektierte er sein Erlebnis:

> Licht erhellte meine Seele auf eine Art, wie ich es nie erwartet hätte. Es war vage und anfänglich fast nicht zu spüren, bis es sich dann im Laufe des Tages zu einem gleißenden Strahlen erhellte. Noch ehe der Tag vorüber war, hatte ich begriffen, dass ich mich dem Dienste Gottes unterwerfen und mich der Verkündung seiner Lehre verschreiben musste.

Er schrieb sich zunächst am Andover Theological Seminary ein, verließ es aber bereits nach einem Jahr wieder, weil er den Eindruck hatte, dass es den Seminaristen an Ernsthaftigkeit fehle, und begann danach ein Studium an der Yale Divinity School, wo er angestrengt lernte, häufig mit seinen Kommilitonen und den Lehrkräften über die Auslegung von Bibelstellen diskutierte und eine religiöse Leidenschaft entwickelte, die einer seiner Zeitgenossen als »ein akutes Fieber« beschrieb. Bald schon wurden seine privaten Theorien, die er in Yale zum Besten gab, von anderen Studenten als Anzeichen eines neurotischen und ketzerischen Geistes gewertet – ebenso wie sein Glaube, dass die Wiedergeburt von Jesus Christus kein zukünftiges Ereignis sei, sondern sich bereits ereignet habe, nämlich während der Zerstörung Jerusalems im Jahre 70 nach Christus, als die Menschheit von ihren Sünden befreit worden sei. Noyes' Meinung nach befand sich das Königreich Gottes zu dieser Zeit noch auf der Erde, war noch allgegenwärtig in der Atmosphäre und lebte weiter in den Seelen der aufrichtigen Gläubigen. Weiterhin war Noyes, ebenso wie die durch die Lande ziehenden Evangelisten in New England mit ihrer Doktrin der Unfehlbarkeit, davon überzeugt, dass eine Person nach ihrer religiösen Bekehrung tatsächlich spirituell unfehlbar sein konnte. Damit wäre diese Person nicht an weltliche Moralvorstellungen gebunden, sondern nur an den Sinn Gottes – und Noyes glaubte, dass er selbst genau so eine Person war.

Das verkündete er eines Tages im Februar 1834 dann öffentlich während einer Predigt in der New Haven Free Church, worauf er nicht nur einen Kirchenskandal auslöste, sondern auch mit fast sofortiger Wirkung seine Zulassung als protestantischer Pfarrer verlor. Da er nun keine Kirche mehr zur Verfügung hatte, zog Noyes durch New England und das New Yorker Hinterland, wo er unter freiem Himmel predigte und neue Anhänger um sich scharen konnte. In der Hoffnung, angesehene Kollegen auf seine Seite ziehen zu können und vielleicht finanzielle Unterstützung für seine Sache zu bekommen, wandte sich Noyes, allerdings erfolglos, an Männer wie William Lloyd Garrison, einen Gegner der Sklaverei und Herausgeber des *Liberator*, der kurz vorher erst von Befürwortern der Sklaverei in Boston attackiert und fast gelyncht worden war. Dann war da noch der kontroverse, wohlhabende Presbyterianer Lyman Beecher, Vater von Harriet Beecher Stowe, der Autorin von *Onkel Tom's Hütte*, und der Geistliche Henry Ward Beecher, den Lincoln später als »den größten Redner seit dem heiligen Paulus« bezeichnete. In Erinnerung bleiben sollte Beecher jedoch aufgrund eines Gerichtsprozesses, in welchem er des Ehebruchs beschuldigt wurde, in den eine gewisse Elizabeth Tilton verstrickt war.

Neben seiner persönlichen Missionierungsarbeit veröffentlichte er seine religiösen Ideen auch in einer Zeitschrift, die er mitgegründet hatte: *The Perfectionist*. Leser dieser Zeitschrift waren vor allem Freidenker und Leute, die mit dem Gesetz im Konflikt waren, sowie andere Rebellen gegen bestehende Konventionen, darunter auch eine ernste und wohlhabende junge Frau aus Vermont, deren Großvater einst Vizegouverneur gewesen war. Ihr Name war Harriet Holton, und sie war durch seine Schriften über die Wiedergeburt Christi auf Noyes aufmerksam geworden.

Sie begann, ihm Briefe zu schreiben, und spendete später beträchtliche Geldsummen für seine Bewegung. Da ihre Eltern tot waren, versuchten stattdessen ihre Großeltern und Freunde der Familie, sie von der Doktrin des Perfektionismus abzubringen, aber sie war bereits besessen von Noyes' Philosophie, und nach ihrer ersten Begegnung verliebte sie sich in ihn, ohne sich von seinen Ansichten über Ehe und Monogamie abschrecken zu lassen und obwohl er sie in einem Brief ausdrücklich davor warnte: »Wir können keine Beziehung miteinander eingehen, die unsere Fähigkeit zu lieben einschränken würde, so wie es üblicherweise in der traditionellen Ehe geschieht.«

Des Weiteren unterstrich Noyes seinen Widerstand gegen die Monogamie in einem Journal der Freidenker-Bewegung, wo er sein Konzept einer perfekten Ehe erläuterte:

> Ich nenne eine bestimmte Frau meine Frau. Sie gehört euch, sie gehört Christus, und in Ihm ist sie die Braut aller Heiligen. Sie ist mir lieb und teuer, auch in den Händen eines Fremden, und ich freue mich mit ihr, wie ich es ihr gelobt habe. Mein Anspruch an sie hat nichts mit den ehelichen Versprechungen dieser Welt zu tun, und Gott allein kennt das Ende.
>
> Wenn der Wille Gottes auf Erden befolgt würde, so wie im Himmel, gäbe es keine Ehe mehr. Das Hochzeitsmahl des

> göttlichen Lammes ist ein Fest, an dem sich jeder Gast an allen Speisen ergötzen kann. Für Besitzansprüche, Eifersucht und Streit ist dort kein Platz …

Harriet Holton verstand und akzeptierte Noyes' Lebensphilosophie und heiratete ihn 1838 in Putney. Bald danach luden sie andere Ehepaare in ihr Haus, die sich für die Bibel interessierten und potenzielle Anhänger des Perfektionismus waren. Innerhalb von ein paar Jahren hatte er ein halbes Dutzend Paare um sich geschart, die sich, zumindest theoretisch, zum Perfektionismus bekannten; und die glühendsten sowie attraktivsten Mitglieder dieser Gruppe waren Mary und George Cragin.

Bevor sie 1840 nach Putney zogen, hatten die Cragins im Norden des Staates New York in einer Kommune die freie Liebe praktiziert, nachdem sie zuvor noch als Evangelisten der Gemeinde des berühmten Erweckungspredigers Charles G. Finney angehört hatten. Finney war ein großer, energischer Prediger von überschwänglicher Art und mächtiger Stimme, und als er durch den Staat New York reiste und dort in mitreißenden Predigten seine Zuhörer von der Kanzel herab geißelte, löste er bei ihnen neben Weinkrämpfen und Ohnmachtsanfällen auch Wutausbrüche aus – wüste Drohungen und wilde Fäuste wurden gegen Finney erhoben. Obwohl seine Methoden von den Presbyterianern nicht gern gesehen waren, trugen sie reiche Ernte, führten sie doch zu Massenbekehrungen von Sündern im westlichen Gebiet des Bundesstaats, und als er Anfang der 1830er in New York City eintraf, um dort an der neuen Kirche, Broadway Tabernacle, die extra für ihn gebaut worden war, zu predigen, war seine Anziehungskraft keinesfalls geringer.

Bei dieser Gelegenheit lernte George Cragin, einer von Finneys Sabbat-Lehrern und damals schon Mitglied der Tabernacle-Gemeinde, eine andere Freiwillige aus Finneys Schar kennen, eine schlanke und liebenswerte junge Dame aus Maine namens Mary Johnson. Nach einem Jahr Verlobungszeit heirateten sie 1834 im Rahmen einer festlichen Zeremonie in New York, der nur überzeugte Gläubige beiwohnten, und fuhren anschließend mit einer Postkutsche in die Flitterwochen nach Newark. Auch wenn Mary und George Cragin beide aus wohlhabenden Elternhäusern in New England kamen, so waren doch durch ihren religiösen Fanatismus die familiären Bindungen beeinträchtigt worden, und elterliche Missgeschicke hatten ihr zu erwartendes Erbe zusätzlich erheblich gemindert. Hinzu kam, dass George Cragin keinerlei geschäftliche Ambitionen hegte und sogar den vielversprechenden Posten eines Europa-Agenten bei einer New Yorker Firma ablehnte, weil er in seinem potenziellen Arbeitgeber einen Ungläubigen sah – weshalb die Cragins in New York gezwungen waren, in einfachen Verhältnissen zu leben und ihren Trost hauptsächlich in spiritueller Erfüllung zu suchen.

Aber selbst das wurde ihnen 1837 genommen, als nämlich ihr geistiger Führer, Charles Finney, New York verließ, um in Oberlin, Ohio, ein theologisches Institut am dortigen neuen College zu gründen, an dem er dann auch den Vorsitz übernehmen sollte. Daraufhin schlossen sich die Cragins mit reduziertem Enthusiasmus anderen Erweckungsbruderschaften an, doch sie fanden ihren religiösen Eifer erst wieder, als sie 1840, in Vermont, John Humphrey Noyes, dessen religiöse Gemeinde sich noch in einem frühen Gründungsstadium befand, begegneten und in seinen Bann gerieten.

Unter Noyes' ersten Anhängern waren auch Mitglieder seiner eigenen Familie: ein jüngerer Bruder, zwei Schwestern und ihre Ehemänner. Zwar lehnten Noyes' Mutter und der Rest der Familie den Perfektionismus offen ab, jedoch versagten sie weder ihm noch seinen geschwisterlichen Gefolgsleuten die 20 000 Dollar in bar und verschiedene Ländereien, die ihm nach dem Tod seines Vaters laut Testament zugesprochen worden waren. Diese Besitztümer plus die 16 000 Dollar, die seine Frau mit in die Ehe gebracht hatte, und die Anteile der anderen Mitglieder erlaubten es der Gemeinschaft, sich auf ihre perfektionistische Berufung und die Anwerbung neuer Mitglieder zu konzentrieren.

Die Gruppe hatte zumindest ein geringes Einkommen aus einem Gemischtwarenladen, den Noyes erworben hatte, und auf den zwei Bauernhöfen, die Noyes von seinem Vater geerbt hatte, bauten sie einen Großteil dessen an, was auf dem Tisch der Gemeinde landete. Alle Mitglieder wohnten mit ihren Kindern entweder im Haus von Noyes oder bei seinen beiden Schwestern, und sonntags versammelten sich alle in einer kleinen selbst gebauten Kapelle, um Noyes' Predigt zu lauschen. Er bestand darauf, dass jeder Erwachsene täglich mindestens drei Stunden mit Meditation und Bibelstudium verbrachte; und sobald jemand wiederholt Anzeichen von Egoismus oder Besitzansprüchen zeigte oder auf sonstige Art und Weise von den Prinzipien der Gemeinde abwich, wurde er von Noyes vor die Gruppe zitiert und musste strengste Kritik über sich ergehen lassen. Vom beschuldigten Mitglied wurde erwartet, dass er schweigend und demütig in der Mitte des Zimmers saß, während einer nach dem anderen seiner Missbilligung über dessen Verhalten Ausdruck verlieh. Manchmal war diese Erfahrung für ein Mitglied so grausam, dass es der Gruppe anschließend entsetzt oder wütend den Rücken kehrte.

Als George Cragin der Heimstätte von Noyes einen ersten Antrittsbesuch abstattete, war jedoch keinerlei Hauch von Disharmonie zu spüren, und nichts von dem, was sich in den folgenden Jahren noch ereignen sollte, schaffte es, seine verzückten Eindrücke von diesem ersten Tag zu ändern. »Dieser kleine Kreis von Gläubigen, denen ich dort begegnet bin, unterscheidet sich grundlegend von allen anderen, die ich bisher getroffen habe«, schrieb er in sein Tagebuch. »Alle waren so freundlich, so ruhig, so rücksichtsvoll und belesen und doch im Geiste so frei ... Die Vorsehung hat mir endlich den Himmel auf Erden beschert.«

Die Geburt von Noyes' erstem Kind, einem Sohn namens Theodore, im Jahr 1841 trug zunächst grundlegend zur Freude und dem Optimismus der Gruppe bei, waren dieser Geburt doch die zwei tot geborenen Babys der seit zwei Jahren verheirateten Mrs. Noyes vorausgegangen. Aber als dann noch zwei weitere ihrer Kinder tot zur Welt kamen, beschloss Noyes, dass er seine Frau nicht länger den körperlichen Risiken und seelischen Qualen der »fortpflanzenden« Liebe aussetzen konnte, und praktizierte von da an das, was er »männliche Zurückhaltung« nannte. Schon bald darauf legte er dies als allgemeine Verhaltensregel für die Gemeinschaft fest – nicht nur, weil es die Zahl der Geburten verringerte und damit half, die Mitgliederzahl der Kommune zu regulieren, sondern auch, weil es ihm dadurch möglich war, seine Anhänger durch die Gemeinschaftsehe noch stärker an sich zu binden.

Mit Zustimmung seiner Frau forderte Noyes im Frühjahr 1848 George und Mary Cragin als erstes Paar auf, mit ihnen den Partnertausch zu vollziehen. Noyes fühlte sich schon seit längerem zu Mrs. Cragin hingezogen, und seine Frau hatte ihm ihre geistige Verwandtschaft und Sympathie zu Mrs. Cragins liebenswürdigem Ehemann gestanden, und als sie den beiden ihren Vorschlag vorsichtig unterbreiteten, sagten die Cragins ohne Zögern zu; vor dem festgesetzten Abend notierte Mary Cragin über Noyes in ihrem Tagebuch: »Angesichts seiner Güte mir gegenüber und seinem Wunsch, mich ganz mit sich auszufüllen, gebe ich mich ihm vollends hin, um mich von seinem Geist durchdringen zu lassen. Ich hoffe, dass Liebe und Dankbarkeit mein Herz erfüllen mögen, so dass ich ihm in der Sache mit Freude begegnen kann, noch ehe mein eigenes Vergnügen beginnt; und wenn ich mich ihm darbiete, so in der Gewissheit, dass dies mein eigenes Vermögen, glücklich zu sein, vergrößern wird.«

Die glückliche Vereinigung der Noyes und der Cragins in zwischenehelicher Beziehung wurde in den darauf folgenden Wochen bald von anderen Paaren, die ihre Partner tauschten, nachgeahmt; und obwohl die Mitglieder dies durchaus auch ablehnen durften, hatte sich diese neue sexuelle Freiheit schon nach kurzer Zeit bei den Perfektionisten durchgesetzt. Im Jahre 1847, nachdem Gerüchte über wüste Orgien im Hause Noyes unter den Bürgern von Putney verbreitet worden waren, wurde ein Haftbefehl gegen Noyes erlassen.

Ohne Anzeichen von Reue ließ er sich festnehmen, wurde wegen Ehebruchs angeklagt und nach Hinterlegung einer Kaution in Höhe von 2 000 Dollar bis zum Prozesstermin auf freien Fuß gesetzt. Es dauerte nicht lange, da benachrichtigte ihn sein Rechtsanwalt, dass eine Gruppe fanatischer Vigilanten seine Entführung plane und ihn nach ihren eigenen Regeln bestrafen wolle; und da ihm bekannt war, was ähnlich gesinnte Bürger dem eingesperrten Mormonenführer Joseph Smith in Illinois angetan hatten, beschloss er, gegen seine Kautionsauflagen zu verstoßen und vorläufig in New York City unterzutauchen.

Das geschah im November 1847, und er hielt sich daraufhin noch einige Wochen verborgen, bis sich letztendlich die Wut der Bürger in Putney gelegt hatte. Anfang 1848 informierte er seine Anhänger in einem Brief darüber, dass er eine neue Heimat für seine Gemeinschaft erworben habe – ein etwa 70 Hektar großes Flurstück im Staat New York, in einem ruhigen Tal am Oneida Creek, auf halbem Weg zwischen Syracuse und Utica gelegen. Auf dem Grundstück standen zwei kleine Bauernhäuser, eine Scheune, ein Sägewerk und zwei Holzhütten, die noch bis vor wenigen Jahren von Indianern bewohnt gewesen waren. Zwar erwiesen sich die Behausungen für die neunzehn Erwachsenen und ihre Kinder der Gemeinde in Putney als unbrauchbar, Noyes hatte sich aber, sehr zum Glück der Gemeinde, vorher mit einem jungen Architekten aus Syracuse namens Erastus Hapgood Hamilton angefreundet, den er hatte bekehren und für seine Sache gewinnen können. Dieser erklärte sich nun bereit, für die Gemeinde ein großes Landhaus zu entwerfen und dann die Arbeiten am Gebäude, die von den Perfektionisten selbst ausgeführt werden sollten, zu überwachen.

Dieser Vorschlag wurde in Putney mit viel Begeisterung aufgenommen, und schon kurz darauf trafen die neuen Siedler in Oneida ein. Und ab Frühjahr 1848, den ganzen Sommer hindurch und bis in den Herbst hinein, arbeiteten die Männer, Frauen und Jugendlichen fieberhaft am Bau ihres neuen Domizils. Sie rodeten Land, fällten Bäume, karrten Steine für das Fundament und den Keller heran, setzten Stützpfeiler, errichteten die Außenmauern, zogen Fußböden und Decken ein und strichen schließlich das fertige dreistöckige Gebäude, das über 60 Zimmer verfügte und von einer Kuppel überdacht war.

Abgesehen vom Architekten und einem neu konvertierten Handwerksmeister, einem Steinmetz, waren alle, die am Haus mitgebaut hatten, unerfahrene Laien; und trotzdem war das große Haus schon im Winter 1849 bezugsfertig und sollte der Gemeinde fast zwei Jahrzehnte lang als Wohnsitz dienen, bis es dann von einem größeren, über 100 Räume verfügenden Steinhaus abgelöst wurde.

Nach Fertigstellung des Haupthauses errichteten die Mitglieder der Oneida-Gemeinde ein zweistöckiges Haus für die Kinder sowie eine Schule, die unter der Oberaufsicht von Mrs. Cragin stand, die früher Lehrerin gewesen war. Dann bauten sie für die verschiedenen Bedürfnisse der Gemeinde noch ein paar kleine Zweckgebäude – eine Maschinenhalle und eine Schmiedewerkstatt, eine Werkstatt für Schuhreparaturen und Näharbeiten, Ställe, Gewächshäuser, Lagerhäuser und sogar Bienenstöcke. Außerdem gab es eine große Waschküche, wo sämtliche Kleidungsstücke der Gemeindemitglieder gereinigt wurden – eine Arbeit, die sowohl von Frauen als auch von

Männern ausgeübt wurde, die jede Woche durch ein Losverfahren bestimmt wurden.

War anfänglich noch Landwirtschaft die Haupteinnahmequelle der Gemeinde, so vermutete Noyes bereits damals, dass seine Siedlung auf dieser Grundlage kaum ernsthaft gedeihen konnte. Genau dies war seiner Meinung nach der Fehler der fourieristischen Kommunen wie Brook Farm gewesen – ihre Gründer hatten sich zu sehr auf ihre Landarbeit verlassen. Noyes, der Amerikas Entwicklung zum Industrieland und damit den Niedergang der Landwirtschaft bereits vorausahnte, machte sich daher zügig daran, Oneida in eine hauptsächlich produzierende Kommune zu verwandeln.

Anfang der fünfziger Jahre des 19. Jahrhunderts, als Oneidas vielversprechende Atmosphäre und das landschaftlich reizvolle Anwesen etwa hundert weitere Mitglieder angezogen hatte, die bereit waren, mit ganzem Einsatz dem Sinne des Perfektionismus zu dienen, beaufsichtigte Noyes eine Vielzahl handwerklicher Betriebe. Aus Stroh wurden Besen gefertigt und in den benachbarten Städten und Dörfern verkauft, in Syracuse ebenso wie in Utica. Rustikale Gartenstühle aus Zedernholz standen ebenso zum Verkauf wie Strohhüte, gewebte Reisetaschen, Radspeichen und Tierfallen. Die Produktion von Tierfallen, ein Einfall, den die Gemeinde einem robusten ehemaligen Jäger und Eisenschmied verdankte, den Noyes 1848 kennengelernt und konvertiert hatte, entwickelte sich Mitte der 1850er Jahre zur Haupteinnahmequelle der Gemeinde, da der Pelzmarkt zu dieser Zeit im ganzen Land expandierte und damit Oneidas Fallen bei den Großhändlern in New York City und Chicago äußert gefragt waren.

Die Bewohner der Kommune teilten nicht nur ihre Fachkenntnisse, sondern mussten der Gemeinschaft auch sämtliche Besitztümer bei ihrem Eintritt überschreiben, und auf diesem Wege gelangte die Gemeinde 1850 in den Besitz eines großen

Segelschiffs, das ein wohlhabendes Neumitglied zum Vermögen Oneidas beigesteuert hatte. Das verleitete ein paar optimistische Gemeindemitglieder dazu, mit Noyes' Segen ihr Glück mit dem Transport von Kalkstein auf dem Hudson River zu versuchen. Aber während einer solchen Fahrt, an einem Julinachmittag im Jahr 1851, kam in der Nähe von Kingston, New York, plötzlich eine Sturmböe auf und brachte das mit Steinen beladene Schiff unter dem Oberkommando eines Oneida-Steuermanns, der mehr Vertrauen in Gott als Ahnung von der Schifffahrt hatte, zum Kentern. Unter den Passagieren, die an der Fahrt teilgenommen hatten und das Unglück nicht überlebten, war auch Mary Cragin.

Dieses Ereignis brachte Trauer und Verzweiflung über die gesamte Kommune, und die meisten New Yorker Zeitungen, die über den Unfall berichteten, zeigten sich in ihren Berichten mitfühlend; aber in Upstate New York gab es ein paar Zeitungen und religiöse Blätter, die Noyes schon seit jeher kritisiert hatten und nun die Gelegenheit nutzten, um zu verkünden, dass das Unglück durchaus als Strafe Gottes für die zügellosen Praktiken der Gemeinde gewertet werden könnte. Diese Artikel, sowie ähnliche Zurechtweisungen durch kirchliche und bürgerliche Kritiker, ermutigten eine kleine, aber redegewandte Gruppe bewaffneter Bürger, die in den Städten und Ortschaften in der Nähe der Oneida-Siedlung wohnten, bei der Bezirksverwaltung eine Beschwerde gegen Noyes einzureichen, in welcher sie ihm »Mormonentum«, »Prophetentum« und »Heidentum« vorwarfen.

Aber Noyes, der in Oneida weit mehr investiert hatte als damals in Putney, hatte nicht vor, die Region zu verlassen, und verteidigte seinen Glauben eifrig in einer Anzahl öffentlicher Bekundungen. In seiner hauseigenen Zeitung schrieb er:

> Eine genaue Überprüfung der Lebensumstände in der Oneida-Kommune würde jederzeit zeigen, dass hier kein

ausschweifender Lebensstil herrscht, sondern das genaue Gegenteil … Sie würde weniger sexuelle Freizügigkeiten – und erst recht keine »bacchantischen Gelage« – und weniger ungezügelte Äußerungen und Handlungen enthüllen, als man es in jedem beliebigen Kreis der so genannten guten Gesellschaft überall auf der Welt vorfinden könnte.

Es ist wahr, dass wir uns von den eisernen Regeln und Gepflogenheiten befreit haben, mit denen Selbstsucht die Beziehung zwischen den Geschlechtern regelt; aber … der Beweis für unser moralisches Verhalten kann allein schon in der unumstößlichen Tatsache gefunden werden, dass unsere Gemeinschaft von Grund auf gesund ist. Es hat innerhalb von Oneida noch nicht einen Todesfall bei einem Erwachsenen gegeben …, viele, die krank zu uns kamen, sind bei uns gesund geworden …, und gewisse Leiden, die Frauen im Zusammenhang mit Kindern plagen, sind nahezu ausgemerzt. Das Wachsen unserer Gemeinschaft durch Geburten hat in den letzten vier Jahren in unseren vierzig Familien weit unter dem gelegen, was Königin Victoria allein schon an Nachkömmlingen produziert hat. So viel zu dem entsetzten Aufschrei über »Zügellosigkeit und Brutalität.«

Da die Oneida-Kommune aber auch viele einflussreiche Freunde unter den Bürgern der benachbarten Städte hatte, Personen, mit denen sie gute Geschäftsverbindungen aufgebaut hatte – und weil Noyes dem Magistrat versprach, die Gemeinschaftsehe abzuschaffen –, wurde nie eine offizielle Anklage gegen ihn und seine Mitstreiter erhoben.

Bald jedoch kam Noyes zu der Ansicht, dass die fehlbaren Menschen, die in der bürgerlichen Welt das Zepter in der Hand hielten, keine Gewalt über Gottes Paradies in Oneida hatten, worauf die Gemeinschaft den Usus der freien Liebe wieder aufnahm. Gleichzeitig warnte Noyes seine Gefolgsleute jedoch, dass der einzige Schutz gegen eine »barbarische« Invasion ihrer Ländereien eine noch größere Hingabe zu Gott sei, und verlangte von ihnen, noch mehr Zeit über der Bibel zu verbringen und ihr Bekenntnis zum Perfektionismus zu vertiefen. »Wir können ihnen nur entkommen, wenn wir ohne sie auskommen«, schrieb er, »und wir werden nur zu Wohlstand kommen, wenn wir in der Lage sind, ihn mit Anstand und ohne Protz zu ertragen.«

War Noyes anfänglich noch dankbar für Oneidas geschäftlichen Erfolg, so war er nun besorgt, seine Jünger könnten plötzlich kapitalistische Tendenzen entwickeln wie Profitgier, eigensüchtiges Besitzstreben oder Konkurrenzverhalten. »Allein dem Herrn gebührt der Dank«, warnte Noyes; und zwischen 1850 und Anfang 1860, als das Gemeinschaftseinkommen immer größer und die Schenkungen immer reichlicher wurden, beschränkte er die tägliche Arbeit auf sechs Stunden, das war nur die Hälfte der Arbeitszeit, die den Arbeitern in den meisten Betrieben der restlichen Welt abverlangt wurde, um dem Einzelnen mehr Zeit für geistiges Wachstum und persönliche Vervollkommnung zu geben. Kein Augenblick verging unkontrolliert; selbst wenn die Gemeindemitglieder in Gruppen zusammensaßen, um Handtaschen zu sticken oder Hüte aus Palmenblättern zu flechten, saß ein Mitglied in ihrer Mitte, um ihnen aus einem inspirierenden Band, einem Geschichtsbuch oder einem literarisch bedeutsamen Werk vorzulesen, etwa aus einem Roman von Dickens oder einer Biografie über Jefferson. Alle Erwachsenen mussten die morgendlichen Unterrichtsstunden im Haus besuchen, die von ehemaligen Lehrern abgehalten wurden; und von Mitgliedern, die ein besonderes Talent für Musik oder Kunst oder im Schachspiel bewiesen, wurde erwartet, dass sie dieses an interessierte Gemeindemitglieder weitergaben.

Das Prinzip des allgemeinen Teilens erstreckte sich auch auf Kindergarten und Schule, wo man den Kindern beibrachte, niemals »ich« oder »mein« zu sagen, sonder immer nur »wir« und »unser«. Auf der Farm, in den Betrieben und in den Werkstätten bildete jeder Arbeiter einen Lehrling aus; und jede Aufgabe, mochte sie auch noch so beschwerlich sein, durfte nicht als Last, sondern sollte als Geschenk betrachtet werden. Oftmals wurden solch beschwerliche Aufgaben von Musik begleitet: Ein Klarinettenspieler, der seine Melodie im vorderen Bereich des Anwesens tutete, signalisierte all jenen, die gerade freihatten, dass ihre Hilfe für ein besonderes Projekt benötigt wurde. Das konnte ein Aufruf zum Beerenpflücken, zur Getreideernte, zum Einmachen von Gemüsekonserven oder gar ein Baueinsatz auf einer der Gemeindestraßen sein. Hatten sich genügend Freiwillige versammelt, suchte sich der Einsatzleiter aus ihnen die nötige Zahl Helfer zusammen, die dann eifrig in Reih und Glied mit musikalischer Unterstützung zu ihrem Einsatzort marschierten.

Wenn die Tagesarbeit erledigt und alle vom Arbeitseinsatz, den Fabriken, den Läden und den Ländereien zurück waren, begaben sie sich auf ihre Zimmer, um sich vor dem Abendessen, das um halb sechs in dem großen, 110 Menschen fassenden Speisesaal aufgetragen wurde, zu waschen und umzuziehen. Eine feste Tischordnung gab es nicht. Wenn die einzelnen Mitglieder ankamen, begaben sie sich automatisch zum hinteren Teil des Raumes und setzten sich dorthin, wo gerade ein Platz an den über den ganzen Saal verteilten Tischen frei war. Hier herrschte ein freier Geist von Geselligkeit, frei von Cliquenwirtschaft; hier mischten sich die Älteren mit den Jüngeren, Männer und Frauen, Familienangehörige und Ehegatten. Bis auf die Heranwachsenden unter zwölf Jahren, die im Kinderhaus aßen, und den Jugendlichen, die gerade zum Küchendienst und zum Kellnern eingeteilt waren, saßen die Jugendlichen mit im Speisesaal und wurden dort wie Erwachsene behandelt, was auch hieß, dass sie ebenfalls den dort vorherrschenden Regeln entsprechen mussten.

Nach dem Abendessen, wenn nicht gerade ein Freiluftkonzert oder ein Theaterstück oder eine Lesung im Auditorium veranstaltet wurde, kamen einige Mitglieder im Wohnzimmer zusammen, um sich zu unterhalten oder Schach zu spielen. Andere wiederum lasen in der Bibliothek ein gutes Buch, eine Zeitschrift oder Zeitungen wie die New Yorker *Tribune,* die regelmäßig mit der Post kam. Obwohl die Oneider durch ihre Geschäfte nur oberflächlichen Kontakt zur Außenwelt hatten – sie betrachteten sich selbst als »friedliche Fremde« in ihrem Heimatland –, interessierten sie sich dennoch für die Probleme ihrer Zeit, die sich um Sklaverei und Frauenrechte, Gewerkschaften und Alkoholverbot drehten.

Da Noyes weder trank noch rauchte, galten diese beiden Angewohnheiten in Oneida als Laster. Der religiöse Glaube, der die Gemeinde lehrte, in den Augen des Herrn seien alle Menschen gleich, veranlasste sie dazu, die Rechte der Frau, die Befreiung der Sklaven sowie eine humane Behandlung der Arbeiter einmütig zu unterstützen. Obwohl die Kommune Steuern zahlte, lehnten die Männer es ab zu wählen, und aus Gründen, die Noyes nie verstand, für die er aber auch keine Erklärung suchte, wurden sie nie zum Militär eingezogen, auch nicht während der Rekrutierungen im Jahre 1863. Möglicherweise fürchtete man dort, die Gegenwart von Oneida-Anhängern könnte einen schlechten Einfluss auf die anderen Soldaten ausüben. Oder es lag daran, dass Oneidas Territorium sich über zwei Verwaltungsbezirke erstreckte und deshalb im Zuständigkeitsbereich von zwei verschiedenen Musterungskommissionen lag, von denen jede die andere für zuständig hielt.

Die Unternehmen der Oneida-Niederlassung, die während des Krieges Einbußen hinnehmen mussten, legten in Friedenszeiten langsam wieder zu. Im Jahre 1866, nachdem viele Kriegsveteranen an ihre Arbeitsplätze als Pelzhändler und

Trapper zurückgekehrt waren, verkaufte der hauseigene Betrieb Fallen im Wert von über 1 000 Dollar pro Woche; und die Taschenfabrik, die Mühle und all die anderen Betriebe wirtschafteten ebenfalls so erfolgreich, dass man zum ersten Mal in der Geschichte der Kommune Hilfskräfte von draußen für weniger anspruchsvolle Arbeiten einstellen musste.

Die Kommune vergrößerte die Anzahl ihrer bestehenden Gebäude, baute neue Gebäude hinzu und erweiterte ihr Gelände auf 125 Hektar. 200 Mitglieder lebten innerhalb ihrer eigenen Grenzen, während sich weitere Bekehrte in ihrer Tochterkommune Wallingford, Connecticut, organisiert hatten. Einige Kinder der ersten Siedler in Oneida waren inzwischen alt genug, um das College zu besuchen oder ins Management einzusteigen. Noyes' Sohn Theodore studierte in Yale Medizin, und George Cragins Sohn Charles, ebenfalls ein Yale-Absolvent, arbeitete zeitweilig weit weg von zu Hause, um sich die modernen Methoden der Seidenherstellung anzueignen, was dann später ein neuer Unternehmenszweig in Oneida werden sollte.

1869 hielt Noyes seine Kommune für wohlhabend und reif genug, die Verpflichtung zur »fortwährenden Umwerbung« und »männlichen Zurückhaltung« zu lockern und mittels selektiver, durchs Komitee genehmigter Paarbildung zu versuchen, eine spezielle Gruppe von »Perfektionistenkindern« zu zeugen.

In den zwanzig Jahren seit Oneidas Gründung im Jahre 1849 hatten die über hundert Erwachsenen und sexuell aktiven Mitglieder insgesamt nur 35 Kinder auf die Welt gebracht. Obwohl einige davon nicht geplant waren – trotz Noyes' Predigten erwiesen sich nicht alle Männer als diszipliniert genug –, war eine ganze Anzahl mit seiner Einwilligung von Frauen geboren worden, die fürchteten, wenn sie noch länger warteten, keine Kinder mehr bekommen zu können.

Zu diesen fünfunddreißig kamen noch all jene Kinder, die

von ihren Eltern mit nach Oneida gebracht worden waren. In Oneida angekommen, übertrugen die Eltern ihre erzieherischen Pflichten an die Kommune und passten sich den Prinzipien der freien Liebe an. Dieses System der freien Liebe funktionierte so, dass ein Mann, der mit einer bestimmten Frau schlafen wollte, seine Absicht einer von Noyes ernannten Mittelsperson unterbreiten musste, für gewöhnlich eine der Frauen, die bereits seit langem der Kommune angehörten, welche dann dem Objekt der Begierde die »Einladung« überbrachte. Obwohl jede Frau jeden Mann ablehnen konnte, war dies in Oneidas sexbejahender Gemeinschaft nicht die Regel. Noyes' »Kupplerinnen« führten Buch darüber, wie oft und mit wem die einzelnen Gemeindemitglieder Geschlechtsverkehr pflegten, und aus diesen Aufzeichnungen geht hervor, dass die Frauen in der Regel zwei bis vier Liebhaber in der Woche hatten; unter den jüngeren kamen viele sogar auf sieben. Diese Protokolle hatten nicht den Zweck, die Häufigkeit des Geschlechtsverkehrs möglichst gering zu halten – in Oneida galt ein freizügiges Sexualleben als gesund und sauber –, vielmehr dienten sie dazu festzustellen, ob diverse Paare »egoistischen« Sympathien und Vorlieben frönten und ihre Körper dafür anderen Perfektionisten vorenthielten. Jede Tendenz zu »exklusiven Neigungen« wurde von der Kupplerin verhindert, und Noyes hatte nicht die Absicht, von diesem Grundsatz abzuweichen, selbst dann nicht, als er seinen Plan der selektiven Nachwuchszeugung einführte.

Nachdem er seinen Anhängern eröffnet hatte, dass Oneida jetzt genug Geld in der Schatzkasse hätte, um sich mehr Kinder leisten zu können, und weibliche Freiwillige aufrief, ihren Körper in den Dienst des Fortpflanzungsprogramms zu stellen, ließ Noyes keinen Zweifel daran, dass er die Wahl jedes einzelnen Samenspenders mitbestimmen wollte und dass die Frauen keine exklusiven mütterlichen Rechte über ihre Kinder hätten. Trotz dieser Einschränkungen erhielt Noyes mehr als fünfzig schriftliche Bewerbungen, alle von ihnen enthielten eine unterschriebene Erklärung, die besagte:

> … dass wir in keiner Beziehung uns selbst gehören, sondern in erster Linie Gott und an zweiter Stelle Mr. Noyes als wahrem Vertreter Gottes … dass wir Neid und Selbstsucht ablegen und uns freuen wollen mit den auserwählten Kandidaten; dass wir, sollte uns Mr. Noyes aus irgendeinem Grunde für ungeeignet zur Fortpflanzung erachten, freudig bereit sind, Märtyrer für die Wissenschaft zu werden und auf die Mutterschaft zu verzichten.

Nach eingehendem Studium der schriftlichen Vorlagen lehnte er neun Bewerbungen wegen körperlicher Mängel oder aus anderen, nicht angegebenen Gründen ab. Die auserwählten Frauen, im Durchschnitt zwölf Jahre jünger als die männlichen Erzeuger, waren zum Teil noch Jungfrauen – und der Mann, der diese Jungfrauen nach Noyes' Auffassung bevorzugt schwängern sollte, war Noyes höchstpersönlich.

Von den achtundfünfzig Kindern, die als Folge dieses Programmes in den siebziger Jahren in Oneida auf die Welt kamen, waren fünf Jungen und vier Mädchen von Noyes gezeugt worden und trugen seinen Nachnamen. Die anderen Erzeuger gehörten zu den Gründungsvätern von Oneida, die nach Noyes' Auffassung den anderen nicht nur geistig und körperlich überlegen, sondern auch seiner religiösen Philosophie am treuesten ergeben waren. Einer der von Noyes auserwählten Stammväter war innerhalb der Kommune nicht gerade beliebt, was am Ende der Dekade auch langsam, aber sicher zur Spaltung und damit zum Zusammenbruch von Oneida führen sollte. Bei dem fraglichen Mann handelte es sich um den in Yale ausgebildeten Sohn von Noyes, Theodore, einen launischen und unentschlossenen Burschen, der seine medizinische Karriere aufgegeben hatte, der Bibel skeptisch gegenüberstand und immer wieder Anzeichen von extremem Eigennutz und geistiger Unbeständigkeit zeigte. Und trotzdem behandelte der alte Noyes diesen Sohn, der als einziges der fünf Kinder, die seine Frau in den frühen Jahren ihrer Ehe auf die Welt gebracht hatte, am Leben geblieben war, ausgesprochen milde. Noyes' geduldige Gutmütigkeit Theodore gegenüber war das offenkundigste Zeichen von Schwäche an diesem ansonsten so unnachgiebigen und rechtschaffenen Autokraten.

Die Beschwerden, die gegen Theodore vorgebracht wurden, reichten von Haltlosigkeit in seinen sexuellen Beziehungen über seine eifersüchtige Zuneigung zu einer gewissen jungen Frau bis hin zu seiner allzu laxen Haltung den geschäftlichen Unternehmungen der Kommune gegenüber. Nachdem Theodore 3 500 Dollar von einem Verwandten in Vermont geerbt hatte, verließ er Oneida und ging nach New York. Die meisten Mitglieder der Kommune glaubten zu dem Zeitpunkt, dass er nie mehr zurückkommen würde, doch als seine Geldmittel durch Fehlinvestitionen aufgezehrt waren und er in seinen Briefen nach Hause erkennen ließ, dass er inzwischen geistig geläutert sei und seine Fehler eingesehen habe, gestattete man Theodore die Heimkehr nach Oneida, wo er von seinem Vater wie ein verlorener Sohn empfangen wurde.

Sooft er auch seinem Sohn seine Verfehlungen verzieh, jedem anderen gegenüber, der seine Autorität herausforderte, blieb John Humphrey Noyes fest und unnachgiebig. Das beweist besonders der Fall eines Bekehrten namens James W. Towner. Towner, ein beredter und beeindruckender Mann, war in seiner Heimatstadt Ohio ein prominenter Rechtsanwalt gewesen, der plötzlich zum Mittelpunkt eines Skandals avancierte, als nämlich bekannt wurde, dass er und seine Frau Mitglieder einer Kommune in Berlin Heights waren, in der die freie Liebe praktiziert wurde. Nachdem das Liebeszentrum der Kommune von einer Gruppe aufgebrachter Bürger angezündet worden war, die auch die Druckerpresse für die Zeitung der Sekte zerstörten, machte er sich mit seiner Familie und ein paar Freunden in aller Eile aus dem Staube und zog in den Bundesstaat New York um, wo er später Noyes traf und von ihm in die Kommune aufgenommen wurde.

Eine Zeit lang war James Towner in Oneida sehr gut angesehen. Er arbeitete mit Freuden und voller Energie, egal welche Aufgabe man ihm zuteilte, und seine Intelligenz und sein Selbstbewusstsein brachten ihm schon bald den Respekt und die Bewunderung der anderen Mitglieder ein. In vollkommenem Einklang mit Noyes' Philosophie der Uneigennützigkeit und des gegenseitigen Teilens, wäre es Towner nie in den Sinn gekommen, dass ausgerechnet ideologische Differenzen eines Tages seine Harmonie mit Oneidas verehrtem Mentor ins Wanken bringen würden.

Doch 1875, mit 63 Jahren, spürte Noyes, dass er in seinem Alter Oneida nicht mehr lange würde leiten können. Und so eröffnete er eines Tages einer staunenden Kommune, seinen 34-jährigen Sohn Theodore als seinen zukünftigen Nachfolger bestimmt zu haben. Obwohl die meisten seiner Anhänger diesen Entschluss nicht anzuzweifeln wagten, meldete eine kleine Fraktion Bedenken an Theodores Eignung an, und besonders laut gab James Towner seinem Unmut Ausdruck, woraufhin Noyes den rechtschaffenen, furchtlosen Konvertierten aus Ohio verdächtigte, heimlich selbst die Absicht zu hegen, eines Tages über Oneida zu regieren.

Von nun an war er vor Towner auf der Hut. In den darauf folgenden Jahren ließ er es nie zu, dass Towner oder einem anderen aus der Gruppe der Kritiker bei einer neuen Gruppe von heiratsfähigen Jungfrauen die Rolle als »erster Ehemann« zugeteilt wurde. Nicht nur James Towner erschien diese Entscheidung ungerecht, sondern auch einige der älteren Mitglieder empörten sich maßlos darüber, hatten sie doch jahrzehntelang treu und ergeben männliche Zurückhaltung geübt und dem Perfektionismus gedient, mit dem Ergebnis, dass ihnen nun die Freuden der Fortpflanzung vorenthalten wurden. Und das alles nur, weil sie sich gegen die Wahl eines jungen Schnösels ausgesprochen hatten, dessen *eigene* religiöse Verfehlungen *ihm* den Eintritt in die Schlafzimmer der Jungfrauen jedoch keineswegs versperrten. In der Tat wurde Theodore in drei Fällen zum »ersten Ehemann« gewählt und sorgte für ebenso viele Nachkommen. Wenn man diese zu den neun von seinem Vater gezeugten Kindern hinzuzählte, hatte es den Anschein, als hätten Noyes senior und Noyes junior das Nachwuchsprogramm nur geplant, um ihren eigenen Samen für immer in die fruchtbare Erde Oneidas zu pflanzen.

Aber wenn es jemals eine Zeit gab, zu der sich die Bibelkommunisten keine inneren Streitigkeiten erlauben konnten, so war das jetzt, in den späten siebziger Jahren des 19. Jahrhunderts. Denn als in der Öffentlichkeit bekannt wurde, dass die Frauen in Oneida Dutzende von unehelichen Kindern in die Welt gesetzt hatten, reagierten die Vertreter von Kirche und Staat vor den Toren Oneidas mit lautstarker Empörung. In den Zeitungen wurde Noyes angeprangert, aus rassenhygienischen Gründen eine »Ethik der Bauernhöfe« und ein monströses darwinistisches System zu praktizieren, dessen heimliches Motiv es sei, alle »kränklichen Kinder ausmerzen« zu können.

Im ganzen Staat wurden die protestantischen Geistlichen zusammengetrommelt, um eine vereinte Front gegen die Oneida-Gemeinde zu bilden. Auch der bedeutendste Zensor, Anthony Comstock, unterstützte die Kampagne und erklärte, Noyes habe mit seinen religiösen Pamphleten und den Schriften über die freie Liebe – von denen einige per Post verschickt worden waren – gegen das Obszönitätsverbot verstoßen, was mit Gefängnisstrafe geahndet werden müsse. Comstock selbst hatte dieses Gesetz 1873 im Kongress befürwortet, da es ihn und seine eifrigen Lakaien der »Gesellschaft zur Bekämpfung des Lasters« mit einem weitreichenden Mittel gegen all jene ausstattete, die von seinen strengen und engstirnigen Moralvorstellungen abwichen.

So brachte Anthony Comstock nicht nur zahlreiche Verkäufer französischer Postkarten, Kupplerinnen, Prostituierte und solch respektlose Freidenker wie den Verleger D. M. Bennett hinter Gitter, sondern ging – in den kommenden Jahren – ebenso strikt gegen Kunsthändler vor, die Aktgemälde anboten, und Apotheker, die Kondome verkauften. Auch die Verlegerin von Ehe-Handbüchern und Büchern über Geburtenkontrolle, Margaret Senger, stand auf seiner Liste. Comstock prozessierte gegen George Bernard Shaws Theaterstück *Mrs. Warren's Profession*, und er sorgte dafür, dass Walt Whitman wegen seines Gedichtbands *Leaves of Grass* aus dem Innenministerium entlassen wurde. Sein Einspruch beim Bundesstaatsanwalt führte zur Verhaftung der radikalen Feministin Victoria Woodhull, die sich als Präsidentschaftskandidatin der Equal Rights Party (Partei der gleichen Rechte) für freie Liebe, Wahlrecht für Frauen, mildere Scheidungsgesetze und Geburtenkontrolle einsetzte; und die später, in ihrem Wochenmagazin, die sexuelle Scheinheiligkeit von Henry Ward Beecher entblößte, wofür Comstock sie mit Anklagen wegen der Verbreitung von unsittlichen Inhalten bestrafte.

Doch so rachsüchtig und furchteinflößend Comstock auch war, der als Kreuzritter verkleidete Zensor war nicht John Humphrey Noyes' größte Sorge während dieser unruhigen Monate der späten siebziger Jahren des 19. Jahrhunderts: Noyes hatte alarmierende Gerüchte gehört, dass sich einige Abtrünnige seiner Gemeinde in jüngster Vergangenheit von Staatsanwälten hätten überreden lassen, vor Gericht zu bezeugen, dass Noyes mit minderjährigen Mädchen aus der Kommune geschlafen habe, und da dies den Tatsachen entsprach, wusste er nur zu genau, dass er dafür wegen Vergewaltigung belangt werden konnte.

Nicht nur wurde der Druck gegen ihn immer stärker, sondern im ganzen Land verhafteten Gesetzeshüter nun auch schon polygame Mormonen, so dass Noyes schließlich keine andere Alternative mehr sah, als die Kommune zu verlassen. Er dachte, dass seine Feinde im Fall seines Verschwindens schon bald ihr Interesse an Vergeltung und Strafe verlieren würden, so wie es damals in Putney der Fall gewesen war.

Und so verließ John Humphrey Noyes mit einem seiner ältesten Vertrauten in der Nacht des 23. Juni 1879, ohne seinen Getreuen gegenüber, auch nicht Theodore, ein Wort darüber zu verlieren, an Bord einer Pferdekutsche sein geliebtes Oneida, das er nicht mehr lebend wieder sehen sollte. Sie reisten westwärts durch den Staat New York und überquerten die kanadische Grenze, wo sie sich nahe der Niagarafälle in einem kleinen Haus niederließen, wo dann später seine Frau und ein paar seiner treuesten Gefährten zu ihnen stießen. Noyes war entmutigt und geschwächt, gab jedoch die Hoffnung nicht auf, eines Tages nach Oneida zurückkehren zu können. In der Zwischenzeit wählte er ein Komitee – dem Theodore, aber nicht Towner angehörte –, das sich nach besten Kräften um das geistige und finanzielle Wohl der 300 Kommunemitglieder kümmern sollte. Seine Abgesandten pendelten ständig zwischen Kanada und Oneida hin und her und überbrachten den Zurückgebliebenen, von denen die meisten noch an Noyes' Weisheit und Führung glaubten, seine geistreichen Briefe mit Anordnungen und Ratschlägen, die dann im Auditorium des Hauptgebäudes verlesen wurden.

Seine erzwungene Abwesenheit änderte allerdings nichts an der Opposition von draußen, die das Werk, das er geschaffen hatte, zerstören wollte. Zu guter Letzt verlangten Obrigkeit und Geistlichkeit die Beendigung des Fortpflanzungsprogramms und dass die schwangeren jungen Frauen und unverheirateten Mütter ihr sündiges Vergehen durch eine Ehe mit dem Mann, der sie geschwängert hatte, wettmachten. Dieser Forderung nachzukommen war allein deshalb schon schwierig, weil viele Väter unehelicher Kinder bereits mit anderen Frauen verheiratet waren. Eine unverheiratete Frau, die erst vor kurzem noch einen von John Humphrey Noyes' Söhnen geboren hatte, hatte zum Beispiel noch ein Kind mit einem verheirateten Mann und ein weiteres, dessen Vater man nicht eindeutig ausmachen konnte. Solche Fragen, wie eben die Vaterschaft von Kindern, waren in Oneida, diesem einst glückseligen Hafen, wo die Gemeinschaftsehe als höchstes Ideal der Vereinigung angesehen wurde, einfach nicht wichtig gewesen, zumal auch die finanzielle Absicherung aller Bräute Christi und ihrer Nachkommen durch die kommuneneigenen Wirtschaftsbetriebe stets gewährleistet war.

Aber obwohl Oneida noch immer über einen erheblichen Wohlstand verfügte und das neue Unternehmen für Tafelsilber sogar noch weiteres Geld zum Vermögen von ohnehin schon einer halben Million Dollar hinzuzufügen schien, hing die wirtschaftliche Situation der Gemeinschaft doch zum großen Teil vom guten Willen und der Kooperation ihrer Kundschaft außerhalb Oneidas ab. Sollte also die aufwändig geführte öffentliche Kampagne gegen Oneida ungemindert andauern und in einen Boykott der von den Perfektionisten produzierten Waren gipfeln, so konnte dies das schöne Anwesen in einen anrüchigen, armen und sozial isolierten Landstrich verwandeln.

Wäre John Humphrey Noyes noch in Oneida gewesen, hätte seine entschlossene Führung und Unerschrockenheit seinen Anhängern sicherlich Kraft gegeben, den Anfeindungen von außen standzuhalten. Doch die vielen ermutigenden Briefe, die er ihnen aus dem Exil schrieb, konnten weder ihre Zweifel und Ängste beschwichtigen, noch konnten sie die Spaltung seiner Gemeinde in drei verschiedene Fraktionen verhindern, von denen jede einzelne eine andere Lösung ihrer gemeinsamen Probleme im Auge hatte.

Die Fraktion von Theodore und einigen jüngeren, besonders geschäftstüchtigen Mitgliedern war der Ansicht, die Gemeinschaft sollte weltlicher und kapitalistischer werden, eine Neugründung als Aktiengesellschaft anstreben und sich damit weniger als esoterische Religion definieren. In der Hoffnung, damit die Wogen der Kritik von außen zu glätten, waren sie bereit, die verpönten Praktiken der freien Liebe zu beenden, zumindest vorübergehend, und stattdessen wollten sie öffentlich bekannt geben, dass sie die jungen Leute ihrer Kommune ab sofort zur Ehe ermunterten.

Die zweite Gruppe, unter der Führung von James Towner, fühlte sich noch immer stark dem Bibelkommunismus verbunden und wollte keinesfalls auf ihre sexuellen Freiheiten verzichten. Sie waren davon überzeugt, dass die Perfektionisten, wenn sie ihren alternden und im Exil befindlichen Mentor durch Towner ersetzen und seiner Führung Folge leisten würden, erfolgreichen Widerstand gegen die Bedrohungen von außen leisten könnten. Auf den Vorschlag, dass die Oneida-Kommune ihre Opposition gegen die monogame Ehe lockern könnte, reagierte Towner unverändert ablehnend. »Ich glaube ebenso an den Kommunismus der Liebe, wie ich an den Kommunismus des Besitzes glaube«, sagte er. »Ich glaube nicht, dass Ehe und Kommunismus gemeinsam existieren können.«

Eine dritte Gruppe, die mit einhundert Mitgliedern fast doppelt so groß wie die beiden ersten zusammen war, bestand aus den Anhängern von Noyes, die, nachdem sie ihn ja nun einmal als einzigen wahren Vertreter Gottes auf Erden akzeptiert hatten, sich nicht im Traum einen anderen Mann an seiner Stelle vorstellen konnten, zumal er ja noch am Leben war und jeden Augenblick zurückkommen konnte. Unter den führenden Mitgliedern dieser Gruppe waren einige Gründungsväter der Kommune, die sich bereits vor über dreißig Jahren, damals noch in Putney, zum Perfektionismus bekannt hatten, darunter Noyes' Schwester, Harriet Noyes Skinner, Noyes' erster männlicher Partner in gemeinschaftlicher Ehe, George Cragin, und der Architekt von Oneidas erstem Haupthaus, Erastus H. Hamilton.

Aber unabhängig davon gab es auch Bewohner, die weitgehend ihre Neutralität bewahrten, und solche, die ihre Sympathie von Tag zu Tag änderten, und dann noch all jene, die sich einfach nur dem Land verbunden fühlten, so wie Bäume, deren Wurzeln tief im Erdboden verankert sind, und sich nun matt und ohne jegliches Anzeichen von Verteidigung oder Widerstand hinter den Mauern der Kommune verschanzten und beteten, dass sie nicht vom Mob, von Mr. Noyes oft genug als »Barbaren« bezeichnet, überrannt würden.

Besonders anfällig für solche Gefühle von Unsicherheit waren verschiedene unverheiratete Frauen mit Kindern sowie einige heiratsfähige Jungfrauen, die nun, da sie in der Kommune nicht länger das sonst so allgegenwärtige Gefühl von Freiheit und Liebe verspürten, weniger willens waren, ihre Körper dem vergnügten Geist der freien Liebe hinzugeben. Viele Frauen betrieben während dieser Zeit, sehr zum Leidwesen der Männer, überhaupt keinen Geschlechtsverkehr. Wieder andere wollten nun auf einmal mehr als nur körperliche Freuden und Komplimente von den Männern, die sie bevorzugten – sie wollten besitzen und besessen werden und dem Partner ihrer Wahl ein Eheversprechen abringen.

Diese Tendenzen, die im krassen Gegensatz zu den Idealen des Perfektionismus standen, wurden in vielen Briefen beschrieben, die Noyes aus Oneida von seinen Getreuen erhielt. Was er lesen musste, machte ihn traurig und beunruhigte ihn. Die Universitätsstudenten und Teenager schienen besonders rebellisch gegen die Traditionen in Oneida zu opponieren; sie taten, was ihnen beliebte, gaben sich romantischen Liebeleien hin und ignorierten die Bibel und die Kritik der Älteren. Eine Gruppe junger Männer war irgendwie an eigene Pferde gekommen und verletzte dadurch Oneidas lang geschütztes Verbot privaten Eigentums, während sich ein paar der jüngeren Frauen die Haare lang wachsen ließen und lange Kleider trugen, die der Mode außerhalb Oneidas entsprachen.

Lehrer und Erzieherinnen, die zuvor eine uneingeschränkte Autorität über jedes Kind ausgeübt hatten, wurden plötzlich von deren leiblichen Müttern herausgefordert, was dazu führte, dass die Kleinen immer ungehorsamer wurden, sich um Spielsachen stritten und die allgemeine Disziplin nachließ.

Unabhängig von den schlechten Nachrichten aus Oneida selbst bekam Noyes Ausschnitte aus Großstadtzeitungen zugeschickt, die mit wenigen Ausnahmen die Ansichten der juristischen und moralischen Institutionen des Landes widerspiegelten und die Oneida-Anhänger als lüsterne Exzentriker im Zustand der Verwirrung darstellten. Typisch für die ganze Presse war ein Artikel in der *New York Times*, der mit der Schlagzeile überschrieben war: »Die Verrückten von Oneida: Schwierigkeiten innerhalb der sozialistischen Kommune!«

Angesichts der fortlaufenden Hetzkampagnen und dem Verfall innerhalb der Kommune entschloss sich Noyes nach wochenlangen Beratungen mit seinen verlässlichsten Anhängern, von langen und kostspieligen juristischen Auseinandersetzungen abzusehen, da diese die Betriebe nur in den Bankrott treiben und die Mitglieder noch mehr demoralisieren würden, von daraus möglicherweise resultierenden gewalttätigen Übergriffen ganz abgesehen. Stattdessen wollte er die Aufhebung der Gemeinschaftsehe und das Ende der freien Liebe verkünden. Er wusste, dies würde von der Presse als bedingungslose Kapitulation vor seinen Feinden aufgenommen werden, weshalb er sich bei seiner öffentlichen Bekanntmachung im August 1879 keineswegs reumütig zeigte, sondern darauf verwies, dass der Tag kommen könnte, an dem sie sich erneut den lustbringenden Riten des ewigen Umwerbens hingeben würden.

Die offizielle Erklärung lautete: »Wir geben die Gemeinschaftsehe, die sich dreiunddreißig Jahre lang in unserer Kommune bewährt hat, nicht etwa auf, weil wir nicht mehr an die Prinzipien und deren Endgültigkeit für die Zukunft glauben, sondern weil wir uns der öffentlichen Gesinnung, die sich offenbar dagegen auflehnt, beugen.« In einer anderen Verlautbarung betonte er: »Meine Gemeinde bereut ihre Vergangenheit nicht. Im Gegenteil: Sie schätzt sich glücklich, zu solch einer Pioniertat auserwählt gewesen zu sein, und erfreut sich an den Ergebnissen ihrer neuen Erfahrungen. Sie gibt ihre Ideale nicht preis, sondern hat sich lediglich überzeugen lassen, dass es im allgemeinen Interesse sowie im Sinne des sozialen Fortschritts ist, die Gemeinschaftsehe aufzugeben und sich auf den Standpunkt des Apostels Paulus zu stellen, der die Ehe zwar gestattet, dem Zölibat jedoch den Vorzug gibt.« Zu guter Letzt, als ginge es darum, die historische Bedeutung der ursprünglichen Ziele der Perfektionisten zu erläutern, erklärte Noyes: »Wir haben eine Reise in ein unbekanntes Land gemacht und sind ohne den Verlust von Männern, Frauen oder Kindern wieder zurückgekehrt.«

Seine Berufung auf den Apostel Paulus und sein damit verbundenes Plädoyer für das Zölibat stellte für ihn selbst kein großes persönliches Opfer mehr dar, war er doch zu diesem Zeitpunkt bereits ein sexuell gesättigter Mann von 68 Jahren, der das System der freien Liebe, solange es andauerte, voll ausgekostet hatte. Jetzt konnte er sich in seinem kanadischen Zufluchtsort ausruhen und sich an seinen neun heranwachsenden, in Oneida geborenen Kindern erfreuen, die alle seinen Namen trugen und sein Andenken bis in das 20. Jahrhundert hinein in Ehren halten sollten. Tatsächlich machte einer seiner Sprößlinge, Pierrepont B. Noyes, dessen Mutter, Harriet Warden, im Alter von neun Jahren nach Oneida gekommen war, Ende der neunziger Jahre als Oneidas Führer auf sich aufmerksam, als er die Silberschmiede mit Hilfe *seiner* Erben zu einem internationalen Unternehmen ausweitete, das 1970 an die 100 Millionen Dollar wert war.

Das vervielfachte Vermögen konnten die Verfechter der freien Liebe allerdings kaum noch den regenerierenden Kräften sexueller Abwechslung zuschreiben, denn die sexuelle Freizügigkeit, wie sie früher in Oneida geherrscht hatte, wurde in der Kommune, die sich auch in Zukunft an die Erklärung ihres Gründers aus dem Jahr 1879 hielt, nie wiederhergestellt. Allerdings muss hinzugefügt werden, dass sich nur wenige Mitglieder von Noyes' späterer Neigung zum Zölibat überzeugen ließen. Nach Abgabe seiner Erklärung, die seine Gegner in der Außenwelt beruhigt hatte, nahm der Großteil der Männer in Oneida das kleinere Übel auf sich und trat in den Ehestand.

In kürzester Zeit wurden insgesamt siebenunddreißig Ehen geschlossen, einige von perfektionistischen Geistlichen auf der Rasenfläche vor dem Haupthaus. Viele Mitglieder jedoch, darunter zwölf Mütter unter vierzig, blieben unverheiratet. Ob sie sich nun an das Zölibat gehalten haben und ob die Ehepaare monogam geblieben sind, ist uns aus den Aufzeichnungen ihrer Geschichtsschreiber nicht überliefert. Die meisten Frischvermählten blieben in Oneida, wohnten im vollbesetzten Haupthaus oder in den kleineren Häusern auf dem Anwesen und übernahmen auch weiterhin verschiedene Tätigkeiten in den Betrieben der Gemeinde, um die kommunale Gemeinschaft wirtschaftlich aufrechtzuerhalten.

Im Jahr 1880 wurde Oneida in eine Aktiengesellschaft umgewandelt, und alle noch anwesenden 226 Mitglieder erhielten Aktien der Oneida Community, Limited. Der Verteilungsschlüssel, der den älteren Mitgliedern Summen von bis zu 5 000 Dollar zusicherte, während die jüngeren und neueren Mitglieder entsprechend weniger erhielten, blieb ein konstantes Ärgernis innerhalb der Gemeinschaft. Erwartungsgemäß gehörten James Towner und seine 30 Anhänger zu denen, die mit der Aufteilung der Aktien und der Aufhebung der Gemeinschaftsehe am wenigsten einverstanden waren.

1882, vier Jahre bevor John Humphrey Noyes im Alter von 74 Jahren in Kanada verstarb – seine sterblichen Überreste wurden nach Oneida überführt –, trat James Towner mitsamt seiner Gefolgschaft aus der Kommune aus, machte seine Anteile zu Geld und begab sich mit einer Pferdekarawane auf den langen Weg nach Westen, in das ursprünglichere und weniger streng reglementierte Südkalifornien. Die Gruppe ließ sich in Santa Ana, südlich von Los Angeles, nieder, wo sie zu Wohlstand kam und endlich ein ungestörtes, friedliches Leben führen konnte. Später sollte James Towner dort noch zum Bezirksrichter gewählt werden.

19

Die Winde reißen am Selbst; bringen es zum Wimmern
und schreien, um eine entblößte und verängstigte Seele zurückzulassen.
Folge dem Wind und lerne Gottesfurcht.
Verschanz dich hinter deiner Angst und verlier die Ewigkeit
und die helle, verzückte Flamme deiner selbst …
Strebe danach, die Unendlichkeit zu hinterfragen und zu verstehen.
Klopfe verwegen an ihre Tür und frag nach dem Sinn.
Der Weg ist lang, gespickt mit niederen Pflanzen,
die danach streben, ihre Wurzeln mit deinen zu verbinden.
Lass sie stehen, denn im Sommer werden sie sterben …

John Williamson

Als John Williamson 1970 anfing, neue Mitglieder für Sandstone Retreat anzuwerben, war nicht nur er davon überzeugt, dass Kommunen, die einen alternativen Lebensstil pflegten, in Amerika langsam in Mode kommen würden. Tatsächlich gab es im Land bereits, glaubt man einer Studie, die in der *New York Times* veröffentlicht wurde, ungefähr zweitausend unabhängige Siedlungen verschiedener Größe und Richtungen, untergebracht auf ländlichen Bauernhöfen und in ehemaligen Fabrikgebäuden in der City, in Landhäusern, die an malerischen Hängen lagen, in einfachen Lehmhütten in der Wüste, in Felsenhöhlen und Mietshäusern in Ghettos. Sie wurden in der Regel von Menschen aller Couleur bewohnt: Gemüse anbauenden Hippies, meditierenden Esoterikern, Swingern, Jesus-Freaks, Öko-Evangelisten, Altrockern, Veteranen der Friedensbewegung, Aussteigern und Anhängern von Reich und Maslow, B. F. Skinner, Robert Rimmer und Winnie Puuh.

In Oregon, ein paar Meilen westlich von Eugene, gab es eine 35 Hektar große Niederlassung, die von sexuell befreiten Cowboys und -girls aus dem Mittleren Westen gegründet worden war. In Berkeley, Kalifornien, lebten die Mitglieder mit Ehegatten, wenn auch nicht immer mit ihren eigenen, gemeinsam in einem großen Haus, dessen Name, Harrad West, einem Roman von Robert Rimmer über sexuellen Utopismus entlehnt war. In einer abgeschiedenen Residenz in den Wäldern von Lafayette, einem Vorort von Oakland, lebte ein vierunddreißig Jahre alter Advokat des »verantwortungsbewussten Hedonismus« namens Victor Baranco. Nachdem er durch Immobiliengeschäfte zu Geld gekommen war, hatte er verschiedene Mini-Kommunen in ganz Kalifornien und anderen Bundesstaaten gegründet, und die Zeitschrift *Rolling Stone* nannte ihn »den Colonel Sanders der Kommunen-Szene«.

Unweit von San Cristobal, New Mexico, befand sich die 60 Hektar große Lama-Kommune, gegründet von einem New Yorker Künstler und seiner Frau, einer Stanford-Absolventin; und oben im Colorado-Gebirge, in der Nähe von Walsenburg, befanden sich noch ein paar weitere Landhäuser, die zu der Libre-Kommune gehörten, deren Mitglieder größtenteils Maler, Töpfer und Sattler waren. Zehn Meilen außerhalb von Meadville, Pennsylvania, war die Hippiekommune von OZ, errichtet auf Land, das ein ehemaliger Seefahrer geerbt hatte; und im Zentrum Virginias, bei der Stadt Culpeper, war da noch die Twin-Oaks-Gemeinde, die von jungen Sozialwissenschaftlern auf einer 55 Hektar großen Farm eingerichtet worden war, wo sie nun Hängematten herstellten. Ihr Haupthaus hatten sie »Oneida« genannt.

In New York City wiederum gab es Aschram-Kommunen, die sich in Backsteinhäusern der Jahrhunderwende eingemietet hatten, deren geistig-spirituell orientierte Mitglieder sich ihren Lebensunterhalt, wenn sie nicht gerade mit ihren Yogaübungen und Mantra-Gesängen beschäftigt waren, als Tischler, Maler und Gipser verdienten. In Putney, Vermont, aus dem die Kommune von John Humphrey Noyes vor mehr als hundert Jahren vertrieben worden war, gab es mittlerweile fünf Gemeinschaften der Gegenkultur, von denen die am stärksten anarchistisch ausgerichtete die Kommune Red Clover war, welche hauptsächlich vom verhätschelten Sprössling eines Cornflakes-Produzenten finanziert wurde. Weiter außerhalb des Bundesstaates gab es noch eine landwirtschaftliche Kommune namens *Bryn Athyn*, die von Reich-Lesern bewohnt wurde, die glaubten, dass es in der Tat einen Zusammenhang zwischen Monogamie, Besitzanspruch, Eifersucht und Krieg gab; jedoch war diese Kommune, wie so viele andere Landkommunen unter der Leitung von Campus-Radikalen auch, finanziell zum Scheitern verurteilt, weil ihre Bewohner zu viel Zeit mit dem Lesen von intellektuell anspruchsvollen Zeitschriften und tiefgründigen Gesprächen am Lagerfeuer statt mit dem Melken von Kühen verbrachten.

Das war zumindest der wiederholte Eindruck, den der Schriftsteller Robert Houriet hatte, als er zwischen 1968 und 1971, während seiner Recherchen für sein Buch *Getting Back Together*, Dutzende von Kommunen in allen Teilen des Landes aufsuchte. Und während er den Idealismus und die Effektivität bewunderte, die er in Gemeinden wie Twin Oaks, Virginia, vorfand, konnte er die Augen nicht vor der Tatsache verschließen, dass es vielen anderen Kommunen an Disziplin und Hingabe fehlte, um tatsächlich das zu praktizieren, was sie predigten – sie verurteilten die Verschmutzung und den Lärm der äußeren Welt, schufen sich aber selbst ihre eigene Ramschkultur in schmutzigen psychedelischen Buden und Lofts, die von Gammlern überfüllt waren, die viel Dope und wenig Energie in ihren Körpern hatten. Überall, wo Houriet auf seinen Reisen hinkam, hörte er, wie sehr sich junge Leute danach sehnten, im perfekten Einklang mit der Erde zu sein und an einem friedlichen Ort fernab von Neid und Feindseligkeit zu leben. Aber er sah auch, wie in manchen Kommunen stundenlange Krisensitzungen abgehalten wurden, die in Fragen wie der, ob die Hunde nun draußen bleiben müssen oder reinkommen dürfen, keine Einigung erzielen konnten. Überall Autos, die nicht fuhren, und Pumpen, die nicht funktionierten, weil jeder alles über die okkulte Anwendung des Tarock wusste, aber niemand auch nur die leiseste Ahnung von Mechanik hatte. Überall Leute, die nach Selbstverwirklichung und Unabhängigkeit vom kapitalistischen System strebten, aber gleichzeitig Lebensmittelmarken und Almosen von Daddy, dem Vizepräsidenten einer Unternehmensgruppe, akzeptierten. In der Spüle stapelte sich das Geschirr, Kühe entliefen durch offen gelassene Tore, und niemand hatte Schuld. Überall Instabilität und Vergänglichkeit. Immer war gerade jemand im Aufbruch, rollte seinen Schlafsack ein, schnappte seine Gitarre, verteilte Abschiedsküsschen – und weg war er wieder, auf der Suche nach der wahrhaft freien und gut laufenden Gemeinschaft.

John Williamson wusste nur zu gut, dass Kommunen oftmals solch entwurzelte Leute anzogen, und zu viele von der Sorte wollte er in Sandstone keinesfalls haben. Er wünschte sich Paare aus der alternativen Kulturszene für sein Experiment und annoncierte sogar in Los Angeles' Untergrundblatt *Free Press*, um darüber neue Mitglieder anzuwerben. Absichtlich gab er keinerlei Hinweise auf die Lage seines Refugiums, sondern annoncierte stattdessen die Telefonnummer eines kleinen gemieteten Büros in der Stadt, wo seine Anhänger die Aspiranten persönlich unter die Lupe nehmen und sie über die grundlegenden Bedingungen und die Beitragskosten aufklären konnten.

Da Sandstone weder Landwirtschaft noch sonstige Wirtschaftsunternehmen betrieb, um die Unterhaltskosten zu bestreiten, entschloss sich Williamson, etwa zweihundert zahlende Mitglieder aufzunehmen, die 240 Dollar im Jahr an Beiträgen bezahlen mussten und Sandstone dafür tagsüber als eine Art Privatclub besuchen konnten. Es sollte ihnen freistehen, das Anwesen tagsüber zu besuchen, nackt im Pool zu schwimmen, sich auf der Terrasse des Haupthauses zu sonnen oder Picknicks auf dem Rasen zu veranstalten. An gewissen Abenden konnten sie der »Familie« bei einem kalten Buffet Gesellschaft leisten – auch bei diesen Anlässen war Nacktheit zwar üblich, aber dennoch keine Verpflichtung. Nach dem Essen bot sich jedem Gast die Gelegenheit, sich in einem geräumigen, nur schwach beleuchteten Raum mit rotem Teppichboden auf weich gepolsterten Kissen auszustrecken und wahlweise dem Sex zu frönen oder sich einfach nur auszuruhen und der Stereomusik zu lauschen, während andere am Lagerfeuer im Gespräch vereint waren.

Um sicherzugehen, dass alle zukünftigen Mitglieder über die freizügige Natur der Abende in Sandstone vorgewarnt waren, erhielt jeder Interessent eine Broschüre, in der zu lesen war:

> Das Zusammenleben in Sandstone basiert auf der Überzeugung, dass der menschliche Körper etwas Gutes ist, ebenso wie der offene Ausdruck von Zuneigungen und Sexualität gut und natürlich sind. Die Mitglieder von Sandstone können alles tun, was sie möchten, solange sie niemanden beleidigen oder anderen ihre Begehren aufzwingen. Es gibt keine Tagesordnung, keine Verhaltensregeln, keine Zwänge. Jeder darf tun, was er will und wann immer er will, solange er dabei die Interessen der Gemeinschaft wahrt und respektiert.
>
> Die Stärke und dauerhafte Bedeutsamkeit des Sandstone-Experiments liegt im menschlichen Kontakt, der hier vollkommen losgelöst vom Kontext einer Cocktailparty und

damit von all den dazugehörigen Spielen, Täuschungen und Verstecken, gepflegt wird. Dieser Kontakt beinhaltet die buchstäbliche physische Nacktheit der Mitglieder und das Prinzip der offenen Sexualität. Dabei soll bei dieser Erfahrung auf jeden Versuch einer intellektuellen Verklärung verzichtet werden, da der eigentliche, wahrhaftige Akt mit dem daraus resultierenden Anspruch, den anderen zu akzeptieren und selbst von ihm akzeptiert zu werden – ohne Vorbehalt, ohne Hüllen – das Wesen des Sandstone-Experiments ausmacht. Es setzt Fantasien frei und lässt eine neue Art von Gemeinschaft entstehen, in welcher der Geist eines Menschen, sein Körper und auch sein Wesen nicht mehr getrennt sind. In dieser Gemeinschaft ist die Verschiedenheit der Menschen eine Quelle der Freude – und nicht ein Herd für Konflikte.

Es gab in Sandstone nur wenige konsequent befolgte Vorschriften. Es galt aber zumindest, dass mindestens achtzehn Jahre alt sein musste, wer in Sandstone aufgenommen werden wollte, und Drogenkonsum, egal welcher Art, auf dem Gelände unerwünscht war. Um das zahlenmäßige Gleichgewicht zwischen den Geschlechtern zu wahren, wurden zu den Abendveranstaltungen ausschließlich Paare zugelassen. Zum Abendessen wurde zwar Wein gereicht, der Konsum von hochprozentigen Spirituosen war jedoch nicht gestattet, und während der Befragung im Büro sowie im Laufe der späteren Gespräche im Haupthaus, mit John und Barbara Williamson, versuchte man, sich von der Vergangenheit des Kandidaten ein möglichst klares Bild zu machen. Dazu gehörten eventuelle früher aufgetretene Anzeichen von Alkoholismus oder übermäßigem Drogenkonsum, Geisteskrankheiten und andere Probleme, die durch die erotisch aufgeladene Atmosphäre in Sandstone unter Umständen wieder zum Ausbruch kommen könnten, war dies doch ein Ort, an welchem Paare das erste

Mal bewusst mit der Untreue ihres Partners konfrontiert werden und dies sogar selbst erleben konnten.

John Williamson schwebte eine möglichst große Anzahl emotional stabiler Paare vor, junge Genussmenschen der Mittelschicht, die daran glaubten, dass ihre gegenseitige Beziehung durch die Beseitigung sexueller Besitzansprüche vertieft und nicht zerstört würde. Williamson hoffte weiterhin, dass er auch viele Journalisten und Akademiker, Geschäftsleute, Rechtsanwälte, Ärzte, Schriftsteller und Sozialwissenschaftler für seine Idee gewinnen konnte – verdienstvolle Persönlichkeiten, die als bekehrte »Veränderer« die Sandstone-Philosophie durch Wort, wenn nicht gar Tat, an ihre Freunde und Kollegen weitergaben und in der breiten Öffentlichkeit, die immer aufgeschlossener für neue Ideen wurde, verkündeten.

Mit dem Ziel, einflussreiche Leute kennenzulernen und vielleicht sogar zu rekrutieren, schrieb Williamson an angesehene Anthropologen und Psychiater und lud sie ein, einen Tag in Sandstone zu verbringen. Er stellte einen Beauftragten für Öffentlichkeitsarbeit ein und gab Interviews in der Presse; und er nahm lange Entfernungen in Kauf, um mit seiner Frau Barbara Seminare zu alternativen Lebensformen und der Veränderung von ehelichen Partnerschaften zu besuchen und sein Projekt dort unter Umständen auch vorzustellen. Bei einem Symposium im Kirkridge Retreat, in den Poceno Mountains von Pennsylvania, hielt Williamson seinen Vortrag über Sandstones Ziele vor einem besonders interessierten Publikum. Darunter waren Robert Francoeur, ein Mann, der aus dem katholischen Priesteramt ausgeschieden war, um Schriftsteller zu werden, ein Ehemann und ein Professor für Embryologie und Sexualität an der Fairleigh Dickinson University; Rustrum und Della Roy, zwei Chemiker von der Pennsylvania State University, die erfahrene Eheberater waren; Stephen Beltz, ein Psychologe und Geschäftsführer des Instituts für Verhaltensstudien in Philadelphia, der Romanautor Robert Rimmer; und verschiedene andere, die alle von Williamsons Vortrag über sein kalifornisches Experiment fasziniert waren und den Wunsch ausdrückten, Sandstone kennenzulernen und das, was dort passierte, mit eigenen Augen zu sehen.

Während Williamson andernorts Begeisterungswellen auslöste, lief das Familienleben zu Hause ohne ihn nicht ganz so reibungslos; und selbst wenn er in Sandstone weilte, schien es, als wäre er in Gedanken weit weg von seinem intimen Freundeskreis. Er schmiedete Zukunftspläne, verbrachte seine Zeit damit, sich um wichtige Besucher zu kümmern, und richtete seinen bestechenden Charme und seine sexuelle Energie auf die Umwerbung und Befriedigung von verschiedenen neuen Frauen.

Judith Bullaro war die Erste, die seine Veränderung bemerkte und gereizt darauf reagierte, war sie doch früher glühend von ihm umworben worden. Sie hatte sich nun schon zu sehr an seine besonderen Aufmerksamkeiten ihr gegenüber, die sie so sehr zu brauchen schien, gewöhnt. Jetzt fühlte sie sich abgeschoben und ausgenutzt. Seinetwegen hatte sie ihr Familienleben und ihr gemütliches Haus in der Vorstadt aufgegeben und lebte mit ihren Kindern und einem unzufriedenen Ehemann auf einer gemieteten Ranch am Topanga Canyon, nur um ganz in seiner Nähe zu sein und den anderen beim Putzen und Malern, bei diversen Bauvorhaben und Gartenarbeiten zur Hand gehen zu können. Und nun, da die allgemeinen Renovierungsarbeiten vollbracht waren und das Anwesen im neuen Glanz erstrahlte, diente es als Schaukasten für Williamsons Ego und seine wachsenden Ambitionen.

Weniger der romantische Guru, der er einmal zu sein schien, eher der eiskalt kalkulierende Ingenieur, der Williamson früher gewesen war, verwandelte er Sandstone in Judiths Augen plötzlich in ein Laboratorium, in dem er seine nackte Großfamilie ausstellte, um neue Mitglieder und neues Geld zu akquirieren und das Interesse der akademischen Welt, mit der sich Williamson besonders gern umgab, auf sich zu lenken. Da er selbst keine abgeschlossene Hochschulausbildung vorweisen konnte, wollte er Sandstone auf anderem Wege wissenschaftliche Reputation verleihen, indem er nämlich einen beratenden Ausschuss, bestehend aus anerkannten Wissenschaftlern und namhaften Verhaltensforschern, auf die Beine stellte. Diese würden ihm dann als Dank für die Revitalisierung ihrer physischen Triebe bei seinen Bemühungen um Gelder aus privaten Stiftungen oder gar staatliche Zuschüsse behilflich sein, so dass er dann in aller Ruhe weiter die Wurzeln von Eifersucht und Besitzansprüchen erforschen konnte – Probleme, von denen Judith annahm, dass sie unheilbar wären und nur dann nicht mehr auftraten, wenn die Menschen, die es betraf, im Grunde genommen aufgehört hatten, sich füreinander zu interessieren.

Judith glaubte gar, dass selbst John Williamson – auch wenn er seine Frau nie eingeschränkt hatte – zu so etwas wie sexueller Eifersucht neigte. Die Tatsache, dass seine hochgeschätzte Oralia Leal sich im Augenblick immer intensiver mit David Schwind beschäftigte, schien ihm gar nicht zu gefallen; und sie selbst hatte eine negative Reaktion bei ihm gespürt, als *sie* ihm beichtete, sie fühle sich von Schwind physisch angezogen.

Ohne sich um Williamsons Gefühle zu kümmern, lud Judith David Schwind eines Tages zu sich ein, als die Kinder gerade in der Schule waren und ihr Mann noch in seinem Versicherungsbüro hockte. Von diesem Rendezvous erzählte sie niemandem, auch die folgenden verschwieg sie. Trotzdem beunruhigten sie diese heimlichen Zusammenkünfte. Sie war verwirrt von der Erkenntnis, dass Williamson einen ungeheuren Einfluss auf ihr Privatleben ausübte; denn sie verheimlichte vor ihm etwas, von dem sie wusste, dass es ihm nicht gefallen würde, was ihn eigentlich aber sowieso nichts anging. Die ganze Situation steckte voller Widersprüche: Williamson, der lautstarke Befürworter offener Sexualität, der Besitzdenken konsequent ablehnte, erwies sich durch sein Verhalten Orelia und ihr selbst gegenüber als Heuchler; und Judith, beleidigt wegen seiner »Treulosigkeit« mit anderen Frauen, die er in letzter Zeit kennengelernt hatte – wahrscheinlich war ihre Liaison mit Schwind ein Akt der Rache dafür –, erwies sich keineswegs als so emanzipiert, wie sie vorgegeben hatte. Es konnte sehr gut sein, dass sie trotz ihrer Erfahrungen mit anderen Männern im Grunde ihres Herzen noch immer eine konservative, possessive und von Schuldgefühlen beladene Frau war, sobald Sex ins Spiel kam. Und in diesem Gemütszustand, unruhig und besorgt über Williamsons unmerklichen Einfluss auf ihr Leben, beschloss sie, sich von ihm und seinem desillusionierenden Utopia zu lösen.

Ausschlaggebend für ihren Entschluss war ein relativ belangloser Vorfall, der, oberflächlich betrachtet, wenig mit ihrer Beziehung zu Williamson oder mit ihrem Sexleben, ihrer Ehe, ihren Kindern oder sonst etwas Persönlichem zu tun hatte. Der entscheidende Auslöser für diese Entscheidung war nichts anderes als ihre Hauskatze.

Als sie eines Tages entdeckte, dass ihre Katze gerade einen ganzen Schwung kleiner Kätzchen geworfen hatte, ertappte sich Judith dabei, dass sie von der neuen Mutterschaft außerordentlich fasziniert war. Es bereitete ihr großes Vergnügen, das schnurrende Tier dabei zu beobachten, wie es seine Jungen verwöhnte, ihnen das Fell leckte und sie säugte. Am Nachmittag sah sie, wie die Mutter die kleinen Bündel in ihrer Schnauze von der einen Ecke in die andere trug, als suchte sie einen Platz, der wärmer und behaglicher war. Aber nirgends schien es ihr zu gefallen, nie war sie befriedigt. Kaum hatte sie ihre Kätzchen in einer Ecke zusammengebracht, nahm sie diese auch schon wieder auf, um einen neuen Ort zu suchen. Und so ging das eine ganze Weile. Während Judith ihr neugierig zuschaute, fing sie an, sich mit der Rastlosigkeit des Tieres und seiner suchenden Natur zu identifizieren.

Am späten Abend, nach dem Abendessen, als die Kinder bereits im Bett lagen, hörte sie einen Wagen vorfahren und erkannte John und Barbara Williamson durch das Fenster. Es war typisch für so ziemlich jeden hier in Kalifornien, einfach so hereingeschneit zu kommen, ohne sich vorher telefonisch angemeldet zu haben. Normalerweise machte es ihr auch nichts aus, nur in diesem Fall – in Gedanken immer noch bei dem friedlichen Nachmittag mit ihren Katzen und ihrem Bedürfnis nach einer engeren Bindung innerhalb ihrer eigenen Familie, über die sie intensiv nachgedacht hatte – empfand sie die Gegenwart der Williamsons als störend.

Sie zwang sich zu einem Lächeln, begrüßte sie an der Tür, und nachdem sie Kaffee gemacht hatte, setzte sie sich zu ihrem Mann ins Wohnzimmer und hörte zu, wie John und Barbara erzählten, sie seien geschäftlich in der Stadt gewesen und hätten auf dem Heimweg kurz hereinschauen wollen. So plauderten sie noch eine Weile, und als sie gerade erwähnten, sie hätten in den letzten Wochen nicht allzu viel von Judith in Sandstone gesehen, fiel dieser auf, dass ihre Katze schon wieder rastlos unterwegs war, und dachte, dass es wieder eines der Kätzchen war, das sie im Maul trug. Auf den zweiten Blick erkannte sie einen langen, dünnen Schwanz, und erkannte plötzlich, dass die Katze eine große blutige Ratte zwischen den Zähnen hielt.

Judith schrie vor Erstaunen auf, sprang hoch, wies auf das Tier neben dem Kamin und erklärte ausführlich, wie die Katze, die zweifelsohne schon den gesamten Nachmittag die Gegenwart der Ratte gespürt hatte, ihre Jungen, um sie zu schützen, immer wieder an einen anderen Platz geschleppt hatte, und sie so außer Reichweite der Ratte gebracht hatte, bis sie sich schließlich der Bedrohung stellte und das Übel auslöschte. Diese kleine Episode hatte für Judith eine symbolische Bedeutung, und sie war so damit beschäftigt, ihre Katze zu rühmen, dass sie im ersten Augenblick gar nicht bemerkte, wie wenig die Williamsons ihren Enthusiasmus teilten.

Es schien sie nicht nur zu langweilen, sondern ihnen sogar unbegreiflich zu sein, dass sie, eine vermutlich emanzipierte Frau, sich derart in die mütterlichen Instinkte einer Hauskatze einfühlen konnte. Während ihr Mann gelassen blieb, sah sich Judith plötzlich in einen heftigen Streit mit ihren Gästen verwickelt, in dem sie glaubte, sich rechtfertigen zu müssen. Als sie später über diese Situation nachdachte, war ihr klar, dass ihr Schuldbewusstsein über ihre mangelhafte eigene mütterliche Hingabe, wegen der sie sich bereits seit Beginn ihrer Zeit mit der Gruppe um Williamson mit Schuldgefühlen plagte, zu dieser heftigen Reaktion geführt hatte.

Nicht die größte Selbstbeherrschung konnte ihre Ablehnung gegen die Williamsons – denen sie als kinderloses Ehepaar jede Art von elterlichen Gefühlen absprach – in diesem Augenblick mindern; und nachdem der ungebetene Besuch das Haus verlassen hatte, erklärte sie ihrem Mann, sie sei fertig mit den Williamsons und wolle so rasch wie möglich wegziehen und alle Verbindungen zu Sandstone kappen.

Zu einem anderen Zeitpunkt und unter anderen Umständen hätte John Bullaro ihren Entschluss begrüßt und sich darüber gefreut, Williamson endlich loszuwerden und wieder Einfluss auf sein Familienleben zu gewinnen. Stattdessen zögerte er nun und musste Judith gestehen, dass er im Augenblick noch nicht bereit sei, Sandstone zu verlassen. Er erklärte ihr, er habe sich endlich an das Leben dort gewöhnt und genieße die Gesellschaft etlicher Leute aus der Kommune. Er sei sogar dabei, sich aufrichtig mit Williamson näher anzufreunden. In ihm sah Bullaro nun einen Mann, von dem er viel lernen konnte, denn seit er ihn kannte, war er zweifellos selbstbewusster und geistig selbständiger geworden und hatte durch ihn gelernt, Einsamkeit zu ertragen. Schließlich hatte ihn Williamson dazu veranlasst, allein in die Wüste zu fahren, ein therapeutisches Abenteuer, das Bullaro später noch mehrmals aus eigenem Antrieb wiederholte.

Was er seiner Frau allerdings nicht offen gestand, war, dass es ihn insgeheim freute, dass Williamsons gefühlsmäßiger Rückzug offensichtlich ihren Stolz verletzt hatte, und er hatte nichts dagegen, wenn sie sich noch etwas länger an Ort und Stelle aufhielt, damit sie dessen verblassende Leidenschaft noch ein wenig auskostete. Jetzt war es an Judith zu leiden, so wie er gelitten hatte, als sie sich damals zum ersten Mal von Williamson betören ließ, und sie sich ihm in jener erinnerungsschweren Nacht, lang war es her, am Lagerfeuer vor der Hütte hingab, womit sie ihrer beider Leben in eine andere Richtung lenkte.

Und doch konnte er sich der Verantwortung seiner Frau gegenüber nicht entziehen. Er konnte weder ihr Leiden ignorieren, noch konnte er abstreiten, dass er es gewesen war, der Judith in die Arme von Williamson getrieben hatte. Auch war ihm bewusst, dass ihre andauernde Traurigkeit ihre Ehe, die er nicht zerstören wollte, noch weiter untergraben konnte und darunter auch ihre beiden gemeinsamen Kinder, die sie liebten, zu leiden hätten.

In den Tagen nach dem Besuch der Williamsons fielen Bullaro vermehrte Anzeichen einer Depression bei Judith auf. Wenn er abends aus dem Büro kam, bemerkte er zum Beispiel, dass sie am Nachmittag getrunken hatte, und nachts im Bett war sie gereizt und wollte nicht mit ihm schlafen. Als er sich ihr eines Nachts näherte, bekam sie einen hysterischen Anfall, von dem sogar die Kinder wach wurden. Am nächsten Morgen versprach sie dann zerknirscht, einen Therapeuten zu konsultieren. Sie sprach erneut davon, dass sie aus Topanga Canyon wegziehen wolle, und dieses Mal stimmte Bullaro, der keinen anderen Ausweg sah, dem zu. Also half er ihr in der kommenden Woche nach der Arbeit beim Packen, so dass sie schon bald bereit waren, in ihren Vorort in Woodland Hills zurückzukehren.

Da ihr altes Haus noch vermietet war, waren die Bullaros gezwungen, sich für die Übergangszeit ein anderes Haus zu suchen, was ihnen überraschenderweise ohne weiteres gelang. Es war zwar kleiner als ihr eigenes, doch für ihre Zwecke schien es zunächst ausreichend. Es befand sich in einem sauberen, baumgesäumten Viertel mit geschnittenen Hecken und glatten Straßen, das eine willkommene Abwechslung zu den hügeligen, staubigen Straßen und der spannungsgeladenen Atmosphäre des Canyons darstellte. Von hier konnte Bullaro bequem zur Arbeit gelangen, und Judith, die nicht untätig herumsitzen wollte, während die Kinder in der Schule waren, arbeitete tagsüber als Krankenschwester in einem nahe gelegenen Krankenhaus. Abends aßen sie für gewöhnlich zusammen mit den Kindern und gingen nur selten aus. Stattdessen hörten sie Musik im Wohnzimmer, lasen oder sahen fern und gingen früh zu Bett, wo sie, auf Judiths Wunsch hin, auch weiterhin nicht miteinander schliefen.

Bullaro hatte Verständnis für ihre abweisende Haltung und nahm diese nicht als persönliche Zurückweisung, sondern ging vielmehr davon aus, dass es sich dabei um eine generelle Aversion gegen Männer im Allgemeinen handelte, die aus ihrem Bruch mit Williamson resultierte. Er war davon überzeugt, dass sich alles zum Besten wenden würde, sobald sie wieder in ihrem eigenen Haus wohnten und sich erneut aneinander und an ihr Leben in der Vorstadt gewöhnt hätten. Als sie jedoch endlich einziehen konnten, verblüffte ihn Judith mit der Bitte, dass er *nicht* mit ihr umziehen, sondern ihr etwas mehr Zeit und »Raum« lassen solle, damit sie sich über ihre unsicheren Gefühle Klarheit verschaffen könne.

Trotz seiner Enttäuschung über diese Bitte erklärte er sich bereit, sich für nur kurze Zeit, wie er annahm, ein kleines Apartment zu mieten. Er war bereit, alles zu tun, um die Harmonie in ihrer Beziehung wiederherzustellen, und vertraute darauf, dass sie ebenso sehr daran interessiert war wie er. Sie trank nicht mehr, besuchte regelmäßig ihren Psychiater und schien ihrer Arbeit pünktlich und gewissenhaft nachzugehen. Von seinem Apartment im nahe gelegenen Encino war er mit dem Wagen in kürzester Zeit bei den Kindern, holte sie zweimal in der Woche zum Abendessen ab oder nahm sie mit in seine Wohnung. Sie telefonierten jeden Tag, und in den ersten Wochen ihrer Trennung versicherte Judith ihm, sich besser zu fühlen, wenn sie auch noch nicht ganz für seine Rückkehr bereit war.

Auf der Fahrt zum Büro und zurück nahm er oft einen großen Umweg in Kauf, nur um an seinem Haus vorbeifahren zu können. Eine Vorsichtsmaßnahme, veranlasst aus Sorge um das Wohlergehen seiner Familie, wie er sich selbst sagte. Als sich diese Kontrollfahrten jedoch häuften und er schon fast zu jeder Tages- und Nachtzeit die Aetna Street hoch- und runterfuhr, war ihm klar, dass er seinem Instinkt folgte, der ihn langsam an der Ehrlichkeit seiner Frau zweifeln ließ. Er befürchtete, dass sie ihn nur aus dem Haus haben wollte, um sich ungestörter mit anderen Männern treffen zu können.

Bald darauf bemerkte er, dass regelmäßig ein blauer Pontiac vor dem Haus parkte, ein Wagen, der weder Williamson noch sonst irgendjemandem aus seinem Bekanntenkreis gehörte. Manchmal sah er ihn früh am Morgen, am Abend war er dann wieder verschwunden. Aber später, wenn die Kinder im Bett lagen, stand das Auto erneut an seinem Platz. Nachdem er sich das ein paar Tage angesehen hatte und seine Befürchtungen nicht länger unterdrücken konnte, konfrontierte er Judith mit dem Vorwurf, sich mit einem anderen Mann zu treffen, worauf sie seinen Verdacht gelassen bestätigte.

Bullaros Wut kam jäh und ungezähmt. Er fühlte sich betrogen, verletzt und gedemütigt. Er wollte wissen, wer der Mann sei; aber sie sagte nur, sie habe ihn erst vor kurzem kennengelernt. Als Bullaro von ihr verlangte, den Kerl nicht mehr zu sehen, erwiderte sie eher herausfordernd als verstört, das könne sie ihm nicht versprechen, worauf er noch wütender wurde und seiner Frau vorwarf, den Kindern ein schlechtes Beispiel abzugeben; sie sollten in Zukunft lieber bei ihm leben. Doch davon wollte Judith nichts hören. Auf seine Drohung, rechtliche Schritte zu unternehmen, entgegnete sie nichts.

Am nächsten Abend sah Bullaro den Pontiac wieder an der Ecke parken, und er war versucht, auszusteigen, an die Haustür zu klopfen und seinen Rivalen zur Rede zu stellen. Da er aber vor den Kindern keine Szene machen wollte, widerstand er seinem ersten Impuls. Er schrieb sich das Kennzeichen des Wagens auf und fand dank seiner guten Beziehungen bei der Versicherung nicht nur heraus, wem der Wagen gehörte, sondern erfuhr auch etliche Einzelheiten aus dem Privatleben des Halters. Man erzählte Bullaro, dass es sich bei dem Mann um ein Mitglied der Anonymen Alkoholiker handele, der schon häufig den Job gewechselt hatte und von Ort zu Ort zog. Er sei außerdem schon einmal von der Polizei wegen Körperverletzung und Beleidigung verhaftet worden.

Als er Judith erzählte, was er herausgefunden hatte, reagierte sie feindselig und warf ihm vor, im Privatleben fremder Menschen herumzuschnüffeln. Sie behauptete, die Vergangenheit ihres Freundes bereits zu kennen, da er ihr bereits alles eingestanden hatte. Darüber hinaus erklärte sie ihm, seine bösartigen Nachstellungen überzeugten sie nur umso mehr davon, dass es das Beste sei, sich von ihm fernzuhalten. Von da an konnte Bullaro sagen, was er wollte, sowohl jetzt als auch in späteren Gesprächen – die tiefe Kluft zwischen ihnen war nicht mehr zu überbrücken. Sie erklärte ihm, dass sie Urlaub von ihrer Ehe bräuchte: Sie wollte frei sein und nicht immer einem Ehemann Rede und Antwort stehen müssen. Wenn da nicht ihre Verpflichtung gegenüber ihrem Job und ihren Kindern wäre, hätte sie die Stadt wahrscheinlich längst mit ihrem Liebhaber verlassen und sich woanders ein neues Leben aufgebaut.

Obwohl es Bullaro schwerfiel, zu glauben, was sie sagte, besonders dass sie sich so schnell in einen anderen Mann hatte verlieben können, gab er schließlich alle Hoffnung auf eine Versöhnung auf und einigte sich mit ihr, die Scheidung einzureichen. Er willigte ein, Unterhaltszahlungen für die Kinder zu leisten, und sie bestimmte feste Wochentage, an denen er die Kinder regelmäßig sehen konnte. Judith versprach ihrerseits, dass in Zukunft keiner ihrer männlichen Freunde mehr im Haus übernachten würde.

In den folgenden Monaten sahen sich John und Judith Bullaro weiterhin regelmäßig, allerdings nur kurz und immer nur dann, wenn er die Kinder abholte. Sie schien sich leicht an die Trennung gewöhnt zu haben, sah gesund aus und schien ihre Gefühle jetzt besser unter Kontrolle zu haben. Als sie ihm gestand, dass sie ihren Liebhaber jetzt seltener treffe, war kein Bedauern in ihrer Stimme. Sie traf sich mittlerweile mit mehr als nur einem Mann und hatte einen neuen Freund, den sie im Krankenhaus kennengelernt hatte. Wenn sie auch nicht hundertprozentig glücklich war in ihrem Leben, so hinterließ sie bei ihrem Mann doch den Eindruck, zumindest zufrieden zu sein – was er nicht von sich behaupten konnte.

Für ihn waren die letzten Monate bisher unruhig und frustrierend gewesen. Er hatte sich mit verschiedenen Frauen verabredet, war jedoch vor jedem noch so kleinen emotionalen Zugeständnis zurückgeschreckt. Obwohl er zweimal Einladungen von den Williamsons zu Partys in Sandstone angenommen und sie auch einmal auf einen Wochenendausflug in attraktiver weiblicher Gesellschaft begleitet hatte, fühlte er sich entwurzelt und am Boden zerstört. Die für ihn plötzlich unerreichbare Judith erschien ihm nun begehrenswerter und unersetzbarer denn je zu sein.

Seine Arbeit langweilte ihn wie nie zuvor. Nach zehn Jahren bei New York Life und monatelangem Pendeln zwischen seiner Arbeit und seiner zerrütteten Ehe wollte er jetzt lieber freiwillig gehen, ehe man ihn früher oder später sowieso hinauswarf. Er schätzte, dass er mit dem Geld, das er gespart hatte, ein Jahr ohne regelmäßiges Einkommen leben konnte, nahm all seine Courage zusammen und kündigte.

Er wollte ein paar kurze Ausflüge mit dem Auto unternehmen, noch mehr Zeit in der Wüste verbringen, und endlich hatte er den Mut zuzugeben, dass er in sich zumindest einen tiefen Ehrgeiz entwickelt hatte: Er wollte einen Roman schreiben.

Es sollte ein ehrliches, schamloses Buch mit autobiografischen Zügen werden, die Geschichte seiner Ehe. In der Zeit, da er zwischen seinem Büro und Sandstone hin- und hergedriftet war, während seine Frau von ihm weggetrieben wurde, hatte er sich ausführliche Notizen gemacht, eine Art Tagebuch, geschrieben auf Firmenpapier und gelben Notizzetteln, vollgekritzelt mit seinen Eindrücken und Reaktionen auf das, was damals um ihn herum und in ihm selbst vorgegangen war.

Das Tagebuch hatte er bewusst als eine reinigende Erfahrung angelegt. Als er aber jetzt darin blätterte, zuckte er vor Schamgefühl zusammen. Statt ihn von seiner Verzweiflung zu befreien, bewirkte dieser Rückblick auf sein Leben bei ihm das genaue Gegenteil: Die erste sexuelle Vereinigung mit Barbara auf der Tagung der Versicherung in Palm Springs, das Erscheinen von John Williamson als Problemlöser, die nackten Abende in seinem Haus am Mulholland Drive, die Monate darauf, die damals so heiter und befreiend auf ihn gewirkt hatten und jetzt wie ein unheilverkündendes Vorzeichen von Zerstörung und Chaos vor ihm auftauchten. Er sah, wie er alle Liebe und Ordnung, die damals sein Leben zusammenhielten, für ein idiotisches Experiment geopfert hatte, und versuchte sich vorzustellen, was aus seiner Ehe geworden wäre, wenn er Judith nicht zu den Abenden in Williamsons Wohnung, wo er von Oralia, Gail und Arlene so verführerisch und willig empfangen worden war, mitgenommen hätte. Jedoch vermutete er, dass das Ergebnis auch dann das gleiche gewesen wäre, wenn er Williamsons verlockendem Versprechen, sich von der erstickenden Moral einer traditionellen Ehe frei zu machen, nicht gefolgt wäre. Und auch wenn es für ihn eine sehr schmerzhafte Erfahrung war, zuzusehen, wie Judith auf andere Männer reagierte, so war er sich doch bewusst, dass auch er nicht zu kurz gekommen war. Dennoch, selbst jetzt, da er seine Erinnerung durch die Lektüre auffrischte, schien es ihm, als wäre von all dieser Zeit nichts übrig als ein paar Überbleibsel von sinnlos vergeudeten Emotionen. Er war allein, ohne Job und ohne Hoffnung.

Monate vergingen, aber obwohl er seine Kinder weiterhin sah, wurde seine Ziellosigkeit immer offensichtlicher. Und in ebendiesem deprimierten Zustand hörte er plötzlich etwas von Arlene Gough, mit der er einst, bevor sie aus dem Kreis um Williamson ausgeschieden und irgendwo im Valley verschwunden war, ebenso wie Judith neulich, eine Affäre gehabt hatte. Arlenes Name stand in der Zeitung: Sie war zu Hause, in ihrem Bett, mit einer Kugel im Leib tot aufgefunden worden. Die Polizei entdeckte außerdem ihren toten Liebhaber, einen jungen Reporter der *Los Angeles Times,* der direkt neben ihr lag. Auf dem Tisch im Erdgeschoss fand man die Tatwaffe, einen Revolver mit einem 38er Kaliber. Ein paar Stunden später hatte die Polizei den Tatverdächtigen gefasst und des Doppelmordes beschuldigt: Arlene Goughs 16-jährigen Sohn.

20

Gegen Abend, als die Sonne gerade hinter den Bergen verschwand, krochen Dutzende von Autos über die Schotterstraße nach Sandstone hinauf – ausländische Wagen und Cabrios, am Steuer Abenteurer aus Beverly Hills in Gucci-Schuhen und maßgeschneiderten Jeans, Kombis und nagelneue Limousinen, die gut betuchte Paare vom Valley und Orange County herankarrten. In VW-Bussen und Toyotas kamen langhaarige junge Menschen aus Topanga und Venice Beach zum Anwesen hinauf, parkten ihre Fahrzeuge am westlichen Ende des Grundstücks, und inhalierten die letzten Züge ihrer Joints, die sie mit eigens zu diesem Zweck vorgesehenen Pinzetten vor die verkniffenen Lippen hielten.

Schon bevor die Gäste das Haus betraten, konnten sie durch ein großes Panoramafenster nahe der Eingangstür sehen, dass die Party drinnen bereits im Gange war: Unter dem hölzernen Wagenrad, das als Kronleuchter von der getäfelten Decke hing, unterhielten sich die Familienmitglieder bei einem Drink mit den ersten Gästen. Flammen schlugen im Backsteinkamin empor, und in der Mitte des Raumes, umgeben von seinem Gefolge, saß ihr stämmiger blonder Kaiser im Adamskostüm.

John Williamson nickte und lächelte seinen neu angekommenen Bekannten freundlich zu, aber niemand durfte sich ihm nähern, bevor er nicht von Barbara in den Raum gebeten wurde, die hinter einem Empfangspult stand, einen Schreiber in der Hand und nichts am Leib als eine platingefasste Brille, die ihre würdevolle Haltung betonte und dadurch in noch stärkerem Kontrast stand zu dem fantastischen Körper, der unter ihrem energischen kleinen Kinn besonders gut zur Geltung kam.

Barbara war nicht glücklich mit ihrem Job als Türsteherin; sie hätte lieber die Rolle der First Lady von Sandstone gespielt und sich unter die Gäste gemischt. Aber niemand konnte diese delikate Aufgabe besser als sie meistern. Schließlich musste sie nicht nur taktvoll, sondern auch bestimmt alle Nichtmitglieder und herumspazierenden Eindringlinge abwimmeln, ebenso solche, die ihre Beiträge nicht bezahlt hatten oder solo nach Sandstone gekommen waren. Hinzu kamen jene, die auf irgendeine Weise die Regeln verletzt und damit für eine gewisse Zeit Hausverbot hatten. Hätte ein männliches Familienmitglied diese Rolle übernommen, wäre manch ein Zurückgewiesener vielleicht ausfallend oder grob geworden, und eine weniger strikte Türdame wie Oralia hätte sich vielleicht bezirzen lassen. Dank ihrer energischen Ausstrahlung aber reduzierte Barbara die Auseinandersetzungen an der Tür auf ein Minimum und blieb dabei immer höflich; sie war eine Frau, der man weder mit Schmeicheleien noch mit versteckten Drohungen oder offener Aggression imponieren konnte. Barbaras unerschütterliche Natur zeigte sich vor allem in einer Episode, die von den anderen Mitgliedern der Gemeinschaft immer wieder gern, wenn auch vielleicht etwas übertrieben, zum Besten gegeben wurde. Als sie einmal durch den Canyon fuhr, sah sie, wie sich eine Frau gegen einen Mann wehrte, der sie gegen ein Auto presste und offensichtlich versuchte, sie zu vergewaltigen. Barbara stellte ihr Auto am Straßenrand ab, sprang heraus und ging ohne Angst auf den Mann zu, wobei sie ihm zurief: »Lass sie in Ruhe! Wenn du wen ficken willst, dann fick *mich*.« Der Mann, völlig überrascht, war davon sofort eingeschüchtert und zog sich lieber zurück.

Barbara hatte noch eine andere Stärke: Sie konnte verführerisch feminin sein, wenn sie wollte, und obwohl sie an der Tür normalerweise eisern blieb, so hatte sie doch einen untrüglichen Instinkt für wichtige Leute, die Sandstone vielleicht noch nutzen konnten, und ließ diese dann ohne Einladung eintreten. Als Sandstone sich zu einem wohlhabenden Unternehmen entwickelt hatte und seine Club-Bestimmungen damit ein wenig lockerte, durften einige Auserwählte auch allein kommen und wurden sogar ehrenhalber als Mitglied aufgenommen, vorausgesetzt, dass ihre Gegenwart, wenn schon keine Übereinstimmung, dann doch zumindest ein intellektuelles Interesse an Williamsons Zielen oder Methoden vermuten ließ beziehungsweise Williamsons Image dienlich war.

Zuweilen gruppierten sich die Prominenten schwatzend um den Kamin, teils bekleidet, teils nackt. Unter ihnen befanden sich solche Persönlichkeiten wie der britische Biologe Alex Comfort, der später *The Joy of Sex* schreiben sollte, die Psychologen und Schriftsteller Phyllis und Eberhart Kronhausen, die das Museum of Erotic Art in San Francisco gegründet hatten und dort ihre eigene Sammlung präsentierten, die Eheberater William Hartman und Marilyn Fithian, auch bekannt als die Masters und Johnson der Westküste; der Kolumnist Max Lerner von der *New York Post*, der Ex-Footballstar und spätere Schriftsteller und Schauspieler Bernie Casey, die ehemaligen Angestellten der Rand Corporation Daniel Ellsberg und Anthony Russo, die bereits Kopien von Pentagon-Papieren angefertigt hatten und nun insgeheim vom FBI beschattet wurden, die Künstlerin und Feministin Betty Dodson, deren heroische Gemälde sexueller Leidenschaft die Besucher ihrer Einzelausstellung in New Yorks Wickersham Gallery fasziniert hatten; ein Redakteur von *Grove Press*, Kent Carroll, der plante, einen Dokumentarfilm über Sandstone zu produzieren und zu vertreiben, der Verfasser sexualwissenschaftlicher Studien, Edward M. Brecher, ein enger Freund von Masters und Johnson; der Leiter des Lektorats und früherer Herausgeber der *Los Angeles Free Press* Art Kunkin, dessen Entscheidung, 1969 die Namen und Adressen von ortsansässigen Drogendealern zu drucken, ihm einen Gerichtsprozess und eine Strafe von 53 000 Dollar einbrachte, woraufhin er seine Zeitung an einen Mann namens Marvin Miller verkaufen musste, einen Herausgeber von erotischer Literatur, dessen *eigene* spätere Verurteilung in einem Pornoskandal bis vor den Obersten Gerichtshof gelangte und dann 1973 unter dem Namen »Miller-Urteil« in die Rechtsgeschichte einging und landesweit einen restriktiveren Umgang mit der Darstellung von Sexualität auslöste, ersetzte es doch das gefeierte Urteil von 1957, im Fall Roth, das damals mit dem Erbe des Comstock-Postgesetzes gebrochen hatte.

Während die Wohnhalle in Sandstone zeitweise einem literarischen Salon glich, blieben die Zimmer darunter lustvollen Freuden vorbehalten. Was die Gäste dort an nur einem Abend zu sehen und zu hören bekamen, hätten sich viele von ihnen, und waren sie auch noch so versiert in der Liebeskunst, nie träumen lassen.

Über eine mit einem roten Teppich ausgelegte Treppe stieg man hinab ins Halbdunkel eines riesigen Raums. Im flackernden Licht des Kaminfeuers waren undeutlich Gesichter, ineinander verschränkte Schenkel, runde Brüste und tastende Finger zu erkennen. Man sah glänzende Rücken, erigierte Brustwarzen, behaarte dunkle Arme, die sich um weiche weiße Hüften schlangen, und da und dort den Kopf einer Frau, der über einen erigierten Penis gebeugt war. Seufzer und ekstatische Schreie drangen ans Ohr, und die klatschenden Geräusche kopulierender Körper vermischten sich mit Gelächter und Gemurmel, der Musik aus der Stereoanlage und dem Knistern der schwarzen Holzscheite im Kamin.

Hatte sich das Auge des Besuchers erst einmal an das Licht gewöhnt, konnte er die verschiedenen Formen, Größen, Materialien und Töne besser erkennen: Einige Paare saßen mit gekreuzten Beinen im Kreis, ruhten sich aus und unterhielten sich, als säßen sie am Strand beim Picknick. Andere wiederum umarmten sich in allen möglichen Stellungen: Frauen lagen über Männern ausgestreckt, Pärchen Seite an Seite, ein Mädchen streckte ihr Bein über die Schulter ihres Partners, ein Mann in Missionarsstellung presste seine Ellbogen in die Madras-Kissen, und von seinem bärtigen Kinn tropfte der Schweiß. In der Nähe hielt eine Frau den Atem an, um lustvoll aufzustöhnen, als sich der Mann in ihrem Inneren ergoss; daneben eine andere Frau, die auf das Geräusch reagierte, ihren Körper wie einen Bogen spannte und sich nun selbst immer schneller zu ihrem eigenen Orgasmus steigerte, ihre Haut dabei schweißnass, das Gesicht zu einer Fratze verzerrt und ihre Zehen verkrampft.

In einer Ecke des Raumes warfen an der Decke rotierende Strahler bunte Lichter auf nackte Tänzerinnen, während in einem anderen Winkel eine mit Öl eingeriebene Frau auf einem Tisch lag und sich von fünf Gestalten gleichzeitig streicheln und jeden Zentimeter ihres Körpers massieren ließ. Ein muskulöser Mann am Fußende hatte seinen Kopf zwischen ihre Schenkel geschoben und leckte ihre Möse inbrünstig mit seiner Zunge.

Da gab es Dreier und Vierer und ein paar Bisexuelle; Körper, die zu Profimodels, Footballspielern, Operndiven, Schwimmern oder wabbeligen Akademikern gehören konnten, tätowierte Arme, Friedensbänder, Fußkettchen, ägyptische Ankhs, dünne Goldkettchen um Taillen, erregte und schlappe Schwänze, gekraustes weibliches Schamhaar, fein oder buschig, gestutzt, dunkel, blond oder rot gefärbt. Es war ein Raum wie kein anderer in Amerika, ein audiovisuelles Aphrodisiakum, ein *tableau vivant,* gemalt von Hieronymus Bosch.

Alles, was das puritanische Amerika zu verbieten und hinter Schlafzimmertüren zu verbannen versucht hatte, war in diesem Spielzimmer für Erwachsene erlaubt. Nicht selten beobachtete ein Mann hier zum ersten Mal die Erektion eines fremden Penis oder wie sich ein Paar gegenseitig stimulierte. Einige waren geschockt, erfreut oder auch enttäuscht, wenn sie zum ersten Mal erlebten, dass ihr Partner den Verkehr mit neuen Liebhabern genoss. Es war in ebendiesem Raum, wo Williamson eines Abends Zeuge davon wurde, wie Barbara sich von einem gut aussehenden, muskulösen Schwarzen befriedigen ließ, und für einige beunruhigende Augenblicke fühlte er die Kindheitsgefühle des jungen Landburschen aus den Südstaaten, der er einst gewesen war, wieder in sich aufsteigen.

Oft schlenderte der nackte Biologe Dr. Alex Comfort mit Zigarre im Mundwinkel und dienstbeflissenem Blick zwischen den ausgestreckten Körpern hindurch, ganz so, als streife er mit einem Schmetterlingsnetz durch die Wiesen oder wäre einer seltenen Vogelart auf der Spur. Zwar hatte der grauhaarige Comfort durch seine dicke Brille etwas von einer Eule, aber sein Körper war durchaus gut erhalten und ansehnlich. Vom Anblick kopulierender Paare fühlte er sich schamlos angezogen und inspiriert, und bei der leisesten Aufforderung deponierte er seine brennende Zigarre an einem sicheren Platz und beteiligte sich fröhlich am Vergnügen.

Comfort, mit einem wunderbaren Nachnamen gesegnet, fühlte sich in der Menge komfortabel und leistete gern all jenen beim Liebesspiel Gesellschaft, für die Gruppensex eine neue Erfahrung war, weshalb sie anfänglich noch etwas nervös oder verschreckt wirkten. Er war eine Rarität unter den Medizinern und schaffte es, so etwas wie Manieren in eine Sexorgie zu bringen – stets beruhigend und humorvoll, gelehrt, aber ohne Oberlehrerattitüde. Es war eine seiner besonderen Glanzleistungen, dass durch sein amüsantes und selbstsicheres Auftreten kaum jemand um ihn herum bemerkte, dass seine linke Hand, die er geschickt bei Gruppenmassagen einsetzte, nur aus einem kräftigen Daumen bestand. Seine vier Finger waren ihm abgerissen worden, als er in den Dreißigern, als 14-Jähriger, in seinem selbst gebauten Laboratorium in England zu leichtsinnig mit Schießpulver experimentiert hatte. Obwohl ihn der Verlust seiner Finger sehr deprimierte – da er sein virtuoses Klavierspiel, das er dennoch fortführte, sehr stark beeinträchtigte und mit Wahnvorstellungen einherging, dies sei eine Strafe für seine »Sünden« –, hatte der Unfall keinerlei Auswirkungen auf seine spätere Karriere als Geburtshelfer, Dichter, Romanautor, Ehemann, Vater, anarchistisch-pazifistischer Kriegsphilosoph bei der BBC, Gerontologe und aktiver Sexforscher.

In den zehn Jahren, die dem Unfall folgten, hatte er tatsächlich zehn Bücher veröffentlicht. Das erste, das er bereits als 15-Jähriger begonnen hatte, war ein Reisebericht, in dem er seine Reise nach Südamerika auf einem griechischen Schiff beschrieb; das zehnte, welches er mit vierundzwanzig, als man ihn schon in der Rubrik *Who is Who?* fand, geschrieben hatte, war ein Roman über die Niederlage Frankreichs im Zweiten Weltkrieg. Zu dem Zeitpunkt hatte er auch schon in Cambridge Medizin studiert, und Jahre später, als praktizierender Geburtshelfer, entdeckte er, dass seine verstümmelte Hand mit dem sehr beweglichen Daumen ihm bei seinen Untersuchungen des Uterus durchaus eine nützliche Hilfe war.

Lange bevor er *The Joy of Sex* schrieb, hatte er sich mit seiner liberalen Einstellung zur Sexualerziehung Jugendlicher in seiner englischen Heimat bereits viele Gegner gemacht. Im Jahre 1963, als der Callgirl-Skandal um den Heeresminister Profumo die konservative Regierung ins Wanken und die Karrieren etlicher moralischer Reformer in Gang brachte, wurde Comfort heftig attackiert, weil er empfängnisverhütende Mittel für Teenager propagiert hatte; und eine Schuldirektorin führte gegen ihn ins Feld, dass ein Schüler, nachdem er einen von Comforts Aufsätzen gelesen hatte, an einer Geschlechtskrankheit erkrankt war – ein Fall von Ansteckung, für den, wie er mit Genugtuung feststellen konnte, Gerichte allerdings nicht zuständig waren.

Nachdem Comfort 1970 nach Santa Barbara, Kalifornien, emigriert war, wo er als leitender Wissenschaftler im Center for the Study of Democratic Institutions arbeitete, hörte er von Sandstone und stattete dem Anwesen einen ersten Besuch ab, dem viele weitere folgen sollten. Selbst als langjähriger Anhänger der Freikörperkultur und Mitglied des Diogenes-Naturalistenclubs in England sowie häufiger Besucher von Kolonien wie *Montalivet* an der Nordküste von Bordeaux war er von der offenen Sexualität in Sandstone sehr beeindruckt, bot sich ihm doch so die Gelegenheit, außerhalb eines Forschungslabors die Kopulationsgebräuche des Menschen zu beobachten.

Hier zeigten sich ihm die unendlich vielen Formen der menschlichen Anatomie, die unterschiedlichsten Varianten des Vorspiels und die unregulierten Annäherungsversuche zwischen völlig Fremden. Eine scheinbar schüchterne junge Frau, die Comfort bei ihrer Ankunft mit ihrem Ehemann in der ersten Etage gesehen hatte und die einen unbehaglichen Eindruck gemacht hatte, als sie dort ihre Kleider ablegen sollte, zuckte jetzt wie eine wilde Rodeoreiterin auf dem Bauch eines anderen Mannes. Weiter drüben schimmerten die weißen Hinterbacken, der sonnengebräunte Rücken und die grauen, geföhnten Haare eines Hollywood-Produzenten, der wie ein Bittsteller zwischen den geöffneten Schenkeln einer gebieterischen Hausfrau kniete, die auf einem Berg Kissen saß und ihm ihre Anweisungen erteilte.

Überall sah er schlaffe Penisse ängstlicher Männer, die zum ersten Mal in Sandstone weilten und noch nicht in der Lage waren, vor anderen Leuten eine Erektion zu bekommen. Es gab auch Exhibitionisten, männliche Sexmaschinen, mittelalterliche Lanzenträger, die in einem nicht enden wollenden Ausdauerduell gefangen schienen. Manche Besucher schienen sexuelle Zärtlichkeiten recht beiläufig zu genießen, so wie die beiden Herren im fortgeschrittenen Alter, die sich von zwei Frauen oral bedienen ließen und dabei nebenher Konversation machten wie zwei Taxifahrer, die sich an einem sonnigen Tag von Auto zu Auto unterhalten, während sie darauf warten, dass die Ampel umschaltet.

Viele Paare beobachteten das Treiben einfach nur mit größtem Erstaunen, und für sie war der Besuch in Sandstone eine hinzugewonnene Erfahrung, eine Nachhilfestunde in Biologie, eine Möglichkeit, mehr über Sexualität zu erfahren, und zwar auf eine Art und Weise, in der Menschen seit jeher *alles* gelernt hatten *außer* Sex, nämlich durch Beobachtung und Nachahmung anderer. Comfort war der Überzeugung, dass Besucher im Laufe einer Nacht in Sandstone mehr über ihr eigenes Sexualverhalten und ihre eigenen sexuellen Gelüste lernen konnten als in allen offiziell zugelassenen Sexualhandbüchern oder den verschiedenen Seminaren, die von Sexualwissenschaftlern angeboten wurden.

Hier konnte man die unterschiedlichsten Techniken und Reaktionen beobachten, den Ausdruck auf den Gesichtern, das Spiel der Muskeln, das Erröten der Haut; die Art, wie Menschen gerne berührt, geleckt, gebissen, gezwickt und mit genitalen Küssen gereizt werden wollten. Manche liebten es, auf eine ganz besondere Art und Weise erregt zu werden, hatten jedoch vorher nie gewagt, dies von ihrem Partner zu verlangen, weil es als »pervers« angesehen werden könnte. Diesen verhalf Sandstone zu einem neuen Selbstwertgefühl, und sie nutzten es als Quelle der Inspiration und Selbstsicherheit. Frauen, die sehr viel Zeit und Stimulation brauchten, um zum Orgasmus zu gelangen, und sich immer gewundert hatten, ob dies normal sei, entdeckten in Sandstone, dass viele dasselbe Problem hatten. Und andere, die sich heimlich zu ihrem eigenen Geschlecht hingezogen fühlten, konnten emanzipierte heterosexuelle Frauen beobachten, die sich zu dritt oder zu viert gegenseitig die Brüste streichelten, die Klitoris massierten und sich glücklich mit der Lust der anderen Frau identifizierten. Auch Männer, angesichts des Publikums etwas bedachter als

Frauen in ihrer Bekenntnis homosexueller Tendenzen, berührten in der stimulierenden Atmosphäre von Gruppensex einen anderen Mann, massierten ihn und küssten ihn auf den Mund, so wie sie noch vor Jahrzehnten, im letzten Stadium ihres Heranwachsens in einer puritanischen Gesellschaft, ihre Väter geküsst haben mögen.

Ehepaare, die den Wunsch verspürten, ihr langweiliges Sexualleben wieder in Schwung zu bringen und dadurch ihre Ehe zu erhalten, bekamen in Sandstone durch den Kontakt mit anderen Partnern wieder Spaß an ehelichen Bettfreuden. Wenn die Männer entdeckten, dass ihre Frau auch von anderen begehrt wurde, waren sie plötzlich wieder darauf aus, sie zurückzuerobern. Frauen, die lange Zeit völlig monogam gelebt hatten, erlebten mit einem anderen Mann erneut das verloren gegangene Gefühl, begehrt zu werden und sexuell frei und ungebunden zu sein. Tatsächlich konnten einige Paare in Sandstone an einem einzigen Abend die verlorene Vitalität ihrer Partnerschaft und den Elan jugendlichen Werbens wiederfinden, auch wenn die in Sandstone gesammelten Erfahrungen nicht immer der Harmonie einer Partnerschaft zuträglich waren.

Für einige Frauen, die gerade eine unangenehme Scheidung hinter sich hatten und noch nicht bereit waren für eine neue Liebesbeziehung, wurde Sandstone zeitweilig zum zweiten Zuhause, wohin sie auch einen Freund mitnehmen und doch ihre Unabhängigkeit behalten konnten, mit anderen Männern zu schlafen. Für sexuell besonders aktive Frauen war Sandstone wahrscheinlich der einzige Ort, an dem sie es wagten, sich ungeniert einen Mann als Lustobjekt zu angeln, und sich jedem beliebigen Fremden in der oberen Etage nähern konnten, um ihn dann nach einem kurzen Gespräch ganz direkt zu fragen: »Würdest du gern nach unten gehen?«

In Sandstone brauchte man weder mit Koketterie noch mit sonstigen Spielereien Zeit zu verlieren. Keine der Frauen machte sich Gedanken über ihren »guten Ruf« oder sorgte sich um sonstige Probleme, die sie in der äußeren Welt belasteten, zum Beispiel die eigene Sicherheit, wenn sie in Bars oder an anderen öffentlichen Plätzen mit völlig Fremden zusammenkamen. Eine *Goodbar*-Szene war in Sandstone ein Ding der Unmöglichkeit, wurden die Frauen doch von den vielen Anwesenden davor beschützt, männlicher Gewalt zum Opfer zu fallen. In Sandstone konnte eine nymphoman veranlagte Frau ohne weiteres ausprobieren, wie viele lüsterne Schürzenjäger sie an einem einzigen Abend bewältigen konnte.

Jeder, der noch an der größeren sexuellen Ausdauer der Frauen gegenüber den Männern gezweifelt hatte – nach Kinsey blieb der Penis eines Durchschnittsmannes nach der Einführung in die Vagina nicht mehr als zweieinhalb Minuten im erigierten Zustand –, brauchte nur an einem Partyabend im unteren Saal, dem »Ballsaal« von Sandstone, eine Frau wie Sally Binford zu beobachten, eine elegante grauhaarige, geschiedene Frau von sechsundvierzig Jahren, die zu solchen Anlässen regelmäßig auftauchte und mit ihrem wunderschön proportionierten Körper die Lendenkraft gleich mehrerer Liebhaber erschöpfte. Sie war sich ihrer Wirkung so sicher, wie sie sexuell unersättlich war. Sie war eine Abenteurerin und eine überzeugte Feministin, die leidenschaftlich für die Gleichberechtigung zwischen den Geschlechtern eintrat – für eine Welt, in der Frauen so gut oder so schlecht sein konnten wie Männer und genauso beurteilt wurden.

Die ersten zwei Jahrzehnte ihres Lebens hatte Sally Binford in New York verbracht, wo sie geboren und erzogen worden war, die beiden folgenden Jahrzehnte lebte sie in Chicago, wo sie es auf vier Universitätsdiplome und drei Ehemänner brachte, bevor sie nach Kalifornien umzog, wo sie sich Mitte der sechziger Jahre der zunehmend radikaler werdenden Szene an der Westküste anschloss.

1970, zu Beginn des Sommers, hörte sie von einer ungewöhnlichen Kommune im Topanga Canyon. Eines Nachmittags fuhr sie allein die steinige Straße zu der ländlichen Idylle von Sandstone hinauf, parkte ihren Wagen und stieg aus. Sie warf einen Blick durch das große Fenster neben dem Eingang und sah in einer Ecke einen nackten blonden Mann an der Schreibmaschine sitzen. Nachdem sie an die Tür geklopft hatte, öffnete Barbara. Sally stellte sich vor und wurde zu John Williamson vorgelassen, der sie freundlich begrüßte. Beeindruckt von ihrem Anblick, lud er sie zum Schwimmen ein und stellte sie den anderen Mitgliedern der »Familie« vor, einschließlich einer selbstbewussten jungen Dame namens Meg Discone, die, wie sich herausstellte, eine von Sallys Anthropologie-Studentinnen an der Universität gewesen war.

Von dem Moment an besuchte sie Sandstone regelmäßig und wurde die Geliebte von – unter anderem – John Williamson.

21

Von Beruf war Sally Binford Anthropologin und Archäologin. Sie interessierte sich für untergegangene Kulturen ebenso wie für Höhlenmenschen und ging ihren Spuren überall auf der Welt nach. Doch anders als viele der prähistorischen Objekte, die sie ausgrub und erforschte, konnte sie sich verschiedenen klimatischen, kulturellen und gesellschaftlichen Umgebungen anpassen und brauchte nie lange, um von einem Ort zum nächsten zu ziehen, wann immer sie von ihrer Umgebung oder den Menschen, die diese bevölkerten, die Nase voll hatte.

Die gesellschaftlichen und sexuellen Sitten und Gebräuche, von denen die meisten Frauen ihrer Generation geprägt waren, hatten für sie seit ihrer Jugend keinerlei Gültigkeit. Aufgewachsen auf Long Island im Haus ihrer wohlhabenden Eltern mit zahlreichen Bediensteten, fühlte sie sich – im Gegensatz zu ihrer verhätschelten älteren Schwester, die furchtbar verwöhnt und angepasst war – mit ihrer burschikosen, rebellischen Art fehl am Platz und hatte das Gefühl, von ihrer Mutter eher geduldet als verstanden zu werden.

Sallys Vater, ein kluger und tatkräftiger Mann, war in London als Sohn deutsch-jüdischer Eltern zur Welt gekommen und hatte während der Depression in den Vereinigten Staaten mit dem Import von Schellack ein Vermögen gemacht. Mit dem Geld leistete er sich einen kultivierten, ruhigen Lebensstil, der von zahlreichen Ablenkungen geprägt war: So genoss er heimlich die Zuneigung anderer Frauen, und an den Wochenenden spielte er Golf im besten Country-Club Long Islands, der jüdische Mitglieder akzeptierte.

Antisemitismus, Rassendiskriminierung und Klassensnobismus, denen man auf Long Island an jeder Ecke begegnen konnte, waren auch Sally sehr bewusst – ebenso wie die Ungleichbehandlung der Frau – und weckten in ihr den Drang, anders zu sein, sich von Traditionen und gesellschaftlichen Normen zu lösen und statt der dekorativen Häuslichkeit der Mutter mehr dem unabhängigen Vater nachzueifern.

Als waghalsige junge Reiterin in Cedarhurst genoss sie ihre Fähigkeit, ein so großes und kräftiges Tier zu beherrschen, und auf den Tanzveranstaltungen der Schule verdrehte sie als ungezügelter Teenager im tief ausgeschnittenen Kleid den Jungs mit einer Leichtigkeit den Kopf, um die sie ihre Mitschülerinnen, bei denen sie als schamloses Flittchen verschrien war, beneideten. Nachdem sie das erste Jahr an der Schauspielakademie in Woodmere absolviert hatte, nahm sie einen Sommerjob bei einem Theater auf Cape Cod an, lernte dort einen Studenten aus Yale kennen und ließ sich, von einer Gynäkologin mit einem Pessar ausgestattet, auf ihr erstes Liebesverhältnis ein.

Ein Jahr später, 1942, musste sie auf den ausdrücklichen Wunsch ihrer Mutter das College in Vassar besuchen, ein reines Mädcheninstitut, das Sally bedrückend langweilig fand. Den Unterricht schwänzte sie so oft, dass sie noch im ersten Semester von der Schule flog. Sie ließ sich die Kriegsanleihen auszahlen, die ihre Eltern und Verwandten ihr zum Abschluss in Woodmeere geschenkt hatten, und zog nach New York. Dort mietete sie sich ein kleines Apartment an der 13th Street, nahm eine Stellung in einer psychiatrischen Kinderklinik an und tippte Krankengeschichten, im Vergleich zu denen ihre eigene Jugend das reine Zuckerschlecken war.

Sie war glücklich mit ihrem Leben und genoss die Bistros und den Bohemecharakter von Greenwich Village, wo sie eines Abends in einer Bar am Sheridan Square einen farbigen Jazzmusiker kennenlernte, der sie in Harlem herumführte, sie mit der angenehmen Wirkung von Marihuanazigaretten bekannt machte und ihr Liebestechniken beibrachte, die neu und ziemlich ausgefeilt waren.

Nach zwei Jahren – inzwischen hatte sie kurzfristig als Journalistin bei der *Daily Press* auf Long Island gearbeitet – entschloss Sally sich, ein Studium zu beginnen. Und mit der finanziellen Hilfe ihres Vaters besuchte sie ab Herbst 1945 die Universität von Chicago, die sie ausgesucht hatte, weil deren Programm für Studienanfänger und der innovative Rektor, Robert M. Hutchins, Eindruck auf sie gemacht hatten.

Der Umzug in den Mittelwesten enttäuschte sie nicht. Sie zeichnete sich als Studentin aus, machte einen Master und später einen Doktor in Anthropologie und beteiligte sich an archäologischen Expeditionen nach Europa und in den Nahen Osten. In Chicago lebte sie in der Gegend vom Hyde Park, einem beschaulichen Wohnviertel mit viktorianischen Häusern, die von Angehörigen der Universität, Schriftstellern, Künstlern und jungverheirateten Pärchen bewohnt wurden. Hier lebte auch ein schlanker, dunkelhaariger Verleger, auf dessen Wohnzimmerboden die erste Ausgabe eines Magazins ausgebreitet lag, das er *Playboy* nennen wollte.

Auch wenn das politische System der Stadt korrupt und rassistisch war – Saul Bellow behauptete einmal, »kein Mensch, der einen klaren Verstand hat, geht in Chicago ohne Schutz spazieren« –, so fühlte sich Sally Binford dennoch sicher auf der Straße und interpretierte die zunehmende Popularität des Abgeordneten Aldai Stevenson, in dessen Wahlkampfteam sie arbeitete, als ein Anzeichen dafür, dass die zivilisierten Kräfte unter den wahlberechtigten Bürgern sich allmählich durchsetzten. Ebenso genoss sie das kulturelle Leben der Stadt, vor allem den Second City Theatre Club, der solche Talente wie Mike Nichols, Elaine May, Severn Darden und Barbara Harris auf die Bühne brachte. Nur auf einem Gebiet – der Ehe – blieb Sally Binford trotz aller Erfüllung, die sie in Chicago fand, der Erfolg versagt. Wobei das Problem ihrer Auffassung nach nicht die Männer darstellten, die sie geheiratet hatte und von denen sie wieder geschieden wurden war, sondern die männliche Welt, für die sie repräsentativ waren. Sie waren wie die meisten Männer nicht in der Lage, eine emanzipierte Frau an ihrer Seite zu akzeptieren, die sich nicht in das gängige Rollenmuster pressen ließ und sich weigerte, ihrer eigenen Karriereziele und ihrer Intelligenz zum Trotz das Heimchen am Herd zu spielen. Mit ihren Ansichten war sie der feministischen Bewegung in Amerika zehn Jahre voraus, verliebte sich jedoch, so intelligent sie auch war, immer wieder in Männer, die absolut unkompatibel als Ehepartner waren – so genannte männliche Chauvinisten wie ihr Vater

Konsequenterweise waren ihre Ehen jedes Mal konfliktreich und von kurzer Dauer. Sally war oft allein, rastlos nicht in der Lage, ihre amourösen Sehnsüchte zu befriedigen. Viele einsame Abende verbrachte sie im Bett und onanierte zu den undeutlichen Bildern imaginärer Männer: Fremde, die ihr im Zug begegneten, auf Flughäfen oder in den Straßen unbekannter Städte; Männer, die ihr folgten und sie dann mit allen Raffinessen verführten und Sachen mit ihr machten wie sie in den pornografischen Büchern, die sie im Schlafzimmer ihrer Wohnung in Hyde Park aufbewahrte, beschrieben wurden.

Fast alle diese Werke, die in den fünfziger Jahren in Amerika verboten waren, hatten Fakultätsmitglieder und Austauschstudenten aus Paris in die Staaten geschmuggelt. Zu den gängigsten Titeln gehörten *Lady Chatterley,* das *Kamasutra, My Secret Life, Le Jardin Parfumé* und Henry Millers *Tropic of Cancer* sowie eine Reihe von erotischen Romanen aus Frankreich, die Sally, da sie Französisch fließend beherrschte, im Original gelesen hatte. Was sie am meisten erregte, waren die Beschreibungen von Praktiken, nach denen es sie verlangte, die im wirklichen Leben jedoch unerreichbar blieben – Cunnilingus etwa fand einer ihrer Ehemänner unangenehm –, oder Akte, die ihre Neugierde weckten, die sie aber selbst nicht unbedingt ausprobieren wollte, wie beispielsweise Analverkehr. In ihren Fantasien sah sie sich umgeben von einfallsreichen

Liebhabern, die ihr jeden Wunsch von den Augen ablasen, sie oral und genital stimulierten und dabei keinen Zentimeter ihres Körpers ausließen, während sie wiederum die Männer zu wahren Gipfeln orgiastischer Lust trieb.

Doch als sie und einer ihrer Ehegatten wirklich einmal einen Versuch unternahmen, die Welt von Gruppensex und Partnertausch zu erkunden, und auf eine Anzeige in einem Swinger-Magazin antworteten, waren sie bei ihrem ersten Treffen in der Bar eines Restaurants konfrontiert mit einem fülligen Wohlstandsbürger mit einem Goldwater-Button am Revers und seiner verschüchterten Ehefrau, die eine Plastikblume im Haar trug. Nach einigen Momenten gezwungener Liebenswürdigkeit, in denen das andere Ehepaar erklärte, sie wären nicht an einem Vierer interessiert, sondern eher daran, die Partner zu tauschen, schüttelten sie sich die Hände, und das Ehepaar entschwand in die laue Sommernacht.

Während all ihrer Ehen und Affären, Lehraufträge und Forschungsreisen zog Sally Binford außerdem noch eine desillusionierte Tochter groß, die zu Hause auszog, sobald sie alt genug war, in den sechziger Jahren Hippie wurde und aus der Gesellschaft ausstieg. Sally selbst war Anfang der sechziger Jahre zwar nicht mehr die Jüngste, jedoch immer noch schlank und elegant, trug eng anliegende Jeans und eine rosafarbene Nickelbrille, durch die sie die Welt mit dem verjüngenden Gefühl betrachtete, dass ihre eigene Befreiung greifbar nahe war. Sie zog nach Südkalifornien, arbeitete als Anthropologin an der Universität von Los Angeles und engagierte sich bei der studentischen Friedensbewegung.

In ihrer Wohnung mit Meerblick in Venice freundete Sally sich mit radikalen Studenten und anderen jungen Menschen an, die im Gegensatz zu Leuten ihrer Generation Sallys Zorn über Politik und Methoden gewisser Männer, von denen die Geschicke der Nation gelenkt wurden, teilten. Sie nahm am Studentenstreik der UCLA teil, der im Mai 1970 im Anschluss an die Unruhen an der Kent State University in Ohio stattfand, im Verlauf derer vier Studenten von der Nationalgarde erschossen worden waren. Sie hielt Reden gegen den Vietnamkrieg, nahm an Friedensmärschen teil, und während dieser Zeit versöhnte sie sich auch wieder mit ihrer Tochter, die mittlerweile selbst ein Kind hatte.

Bei einem ihrer Studenten lernte Sally einen Mann mit langen Haaren und einem Mongolenschnurrbart kennen, dessen Name Anthony Russo war. Ein Jahr später sollte sein Name landesweite Bekanntheit erzielen, als er zusammen mit Daniel Ellsberg die Pentagon-Papiere stahl und der Presse zukommen ließ, um die Öffentlichkeit auf die jahrelangen Lügen und politischen wie militärischen Machenschaften der amerikanischen Regierung in Vietnam aufmerksam zu machen. Als Sally ihn kennenlernte, ließ nichts an Russos Verhalten den künftigen politischen Desperado erkennen; er war ein typischer Mann aus dem Süden, Mitte dreißig, hatte italienische Vorfahren und gehörte noch nicht lange zur Gegenkultur. Es schien so, als müsste er sich an sein schulterlanges Haar erst noch gewöhnen, nachdem er jahrelang in den militärisch gesicherten Denkfabriken der Rand Corporation ein und aus gegangen war. Mittlerweile lebte er in Los Angeles von der Arbeitslosenunterstützung und bezeichnete sich selbst Sally gegenüber als »Rand-Aussteiger«. Sie mochte ihn, lernte ihn näher kennen – und durch ihn seinen Freund Ellsberg, und sie entschloss sich, die beiden in Sandstone einzuführen.

Ellsberg war von den beiden derjenige, der sich in Sandstone schneller zurechtfand. Er hatte schon früher mit Nudisten zu tun gehabt, das Elysium in Los Angeles und die berühmte Ile de Levant in Südfrankreich besucht, und als er 1967, nach zwei Jahren Dienstzeit in Vietnam, wieder zur Rand Corporation zurückging, hatte Ellsberg, der inzwischen vierzig und gerade geschieden war, Orgien mit Leuten gefeiert, die in der *Los Angeles Free Press* inseriert hatten oder die er in einem einschlägigen Lokal in Studio City namens The Swing kennen gelernt hatte.

The Swing war wahrscheinlich das erste Etablissement dieser Art und gehörte einem attraktiven Ehepaar, Joyce und Greg McClure – Letzterer ein ehemaliger Filmstar, der in dem Film *The Great John L.* mitgespielt hatte. Ellsberg freundete sich mit den beiden an und gab sich ihnen gegenüber damals – 1968 – als »Don Hunter« aus, da er zum einen aus Rücksicht auf seine Stellung bei Rand nicht wollte, dass sein Name in Adressbüchern von Leuten auftauchte, die er nicht sonderlich gut kannte, und außerdem die rechtliche Situation, was Gruppensex anging, in Kalifornien alles andere als eindeutig war. Doch abgesehen von seinem Pseudonym ließ er bei den Leuten, die er im Lokal oder auf Sexpartys traf, keinerlei Misstrauen walten. Er war allen Vorschlägen gegenüber aufgeschlossen, fühlte sich beim Sex mit vielen Menschen genauso wohl wie bei einem Dreier und war stolz auf seine Energie und seine Technik als Liebhaber. Selbst nachdem er die Papiere aus dem Pentagon kopiert hatte und sich denken konnte, dass das FBI über kurz oder lang sein Telefon anzapfen und ihn beschatten würde, machte Ellsberg keinerlei Anstrengungen, seine nächtlichen Touren zu vertuschen, und fuhr seelenruhig, als handle es sich um eine Versammlung von Harvard-Veteranen, von der Swing-Bar zu einer Orgie oder nach Sandstone.

Rückblickend stellte Ellsberg, nachdem er 1971 wegen Spionage und Verschwörung angeklagt worden war, die Vermutung an, dass wahrscheinlich seine Offenheit in sexuellen Dingen die Neugier der Puritaner in Nixons Weißem Haus erregt hatte. Sie hatten wohl das Gefühl, dass sein wirklich geheimes Leben völlig pervers und finster aussehen musste, wenn er sich schon soviel darauf einbildete, an Orgien teilzunehmen. Jedenfalls ordnete Präsident Nixon – entschlossen, Ellsberg dafür, dass er der Presse Regierungspapiere zugespielt hatte, zu bestrafen und seinen Ruf zu ruinieren – eine gründliche Untersuchung an, die den wahren Charakter des Verräters, der früher einmal ein treuer Marinesoldat und ein erbarmungsloser Bürokrat im Verteidigungsministerium gewesen war, an den Tag bringen sollte. Und diese Untersuchung, die ein ehemaliger CIA-Agent namens Howard Hunt zusammen mit dem ehemaligen FBI-Agenten Gordon Liddy durchführte, gipfelte schließlich im Einbruch in die Praxis von Ellsbergs Psychiater in Beverly Hills.

Acht Monate später übernahmen Hunt, Liddy und Genossen eine Aufgabe, bei der sie ähnliche Taktiken gegen weitere Feinde des Präsidenten anwenden konnten, die in Washington saßen und Büros in einem Gebäude hatten, das Watergate heißt.

22

Mit Richard Nixon war ein Präsident ins Weiße Haus eingezogen, der überzeugt war, dass der Geist Amerikas von radikalen Elementen, degenerierten Hippies und ausbeuterischen Pornografen zerfressen wurde. Um dem zügellosen Treiben der sechziger Jahre Einhalt zu gebieten, die Nation wieder auf Vordermann zu bringen und Gesetz und Ordnung in Städten und Universitäten wiederherzustellen, hatte er während seines Wahlkampfes einen »Bürgerkreuzzug gegen die Unsittlichkeit« ausgerufen.

Obwohl die meisten Sexfilme und Hardcore-Pornofotos, die in den Vereinigten Staaten verkauft wurden, ihren Ursprung in seiner Heimat hatten, brachte Nixon dafür weder Wertschätzung noch Verständnis auf, zumal er sich nie mit dem locker-entspannten, selbstzufriedenen Lebensstil hatte anfreunden können, von dem sich so viele Eingeborene Südkaliforniens hatten verführen lassen.

Im sonnigen Kalifornien, wo das Leben sich an der frischen Luft abspielte, wuchs Nixon als Stubenhocker auf. Ein Puritaner, geboren in einer verarmten bäuerlichen Kleinstadt außerhalb von Los Angeles, näher bei den Früchten des Zorns als an den Hollywood Hills. Sein Vater, ein knöcherner Straßenbahner aus den öden Weiten Ohios, war 1906 in den Westen emigriert. Der gescheiterte Zitronenfarmer war ein streitsüchtiger, frustrierter Mensch und erzog seine Kinder mit überzogener Strenge. Nixons Mutter, Hannah Milhous, war mit zwölf Jahren als Tochter von Quäkern aus Indiana nach Südkalifornien gekommen. Sie wuchs im Umfeld der Whittier-Sekte auf – von Quäkern aus Neuengland im späten 19. Jahrhundert gegründet, zur gleichen Zeit, als die nach wie vor der freien Liebe anhängenden Oneidaner um James Towner sich in Santa Ana niedergelassen hatten. Sie war eine rechtschaffene, vom Glauben beseelte, energische Frau, die, um die Behandlungskosten für Richard Nixons an Tuberkulose erkrankten Bruder aufzubringen, drei Jahre lang für andere Leute als Putzfrau und Köchin gearbeitet hatte.

Richard Nixon nahm nach der Schule diverse Jobs an und reifte zu einem pflichtbesessenen, humorlosen jungen Mann mit wenig Zeit für Laxheit und Muße heran, der an den Wochenenden in der Kirche Orgel spielte und ein ausgezeichneter Student und Debattierer am Whittier College wurde, einer Quäkerinstitution, die sich der Ausbildung christlich gesinnter Führungspersönlichkeiten verschrieben hatte. Er bekam ein Stipendium und schloss sein Jurastudium an der Duke-Universität mit der Promotion ab. Anschließend diente er als Offizier in der Marine. Seine politische Karriere begann im Jahr 1946, als er gegen einen kalifornischen Demokraten, dessen liberale Ansichten er als kommunistenfreundlich diffamierte, einen Sitz im Kongress eroberte. Diese und die folgenden verbissen geführten Kampagnen rückten ihn als Patriot und moralischen Inquisitor zwar ins nationale Rampenlicht, dennoch fühlte er sich von seinen Wählern ungeliebt und nicht akzeptiert, und ständig, sogar im Oval Office, wurde er von Selbstzweifeln geplagt.

Hätte er die Nation nach seinem Bild formen können, hätte das Ethos des Whittier College Einzug in die Städte und Gemeinden Amerikas gehalten, und das Land wäre geprägt gewesen von Konformität und Ordnung, von Respekt für Tugenden wie harte Arbeit, Religion und moralische Rechtschaffenheit. Als Präsident holte er zwei Kalifornier ins Weiße Haus, Männer, die wie er der Auffassung waren, dass diese Traditionen erhalten werden sollten, und die zu seinen Topberatern wurden. Beide waren Nichtraucher, tranken keinen Alkohol, beide kamen aus dem Umfeld der christlichen Wissenschaftler der UCLA, waren konservative Republikaner, überzeugte Patrioten und treue Familienväter, die angewidert waren von der lärmenden Gegenkultur, der sexuellen Libertinage und dem Trend zur Pornografie in Filmen und Büchern. Einer der beiden, ein ehemaliger Werbefachmann mit Bürstenhaarschnitt, hieß H. R. Haldeman. Er wurde Stabschef im Weißen Haus. Der andere – Rechtsanwalt John D. Ehrlichman, für seine 26 Einsätze als Navigator eines Bombers im Krieg gegen Deutschland hochdekoriert – diente dem Präsidenten als Assistent für innenpolitische Fragen. Er war es, der, nachdem Daniel Ellsberg der Presse die »Pentagon-Papiere« zugespielt hatte, zum Gegenangriff überging und seine »Klempner«-Brigade organisierte, die in die Praxis von Ellsbergs Psychiater einbrach und später das Hauptquartier der Demokratischen Partei im Watergate-Gebäude durchwühlte.

Im Rahmen seines »Kreuzzugs gegen die Unsittlichkeit« hatte Präsident Nixon als Nachfolger für den liberalen Richter Earl Warren beim Obersten Gerichtshof Warren Burger, einen majestätisch wirkenden Vertreter von Moralvorstellungen der methodistischen Kirche, eingesetzt. Burger unterstützte das Abhören so genannter Radikaler, stand für die Einschränkung der Pressefreiheit und war von der Pornografie angewidert.

Nach den alters- und krankheitsbedingten Rücktritten von Hugo Black und John Harlan sowie dem erzwungenen Rücktritt von Abe Fortas wegen finanzieller Unsauberkeiten konnte Nixon drei weitere konservative Richter beim Obersten Gerichtshof einsetzen. Es handelte sich um William Rehnquist, einen 47-jährigen kompromisslosen Republikaner aus Milwaukee, der dem Goldwater-Flügel seiner Partei angehörte, in Nixons Justizministerium gearbeitet hatte und bekannt war als Befürworter der Todesstrafe und erbitterter Gegner der Abtreibung; daneben Harry Blackman, ein sittenstrenger, alkoholabstinenter Havard-Absolvent aus Minnesota – er hatte mit Richter Burger die Schule besucht und war sein Trauzeuge gewesen. Bei Vorgesprächen hatte er dem Präsidenten versichert, dass seine Kinder »keine solchen Hippies« wären. Als dritter Richter wurde Lewis F. Powell berufen, ein aufrechter Sohn Virginias, ehemaliger ABA-Präsident, der kurz nach seiner Berufung an den Obersten Gerichtshof mit Entsetzen die Vorführung des Sexfilms *Die Jungfrau von 18 Karat* mit einer blonden Pornodarstellerin aus Schweden im Rahmen einer Beweisaufnahme hatte durchstehen müssen.

Von diesen prüden Richtern erwartete Nixon substanzielle Unterstützung für seinen Kreuzzug gegen die Pornografie. Hilfe erwartete er auch von der »Presidential Commission on Obscenity and Pornography« (Präsidenten-Kommission gegen Unsittlichkeit und Pornografie). Das 18-köpfige Gremium war 1968 vom damaligen Präsidenten Johnson gebildet worden und sollte untersuchen, welche Auswirkungen die Pornografie auf die amerikanische Gesellschaft hatte beziehungsweise welchen Maßnahmenkatalog es dagegen durchzusetzen galt. Der FBI-Präsident Edgar Hoover sowie Kongressmitglieder und Kirchenführer waren sich in der Behauptung einig, dass pornografische Werke notgedrungen Sexual- und Gewaltverbrechen nach sich zogen, doch bis zur Einrichtung der Kommission – der Kongress hatte hierfür 2 Millionen Dollar bewilligt – hatte es seitens der Regierung keinen Versuch gegeben, diese Behauptung zu unterfüttern.

Als ein Mitglied der Kommission – ihr gehörten angesehene Pädagogen, Wissenschaftler, Geistliche, Rechtsanwälte und Geschäftsleute an – 1969 seinen Abschied nahm, um eine diplomatische Mission im Ausland anzutreten, konnte Nixon einen Mann als Nachfolger vorschlagen, den er als einen der fanatischsten Gegner der Pornografie in Amerika kannte: Charles H. Keating, ein schlanker, ein Meter neunzig großer, blonder und streng katholischer Anwalt aus Cincinnati, der jahrelang gegen obszöne Filme und Bücher zu Felde gezogen war und in Cincinnatis Zeitungen als »Mr. Clean« zitiert wurde.

Als Vater von sechs Kindern, ehemaliger US-Studentenmeister im Schwimmen, Kampfpilot im Zweiten Weltkrieg und Chef einer großen Finanzierungsgesellschaft war er ein herausragendes Mitglied seiner Gemeinde. Das zunehmende Angebot an Sexmagazinen und Pornoheften an den Zeitungsständen in den fünfziger Jahren fand er abstoßend, und er sah sich dadurch veranlasst, Geschäftsleute, lokale Politiker und Kirchenmitglieder von Cincinnati zu überreden, den von ihm gegründeten steuerbegünstigten Verein »Citizens for Decent Literature – CDL« (»Bürger für Anstand in der Literatur«) mit Geldmitteln zu unterstützen.

Vornehmlichstes Ziel der CDL war es, lokale Politiker unter Druck zu setzen, Buchläden und Kinos zu schließen, die mit Sex ihr Geld verdienten. Mit Leserbriefkampagnen und sogar Boykottaufruf wurden Läden veranlasst, Sexmagazine aus den Regalen zu nehmen, und die Sponsoren von Radio- und Fernsehsendern, die unanständige beziehungsweise nicht familiengerechte Beiträge ausstrahlten, unter Druck gesetzt, ihr finanzielles Engagement in andere Kanäle umzuleiten. Die CDL nahm hier die Vorkriegsstrategie der »Katholischen Legion für Anstand im Filmwesen« wieder auf, vor der Hollywoods Filmindustrie gezittert hatte und gegen die unabhängige Produzenten wie Howard Hughes und Otto Preminger nun aufbegehrten. Obgleich die CDL aus den Reihen der Bürgerrechtsbewegung als anachronistisch bewertet wurde, wuchs die Gesellschaft in den sechziger Jahren zu einer nationalen Organisation an mit 32 Niederlassungen in 20 Staaten der USA und schätzungsweise 350 000 aktiven Befürwortern von sexueller Zurückhaltung und Zensur. Zu ihren Ehrenmitgliedern gehörten elf Senatoren, vier Gouverneure und über hundert Abgeordnete des Repräsentantenhauses. Unterstützt wurden sie von einer ganzen Reihe von Bürgermeistern, Staatsanwälten und den katholischen Erzbischöfen von Cincinnati, St. Louis, Washington und Los Angeles. Dutzende von Zeitungen in großen Städten – obwohl zensurkritisch eingestellt – förderten das Säuberungsprogramm der CDL, indem sie die Reklame für Sexfilme entweder einschränkten oder ganz unterließen. Hierzu gehörte der *Cincinnati Enquirer* (dessen Herausgeber der jüngere Bruder von Keating war), die *Miami News*, der *San Fransisco Examiner*, die *Los Angeles Times*, die *Detroit News*, die *New Orleans Times Picayune* und die *Chicago Daily Times*. Sogar an der *New York Times* ging der Trend nicht vorüber.

Die zweimonatlich erscheinende Hauspostille der CDL, der *National Decency Reporter,* berichtete voller Enthusiasmus von Razzien in »schmutzigen« Buchläden durch pflichtbewusste Polizisten und veröffentlichte eifrig die Gerichtsurteile gegen überführte Sünder. In jeder Ausgabe brachte sie unter der Rubrik »Staatsdiener des Monats« eine schmeichelhafte Biografie eines Justiz- oder Polizeibeamten, der »Schmutz- und Schund-Händler« ihrer gerechten Strafe zugeführt hatte.

Der skandalbesessene Herausgeber des *National Decency Reporter* war ein bebrillter, gedrungener, etwa fünfzig Jahre alter Mann mit rosigen Wangen, der vor seiner Entdeckung durch Keating in Los Angeles so unauffälligen Berufen wie Buchhalter für eine Molkerei oder Systemanalyst für eine Firma, die Kettensägen herstellte, nachgegangen war. Sein Name war Raymond Gauer. Er entsprach genau dem Typ, den Keating sich für seine CDL wünschte: politisch konservativ, katholisch, Familienvater von sieben Kindern, Veteran der Marine. Ein Leben lang hatte er sich fur ein bescheidenes Leben seiner Familie abgeplagt und dabei all die Jahre seine Empörung über die Sozialbetrügereien im ganzen Land heruntergeschluckt und seinen Hass gegen die privilegierten Radikalinskis an den Universitäten und die sexuell Degenerierten unterdrückt, die in seinen Augen jede nur denkbare Sünde gegen Gott und die Natur begingen.

Gauer war Keating auf verschlungenen Wegen begegnet. Als Gauer eines Sonntagabends auf dem Weg zu einem chinesischen Restaurant war, wo er das Abendessen für seine Familie abholen wollte, kam er an einem Sexshop vorbei, der vor kurzem in seiner Nachbarschaft in Hollywood eröffnet hatte. Er blieb stehen und besah sich mit großen Augen die Auslagen im Fenster: Stapel von Büchern mit schlüpfrigen Titeln, elektrische Vibratoren, Dildos, Kondome, Penisringe, Tuben mit Gleitcremes, Strapse und Sexhefte mit farbigen Fotografien von nackten Mädchen, die ihre Beine spreizten, die Arme ausstreckten und deren Münder weit geöffnet waren. Obwohl Gauer empört vor sich hin brummte, empfand er doch eine Erregung, eine hassenswerte, unerlaubte Begierde, die in ihm aufstieg. Auf der Stelle ging er wieder nach Hause, voller Empörung und Scham, dass er so viel Zeit vor dem Schaufenster vergeudet hatte.

In der Nacht, als Frau und Kinder bereits schliefen, verfolgte ihn noch immer die Erinnerung an den Anblick dieses sündigen Schaufensters. Von den Bildern aufgewühlt und beunruhigt, spürte er mit einem Mal den Geist Gottes, ein Gefühl, welches er zum letzten Mal als Messdiener in seiner Geburtsstadt Chicago erlebt hatte. Er fühlte sich erfasst von einem frommen Eifer, den verabscheuungswürdigen Pornografen in ihrem dämonischen Tun entgegenzutreten und sie zu besiegen. Nach einer schlaflosen Nacht schrieb er am folgenden Morgen einen wütenden Brief an die Handelskammer von Hollywood, in dem er gegen die Existenz eines solchen Geschäfts in seiner Wohngegend wetterte. Es verging nicht einmal eine Woche, bis er einen Dankesbrief erhielt, in dem ihm die Weiterleitung seines Anliegens an die Polizei zugesichert wurde – wenige Tage später las er in der Zeitung, dass der Laden nach einer Razzia von den Behörden geschlossen worden war.

Beeindruckt und ermutigt erlebte er zum ersten Mal in seinem Leben die Macht, seinen Einfluss innerhalb dieser lasterhaften Welt geltend zu machen. Und so fuhr er von nun an in seiner Freizeit durch die Stadt und notierte sich die Namen und Adressen von Sexshops. In Downtown Los Angeles, rund um das Rathaus, zählte er allein sechs solcher Geschäfte, die dem Anschein nach fantastische Umsätze erzielten, worauf er dem Bürgermeister einen Brief schrieb, in dem er die Tatsache beklagte, dass derartige Läden in der Nachbarschaft von dessen Amtssitz und in unmittelbarer Nähe der Polizeizentrale geduldet wurden. Tage später erhielt Gauer einen Telefonanruf eines Beamten vom Sittendezernat: »Mr. Gauer, lesen Sie morgen die Zeitung.« Am nächsten Tag berichtete die Presse auf der ersten Seite von Razzien in den sechs Pornoläden, der Festnahme des Verkaufspersonals und der Beschlagnahme von sieben Tonnen obszönen Materials.

Kurz darauf setzte sich ein Repräsentant der CDL mit Raymond Gauer in Verbindung, und anlässlich eines Vortrags von Keating in Los Angeles wurde ein Treffen arrangiert. Der Gegensatz im Habitus der beiden konnte kaum größer sein. Keating war groß, dynamisch, tadellos gekleidet, eine beeindruckende Erscheinung – Gauer hingegen war unscheinbar, blass und so korpulent, dass sein eng sitzender Anzug aus den Nähten zu platzen drohte. Doch in ihrer Abscheu vor sündigem Sex waren sie geistesverwandt, und je besser sie sich kennenlernten, desto mehr war Keating überzeugt, dass Gauers einfache Rhetorik ihn zu einem überzeugenden Sprachrohr der CDL machen konnte.

Bald kam es zur ersten Feuerprobe, ein Sprecher der CDL hatte die Einladung zu einem Vortrag zum Thema Sex vor einem Bürgerverein in Los Angeles wegen Termingründen nicht annehmen können, und man überredete Raymond Gauer, für diesen einzuspringen. Obwohl er zu Beginn seines Vortrags angesichts eines vollbesetzten Saales eher nervös und unsicher wirkte, gelang es ihm doch, in schlichten Worten und mit entwaffnender Überzeugungskraft den Zuhörern seine Einwände gegen die öffentliche Entweihung des privaten und heiligen

Aktes der Liebe durch die Pornografie zu vermitteln. Ihre Anziehungskraft stellte er keineswegs in Abrede. Im Gegenteil: Er gestand, genauso anfällig dafür zu sein wie die meisten Männer. Dann aber hob er warnend den Zeigefinger und verkündete, Pornografie habe eine verderbliche Wirkung und stelle nichts weiter dar als einen Übelkeit erregenden Ersatz für die echte Zuneigung, wie sie in der sexuelle Vereinigung zum Ausdruck kam. Wenn man den Hausierern in Sachen Sex weiterhin gestattete, ihre widerwärtigen Produkte auch in Zukunft mit derselben Freiheit zu vertreiben wie derzeit, würde sich die teuflische Unzucht weiter in der Gesellschaft ausbreiten und nicht nur jene Konsumenten verderben, die es ohnehin nicht besser verdient hatten, sondern die Wurzeln des Familienlebens und die moralische Gesundheit der ganzen Nation unterminieren.

Der Erfolg seiner ersten Rede war so groß, dass ihn Keating dazu drängte, Sprecher der CDL zu bleiben, worauf Dutzende von Auftritten vor Bürgervereinen, aber auch vor kritischen Auditorien mit Vertretern der Bürgerrechtsbewegung ACLU und mit Anwälten für die Pressefreiheit folgten. 1967 nahm Raymond Gauer Keatings Angebot an, das Büro in Los Angeles zu leiten und die CDL in Schulen und bei Radio- und Fernsehdiskussionen zu vertreten. Bei einer dieser Gelegenheiten flog Gauer in seine Heimatstadt Chicago, um in einer Talkshow gegen die Pornografie zu wettern. Sein Kontrahent, Harold Rubin, war ein 29-jähriger Pornohändler und Besitzer eines Massagesalons. Gauer und Rubin waren sich vom ersten Augenblick an unsympathisch. In Gauers Augen war der freimütige junge Mann, der kein Blatt vor den Mund nahm, ein Prolet ohne Skrupel, während Rubin bei Gauer Ähnlichkeiten mit seinem spießigen Vater entdeckte und ihn für einen Reaktionär hielt, den sexuelle Dinge mehr empörten als der Krieg in Vietnam.

1968 hielt sich Raymond Gauer in Washington als inoffizieller CDL-Lobbyist auf. Mit der Unterstützung von Dewitt Wallace vom *Readers Digest* und einem Anwalt namens James J. Clancy traf er diverse Kongressabgeordnete, um eine strengere anti-pornografische Gesetzgebung einzufordern. Die Männer bekamen einen kleinen Raum unterhalb des Senats zugewiesen, der ausgestattet war mit einem Diaprojektor und einer Leinwand und in dem sie den Abgeordneten – unter ihnen Senator Strom Thurmond aus South Carolina, Robert P. Griffin aus Michigan und Jack Miller aus Iowa – Beispiele der Obszönitäten vorführten, die dank der liberalen Haltung des Obersten Gerichtshofs landesweit versandt und über die Ladentheken vertrieben wurden.

Rein zufällig begannen zu dieser Zeit die öffentlichen Anhörungen des Justizausschusses des Senats zur Nominierung des Richters Abe Fortas als Nachfolger des 77-jährigen Vorsitzenden Earl Warren. Eine Reihe von Politikern und Lobbyisten, darunter auch die CDL, waren Gegner von Fortas und starteten in der Folgezeit während des Sommers und Herbstes 1968 eine Kampagne gegen diesen, in der die lukrativen Vortragshonorare, die er erhalten hatte, ebenso angeprangert wurden wie dessen angeblich erboste Anrufe bei prominenten Kritikern von Johnsons Außen- und Innenpolitik. Mehrere Republikaner, allen voran Senator Griffin, waren außer sich, dass Johnson, obwohl er bereits seinen Verzicht auf eine erneute Präsidentschaftskandidatur erklärt hatte, dennoch die verbleibenden Monate im Amt unter anderem dazu nutzte, seinen Richterfreund in das einflussreiche Amt zu hieven, das im Falle einer republikanischen Präsidentschaft mit einem eher republikanischen Kandidaten besetzt worden wäre.

Die Auseinandersetzungen der CDL mit Fortas im Sommer und Herbst 1968 hatten ihren Hintergrund in seiner liberalen Haltung der Pornografie gegenüber, die in einigen Gerichtsverfahren sichtbar geworden war, darunter auch seinem Votum zur Freigabe des lange verbotenen Buches *Fanny Hill* und seine Nachsicht im Fall *Corinthe Publications gegen Wesbury*, wo er Taschenbücher mit Titeln wie *Sündiges Geflüster* für legal erklärt hatte. Die CDL wusste, dass der Herausgeber von *Sündiges Geflüster* ein Mandant von Fortas' Kanzlei gewesen war, und behauptete, von einem FBI-Agenten gehört zu haben, dass dieser Herausgeber sich seiner guten Beziehungen zum Obersten Gerichtshof rühmte, die ihn vor der Verfolgung durch die Bundesbehörden bewahrten. Die Verbreitung dieses FBI-Gerüchts führte letztendlich dazu, dass der Anführer der Minderheitsfraktion, Everett M. Dirksen aus Illinois, der ursprünglich hinter Fortas' Kandidatur stand, aus der Kampagne ausstieg.

Nachdem Richard Nixon im Januar 1969 als Präsident der Vereinigten Staaten vereidigt worden war und sein Generalbundesanwalt, John M. Mitchell, neues Beweismaterial gegen Fortas vorgelegt hatte – Letzterer hatte ein Honorar von 20 000 Dollar von einer Stiftung angenommen, deren Gründer wegen des Verkaufs von unregistrierten Wertpapieren verurteilt worden war –, musste Abe Fortas sein Amt beim Obersten Gerichtshof niederlegen, was Nixon in die Lage versetzte, die vakante Stelle mit einem konservativen Kandidaten zu besetzen.

Einen Monat nach dem Rücktritt von Fortas herrschte erneut großer Jubel bei der CDL, da Nixon Charles Keating in die Kommission gegen Unsittlichkeit und Pornografie berufen hatte. Das CDL-Blatt brüstete sich voller Stolz, dass die tatkräftige Persönlichkeit von Keating (obgleich erst im zweiten Jahr der Kommissionstätigkeit dazugekommen) die anderen Mitglieder sicherlich zu neuem Schwung beim Kampf gegen Schmutz und Schund inspirieren würde. Zur Kommission zählten außerdem Personen, die sich in Keatings Augen durch »hohe moralische Integrität« auszeichneten: der Methodistenprediger Winfred C. Link aus Tennessee, Irving Lehrman, der Rabbi des Emanu-El-Tempels in Miami; Morton A. Hill, ein katholischer Priester, der Mahnwachen gegen Pornografen im Manhattan organisiert hatte und im Vorstand der Organisation »Morality in Media, Inc.« saß, die sich landesweit für die Zensur starkmachte. Außerdem auf der Liste waren G. William Jones, ein ordinierter Priester und Dozent der Southern Methodist University, der Generalstaatsanwalt aus Kalifornien, Thomas C. Lynch, und zwei Frauen – eine Englischlehrerin aus South Dakota namens Catryn Spelts und eine Anwältin für die Motion Picture Association aus New York namens Barbara Scott. Von ihnen beiden wurde mehr als Unmut über die Art und Weise, mit der der weibliche Körper in der Welt der Pornografie eingesetzt wurde, erwartet.

Die anderen Kommissionsmitglieder stellten einen repräsentativen Querschnitt der US-amerikanischen Bevölkerung dar: Morris A. Lipton, ein Professor der Psychiatrie an der Medizinischen Fakultät der Universität von South Carolina; Otto N. Larsen, ein Professor der Soziologie an der Universität von Washington; Edward D. Greenwood, ein Kinderpsychiater an der Menninger-Stiftung; Joseph T. Klapper, Forschungssoziologe bei CBS; Thomas D. Gill, Vorsitzender Richter am Jugendgericht Connecticut, Freeman Lewis, Vorstand des Verlagshauses Washington Square Press in New York; Edward E. Elson, Präsident der Atlanta News Agency; Marvin E. Wolfgang, Professor der Soziologie an der Universität von Pennsylvania; Fredrick H. Wagner, Bibliotheksdirektor der Universität von Michigan, Vorsitzender der Kommission war William B. Lockhart, Rektor der Minnesota Law School.

Den Kommissionsmitgliedern stand ein Stab von zwanzig fest angestellten Mitarbeitern zur Seite. Diverse Experten reisten durch ganz Amerika und sammelten Informationen, die die Kommission anschließend auswertete und beurteilte. Im ersten Jahr, bevor Keating dazustieß, hatte die Kommission Teams entsandt, um die Hersteller, Vertreiber und Konsumenten pornografischer Artikel zu befragen. Über die Postbeauftragten und andere Beamte der Exekutive, die mit Pornografie befasst waren, hatte die Kommission so viel Material erhalten, dass sie nicht nur über Größe und Wirkungskreis der illegalen Industrie einen Überblick bekam, sondern auch über den möglichen Einfluss der Mafia auf diese Branche. Die Rechercheure besuchten Gefängnisse im Mittelwesten und in New York und befragten die Insassen, die wegen Vergewaltigung und anderer sexueller Delikte verurteilt worden waren, um deren familiäre Hintergründe zu erkunden und zu erfahren, welche Bücher, Filme und Zeitschriften die Häftlinge interessiert hatten, bevor sie mit dem Gesetz in Konflikt gerieten.

Einhundert nationale Organisationen wurden angeschrieben und gebeten, schriftlich ihre Ansichten über Pornografie darzulegen. Ein Ermittlungsbeamter wurde sogar nach Dänemark geschickt – wo Hardcore-Pornografie und Live-Sexshows vor kurzem legalisiert worden waren –, um die Effekte der Liberalisierung auf die Statistik der dänischen Sexualverbrechen, die Trends im Sozialverhalten und die allgemeine moralische Stimmung zu untersuchen. An der Universität von North Carolina zeigte ein wissenschaftliches Team insgesamt dreiundzwanzig männlichen Studenten täglich neunzig Minuten lang Sexfilme, und das fünf Mal pro Woche, drei Wochen lang, um herauszufinden, welche Effekte dies auf das persönliche und das sexuelle Verhalten der Probanden zeitigte. Die studentischen Freiwilligen trugen während der Filme eine weite Robe, unter der ihr Penis in einem Kondom an Elektroden angeschlossen war, mit deren Hilfe die Erektionen gemessen wurden, weiterhin wurden Elektroden an Brust und den Ohren angeschlossen. Vor der täglichen Vorführung wurden die Probanden zu ihrem Masturbations- beziehungsweise Sexualverhalten der vergangenen 24 Stunden befragt.

Auch die Kommissionsmitglieder sahen sich pornografische Filme an. Die erste Vorführung fand 1968 im Kinsey-Institut in Indiana statt, wo man, im Anschluss an die Besichtigung von

Dr. Kinseys umfangreicher Sammlung von Erotica und einer Einführung in die neuesten nationalen Sexualstatistiken, die Gäste in einen Projektionsraum geleitete, wo ihnen Beispiele antiquierter »Blue« Movies und eine Auswahl neuerer Filme in Farbe vorgeführt wurden. Am meisten fasziniert – obwohl er sichtbar errötete – von den Vorstellungen war wohl Vater Morton Hill, ein unermüdlicher und sachverständiger Kämpfer gegen die Pornografie aus New York. Nach einer Filmvorführung gab er der weiblichen Anwältin aus New York sein Bedauern zum Ausdruck, dass sie als Frau solchem Schmutz ausgesetzt wäre – ihre Antwort, dass ihr Entsetzen so groß nicht war, bestürzte ihn, und er sagte, dass er für die Rettung ihrer Seele beten würde.

Die Mitglieder der Kommission durften zwar untereinander ihre Meinung über das gezeigte Material offen diskutieren, doch der Vorsitzende William B. Lockhart hatte ihnen strengstens untersagt, in der Öffentlichkeit oder vor Offiziellen darüber zu reden. Lockhart wusste, dass er ein heikles Untersuchungsprojekt von einiger sozialer Sprengkraft leitete; falsch behandelt oder teilweise in der Presse vorveröffentlicht würden die Untersuchungsresultate der Kommission enorme Missinterpretationen und Kontroversen auslösen und die Wirkung des Abschlussberichtes samt der damit verbundenen Empfehlungen vermindern. Deshalb mussten alle Fragen von Journalisten und Politikern an Lockhart weitergeleitet werden; nur er und seine persönlichen Mitarbeiter durften sie beantworten. Lockharts Autorität als Rektor einer juristischen Fakultät und seine Rolle als Vorsitzender der Kommission wurden von seinen Kollegen in ersten Jahr der Kommissionstätigkeit respektiert, doch kam es nach der Berufung von Keating zunehmend zu Spannungen und Konfrontationen innerhalb der Kommission.

Das Zerwürfnis begann, als Keating feststellen musste, dass die Feldforschung nicht von den Kommissionsmitgliedern geleistet wurde, sondern von Mitarbeitern und Experten, die in den meisten Fällen Lockhart ausgesucht hatte. Dazu kam die Tatsache, dass Lockharts Berater, ein Anwalt aus dem Umfeld der American Civil Rights Union namens Paul Bender, den Kommissionssitzungen beiwohnen durfte, während Keatings Freund und Berater der CDL, James J. Clancy, das Recht der Sitzungsteilnahme verwehrt wurde. Keating musste auch feststellen, dass ihm die Teilnahme an einzelnen Unterausschüssen versagt blieb, und als Lockhart sich der Idee Keatings widersetzte, öffentliche Anhörungen zum Thema zu veranstalten, um so die epidemische Ausbreitung von Pornografie und die Profiteure, die mit dem Verkauf dieses Schunds Reichtümer verdienten, öffentlich zu machen, beschloss Keating, alle zukünftigen Sitzungen der Kommission zu boykottieren.

Dieses Gefeilsche zwischen Lockhart und Keating war nichts im Vergleich zur Schärfe und Wut, mit der Keating auf die interne Vorveröffentlichung des Reports und der Ergebnisse reagierte, zu der die Mitglieder der von Lockhart dominierten Kommission gelangt waren. Nachdem jahrelang erhebliche Mengen an Geld und Energie in die Untersuchung des Themas gesteckt worden waren, war die Kommission zu dem Schluss gelangt, dass Pornografie kein nationales Problem darstellte und der klügste Umgang mit dem Thema – solange es sich um Erwachsene handelte – war, es zu ignorieren:

> Die Kommission ist der Auffassung, dass die Regierung nicht das Recht hat, sich in das Privatleben von Erwachsenen sowie in ihre persönliche Freiheit einzumischen, weil umfassende empirische Untersuchungen, durch die Kommission und durch andere, keine Beweise erbracht haben, dass die Zurschaustellung oder der Gebrauch von pornografischen Artikeln auch nur eine geringfügige Rolle bei der Entstehung von Kriminalität, Delinquenz, abweichen-

> dem Verhalten sexueller oder nichtsexueller Art oder schwerer emotionaler Störungen spielt.

Vergewaltiger und andere Sexualverbrecher, heißt es im Report – auf die Untersuchungen in Gefängnissen und Psychiatrien eingehend – weiter, sind nicht so sehr Konsumenten von Pornografie, sondern vielmehr Produkte »von konservativen, repressiven, sexuell vernachlässigten Hintergründen«. Diejenigen, die in Amerika am heftigsten gegen die Verbreitung pornografischer Artikel wetterten, fügte der Report hinzu, seien »übereifrige« und »religiös aktive« ältere Mitbürger, die außerdem die Meinung vertraten, »dass Zeitungsbeiträge, die sich kritisch mit der Polizei und unserer Regierung befassen, verboten werden sollten; Bürger nicht das Recht haben sollten, regierungskritische Bücher zu veröffentlichen, und dass Menschen kein Recht haben sollten, Reden gegen Gott zu führen.«

Die Vorführung der Pornofilme hatte bei den dreiundzwanzig Studenten in North Carolina hauptsächlich Langeweile hervorgerufen, auch hatte die Liberalisierung der Pornografie in Dänemark nicht zu der Kriminalitätswelle geführt, wie manche Dänen befürchtet hatten – im Gegenteil: Es war ein Rückgang an Vergehen wie dem Voyeurismus festgestellt worden. Der Schluss lag nahe, dass Spanner vielfach nicht mehr bereit waren, das Risiko einer Festnahme auf sich zu nehmen, wenn sie in Oben-ohne-Bars, Sex-Liveshows und Pornofilmen Ähnliches legal zu sehen bekamen. Entgegen der Annahme vieler Amerikaner wurde die Sexindustrie, so stellte die Kommission fest, nicht von der Mafia oder anderen Verbrecherorganisationen kontrolliert. Das Pornogeschäft ernährte zwar viele Leute mit krimineller Vergangenheit (was nicht verwunderlich war, da sie ununterbrochen von der Polizei in dieser Angelegenheit verhaftet wurden), es gab jedoch keinerlei Beweise für die Existenz einer monolithischen »Schund-Industrie«. Die Tycoons der Pornobranche – Männer wie Milton Lauros und Marvin Miller aus Los Angeles, Reuben Sturman aus Cleveland, Michael Travis aus Atlanta – waren keine Vorzeigekaufleute der Handelskammern, bildeten aber auch kein nationales Netzwerk von Mafiapaten mit »Familien« und Auftragskillern. Weiter hieß es in dem Bericht, in der Regel wären die Amerikaner, die jährlich Millionen Dollar für Pornofilme, Sexhefte und den Besuch von Massagesalons ausgaben und tonnenweise Münzen in die Schlitze der Sexfilmautomaten einwarfen, weder Notzuchtverbrecher noch Totschläger, weder Mitglieder von Motorradgangs noch sonstiger Abschaum der Gesellschaft, sondern nach der Definition des Obersten Gerichtshofs ganz einfache Durchschnittsbürger, »vorwiegend Weiße aus der Mittelschicht, Ehemänner, die adrette Anzüge oder ordentliche Freizeitkleidung tragen«.

Pornografie führte bei den männlichen Konsumenten nicht dazu, dass sie etwa vergewaltigend durch die Straßen laufen oder die Familien verlassen würden; wenn überhaupt wurde im Privaten onaniert oder bei Existenz einer Partnerin die Lust auf Geschlechtsverkehr gesteigert. Die Kommission wiederholte, dass kriminelles Verhalten nicht auf der Existenz von Pornografie beruhte und dass deswegen die von Lockhart geführte Mehrheitsfraktion in der Kommission die Ansicht vertrat, dass die Regierung der Vereinigten Staaten – die jedes Jahr mit fraglichem Erfolg viele Millionen Dollar an Steuergeldern in die Verfolgung und Aburteilung von Pornografen investierte – alle Gesetze abschaffen sollte, die Erwachsenen verboten, so genanntes obszönes oder unsittliches Material zu lesen oder zu betrachten.

Dieser Vorschlag alarmierte Keating aufs Äußerste, und nachdem er Nixons Büro über die zu erwartenden Resultate des Kommissionsberichts unterrichtet hatte, reichte er beim Gericht in Washington ein Gesuch ein, die Veröffentlichung des Reports vorläufig zu unterbinden. Nachdem Keating eine einstweilige Verfügung beim zuständigen Richter erwirkt hatte, versammelte er seine Leute von der CDL, um einflussreiche Politiker in Washington mit Briefen und Telegrammen zu bombardieren und eine »prompte und gründliche Überprüfung der Kommissionsarbeit durch den Kongress« zu erzwingen. Von den achtzehn Kommissionsmitgliedern hatten nur Keating und drei andere die Kommissionsergebnisse zur Gänze abgelehnt, hierzu gehörten Vater Morton Hill, der Reverend Winfed Link und der kalifornische Generalstaatsanwalt Thomas C. Lynch. Vater Hill war wie Keating verärgert über den Bericht, der Gegenentwurf von Hill und Link begann mit den Worten: »Die Mehrheitshaltung der Kommission entspricht einer Magna Charta für die Pornografie.«

Schon bald schlossen sich eine Menge wichtiger Persönlichkeiten Keatings Protest an, darunter der Vizepräsident Spiro Agnew, der Postminister, die Führer beider Parteien im Senat und der Vorsitzende der katholischen Bischofskonferenz. Der kalifornische Generalstaatsanwalt erklärte: »Wenn wir eine anständige Gesellschaft anstreben, die darauf abzielt, die noblen Eigenschaften des Menschen zu betonen und die Menschheit insgesamt auf ein höheres Niveau zu heben, ist die Pornografie eine Gefahr.« Schließlich, nachdem er festgestellt hatte, dass der Bericht, wie von Keating behauptet, keinerlei repressive Maßnahmen befürwortete, bestätigte auch Präsident Nixon Keatings Ansicht und erklärte öffentlich, er würde die Empfehlungen der Kommission »in ihrer Gänze ablehnen«, und beschuldigte sie, der Nation einen schlechten Dienst erwiesen zu haben. »Solange ich im Weißen Haus bin«, erklärte er, »werde ich nicht aufhören, jedwede Bemühung, Schmutz und Schund in unserem Land zu eliminieren, zu unterstützen ... Die Kommission gibt sich mit der Auffassung zufrieden, schmutzige Bücher hätten keinen dauernden schädlichen Einfluss auf den Charakter eines Menschen. Wer jedoch die Geschichte unserer Zivilisation kennt und zehn Minuten mit gesundem Menschenverstand darüber nachdenkt, der weiß, dass das Gegenteil richtig ist … Die Moral der Amerikaner darf nicht leichtfertig aufs Spiel gesetzt werden.«

Hätte es in Nixons Macht gelegen, den Report zu vernichten, er hätte es vielleicht getan; doch aufgrund eines Kongressbeschlusses hatte die Kommission das Recht, in Wort und Schrift das Resultat ihrer Untersuchungen vorzulegen. Mit zehntägiger Verspätung wurde der Bericht in der regierungseigenen Druckerei mit der Auflage in Satz gegeben, dass Keating das Recht habe, eine separate Stellungnahme zu veröffentlichen, die seine Ansichten zu der Frage der Pornografie reflektierte.

Keatings Report umfasste 175 Seiten, in denen er Lockhart und seine Untersuchungsmethoden verdammte und die Kommissionsexperten als naive Wissenschaftler aus dem »Elfenbeinturm« und Jungakademiker, die »noch grün hinter den Ohren« waren, abqualifizierte. Er zitierte aus Polizeigutachten und Kommentaren und stellte die sexuelle Unmoral und die Pornografie als das akuteste Problem im modernen Amerika dar. Keating zitierte Arnold Toynbees Ansicht, die progressivste Kultur sei immer noch diejenige, die das sexuelle Erlebnis ihrer jungen Menschen so weit als möglich zurückstellt, und verwies auf Bruno Bettelheim, der einmal schrieb: »Wenn eine Gesellschaft das sexuelle Erleben nicht tabuisiert, wächst ihre Jugend befreit auf … Die Geschichte hat uns jedoch bewiesen, dass eine derartige Gesellschaft weder Kultur noch Zivilisation hervorzubringen vermag; sie bleibt primitiv.« Auch zitierte Keating Alexis de Tocqueville:

> … ich suchte nach der Größe und dem Genie Amerikas in den großen Häfen und den weitläufigen Flüssen – dort fand ich sie nicht; auf den üppigen Feldern und endlosen Prärien – dort waren sie nicht. Erst in den Kirchen – das Leuchten der Rechtschaffenheit von den Kanzeln –, dort

verstand ich Amerikas Größe und Kraft, Amerika ist groß, weil es gut ist, wenn es aufhört, gut zu sein, wird es aufhören, groß zu sein.

Die Kontroverse, die Keatings Analyse entfachte, hielt die Zeitungen mehrere Tage in Atem und garantierte dem Kommissionsbericht immer neue Schlagzeilen. Just als die Wogen begannen, sich zu glätten, geschah etwas, das den Konflikt auf unverhoffte Weise anheizte. Im November 1970 erschien in Kalifornien eine nicht autorisierte illustrierte Ausgabe des Lockhart-Reports. Die 352 Seiten dicke Taschenbuch-Ausgabe kostete 12,50 Dollar und enthielt nicht nur die Stellungnahme der Kommission und Keatings Erwiderung darauf, sondern auch das zugrunde liegende Anschauungsmaterial: Die abgedruckten Fotografien und Zeichnungen zeigten kopulierende Paare, Gruppenorgien, Frauen, die Männer masturbierten; Männer, die Frauen mit dem Vibrator bearbeiteten; Homosexuelle, die Analverkehr betrieben; Lesbierinnen beim Cunnilingus; mittelalterliche Nonnen, die sich mit Kerzen befriedigten. Im Buch waren alte orientalische Drucke abgebildet, die wollüstige Ausschweifungen darstellen, pornografische Abwandlungen populärer Comics, erotische Radierungen von Pablo Picasso, lederbekleidete Flagellantinnen ... Auf einer Seite wurde eine Vagina in Großaufnahme präsentiert, auf der folgenden eine rothaarige Frau, die mit ihrer Zunge den Penis eines Pferdes liebkoste. Nicht weniger als 546 Illustrationen in jeder nur erdenklichen Variation waren in dem Werk zu finden; der Verleger rechtfertigte deren Veröffentlichung damit, dies sei genau das Material, das die Kommission begutachtet habe.

Die erste Auflage von 100 000 Stück wurde an Buchläden »für Erwachsene« in ganz Amerika ausgeliefert. Darüber hinaus verschickte der kalifornische Verlag noch 55 000 Werbebroschüren mit ausgewählten Abbildungen und Hinweisen, wo die Leser die illustrierte Ausgabe beziehen konnten. »Vielen Dank, Mr. President!«, lautete die Schlagzeile der Broschüren und der Text darunter versprach:

> Ein monumentales Werk eifriger Nachforschungen und Untersuchungen ist zu einem gigantischen Buch zusammengefasst worden. Es enthält sämtliche Fakten und Statistiken, dazu zahlreiche Illustrationen in Farbe und Schwarz-Weiß. Jeder Aspekt zum kontroversen Thema Pornografie ist im Detail erfasst. Diese Ausgabe stellt ein »Muss« für jede Bibliothek dar, egal ob privat oder öffentlich. Wer ernsthaft bei der Diskussion über die Grenzen intellektueller Freiheit mitreden will, kommt um dieses Buch nicht herum. Steuergelder in Millionenhöhe wurden ausgegeben, um die absolute Wahrheit zur Erotik in den Vereinigten Staaten zu ermitteln, und doch wurde von höchster Ebene nichts unversucht gelassen, diese Information zu unterdrücken. Der Versuch, dieses Werk unter Verschluss zu halten, stellt eine unentschuldbare Beleidigung jedes erwachsenen Menschen in Amerika dar. Selbst der Präsident leugnete die Fakten. Jeder muss das Recht haben, für sich selbst zu entscheiden. Dieser Report soll bei der Meinungsbildung helfen. Viele Erwachsene, *sehr, sehr viele*, werden haargenau dies nach der Lektüre des Reports tun. In einer wirklich freien Gesellschaft wäre ein Buch wie dieses gar nicht nötig.

Wie nicht anders zu erwarten war, landete schon bald ein Exemplar des illustrierten Reports auf dem Schreibtisch des FBI-Präsidenten John Edgar Hoover, der, nachdem er seiner Wut und seiner Bestürzung darüber, wie ein solches Machwerk überhaupt existieren konnte, Ausdruck verliehen hatte, den Präsidenten anrief, um ihm davon zu berichten. Nixon hatte das Buch bereits gesehen, da Keating ihm einige Tage zuvor eins der Exemplare geschickt hatte, die von Raymond Gauer im Rahmen seiner Streifzüge durch die Pornoshops von L.A. erworben worden waren. Dieser war völlig entsetzt über das, was er dort sah. Und es dauerte nicht lange, da berieten Staatsanwälte und Ermittlungsbeamte über die Strategie, wie dem Verleger dieses pornografischen Machwerks, einem gerissenen, einschlägig bekannten sechsundfünfzig Jahre alten Mann namens William Hamling, am schnellsten das Handwerk zu legen sei.

In der vergangenen Dekade war William Hamling mehrfach wegen Verbreitung unsittlichen Materials vor den Richter in San Diego zitiert worden, wo seine Firma Millionengewinne mit dem Verkauf von gewagten Zeitschriften, Science-Fiction-Romanen, radikalpolitischen Pamphleten, Bestsellern wie Henry Millers *The Rosy Crucifixion,* Terry Southern und Mason Hoffenbergs *Candy* und Werken von de Sade, Alberto Moravia und Lenny Bruce gemacht hatte. Es war Hamling gewesen, der als ehemaliger Klient von Abe Fortas von FBI-Agenten mit den Worten zitiert worden war, er stehe über dem Gesetz – dieses erschien in dem Memorandum von Gauer und Clancy, das 1968 verwendet wurde, um im Senat eine Mehrheit gegen die Nominierung von Fortas zum Richter des Obersten Gerichtshofs zustande zu bringen.

Vieles von dem, was die Regierung über Hamling wusste, war vorher von Gauer im *National Decency Reporter*, dem Zentralorgan der CDL, veröffentlicht worden. Mit Hilfe von Gerichtsprotokollen hatte er dessen prozessträchtige Karriere nachgezeichnet. Später sollte er noch viel mehr über Hamling erfahren, und zwar in einem Fernsehstudio in San Diego, wo er an einer Talkshow teilnahm und ihn zum ersten Mal von Angesicht zu Angesicht sah. Obwohl Gauer dazu entschlossen war, Hamling zu hassen, fühlte er sich nach einem ungezwungenen Gespräch hinter der Bühne, während sie auf den Beginn der Sendung warteten, seltsam entwaffnet. In Benehmen und

Auftreten ähnelten sich Hamling und Gauer: Beide hatten graues Haar, beide waren Männer mittleren Alters, die annähernd den gleichen konservativen Anzug mit Krawatte trugen. Beide waren in Chicago geboren und streng katholisch erzogen worden. Im Laufe ihrer Unterhaltung wurde Gauer plötzlich klar, dass ihr Leben verblüffend viele Parallelen aufwies.

Beide waren im Sommer 1921 im Norden von Chicago, im selben Viertel, auf die Welt gekommen, beide waren Ministranten gewesen, hatten auf demselben Kinderspielplatz Ball gespielt und benachbarte Schulen besucht. Sie waren zum ersten Mal aus Chicago herausgekommen, als sie zum Militär eingezogen wurden, und hatten jeder nach dem Krieg ein junges Mädchen aus Chicago geheiratet und eine große Familie gegründet. Nach einigen besonders harten Wintern waren sie nach Südkalifornien gezogen und hatten sich in der Auseinandersetzung um das Thema Erotik in feindlichen Lagern eine Existenz aufgebaut. Und nun, in einem Fernsehstudio in San Diego, wurden sie dem Publikum als Opponenten der Debatte vorgestellt. Gauer empfand widerstrebend eine gewisse Verwandtschaft und Verbundenheit mit Hamling, und er war überhaupt nicht in der Stimmung, sich mit ihm zu streiten oder ihn zu beleidigen.

Doch als sich Gauer gleich zu Beginn herablassend über das blühende Geschäft mit lasterhafter Literatur äußerte, wurde Hamling feindselig und verteidigte sich energisch. Gauer hatte eine wunde Stelle berührt, und es dauerte nicht lange, da waren beide in einen verbissenen Streit verwickelt. Hamling bestand darauf, das Recht zu haben, professionell Sexmagazine und pornografische Bücher zu publizieren und zu besitzen, während Gauer ihm dieses Recht absprach und behauptete, dass diese Reizartikel für Erwachsene und Jugendliche gleichermaßen verboten werden müssten, da sie gesellschaftlich verwerflich und moralisch gefährlich seien. Fast eine Stunde lang beharkten sich die beiden Männer, fielen sich gegenseitig ins Wort und warfen sich verletzende Grobheiten an den Kopf. Die Animosität, die sich im Laufe des Streitgespräches einschlich, war auch nach der Sendung noch zu spüren. Nachdem Kamera und Scheinwerfer abgeschaltet worden waren, schüttelten Gauer und Hamling dem Moderator die Hand, drehten einander jedoch kühl den Rücken zu und verließen mit wenig mehr als einem formellen Abschied das Studio.

Gauer dachte noch lange darüber nach, warum sie wohl, obwohl sie sich sonst recht ähnlich waren, gerade in diesem Punkt so unterschiedliche Standpunkte einnahmen. Er konnte es sich nur so erklären, dass Hamling irgendwo zwischen dem Altar einer Kirche in Chicago und der Zeugenbank eines Bundesgerichts seine religiösen Bindungen verloren hatte.

Hätte Gauer die Möglichkeit gehabt, sich länger mit Hamling zu unterhalten, hätte dieser seiner Schlussfolgerung möglicherweise zugestimmt. William Hamling hatte tatsächlich seinen Glauben an Gott nach seinem Eintritt in die Armee in den vierziger Jahren verloren; trotzdem hätte er wahrscheinlich argumentiert, die Kirche selber habe den Glauben verloren, insofern als sie während des Krieges von vielen Traditionen abgewichen und zu weltlich geworden war, seitdem auf Askese und Spiritualität weniger Wert gelegt hatte und deshalb die Ehrfurcht und Ergebenheit, die er ihr einst entgegengebracht hatte, nicht mehr verdiente.

Als junger Mann hatte Hamling sich mit dem Gedanken getragen, Priester zu werden. Damals hatte er sich der Kirche eng verbunden gefühlt. Die strengen Ordensregeln und Vorschriften waren ihm sehr vertraut, und die Entschlossenheit, mit der sie sündiges Tun verfolgten und bestraften, hatte ihn zu einer demütigen Haltung veranlasst. So einschränkend der Katholizismus auch war, immerhin bezog er zu allen menschlichen Fragen eine klare Stellung und schien allwissend zu sein. Ein Gemeindemitglied, das den Wunsch hegte, die ewige Erlösung zu erlangen, musste seinen Weg *nicht* allein finden in einer

Welt, die keinen moralischen Halt mehr bot. Es musste nur gläubig dem klar umrissenen Pfad der Kirche folgen.

Als Soldat im Krieg änderte Hamling seine Ansicht. Plötzlich sah er, wie die Kirche immer weniger Gottes Wort predigte, dafür aber nationalistischer und freizügiger wurde. Was seit Jahrhunderten als Sünde galt, wurde auf einmal nicht mehr verdammt. Katholische Soldaten durften freitags Fleisch essen, die Messe versäumen und auf die wöchentlichen Ermahnungen ihrer Beichtväter verzichten. Bischöfe segneten Bombenflugzeuge, die Kirchenobrigkeit verbrüderte sich mit den Generälen; allerdings waren die Generäle bei den Fahnenappellen den Geistlichen in Khakikleidung zahlenmäßig überlegen. Und als das Militär Tonnen von Pin-up-Heften als Ersatzbefriedigung für die frauenlosen Soldaten an die Front schaffte, schwieg die einst so strikte und zensurfreudige Kirche und machte sich zum Komplizen.

Zweifellos waren derartige Konzessionen der Kirche angesichts des Krieges, der das gesellschaftliche und familiäre Leben auf allen Ebenen radikal veränderte, nicht zu vermeiden gewesen. Trotzdem war Hamling der Meinung, die kriegsbedingte Verweltlichung der Kirche habe ihm und zahlreichen anderen katholischen Soldaten die religiöse Begeisterung geraubt. Nachdem er aus der Armee entlassen worden war und sein Familienleben in Chicago wieder fortführte, hatte die Kirche keine Macht mehr über ihn. Seine engstirnige Auslegung von Sünde und seine Schuldkomplexe wegen Sexualpraktiken, die von der Kirche nicht gebilligt wurden, hatte er abgeschüttelt.

Nach einer Weile arbeitete Hamling als Redakteur in einem Verlag, der verschiedene monatlich erscheinende Magazine herausgab, darunter ein Pin-up-Heft mit dem Titel *Modern Man* sowie die Nudistenzeitschrift *Modern Sunbathing and Hygiene*. Sein Boss, dem alle diese Publikationen gehörten, war George von Rosen, und einer der ersten Mitarbeiter, mit denen sich Hamling anfreundete, war von Rosens neuer Werbeleiter Hugh Hefner. Obwohl Hefner gute vier Jahre jünger war als Hamling, hatte er wesentlich genauere Vorstellungen davon, was er im Leben erreichen wollte. Damals hatte er bereits beschlossen, in Kürze bei von Rosen zu kündigen und sein Glück und sein Talent mit einer eigenen Zeitschrift zu versuchen. Als Hefner in der Hoffnung, Hamling würde sein Geld bei ihm investieren, diesem beschrieb, was für eine Art Zeitschrift er plante, hörte Hamling ihm zwar interessiert zu, fürchtete jedoch, dass es nicht genügend Männer gäbe – trotz des liberalisierenden Einflusses der zurückkehrenden Veteranen auf die Nachkriegsgesellschaft –, die bereit waren, auf nationaler Ebene in ein sexuell derart gewagtes Magazin, wie Hefner es vorschwebte, zu investieren.

Jahre später, als der Begründer des *Playboy* über Nacht zu Reichtum gekommen war und Hamling immer noch als Redakteur und freier Autor für verschiedene Groschenheftverlage arbeitete, trafen sich die beiden Männer zu einem Mittagessen in Chicago. Auf dem Weg zum Restaurant machte ihn Hefner stolz auf sein nagelneues Auto aufmerksam, das an der Straße parkte. Es war ein bronzefarbenes Cadillac-Cabrio, das er gerade gekauft hatte. Hamling, der immer noch seinen zerbeulten Hudson aus dem Jahre 1941 fuhr, war beeindruckt und ein wenig neidisch, dass sich Hefners Lebensumstände so radikal zum Guten gewendet hatten – er war nicht nur der erfolgreiche Verleger, sondern auch die Personifizierung des *Playboy*-Image. Obwohl Hamling ganz genau wusste, dass ihm das Temperament fehlte, seinem Freund nachzueifern – er zog es vor, seine Abende zu Hause bei seiner Frau Frances zu verbringen, statt hinter Playmates herzujagen, während Hefner auf der Suche nach den ewigen Wonnen des Junggesellen gerade seine Frau Mildred verlassen hatte –, konnte er doch nicht umhin, sich nachhaltig darüber zu ärgern, dass er damals keine Anteile des *Playboy* erworben hatte, deren Wert sich seitdem vervielfacht hatte. Und so saß Hamling Hefner während des Essens gegenüber, lauschte ihm mit grenzenlosem Respekt und sog jedes seiner Worte in sich auf. Als Hefner deutliches Interesse an seinem Wohlergehen bekundete und vorschlug, er solle doch auch ein Girlie-Magazin herausbringen, der Markt für Männerzeitschriften sei bei weitem noch nicht abgedeckt, und man könne riesige Reichtümer verdienen, da beschloss Hamling, dies sei der richtige Moment, alle bisherigen Skrupel über Bord zu werfen.

Noch vor Ablauf einer Woche und wiederum auf Hefners Rat hin stellte er einen Kontakt zum Direktor der Empire News Company, Jerry Rosenfield, her, der dem *Playboy* finanziell unter die Arme gegriffen hatte und an dessen Vertrieb stattlich verdiente. Rosenfield reagierte äußerst wohlwollend auf Hamlings Plan, eine neue erotische Zeitschrift herauszubringen, und versprach ihm, das nötige Kapital für den Druck zur Verfügung zu stellen, wenn er ihm dafür die Rechte für den Vertrieb abtrat. Also produzierte Hamling im November 1955 die erste Ausgabe seines Magazins mit dem Titel *Rogue*. Ästhetisch weniger anspruchsvoll als der *Playboy* – die Fotos in Schwarz-Weiß –, verkaufte *Rogue* dennoch Ende 1956 bereits an die 300 000 Exemplare im Monat und erregte genügend Aufmerksamkeit an den Zeitungskiosken, um die Missbilligung der CDL herauszufordern und von der Post als unsittlich klassifiziert zu werden, die versuchte, *Rogue* vom Sondertarif für den Zeitschriftenversand auszunehmen.

Auch Hefners Magazin war von der Post als obszön gebrandmarkt worden; statt jedoch gegen den erfolgreicheren, mit üppigen finanziellen Reserven ausgestatteten *Playboy* zu prozessieren, beschlossen die Rechtsanwälte der Post, zuerst einmal einen Testlauf mit *Rogue* zu veranstalten, wobei sie von der Überlegung ausgingen, *Rogue* wäre vor Gericht leichter zu schlagen. Glücklicherweise hatte Hamling in Washington Verbindungen zu der Anwaltskanzlei, die Empire News in juristischen Fragen vertrat und zu deren Partner Abe Fortas gehörte. Der Prozess kostete Hamling zwar 13 000 Dollar, doch wurde damit ein Grundsatzurteil gegen den Postminister gesprochen, der Hamling den verbilligten Versandtarif weiterhin gewähren musste, und Hefner kam automatisch in den Genuss der gleichen Privilegien für den *Playboy*, ohne dass es ihn einen Cent gekostet hätte.

Hamling war begeistert von seinem Triumph vor Gericht und der Prominenz, die er sich dadurch auf dem Markt der Männermagazine geschaffen hatte. Als *Rogue* die 500 000er-Grenze erreichte, stieg er in das Geschäft mit Sexromanen im Taschenbuchformat ein und stellte einige talentierte, aber notleidende Schriftsteller an, die ihm unter Pseudonym leicht lesbare, schlüpfrige Romane schrieben, die Hamling unter dem Slogan »Bücher für den Nachttisch« massenhaft verkaufte.

Zwischen 1960 und 1963 – um diese Zeit hatte er seine Firma bereits nach San Diego verlegt – verdiente Hamling mit seinen grell aufgemachten Romanen 4 Millionen Dollar, obwohl die Titel, die er ihnen gab, im Grunde genommen Schuldgefühle vermitteln mussten. Die Worte »Sünde«, »Schande« und »Lust« tauchten in schöner Regelmäßigkeit auf seinen Buchumschlägen auf: *Am Haken der Sünde, Hungrig nach Lust, Geschäft der Scham, Priesterliche Leidenschaft, Die Séance der Sünder, Wächter der Sünde, Pool der Lüste* – diese Titel klangen teilweise fast wie die strafenden Ermahnungen einer Nonne oder eines Priesters aus der Pfarrgemeinde in Chicago, von denen sich sein Gewissen offensichtlich noch nicht ganz befreit hatte, denn selbst in der lockeren Atmosphäre von Südkalifornien ging er den Versuchungen aus dem Weg, die in solcher Fülle in den Romanen beschrieben wurden, die er lastwagenweise an den Hintertüren von Drugstores und Zeitungskiosken in ganz Amerika abladen ließ. William Hamling blieb, was er in Chicago auch gewesen war: ein hingebungsvoller Ehemann und Vater von sechs Kindern, ein konservativ gekleideter Geschäftsmann, der genauso gut Krawatten, Klimaanlagen oder Autoteile hätte vertreiben können. Wenn sich sein Ruhm auch darauf gründete, Anfang der sechziger Jahre in dem schlüpfrigen Geschäft mit drittklassigen Romanen zu Reichtum gelangt zu sein, so war dies in erster Linie seinem Instinkt zu verdanken und der – dank Hefner gewonnenen – Erkenntnis, dass sich Amerika am Beginn eines Sexbooms befand. Hamling hatte sehr schnell begriffen, dass es Millionen von konservativen Männern wie ihm selbst Vergnügen bereitete, Geschichten über scharfe Frauen zu lesen, die nicht im Geringsten der Frau glichen, die sie sich für ihr Leben ausgesucht hatten. Sein typischer Kunde war der Westentaschen-Schürzenjäger, der ganz gewöhnliche Durchschnittsmann mit außergewöhnlichen Bettfantasien, die von den subtilen und literarisch anspruchsvollen Romanen größerer, so genannter ernsthafter Verleger in New York nicht oder nur selten bedient wurden.

Sein Wohlstand wäre Hamling versagt geblieben, wären die Gesetze nicht gerade in dem Moment liberalisiert worden, als er in das Geschäft mit den Sexromanen im Taschenbuchformat einstieg. Der Beschluss des Obersten Bundesgerichts, die Definition von Obszönität und unsittlichen Inhalten neu zu fassen, wie sie erstmals im Roth-Urteil verkündet wurde, legalisierte 1959 nicht allein so bemerkenswerte Bücher wie *Lady Chatterley's Lover* von D. H. Lawrence, sondern auch die sexuell weitaus expliziteren Werke vieler zweitrangiger Schriftsteller, Filmemacher und Verleger von Sexheften und einschlägigen Taschenbüchern. In zwei anschließenden Verfahren wurde der gesetzliche Spielraum, der im Gerichtsurteil gegen Samuel Roth impliziert war, vom Obersten Bundesgericht noch weiter ausgedehnt: 1962, im Fall *Manual Enterprises gegen Day*, verbot das Gericht dem Postminister Edward Day, einige Bodybuilding-Magazine mit Bildern von nackten Männern, die auf homosexuelle Leser abzielten, vom Versand auszuschließen. Und 1964, im Fall *Jacobellis gegen Ohio*, verwarf das Oberste Bundesgericht das Urteil der vorherigen Instanz gegen den Kinobesitzer Nico Jacobellis aus Cleveland, der einen künstlerisch wertvollen Film mit dem Titel *Les Amants* vorgeführt hatte, in dem die Seitensprünge einer gelangweilten Hausfrau gezeigt wurden. Im Fall Jacobellis unterstrich das Gericht noch, was im Fall Roth lediglich impliziert war: nämlich den Grundsatz, dass ein Film oder jedes andere öffentlich zugängliche Werk, egal wie unmoralisch sein Gehalt auch sein mochte, nicht als obszön abgetan und verboten werden konnte, solange es nicht gänzlich »ohne jeglichen gesellschaftlichen Wert« war. Aufgrund dieses Satzes fühlte sich ein Gericht in Illinois im November 1964 gezwungen, ein Urteil, das es kurz zuvor gegen den Komiker Lenny Bruce bestätigt hatte, zu revidieren. Von ihrer Auffassung, Bruce' Nightclub-Show sei ekelerregend und widerlich, rückten die Richter zwar nicht ab, sie mussten jedoch zugeben, dass einige Themen, die er auf der Bühne zur Sprache brachte, »von gesellschaftlicher Bedeutung« waren.

1965 schließlich, im Fall *Memoirs gegen Massachusetts* – in dessen Verlauf das Oberste Bundesgericht mit sechs zu drei Stimmen den Generalstaatsanwalt von Massachusetts, Edward W. Brooke, überstimmte, der an der alten Tradition festhielt, das Buch *Fanny Hill*, das 1821 in Massachusetts verboten worden war, auch weiterhin nicht freizugeben –, gewann die Meinung von Richter Brennan die Oberhand, der erklarte, ein Buch, ein Film oder eine Zeitschrift könne erst dann juristisch als obszön klassifiziert werden, wenn es drei negative Kriterien erfülle, indem es: beim Leser das »lüsterne Interesse an Sex« errege, beim Durchschnittserwachsenen in erster Linie die »niederen Instinkte« anspreche und »von keinerlei gesellschaftlichem Wert oder Bedeutung« sei.

Da sehr wenige Publikationen das Kriterium »von keinerlei gesellschaftlichem Wert» erfüllen, egal wie anzüglich und offensiv obszön, wurden zweifelhafte Werke, Fotografien und Filme – darunter auch die Millionen von Hamlings »Nachttisch«-Büchern – in der Mitte der sechziger Jahre bis in den letzten Winkel Amerikas verkauft. Die auf dem ersten Verfassungszusatz beruhende Toleranz der neun Richter des Obersten Gerichtshofs bedeutete jedoch nicht, dass die Verfechter der sexuellen Zensur innerhalb der Regierung sowie die untergeordneten Instanzen davon abließen, Verleger und Verkäufer sexueller Werke in dieser Zeit zu belästigen und zu verfolgen. Ganz im Gegenteil: Die Aktivisten im Kampf gegen »Schmutz und Schund« wurden immer hartnäckiger und wachsamer. Bundesagenten und städtische Sittenpolizei (unterstützt von Kirche und Bürgerinitiativen wie der CDL) wurden immer perfider und willkürlicher in ihren Methoden, Beweise gegen die Sexbranche zu sammeln. Sie wussten ganz genau, dass die gut bezahlten Rechtsanwälte der Gegenseite in Revision gehen und, wenn nötig, sich bis zum Obersten Bundesgericht durchklagen würden, um schließlich mit juristischen Spitzfindigkeiten und einer neuen Interpretation des dehnbaren Gesetzestextes zur »Obszönität« einen Freispruch zu erkämpfen.

Die Post unternahm noch größere Anstrengungen im Kampf gegen die Pornografie, indem sie Postbeamte einsetzte, die unter falschem Absender fingierte Briefe auf Inserate für sexuelle Artikel schrieben, in der Absicht, den Pornografen die Übertretung des Comstock-Gesetzes (das den Versand von unsittlichem Material durch die Post verbot) nachzuweisen. Ein Postinspektor namens Harry Simon benutzte Dutzende von Pseudonymen (mal gab er sich als schüchterner Junggeselle aus, mal als alternder Witwer, mal als Gymnasiast oder hinterwäldlerischer Bauer) in Hunderten von Briefen an Lieferanten von pornografischen Fotos, »Ehehilfen« und zotiger Literatur. Viele dieser Briefe, die aus allen Teilen Amerikas von Simons Mitarbeitern abgeschickt wurden, führten als Adresse ein Postschließfach in einer konservativen Gemeinde, in der es keine liberalen Richter, sondern nur rechtschaffene puritanische Bürger gab, aus denen die Geschworenen rekrutiert werden konnten – was der Bundesanwaltschaft aufgrund eines Kongresserlasses aus dem Jahr 1958 den Vorteil bot, den Sexlieferanten in jeder beliebigen Stadt, in die er sein Material versandt hatte, vor Gericht zitieren zu können. Eine lange Gerichtsverhandlung, ein paar Monate in einer entfernten Stadt konnten einen Pornohändler schon in arge finanzielle Schwierigkeiten bringen und sogar in den Bankrott treiben, selbst wenn der Schuldvorwurf auf tönernen Füßen stand. Der Angeklagte war während der Prozessdauer nicht in der Lage, seinen Geschäften nachzugehen, die sein Einkommen sicherten, und die immer höher werdenden Gerichtskosten sowie die Reisespesen seiner Rechtsanwälte zu decken, die auf seine Rechnung in Hotels wohnten und speisten – ganz zu schweigen von den Unkosten, die zusätzlich anfielen, wenn neben ihm auch noch seine Angestellten vor Gericht zu erscheinen hatten.

Kongressabgeordnete wurden hinsichtlich der wachsenden Sexindustrie ständig von Bürgervereinigungen und Privatpersonen auf dem Laufenden gehalten; diese beschwerten sich über den Drugstore an der Ecke oder den Zeitungskiosk nebenan, deren Regale überquollen von Schundliteratur, die von keinerlei gesellschaftlichem Wert war. Wütende Briefe wurden an den Oberseten Gerichtshof gerichtet, der wegen seiner liberalen Rechtsprechung auf dem Gebiet der freien Meinungsäußerung und der individuellen Freiheit und wegen seiner angeblichen Missachtung konservativer Familien und Kirchengruppen zur Zielscheibe von rechtsgerichteten Amerikanern geworden war. Während der Ära Earl Warren, der seit 1953 Vorsitzender Verfassungsrichter war, war der Gerichtshof von den verschiedensten Seiten gerügt worden: wegen der Abschaffung des bislang obligatorischen Religionsunterrichts und der Aufhebung der Rassentrennung an Schulen; weil er das Abhören von Telefongesprächen verbot; weil er die strengen Meldevorschriften zur Erlangung von Sozialhilfe während etwaiger Gefängnisaufenthalte lockerte; weil er der Polizei untersagte, ohne einen begründeten Verdacht Bürger zu verfolgen und zu verhaften; weil er das Recht verteidigte, Informationen über Geburtenkontrolle publik zu machen und zu empfangen. Und die meisten und zornigsten Briefe aus dem rechten Lager in der Kontroverse um die Redefreiheit und die Darstellung von Sexualität landeten auf dem Schreibtisch von William O. Douglas, dem entschiedensten Verfechter der Bürgerrechte am Obersten Gericht.

Wenn Richter Douglas die an ihn gerichteten Briefe las, von denen viele die Unterschrift von Studenten oder Schülern trugen, entdeckte er häufig exakte Übereinstimmungen, was Stil, Inhalt und sogar die Interpunktion betraf. Daraus folgerte er, dass die Verfasser von Schultafeln einer Schule oder Kirche abgeschrieben hatten. Die meisten attackierten seine juristischen Entscheidungen, einige jedoch kritisierten auch sein Privatleben und seine Ehe. 1963, als Douglas bereits Mitte sechzig war, machte er ein junges Mädchen Mitte zwanzig zu seiner dritten Frau. Drei Jahre später heiratete er erneut, und wiederum war die Braut in den Zwanzigern. In der langen Geschichte des Obersten Gerichts in Washington, die mit dem Jahr 1789 begann, hat es nur drei Scheidungen unter den Richtern gegeben. Alle drei gingen auf das Konto von Richter Douglas.

Seit er auf Empfehlung des Präsidenten Roosevelt 1939 an den Obersten Gerichtshof gekommen war, stand Richter William Douglas für den Schutz des Individuums gegenüber der staatlichen Macht. »Die Verfassung«, schrieb er einmal, »wurde einst geschaffen, um dem Bürger die Regierung vom Halse zu halten.« Die Feindschaft, die Richter Douglas in konservativen Kreisen entfachte, führte zu drei wirkungslosen Anläufen seitens seiner Gegner, ihn abzusetzen. Der erste Versuch wurde während der antikommunistischen Hysterie im Zuge der Hexenjagd des Senators Joseph McCarthy im Jahre 1953 gestartet, als Douglas im Fall der verurteilten Sowjetspione Julius und Ethel Rosenberg eine Aussetzung der Vollstreckung angeordnet hatte – trotzdem fanden beide Ende des Jahres den Tod auf dem elektrischen Stuhl. Der zweite Anlauf, Douglas zu diskreditieren, erfolgte nach seiner dritten Scheidung, der dritte nach der Veröffentlichung seines Buches *Points of Rebellion*, das, so die Absetzungsresolution des Vorsitzenden der Minorität im Senat, Gerald Ford, zu »Gewalt, Anarchie und bürgerlicher Unruhe« aufforderte. Als ein Auszug seines Buches im *Evergreen Review* der Grove Press erschien, einem monatlich erscheinenden respektlosen Literaturmagazin, das gewürzt war mit erotischen Illustrationen und Geschichten, stand Gerald Ford in den Hallen des Kongresses und wedelte empört mit der betreffenden Ausgabe in der Luft herum; in der Resolution hieß es darüber hinaus, Richter Douglas habe Geld aus unsauberen Quellen angenommen – beide Vorwürfe erwiesen sich nach einer Untersuchung durch einen Unterausschuss als falsch. Senator William Langer aus North Dakota bemerkte einmal dem umstrittensten Richter des Obersten Bundesgerichts gegenüber: »Douglas, Ihnen hat man wirklich eimerweise Scheiße über den Kopf gekippt – aber bei Gott, es ist nichts kleben geblieben.«

Weder die Drohungen, ihn abzusetzen, noch die vielen Schmähbriefe konnten Douglas davon abbringen, sich weiterhin für die Pressefreiheit und die Freiheit der Darstellung von Sexualität zu engagieren, selbst wenn diese *keinen* gesellschaftlichen Wert oder Bedeutung hatte. »Was auch immer Obszönität sein mag«, bemerkte er einmal, »sie ist als Verbrechen nicht erfassbar und kann höchstens als Sünde gelten. Als Sünde existiert sie nur in den Köpfen einiger Menschen, nicht aber bei anderen. Obszönität ist also ein viel zu subjektiver Begriff, um von Gesetzes wegen verfolgt zu werden.« Seiner Meinung nach überforderte eine korrekte Unterscheidung zwischen dem, was sexuell verwerflich ist und was nicht, das Verständnis sich moralisch gebärdender Bürger, Polizisten, Postminister, Geistlicher, Geschworener und Richter – einschließlich der neun erhabenen Hüter des Gesetzes. »Bei allem Respekt«, ermahnte er seine Kollegen am Obersten Bundesgericht, »ich kenne keinen Personenkreis im ganzen Land, der weniger qualifiziert wäre, erstens zu erkennen, was obszön ist und zweitens, ein verlässliches Urteil darüber abzugeben, mit welchem zu- oder abträglichen Effekt sich eine ganz bestimmte Publikation auf die Moral von Jung und Alt auswirkt.«

Ungeachtet Douglas' erheblichen Zweifeln an der erotischen Wahrnehmungsfähigkeit seiner Kollegen und seinem Wunsch, Gerichte und Polizisten sollten sich endlich von den Schlüssellöchern der Nation fernhalten und ihre Aufmerksamkeit auf das lenken, was wirklich von juristischem Interesse für den Staat war, fuhr der Oberste Gerichtshof noch in den sechziger Jahren fort, die Quellen von Fantasie und Lust des amerikanischen Bürgers zu überprüfen. In zwei Aufsehen erregenden Prozessen entschied das Gericht sogar, dass die Sexbücher zweier Verleger gesellschaftlich so untragbar seien, dass die beiden Männer nichts anderes verdient hätten, als ins Gefängnis gesteckt zu werden.

Der eine hieß Edward Mishkin. Sein Fall wurde an demselben Dezembertag 1965 vor Gericht verhandelt wie der Prozess *Memoirs gegen Massachusetts*. Mishkins Fall unterschied sich jedoch wesentlich von dem anderen, der mit dem Freispruch für den Verleger von *Fanny Hill* endete. Wegen Herstellung und Vertrieb verschiedener Taschenbuchromane, die sich weniger um heterosexuelle Aktivitäten drehten, sondern sich mit Sadomasochismus, Fetischismus und anderen vermeintlichen Anomalien beschäftigten, war Mishkin in New York zu 12 000 Dollar Geldstrafe und drei Jahren Gefängnis verurteilt worden. In ihrem Revisionsantrag beim Obersten Bundesgericht führten seine Rechtsanwälte an, Mishkins Bücher seien möglicherweise *wirklich* ohne gesellschaftlichen Wert und erweckten möglicherweise sogar die Abscheu des Durchschnittsbürgers, aber sie seien *nicht* für den *gewöhnlichen* Leser geschrieben, dessen niedere Instinkte davon auch *nicht* angesprochen würden. Somit könnten nach der spezifischen Definition von Obszönität, die verlangt, dass der Durchschnittsleser durch die Darstellung verletzt wird, Mishkins Druckwerke nicht als obszön klassifiziert werden.

Dieser Logik folgte die Mehrzahl der Richter allerdings nicht. Während William Douglas, Potter Steward und Hugo Black dafür stimmten, Mishkins Verurteilung zu revidieren (Richter Black beharrte wie Douglas darauf, dass die Regierung keine Befugnis habe, durch Zensur auf Verlagsprogramme Einfluss zu nehmen, egal wie unmoralisch die literarischen Werke auch sein mochten), waren die anderen sechs Richter der Meinung, der Urteilsspruch der unteren Instanz sei gerechtfertigt, und hoben weder die Geld- noch die Gefängnisstrafe auf.

Der zweite Verleger, der zur gleichen Zeit vor dem Obersten Gerichtshof Berufung einlegte, kam ebenfalls aus New York und hieß Ralph Ginzburg. Er war Herausgeber des Magazins *Eros* und eines Buches mit dem Titel *The Housewife's Handbook on Selective Promiscuity.* Darüber hinaus verschickte er vierzehntäglich ein Nachrichtenblatt, das sich *Liaison* nannte. Das Magazin *Eros,* das zu der Anklage geführt hatte, die ihn beschuldigte, gegen das Comstock-Postgesetz verstoßen zu haben, konnte man eher als prickelnd denn als sexuell obszön bezeichnen. Auf den Farbfotos waren keine Genitalien oder Schamhaare zu sehen; die Artikel provozierten keineswegs das lüsterne Interesse seiner Leser, und die eleganten Grafiken sowie das hochwertige Papier kennzeichneten *Eros* als eine Zeitschrift von ungewöhnlicher Aufmachung und Qualität. Sie erschien alle drei Monate, das Jahresabonnement kostete 25 Dollar. In den ersten vier Ausgaben brachte *Eros* unter anderem eine Kurzgeschichte von Guy de Maupassant, »La Maison Tellier«, illustriert mit Farbreproduktionen klassischer Aktgemälde von Edgar Degas, die man in allen großen Museen sehen kann, und eine Auswahl von erotischen Texten aus der Bibel, dazu Holzschnitte, die Figuren aus dem Alten Testament darstellten. Irgendwann erschien auch ein Artikel des Psychologen Albert Ellis mit dem Titel »Ein Plädoyer für die Polygamie« und ein weiterer von Phyllis und Eberhard Kronhausen unter der Überschrift »Die natürliche Überlegenheit der Frau als erotisches Wesen«. *Eros* publizierte auch einen ehemals kontroversen Essay von Mark Twain, »1601«; Beispiele Shakespeare'scher Dichtkunst, in deren Interpretationen angedeutet wurde, er wäre homosexuell gewesen; Fotos von Strichjungen in Bombay und eine Geschichte über die berüchtigte Nan Britton, die 1920 einen nationalen Skandal heraufbeschworen hatte, als sie behauptete, ein uneheliches Kind von Warren G. Harding, dem damaligen Präsidenten der Vereinigten Staaten, bekommen zu haben.

In der vierten Ausgabe von *Eros,* die im Winter 1962 an die Abonnenten verschickt wurde, war auch ein Bildbericht, den Ginzburg »Black and White Color« betitelt hatte, eine Reihe von ästhetischen Aufnahmen, die einen Schwarzen in enger Umarmung mit einer weißen Frau zeigten – beide waren nackt. Obwohl auf keinem der 16 Fotos die Genitalien zu sehen waren, wurde eindeutig der Eindruck erweckt, dass sie Geliebte waren. Mal küssten sie sich, mal lagen sie Seite an Seite und streichelten sich, und auf dem aufregendsten aller Fotos umarmten sie sich im Stehen, Schenkel und Becken so fest aneinandergepresst, dass die weiße Brust der Frau von dem muskulösen Brustkorb des Mannes flach gedrückt wurde. In der Einleitung zu diesen Bildern, die *Eros* ein »fotografisches Farbtongedicht« nannte, hieß es – Bezug nehmend auf den gesetzlichen Terminus der »gesellschaftlichen Bedeutung« –, dass das Paar der Überzeugung sei, dass »die Liebe zwischen Mann und Frau, ganz gleich welcher Rasse, schön ist«. Und weiter: »Zwei Menschen unterschiedlicher Hautfarbe sehen sich heutzutage der Schmach ausgesetzt, ihre Liebe vor einer intoleranten Umwelt verteidigen zu müssen. Morgen wird man sie als die Wegbereiter eines erleuchteten Zeitalters feiern, in dem Vorurteile ausgestorben sind und es nur noch eine Rasse gibt, die menschliche.«

Als der Generalstaatsanwalt Robert F. Kennedy diese Bilder in die Hand bekam, soll er empört reagiert haben. Obwohl er nach Aussage seines Umfelds in seinem persönlichen Leben weder puritanisch noch monogam war, war allgemein bekannt, dass er, wenn es um Pornografie für die breite Masse ging, eine genauso prüde Haltung einnahm wie J. Edgar Hoover. In seinem Buch *Kennedy Justice* behauptet Victor S. Navasky, Kennedy soll, noch ehe er die Fotos des gemischtrassigen Paares zu Gesicht bekommen hatte, dafür plädiert haben, *Eros* und noch ein paar andere Zeitschriften zu verbieten. Aber, so sei Navasky von Kennedys Bevollmächtigtem im Justizministerium, Nicholas Katzenbach, mitgeteilt worden, Kennedy befürchte, eine derartige Einmischung könne ihm als politisch nachteilige Ergebenheit der katholischen Kirche gegenüber ausgelegt werden. Die vierte Ausgabe des *Eros* mit dem ungleichen Paar wurde im ganzen Land verschickt – auch im tiefen Süden –, zu einer Zeit, da es wegen der erzwungenen Rassentrennung an der Universität von Mississippi und durch das Auftauchen des ersten schwarzen Studenten, einem entschlossenen jungen Mann namens James Meredith, Demonstrationen und Zusammenstöße gab. Als Kennedy glaubte, die Fotos in *Eros* könnten sich negativ auf den Fortschritt der Bürgerrechte im Süden entwickeln, beeilte er sich, Ginzburg unter der Anklage, obszönes Material mit der Post versandt zu haben, vor Gericht zu bringen.

Das Strafverfahren wurde so arrangiert, dass Ginzburg sich in Philadelphia vor Gericht verantworten musste, in einer Stadt, in der Bürgermeister und Polizei rassistisch reaktionär und strikt für die gesetzliche Ausmerzung von Pornografie waren und wo kurz zuvor, auf den Stufen einer Kirche in Anwesenheit der städtischen Schulaufsicht, ein Haufen Sexliteratur verbrannt worden war, während ein Knabenchor »Gloria in Excelsis« sang. Vor dem Prozess schrieb ein Bürger aus Philadelphia in einer lokalen Bibliothekszeitschrift: »Ralph Ginzburg hat hier in Philadelphia ungefähr dieselben Chancen, einen gerechten Prozess zu bekommen, wie ein Jude sie vor einem deutschen Gericht während der Nazizeit gehabt hätte.«

Der Prozess begann im Juni 1963, den Vorsitz führte ein knochentrockener Richter, den das Beweismaterial, das vor ihm auf dem Tisch lag, während der ganzen Verhandlungszeit in Verlegenheit zu bringen schien. Der Staatsanwalt ließ jede Menge Zeugen aufmarschieren, die Ginzburgs Literatur verunglimpften, und am Ende erklärte der Richter, er hätte in *Eros* »nicht den geringsten künstlerischen oder literarischen Wert für die Gesellschaft« entdecken können, und seine Meinung über *Liaison* und *The Housewife's Handbook on Selective Promiscuity* sei auch keine bessere. Über das letzte Werk, eine autobiografische Erzählung einer Schriftstellerin über ihre verschiedenen Ehen und Seitensprünge, bemerkte der Richter abschließend, es sei »extrem langweilig, ekelerregend und für das Gericht genauso schockierend wie für den Durchschnittsleser«.

Entscheidend für den endgültigen Urteilsspruch im Fall Ginzburg waren die Zeugenaussagen zweier Postbeamter aus der Provinz, die sich erinnerten, Anfragen aus seinem New Yorker Büro bekommen zu haben, Bücher und Werberundschreiben von ihren Postämtern aus verschicken zu dürfen, die beide in Pennsylvania in Gemeinden holländischer Einwanderer lagen. Die eine Gemeinde trug den zweideutigen Namen Blue Balls, die andere Intercourse (Beischlaf). Nachdem die Amtsvorsteher die Anfrage mit der Begründung, ihre Postämter seien zu klein, um so viel Post bewältigen zu können, abschlägig beantwortet hatten, setzte sich Ginzburg mit einem Postamt in Middlesex, New Jersey, in Verbindung. Als er das schriftliche Einverständnis des dortigen Leiters in Händen hielt, machte er sich mit seinen Leuten an die Arbeit, Millionen von Rundschreiben mit der Aufforderung, *Eros* und seine anderen literarischen Produkte zu abonnieren, wahllos an Adressen zu verschicken, die sie zum Teil aus Telefonbüchern rausgesucht hatten. Etliche Empfänger reagierten positiv, andere eher weniger, aufrechte Eltern beispielsweise, deren Kinder die Post geöffnet hatten und mit den reißerischen Slogans, die erotisch-literarische Erfüllung verhießen, konfrontiert wurden. In Reklamerundschreiben und ganzseitigen Annoncen in großstädtischen Tageszeitungen wurde die Existenz des Blattes mit der großzügigen Rechtsprechung des Obersten Bundesgerichts der Vereinigten Staaten erklärt: »*Eros* ist das Resultat jüngster Gerichtsurteile, in denen Amerikas Obszönitätsgesetz endlich realistisch interpretiert worden ist und unserem Land einen Hauch Freiheit des Ausdrucks verschafft wurde. Wir sprechen von den Entscheidungen, die die Veröffentlichung bisher unterdrückter Meisterwerke wie *Lady Chatterley* möglich gemacht haben.« Obwohl Ginzburgs Verteidiger in Philadelphia nicht der Ansicht waren, dass es von besonderer Klugheit zeuge, das Oberste Bundesgericht in den Werbetexten zu erwähnen, und auch seine Idee, Middlesex als zentralen Versandort zu wählen, für einen schlechten Scherz hielten, waren sie doch verblüfft, als der Richter das Urteil verlas: Ginzburg wurde für schuldig befunden, die Post mit obszönem Versandmaterial besudelt zu haben. Dafür sollte er 42 000 Dollar Strafe zahlen und für fünf Jahre ins Gefängnis gehen.

Von der Härte des Urteils niedergeschmettert, wandten sich

Ginzburg und seine Rechtsanwälte sofort an das Bundesberufungsgericht in Philadelphia. Elf Monate später jedoch wurde ihr Revisionsantrag abgelehnt. Der 72 Jahre alte Richter, der ihn verwarf, erklärte: »Wir haben es hier mit als Gattung per se verdammenswerten Experten auf dem Gebiet der schäbigen Kuppelei zu tun, die für Geld der größten Schwäche des Menschen Vorschub leisten und sie ausbeuten …«

Im Dezember 1965 kam der Fall *Ginzburg gegen die Vereinigten Staaten* schließlich vor den Obersten Gerichtshof. Unter den Zeugen befand sich auch Charles Keating von der CDL, der sich dem Staatsanwalt zur Verfügung gestellt hatte und darauf drängte, das Bundesgesetz gegen Obszönität weiter zu verschärfen. Wie bereits in Philadelphia führte Ginzburgs Verteidigung ins Feld, dass weder *Eros* noch die anderen Publikationen lüstern genannt werden könnten und auch nicht direkt verletzend oder gar ohne jeglichen gesellschaftlichen Wert seien. Tatsächlich hätten in den drei Jahren seit Kennedys Anklageschrift Hugh Hefner und einige andere Verleger ihn, Ginzburg, an unverblümter Darstellung des Sexuellen bei weitem übertroffen und würden nicht gerichtlich verfolgt. Ginzburg war davon überzeugt, dass in Washington, im Gegensatz zu Philadelphia, fair und objektiv Recht gesprochen und sein Urteil aufgehoben würde.

Nachdem das Oberste Bundesgericht sich die Stellungnahmen von Ginzburgs Rechtsanwalt und die des Regierungssprechers angehört hatte, wurde der Prozess für eine gründliche Beratung wochenlang auf Eis gelegt. Drei Monate später, als das Gericht sein Urteil verkündete, musste Ginzburg zu seinem Entsetzen feststellen, dass es die Frage, ob *Eros, Liasion* und das *Handbuch* obszön waren oder nicht, gar nicht behandelt hatte. Stattdessen hatte das Gericht sich eingehendst mit seiner Werbekampagne beschäftigt und ihn mit 5 zu 4 Richterstimmen eines bis dato noch nie geltend gemachten Verbrechens, nämlich der »Kuppelei« in der Post für schuldig befunden. Seine 5-jährige Haft sowie die 42 000 Dollar Geldstrafe wurden bestätigt und traten in Kraft.

Richter Brennan, der das Votum der Majorität verfasst hatte und mit beleidigender Grobheit vortrug, was die Anwälte und Zuschauer gleichermaßen in Erstaunen versetzte, verkündete, die Reklame wäre von der »Lüsternheit eines Sensualisten« durchdrungen. Er ließ keine Zweifel daran, dass er über Ginzburgs Missbrauch des Postamtes in Middlesex und über seine Dreistigkeit, mit der er das Oberste Bundesgericht auf ganzseitigen Zeitungsannoncen mit einem fragwürdigen Blatt wie *Eros* in Verbindung gebracht hatte, ausgesprochen verärgert war. Der liberale Oberste Gerichtshof hatte in der vergangenen Dekade zwar viele Diskussionen angeheizt, eine Sache, die Richter Brennan jedoch nicht erlauben würde, war, mit *Eros* in Verbindung gebracht zu werden. Ob *Eros* nun im juristischen Sinne obszön war oder nicht, er, Brennan, befand Ginzburg schuldig, ein schmutziges Geschäft zu betreiben und mit seiner Werbung »das elende Geschäft der Kuppelei – die Lieferung von grafischen und textlichen Inhalten – öffentlich im Hinblick auf das erotische Interesse seiner Kunden zu bewerben«. Als Warnung für andere Verleger fügte er hinzu: »Die Tatsache, dass ein Lieferant mit allem Nachdruck auf die sexuell provokativen Aspekte seiner Publikationen hinweist, kann ein entscheidendes Indiz dafür sein, dass es sich um obszönes Material handelt.«

Richter William O. Douglas, der neben Potter Stewart, Hugo Black und John Harlan zu den vier Richter gehörte, die für einen Freispruch zugunsten von Ginzburg plädiert hatten, verteidigte in seiner schriftlichen Stellungnahme Ginzburgs Werbepraktiken. »Auch in unseren angesehensten Zeitschriften wimmelt es nur so von Schenkeln, Lippen, Busen, Augen und Haaren, um die Aufmerksamkeit des potenziellen Käufers auf Tinkturen, Autoreifen, Schnäpse, Kleider, Autos, ja sogar Versicherungen zu lenken. Weder verbessert diese Art Werbung die Qualität der offerierten Ware, noch wird diese dadurch gemindert. Ich verstehe nicht, wie die Werbung auf die Legalität des ausgelieferten Buches auch nur den geringsten negativen Einfluss haben kann. Ein Buch muss getrennt davon begutachtet werden, unabhängig davon, aus welchem Grund es geschrieben wurde oder mit welchen Verkaufsmethoden es vertrieben wird.«

Mit geschickten juristischen Manövern und endlosen Verzögerungen bewirkten Ginzburgs Rechtsanwälte, dass ihr Mandant jahrelang gegen Kaution auf freiem Fuß blieb, und erreichten schließlich, dass seine Gefängnisstrafe von fünf auf drei Jahre verkürzt wurde. Doch der Tag, an dem er sich endgültig hinter Gitter begeben musste – in die Strafanstalt Lewisburg, Pennsylvania, wo vor weniger als zwei Jahrzehnten Männer wie Wilhelm Reich und Samuel Roth eingesperrt waren, weil auch sie Worte und Ideen in Umlauf gebracht hatten –, rückte unaufhaltsam näher. Nachdem er vor der Presse auf der Straße in Lewisburg ein letztes Mal in einer kurzen Ansprache sein Schicksal beklagt und eine Kopie der Zusätze zur Verfassung zerknüllt und in den Papierkorb an der Ecke geworfen hatte, drehte er sich um und ging auf das Federal Office Building zu, in dem er sich zu melden hatte. Etwas später wurde er von Journalisten beobachtet, wie er, in Handschellen an einen schwarzen Gefangenen gefesselt, der wegen Raubüberfall und Totschlag abgeurteilt worden war, von Polizisten zu einem Fahrzeug geführt wurde, das ihn weit weg hinter hohe Mauern und Eisengitter bringen sollte.

In der Zwischenzeit beschäftigte sich das Oberste Bundesgericht weiterhin mit immer neuen Übertretungen alter Moralgesetze, und ein Jahr nachdem der Fall Ginzburg entschieden worden war, hatte es mit einem literarischen Sonderfall zu tun, der weder Verleger noch Lieferant, noch Schriftsteller war. Der Unglücksrabe hatte eines schönen Nachmittags im Jahre 1966 an einem Zeitungsstand am Times Square einem Kunden, der sich als Polizist in Zivil entpuppte, zwei Paperbacks mit dem Titel *Lust Pool* und *Shame Agent* verhökert. Robert Redrup, so hieß der Verkäufer, hatte von beiden Büchern weder etwas gehört noch sie gelesen, ehe der Polizist danach verlangte. Er war nicht einmal regulärer Angestellter dieses Zeitungsstandes, er hatte an dem Tag lediglich einen Bekannten vertreten, der sich den Tag krankheitsbedingt freinehmen wollte. Derlei Einzelheiten waren für den Polizisten von geringem Interesse; er zückte seine Marke und nahm den schlotternden Redrup fest. Nachdem man seine Fingerabdrücke genommen hatte und er sich von den Detectives hatte beschimpfen lassen, wurde er beschuldigt, gegen den Paragrafen 1141 des Strafgesetzes des Staates New York verstoßen zu haben, das den Verkauf »obszöner, unzüchtiger und unanständiger Bücher« verbot.

Die Verantwortung für Redrups Kaution und seine Verteidigung lagen beim Verleger von *Lust Pool* und *Shame Agent,* William Hamling. Obwohl diesen gerade ein zwei Monate dauernder Obszönitätsprozess in Houston über 300 000 Dollar gekostet hatte, engagierte sich Hamling, ohne zu zögern, für Redrup. Bis zum Obersten Bundesgericht wurde der Fall durchgefochten, und Hamling zahlte 100 000 Dollar an Prozesskosten für die Verteidigung von zwei 75-Cent-Heften und einem Straßenverkäufer. Als im Mai 1967 jedoch die Mehrheit der Richter zu seinen Gunsten entschied, Redrup freisprach und die beiden zotigen Paperbacks für juristisch nicht obszön erklärte, betrachtete er das Geld als gut angelegt. Es war eine einstimmige Entscheidung ohne schriftliche Urteilsbegründung. Der Fall Redrup wurde schon bald von Sexverlegern als das liberalste Urteil, das je vom Obersten Gerichtshof verhängt worden war, gefeiert. Wenn *Lust Pool* und *Shame Agent* nicht als obszön bezeichnet wurden, konnte man kaum noch ein anderes Buch als obszön bezeichnen. Diese Paperbacks waren von ebenso hohem Wert für die Gesellschaft und ebenso lasterhaft, zotig und unzüchtig wie alles, was der abgeurteilte Edward Mishkin früher produziert hatte, und weit unter dem Niveau des Materials, für das Ginzburg abgeurteilt worden war. Das Redrup-Urteil wurde demzufolge von Juristen und Rechtswissenschaftlern als eigentliches Ende der Zensur in Amerika und als Sieg für die Pressefreiheit gedeutet. Solange für ein Buch nicht, wie bei Ginzburg, in »kupplerischer Weise« geworben wurde und der Verleger es nicht einem unwilligen Publikum aufdrängte oder an Minderjährige weitergab, durfte es gedruckt und verkauft werden, unabhängig davon, wie erotisch, ekelerregend oder gesellschaftlich wertlos sein Inhalt auch sein mochte.

Hamling schwebte in den Wolken. Seiner Ansicht nach war nun die Schlacht im Gerichtssaal, die vor über 30 Jahren im Falle *Die Vereinigten Staaten gegen ein Buch mit dem Titel »Ulysses«* mit einem Sieg der literarischen Elite begonnen hatte, nun, 1967, mit einem Triumph für den Mann auf der Straße entschieden worden. Plötzlich war es nicht mehr nötig, dass ein sexuell unverblümtes Buch als Meisterwerk à la James Joyce oder als Roman von ausgleichendem Wert wie *Lady Chatterley* gedeutet wurde. Jetzt, im Fall Redrup, schien der Oberste Gerichtshof endlich auf seine Rolle als literarischer Schiedsrichter der Nation verzichten zu wollen – eine Rolle, für die ihm nach eigenem Eingeständnis sowohl die Zeit als auch die Befähigung fehlten. Die Folgen waren überwältigend. Jedes Buch, das voll von bösartigsten Verwünschungen und zotigsten Flüchen und vom miesesten Schreiberling im ganzen Land verfasst worden war, durfte publiziert und verkauft werden, ganz egal, was der Polizist, der Geistliche oder die CDL darüber dachte. Die Folge war auch, dass das Taschenbuch *Sexlife of a Cop*, vertrieben von einem Verleger namens Sanford E. Aday aus Fresno, Kalifornien – verfolgt von den Behörden in Michigan, Iowa, Texas und Hawaii – nun wegen des Redrup-Urteils legal erhältlich war.

Weitere dreißig Klagen wegen Obszönität wurden 1967 zurückgewiesen, die Akten erhielten lediglich einen Stempel, der aus einem Wort bestand – »Redrup«. Es bedeutete weiterhin, dass der angesehene New Yorker Verlag Random House ein Jahr später in der Lage war, ohne Zensur und Furcht vor irrwitzigen Strafen die autoerotische Novelle *Portnoy's Complaint* von Philip Roth herauszubringen. Hamling wusste, dass die Liberalisierung des freien Ausdrucks nicht vom literarischen Establishment in New York erkämpft worden war, sondern von den anrüchigen kalifornischenVerlegern zu denen er, Sanford Aday und Milton Luros gehörten – Männer, die jahrelang durch die Sittenpolizei, das FBI und Sheriffs aus dem gottesfürchtigen Süden vor Gericht gezerrt worden und gezwungen waren, ihr Vermögen auf Gerichtsprozesse zu verwenden – und damit das Terrain für einen Markt ebneten, der später, problemlos und nicht weniger lukrativ, von den ehrenwerten Verlegern eines Philip Roth oder Norman Mailer, eines William Styron oder John Updike abgegrast werden sollte.

Hamlings Zufriedenheit mit dem Ausgang des Redrup-Prozesses wurde bald von der Gegenreaktion politischer Kräfte wie der CDL überschattet; Präsident Johnson und der Kongress wurden mit Tausenden Protesttelegrammen und -briefen gegen die liberalen Entscheidungen des Obersten Gerichtshofes unter Richter Earl Warren bombardiert. Und als Reaktion auf diese Proteste leiteten zwei Kongressabgeordnete und Ehrenmitglieder der CDL – Senator Karl E. Mundt aus South Dakota und das Mitglied des Repräsentantenhauses Dominick V. Daniels aus Ney Jersey – das Gesetzgebungsverfahren zur Bildung der Präsidenten-Kommission zur Obszönität und Pornografie ein, die beauftragt wurde, unter anderem »die Auswirkungen unsittlicher Darstellungen und der Pornografie auf die Bevölkerung, speziell auf Minderjährige und die Beziehungen zu Verbrechen und anderes antisoziales Verhalten« zu untersuchen. Die ACLU und andere liberale Gruppen hatten ursprünglich gegen die Bildung der Kommission opponiert, wissend, dass kein liberaler Kongressabgeordneter seine Karriere bei der Verteidigung von »Schmutz« riskieren würde. Weiterhin bestand die Gefahr, dass die Kommission zum willfährigen Instrument zur Durchsetzung von Zensur durch die politischen Rechten im Namen der »Moral« werden könnte.

Und als der Bericht der Kommission zwei Jahre später vorgelegt wurde – der Bericht, den Vater Morton Hill als »Magna Charta der Pornografie« denunzierte –, waren die Anhänger der Presse- und Zensurfreiheit genauso angenehm überrascht, wie die Vertreter der CDl alarmiert waren. Dieser Aufruhr steigerte sich zum Orkan, als sich Hamling zur Veröffentlichung des jetzt orgiastisch bebilderten Berichts entschloss. Dies war der dreisteste Akt in Hamlings Werdegang. Unter den vielen, die besorgt auf Hamlings Vorstoß reagierten, war auch sein alter Freund Hugh Hefner. Hamling bemerkte die Kritik erst, als der *Playboy* seine Bitte um eine Rezension abwies.

In einem Brief an Hamlings Herausgeber, Earl Kemp, erläuterte Hefners Chefredakteur Nat Lehrman die näheren Gründe dafür:

> Persönlich finde ich den Bericht zwar äußerst aufschlussreich, sehe aber keine Möglichkeit, ihn im *Playboy* zu besprechen … Wir können schließlich nicht Ihren Verlag zu der Cleverness beglückwünschen, mit der Sie einen Haufen Pornografie mit verharmlosenden Texten versehen haben. Wir sprechen hier über »gesellschaftlichen Wert und Bedeutung«. Sollte das Oberste Bundesgericht seine Richtlinien jemals wieder ändern, dann nur aufgrund Ihrer Version des Kommissionsberichts.
>
> In der Tat bin ich ziemlich betrübt über das, was Sie da angestellt haben. Das Gutachten der Kommission ist eines

der wichtigsten Dokumente, das auf dem Gebiet der Zensur je veröffentlicht worden ist, und kommt einem Sturm auf eine Festung gleich. Sie treiben die Sache aber auf die Spitze, indem Sie den Eindruck vermitteln, die Regierung hätte die Bilder zu Ihrem Text beschafft. Glauben Sie, Nixon wird sich das gefallen lassen?

Jedenfalls bin ich sicher, dass Ihre Cleverness Sie schließlich zu Fall bringen wird. Sie sollten Hamling dazu bringen, sich mit dem antiken Stoff der *Hybris* zu beschäftigen.

Als man Hamling Lehrmans Brief zeigte, fühlte er sich verraten; in seinen Augen reagierten Hefner und sein *Playboy* feige und scheinheilig. Hefner, der sein Vermögen in der Sexindustrie gemacht hatte, schien plötzlich konservativ zu sein und eine feige Abwehrstellung einzunehmen. Vielleicht hatte er sich von Nixon und seiner Anti-Schmutz-und-Schund-Kampagne, die in Leitartikeln aller Tageszeitungen Thema geworden war, einschüchtern lassen. In einem Brief an Hefner schrieb Hamling:

Ob unser Buch im *Playboy* besprochen wird oder nicht, ist völlig irrelevant, letztendlich unbedeutend. Relevant, aber ähnlich unbedeutend, ist die impertinente, um nicht zu sagen anmaßende Attitüde, die Lehrman an den Tag legt. Da der Mann den Posten eines Chefredakteurs bekleidet, muss ich annehmen, dass er im Sinne seines Chefs spricht. Und da du sein Boss bist, sollte man die Dinge einmal ins rechte Licht rücken.

Die Richtlinien zur Pornografie des Obersten Bundesgerichts, die Lehrman so beiläufig erwähnt, sind weitgehend Resultate aus Gerichtsprozessen in den frühen und mittleren sechziger Jahren, die unsere Firmen angestrengt haben. Dein nassforscher Redakteur war nicht dabei, als diese Kämpfe ausgefochten wurden. Er war auch nicht anwesend, als ich im Jahre 1953 dir und deiner bezaubernden Frau Millie eines Abends in meiner Wohnung in Evanstone erklärt habe, dass man der amerikanischen Öffentlichkeit keinen Sex verkaufen könne – ein großer Irrtum, wie sich später anhand des *Playboy* herausstellen sollte. Zur damaligen Zeit entsprach diese Einschätzung jedoch der Marktsituation. Du hast deine Schlacht geschlagen, und doch ist der *Playboy* von der Post als obszöne Publikation eingestuft worden, was zur Folge hatte, dass man dir die Versanderlaubnis nur mit Einschränkungen erteilte. Erst nachdem ich 1957 den Prozess gegen die Post für meine Zeitschrift *Rogue* in Washington vor dem Obersten Bundesgericht gewonnen hatte, konnte der *Playboy* – ohne Prozess – ungehindert an seine Leser verschickt werden.

Es scheint mir, dass deine Mannschaft sich auf einem selbst ernannten Olymp befindet. Tatsache bleibt doch, dass besonders unsere Anstrengungen und die von anderen mit Mut und Ausdauer dazu beigetragen haben, den gesetzlichen Spielraum zu erweitern. Was weiß Herr Lehrman über den Begriff ›gesellschaftlich von Wert und Bedeutung‹, hat er je vor Gericht gesessen, wenn dieses entschieden wurde? Ich ja, wie du ganz genau weißt …

Was den Report betrifft, so brauche ich Lehrman wirklich nicht, um mich über seine Wichtigkeit aufklären zu lassen. Als Teil des dort Besprochenen ist er natürlich auch für uns von großer Bedeutung; deshalb veröffentlichen wir ihn auch. Im Unterschied zum leisetreterischen Lehrman sagen wir laut und deutlich unsere Meinung. Die Rechte zur freien Meinungsäußerung sind nur so weit liberalisiert worden, weil ich meinen Standpunkt seit fünfzehn Jahren unerschrocken und geradeheraus vertrete. Wie, glaubt Lehrman, ist wohl der *Playboy* entstanden? Etwa im prüden, konservativen Geist eines Hinterzimmers des *Esquire?* … Weiß der Kerl denn nicht, dass du damals in Rosens sexorientiertem Verlag (Publishers Development Corperation) gearbeitet hast und der *Playboy* das Resultat dieser Verbindung ist?

Also, rück deinem Junior-Angestellten den Kopf zurecht, was die Besprechung meines Buches betrifft. Die Exemplare, um die du mich persönlich gebeten hattest, habe ich dir zugeschickt. Ich hatte das Gefühl, dein Interesse an diesem Buchprojekt sei ehrlich, du seist dir klar über seine kulturelle Bedeutung und die Kontroverse, die es ohne Zweifel hervorrufen würde. Der Report ist ein Meilenstein auf dem Weg zur intellektuellen Freiheit. Wir sind schon weit vorangekommen, aber nun muss der entscheidende Schritt folgen. Doch wir brauchen eure Hilfe nicht. Wir haben sie nie benötigt. Ich dachte nur, du wärst endlich bereit, deinen großen Einfluss als Verleger eines auflagenstarken Magazins zu nutzen. Tut mir leid, dass ich dich falsch eingeschätzt habe. Wird nicht mehr vorkommen.

Hugh Hefner hat nie geantwortet, aber unter den Reaktionen, die infolge der Veröffentlichung des Reports bei Hamling ankamen, waren Anklageschriften des Bundesstaatsanwalt John M. Mitchell aus Dallas und San Diego. Darin wurden er und drei Mitarbeiter beschuldigt, eine »unauthorisierte« Ausgabe des Berichts der Präsidenten-Kommission über Obszönität und Pornografie veröffentlicht, vertrieben und mit obszönen Bildern illustriert zu haben.

Es dauerte keine Woche, da reagierte Hamling mit einer ganzseitigen Annonce, die er in der *Los Angeles Times* und in den beiden Tageszeitungen von San Diego platzierte. Mitchells Beschuldigungen, hieß es, entpuppten sich als »mangelhaft verschleierte politische Manöver« der Nixon-Regierung. Man wolle die Aufmerksamkeit der amerikanischen Bevölkerung auf die so genannte »Bedrohung durch die Pornografie« lenken, um von den tatsächlich wichtigen Problemen wie Arbeitslosigkeit, Hunger, Armut, die zunehmende Verslummung der amerikanischen Städte, exorbitant steigender Steuern und verdeckter Kriege abzulenken. »Das Geld des Steuerzahlers«, so stand wörtlich in der Anzeige, »sollte nicht dazu verwendet werden, die Lesegewohnheiten und Gedanken des amerikanischen Volkes polizeilich zu überwachen, noch sollte jemand dafür bestraft werden, dass er behördliche Maßnahmen kritisiert. Die wertvolle Zeit der Gerichte sollte nicht hiermit verschwendet werden. Der Bundesstaatsanwalt und die Administration sollten ihre kostbare Zeit nicht länger mit derartigen Trivialitäten vergeuden und sich den brennenden Fragen der Zeit widmen.«

Obwohl der Prozess in Hamlings Heimatstadt stattfand und nicht in Dallas, wo das FBI den illustrierten Report gekauft hatte – ihm blieben so die Extraausgaben der Prozessführung in Dallas erspart –, war er mit dem von Nixon ernannten Bundesrichter Gordon Thompson konfrontiert. Schon vor Prozessbeginn bemerkte er den Gegenwind, der ihm entgegenschlug. Als Erstes wurde ihm eine einmonatige Prozessverschiebung versagt, dadurch hätte sich der Kreis der möglichen Geschworenen um jüngere, in sexuellen Fragen eventuell tolerantere Kandidaten erweitert. Auch das Ansinnen der Verteidigung, die in Frage kommenden Geschworenen nach ihren Verbindungen zur CDL, ihrer Religiosität und einer möglichen Beeinflussung durch Priester zu befragen, wurde vom Gericht abgelehnt.

Als der Prozess im Oktober 1971 begann, bestand die Jury aus neun Männern und drei Frauen mittleren Alters. Zu Hamlings Bestürzung war der erste Zeuge der Anklage ein Sympathisant der CDL und hatte an Keatings Minderheitsbericht der Kommission mitgearbeitet. Dr. Melvin Anchell denunzierte den illustrierten Bericht als wertlose »Geilheit«. Die Presse San Diegos war gegen Hamlings Publikation ähnlich voreingenommen und zitierte es als »Schmuddelbericht«; das Wort »Schmuddel« tauchte als Konstante in der Prozessberichterstattung dauernd auf. »Schmuddel-Prozess gegen Fakten der Konspiration« und »Richter verbietet das Verlesen des Schmuddel-Reports«; »Drei Experten als Zeugen im Schmuddel-Prozess«. Zudem gaben die Leitartikler den Ausführungen der Zeugen des Staatsanwalts mehr Raum als den Zeugen der Verteidigung, wobei besonders ärgerlich war, dass eine sehr wichtige Zeugin von Hamling nicht zugelassen wurde – sie hatte bei einer repräsentativen Befragung von 718 Bürgern San Diegos Hamlings erotische Broschüre verteilt und dabei festgestellt, dass eine deutliche Mehrheit der Befragten befand, dass dem Publikum das Material zugänglich gemacht werden sollte. Der Richter lehnte die Verlesung der Resultate als für den Prozess irrelevant ab, da Hamling wegen des Verstoßes gegen ein Bundesgesetz – Kontaminierung der Post – vor Gericht stand und daher nur Beweismittel mit Bezug auf die sexuellen Standards der Nation als Ganzes, nicht aber mit Bezug auf San Diego zugelassen seien.

Der Prozess zog sich über zwei Monate hin, bis in den Dezember 1971, und die Jury hatte die größten Schwierigkeiten, zu einem Urteil zu gelangen. Die Abbildungen ließen zwar an Deutlichkeit nichts zu wünschen übrig, illustrierten aber genau das, worum es in dem offiziellen Report ging. Auch der Text in Hamlings Buch war fast identisch mit der trockenen Prosa und den Statistiken der Kommission und konnte somit kaum als obszön bezeichnet werden.

Weniger Milde ließ die Jury bezüglich der 55 000 Werbebroschüren walten, die Hamling versandt hatte. In der Broschüre waren die pornografischen Bebilderungen des Reports ohne die entsprechenden Textpassagen abgedruckt worden, stattdessen wurde Präsident Nixon wegen seiner Haltung zu den Kommissionsergebnissen in einem Editorial kritisiert. Diese Kombination und die Tatsache, dass die Broschüre ihnen unerbeten zugestellt worden war, hatte mindestens ein halbes Dutzend Bürger dazu bewogen, eine offizielle Beschwerde bei der Post einzureichen. Nachdem sich die Jury sechs Tage lang hinter verschlossener Tür beraten hatte, kam sie zu dem Schluss, dass zumindest der Inhalt der Broschüre obszön sei. Im Februar 1972 wurde Hamling von dem düster blickenden Richter Thomson zu vier Jahren Gefängnis und 87 000 Dollar Geldstrafe verurteilt. Sein Chefredakteur Earl Kemp bekam drei Jahre, und bei zwei weiteren Mitarbeitern wurde die Strafe auf fünf Jahre Bewährung ausgesetzt.

Hamling war wie vor den Kopf gestoßen und maßlos verbittert; doch als er den Gerichtssaal gegen Kaution verlassen konnte, fühlte er sich nicht restlos entmutigt. Er und seine Rechtsanwälte wollten den Fall vor das Berufungsgericht in Kalifornien bringen, und im Falle eines Misserfolges vor dem Obersten Bundesgericht in Washington verhandeln. Dort hatte Hamling mit seinen Prozessen bislang immer Erfolg gehabt.

Im Juni 1973 bestätigte das Berufungsgericht das Urteil der ersten Instanz. Zwei Wochen später, als seine Anwälte die Eingabe an das Oberste Bundesgericht vorbereiteten, erreichte Hamling die schlechteste Nachricht in seiner Karriere als Verleger: Die Bundesrichter hatten die juristische Definition des Obszönitätsbegriffs auf eine Art und Weise geändert, die Autoren und Verlegern von pornografischer Literatur nichts Gutes verhieß. Nach einer Fünf-zu-vier-Entscheidung zugunsten der vier von Nixon ernannten Richter – Burger, Blackman, Powell und Rehnquist, der fünfte war White, ein von Kennedy ernannter Richter – wurde der Terminus »ohne jeglichen gesellschaftlichen Wert«, der für Verleger von Pornografie das entscheidende Schlupfloch zur legalen Veröffentlichung von ebensolcher gewesen war, ersetzt. Nach der neuen Gesetzesfassung, die am 21. Juni 1973 verabschiedet wurde, brauchte der Ankläger, der ein sexuelles Werk verbieten wollte, nur noch einen Mangel an »ernsthaftem literarischen, künstlerischen, politischen oder wissenschaftlichen Wert« festzustellen. Die Liberalisierungen der vergangenen Jahre – *Redrup gegen New York; Memoirs gegen Massachusetts; Jacobellis gegen Ohio* – wurden durch die neue Rechtsprechung unter Richter Warren Burger und den anderen Richtern des Obersten Gerichtshofes abgelöst; und der Fall, der ihm und seinen Kollegen einen Anlass bot für die Verschärfung des Obszönitätsbegriffs, betraf einen Pornohändler namens Marvin Miller, dem vorgeworfen wurde, obszöne Werbebroschüren verschickt zu haben, in denen er seine Versandartikel anpries.

Marvin Miller, durch seine Reputation auch William Hamling bekannt, hatte Millionen mit dem Vertrieb von pornografischen Filmen, Fotomagazinen und Taschenbüchern gemacht. Wie viele seiner Kollegen, die aus ähnlichen Gründen auf den Anklagebänken gesessen hatten – Hamling, Hefner und Barney Rosset von Grove Press, David A. Alberts, ein verurteilter Versandhändler aus Los Angeles, und Ed Lange, Besitzer eines FKK-Sexclubs und Entdecker von Diane Webber, dem meistfotografierten Nacktmodell – war Marvin Miller in Chicago zur Welt gekommen und aufgewachsen. Es war, als ob diese irisch-katholisch geprägte Stadt sexuell besessene Söhne hervorbrachte, die im Laufe der Zeit dann in liberalere Umgebungen zogen. Chicago war Americas Dublin.

Marvin Millers Vater war Taxifahrer in Chicago und wenige Monate vor der Geburt seines Sohnes im Jahr 1929 gestorben. Danach lebte Marvin fünf Jahre lang mit seiner russischstämmigen Mutter von der Wohlfahrt, mit sechs Jahren wurde er verhaftet, als er in eine Bäckerei einbrach, und in die Obhut eines jüdischen Kinderheimes gegeben. Den Großteil seiner Jugend verbrachte Miller in Waisenhäusern und staatlichen Internaten, in denen seine Lehrer ihm ohne Ausnahme eine hohe Intelligenz und einen gesteigerten Ehrgeiz bescheinigten; Jahre später sollte in seinem Strafregister seine »Neigung zu schnellen Geschäften« vermerkt werden.

Nach einem im ersten Semester abgebrochenen Studium an der Universität von Chicago verdiente er sich sein Geld abwechselnd als Großhändler von gebrauchter Silberfolie, als Verkäufer von Teppichböden und Tapeten, als Arbeiter in einer Großreinigung, als Börsenmakler und schließlich als Manager einer Wäschefirma in Los Angeles. Dort wurde er Anfang der fünfziger Jahre zum ersten Mal verurteilt, weil er mit buchhalterischen Mitteln die Kasse seines Chefs um 35 000 Dollar erleichtert hatte. Wegen solcher und ähnlicher Delikte, unter anderem wegen Brandstiftung, wurde Miller zum ständigen Gast in den Gefängnissen von Kalifornien, wo er sich immer beispielhaft führte. Seine Bewährungshelfer bezeichneten ihn als eine geborene Zockernatur, einen Menschen mit einem gewissen Charme, aber einem mangelnden Sinn für soziale Verantwortung und ohne Gespür dafür, welche Dinge ihn in Schwierigkeiten bringen konnten.

1961, nach seiner Entlassung aus dem Gefängnis, machte er sich in der Pornobranche von Los Angeles als Schwarzdrucker einen Namen, indem er den viktorianischen Klassiker *My Secret Life* – Grove Press hatte gerade in New York einem deutschen Sammler 50 000 Dollar für die amerikanischen Exklusivrechte bezahlt – illegal nachdruckte und als zehnteiligen Fortsetzungsroman für 1,25 Dollar pro Folge an Zeitungskiosken verkaufte. Als Barney Rosset von Grove Press ihn wegen Verstoßes gegen das Lizenzrecht verklagte – der kalifornische Richter war in der seltsamen Position, zivilrechtlich zwischen zwei Männern zu vermitteln, die er vermutlich beide gerne hinter Gittern gesehen hätte –, kam Miller noch einmal glimpflich davon, denn *My Secret Life* war inzwischen unbestreitbar (obgleich illegal) »öffentlicher Besitz« geworden, lange bevor der Verlag angesichts des Roth-Urteils beschlossen hatte, den Roman als teure Ausgabe in zwei Bänden herauszubringen.

Miller war zivilrechtlich nicht beizukommen gewesen; Rosset zahlte Miller sogar noch eine ansehnliche Summe, um ihn vom Druck weiterer Folgen abzuhalten, was dieser dann auch unterließ.

Aber Marvin Millers kurze Glückssträhne brach ab, als er anfing, Tausende von Werbebroschüren mit der Post zu verschicken, in denen er pornografische Literatur zum Verkauf anbot, darunter eine Paperback-Ausgabe mit männlichen Aktfotos zum Preis von 3,35 Dollar namens *I, a Homosexual*, einen großen Bildband mit dem Titel *The Name is Bonnie*, in dem 24 Aktfotos einer Blondine zu sehen waren, für 10 Dollar, das Buch *Africa's Black Sexual Power*, das ein dunkelhäutiges Paar in Aktion zeigte (15 Dollar), weiterhin eine *Illustrated History of Pornography* mit 150 Reproduktionen erotischer Kunst, die zum Teil aus den Sammlungen von Somerset Maugham und König Faruk stammten; und schließlich einen 8-Millimeter-Pornofilm mit dem Titel *Marital Intercourse* der für 50 Dollar zu haben war.

Die Namen und Adressen der Empfänger seiner Broschüre lieferte Miller ein Adressenmakler aus Los Angeles, der aus individuellen Profilen Kundenkarteien für die verschiedensten Produkte – von Gartenzubehör bis zum Autoersatzteil für Oldtimer – zusammengestellt hatte. Zur eigenen Absicherung überließ der Makler die Verantwortung dem Versender, berechnete aber 100 Dollar für 1000 Adressen. Marvin Miller ließ an die 300 000 Reklamebriefe verschicken, was ihn fast 30 000 Dollar Maklerhonorar kostete. Die Adressaten, so ging aus der Kartei hervor, hatten irgendwann bereits einmal »nicht jugendfreie« Waren bestellt. Garantieren konnte der Makler allerdings nicht, dass die eine oder andere Sendung nicht doch in falsche Hände geriet – die Listen waren durch und durch von Spitzeladressen durchsetzt –, was auch prompt passierte.

So schien es nur natürlich, dass es Anzeigen und offizielle Beschwerden von empörten Empfängern hagelte, und ein kalifornisches Gericht stufte das Material als obszön ein – hierbei war es egal, wer die Werbesendungen geöffnet hatte. Bald befasste sich sogar der Oberste Gerichtshof in Person des Richters Warren Burger in Washington mit dem Fall. Im Urteil des Prozesses *Miller gegen Kalifornien*, der in die Rechtsgeschichte eingehen sollte, schrieb Burger: »Der Angeklagte führte eine groß angelegte Werbekampagne durch, mit der er seine illustrierten Bücher mit dem beschönigenden Hinweis ›Nur für Erwachsene‹ anbot.« Und in einer Fußnote fügte der Richter hinzu:

> Bei dem Material handelt es sich bei genauer Definition um pornografisches Material. Das Wort Pornografie kommt aus dem Griechischen (porné – Hure; graphos – Schreiben). Es bedeutet: 1. Die Beschreibung einer Prostituierten oder von Prostitution überhaupt. 2. Die bildliche Darstellung (geschrieben oder gezeichnet) ausschweifender Zügellosigkeit, ein Porträt erotischer Aktivitäten, das dazu ausersehen ist, sexuell zu stimulieren. Pornografisches Material, das unsittlich und obszön ist, bildet laut *Websters internationalem Wörterbuch* nur eine Untergruppe aller obszönen Darstellungen, nicht ihre Ganzheit. So zumindest wird das Wort »obszön« heutzutage in unserer Sprache gebraucht. Deshalb möchte ich darauf hinweisen, dass die Worte »obszönes Material« in diesem Prozess eine besondere juristische Bedeutung haben, die sich vom Fall Roth herleitet. Das heißt, eine Sache ist obszön, wenn sie mit Sex zu tun hat.

Noch ehe Millers Fall vor das Oberste Bundesgericht kam, war Warren Burger längst über den Punkt hinaus, die Art und Weise zu tolerieren, in der Sex in amerikanischen Büchern, Filmen und Shows dargeboten wurde – nicht nur in den Großstädten der West- und Ostküste, sondern auch in kleineren

Gemeinden im Mittleren Westen, wo er erzogen und herangewachsen war. Im Jahr davor waren in fast allen Staaten von Amerika Massagesalons, Oben- und Unten-ohne-Bars eröffnet und Pornofilme wie *Deep Throat* in Kinos gelaufen, ein zweiundsechzig Minuten dauerndes Werk, bei dem fünfzig Minuten lang Gruppensex, Fellatio, Cunnilingus, Onanie und Analverkehr, heterosexueller Geschlechtsverkehr und männlicher Samenerguss in Farbe gezeigt werden. Millionen Männer sahen sich den Film an, viele brachten auch ihre Ehefrauen und Freundinnen mit. *Deep Throat* war der erste harte Pornofilm, den Paare in großer Anzahl ansahen – obwohl regelmäßige Razzien in den Kinos im ganzen Land stattfanden, in dem ebenso erbitterten wie erfolglosen Bestreben, den Film von den Leinwänden zu verbannen.

Im Fall Marvin Miller hatten Burger und seine konservativen Richterkollegen endlich Gelegenheit, ihre Empörung über die sexuelle Offenheit in ganz Amerika zum Ausdruck zu bringen und den Geist der Freizügigkeit, der sich bei ihren Amtsvorgängern Anfang der sechziger Jahre eingeschlichen hatte, zu exekutieren. Die Tage, da die Verfasser von Schundliteratur ihre obszönen Werke rechtfertigen konnten, indem sie zum Beispiel ein Voltaire-Zitat auf die Buchhüllen druckten, seien endgültig vorbei, erklärte Burger und verbreitete sich weiter über dieses Thema: »Verhaltensweisen oder das Abbilden von Verhaltensweisen, die von der staatlichen Polizeigewalt auf der Straße verboten werden können, sind nicht automatisch gesetzlich geschützt, bloß weil sie in einer Bar oder auf einer Theaterbühne stattfinden. Genauso wenig wie die Verfassung ein Paar schützt, dass mittags um zwölf mitten auf dem Times Square den Geschlechtsverkehr ausübt und dabei in einen politischen Diskurs verwickelt ist.«

Das neue Obszönitätsgesetz, hob Burger hervor, bedeutete auch, dass das, was vielleicht in den Kinos und auf den Bürgersteigen des Times Square und des Sunset Boulevard legal sein mochte, nicht notgedrungen in die Zensurbestimmungen der kleinen bibeltreuen Gemeinden der ländlichen Gegenden übernommen wurde. Das Prinzip der kommunalen Standards – im Gegensatz zu den nationalen Standards – würde von jetzt an presse- und meinungsfreiheitliche Fragen im Zusammenhang mit den Obszönitätsprozessen bestimmen. Letztendlich bedeutete dies, dass Magazine wie der *Playboy* (dessen Anzeigenkunden davon ausgingen, dass der Verkauf in großen Städten wie auch auf dem Land stattfand) oder erotische Filme wie *Last Tango in Paris* (der mit Marlon Brando in der Hauptrolle auf den nationalen Markt zielte) mit Zensurauflagen in einzelnen Gemeinden aufgrund von Kampagnen zu rechnen hatten, mit denen politische Vigilanten die lokalen Verwaltungen und Polizeibehörden unter Druck setzten, die »kommunalen Standards« aufrechtzuerhalten. Abschließend wies Burger das Ergebnis des Berichts der Präsidenten-Kommission zurück: »Auch wenn es keine schlüssigen Beweise für einen Zusammenhang zwischen antisozialem Verhalten und obszönem Material gibt, ist es nur recht und billig für die Gerichtsbarkeit, von der Annahme auszugehen, dass ein derartiger Zusammenhang doch existiert.«

Burgers Erklärung, die in ganz Amerika Schlagzeilen machte, wurde von Kongressmitgliedern aus konservativen Wahlbezirken und von Kirchenvertretern besonders enthusiastisch gefeiert. Im *National Decency Reporter* wetterte Charles Keating: »Seit über 15 Jahren, seit ich mit dem CDL begann, bewerfen Verfasser pornografischer Literatur das amerikanische Volk mit Dreck. Die Nation erstickt in einer Welle von Schmutz und wird vom Verfall moralischer Werte bedroht. Das Motiv ist Geld, das große Geld, Milliarden von Dollar. Für Geld sind diese Leute bereit, ihr Land zu verkaufen und unsere Kinder in die Knechtschaft sexueller Ausschweifungen zu stürzen. Diese Gossenhändler wickeln ihre dreckige Ware in die Fahne der Vereinigten Staaten und verstecken sich hinter der Verfassung. Sie haben versucht, sich dieses Dokuments, welches für die Freiheit von Geist und Gedanken steht, zu bemächtigen, um Männer zu versklaven und Frauen zu entwürdigen. All diese verruchten Jahre liegen nun hinter uns. Eines Tages werden wir, ungläubig und mit Schaudern, zurückblicken in die Abgründe, in die wir uns im Namen der Freiheit haben zerren lassen. Doch«, fuhr Keating fort, »jetzt sind wir an der Reihe! Die anständigen Bürger von Amerika, unterstützt vom Obersten Bundesgericht in Washington, werden in einen heiligen, ja, *heiligen* Krieg gegen jene ziehen, die mit Obszönitäten Handel treiben. Von heute an werde ich weder rasten noch ruhen, bis jeder Pornograf in Amerika aus dem Geschäft oder im Gefängnis oder beides ist.«

Unter den Gegnern der Beschlüsse fanden sich die vier Kollegen von Burger – Douglas, Stewart, Brennan und Marschall – und diverse Verleger großstädtischer Zeitungen, die die »Anti-Schmutz«-Kampagnen unterstützt hatten, wobei ihnen entgangen war, dass ja auch *ihre* Pressefreiheit betroffen sein würde, wenn es um die Darstellung von Sexualität ging. Das Burger-Verdikt, konstatierte die *New York Times* in einem Leitartikel, »macht den Weg für lokale Zensoren frei. Es könnte, nach Richter Burger, zu Durchsuchungen lokaler Bibliotheken führen. Auf lange Sicht hat es zur Folge, dass jede Gemeinde, jeder Staat sich zum Maßstab der Toleranz erhebt und hierbei alle künstlerischen Werke und solche zur Unterhaltung, sobald sie auch nur irgendwelche sexuellen Bezüge haben, auf den kleinsten gemeinsamen Nenner der Toleranz heruntergewirtschaftet werden. Eine Hochblüte für die Polizeigerichte …«

Wenige Tage nach der Veröffentlichung von Burgers Gerichtsbeschluss wurde in Utah der Film *Last Tango in Paris,* der in Salt Lake City Premiere haben sollte, verboten; in Hollywood wurde das Projekt der Verfilmung des Buches von Hubert Selby über Homosexuelle aus der Arbeiterklasse, *Last Exit to Brooklyn,* abgebrochen. »Wir wollen keine Gerichtsverfahren, wir wollen Filme produzieren«, erklärte Jack Valenti, Präsident der Motion Picture Association of America, und bedauerte, dass unter der neuen Rechtslage »fünfzig oder mehr verschiedene Meinungen darüber entstehen, was obszön ist oder nicht«, während andere Industriesprecher voraussagten, dass die meisten Filmemacher und beinahe alle TV-Kreativen angesichts der Zensur um »erwachsene« und heikle Sujets in Zukunft einen Bogen machen würden.

Die nächsten Titelseiten von *Playboy, Screw* und anderen sexorientierten Zeitschriften wurden schleunigst von den Art-Direktoren frisiert, und vor Pornobuchläden bildeten sich im ganzen Land lange Schlangen. Die Kunden kauften alles auf, aus Angst, die begehrte Ware könnte jeden Moment für immer aus den Regalen verbannt werden. »Dieser Beschluss«, meinte Bob Guccione von *Penthouse,* »droht eine Milliarden-Dollar-Industrie in den Untergrund zu treiben – und das bedeutet Korruption und Verbrechen im wahrsten Sinne des Wortes. Es ist ein Rückfall in die Prohibition.« Linda Lovelace, der Star des Pornofilms *Deep Throat*, wurde in der Presse mit der Aussage zitiert: »Der Letzte, der die Zensur anordnete, war Adolf Hitler. Als Nächstes werden sie an unsere Türen klopfen und unsere Fernsehgeräte und Radios beschlagnahmen!«

Unter den Schriftstellern, die Burgers Haltung mit Besorgnis registrierten – die Gruppe umfasste Kurt Vonnegut, Truman Capote und John Updike –, beschrieb Joyce Carol Oates dessen Haltung als symptomatisch für eine militante Gesellschaft, die ihre Aggression nicht mehr in Vietnam ausleben konnte. »Wenn Amerika nicht im Krieg steht«, erklärte sie, »muss der puritanische Wunsch, Menschen zu bestrafen, zu Hause ausgelebt werden.«

Hamling verfolgte aufmerksam die Stellungnahmen anderer Autoren, während er sich im Sommer 1973, als sein Prozess langsam näher rückte, zunehmend fragen musste, wie sich das neue Urteil wohl auf seinen Fall auswirken würde, wenn er den Platz von Marvin Miller im großen Gerichtssaal einnahm. Da er von einem Richter in San Diego im »nationalen« statt »kommunalen« Kontext verurteilt worden war und Befragungen gezeigt hatten, dass die sexuellen Standards in San Diego liberaler waren als in Amerika, hoffte er auf eine Wiederaufnahme aufgrund der Miller-Interpretation des Gesetzes. Ein Antrag auf Wiederaufnahme des Verfahrens durch Hamlings Anwälte in den Jahren 1973 und 1974 wurde ebenso abgelehnt wie ein Antrag auf Reduzierung der Strafe von 87 000 Dollar und 4 Jahren Gefängnis.

Und so stieg am 15. April 1974, einem windigen Montag, William Hamling zusammen mit seiner Frau und seiner Tochter die Marmorstufen zum Obersten Bundesgericht hinauf, trat durch die Eingangstür und wurde in den Verhandlungssaal geführt, in dem neun bedeutende Männer den Fall *Hamling gegen die Vereinigten Staaten* behandeln sollten.

23

Während William Hamling die Ankunft der Richter erwartete, saß er mit seiner Frau und seiner Tochter auf einer Mahagonibank in der sechsten Reihe des überfüllten, reich geschmückten heiligen Saales des Obersten Gerichtshofs und blickte hinauf zu der getäfelten Decke, zu den Marmorsäulen und den klassischen Bildhauerkunstwerken. Und wie vor Jahrzehnten, als er während seiner Kindheit in Chicago die hohen Messen in der Kirche miterlebt hatte, fühlte er eine Mischung aus Angst und Ehrfurcht in sich aufsteigen, ein bewegendes Gefühl der Erhabenheit.

An diesem Morgen sollte Hamlings Berufungsgesuch gehört und über sein Schicksal verhandelt werden. Ob er nun gewann oder verlor, sein Name und sein Fall würden für alle Zeiten in den juristischen Texten und Büchern der amerikanischen Rechtsprechung aufgeführt sein. Er blieb optimistisch bezüglich des Ausgangs dieser Gerichtsverhandlung. Er glaubte, dass der kleine und verkrüppelte Mann, der ihn vertrat und den er vorne am Tisch der Verteidigung kaum erkennen konnte, der überzeugendste Verteidiger der Nation für das undefinierbare Verbrechen war, dessen man ihn anklagte.

Hamlings Frau teilte seinen Optimismus allerdings nicht. Für Frances Hamling, eine scharfsinnige Frau mit starkem Willen, die Washington zum ersten Mal besuchte, bedeutete diese Reise ein sinnloses Unterfangen, allenfalls ein interessantes Spektakel, das von den Hunderten von Touristen und Jurastudenten im Raum beobachtet würde, das für ihren Mann jedoch eine Pro-forma-Angelegenheit bedeutete, in der das Urteil, das bereits geringere Richter gegen ihn gesprochen hatten, zweifellos bestätigt würde. Nicht, dass sie die Richter des

Obersten Gerichtshofs als übergeordnet betrachtete; auch sie waren gewöhnliche Männer unter ihren richterlichen Roben, politisch ernannte und voreingenommene Schiedsmänner, die das Schicksal ihres Mannes längst bestimmt hatten, und ihr Erscheinen auf der erhobenen, polierten Bank, die sich bedeutungsvoll wie ein Altar vor ihr auftat, war nur eine Pflichtübung.

Als Ehefrau und zuverlässige Stütze eines vielfach verfolgten Verlegers und als Frau, die im Stillen die vielen Verhandlungen dieses Mannes durchlitten hatte, der sie 1948 als Witwe geheiratet und ihre vier Kinder aus erster Ehe liebevoll adoptiert hatte, war sie zutiefst empört über die Anmaßung dieser Männer, über den moralischen Charakter ihres Mannes urteilen zu wollen, und während des vergangenen Jahres hatte ihre Skepsis der staatlichen Exekutive gegenüber noch zugenommen. Der Generalstaatsanwalt der Vereinigten Staaten, John M. Mitchell, der ihren Mann wegen der Herausgabe des illustrierten Reports persönlich angeklagt hatte, war nun selbst wegen seiner Rolle im Watergate-Skandal angeklagt. Vizepräsident Spiro Agnew, der 1971 den Report so scheinheilig verdammt hatte, war wegen Bestechung und Steuerhinterziehung unter Druck geraten und von seinem Posten zurückgetreten; und der unvergleichliche moralische Heuchler der Nation, Präsident Nixon, war wegen seiner Täuschungen um Watergate in die Enge seines Büros getrieben, während Nachrichtenberichte in Radio und Fernsehen täglich über seine Amtsenthebung und seine Inhaftierung spekulierten.

Nichtsdestotrotz hatte sie während ihrer Besichtigung der Hauptstadt vor einigen Tagen bemerkt, dass die gewaltige und schwerfällige Bürokratie weiterhin Bestand hatte und sich ihre rätselhafte Existenz von der Öffentlichkeit durch immense Steuergelder finanzieren ließ, denn was sie in Washington am erschreckendsten fand, war die bloße Größe seiner Bürokratie, die endlosen grauen Gebäude, die unzählige Beschäftigte beherbergten, die Verkehrsstaus der Staats- und Regierungslimousinen, die unsägliche Statisten und Faktoten von hier und dort beförderten, die nur die Gehaltskosten in die Höhe trieben und dabei zweifellos nichts zum leistungsfähigen Dienst am amerikanischen Bürger beitrugen.

Dasselbe schien sich auch innerhalb des Obersten Gerichtshofs selbst zu bewahrheiten. Während sie durch die Gänge liefen, sahen sie und ihr Mann überall im Gebäude von Schreibkräften, Wärtern, Empfangsdamen, Sekretärinnen und Buchhaltern überfüllte Räume; nachdem sie jedoch im Büro des Marshalls angekommen waren, wo Hamlings Anwalt für sie besondere Sitzplätze im Gerichtssaal arrangiert hatte, waren sie bestürzt zu erfahren, dass die Mitarbeiter des Marshalls ihre Namen irrtümlicherweise nicht in die Liste aufgenommen hatten. Und statt nun einen Anspruch auf einen Sitzplatz im vorderen Bereich mit einem vollständigen Blick auf das Geschehen zu haben, wurden sie zu einer Reihe in der hinteren Hälfte des Saales eskortiert, was ihren Ehemann ganz besonders ärgerte, der, nachdem er bereits 400 000 Dollar in diesen Fall investiert hatte, glaubte, dass daes Gericht ihm zu diesem besonderen Anlass als Entgegenkommen einen Logenplatz für die letzte Runde dieses kostspieligsten Rechtsstreits seines Lebens hätte garantieren müssen.

Sie war ebenfalls verstimmt über die übertriebene Art und Weise, in der die Wärter sie, ihre Tochter und ihren Mann durchsucht hatten, bevor man ihnen Einlass in den Saal gewährte. Zunächst hatten sie darauf bestanden, dass sie ihren neuen gelben Mantel, den sie zu diesem Anlass gekauft hatte, auszog, um ihn in der Garderobe zu untersuchen, dann öffneten und durchsuchten sie ihre Lederhandtasche, und nachdem sie entdeckt hatten, dass sich darin eine Kamera befand, erinnerten sie sie mit ernster Mine daran, dass Fotografieren untersagt sei, und konfiszierten die Kamera mit dem Hinweis, dass sie sie nach der Anhörung wieder abholen könne.

Im Saal saß sie ganz nahe bei ihrem Mann und versuchte, die Ängste um seine Zukunft zu unterdrücken. Vier Jahre Gefängnis und 87 000 Dollar Geldstrafe waren kaum ein Anlass zur Beschaulichkeit. Da man im Saal weder sprechen noch flüstern durfte, vertrieb sie sich die Zeit damit, ihre Blicke über die reiche Dekoration des Raumes schweifen zu lassen, die imposanten schneeweißen Säulen und die roten Samtvorhänge, die den Hintergrund für die polierte Richterbank und die hohen schwarzen Lederstühle bildeten. Eine goldene Uhr hing zwischen zwei Säulen herab und zeigte an, dass es 9 Uhr 57 war – nur noch wenige Minuten bis zur vorgesehenen Ankunft der Richter.

Am oberen Rand der Strinseite, nahe der zwölf Meter hohen Decke, entdeckte Frances eine interessante sinnliche Darstellung klassischer Kunst: Es handelte sich um einen Fries aus beige-goldenem Marmor, der die gesamte Breite des Raums säumte und auf dem ungefähr zwanzig nackte und halbnackte Männer, Frauen und Kinder in den verschiedensten Posen vereint waren. Die Figuren symbolisierten die Verkörperung menschlicher Weisheit und Treue, Rechtschaffenheit und Tugendhaftigkeit; für sie hätten die Körper jedoch genauso gut eine Ansammlung römischer Hedonisten und Orgiasten darstellen können, und es erschien ihr ironisch, dass ausgerechnet eine derartige Szene über den Köpfen der Richter schwebte, die über die von ihrem Mann verwendeten Illustrationen in der Ausgabe des offiziellen Obszönitäts- und Pornografieberichts zu Gericht saßen.

Ihre Betrachtungen wurden abrupt vom lauten Klopfen des Marschallhammers unterbrochen. Als alle im Raum sich schnell erhoben hatten, begann der Gerichtsdiener, seinen Sermon herunterzuleiern: »Alle Beteiligten werden ermahnt, sich zu erheben und dem ehrenwerten Obersten Gericht der Vereinigten Staaten ihre Achtung zu erweisen …«

Plötzlich und mit theatralischem Schwung teilten sich die

roten Vorhänge, und zwischen den Öffnungen des Samtes erschienen die neun Männer in ihren schwarzen Roben, traten vor und nahmen ihre Plätze ein, während der Gerichtsdiener fortfuhr: »Das hohe Gericht hat Platz genommen. Gott schütze die Vereinigten Staaten und dieses ehrenwerte Gericht!«

Auf dem Richterstuhl in der Mitte, mit akkurat gekämmtem, schimmernd weißem Haar und gerötetem Gesicht, saß der 66-jährige Präsident des Gerichts, Richter Warren Burger. Zu seiner Rechten, runzelig und kleinwüchsig, befand sich der mit 76 Jahren älteste der Richterschar, William Douglas, der dem Gericht bereits seit 35 Jahren angehörte. Zu Burgers Linken saß William Brennan mit seinen 74 Jahren, ein nahezu kahlköpfiger Brillenträger, der 1956 von Eisenhower berufen worden und einer von sechs Katholiken war, die dem Gericht während seiner fast 200-jährigen Geschichte dienten. Seitlich dieser Veteranen saßen die anderen Richter – ein stämmiger 59-jähriger Mann aus dem Mittleren Westen mit freundlichem Gesicht namens Potter Stewart; der 57-jährige Byron (Whizzer) White, der sich durch seinen markanten Unterkiefer auszeichnete und als ehemaliger Rhodes-Schüler und bekannter Halfback einen grimmigen Eindruck machte mit seinem seltsam gewölbten Kopf, der ein wenig an die alten Footballhelme aus Leder erinnerte; sowie der schnurbarttragende 66-jährige Thurgood Marshall, ein Mann mit breitem Brustkasten, der erste Schwarze, der jemals in das Gericht berufen worden war. Am äußeren Rand der Bank saßen die von Nixon ernannten Richter: der ordentlich wirkende Harry Blackmun, 65 Jahre alt, mit Hornbrille und dünnen Lippen; der hagere und irgendwie gebrechlich wirkende 66-jährige Lewis Powell aus Virginia; und das jüngste Mitglied des Gerichts, der 49-jährige William H. Rehnquist, ein großer und kräftiger Konservativer mit kühlen Augen, glattem, dunklem Haar und langen, rasiermesserscharfen Koteletten.

Mit sonorer Stimme kündigte der Vorsitzende Richter Burger an, dass der erste der zwei an diesem Morgen zu verhandelnden Fälle der des Hollywood-Films *Carnal Knowledge* war, der von der ländlichen Kleinstadt Albany im US-Staat Georgia für obszön erklärt worden war. Frances Hamling entspannte sich. Sie wusste, dass die beiden gegnerischen Anwälte jeweils mindestens eine halbe Stunde Redezeit in Anspruch nehmen durften, um ihre unterschiedlichen Ansichten darzulegen: also würde auf jeden Fall noch eine weitere Stunde bis zur Verhandlung ihres Mannes vergehen. Und so lauschte sie emotionslos dem Verteidiger, dem eleganten Staranwalt Louis Nizer, der hinter seinem Podium stand und erklärte, dass die Verfolgung des Filmes eine unglaubliche Rechtsbeugung darstelle – eine Ansicht, die von vielen Zeitungen in ganz Amerika bereits mehrfach geäußert worden war. Da es in dem Film nicht eine einzige pornografische Szene gab, hatte die Verhaftung und Verurteilung des Kinobesitzers in Georgia, der den Streifen aufgeführt hatte, die Hollywood-Industrie in Empörung, die Medien und viele Juristen in Erstaunen versetzt. Wegen der »kommunalen Maßstäbe« des Obersten Gerichtshofs und aufgrund des Urteils, das er im Fall Miller mit fünf zu vier Stimmen gefällt hatte, konnte jedoch auch ein erotisch lediglich angehauchter intellektueller Film in einer Kleinstadt von einer prüden Bürgerinitiative aus den Kinos verbannt werden – was in Albany geschehen und später von der höchsten Instanz in Georgia für rechtens erklärt worden war, einem Staat, in dem manche sexuelle Praktiken, die von erwachsenen Personen im gegenseitigen Einvernehmen ausgeübt werden, mit strengeren Strafen belegt waren als die sodomitischen Praktiken mancher Bürger mit ihren Farmtieren.

Carnal Knowledge sei in keiner Weise ein sexuell expliziter Film, erklärte Nizer mit Nachdruck. Der Film wirke weder anstößig noch erotisch stimulierend auf den Zuschauer, noch werde auf der Leinwand genitaler Kontakt zwischen seinen

Hauptdarstellern gezeigt. Im Gegenteil: Es handele sich vielmehr um ein seriöses, subtiles Epos, das in jeder Gemeinde in Amerika gesetzlich erlaubt sein sollte; und es sei ebenfalls eine bedeutende künstlerische Leistung eines der begnadetsten Regisseure der Nation und Oscar-Preisträgers, Mike Nichols. Während Nizer fortfuhr, den Film zu loben, ließ Frances Hamling ihren Blick durch den Raum schweifen, um zu sehen, ob sich in der Menge vielleicht bekannte Gesichter aus Hollywood befanden, beispielsweise die Stars des Films, Jack Nicholson und Ann-Margret. Doch sie erkannte niemanden. Und da nur Anwälte berechtigt waren, vor dem Obersten Gerichtshof zu sprechen, gab es auch keine Notwendigkeit für die Anwesenheit der Schauspieler. Schließlich entdeckte sie dann doch den Präsidenten der Motion Picture Association of America, Jack Valenti, unter den Zuhörern, und sie bemerkte bei dieser Gelegenheit, das er es geschafft hatte, einen Platz in den ersten Reihen zu ergattern.

Während Nizer weitersprach und gelegentlich innehielt, um eine von einem der Richter eingeworfene Frage zu beantworten, warf Frances ihrer blonden Tochter, die im zweiten Jahr am San Diego State College studierte und die nun aufmerksam zuhörte, einen flüchtigen Blick zu. Deborah Hamling, das zweite Kind aus ihrer zweiten Ehe, absolvierte gerade ihre Ausbildung zur Krankenschwester. Neben ihr saß ein dunkeläugiges Mädchen von 19 Jahren, das vor kurzem vorzeitig das College in Bennington verlassen hatte – Judith Fleishman, die jüngste von drei Töchtern des Verteidigers der Hamling-Verlagsgesellschaft, Stanley Fleishman. Fleishman, der am Anwaltstisch saß, war bereits mehr als ein halbes Dutzend Mal vor dem Obersten Gerichtshof der Vereinigen Staaten erschienen, und es war Fleishman, der die erfolgreiche Strategie im Fall *Redrup gegen den Staat New York* inszeniert hatte, bei dem es sich um die beiden Paperbacks von Hamling drehte, die von einem Polizisten in Zivil erstanden worden waren.

Mit vierundfünfzig Jahren war Fleishman unter Kollegen anerkannt als brillanter und mutiger Verfechter der Rechte der amerikanischen Erotizisten und Freidenker; und nach über zwanzig Jahren als Verteidiger in Verfahren wegen Verbreitung obszöner Inhalte, die in zahllosen Gerichtssälen stattgefunden hatten, gehörten zu seiner Klientel mittlerweile die Filmvorführer von *Deep Throat*, die Verleger von Henry-Miller-Büchern, die Verkäufer von Diane-Webber-Fotos und die Besitzer von Sandstone Retreat. Fleishman konnte mit Stolz behaupten, dass keiner seiner Mandanten jemals bittere Jahre im Gefängnis hatte verbringen müssen.

Den Sandstone-Prozess hatten ein paar Beamte von Los Angeles County und eine Bürgerinitiative angestrengt, nachdem John Williamson sein Nudistencamp 1970 in einen Club mit Mitgliedsbeiträgen umgewandelt hatte, worin die Anklage einen Verstoß gegen eine Verordnung sah, die öffentliche Nacktheit verbot und in den dreißiger Jahren in Los Angeles in Kraft getreten war. Nach vielen juristischen Manövern und etlichen Verhandlungen überzeugte Fleishman jedoch das Berufungsgericht in Kalifornien davon, dass diese Verordnung verfassungswidrig war. Sie sei ein Eingriff in die Intimsphäre der Mitglieder von Sandstone und ein Verstoß gegen das gesetzlich verankerte Recht der Versammlungsfreiheit. Worauf Sandstone seinen Betrieb wieder aufnehmen konnte und fortan unbehelligt blieb.

Fleishmans Verteidigung eines Aktfotos von Diane Webber im Jahre 1965, das zusammen mit Nacktaufnahmen anderer kalifornischer Fotomodelle von Milton Luros, einem Verleger in Los Angeles, in verschiedenen Magazinen veröffentlicht worden war, hatte weitaus mehr Geld verschlungen als die von Sandstone, weil die Regierung darauf bestand, den Fall in Iowa zu verhandeln, da bewiesen worden war, dass einige von Luros' Zeitschriften und erotischen Paperbacks nach Iowa versandt worden waren. Beim Prozess in Sioux City, der drei Monate dauerte, hatte ein übellauniger Richter den Vorsitz, und die Jury bestand fast ausschließlich aus Farmersfrauen. Da der Prozess in die Erntezeit fiel, gelang es fast allen in Frage kommenden männlichen Geschworenen, sich von ihrer Pflicht zu entschuldigen, und die zehn Frauen, denen sich Fleishman gegenübersah, stellten eine freudlose Versammlung dar, die bei jeder seiner Anspielungen auf sexuelle Dinge erröteten oder die Stirn runzelten. Daher war es nicht verwunderlich, dass sie Luros am Ende des Prozesses für schuldig befanden. Fleishman allerdings ging mit dem Fall sofort vor das Berufungsgericht und erreichte, dass das Urteil gegen Luros aufgehoben wurde.

Fleishman war kein Mann, der sich von gelegentlichen Rückschlägen entmutigen ließ. Obwohl sein kleiner Körper schon seit frühester Kindheit durch Kinderlähmung geschüttelt und verkrüppelt war, betrat er entschlossen mit Hilfe von Krücken und Schienen jeden Gerichtssaal in Amerika und überwand so Hindernisse, die allen außer ihm unüberwindlich schienen. Im Jahre 1920 an der Lower East Side von Manhattan als Sohn jüdisch-russischer Eltern geboren, wurde er jahrelang von seiner Mutter in einem übergroßen Kinderwagen durch die Nachbarschaft geschoben. Mit fünf Jahren kam er in ein Heim für verkrüppelte Kinder in Queens, wohin auch seine Eltern zogen, um ihn regelmäßig und ohne langen Anfahrtsweg besuchen zu können. Obwohl er von Kopf bis Fuß in Gips steckte, lernte er in der Einrichtung, aufrecht zu stehen und mit Krücken zu gehen. Fast zehn Jahre lang blieb er mit 40 anderen behinderten Kindern und Jugendlichen in diesem Heim und erhielt dort seine Grundschulausbildung.

Im Alter von 14 Jahren schickten ihn seine Eltern in eine öffentliche Highschool in Queens und setzten ihn zum ersten Male Schülern aus, die körperlich nicht behindert waren, was sein Gefühl der Isolation verstärkte. Die tägliche Nähe junger Mädchen, deren gesunde, blühende Körper er zurückhaltend bewunderte, verwirrte nachts seinen Geist, und fantastische Szenen spukten ihm im Kopf herum. Die Frau, bei der er sich jedoch am wohlsten fühlte, war seine Mutter, die immer liebevoll und beschützend, wenngleich manchmal zu dominierend war. Sein Vater, ein stiller, zurückhaltender Mann, der bis spät in die Nacht in der Setzerei der *New York Daily News* arbeitete, hatte nie eine herausragende Rolle im Haus gespielt, und das einzige einflussreiche männliche Geschöpf in Stanleys Jugend war ein Student der Universität von New York namens Bernard Hewitt, der in den dreißiger Jahren begann, mit Stanleys Schwester Florence auszugehen, und sie später auch heiratete. Er übernahm bei Stanley die Rolle des älteren Bruders und half ihm, unabhängiger von seiner Mutter zu werden. Als Stanley achtzehn wurde, überredete Hewitt Mrs. Fleishman, ihren Sohn auf eine Universität weit weg von zu Hause zu schicken, an der er sich, so gut es ging, ohne ihre ständige Aufmerksamkeit und Fürsorge entfalten würde. Stanley, der den Vorschlag guthieß, erklärte, er wolle die Universität in Georgia besuchen.

Georgia war ihm ein Begriff, weil der von ihm bewunderte und ebenfalls an Polio erkrankte Franklin D. Roosevelt hierher kam, um sich zu entspannen und im Wunderwasser der Quellen von Warm Springs zu baden. Da er keine Ahnung hatte, wie weit die Heilquellen vom Campus in Athens entfernt waren, nahm er einfach an, sie seien nahe genug, um sich häufiger Besuche beim Präsidenten erfreuen zu können, und mit diesem Bild vor Augen, wuchtete sich Stanley Fleishman eines Abends im Jahre 1939 die Stufen eines Eisenbahnwaggons in der Pennsylvania Station hinauf und trat zum nächtlichen Klappern der stählernen Räder seine lange Reise in den Süden an.

Am nächsten Morgen traf er im Zug ein paar gesellige Soldaten, die ihm ein Würfelspiel beibrachten und die ihn, nachdem er seine Bereitschaft kundgetan hatte, sein Glück in ihrem

Spiel zu versuchen, anschließend um 72 Dollar erleichterten – sämtliches Bargeld, das er bei sich hatte. Zum Glück wartete in Athens ein Wagen der Universität am Bahnhof und brachte ihn zum Campus. Doch kaum war er dort, musste er entdecken, dass er seine Fähigkeiten, sich als selbständiger Student zu behaupten, bei weitem überschätzt hatte. Im Gegensatz zu den Schulhäusern, die er im Norden kennengelernt hatte, gab es in den riesigen Fakultätsgebäuden Georgias keine Geländer, an denen er sich festhalten konnte, und er benötigte Stunden, um die Stufen zu meistern. Auch in den Duschräumen im Studentenheim waren keine Geländer angebracht. Er war während seiner Anfangszeit dermaßen verwirrt, dass er trotz der Hilfe einiger liebenswürdiger, aber unbeholfener Studenten drei Wochen benötigte, um sein Gepäck auszupacken. Doch noch länger dauerte es, bis er gelernt hatte, auf den schlüpfrigen Fliesen zu gehen, ohne auszurutschen.

Aber schon im ersten Jahr fing er an, Selbstvertrauen zu gewinnen, fühlte sich durch die Entfernung befreit von seiner dominierenden Mutter, und obwohl er nur ein durchschnittlicher Student war, bestand er alle seine Prüfungen. Abends im Studentenheim genoss er das gesellige Beisammensein mit den anderen Erstsemestern und war besonders beeindruckt von den unterschiedlichen Meinungen der Nord- und Südstaatler, was Politik, die Regierung und das Leben an sich betraf. Gegen Ende seines ersten Jahres in Georgia fühlte er sich so weit, seine erste Wallfahrt mit dem Zug quer durch den Staat nach Warm Springs machen zu können, und er malte sich aus, wie der große liberale Demokrat, sobald er von der Ankunft des verkrüppelten Studenten erfuhr, der ihn heiß verehrte, diesem einen freundlichen Empfang bereiten würde. Doch als er vor dem Tor von Roosevelts Landsitz stand, der ihn an die Bilder erinnerte, die in seinem Buch über Plantagen im Süden abgedruckt waren, sah er sich ein paar großen schwarzen Wächtern gegenüber, die ihm freundlich, aber bestimmt begreiflich machten, dass »externe Patienten« keinen Zutritt zu den Heilquellen hätten. Als sich Fleishman nach dem Präsidenten erkundigte, dem er seine Bitte persönlich vortragen wollte, hieß es, Mr. Roosevelt sei in Washington. Mit seinem ganzen rhetorischen Talent, das ihn später als Rechtsanwalt auszeichnen sollte, überredete er die Wächter, ihn wenigstens kurz das Grundstück betreten zu lassen, indem er ihnen erklärte, er wäre stundenlang gefahren in der Hoffnung, das berühmte kleine Weiße Haus des Präsidenten sehen zu können. Sie gewährten ihm schließlich einen kurzen Rundgang und ein Mittagessen, nach dem sie ihn in den nächsten Zug nach Athens verfrachteten.

Weitaus gastfreundlicher wurde Fleishman in einem Bordell empfangen, das in Athens als Effie's bekannt war und von Bürgern und Studenten gleichermaßen frequentiert wurde. Hier erlebte Fleishman zum ersten Mal den Geschlechtsverkehr, der ihn so wundervoll befriedigte, dass er, noch als er das Bordell verließ, beschloss, auf jeden Fall wiederzukommen, was er auch tat. Während des zweiten Semesters wurde er selbstsicher genug, sich den Studentinnen zu nähern und sich mit ihnen zu verabreden. Doch obwohl sie es anscheinend genossen, ihn in ein Kino oder ein Restaurant zu begleiten, endeten die Abende jedes Mal, ohne dass die Tugend der jungen Damen angetastet worden wäre.

Kurz vor dem dritten Semester wurde Fleishman klar, dass seine Zukunft auf dem Gebiet der Jurisprudenz lag. Er sah sich schon als weisen Ratgeber und geschickten Debattierer, dessen berufliche Erfüllung nicht von den Krücken und Stützapparaten, die für immer seine Bürde bleiben sollten, geschmälert würde. Im Sommer 1941 erhielt er ein Stipendium der Columbia University und beschloss, seine Zelte in seiner Heimatstadt New York aufzuschlagen und seine Unabhängigkeit von seiner Familie zu wahren, indem er ein Apartment auf dem Campus in Morningside Heights bezog.

Nach seiner Promotion im Jahre 1944 war er zwei Jahre lang als angestellter Anwalt tätig, in denen er Erbschaftsklagen und arbeitsrechtliche Streitfälle regelte. Als er jedoch im Winter auf den eisigen Straßen von New York ununterbrochen das Gleichgewicht verlor, ausrutschte und Taxis und Busse an seinem am Boden liegenden Körper vorbeirauschten, kam Fleishman zu dem Schluss, dass eine Stadt mit Palmen und mildem Klima seinem Befinden zuträglicher war. 1946 zog er nach Los Angeles, ein Jahr später bestand er die kalifornische Zulassungsprüfung als Rechtsanwalt, und er bereute es nie , an die Westküste gezogen zu sein – auch nicht, als er 1948 im Wagen eines Kollegen, der am Steuer saß, schwer verunglückte und neun Monate im Hospital liegen musste.

Von seinem Krankenbett aus verklagte er den Fahrer des Wagens und erhielt 10 000 Dollar Schmerzensgeld. Ebenfalls im Krankenhaus freundete sich Fleishman mit der Diätköchin an, einer Frau, die er im Jahre 1949 heiratete. Als sich das Krankenhaus weigerte, ihr einen Wochenlohn extra zu bezahlen, der ihr ihrer Meinung nach schon lange zustand, verklagte Fleishman das Spital und bekam das Geld plus Zinsen ausbezahlt.

Erste berufliche Anerkennung erlangte Fleishman Anfang der fünfziger Jahre in Los Angeles während der Zeit der Säuberungsaktionen in Hollywood gegen angebliche Kommunisten in der Filmindustrie. Obwohl sich unter Fleishmans Klienten keiner der bekannten Namen der schwarzen Liste Hollywoods befand, beachteten und bewunderten ihn andere Anwälte dennoch wegen seiner energischen Anstrengungen in zahlreichen Prozessen, zu denen auch solche gegen mutmaßliche Staatsfeinde zählten. Einer seiner Klienten war ein Drehbuchautor und Lehrer, der als Sympathisant der Kommunistischen Partei verhaftet und, trotz Fleishmans wütendem Protest vor Gericht, in einem Gefängnis in Los Angeles ohne Kaution auf unbestimmte Zeit festgehalten worden war. Am nächsten

Tag las er in der Zeitung, Richter William O. Douglas sei in San Francisco eingetroffen, um einer Konferenz der Bundesrichter des neunten Gerichtsbezirkes beizuwohnen, dessen Präsident er war. Obwohl Fleishman keinen Termin bei Richter Douglas hatte und nicht einmal sicher war, ob es sich eigentlich schickte, sich so einfach an einen Richter des Obersten Gerichtshofs zu wenden, verließ er eilig sein Büro, flog nach San Francisco, nahm ein Taxi zu dem Versammlungsgebäude und wartete stundenlang im Gang, bis er die Nachricht, die er Douglas hatte überbringen lassen, beantwortet in Händen hielt – ein Kautionsgesuch mit Douglas' Unterschrift, mit dem er seinen Mandanten aus dem Gefängnis holen konnte.

Während der späten fünfziger Jahre, als die Pornografen allmählich die Kommunisten als Prügelknaben der Gesellschaft ablösten, arbeitete Fleishman manchmal ohne Honorar, nur um die Gelegenheit zu bekommen, in Obszönitätsprozessen, aufbauend auf dem ersten Zusatzartikel der Verfassung der Vereinigten Staaten, die Verteidigung übernehmen zu können. Die Rechtsunsicherheit war damals für die meisten Richter genauso untragbar wie für die Pornografen verwirrend, von denen nur wenige überhaupt jemals von dem ersten Zusatzartikel gehört hatten, und noch weniger unter ihnen teilten Fleishmans hochtrabende Illusionen, was ihre verfassungsmäßigen Rechte anbetraf. Obwohl die Pornografen das Gefängnis fürchteten, waren sie, wie die meisten Spieler, ihrem Schicksal gegenüber dennoch relativ gleichgültig, und da ihre vorrangigen Leidenschaften im Leben wenig mit literarischer Freiheit oder gar Sex, sondern viel mehr damit zu tun hatten, Geld zu verdienen, bestand ihre pragmatische Lösung zur Vermeidung der Inhaftierung darin, Polizisten zu bestechen oder zu versuchen, dem Gesetz dadurch auszuweichen, dass sie permanent ihre Geschäftsadressen änderten.

Fleishman jedoch trug zur Änderung ihrer Denkweise bei, nicht indem er ihnen Vorlesungen über das Gesetz hielt, obwohl er auch das häufig tat, sondern indem er mit seinen Ausführungen bei Gericht bewies, dass die Obszönitätsgesetze flexibel waren, geformt und erweitert werden konnten und somit einen größeren Freiraum zuließen. Wie der englische Kritiker Kenneth Tynan sah auch Fleishman die Pornografie als heilsam für viele Menschen an. Sie »erleichtert die Einsamkeit«, schrieb Tynan und biete eine »Illusion der Befreiung« für Menschen, die »sexuell zur Einsamkeit verdammt sind« oder aus den verschiedensten Gründen nicht in der Lage seien, sexuelle Abwechslung in ihr Leben zu bringen. Da Fleishman seit seinen Campustagen mit pornografischen Darstellungen vertraut war und gerne Bilder von wohlgeformten Körpern betrachtete, die mit der größten Ungezwungenheit Dinge taten, die ihn erfreuten, trat er in jedem seiner Obszönitätsprozesse als eine Art Stellvertreter der Verteidigung auf; und es war ihm kein Fall zu unbedeutend, wenn Sex und Zensur im Spiel waren.

In Los Angeles gelang ihm die erfolgreiche Verteidigung des Besitzers eines Oben-ohne-Lokals; eines Versandhändlers, der Bierdeckel mit der nackten Marilyn Monroe verkaufte, und weiterhin eines Geschäftsbesitzers in Beverly Hills, der in seinem Schaufenster nackte Statuen, einschließlich einer Nachbildung des David von Michelangelo, ausgestellt hatte. Zu Fleishmans größten Triumphen zählte ein Prozess vor dem Obersten Gerichtshof, *Smith gegen Kalifornien*, in dessen Verlauf er bewies, dass sein Klient, ein Buchhändler namens Eleazer Smith – er war verhaftet worden, als die Polizei in seinen Bücherregalen ein pornografisches Buch mit dem Titel *Sweeter Than Life* entdeckte hatte –, nicht zur Verantwortung gezogen werden konnte, es sei denn, die Polizei war in der Lage zu beweisen, dass Smith der pornografische Charakter des Buches bekannt gewesen war. In einem anderen Prozess vor dem Obersten Gerichtshof – *Diverse Bücher gegen Kansas* – setzte er bei den Richtern strenge Einschränkungen bezüglich der

Durchsuchungs- und Beschlagnahmetaktiken der Sittenpolizei bei Razzien in Lagerhäusern und Buchhandlungen durch. Des Weiteren bereiste Fleishman mehrere Staaten – Michigan, Iowa, Texas, Arizona, Hawaii –, um dort für seinen Mandanten, den Verleger Sanford Aday, vor Gericht die Genehmigung zu erwirken, das Buch *Sexlife of a Cop* zu veröffentlichen. Ein anderes Mal, nachdem er durch einen Schneesturm nach Chicago geflogen war und ihm männliche Mitreisende beim Hinabsteigen der schlüpfrigen Stufen der Gangway behilflich gewesen waren, schritt Fleishman in das Gericht, um dort den Besitzer eines Zigarrenladens zu verteidigen, der beim Verkauf eines Magazins namens *Exotic Adventures* erwischt worden war. Er bestand darauf, dass die Beschreibungen von und Diskussionen über Sex denselben Rechtsschutz genießen müssten wie solche über Religion und Politik, und erklärte der Jury: »Die Wurzel jeglicher Unterdrückung ist die Furcht vor dem Unorthodoxen, egal ob es sich dabei um Religion, Politik oder Moral handelt – eine Furcht, die in unserem Land keinen Platz hat.« Und er fügte hinzu: »Nur Menschen, denen Sex Furcht einflößt, halten *Exotic Adventures* für gefährlich. Wer eine gesunde Einstellung dazu hat, wird das Heft, je nach Geschmack, entweder langweilig oder unterhaltsam finden, doch in jedem Fall die Idee, ein solches Magazin könne den Durchschnittsleser verderben, als völlig absurd zurückweisen.«

Nach sechsstündiger Beratung verkündeten die Geschworenen einen Freispruch.

Wenngleich Stanley Fleishman bisher alle Prozesse für seinen Klienten William Hamling gewonnen hatte, erfüllte ihn Mitte April 1974 seine neuerliche Reise nach Washington zur Verteidigung von Hamlings Werbebroschüre mit tiefer Besorgnis, denn nun musste er sich der konservativen Mehrheit des Obersten Gerichtshofs stellen, die, wenn sie entschied wie im Jahr zuvor im Fall Miller, mit ihrem Urteil seinen Klienten unausweichlich hinter Gitter bringen würde. Fleishman vertraute zwar einigermaßen darauf, dass seine heutige juristische Argumentation von den Richtern Douglas und Brennan, Stewart und Marshall unterstützt werden würde – das waren die vier, die auch Millers Partei ergriffen hatten –, dennoch wusste er, dass ihm die anderen fünf Schwierigkeiten bereiten würden, deren Aversion gegen Pornografie nicht nur durch ihre letzten Voten offensichtlich geworden war, sondern ferner durch Zeitungsartikel hervorgehoben wurde, die Washingtoner Korrespondenten, wie Nina Totenberg, verfasst hatten, die offensichtlich über sehr genaue Quellen innerhalb des Obersten Gerichts verfügten. In ihrem Bericht darüber, wie die Richter während der Vorführung von Pornofilmen reagierten, schrieb Miss Totenberg, dass Richter Powell peinlichst berührt gewesen, Richter Blackmun in fast katatonische Starre und Richter White in hektische Unruhe verfallen seien und Letzterer diese Art von Filmen als »Dreck« bezeichnet habe. Obwohl das jüngste Mitglied des Gerichts, Richter William H. Rehnquist, in der *New York Times* einmal als verstohlener »Mädchenbeobachter« im Gerichtssaal bezeichnet wurde, war dennoch bekannt, dass ihm Pornografie genauso zuwider war wie Richter Burger, der die Filmvorführungen normalerweise boykottierte.

Richter Douglas war ebenfalls die meiste Zeit über abwesend, jedoch waren seine Gründe andere als die Burgers – er, nach dessen Ansicht der erste Zusatzartikel jegliche Form von Zensur sexueller Inhalte untersagte, unabhängig davon, was auf der Leinwand gezeigt wurde, konnte es nicht rechtfertigen, einen Teil seines arbeitsreichen Tages damit zu verbringen, in einem dunklen Raum zu sitzen und sich anzusehen, wovon behauptet wurde, es sei der neueste Hardcore-Skandalfilm. Richter Brennan, ein alternder Katholik, der früher ein Gegner der Pornografie gewesen war, hatte sich in den letzten Jahren offensichtlich an sie gewöhnt, so dass sie ihn nicht länger störte – und aus diesem Grunde stimmte er normalerweise mit

Douglas dafür, sie auf Basis des ersten Zusatzartikels zu erlauben. Der einzige Richter, der sich, nach Angaben Nina Totenbergs, beim Betrachten der Filme amüsierte, war Richter Thurgood Marshall, den Angestellte im Filmraum hatten lachen hören, wobei er den Schauspielern gelegentlich anfeuernde Worte zurief. Richter Potter Stewart, das vierte Mitglied des Gerichts, der sexuelle Zensur grundsätzlich ablehnte, schrieb vor zehn Jahren in seiner Jacobellis-Stellungnahme, dass Obszönität in der Tat schwer definierbar sei, doch »ich erkenne sie, wenn ich sie sehe« – ein Kommentar, der später dazu führte, dass Mitglieder der Presse außerdienstlich von Stewarts Casablanca-Standard sprachen, was bedeutete: Wenn das, was Richter Stewart in Sexfilmen sah, nicht schlimmer war als das, was er während des Krieges als Marineangehöriger im verruchten Seehafen Casablanca gesehen hatte, so war es nicht obszön.

Während er am Tisch der Verteidigung saß und wusste, dass er in wenigen Minuten vor der Richterbank stehen und sein Plädoyer halten würde, fühlte Fleishman ein Aufkeimen von Unruhe und auch einen Deut von Gereiztheit, wobei Letzteres auch darauf zurückzuführen war, dass er während der letzten Stunde hatte sitzen und den Ausführungen des Anwalts Louis Nizer im Prozess um *Carnal Knowledge* hatte zuhören müssen. Zur Verteidigung seines Klienten schadete Nizer Hamling unnötigerweise, indem er den künstlerischen Wert des Mike-Nichols-Films ziemlich ausgiebig hervorhob, um ihn von den nicht jugendfreien Filmen, die sonst entlang der 42nd Street gezeigt wurden, abzugrenzen – wohingegen Fleishman wusste, dass sich Hollywood-Regisseure wie Mike Nichols niemals vollkommener professioneller Freiheit erfreuen würden, solange es Regisseure von Filmen wie *Deep Throat* nicht konnten.

Doch Fleishman versuchte seine Abneigung zu unterdrücken und sich darauf zu konzentrieren, was er zur Verteidigung von Hamling vorbringen wollte. Der Schwerpunkt seiner heutigen Argumentation sollte darauf liegen, dass Hamling in unangemessener Weise Opfer einer gesetzlichen Übergangszeit geworden war, als ein Richter in San Diego ihn 1972 zu einer hohen Freiheits- und Geldstrafe verurteilt hatte.

Der Richter hatte die Jury damals ermahnt, bei der Beurteilung der Frage, ob eine illustrierte Broschüre gesellschaftlich akzeptabel sei oder nicht, »nationale« und nicht »kommunale Maßstäbe« zu berücksichtigen. Bei dem Prozess in Kalifornien wäre es Fleishman lieber gewesen, Hamling wäre ebenfalls nach »kommunalen Maßstäben« beurteilt worden; dann hätte er nämlich eine stadtweite Untersuchung durchführen lassen können, die sicherlich bewiesen hätte, dass die Gemeinde San Diego auf Pornografie toleranter reagierte als die amerikanische Nation. Außerdem wäre er in der Lage gewesen, der Jury eine Anzahl angesehener Bürger aus San Diego zu präsentieren, die alle zu Hamlings Gunsten ausgesagt hätten.

Als dann aber Fleishmans Bemühungen in diese Richtung als irrelevant abgelehnt wurden und die Regierung eine Verurteilung nach nationalen Maßstäben erlangte, interpretierte der Oberste Gerichtshof in seiner Miller-Entscheidung das Gesetz dahin gehend, dass kommunale Maßstäbe und nicht nationale in allen Fällen von Obszönität Entscheidungsgrundlage seien, woraufhin Fleishman ein Wiederaufnahmeverfahren in San Diego unter Kontrolle der Gemeinde beantragte. Das Berufungsgericht des neunten Bezirks in Kalifornien lehnte seinen Antrag jedoch ab und bestätigte Hamlings Gefängnis- und Geldstrafe. Und so bestand heute, an diesem Frühlingstag in Washington, Fleishmans einzige Hoffnung darin, dass wenigstens fünf der neun Richter ein Veto gegen das Urteil der ersten Instanz einlegen würden, da er es schlichtweg als ungerecht erachtete, einen Mann vier Jahre lang einzusperren und ihn mit einer Geldstrafe von 87 000 Dollar zu belegen, bloß weil er Hochglanzbroschüren verschickt hatte, in der er seinen illustrierten Report anpries, Präsident Nixons Ablehnung des Kommissionsgutachtens kritisierte und verschiedene Farbfotos von nackten Menschen abgedruckt hatte, die onanierten, Fellatio und Gruppensex betrieben.

Die Fotografien und wie die einzelnen Richter auf sie reagierten, während sie diese vor der heutigen Verhandlung in ihren Privaträumen studierten, würden Hamlings Zukunft freilich maßgeblich bestimmen – und Fleishman wusste, dass gerade deshalb der Ausgang von Obszönitätsprozessen so unberechenbar war: Die Urteile wurden so subjektiv, so emotional und letztendlich völlig persönlich gefällt. Eine alte Weisheit unter Verfechtern des ersten Zusatzartikels besagt: Obszön ist, was immer dem Richter eine Erektion beschert. Fleishman glaubte, dass dies auch auf viele Ankläger, Zensoren und Geschworene zutraf: Ein Mann konnte an einem Abend einen Pornofilm in der American Legion Hall genießen und am nächsten Tag als Geschworener den Produzenten verurteilen. Selbst ultraliberale Bürger, die sich sonst für die Rehabilitierung von Mördern einsetzten, gegen harte Strafen für Rauschgifthändler opponierten und ihre Unterschrift unter unzählige Bittschriften setzten, waren bereit, Polizeirazzien auf »schmutzige« Bücherläden und die Inhaftierung ihrer Besitzer zu dulden, ja sie sogar zu begrüßen. »Während Moralisten der Linken grundsätzlich gegen die Zensur sind«, schrieb Alain Robbe-Grillet, »haben sie auch Prinzipien – aus der Vergangenheit vererbte moralische Werte –, und bald finden sie sich selbst als Gegner der Pornografen und auf der Seite der Zensoren.« Oder wie Gershon Legman die amerikanische Ethik kommentierte: »Mord ist ein Verbrechen, Mord zu beschreiben ist es nicht. Sex ist kein Verbrechen, ihn zu beschreiben ist es.«

Ein Teil des Problems war natürlich, wie Fleishman wusste, und wie Tynan schrieb, dass Pornografie eine »orgastische Absicht« hat – eines ihrer vorrangigen Ziele ist, Männern Erektionen und Masturbation zu ermöglichen, und aus ebendiesem Grunde ist es schwierig, Pornografie zu verteidigen, ohne die Masturbation zu verteidigen, und da war der kritische Punkt, denn Masturbation bleibt in den Köpfen vieler Menschen ein unmännlicher Akt, eine sträfliche Freude, das Eingeständnis des Versagens beim Werben um eine Frau, die ein besserer Ersatz für die Papierprinzessin sein könnte, die zehn Minuten lang auf einem Schlafzimmerkissen regiert. Masturbation wird von der Kirche als verschwendete Saat und von vielen verheirateten Paaren als sexueller Egoismus missbilligt; und Bücher, die Masturbation herbeiführen, werden selten als Literatur angesehen, wenngleich der Kritiker Lionel Trilling einmal einräumte, dass er keinen Grund sähe, »warum Literatur als eine ihrer Absichten nicht das Entfachen lustvoller Gedanken für sich in Anspruch nehmen sollte«. Jedoch wurde lustvolle Literatur und ihre orgastische Kulmination von den Gesetzesauslegern des ersten Zusatzartikels noch nie als rechtmäßiger Akt freien Ausdrucks toleriert, teilweise deshalb, weil sich der Oberste Gerichtshof seit dem 18. Jahrhundert vornehmlich aus älteren Männern zusammensetzte, die ihren Aufstieg ihrer Angepasstheit an Gesetze und soziale Normen verdankten und die in ihrem Privatleben, zumindest an der Oberfläche, einen fast mythischen moralischen Standard aufrechterhalten konnten. Mit Ausnahme von Richter Douglas war keiner von ihnen jemals geschieden worden; und mit Ausnahme eines Richters, der vor Jahrzehnten im Bett einer unverheirateten Frau einen tödlichen Herzinfarkt erlitten hatte, gab es bezüglich der anderen Richter nicht einmal Gerüchte, sie hätten eine Geliebte. Sollte das der Pornografie innewohnende Element der Lust jemals die kontrollierten Gewohnheiten und persönliche Korrektheit eines Richters beeinflusst haben, so hat dies doch niemals einer von ihnen in seinem postum veröffentlichten Tagebuch oder seinen Memoiren zugegeben. Und während der Obszönitätsprozesse im Obersten Gerichtshof ist die Haltung der Richter vollkommen gleichgültig und leidenschaftslos, und all ihre Bezugnahmen auf Sex sind in Umschreibungen und geheime juristische Fachbegriffe gehüllt, selbst dann, wenn das von ihnen zu beurteilende Material nach Verführung und Ferkelei riecht, nach verwegenen Baronen und befleckten Küchenmädchen, nach geschmeidigen Damen und muskulösen Männern, die schwitzend im Zirkus der Ausschweifungen schwingen – oder der Gegenstand der Verhandlung, in diesem Fall Hamlings Broschüre, welche die Regierung als Beweisstück vorlegte und die Fleishman nun gleich verteidigen würde, auf unverfrorene Weise Paare beim Geschlechtsverkehr, bei der Masturbation und beim Analverkehr zeigte.

Mit sonorer Stimme verkündete der Vorsitzende Richter Warren Burger: »Zur Verhandlung steht der Fall *Hamling gegen die Vereinigten Staaten.*« Von seinem erhöhten schwarzen Richterstuhl nickte er dem Anwalt zu und sagte: »Mr. Fleishman, wenn Sie bereit sind, können Sie anfangen.«

Fleishman stemmte sich hinter seinem Anwaltstisch hoch, drehte seinen ein Meter fünfzig großen Körper mit einer rollenden Bewegung zwischen die zwei Krücken und schob sich allein mit der Kraft seiner Schultern vor zum Podium. Anfangs wirkte er fast wie ein Zwerg, eine kleine Figur in einem dunklen maßgeschneiderten Anzug, die sich langsam, geräuschvoll und schwerfällig auf die Richterbank zubewegte. Doch als er das Podium erreichte und sich, nachdem er seine Krücken mit den Gummipfropfen in eine feste Position gerückt hatte, an die Richter wandte, schien er plötzlich alle Anzeichen von Schwäche abgeschüttelt zu haben. Seine Schultern wirkten massiv, sein hoch erhobener Kopf war von dichtem, schwarzem, lockigem Haar bedeckt. Mit dem scharfen Kinn, der vorstehenden Nase und dem alles durchdringenden Blick wirkte sein Gesicht wie eine Skulptur, kantig und energisch, und als er alleine im vorderen Raum stand, erweckte seine Erscheinung die

Vorstellung eines unvollendeten Meisterwerkes, ein heroischer Kopf und ein durch ein Gerüst gestützter Torso. Als er zu sprechen begann, erfüllte seine sonore Stimme den ganzen Saal und erreichte selbst die hintersten Reihen. Im Gegensatz zu vielen anderen Anwälten, die vor dem Obersten Gerichtshof erschienen, wirkte Fleishman überhaupt nicht eingeschüchtert; er legte eher ein Benehmen an den Tag, das, wäre es nicht gleichzeitig auch so respektvoll und formell gewesen, beinahe als dreist oder unverfroren hätte bezeichnet werden können. Er war ein Verteidiger, der sich nicht in die Defensive drängen ließ.

»Herr Vorsitzender«, fing er an, »Mr. Hamling hat eine Gefängnisstrafe von vier Jahren erhalten, dazu eine Geldstrafe von 87 000 Dollar, weil er eine Werbebroschüre mit der Post versandt hat, die niemandem wehtut. Die Broschüre wirbt für ein Buch, das von großer politischer Bedeutung ist. Es handelt sich um die illustrierte Version eines Regierungsberichts, der mit der Erkenntnis schloss, dass in einer freien Gesellschaft wie der unseren jedem volljährigen Staatsbürger das Recht zugestanden werden muss, selbst zu entscheiden, ob er willens ist, sich sexuell explizitem Material auszusetzen …«

Richter Burger lehnte sich vor und fragte: »War der Originalbericht illustriert, Mr. Fleishman?«

»Nein, Sir, das war er nicht«, antwortete Fleishman und fügte rasch hinzu, dass bei dem Prozess in San Diego zwei ehemalige Mitglieder der Regierungskommission bezeugt hätten, Hamlings illustrierter Report sei »wertvoller« als das Original selbst, weil die Bilder das sexuell spezifische Material, das den Kongress so beunruhigt und den Präsidenten dazu veranlasst hatte, eine Untersuchungskommission einzuberufen, für den Leser verdeutlichten.

»Gab es irgendeinen Grund«, fragte Richter Rehnquist, »warum die Geschworenen diese Zeugen nicht genau wie jeden anderen Zeugen hätten anzweifeln dürfen?«

»Ich glaube nicht, Euer Ehren …«, antwortete Fleishman. »Ein Mitglied der Kommission, das zwei Jahre mit dem Kommissionsbericht befasst war, hat einfach nur eine Meinung, die fundierter ist als die einer Laienjury.«

»Aber«, insistierte Rehnquist, »es kommt *vor*, dass Geschworene die Aussagen von Experten aus vielerlei Gründen anzweifeln, nicht wahr? Und es gibt kein Gesetz, das besagt, dass sie diesen glauben müssen.«

»Ja, Sir«, stimmte Fleishman hastig zu, er wollte diesen diffusen Punkt nicht weiter debattieren; es war ihm nur eine halbe Stunde Redezeit gestattet, und ein Teil dieser Zeit würde von seinem assistierenden Anwalt, Sam Rosenwein, in Anspruch genommen werden, der die drei Hamling-Mitarbeiter verteidigte, die bei der Illustration des Buches und der Broschüre mitgearbeitet hatten. Außerdem hatte Fleishman, schon bevor der heutige Prozess überhaupt begonnen hatte, Rehnquists Stimme abgeschrieben, denn er wusste, dass dieser die Pornografie genauso ablehnte wie Burger und Blackmun. Stattdessen hatte Fleishman beschlossen, den Großteil seiner Argumentation an die Richter White und Powell zu richten, von denen er hoffte, sie würden mit den vier liberalen Mitgliedern des Gerichts stimmen. Obwohl White und Powell kaum als engagierte Verfechter des ersten Zusatzartikels gelten konnten, so waren sie in der Vergangenheit doch weniger selbstgerecht und vorhersehbar erschienen als Rehnquist, Blackmun und Burger, und vielleicht konnten sie einen überzeugenden Punkt in Fleishmans Argumentation finden, dass sein Klient Opfer einer »Übergangsphase« geworden sei, gefangen in rechtlichem »Niemandsland« – Hamling war in San Diego aufgrund einer juristischen Logik verurteilt worden, die 1973 von demselben Gericht für unlogisch erklärt worden war, vor dem Hamling sich nun zu verantworten hatte.

Sich auf das Miller-Urteil aus dem Jahr 1973 beziehend, fuhr Fleishman fort: »Dieses hohe Gericht hat einmal festgestellt, es gäbe bei der Beurteilung von Obszönität keine nationalen Maßstäbe, weil sie nicht feststellbar, nicht zu beweisen seien, weil sie unrealistisch und abstrakt seien. Dieses Gericht hat weiterhin festgestellt, eine Jury, die die Frage, was obszön ist, nach nationalen Maßstäben beantworten will, würde nach einem absolut unzulänglichen Verfahren urteilen. Doch auf diese Weise«, fuhr Fleishman mit erhobener Stimme fort, »wurden die Antragsteller – Hamling et al. – für schuldig befunden, gegen einen Kodex verstoßen zu haben, der, wie dieses Gericht selbst erkannt hat, gar nicht existiert.«

Fleishman argumentierte weiter, da nun allein der kommunale Maßstab im Fall von Obszönität angewendet werden dürfe, verdiene sein Klient eine gerechtere Behandlung als im Prozess in San Diego, wo der Richter jeden Versuch der Verteidigung, Beweismaterial in Bezug auf das Moralempfinden der Gemeinde beizuschaffen, im Keim erstickt hatte. »Wir hatten zum Beispiel eine Zeugin aufgerufen, die in San Diego mit Hilfe einer Umfrage die Reaktion der Bürger auf die strittige Broschüre näher untersucht hatte. Auf wissenschaftlicher Basis befragte sie 718 Personen nach ihrer Meinung zu der besagten Broschüre. Mit überwältigender Mehrheit erklärten die Befragten, die Broschüre solle, so wie sie ist, dem amerikanischen Volk grundsätzlich zugänglich gemacht werden. Dieses Beweismaterial ist nicht zugelassen worden – allein mit der Begründung, die einzigen Maßstäbe zur Beurteilung seien die nationalen und nicht die kommunalen. Wenn wir aber der Aufforderung der Regierung Folge leisten wollen, die kommunalen Maßstäbe anzuwenden, dann muss dieser Fall neu aufgerollt werden …«

William Hamling, der im überfüllten Raum umgeben von Menschen saß, die ihn nicht als den Protagonisten hinter den Kulissen dieses Falls erkannten, nickte gelegentlich in Übereinstimmung mit den Argumenten seines Verteidigers. Neben ihm saß seine Frau, Frances, die auf die entfernten Gesichter der Richter sah und versuchte, einen Hinweis darauf zu finden, wie sie auf Fleishmans Worte reagierten. Sie erkannte jedoch nichts. Auf der anderen Seite ihrer Tochter Deborah, die angespannt schien, saß Fleishmans 19-jährige Tochter Judy, die völlig ruhig wirkte. Judy Fleishman hatte ihren Vater bereits früher zu Verhandlungen begleitet, und sie war zuversichtlich, dass dieser Fall, wie auch die anderen, positiv ausgehen würde.

In der Zwischenzeit liefen die Gerichtsdiener, während Fleishman sprach, die Gänge auf und ab, um die Zuschauer zu beobachten und sicherzustellen, dass niemand einen Rekorder oder eine Kamera benutzte oder sogar Notizen machte. Es war verboten, zu flüstern, die Beine zu kreuzen oder die Arme auf den Lehnen der Bänke auszuruhen. Plötzlich hielt einer der Gerichtsdiener in dem Gang neben den Sitzplätzen der Hamlings inne und starrte auf Judy Fleishman, wobei er seinen Finger erhob. Judy war dabei erwischt worden, Kaugummi zu kauen. So beiläufig sie konnte, nahm sie ihn aus dem Mund, wickelte ihn in ein Papiertuch und verstaute ihn in einer Tasche ihres Kleides.

Als sie ihre Aufmerksamkeit wieder dem Podium zuwandte, sah sie, dass ihr Vater seinen Platz seinem Assistenten, Sam Rosenwein überließ, einem Mann mit grauem, schütterem Haar in den späten Sechzigern, der den Richtern erklärte: »Das Thema, auf das ich mich konzentriere, ist die Frage der wissentlich begangenen Handlung – die Frage des schuldigen Wissens und worin die mental erforderliche Voraussetzung für eine verfassungsmäßig zulässige Strafverfolgung liegt …« Rosenwein verstummte und fuhr dann fort: »In Beantwortung unseres Antrages auf Wiederaufnahme des Verfahrens erklärte die Anklage, sie würde *überhaupt nicht* behaupten, die Angeklagten hätten gewusst, dass das Material obszön sei – alles, was die Anklage behauptete, war, dass sie den *Inhalt* der Broschüre kannten und dass *dies* ausreichende Grundlage für eine wissentlich begangene Handlung darstellte.«

»Wollen Sie, Mr. Rosenwein, behaupten«, fragte der Vorsitzende Richter Burger, »dass um Anklage erheben zu können, der *Vertreiber* des Materials sich dessen obszönen Charakters bewusst sein muss, bevor er es der Öffentlichkeit präsentiert oder in Umlauf bringt?«

»Meine Behauptung«, erwiderte Rosenwein, »ist einfach die, dass jemand über einen vernünftigen Zweifel hinaus beweisen muss, dass der Vertreiber den Inhalt kannte und das Material mit diesem Wissen absichtlich verbreitete, um unzüchtiges Interesse zu wecken. Das ist, meiner Meinung nach, eine schwere Last, die auf der Strafverfolgung in einem Obszönitätsprozess liegt ...«

Ganz in der Nähe am Regierungstisch hörte Hamlings Ankläger aufmerksam zu – ein jugendlicher, bärtiger Mann aus Yale namens Allan Tuttle, der aus dem Büro des Generalstaatsanwalts kam. Nachdem er am Morgen seinen Bart auf eine dem Anlass angemessene Länge gestutzt und viele Male sein Plädoyer geprobt hatte, das er nun zu Gehör bringen würde, fühlte er sich sowohl persönlich als auch beruflich bestens vorbereitet. Entsprechend einer Tradition, der sich alle Juristen beugten, wenn sie vor dem Obersten Bundesgericht erschienen, war Tuttle formell angezogen. Er trug einen schwarzen Cut, grau gestreifte Hosen, eine schwarze Weste, ein weißes Hemd und eine silberne Seidenkrawatte. Ihn selbst beleidigte eine sexuell animierende Lektüre keineswegs; ohne jegliche Scheu pflegte er bei seinem bevorzugten Friseur in Washington im *Penthouse* zu blättern. Hamlings Broschüre aber hielt er für exzessiv pornografisch und nach dem Gesetz für obszön. Hätte Hamling nur einige Auszüge aus dem Text des Präsidentenberichts aufgenommen, hätte man der Broschüre zumindest ein Minimum an Seriosität unterstellen können; und während Stanley Fleishmans Erwiderung auf die nun folgenden Ausführungen Tuttles die letzten Worte waren, die in der heutigen mündlichen Verhandlung zu hören sein würden, konnte sich Tuttle nicht vorstellen, was Fleishman zur Verteidigung solcher Bilder sagen würde wie das der in der Broschüre abgebildeten nackten Godivia, die den Penis ihres Pferdes lutschte.

Als der Vorsitzende Richter Burger Allan Tuttle schließlich zunickte, nachdem Rosenwein zu seinem Platz zurückgekehrt war, verlor dieser keine Zeit, den Wert der Broschüre anzufechten: »Herr Vorsitzender, ich bitte das hohe Gericht, das Material, das vor Ihnen liegt, genau zu prüfen. Die Broschüre besteht aus einem einzigen Blatt: Auf der einen Seite ist der Umschlagtitel des illustrierten Reports zu sehen, zusammen mit einem Bestellcoupon, der angibt, wo Kopien bezogen werden können. Die Rückseite zeigt ausschließlich Fotos, die eine ganze Reihe von sexuellen Praktiken wiedergeben, einschließlich Gruppensex, heterosexuellem und homosexuellem Beischlaf, Sodomie, Bestialitäten und Masturbation. Hier handelt es sich auf jeden Fall um harte Pornografie. So würde jede Gemeinde in den Staaten urteilen.

Die Antragsteller sagen nichtsdestotrotz, ihre Verurteilung solle aufgehoben werden«, fuhr Tuttle fort. »Sie argumentieren, der Miller-Fall lehre uns, dass die staatlichen Obszönitätsstatuten unverfassungsmäßig vage waren, zumindest bis über Miller entschieden wurde … (aber) so wie ich Miller verstehe, befand das Gericht die Roth-Definition oder einige ihrer Aspekte – wie zum Beispiel den Aspekt des völligen Mangels an gesellschaftlichem Wert – als verfassungsmäßig unnötig und schwer, wenn nicht gar unmöglich, zu beweisen; und das Gericht kam zu einer anderen Formulierung. Nicht, dass ich davon ausgehe, das Gericht habe, als es Miller als Standard für zukünftige Obszönitätsprozesse festlegte, sagen wollen, dass alle vorherigen auf der Roth-Definition basierenden Urteile verfassungswidrig gewesen oder verfassungswidrig zustande gekommen oder dass die Vorraussetzungen, unter denen sie gefällt wurden, nichtig wären …«

»Dann führten diese Fälle dazu«, warf Richter Potter Stewart ein, »dass die Statuten sehr spezifisch sein mussten, um nicht gegen die Verfassung zu verstoßen.«

»Ja, Herr Richter, ich wollte sagen, dass die Voraussetzungen im Miller-Prozess die Obszönitätsstatuten auf die Darstellung sexueller Handlungen beschränken, die in dem anzuwendenden Bundesgesetz besonders beschrieben sind … und dass sie besagen, dass, sofern ein ernsthafter Zweifel bezüglich der Unklarheit der Bundesstatuten aufkommt, wir bereit sind, sie in unserer Auslegung auf die Beispiele harter Pornografie zu beschränken. Und in der Tat …«

»Dies kann *nach* einer Verurteilung nur schwer erfolgen, nicht wahr?«, sagte Richter Stewart.

Tuttle und Stewart debattierten weiter, und dann sprach Tuttle ununterbrochen über mehrere Minuten, bis Richter Stewart erneut begann, Fragen zu stellen, die sich hauptsächlich mit dem Problem beschäftigten, wie verschiedene Gemeinden die postalischen bundesstaatlichen Gesetze einigermaßen vernünftig auslegen und umsetzen konnten, in die sich Hamling verstrickt hatte. »Miller befasste sich mit einem Staatsgesetz«, erinnerte Stewart Tuttle, »das keine größere Reichweite als die des Staates hatte. Aber hier (im Falle Hamling) haben wir es mit einem Bundesgesetz zu tun (Comstock Act)«, und Stewart fügte hinzu, dass das alte Bundesgesetz zur Postbeförderung zahllose örtliche Auslegungen im ganzen Lande erfahren hatte. Es wäre so, gab Stewart an, »als stünde jemand im Büro des Finanzministers auf und erzählte uns, dass die Einkommensteuersätze sich nun von Staat zu Staat unterschieden.«

Tuttle antwortete jedoch: »Der Grund, warum das Gericht in einem Staatsfall *(Miller gegen Kalifornien)* zu zeitgenössischen kommunalen Maßstäben zurückkehrte, lag darin, dass es die Bemühungen des Kongresses, nationale Maßstäbe zu artikulieren, für nicht gänzlich erfolgreich befand. Sollte dies wahr sein, so gilt es ebenfalls für eine Jury, die versucht, in einer bundesstaatlichen Strafverfolgung zu urteilen …«

»Hat der erste Zusatzartikel nichts mit nationalen Maßstäben zu tun?«, fragte Richter Douglas.

»Selbstverständlich«, antwortete Tuttle, »das mit der Auslegung des ersten Zusatzartikels befasste Gericht entwickelte Voraussetzungen für einen nationalen Maßstab. Alles, was ich (in Hinblick auf die bundesstaatlichen postalischen Beschränkungen Comstocks) sagte, war, dass ich nicht annehme, der Kongress beabsichtigte, einen kommunalen oder einen nationalen Maßstab festzulegen – sie dachten an obszönes Material, das eine Jury für solches befinden würde – und das wiederum ist die Lehre, die wir aus Miller ziehen.«

»Ich nehme an, es stimmt«, fügte Richter Burger wohldurchdacht hinzu, »dass das Betreiben einer illegalen Destille in Kentucky oder in einem der anderen Bundesstaaten, beziehungsweise bei Geschworenen wiederum anderer Bundesstaaten, bei denen es nicht so sehr zur Lebensart gehört, unterschiedliche Reaktionen hervorrufen würde. Trotzdem wäre das Gesetz dasselbe Gesetz, oder nicht?«

»Ja«, antwortete Tuttle, »es gibt eine Vielzahl an Verbrechen, in der Tat würde ich sagen, in den meisten Fällen, wo es das Verbrechen ist …«

»Nun,« sagte Richter Justice Thurgood Marshall, »könnten Sie behaupten, dass im Staate von New York ein Destillierapparat nicht ein Destillierapparat sei?«

Die Frage verwirrte Tuttle. »Entweder es ist ein Destillierapparat, oder es ist kein Destillierapparat!«, rief Marshall ungeduldig und überraschte Tuttle damit. »Es ist derselbe Destillierapparat, ob er in New York oder in Kentucky steht!«

»Ich stimme Ihnen schon zu, Richter Marshall«, erklärte Tuttle, »und das ist der Grund, warum ich sagte, dass bei solchen Fällen …«

»Aber in dem Fall«, fuhr Marshall fort, »*Carnal Knowledge* haben wir einen Destillierapparat in Kentucky und nicht in New York …«

»*Carnal Knowledge* überschreitet vielleicht die Grenzen der Freimütigkeit von Albany, Georgia«, erwiderte Tuttle, »und man mag *Carnal Knowledge* in der Tat vorwerfen, er reize die Wollust des durchschnittlichen Bürgers in Albany, Georgia, zuständig ist dennoch dieses Gericht …«

»Mr. Tuttle«, unterbrach Marshall diesmal etwas sanfter, »mein einziger Streitpunkt ist der, dass ich dachte, Sie hielten Miller dafür verantwortlich, die Festlegung der (Comstock-) Statuten verändert zu haben.«

»Bislang ging ich nicht davon aus, Miller sei, wenn Sie so wollen, einfach eine Festlegung gewesen.«

»Lassen Sie mich Ihnen eine Frage stellen: Was hat Miller den Statuten angetan?«

»Miller, das Gesetz, spricht nur von obszönem Material …«

»Richtig«, sagte Marshall.

»Das Gericht hat sich seit Roth bemüht, der Bedeutung Inhalt zu geben«, fuhr Tuttle fort, »und in jedem dieser Fälle war die Formulierung des Gerichts eine geringfügig veränderte Formulierung. Miller lieferte eine Formulierung, die heute zitiert wurde, und Miller besagte, dass man sich im Hinblick auf das Element des kommunalen Maßstabs auf die zeitgenössischen kommunalen Maßstäbe des kommunalen Forums beziehen sollte.«

»Wären Sie in der Lage, einen Klienten dahin gehend zu beraten, sich für schuldig zu erklären?«, fragte Richter Douglas und fügte hinzu: »Ist das Gesetz ausreichend klar, oder ist es so verschwommen, dass es Vermutungen Raum bietet?«

»Ich denke, Herr Richter«, gab Tuttle zur Antwort, »dass es recht offensichtlich ist, dass das Konzept der Obszönität sich nicht solch präzisen Messungen unterziehen lässt, wie es Elemente anderer Verbrechensgesetze tun …«

»Unter diesem bundesstaatlichen Gesetz«, theoretisierte Douglas, »könnte der Tatbestand des Verschickens von New York aus strafrechtlich irrelevant sein, der Tatbestand des

Empfangs und Verkaufs in Kalifornien könnte jedoch eine Straftat darstellen – ist das richtig?«

»Es ist vorstellbar«, sagte Tuttle. »Wir könnten darüber spekulieren, doch es ist möglich, dass die Verurteilung von Verbrechen dort stattfinden würde, wo die Angelegenheit ihren Ausgang nimmt und die Straftat begangen wird.«

»Mr. Tuttle«, fügte der Vorsitzende Richter Burger hinzu, als ob er helfen wollte, Klarheit in die Angelegenheit zu bringen, wenn nicht gar die unbeständige Beschaffenheit der Obszönitätsgesetze zu rechtfertigen, »das Gericht hat während des Zeitraums der letzten fünfzehn Jahre mindestens drei unterschiedliche Definitionen vertreten – es ist nichts Neues daran, diese Definitionen zu ändern, nicht wahr? ... Ausgehend von Roth über Jacobellis zu den anderen Fällen war es eine Revolution ...«

»Der Versuch, handhabbare Standards zu formulieren«, stimmte Tuttle zu, »bedurfte kontinuierlicher Anstrengungen ...«

»Mr. Tuttle«, fragte Richter Byron White, »Sie behaupteten, dass vor Miller eine dritte Voraussetzung bestand, nämlich dass das Material völlig ohne gesellschaftlichen Wert sei. Auf welche Fälle beziehen Sie sich hierbei?«

»Ich würde mich auf *Memoirs gegen Massachusetts* beziehen.«

»Wie viele Stimmen hatte die Untersuchung dort?«

»Die dortige Untersuchung hatte drei Stimmen.«

»Nun, in welchem Fall erlangte sie jemals fünf Stimmen?«

»Verzeihung«, korrigierte sich Tuttle, »Memoirs war der entsprechende Fall.«

Richter White, der unerfreut über die Antwort Tuttles schien, zeigte ein leichtes Runzeln auf der Stirn. Wenngleich es richtig war, dass Mitte der sechziger Jahre im *Memoirs*-Prozess fünf Richter die Legalisierung von *Fanny Hill* erlaubten, so war es doch ebenfalls wahr, dass sich nur drei der Richter auf die genaue Formulierung dieser zersplitterten Meinung einigen konnten – und selbst jetzt, acht Jahre später, schien Richter White, der das Buch abgelehnt hatte, der Ausgang des Prozesses zu schmerzen; und mit klarer, harter Stimme erinnerte er Tuttle daran, dass *Memoirs* »keine fünf Stimmen gehabt hatte«.

»Der Grund, warum ich davon ausgehe, es seien fünf Stimmen gewesen«, beharrte Tuttle, während sich Whites Lippen verengten, »liegt darin, dass zwei Mitglieder des Gerichts die Veröffentlichung unter jeglichen Umständen verfassungsmäßig geschützt sahen und dass drei Mitglieder des Gerichts sie als verfassungsmäßig geschützt erachteten, solange es sich nicht als gesellschaftlich völlig wertlos erwies …«

»Dennoch bleibt die Tatsache«, sagte White, der auf Tuttle hinabsah, »dass bei dieser Überprüfung zu keiner Zeit fünf Mitglieder derselben Meinung waren.« Da Tuttle nichts weiter äußerte, beobachtete Stanley Fleishman mit Interesse das Aufkommen von Richter Whites unnachgiebiger Natur. Zu einem früheren Zeitpunkt hatte Fleishman noch geglaubt, er hätte eine faire Chance, White auf Hamlings Seite zu ziehen, nun jedoch sah er seine einzige Hoffnung in Richter Lewis Powell, dem hageren, ruhigen Mann aus Virginia, der zur äußersten Linken saß und mit seinen dünnen Fingern sein blasses hervortretendes Kinn strich. Zwischenzeitlich fuhr der gesprächige Allan Tuttle fort, der klugerweise seine Debatte mit White beendet hatte, da er sich Whites genaues Erinnerungsvermögen an *Memoirs* eingestand, und ignorierte derzeit die Versuche des Richters William Brennan, ihn zu unterbrechen.

»Bitte, Mr. Tuttle, machen Sie eine Pause«, warf Richter Brennan schließlich ein. Tuttle wandte sich dem missmutigen 70-jährigen mit dem runden Gesicht zu, dem Autor des kontroversen und nun todgeweihten *Memoir*-Urteils, und hörte ihn fragen: »Steht diese gesamte Diskussion dafür, dass selbst Miller vielleicht nicht das letzte Wort auf diesem mit Problemen belasteten Gebiet bedeutet?«

»Miller gab uns ...«

»Das war nicht meine Frage«, unterbrach ihn Brennan scharf, »meine Frage war, ob Sie glauben, dass Miller unbedingt das letzte Wort auf diesem Gebiet bedeutet?«

»Miller bedeutet selbstverständlich nicht das letzte Wort«, sagte Tuttle, »weil wir heute hier sind, und wir sind heute mit einigen Problemen hier. Allerdings stehen unsere Probleme in Zusammenhang mit der Klageschrift Millers. Wir sind nicht hier, um die Obszönitätsmaßstäbe, die im Fall Miller artikuliert wurden, zu hinterfragen, wir versuchen lediglich festzulegen, ob eine Verurteilung vor Miller unter diesen Gesichtspunkten aufrechterhalten werden kann.« Tuttle wartete auf eine Reaktion, doch als diese ausblieb, fuhr er fort: »Nun glauben wir nicht, das die Kritik an kommunalen Maßstäben, die in *Miller gegen Kalifornien* enthalten ist, bedeutet, dass alle Bundesgerichtsurteile wegen Obszönität, die vor Miller gefällt wurden, null und nichtig sind. Und wir gehen auch nicht davon aus, dass die Gerichte eine solche Absicht hatten. Anfangs gab es nach Miller eine große Anzahl an Fällen, die an Berufungsgerichte verwiesen wurden, um die Angelegenheit im Licht des Miller-Falls zu überdenken. Hierbei handelte es sich um Fälle, in denen die Geschworenen angewiesen wurden, nationale Maßstäbe anzuwenden, so wie es auch bei den hiesigen Geschworenen (in der San-Diego-Verhandlung gegen Hamling) zutraf. Wir glauben auch, dass, hätte die Anwendung nationaler Maßstäbe vor Miller die Gesetze verfassungsmäßig vage werden lassen, wir Aufhebungen und nicht Bestätigungen erhalten hätten ...«

Als Tuttle nach einer Weile das kleine Licht am Podium aufleuchten sah, das ihm das baldige Ende seiner Redezeit signalisierte, hob er seine Stimme und kam zur Schlussfolgerung: »Sollte es auch nur die geringsten Bedenken an der korrekten Aburteilung des Angeklagten nach nationalen Maßstäben geben, dann kann es sich nur um einen unerheblichen Fehler handeln, denn Hamlings Material ist obszön nach jedem sittlichen Empfinden, und es gibt keine Gemeinde, deren Grenzen des Anstands von der Broschüre des Antragstellers nicht übertreten worden wären. Vielen Dank.«

Der Vorsitzende Richter Burger nickte, wandte sich nach rechts und sagte: »Mr. Fleishman.«

Fleishman war offensichtlich verärgert über Tuttles letzte Bemerkung und kaum stand er am Podium, fing er an, die Argumente des Anklägers aggressiv zu zerpflücken.

»Herr Vorsitzender«, begann Fleishman, »die Broschüre ist nicht obszön, weder nach nationalen noch nach kommunalen Maßstäben ... Die Anklage behauptet, sie sei nach jedem Maßstab obszön. Ich möchte das hohe Gericht daran erinnern, dass ein Film, nämlich *Deep Throat*, den man für obszön nach jedem Maßstab gehalten hat, in ganz Amerika von lokalen Gerichten immer wieder für nicht obszön erklärt worden ist.

Was die Anklage der Regierung gegen Hamling angeht«, fuhr er fort, »ist sie mutwillig angeordnet, vage definiert und rechtlich fehlerhaft. Der Schuldspruch charakterisiert sich durch Comstock-Worte wie ›unzüchtig‹, ›lasziv‹, ›schmutzig‹ und ›abscheulich‹, und doch gelingt es ihm nicht, die Beschuldigung, Hamling hätte absichtlich oder fahrlässig ein Verbrechen gegen die öffentliche Moral begangen, zu erhärten. Sehen Sie sich den Schuldspruch an. Ist er spezifiziert?« Die Antwort gab er sich gleich selbst. »Nein, das ist er nicht ... Wie lautete denn die rechtliche Definition von Obszönität zu der Zeit, als der Schuldspruch gefällt wurde? Richter White gibt an, die Aussage ›von keinerlei gesellschaftlichem Wert‹ sei nicht Bestandteil gewesen. Für den gegenwärtigen Zweck ist es mir völlig gleichgültig, ob sie Bestandteil der Definition war oder nicht. Es ist mir egal, ob es sich um den kommunalen oder nationalen Maßstab handelte. Und ebenso wenig kümmert es mich, ob Sie lüsternes Interesse mit nationalem, kommunalem oder ohne jeglichen Maßstab messen. Was ich zu sagen habe, ist lediglich: Wenn Sie schon ein Gesetz haben, das so absolut in den Wolken schwebt wie dieses hier, dann wäre es das Mindeste, dass wir das Recht daraauf haben, dass der Schuldspruch konkret benennt, um welche Straftat es sich handelt, und uns nicht um solch vage Begriffe wie ›unzüchtig‹, ›lasziv‹ und ähnliche streiten und dabei behaupten, *jeder* wisse, was sie bedeuten. Selbstverständlich haben wir schon *immer* gewusst, was sie bedeuten.

Nun«, fuhr er fort, »wir haben andere Argumente, und ich würde gerne, wenn Sie erlauben, einige der Probleme hervorheben, die durch die Schwäche der Anklageschrift verursacht wurden. So wurde uns zum Beispiel als globale Antwort auf eine Reihe von Einzelanträgen beschieden, das Material sei anstößig, weil es beim durchschnittlichen Betrachter unzüchtiges Interesse erwecke. Und dennoch wurden die Geschworenen in San Diego dahin gehend informiert, dass sie den Angeklagten schuldig sprechen könnten, wenn unzüchtiges Interesse beim durchschnittlichen Betrachter *oder* aber bei einer klar definierten und sexuell vom Durchschnitt abweichenden Gruppe erweckt würde. Als wir beim Berufungsgericht Beschwerde einlegten, gab uns dieses Recht, es hätte einzig bezüglich des durchschnittlichen Betrachters geurteilt werden dürfen, doch sei dies ein unerheblicher Fehler …

Kupplerisches Interesse ebenso«, setzte Fleishman fort, »dieser Begriff erscheint kein einziges Mal in der Anklageschrift und auch nicht in der Erwiderung auf die Einzelanträge – und dennoch wurden die Geschworenen belehrt, sie könnten wegen Begünstigung schuldig sprechen, und dies ohne den geringsten Beweis dafür. Mir ist kein einziger Fall bekannt, der besagt, Werbung könne sich selbst begünstigen …«

»Mr. Fleishman«, fragte der Vorsitzende Richter Burger, »wie war die Situation im Fall Ginzburg? Gab es dort etwas?«

»Nein«, antwortete Fleishman, »im Fall Ginzburg, Euer

Ehren, so wie ich ihn verstehe, kam das Gericht zu dem Schluss, die betreffenden Bücher seien obszön, weil die Broschüre, die für sie warb, in der Tat angab, sie seien obszön, und somit konnte dies Berücksichtigung finden. Der Fall Ginzburg hat jedoch auf gar keinen Fall Anlass zur Annahme gegeben, Werbung könne sich selbst begünstigen. Es ist logisch widersprüchlich, weil im Falle des Versands der Broschüre sie entweder obszön ist oder nicht. In keinem Falle entsteht dadurch der Tatbestand der Begünstigung …«

»Mr. Fleishman, steht im Protokoll, wie die Versandliste mit den 55 000 Adressen zustande gekommen ist?« Es war der sanfte, für Tidewater-Richmond typische Tonfall des Richters Lewis Powell, der heute zum ersten Mal sprach; und als Fleishman sich auf seinen Krücken drehte, um seinem Fragesteller, der zu seiner äußersten Linken saß, direkt ins Gesicht sehen zu können, diesem Juristen, der in diesem Fall für das Zünglein an der Waage stehen könnte, erwiderte der Anwalt auf versöhnliche Art: »Nein, Euer Ehren. Was wir jedoch ganz sicher wissen, ist, dass sich zwölf Empfänger beleidigt fühlten. Das ist alles, was wir wissen. 55 000 bis 58 000 Broschüren wurden versendet, und zwölf Personen fühlten sich beleidigt …«

»Steht im Protokoll, ob jemand von den 55 000 bis 58 000 die Broschüre angefordert hat?«

»Auch zu diesem Punkt schweigt das Protokoll, Euer Ehren.«

»Besagt das Protokoll«, fuhr Powell fort, »ob auch Minderjährige die Broschüre erhalten haben?«

»Das Protokoll besagt sehr wohl, dass kein Minderjähriger die Broschüre erhalten hat«, antwortete Fleishman, erfreut über die Gelegenheit, den Richtern des Obersten Gerichtshofs diese Tatsache unterbreiten zu können, und nutzte die Situation weiterhin, um hinzuzufügen, dass, nachdem Hamlings Büro von den zwölf Beschwerden bei der Post erfahren hatte, alle zwölf Namen sofort aus der Versandliste gestrichen worden waren, um zu garantieren, dass diese Personen zukünftig keine Sendungen mit Sexualliteratur mehr erhalten würden.

»Ich nehme an«, fuhr Richter Powell freundlich fort, »es gab keine Möglichkeit herauszufinden, wie viele Kinder es in den 55 000 Haushalten gibt, an die die Werbung verschickt worden ist?«

»Nein«, gestand Fleishman. »Aber ich würde Folgendes sagen, wenn wir uns schon in Vermutungen ergehen, Euer Ehren: Ich weiß, dass nur solche Personen auf der Liste geführt wurden, die schon früher einmal ihr Interesse an sexuell explizitem Material bekundet haben. Dies sind die einzigen Versandlisten von Wert, weil man versucht, die Leute anzusprechen, die interessiert sind ... Wenn Sie Katzenfutter verkaufen wollen, werden Sie das Werbematerial auch an Leute mit Katzen schicken wollen.«

Mit dem Eindruck, ein winziges Lächeln um Powells Mundwinkel spielen zu sehen, fuhr Fleishman fort: »Die Wahrheit ist, dass die Broschüre nur an diejenigen Erwachsenen versandt wurde, die angegeben hatten, sie auch haben zu wollen. Nun steht dies nicht im Bericht, und es liegt mir fern, das Gericht zu beirren, doch ich denke, dass ist die wahre Antwort auf die Frage, wer nun tatsächlich die Empfänger der Broschüre waren. Wir haben, wie ich bereits erwähnte, zwölf Personen, die sich beleidigt fühlen. Aber«, schloss er, »es gibt auch zwölf Menschen, die durch die Zusendung vieler politischer Schriften aufgebracht sind, Euer Ehren.«

Richter Powell, der zufrieden mit Fleishmans Antwort schien, hatte keine weiteren Fragen. Da die ihm für seine Darlegungen verfügbare Zeit abgelaufen war, dankte Fleishman dem Gericht und hörte den Präsidenten des Gerichtshofs Burger verkünden: »Die Anhörung ist beendet.«

Als der Gerichtsdiener den Hammer schwang, erhoben sich die neun Juristen und verschwanden schnell hinter dem roten

Samtvorhang. Die Zuschauer begannen ihre Sitzbänke zu verlassen und bewegten sich langsam durch die überfüllten Gänge zu den hinteren Ausgängen. Hamling jedoch drängte sich durch das Gewühl nach vorn zum Anwaltstisch, um Fleishman die Hand zu schütteln, ihm für seine Handhabung des Falles zu gratulieren und seinen Optimismus bezüglich des Ausgangs auszudrücken. Fleishman lächelte, warnte ihn aber vor zu viel Zuversicht. Die Abstimmung, die in zehn Wochen verkündet werden sollte, würde knapp ausgehen, prophezeite Fleishman, wahrscheinlich käme es zu einer Vier-zu-fünf-Entscheidung, wobei die Nachdenklichkeit und Wechselhaftigkeit Richter Powells vielleicht den Ausgang des gesamten Verfahrens bestimmen könnte.

Am 24. Juni 1974 erhielt Fleishman die niederschmetternde Nachricht, dass Hamling in einer Fünf-zu-vier-Abstimmung verloren hatte. Das liberale Quartett des Obersten Gerichtshofs, bestehend aus Douglas, Marshall, Brennan und Stewart, hatte für Hamling gestimmt; doch Richter Powell war den anderen von Nixon berufenen Richtern und Richter White verbunden geblieben und hatte somit den Ausschlag gegeben.

Das von Richter Rehnquist erstellte schriftliche Gutachten verwarf jeglichen Einspruch, den Fleishman in Hamlings Namen erhoben hatte. Rehnquist erklärte, der Schuldspruch sei »ausreichend präzise« in der Aufschlüsselung der Beschuldigungen gegen Hamling. Die Begriffe »unzüchtig« und »lasziv« aus dem Comstock-Postgesetz seien nicht zu vage, um Hamlings Verurteilung zu rechtfertigen. Es wäre auch konstitutionell nichts gegen die Anwendung nationaler Maßstäbe und gegen das Verbot der lokalen Beweisführung durch den kalifornischen Richter in Hamlings Prozess in San Diego einzuwenden. Hamling sei vielleicht wirklich der Meinung gewesen, seine Broschüre gelte vor dem Gesetz nicht als obszön, jedoch sei seine Unkenntnis der Rechtslage keine Entschuldigung, und er unterstrich seine Position, indem er aus dem Fall *Rosen gegen die Vereinigten Staaten* von 1896 zitierte, in welchem ein New Yorker Verleger namens Lew Rosen, der behauptet hatte, nicht gewusst zu haben, dass die in seiner Zeitschrift fotografierten Frauen obszön posierten, durch den Obersten Gerichtshof belehrt wurde, dass seine Kenntnis über Obszönität irrelevant sei: Seine Verurteilung wurde bestätigt, weil ihm der Inhalt des von ihm verschickten Materials bewusst war.

Während das Gericht den Film *Carnal Knowledge* in einhelliger Meinung, die auch von Rehnquist geteilt wurde, rechtfertigte – »es gibt gelegentliche Nacktszenen«, schrieb Rehnquist, »aber Nacktheit alleine lässt Material noch nicht obszön im rechtlichen Sinne werden« –, so war die Hamling-Broschüre, in Rehnquists Worten, »eine harte Form von Pornografie, die die Grenzen tragbarer grafischer Darstellung weit überschreitet, die im Fall Miller beschrieben wurden.«

Und somit war Hamlings Verurteilung endgültig, ein Gefängnisaufenthalt unvermeidbar, die Geldstrafe von 87000 Dollar fällig.

In den Leitartikeln der Zeitungen des ganzen Landes fand Hamling wenig Mitgefühl, und mit Ausnahme des *National Decency Reporter* der CDL, der auf der Titelseite, unter der Überschrift »Starterlaubnis für die Verfolgung von Obszönität«, eine Fotografie des Richters Rehnquist zeigte und im Innenteil einen schmeichelhaften Artikel über seine Entscheidung brachte, fand Hamling in den Nachrichtenkolumnen kaum Erwähnung.

Auf Fleishmans Bitte schrieben mehrere Anwälte, Schriftsteller, Verleger und Redakteure, gefolgt von seiner Familie, Petitionen an den Richter in San Diego, in dessen Händen nun Hamlings unmittelbares Schicksal lag. Das einzige Zugeständnis, das Fleishman jedoch nach Zahlung der Geldstrafe erlangen konnte, war die Verkürzung der auf Terminal Island abzuleistenden Haftstrafe auf knapp ein Jahr, mit der Auflage, dass Hamling alle Geschäftsverbindungen, die mit erotischen Publikationen zu tun hatten, ab sofort einzustellen hatte, gefolgt von der Beendigung des Schreibens, Herausgebens oder Verteilens sämtlichen auch nur annähernd mit Sex in Verbindung stehenden Materials. Hamling war ebenfalls klar, dass er sich, um nicht gegen seine 5-jährige Bewährung zu verstoßen, sämtliche schriftlichen Äußerungen – etwa in Zeitschriftenartikeln oder Büchern – über die Launen der Sexgesetze oder Wehklagen über seine eigene missliche Lage und Bestrafung verkneifen musste – was bedeutete, dass seine schriftliche Meinung zu seinem Fall auf persönliche Briefe beschränkt blieb, die er seinen Freunden oder seinem Anwalt schrieb. In einem Brief an Fleishman schrieb er:

> Ich bin ein Verbrecher ... Das ist entschieden ... Eine Stimme von neun hat entschieden, dass die Broschüre für das Buch illegal ist, und somit meine Verurteilung bestätigt. Ein irrelevanter Gedanke und traumatisch in seiner Verworrenheit: Richter Black gehörte dem Gericht an, als die Broschüre verschickt wurde ... Die eine Stimme wäre anders ausgefallen ... Doch nun gehört Richter Black dem Gericht nicht mehr an (er wurde durch Richter Powell ersetzt), und deshalb bin ich ein Verbrecher, der Hölle des Sträflingslebens ausgeliefert und gebrandmarkt ... Wie arrangiert man sich damit? Eine Frage des persönlichen Geschmacks und der rechtlichen Doppeldeutigkeit, die die Waage der Gerechtigkeit entweder auf fünf oder vier pendeln lässt ..., so launenhaft wie der drehende Wind bei Sonnenuntergang.

24

Wenn Hugh Hefner in seiner Privatmaschine, einer schwarzen DC-9, auf seinem runden Bett lag und sich zusammen mit einigen Playmates von seiner Villa in Chicago zu seiner Residenz in Los Angeles fliegen ließ, hing er dabei gelegentlich visionären Gedanken nach und sah sich als die Personifizierung des männlichen Traums, als den Schöpfer eines utopischen Wirtschaftsimperiums und als Mittelpunkt eines aufwändigen Heimkinos, das ausschließlich seinem narzisstischen Thema gewidmet war und in dem Monat um Monat ein Film ablief, in dem er gleichzeitig Produzent, Bühnenbildner, Regisseur und der Liebhaber jedes begehrenswerten jungen Starlets war, das auf ein Stichwort erschien und seinen niemals zu stillenden Appetit befriedigte.

Seit seinen Jugendjahren als Platzanweiser im Rockne Theater in Chicago liebte er das Kino. Ohne jede Kritik ließ er sich von den unwahrscheinlichsten Filmgeschichten berieseln und schwelgte in Abenteuern. Während er im verdunkelten Vorführraum stand, hatte er sich oft gewünscht, die Lichter sollten nie mehr angehen, die betörenden Bilder auf der Leinwand endlos weiterflimmern, so dass er nie wieder zurückkehren musste in das wohlanständige, säuberlich aufgeräumte Zuhause, wo sein penibler deutscher Vater und seine spröde schwedische Mutter auf ihn warteten. Sie hatte als Erste seinen Hang zur Flucht aus der Realität bemerkt und von einem zu Rate gezogenen Psychologen erfahren, dass ihr Sohn eine Art Genie sei, mit einer gewissen Neigung zur Unreife – eine Diagnose, die seine Mutter sehr beunruhigte, Hugh Hefner selbst hingegen niemals peinlich war. Im Gegenteil – er kultivierte weiter seine jugendlichen Illusionen, und nun, Mitte der siebziger Jahre, ausgestreckt auf seinem Bett im Flugzeug liegend, konnte er zurückblicken auf die vielen glücklichen Jahre, in denen er der Langeweile, die sich andere Leute als »Reife« schönredeten, entronnen war und in denen er seine Fantasien in einem Millionen-Dollar-Imperium verwirklicht hatte.

Die Quelle seines Vermögens war der *Playboy*, den er mit 600 Dollar Startkapital 1953 gegründet hatte. Der rasche Erfolg seines Magazins markierte das Ende seiner Ehe und den Beginn seiner fortwährenden Affäre mit Nackfotos und den Models, die für diese Aktfotos posierten. Die Frauen im *Playboy* waren Hefners Frauen, und nach den Fotosessions machte er ihnen schmeichelhafte Komplimente, verwöhnte sie mit kostspieligen Geschenken und ging mit den meisten ins Bett. Auch wenn sie sich nicht mehr für den *Playboy* ablichten ließen oder heirateten und Kinder bekamen, waren sie in Hefners Augen immer noch *seine* Frauen, und in den gebundenen Ausgaben seiner Zeitschrift blieben sie dies auch.

1960 hatte er in Chicago seinen ersten *Playboy*-Club eröffnet und damit sein Leben um zahlreiche Bunnys aus allen Teilen der USA bereichert, von denen einige auch zeitweise die Schlafgemächer in seiner Chicagoer 48-Zimmer-Residenz bewohnten. Als er die riesige Villa zum ersten Mal sah, erinnerte sie ihn an die mysteriösen Häuser, die er aus Filmen kannte – mit unterirdischen Gängen und Geheimtüren –, und nachdem er das Anwesen gekauft und festgestellt hatte, dass solche Ausstattungsmerkmale nicht vorhanden waren, ließ er kurzerhand einen unterirdischen Gang bauen und Geheimtüren in Wandverkleidungen und Bücherschränken installieren, die sich auf Knopfdruck öffneten. Darüber hinaus ließ er ein Filmstudio einbauen, eine Popcorn-Maschine installieren, eine Kegelbahn mit Sauna und – obwohl er selbst nicht schwamm – im Keller einen riesigen Swimmingpool. Die Wände des Beckens waren teilweise verglast, so dass man an Hefners Bar nackte Bunnys beim Schwimmen unter Wasser beobachten konnte.

Da Hefners Küchenpersonal und zahllose schwarz gekleidete Butler in Schichten rund um die Uhr arbeiteten, war es ein Leichtes für ihn und seine Hausgäste, Frühstück und Abendessen zu jeder beliebigen Tages- und Nachtzeit zu bestellen. Und da er es vorzog, in abgedunkelten Räumen zu sitzen und mit Jalousien und Vorhängen den Lärm von draußen zu dämpfen, konnte er monatelang in prunkvoller Abgeschlossenheit schwelgen, ohne je zu merken, welches Wetter draußen herrschte oder welche Tageszeit gerade angebrochen war. Wie Jay Gatsby, der Held von Hefners Lieblingsautor, gab auch er selbst häufig große Partys für Hunderte von Leuten, zu denen er manchmal gar nicht auftauchte, weil er es vorzog, in seinen Privatgemächern zu bleiben und am Layout des nächsten *Playboy* zu arbeiten, sich in der Gesellschaft von intimen Freunden zu amüsieren oder sich auf der Leinwand gegenüber seinem Bett einen von mehreren hundert Filmen anzuschauen, die er in seinem Archiv aufbewahrte.

Seine Suite, die so ausgestattet war, dass er sie kaum je verlassen musste, bot jeden nur erdenklichen Komfort: Mit Hilfe eines Videotelefons war er in der Lage, jederzeit von seinem Bett aus mit den leitenden Redakteuren im *Playboy*-Gebäude zu sprechen. Auf Knopfdruck drehte sich sein Bett um 360 Grad in jede gewünschte Richtung, schaukelte und vibrierte oder rollte zum Kamin, einer braunen Couch oder einem langen geschwungenen Sideboard, das als Schreib- oder Esstisch dienen konnte und in das eine Stereoanlage, Telefone und ein Kühlschrank eingebaut waren, der gefüllt war mit Champagner und anderen bevorzugten Getränken – hauptsächlich Pepsi-Cola, wovon er mindestens ein Dutzend Flaschen am Tag konsumierte. Die Wände waren mit Spiegeln bedeckt, und von der Decke hing eine Fernsehkamera, die auf sein Bett gerichtet war. Damit konnte er die lustvollen Momente mit einer Gespielin oder – was gelegentlich der Fall war – mit drei oder vier Geliebten gleichzeitig im Bild festhalten.

Eines Nachts öffnete eine eben erst eingezogene Bewohnerin arglos die Tür zu seiner Suite, als er gerade nackt mitten auf seinem Bett lag, umgeben von einem halben Dutzend Playmates und Bunnys, die ihn alle sanft mit Öl einrieben und massierten, während er aufmerksam zuschaute und das, was er sah, genauso zu genießen schien wie das, was er fühlte. Es schien fast, als seien die Bilder aus seiner Zeitschrift Wirklichkeit geworden.

Nachdem er sich für nahezu 6 Millionen Dollar einen Jet gekauft hatte, ließ er die Kabine völlig neu gestalten und mit den aus seiner Villa gewohnten Annehmlichkeiten ausstatten. Er reduzierte die Passagierkapazität von 105 auf 35 und installierte Plüschsessel, die in Betten verwandelt werden konnten, ließ Tische für geschäftliche Konferenzen und seine Lieblingsspiele Monopoly und Backgammon aufstellen. Zwei 16-mm-Filmprojektoren, eine Stereoanlage, neun Fernsehmonitore und drei Funktelefone wurden installiert. Darüber hinaus blieb noch Raum für eine Tanzfläche. Stewardessen in eng anliegenden schwarzen Uniformen mit weißen Bunny-Emblemen waren jederzeit bereit, 36 Personen ein Dinner mit acht Gängen zu servieren. Im Heck der Maschine befand sich Hefners Suite mit einem runden Bett, einer eingelassenen Dusche, einem Schreibtisch mit Diktiergerät und einem Lichtkasten. So konnte er auch während des Fluges die Farbfotos für zukünftige Ausgaben seiner Zeitschrift auswählen.

Obwohl die zusätzlich eingebauten Treibstofftanks des Flugzeugs ihm erlaubten, auch andere Kontinente anzufliegen, benutzte er den Jet hauptsächlich für Reisen zwischen Chicago und Los Angeles, wo seine Firma sich seit Ende 1960 intensiv an Film- und Fernsehproduktionen beteiligte und wo er sich 1968 in eine 18-jährige Studentin verliebte. Ihr Name war Barbara Klein. Sie war ihm in der Fernsehshow *Playboy After Dark* vorgestellt worden, in der er den Gastgeber spielte und sie, von einem seiner Mitarbeiter in einer Diskothek in Beverly

Hills entdeckt, als zusätzliches Model mitwirkte. Barbara war das typische Mädchen von nebenan. Sie hatte grüne Augen, braunes Haar, einen tadellosen Teint, eine süße kleine Stupsnase und eine graziöse Figur, die sie mit lässiger Kleidung geschickt unterstrich. Bevor sie ihr Medizinstudium in Los Angeles begann, hatte sie die Highschool absolviert und in ihrer Heimatstadt Sacramento am Wettbewerb zur Miss America teilgenommen. Seit sie nach Los Angeles gezogen war, verdiente sie sich gelegentlich nach den Vorlesungen ihr Geld als Modell für Werbefilme.

Als Hefner sie zum ersten Mal sah, war er verblüfft, wie sehr sie seiner ersten Frau Mildred glich – nicht der Mildred von heute, sondern der jungfräulichen Braut mit den glänzenden Augen, den Stirnfransen und den kurzen Söckchen –, in die er sich im Sommer 1944 nach seinem Abschluss an der Steinmetz Highschool verliebt hatte. Mildred Williams war sein archetypisches Mädchen von nebenan, die Verkörperung all seiner Wünsche und Träume und gleichzeitig die Quelle seines schlimmsten Schmerzes, als sie ihm gestand, dass sie eine Affäre mit einem anderen Mann hatte. Obwohl er durch diese Eröffnung am Boden zerstört war, hatten Hugh und Mildred dennoch wie geplant 1949 geheiratet, diese Entscheidung jedoch fünf Jahre später und nach der Geburt von zwei Kindern als einen Fehler erkannt und sich scheiden lassen. Mildred hatte in der Folgezeit den Anwalt geheiratet, der sie damals beraten hatte, und Hefner beschränkte seine emotionalen Engagements auf das romantische Werben um Geliebte aus dem Umfeld des *Playboy*.

Nachdem er zu verschiedenen Gelegenheiten mit Barbara Klein ausgegangen war, schien sich Hefner plötzlich für eine ernsthaftere Beziehung zu interessieren. Er war jetzt Anfang vierzig, und obwohl sie nicht viel älter war als seine Tochter Christie (die mit Mutter und Stiefvater in Chicago lebte), war Barbara ganz anders als die Mädchen, die er seit seiner Scheidung erlebt hatte. Sie war sehr interessiert und voller Temperament und gesellschaftlich bewandert. Als Tochter einer angesehenen jüdischen Arztfamilie ließ sie sich von seinem Reichtum und seiner Position weniger beeindrucken als seine sonstigen Freundinnen. Wenn sie ausgingen, bestand sie darauf, nicht von ihm in einer Limousine mit Chauffeur abgeholt zu werden, sondern selbst in ihrem Wagen zu dem Restaurant oder der Party zu fahren. Sie vermied es auch peinlichst, mit ihm allein in einem Raum zu sein, da sie nicht die Absicht hatte, ihre Jungfräulichkeit an einen Mann seines Rufes und seines Alters zu verlieren. Am Anfang ihrer Beziehung erklärte sie einmal: »Sie sind ein netter Mensch, aber ich bin noch nie mit jemandem ausgegangen, der über vierundzwanzig war.« Worauf er erwiderte: »Das ist in Ordnung. Ich auch nicht.«

Während des ersten Jahres besuchte Hefner sie jedes Mal, wenn er in Los Angeles war, bewahrte aber Anstand und Geduld. Als sie sich endlich einverstanden erklärte, mit ihm und seinen Freunden über Nacht nach Las Vegas zu fliegen oder auch zum Skifahren nach Aspen, wo sein Bruder ein großes Haus besaß, erhielt Barbara immer ein eigenes Zimmer. Es dauerte allerdings nicht lange, bis die Presse in Hollywood von ihren gemeinsamen Ausflügen berichtete, worüber ihre Eltern in Sacramento schockiert waren und was die Mutmaßungen wiederaufleben ließ, Hefner vergreife sich nur deshalb an jungen Mädchen, weil er vor älteren Frauen, die größere Ansprüche stellten, Angst hatte. Solche Unterstellungen wies Hefner von sich, indem er erklärte, ältere Frauen hätten nicht unbedingt größere Ansprüche als jüngere; außerdem suche er gar keine Herausforderungen in seinem Liebesleben. »Ich brauche keinen weiblichen Hugh Hefner«, erklärte er einem Reporter und fügte hinzu: »Eine romantische Beziehung bedeutet für mich eine Flucht vor dem Stress und den Herausforderungen, mit denen ich in meiner Arbeit konfrontiert werde. Sie ist wie eine paradiesische Insel, auf die ich mich zurückziehen kann.«

Als Barbara Klein allmählich mehr Zeit in seiner Gesellschaft verbrachte und seine vielen Freunde bei der Presse und im Showbusiness kennenernte, fühlte sie sich immer wohler in seiner Welt und hatte mehr Verständnis für ihn. Er war schlagfertig, doch niemals zynisch. Er besaß Millionen von Dollar und hatte sich doch seine geradezu kindliche Abenteuerlust bewahrt, was ihren erheblichen Altersunterschied vergessen machte. Als Barbara Klein 1969 zu Besuch in seinem Haus in Chicago weilte, war sie nicht nur bereit, sondern ganz erpicht darauf, ihre Beziehung zu Hugh in dem großen runden Bett zu vertiefen, und erklärte sich schließlich einverstanden, für das Titelblatt von *Playboy* zu posieren – das erste von etlichen Fotos, die in den folgenden Jahren in verschiedenen Herrenmagazinen zu sehen sein sollten, als sie unter dem Namen »Barbi Benton« landesweit Furore machte. Hefner war begeistert von Barbi und ihrem strahlenden Aussehen, und mit ihrer mädchenhaften Begeisterung für alles Neue und Schöne förderte sie in ihm den Drang, die beinahe schrankenlosen Möglichkeiten seines Lebens noch mehr auszuschöpfen. Bei einem gemeinsamen Ausflug nach Acapulco ging er so weit, dass er sich, obwohl er nicht schwimmen konnte, an einem Drachen hängend von einem Boot durch die Bucht ziehen ließ.

Barbi Benton zuliebe verbrachte Hugh Hefner mehr Zeit denn je in Los Angeles. 1970 kaufte er für 1,5 Millionen Dollar ein Schloss im Tudorstil, das nicht weit vom Sunset Boulevard entfernt lag und in dem sie die Schlossherrin sein sollte. Zusammen besprachen sie, wie die dreißig Zimmer des efeuumrankten Anwesens, das »*Playboy* Mansion West« getauft wurde, renoviert werden sollten. Viele Monate lang waren Architekten und Gärtner damit beschäftigt, die zwei Hektar Land in sanfte Hügel und Rasenflächen umzugestalten. Hinter dem Hauptgebäude legten sie einen See und einen Wasserfall an sowie eine Felsgrotte mit warmen Bädern, in denen Gäste nackt baden konnten. Auf den ausgedehnten Rasenflächen tummelten sich Dutzende von Tieren: Lamas und Affen, Waschbären, Hasen und Pfauen. Über die Brücken watschelten Enten und Gänse, und in der riesigen Voliere lebten Kondore und Papageien, Truthähne und Flamingos. In einem anderen Teil des Geländes stand ein Gewächshaus mit seltenen Blumen, Gästehäuser, die mit Antiquitäten eingerichtet waren, und ein Spielsaal mit Pooltischen, Flipperautomaten und Videospielen sowie einem kleinen Séparée mit verspiegelter Decke. In einer großen Lichtung stieg man ein paar Stufen hinunter zu einem Tennisplatz, den man von einer riesigen Terrasse, auf der Mittag- oder Abendessen serviert wurde, überblicken konnte. Jedes Paar, das mit Tennisschlägern auftauchte, bekam von schwarz gekleideten Butlern zwei ungeöffnete Dosen mit Tennisbällen auf Tabletts überreicht.

Fast von jedem Punkt des weiträumigen Geländes konnte man das schlossähnliche Hauptgebäude mit den hohen Kaminen und Türmchen sehen, das einem englischen Herrenhaus aus dem 15. Jahrhundert ähnelte. Vor dem Haupteingang sprudelte Wasser in einem Marmorbrunnen mit Cherubinen und Löwen, und wenn man das Steinportal mit dem runden Bogen und dem schweren Eichentor passiert hatte, trat man in eine große Empfangshalle mit Marmorfußboden, von deren hoher Decke ein riesiger goldener Kandelaber mit Kerzen, die beinahe die Größe von Baseballschlägern hatten, herabhing. Zur Rechten befand sich ein fürstliches Speisezimmer mit einem langen Holztisch und zwölf mit blauem Samt bezogenen Stühlen, zur Linken ein großes Wohnzimmer mit einem Konzertflügel, Ledersofas und vielen Sesseln, wo an Abenden, an denen Hefner den Raum in ein Heimkino umwandelte, die Gäste saßen. Von der Halle führte eine hölzerne Balustrade zu mehreren Suiten im ersten Stock, wo auch das Schlafzimmer von Barbi Benton – und wenn er in der Stadt war, auch Hefner – lag.

Ebenso wie in Chicago wurden auch hier die Mahlzeiten

rund um die Uhr serviert und von einer Sekunde auf die andere Partys arrangiert, wann immer Hefner der Sinn danach stand. Da die meisten berühmten Filmmogule in den letzten Jahren zu alt geworden waren, um die bunten, glitzernden Treffen der Prominenz zu arrangieren, die früher das Wahrzeichen von Hollywood waren, wurde Hefners Anwesenheit in Los Angeles sehr begrüßt, und sobald sein Herrenhaus 1971 für die erste große Party hergerichtet war, wurden die elektrischen Gartentore am Fuße des Hügels für eine Prozession von Rolls-Royce-, Bentley-, Mercedes- und Jaguar-Limousinen geöffnet, die Dutzende von Topproduzenten, Filmstars und Fotomodelle die gewundene, efeuumsäumte Straße hinaufbeförderten. In der Marmorhalle begrüßte sie ein Pfeife rauchender Hugh Hefner, der in eine silbern glänzende Robe gekleidet war und eine Pepsi-Cola-Flasche in der Hand hielt. Neben ihm stand seine strahlende Prinzessin mit tief ausgeschnittener Bluse, zu der sie eine maßgefertigte, mit Perlen bestickte Jeans trug.

Als Zeichen seiner Zuneigung schenkte Hugh Hefner Barbi Benton einen Maserati, exquisiten Schmuck, schöne Kleider und eine Zuckerwattemaschine. Er beauftragte einen Bildhauer, eine Büste von ihr anzufertigen und dabei besondere Sorgfalt auf die genaue Nachbildung ihrer spitzen Brüste zu verwenden. Wenn Hefner nicht in Los Angeles war, rief er sie jeden Tag an, sei es aus seinem Flugzeug, aus seinem Auto oder aus seinem großen Bett in Chicago, und erzählte ihr, dass er sie liebte und vermisste – was sicherlich stimmte. Allerdings verschwieg er ihr, dass er oft genug sein Bett mit einem der neuen Bunnys und Fotomodelle teilte, die vorübergehend in seinem Haus wohnten, während sie als Kellnerinnen im *Playboy*-Club ausgebildet wurden oder Testaufnahmen in den Fotostudios des *Playboy*-Gebäudes machten.

Obwohl Hefner langsam auf die fünfundvierzig zuging und seit der Gründung des *Playboy* mit Hunderten von fotogenen

Mädchen geschlafen hatte, genoss er weibliche Gesellschaft mehr denn je. Was erstaunlich war angesichts der Dinge, die er mittlerweile alle schon erlebt und gesehen hatte, war, dass jedes Zusammensein mit einer neuen Frau für ihn ein neues aufregendes Erlebnis bedeutete, so als dürfe er zum allerersten Mal zusehen, wenn eine Frau sich auszieht. Nie wurde er es überdrüssig, mit Frauen ins Bett zu gehen. Er war ein Sex-Junkie mit einem unstillbaren Appetit.

Er war überzeugt davon, dass sein hyperaktives Liebesleben die Wurzel seiner Kreativität, seines geschäftlichen Erfolges und seines Selbstvertrauens war; und dies unterschied ihn von der Melancholie der Figuren Fitzgeralds, dieser eleganten Romantiker, die sich vor dem Alter fürchteten und mit vierzig in Unsicherheit und Verzweiflung versanken. Hefner war mit vierzig glücklicher als mit dreißig und hegte nicht den geringsten Zweifel, dass er mit fünfzig ein noch erfüllteres Leben führen würde. Seine mannigfaltigen Unternehmungen würden weiter florieren, und er würde inmitten seines privaten Paradieses eine junge Frau besitzen, die er liebte – während in der Zwischenzeit zahlreiche Schönheiten ihm im Bett angenehme Abwechslung verschafften.

Während einer solchen Phase, als er zu Beginn des Sommers 1971 wieder einmal in Chicago weilte, Tausende Kilometer von Barbi entfernt, entwickelte er mit einem Mal ein intensives Interesse für ein Mädchen namens Karen Christy. Sie hatte grüne Augen, große, feste Brüste und lockiges platinblondes Haar, das ihr über die Schultern bis auf die Taille fiel. Karen war in Dallas bei einer »Bunny-Jagd« entdeckt worden, die John Dante, einer von Hughs Mitarbeitern, organisiert hatte. Als Leiter der *Playboy*-Club-Sparte reiste er gelegentlich von Stadt zu Stadt, um Mädchen zu interviewen, die sich auf Zeitungsannoncen gemeldet hatten und in einem der fünfzehn *Playboy*-Clubs in Amerika arbeiten wollten. In Dallas hatte sich Karen mit 200 anderen Bewerberinnen im Statler-Hilton versammelt, um sich im Bikini vorzustellen und mit John Dante und anderen Vertretern des *Playboy* zu unterhalten. Wenige Wochen später bekam sie die Nachricht, sie sei angenommen worden. Kurz darauf erhielt sie ein Flugticket nach Chicago zugeschickt, verbunden mit der Einladung, in Hefners Haus zu wohnen, bis sie ihren Einführungskurs abgeschlossen habe und ihre Arbeit im *Playboy*-Club in Miami beginnen konnte.

Karen war außer sich vor Freude. Den Großteil ihrer Jugend hatte sie in der ländlichen Umgebung von Abilene in einer Familie verbracht, in der gute Nachrichten nicht unbedingt auf der Tagesordnung standen. Als Karen drei Jahre alt war, starb ihre Mutter an Nierenversagen. Ihr Vater heiratete wieder. Die unglückliche Ehe endete jedoch mit der Scheidung, als Karen neun Jahre alt war. Vier Jahre später kam ihr Vater bei einem Jagdunfall ums Leben. Karen und ihre jüngere Schwester wurden bei verschiedenen wohlmeinenden, aber finanziell spärlich ausgestatteten Tanten, Onkeln und Großeltern aufgezogen. Obwohl Karen als Waise eine staatliche Rente bezog und während ihrer Schulzeit an der Highschool in Abilene mit verschiedenen Jobs Geld verdient und gespart hatte, sah sie sich schließlich doch gezwungen, aus finanzieller Not ihr Studium an der North Texas State University bereits nach dem ersten Jahr aufzugeben.

Mit 19 entdeckte sie in einer Zeitung eine Annonce des *Playboy*. Überzeugt, dass es weitaus interessanter und lohnender sein musste, als Kellnerin mit Stummelschwänzchen anstatt als Sekretärin in einem Büro zu arbeiten, packte sie im Mai 1971 ihren Koffer, flog nach Chicago und nahm sich ein Taxi zu Hefners Residenz am North State Parkway. Nachdem der Sicherheitsposten am Eingang ihre Identität überprüft hatte, wurde Karen Christy von einem Butler durch eine Marmorhalle über eine Eichentreppe hinauf in den vierten Stock bis zu einer Tür gebracht, die in den Schlaftrakt der Bunnys führte.

Sie hörte das Rauschen einer Dusche und lautes Gekicher, die Geräusche von elektrischen Haartrocknern und Radiomusik. Als sie den Gang betrat, sah sie mehrere nackte Frauen über den Flur huschen. Offensichtlich machten sie sich fertig, um im *Playboy*-Club ihren Dienst anzutreten. Von der allgemeinen Zwanglosigkeit erstaunt und mit leicht unbehaglichem Gefühl betrat sie das ihr zugewiesene Zimmer, und als sie vor dem Spiegel ein nacktes Mädchen erblickte, das in aller Ruhe sein braunes Haar bürstete, und eine kurzhaarige Blondine am Frisiertisch, die sich die Nägel polierte, war sie völlig verunsichert und verlegen. Die Frauen waren zwar freundlich, als Karen sich vorstellte, beantworteten auch geduldig ihre vielen Fragen über den neuen Job, den sie am nächsten Tag beginnen sollte. Doch spürte Karen, dass sie dabei jeden Zentimeter ihres Körpers kritisch musterten. Als Karen sich die Bluse auszog, ihren Büstenhalter jedoch anbehielt, bemerkte die eine: »So etwas tragen wir hier nicht.« Karen lächelte, nahm ihn aber trotzdem nicht ab und fing an, ihren Koffer auszupacken. Erst als die Mädchen verschwunden waren, zog sie sich ganz aus und duschte sich.

Erfrischt streifte sie ein neues Kleid über, das sie sich in Dallas gekauft hatte, verließ den Schlaftrakt, schritt die Treppe hinunter und stand plötzlich in einem 20 Meter langen Wohnzimmer, das mit Teakholzboden ausgelegt war und dessen sechs Meter hohe Decke Blumenfresken zierten. An einem Ende des riesigen Raums befand sich ein reich verzierter Marmorkamin, der groß genug war, dass man darin aufrecht stehen konnte. Am anderen Ende waren silbern glänzende mittelalterliche Rüstungen aufgestellt. Davor standen moderne und antike Möbel, weiterhin ein Konzertflügel und eine Stereoanlage, aus der leise Jazzmusik ertönte.

An einem Tisch vor dem Kamin saß eine Gruppe junger Frauen und älterer Herren, die sich miteinander unterhielten. Hefner war nicht darunter, doch Karen erkannte John Dante, den Mann, mit dem sie in Dallas gesprochen hatte. Als er sie erblickte, erhob er sich unverzüglich, eilte ihr entgegen und begrüßte sie. Dante war Anfang vierzig und trug einen kleinen, sauber getrimmten Schnurrbart in seinem freundlichen, geröteten Gesicht. Er hatte ein offenes Seidenhemd an, dazu eine Röhrenhose mit scharfer Bügelfalte. Auf der behaarten Brust glänzte ein goldenes Medaillon. Obwohl er leise sprach und einen zurückhaltenden Eindruck machte, kannten die Butler im Hintergrund seine wichtige Stellung innerhalb der Hefner-Hierarchie offenbar sehr genau; denn als er Karen fragte, ob sie etwas essen oder trinken wolle, eilten zwei von ihnen sofort an ihre Seite, um ihr jeden Wunsch zu erfüllen.

Dante stellte sie den Leuten vor und bat sie, Platz zu nehmen. Eine Weile saß Karen schweigend da, während die anderen ungezwungen inmitten der sie umgebenden Pracht plauderten. Bald gesellte sich eine attraktive Frau um die dreißig zu ihnen. Sie hatte große, ausdrucksvolle Augen und eine Ausstrahlung, die zwar kultiviert, aber dennoch warm und natürlich wirkte. Ihr Name war Bobbie Arnstein. Sie war, wie Karen später erfuhr, Hefners Sekretärin und Vertraute. Zu ihren Pflichten gehörte es, Hefners Hausgäste zu unterhalten und seine Geschäftsbesprechungen zu arrangieren, die er in seiner Suite abhielt. Sie kümmerte sich fast um alle seine persönlichen Einkäufe, einschließlich sämtlicher Geburtstags- und Weihnachtsgeschenke für seine Eltern und Kinder. Vor Jahren hatte Bobbie eine kurze romantische Affäre mit ihm gehabt, doch seitdem war ihre Beziehung zu einer tiefen Freundschaft herangereift. Genau wie Hefner bevorzugte sie nun Partner, die Jahre jünger waren als sie selbst. Bobbie Arnsteins Gegenwart und ihre subtile Art, Karen in das Gespräch einzubeziehen, ohne die offensichtlich verschüchterte Schönheit aus Texas zu einer Teilnahme zu zwingen, bewirkten, dass Karen langsam im Kreis der vielen fremden Menschen auftaute. Trotzdem war sie froh, als Dante ihr anbot, ihr das Haus zu zeigen.

Die nächste halbe Stunde folgte Karen ihm über Korridore und Geheimgänge, in viktorianisch eingerichtete Räume und gemütliche Verstecke, vorbei an antiken Möbeln und Flipperautomaten. Über eine geschwungene Treppe stiegen sie hinunter in die Unterwasserbar, die man von der darüber liegenden Etage außerdem noch über eine Feuerwehrstange aus Messing erreichen konnte. Dante, der schon vor Jahren auf Hefners Wunsch in die Villa gezogen war, kannte die Geschichte des Hauses und erzählte Karen, dass es vor der Jahrhundertwende von einem Fabrikanten aus Chicago gebaut worden war, der dort Gäste wie Theodore Roosevelt und Admiral Teary empfangen hatte. Ehe Hefner es 1960 für eine knappe Million erwarb, hatte es jahrelang leer gestanden. Für die Renovierung und den Einbau von Kegelbahn und Swimmingpool und für die Ausstattung seines Privatapartments mit elektronischen Spielereien und maßgefertigten Möbeln musste Hefner mindestens noch eine halbe Million investieren. Als Karen fragte, ob sie auch Hefners Suite besichtigen dürfe, zögerte Dante und erklärte, Hefner sei erst heute aus Los Angeles zurückgekommen und schliefe vielleicht noch. Dann ging er aber doch, um sich selbst zu überzeugen, und kehrte kurz darauf mit der Nachricht zurück, Hefner wäre wach und freue sich, sie zu sehen.

Mit Dante an ihrer Seite schritt sie durch das mit Eiche getäfelte Wohnzimmer, in dem sie zuvor gesessen hatten, stieg zwei Treppen hinauf und betrat einen Raum voller elektronischer Apparate. Acht Fernseher – für jeden Kanal in Chicago einen – gestatteten Hefner, eine Vielzahl von Sendungen aufzunehmen und nach Belieben abzuspielen. Dante öffnete die zweite Tür und führte Karen über den weichen Teppichboden des Zimmers, das von dem runden Bett in der Mitte beherrscht wurde. Darin hatte Hefner es sich bequem gemacht, der gerade an einem Hamburger kaute, Pepsi Cola trank und Druckfahnen redigierte.

Mit hochgezogenen Augenbrauen und übertrieben liebenswürdigem Lächeln sprang er aus dem Bett und begrüßte sie. Er unterhielt sich ernsthaft, jedoch ganz ungezwungen mit ihr und fragte sie nach ihrer beruflichen Vergangenheit. Dann zeigte er ihr sein Apartment, die luxuriös ausgestattete Bibliothek, sein Badezimmer mit der römischen Wanne, die genügend Platz bot für ein Dutzend Menschen, und die vielen Knöpfe, die sein Bett in rotierende Bewegungen versetzten, das drei Meter im Durchmesser maß und 15 000 Dollar gekostet hatte. An der Decke über dem Bett war eine Fernsehkamera angebracht, die Hefners amouröse Aktivitäten zur augenblicklichen oder späteren Begutachtung im Bild festhielt, was er ungeheuer stimulierend fand, jedoch bei dieser speziellen Gelegenheit taktvollerweise nicht erwähnte.

Ehe Karen ihn verließ, sagte er ihr, er habe später die Absicht, mit dem Schauspieler Hugh O'Brien und den anderen Hausgästen Poolbillard zu spielen, und würde sich freuen, wenn sie ihnen Gesellschaft leistete. Karen nahm die Einladung an. Als sie wieder allein in ihrem Zimmer war und sich ausruhte, wunderte sie sich, wie wohl sie sich in Hefners Gegenwart gefühlt hatte und wie sehr er in sich zu ruhen schien. Vor einem Jahr hatte sie ihn bei der *Johnny-Carson-Show* auf dem Bildschirm gesehen und ihn verkrampft und unnatürlich gefunden. Nun aber erlebte sie ihn sprühend vor Geist und bescheiden und fand ihn auch körperlich sehr attraktiv. Selbst die Anzeichen von jungenhafter Unordnung in seinen Gemächern empfand sie als außerordentlich liebenswürdig: Auf dem Boden lagen Papierblätter und alte Zeitschriften verstreut, Kleidungsstücke waren achtlos über Stühle geworfen, der Koffer von einem Trip nach Kalifornien war zwar geöffnet, aber nicht ausgepackt. Trotz des zahlreichen Dienstpersonals, das rund um die Uhr für Ordnung und Sauberkeit im Haus zu sorgen hatte, machte Hefner den Eindruck, als müsse man sich besonders sorgsam um ihn persönlich kümmern.

Später, beim Poolbillard mit den anderen Gästen, war sich Karen Christy ununterbrochen seiner Aufmerksamkeit bewusst. Er lächelte sie an, während er die Spitze seines Queues mit Kreide einrieb, blinzelte ihr nach jedem Stoß zu, und wenn er einen Witz erzählt oder einen ironischen Kommentar von sich gegeben hatte, schaute er jedes Mal in ihre Richtung, um ihre Reaktion zu prüfen. Sein Mangel an Subtilität hätte ihn bei einer erfahrenen Frau vielleicht Punkte gekostet, Karen jedoch fühlte sich geschmeichelt und fand seine offene Art, sich ihr zu nähern, bei weitem angenehmer als die versteckten Taktiken von Männern, die weniger direkt waren. Nicht nur ihr, sondern allen Anwesenden im Raum, besonders den anderen attraktiven Mädchen, gab er zu spüren, dass er sich stark zu ihr hingezogen fühlte, und obwohl sie sich lieber keine Gedanken machte, wohin das noch führen sollte, genoss sie diesen Augenblick in vollen Zügen.

Nach einem Mitternachtsdinner, das von Butlern auf Silbertabletts in das Spielzimmer gebracht und auf den Glasflächen der Flipperautomaten serviert worden war, zog die Schar in die Unterwasserbar hinunter, um zu schwimmen, zu trinken und sich zu unterhalten. Hefner wich Karen nicht von der Seite, und nach und nach merkten die übrigen Gäste, dass er mit ihr allein sein wollte, und zogen sich diskret zurück. Es war schon nach ein Uhr gewesen, als sie in die Bar hinunterkamen, und drei Stunden später saßen die beiden immer noch an einem kleinen Tisch in dem diffusen grünblauen Licht, das durch die Glasscheiben des erleuchteten Schwimmbeckens schimmerte, und unterhielten sich leise. Er war lebhaft an ihrer Vergangenheit interessiert, wollte Näheres über ihre Schulzeit und ihre Freunde erfahren und erkundigte sich einfühlsam, wie sie die vielen Schicksalsschläge und den Tod ihrer Eltern verwunden habe. Obwohl er endlos weiterfragte, machte er nicht den Eindruck, sie aushorchen zu wollen, wie es die Art von Zeitungsleuten ist. Er schien ernsthaft die Absicht zu haben, sie richtig kennenzulernen, und hörte lange zu, ohne sie zu unterbrechen. Und ebenso aufmerksam hörte sie ihm zu, als er anschließend von seiner Vergangenheit sprach, von seiner enttäuschenden Ehe, seinen Hoffnungen für seine Kinder und seiner augenblicklichen Liebesgeschichte mit Barbi Benton. Seine Offenheit, was Barbi anbelangte, gefiel ihr besonders. Ein weniger ehrlicher Mann hätte dieses Thema am ersten Abend mit einer neuen Frau bequemerweise vermieden. Karen wusste allerdings schon von dieser Beziehung, sie hatte Hefner mit ihr zusammen bei der *Johnny-Carson-Show* gesehen, in deren Verlauf auch von einer möglichen Heirat die Rede war. Schon damals hatte Karen nicht glauben können, dass er sein Junggesellendasein für Barbi Benton oder irgendeine andere Frau aufgeben würde. Und nun, ein Jahr später, als sie ihm persönlich gegenübersaß und sah, wie sehr er sein Leben in diesem mit lauter Spielzeug ausgefüllten pompösen Haus genoss, bezweifelte sie noch mehr als zuvor, dass er jemals einen Heiratskandidaten abgeben könnte. Das störte sie jedoch keineswegs. Sie fand Geschmack an der Idee, mit einem reichen, viel beschäftigten, älteren Mann befreundet zu sein, der sich seine jugendliche Vitalität und seinen Humor erhalten hatte. Während die Stunden in der Unterwasseratmosphäre dieses zeitlosen Ortes vergingen, spürte Karen nur, dass sie sich in seiner Gesellschaft sehr behaglich fühlte, und als er vorschlug, sich zusammen in sein Apartment zurückzuziehen und einen Film anzusehen, stand sie auf und nahm seine Hand. Später, als er sie aufforderte, die Nacht mit ihm zu verbringen, willigte sie ein, ohne einen Augenblick zu zögern.

Das blendende Verständnis zwischen den beiden hielt an, und zu Karens Freude und Verwunderung blieben sie auch während der ganzen Woche ein harmonisches Liebespaar. Nur wenn er geschäftliche Besprechungen hatte oder sie im *Playboy*-Club auf ihre neue Aufgabe vorbereitet wurde, waren sie getrennt. Kurz bevor sie ihre Bunny-Uniform anprobieren sollte, bat Hefner sie, sich den Job aus dem Kopf zu schlagen, damit sie nachts mehr Zeit füreinander hätten. Er beschwor sie, sich keine Sorgen wegen ihrer Einkünfte zu machen; sie könne als Fotomodell für *Playboy* viel mehr Geld verdienen. Als sie sich bereit erklärte, für ihn zu posieren, beauftragte er seinen Bildredakteur, Probeaufnahmen mit ihr zu arrangieren, und nach tagelangen Sitzungen im Studio wurde Karen Christy als Playmate für die Dezember-Ausgabe 1971 vorgemerkt und bekam 5000 Dollar Honorar.

Ihr plötzliches Erscheinen als Hefners Geliebte in Chicago gab zu Erstaunen und Neid unter den Bunnys im Schlaftrakt Anlass. Als sie sich jedoch davon überzeugt hatten, dass es ihrem Chef ernst mit ihr war, akzeptierten sie Karens privilegierte Stellung und fingen sogar an, sie zu mögen. Obwohl sie jetzt in seinem luxuriösen Apartment lebte, einen Wagen zur Verfügung hatte und in verschiedenen Chicagoer Geschäften auf seine Kosten einkaufen konnte, blieb sie im Grunde ihres Herzens doch das Mädchen vom Lande, das sie am Tag ihrer Ankunft aus Texas gewesen war. Oft lief sie im Haus barfuß herum, nur mit Shorts und T-Shirt bekleidet. Der Einfluss ihrer neuen Umgebung zeigte sich höchstens darin, dass sie keinen Büstenhalter mehr trug, und daran, dass sie beim Monopoly, Backgammon oder beim Flippern immer besser wurde. Ihre Tage verbrachte sie so, wie sie es schon als kleines Mädchen gewohnt war: vor dem Fernseher, wo sie sich Seifenopern anschaute, vor allem ihre Lieblingssendung *Another World*, die sie kannte, seit sie vierzehn war, und von der sie nun nicht eine Folge verpassen musste, wenn sie mit Hefner im Bett war, weil der Techniker angewiesen war, sämtliche Folgen der Reihe aufzunehmen.

Wenn Hefner nach Los Angeles flog, was er jede zweite Woche tat, ließ sie niemals eine Klage über sein fortwährendes Interesse an Barbi Benton laut werden. Im Laufe der Monate hatte sie sich immer mehr in ihn verliebt und fühlte sich oft sehr einsam. Im Geheimen fragte sie sich, was, wenn überhaupt, Barbara wohl über sie wusste. Doch die Telefonanrufe, die sie täglich von Hugh erhielt, wenn er in Kalifornien war, und die kostbaren Geschenke, mit denen er sie überschüttete, beruhigten sie jedes Mal wieder. In den ersten Wochen überraschte er sie mit einer Diamantuhr, die die Inschrift »With Love« trug, und zu Weihnachten verwöhnte er sie mit einem bodenlangen weißen Nerzmantel. Im März 1972, zu ihrem 21. Geburtstag, bekam sie einen Fünfkaräter von Tiffany. Weiterhin schenkte er ihr einen Smaragdring, eine Silberfuchsjacke, ein Gemälde von Matisse, eine Persianerkatze und eine wunderschöne, in Metall gravierte Reproduktion ihres *Playboy*-Covers, und Weihnachten 1972 präsentierte er ihr eine weiße Lincoln-Limousine.

Mit dem Geld, das sie als Fotomodell und bei öffentlichen Auftritten für *Playboy* verdiente, ließ sie für Hefners Monopoly-Spiel kleine Holzhäuser anfertigen, die dem *Playboy*-Hotel in Miami nachgebildet waren, sowie sechs kleine Figuren der Leute, die am häufigsten bei dem Spiel versammelt waren – neben Hefner sie selbst, Bobbie Arnstein, John Dante sowie zwei von Hefners ältesten Freunden, der Filmkritiker des *Chicago Tribune*, Gene Siskel, und der Zeichner und Autor Shel Silverstein. Sie beauftragte außerdem einen Künstler, ein großes Ölporträt von ihm anzufertigen, auf dem er im seidenen Morgenmantel auf einem Sessel sitzt und seine Pfeife raucht, während über seinem Kopf eine weiße Wolke schwebt, auf die ein kleiner Akt von Karen gepinselt war. Als sie ihn mit diesem Geschenk überraschte, amüsierte sie ihn mit dem Hinweis, sollte er sich tatsächlich einmal von ihr trennen, könne er ihr Porträt durch ein anderes ersetzen lassen.

Doch bis ins Jahr 1973 wurde Hefner niemals ihrer Gegenwart überdrüssig. Er forderte sie sogar auf, ihn auf seinen Reisen zu begleiten. Er nahm sie mit nach Orlando in Florida und zeigte ihr Disney World, jettete mit ihr in die Karibik, wo er bei einer Tagung der Zeitschriftenverleger geehrt wurde, und nach New York, wo ein Backgammon-Turnier stattfand. Als Karen während ihres Aufenthalts dort einmal den Wunsch äußerte, einkaufen zu gehen, griff Hefner in seine Tasche, zog seine Brieftasche heraus und drückte sie ihr in die Hand. In seiner Geldbörse befanden sich 3000 Dollar; doch als Karen durch die Geschäfte an der Fifth Avenue streifte, verglich sie die Preise und widerstand dem Impuls zu kaufen. So unglaublich freizügig Hefner auch sein konnte, er passte ganz genau auf, wie sein Geld ausgegeben wurde, und da sie ihn weder ausnutzen noch irgendwelche Dinge kaufen wollte, die sie nicht brauchte, fehlten gerade mal 200 Dollar, als sie ihm die Brieftasche später wieder zurückgab.

Karen Christys sensibles Verständnis für Hefners persönliche Konflikte, für seine unterschiedlichen Launen und unausgesprochenen Wünsche trug viel zur Harmonie ihrer Beziehung bei. Eines Tages, als sie zu Hause gerade Monopoly spielten, kam ein Butler und meldete, Hefners Flugzeug nach Los Angeles stünde zum Abflug bereit. Karen folgte ihm ohne ein Wort barfuß vor das Haus und begleitete ihn im Wagen zum Flugplatz. Als Hefner mit seinen Geschäftsfreunden und Mitarbeitern an Bord ging, schlug einer von ihnen aus Spaß vor, Karen solle doch mitfliegen, was sie mit Hefners spontanem Einverständnis auch tat. Während des Fluges nach Westen nahmen sie ihr Monopoly-Spiel wieder auf und genossen ein festliches Mittagessen, während der Pilot auf Hefners Anordnung über Funk eine Limousine bestellte, die Karen in Los Angeles zu einem Schuhgeschäft und anschließend wieder zurück zum Flughafen bringen sollte, wo für sie ein Ticket für den Rückflug nach Chicago bereitliegen würde.

Nach diesem Trip ließ er Karen des Öfteren mit einer Linienmaschine nach Los Angeles kommen, nur um mit ihr zusammen im *Playboy*-Jet zurückfliegen zu können. Zeit – nicht

Geld – war das Wichtigste für Hefner, sowohl im Geschäft als auch in der Liebe. Nach seinem vierzigsten Geburtstag, als sein persönliches Vermögen auf über 100 Millionen Dollar angestiegen war, sagte er oft, Geld sei nicht mehr von Bedeutung für ihn, nur Zeit, und er scheue keine Mittel, Zeit für seine romantischen Bedürfnisse zu gewinnen. Als Karen Verwandte in Texas besuchte, schickte Hefner ihr einen Learjet, der sie aus Dallas abholte und sie nach Los Angeles brachte, damit sie gemeinsam mit ihm im *Playboy*-Jet zurück nach Chicago fliegen konnte – ein Unternehmen, das 10 000 Dollar kostete.

Einmal kam er ohne Karen aus Los Angeles zurück und sah zu seinem größten Erstaunen, dass sie die Bäume in seinem Garten mit gelben Bändern geschmückt hatte, inspiriert durch einen Song, der gerade populär war: »Tie a Yellow Ribbon«. Hefner hatte das Lied spontan gefallen und angeordnet, es nonstop zu spielen. Da es sich jedoch um eine Single-Platte handelte, musste ein Butler ständig beim Plattenspieler stehen und den Tonarm zurücksetzen, wann immer das Lied zu Ende war. Der Butler war den ganzen Abend beschäftigt.

1973 feierte der *Playboy* seinen 20. Geburtstag. Inzwischen hatte seine monatliche Auflage sechs Millionen Exemplare erreicht. Hefner fuhr fort, seine freie Zeit glücklich und gerecht zwischen seinen beiden Frauen aufzuteilen. Im Alter von 46 Jahren hatte er genügend Geld, Zeit, Macht und Fantasie, um sein Leben in vollen Zügen zu genießen. Für den ehemaligen Platzanweiser, der in einem verdunkelten Filmtheater davon geträumt hatte, der tristen Realität entfliehen zu können, war schließlich ein lange gehegter Wunsch in Erfüllung gegangen: Hefner war Hauptdarsteller in einem irdischen Paradies geworden, das er sich selbst geschaffen hatte.

Für den amerikanischen Durchschnittsbürger, der sein Einkommen durch Inflation und höhere Besteuerung geschmälert sah, schien es ungerecht, dass ein Mann wie Hugh Hefner – so stellte es zumindest seine PR-Abteilung dar – vom Schicksal so verwöhnt wurde und seine Geschäfte wie am Schnürchen liefen, während er sich beim Monopoly-Spiel amüsierte oder Jagd auf junge Frauen machte. Obwohl es zahlreiche Männer gab, die weitaus wohlhabender waren als Hefner, nahm die breite Öffentlichkeit jedoch kaum Notiz von diesen oder beneidete sie, weil sie nur selten im Fernsehen erschienen, und wenn, dann vermieden sie tunlichst den Eindruck, als hätten sie Spaß am Leben. Die Rockefeller-Brüder schienen mit Verpflichtungen und Verantwortung überladen; Paul Getty wirkte auf jedem seiner Fotos wie der einsamste Mensch der Welt; und Howard Hughes war ein paranoider Einsiedler, der sich in Hotelzimmern verschanzte und sich nur von nüchternen männlichen Krankenpflegern behandeln ließ, die auch noch Mormonen sein mussten. Die Bilder von arabischen Potentaten, die sich Harems hielten, zeigten stets Männer, die ebenso übergewichtig wie übellaunig waren und sich ständig über gesundheitliche Probleme oder bewaffnete Umstürzler beklagten, während die Machtelite in den USA, wenn sie sich Geliebte hielt, nicht selten ihr Privatleben früher oder später in der Presse beziehungsweise in den Enthüllungsbüchern der betreffenden Damen ausgebreitet fand.

Hefners konstante und gezielt verbreitete Flirts mit seinen weiblichen Angestellten und Models wurden im *Playboy* als sein »alternativer Lebensstil« gefeiert. Und mit jedem Jahr schien er die jüdisch-christliche Ideologie aufs Neue zu widerlegen, wonach exzessives Vergnügen unweigerlich Strafe nach sich zieht. Obwohl er seinen alternden Körper angeblich täglich den erschöpfenden Anforderungen prickelnder Weiblichkeit aussetzte, sah er so gut aus wie nie in seinem Leben, und auch wenn er sich hauptsächlich von Fast Food ernährte, behielt er seine schlanke Linie. Nicht einmal seine Zähne hatten gelitten, obwohl er täglich kistenweise Pepsi-Cola trank. Er war zwar der Boss eines riesigen Unternehmens mit etlichen Tochtergesellschaften und Tausenden Angestellten in Amerika und Übersee, doch man hörte niemals, dass er unter Stress litt oder einen Psychiater aufgesucht hätte.

Die erfolgreiche Premiere eines schlüpfrigen, anatomisch detaillierten Sexmagazins mit dem Titel *Hustler* – dessen Gründer, Larry Flynt, annahm, der *Playboy* würde über kurz oder lang überholt sein – und die steigenden Verkaufszahlen von *Penthouse,* der bereits eine monatliche Auflage von vier Millionen erreicht hatte, alarmierten Hugh Hefner nicht im Geringsten. Als seine Redakteure auf die Konkurrenz mit Nacktfotos im *Playboy* reagierten, die nach Hefners Urteil viel zu ordinär wirkten, erinnerte er seinen Stab daran, dass es niemals seine Absicht war, aus dem Mädchen von nebenan ein Flittchen zu machen.

Selbst wenn es damals berechtigte Gründe gab, die Entwicklung seines Unternehmens mit Besorgnis zu verfolgen, verhinderte sein unerschütterlicher Optimismus, dass rasch Gegenmaßnahmen eingeleitet wurden. An jeder Negativmeldung fand er mindestens einen positiven Aspekt: Als bekannt wurde, dass die *Playboy*-Filmproduktion mehrere Millionen Dollar mit Filmen wie *The Naked Ape* und Roman Polanskis *Macbeth* verloren hatte, wies er darauf hin, seine Gesellschaft habe aus diesen Abenteuern wertvolle Erfahrungen gewonnen und *Macbeth* sei immerhin von der Kritik zum besten Film des Jahres erklärt worden. Als sich herausstellte, dass seine *Playboy*-Clubs im ganzen Land sowie seine Ferienhotels in Miami Beach und Jamaika, in Wisconsin und im US-Staat New York mit wenigen Ausnahmen Zusatzgeschäfte waren, sagte Hefner, er sei weit davon entfernt, den Mut zu verlieren, es würden auch wieder bessere Tage kommen. In der Zwischenzeit unterhielt er weiterhin mit bescheidenem Erfolg einen Buch- und einen Musikverlag, eine Plattenfirma, Kinos in Chicago und New York, einen Autoverleih, eine Modelagentur und einen

Betrieb, der Spielereien und Kinkerlitzchen mit dem *Playboy*-Logo herstellte.

Sein *Playboy*-Tower-Hotel in Chicago wurde zu nachlässig gemanagt und machte Verluste. Der Erfolg von *Oui,* die etwas unanständigere Schwester des *Playboy,* die Hefner 1972 herausbrachte, um den Vormarsch von *Penthouse* zu stoppen, bestand darin, dass es Leser vom *Playboy* weglockte, dessen monatliche Auflage ein Jahr nach Erscheinen des neuen Magazins von sieben auf sechs Millionen Exemplare zurückgegangen war. Der *Playboy* blieb zwar weiterhin das lukrativste Herrenmagazin der Welt – weitere Millionen wurden mit den drei *Playboy*-Spielkasinos in England verdient –, doch war der Kurs der Aktie in zwölf Monaten um zwölf Punkte gefallen, eine Tatsache, die Hefner nicht auf die sinkende Rentabilität seiner Gesellschaft zurückführte, sondern auf die Rezession, die Inflation und die unfähige Regierung in Washington. Als ein Journalist ihn einmal wegen der ungünstigen Entwicklung seines Konzerns interviewte und fragte, ob er vielleicht doch bald wieder als täglicher Mitarbeiter in der *Playboy*-Zentrale würde erscheinen müssen, erwiderte Hefner, dass seine als Büroangestellter endgültig vorüber sei: »Ich habe Wichtigeres zu tun, nämlich zu leben.«

In einem Interview, das im *Playboy* erschien, erläuterte er seinen Standpunkt, warum er in privater Atmosphäre leistungsfähiger sei als in einem Büro: »Der Mensch ist das einzige Tier, das seine Umwelt gestalten kann. Und so habe ich mir meine eigene Welt aufgebaut, die mir gestattet, mein Leben zu führen, ohne dabei viel Zeit und Energie zu verschwenden wie die meisten Menschen. Der Mann, der seinen Arbeitsplatz in der Stadt und sein Haus in einem Vorort hat, verliert jeden Tag zwei bis drei Stunden durch die lange Fahrzeit. Er muss in der Regel zum Mittagessen in ein Restaurant gehen, wo er hastig und unpersönlich bedient wird. Sein Leben erstickt in täglicher Routine. Den Tagesablauf bestimmt die Uhr. Seine Mahlzeiten nimmt er zu vorgeschriebenen Zeiten ein. Er arbeitet am Tag und schläft in der Nacht. Zu Hause jedoch kann man den Tagesrhythmus selbst bestimmen. Ein Grund für die Frustrationen in der heutigen Gesellschaft besteht darin, dass die Menschen sich machtlos fühlen, nicht nur in Bezug auf das, was in der Welt geschieht, sondern auch, weil sie kaum mehr Einfluss auf ihre persönliche Umgebung nehmen können. Ich empfinde diese Frustration nicht, denn ich habe die Kontrolle über mein Leben in die eigenen Hände genommen.«

Im Herbst 1973 war es damit allerdings vorbei. Plötzlich verlor er die Kontrolle über eine seiner beiden Lieblingsfrauen und legte seinem Personal gegenüber ein bisher nicht gekanntes Maß an Panik an den Tag. Durch einen Artikel in der Zeitschrift *Time*, der sich mit der wachsenden Konkurrenz durch *Penthouse* befasste und Spekulationen darüber anstellte, inwiefern das Miller-Urteil die Presselandschaft berühren würde, hatte Barbi Benton zum ersten Mal erfahren, dass Hefner mehr als nur oberflächlich mit einer anderen Frau liiert war. In dem Artikel waren zwei Fotos abgedruckt, die in ihrer Aussage relativ eindeutig waren: Auf dem einen umarmt ihn Barbi Benton in Los Angeles, auf dem anderen legt er in seinem Haus in Chicago den Arm um Karen Christy. »Schon seit langem konsumiert Hefner alles am liebsten in doppelter Ausführung«, hieß es in der Bildunterschrift. »Er hat seinen romantischen Lebensstil geschickt erweitert. Das ehemalige Playmate Barbi Benton, seine langjährige Begleiterin, lebt auf seinem Herrensitz in Kalifornien, und die blonde Karen Christy, ein ehemaliges Bunny, hat sich bei ihm in Chicago einquartiert. Und irgendwie scheint das Arrangement zu funktionieren.«

Dass er sich wissentlich mit Karen Christy für eine Zeitung hatte fotografieren lassen, empfand Barbi als unverzeihlich. Ohne ihn anzurufen oder ihn in irgendeiner anderen Form zu verständigen, packte sie ihre Koffer und verließ sein Haus. Als Hefner von ihrer Abreise erfuhr, entschloss er sich sofort, nach

Kalifornien zu fliegen – worüber sich Karen Christy ungeheuer aufregte, da er ihr in den letzten Monaten immer wieder versichert hatte, sie mehr zu lieben als Barbi, und er, wie um diesen Eindruck auch noch zu bekräftigen, mehr Zeit in Chicago als in Los Angeles verbrachte hatte.

Beim Abschied küsste er Karen und beteuerte, sie stehe in seinem Leben an allererster Stelle, bestand jedoch darauf, Barbi besänftigen zu müssen, und zwar persönlich. Karen verstand ihn. Barbi war schließlich schon vor ihr in sein Leben getreten, und Hefner hatte ihr erklärt, Barbi verdiene eine persönliche Erklärung. Was Hefner ihr allerdings nicht gestanden hatte, war, dass er Barbi unbedingt zurückgewinnen wollte, weil er sie beide brauchte, da er sich aus ganz verschiedenen Gründen zu ihnen hingezogen fühlte. Barbi Benton bewunderte er wegen ihrer Vitalität und Fröhlichkeit, und ihn reizte, dass sie sich nicht vollkommen von ihm beherrschen ließ. Dass sie sich als Country- und Westernsängerin durchzusetzen versuchte, machte sie in seinen Augen noch begehrenswerter. Wie seine Mutter, seine ehemalige Frau und seine Tochter, die gerade das College beendete, war Barbi Benton eine Frau mit gesunder Ausstrahlung und einem ungewöhnlichen Charakter. Nur auf anderen Gebieten – besonders im Bett – war sie Karen nicht ebenbürtig. Karen gab sich zwar scheu unter Menschen, allein mit ihm jedoch war sie hemmungslos. In seiner langjährigen erotischen Vergangenheit hatte er keine Frau erlebt, die ihn sexuell derart erregte. Allein ihr beim Ausziehen zuzusehen jagte ihm schon Schauer über den Rücken, und wenn er sie von Kopf bis Fuß mit Öl eingerieben hatte – was sie genauso genoss wie er –, trieb ihn das Liebesspiel mit ihrem glatten, geschmeidigen, glänzenden Körper auf dem seidenen Laken zu immer neuen Höhepunkten. Im Gegensatz zu Barbi, die abends, wenn sie von der Probe aus dem Studio kam, oft müde war und es nicht ausstehen konnte, wenn das Öl ihr Haar verschmierte, besonders wenn sie am nächsten Morgen vorsingen musste, strebte Karen keine berufliche Karriere an und hatte tagsüber stundenlang Zeit, sich die Haare zu waschen und zu föhnen. Hefner gefiel es, dass sie seine Begeisterung für Backgammon und andere Spiele teilte und jederzeit bereit war, mit ihm zu verreisen oder sich in ein Flugzeug zu setzen und zu ihm zu kommen, wann immer er nach ihr rief. Wenn er mit einem Menschen allein sein wollte, dann am liebsten mit Karen Christy. Doch wenn er Gastgeber einer großen Party war – besonders bei den Wohlfahrtsabenden, die er persönlich veranstaltete –, sah er lieber Barbi Benton an seiner Seite. Sie hatte mehr gesellschaftlichen Schliff als Karen und war eine bessere Unterhalterin. Bei ihren Fernsehauftritten als Sängerin und Schauspielerin hatte sie bisher zwar eher trivial und oberflächlich gewirkt, doch privat war sie intelligent und scharfsinnig. Barbi war die einzige Frau, die er in den letzten Jahren kennengelernt hatte, die er unter Umständen sogar heiraten würde.

Er hatte nicht die Absicht, sie mit einem Eheversprechen zur Rückkehr zu bewegen, konnte sich jedoch andererseits auch nicht vorstellen, in seinem kalifornischen Herrenhaus ohne sie glücklich zu sein. Sobald er in Los Angeles gelandet war und herausgefunden hatte, dass sie sich in einem Hotel auf Hawaii aufhielt – allerdings in Gesellschaft einer Freundin, wie er zu seiner Erleichterung herausfand –, rief er sie an und bettelte um Verzeihung. Ein einziger Artikel in der *Time* dürfe nicht Jahre voller Liebe und Verstandnis fureinander zerstören. Sie blieb kühl und bestand darauf, eine weitere Woche auf Hawaii zu bleiben, erklärte sich jedoch zu einer persönlichen Aussprache nach ihrer Rückkehr einverstanden. Doch als er sie das nächste Mal sah, war sie immer noch sehr distanziert. Sie gestand zwar, dass sie ihn immer noch liebe und hoffe, dass sich ihre Beziehung wieder einrenken würde, erklärte aber, sie hätte sich in Beverly Hills eine eigene Wohnung genommen, in die sie sich zurückziehen wolle, wann immer ihr die Hausgäste, die Bunnys und die ewigen Backgammon-Spiele auf die Nerven gingen.

Sie schlief mit ihm und versprach, nicht mit anderen Männern auszugehen, und Hefner versicherte ihr, auf seine Art treu zu bleiben. Von da an schickte er ihr jeden Tag Blumen in ihre Wohnung. Während dieser Zeit telefonierte er täglich mit Karen Christy, die seine Rückkehr kaum erwarten konnte. Doch zurück in Chicago, spürte er, dass auch sie sich verändert hatte. Sie wirkte zurückhaltender, war nicht mehr so offen zu ihm, obwohl sie beteuerte, ihn zu lieben wie früher.

Langsam normalisierte sich das Leben im Haus. Die Flipperautomaten waren wieder die ganze Nacht in Betrieb, stundenlang wurde Backgammon gespielt, und die *Playboy*-Redakteure versammelten sich erneut regelmäßig zu Besprechungen in Hefners Suite – und doch lag ein Hauch von Gereiztheit über dem großen Haus. Wachposten, die seit der Entführung von Patricia Hearst das Anwesen rund um die Uhr kontrollierten, vermittelten durch ihre Gegenwart den Eindruck, in einem Gefängnis zu leben. Hefners Sekretärin, Bobbie Arnstein, die früher eine so beruhigende Ausstrahlung gehabt hatte, verbreitete eine nervöse Atmosphäre. Sie war gerade in eine schwierige Liebesbeziehung mit einem attraktiven, aber unberechenbaren Rauschgifthändler verwickelt, der sie heimlich und höchst unregelmäßig in ihrer Wohnung im hinteren Teil des Gebäudes aufsuchte.

Hefners vertrautester Freund, John Dante, erklärte eines Tages, er hielte dieses Leben nicht mehr aus. Jahrelang hatte er als Hefners persönlicher Berater in dessen Haus gelebt. Die Stellung füllte ihn jedoch nicht mehr aus, er sah sich nur mehr als alternder Spieler. Obwohl er Hefner seiner Loyalität versicherte – nie würde er die 40 000 Dollar vergessen, die Hefner ihm 1968 geliehen hatte, damit er seine Spielschulden bei verschiedenen Buchmachern in Chicago bezahlen konnte –, sehnte er sich doch verzweifelt nach einem Urlaub von Hefners Paradies. Und nachdem sein Boss widerstrebend zugestimmt hatte, stieg er eines Tages zusammen mit dem Bunny des Jahres 1973 in seinen Jeep und fuhr in Richtung New Mexico.

Eines Abends, nach der Heimkehr von einem geschäftlichen Termin, entdeckte Hefner, dass Karen Christy verschwunden war. Um Mitternacht, als sie noch immer nicht aufgetaucht war, wirkte Hefner sichtbar mitgenommen und erbittert, und als jemand erwähnte, Karen könne vielleicht in der Wohnung des Bunnys Nanci Heitner sein, mit der sie sich angefreundet hatte und oft zusammen war, wenn Hefner verreist war, zog er sofort einen Mantel über seinen Pyjama und ließ sich in seinem schwarzen Mercedes, begleitet von zwei Leibwächtern, bei leichtem Schneefall nach Lincoln Park fahren.

Als der Chauffeur vor dem alten vierstöckigen roten Backsteingebäude, in dem Nanci Heitner wohnte, hielt, sprangen Hefner und seine Begleiter aus dem Fahrzeug und rannten auf die unbeleuchtete Haustür zu. Einer zündete sein Feuerzeug an, um die Nummer ihres Apartments ausfindig zu machen. Doch die Namensschilder an den sechs Klingelknöpfen fehlten entweder ganz oder waren unleserlich. Also drückte der ungeduldige Hefner alle Knöpfe gleichzeitig. Als ein Summen ertönte und die Tür aufging, lief er zur Treppe und rief: »Hallo, ich bin Hugh Hefner. Ist Karen Christy da?«

Die beiden Leibwächter, mit Walkie-Talkies in der Hand, und Hefner warteten auf irgendeine Reaktion. Vergebens. Hefner stieg die Treppen hinauf, klopfte an jede Wohnungstür und wiederholte: »Ich bin Hugh Hefner, ich suche eine Karen Christy.« Im zweiten Stock vernahm er Geräusche hinter einer Tür und sah Licht durch die Ritzen und das Guckloch schimmern.

»Was wollen Sie?«, rief eine Frau von drinnen.

»Ich bin Hugh Hefner und …«

»Sind Sie *wirklich* Hugh Hefner?«, fragte sie, sperrte aber immer noch nicht auf. Darauf hörte er eine männliche Stimme aus dem Hintergrund fragen, was die Aufregung solle, und sie antwortete: »Da draußen steht ein Verrückter und behauptet, er wäre Hugh Hefner.«

Im zweiten und dritten Stock rührte sich niemand, doch Hefner stieg auch noch die letzte Treppe hinauf, und als er an die Wohnung 4A klopfte, fing ein Hund an zu bellen, und eine Stimme erklärte: »Karen ist nicht hier.«

Die Tür ging auf, und Nanci Heitner, eine blonde junge Frau in einem schwarzen Morgenrock, hielt ihren tibetanischen Wachhund zurück und ließ Hefner und seine Begleiter herein. »Sie ist nicht bei mir. Sie können sich selbst davon überzeugen.«

Hefner entschuldigte sich für die nächtliche Störung. Die beiden Männer durchsuchten jedes Zimmer, schauten in die Schränke und unter das Bett. Hefner sah eingefallen und trostlos aus, sein Haar war zersaust, seine Pepsi-Flasche leer. Nachdem man keine Spur von Karen gefunden hatte, begleitete Nanci Heitner ihn zur Tür; er tat ihr richtig leid.

Hefners Wagen war kaum abgefahren, da klingelte bei ihr das Telefon. Mit tränenerstickter Stimme erklärte Karen Christy, sie sei in einer Telefonzelle und wolle vorbeikommen, sie müsse unbedingt weg von dem treulosen Hugh Hefner. Wenige Minuten später stand Karen in einem dicken Mantel mit vom Schnee durchnässten Haaren vor der Tür, die Wimperntusche tränenverschmiert. Sie erzählte, sie sei aus ihrem Mittagsschlaf aufgewacht, als Hefner nebenan gerade mit Barbi Benton in Los Angeles telefonierte. Dabei hätte er ihr seine Liebe versichert und ihr versprochen, sich am Wochenende in Aspen mit ihr zu treffen. Am Abend zuvor hatte er Karen noch gesagt, es sei aus zwischen ihm und Barbi, und behauptet, sie hätte ihn bei seinem letzten Besuch in Kalifornien völlig kalt gelassen. Karen konnte daraus nur schließen, dass er ein Lügner war. Nanci stimmte ihr zu und schlug vor, sie solle ihre Koffer packen und gehen.

Nanci Heitner hatte langsam keine Lust mehr, Karens Klagen über Hugh Hefner und seinen Egoismus mit anhören zu müssen. Da ihr Wunsch, ihn ganz und gar für sich allein zu haben, offensichtlich unerfüllt blieb, hatte sich Karen in letzter Zeit angewöhnt, Nanci zu jeder Tages- und Nachtzeit anzurufen und sie aus dem Schlaf zu holen oder sie zu unterbrechen, wenn sie gerade mit einem Mann im Bett war. Während Nanci bei solchen Gelegenheiten geduldig zuhörte, wurden ihre Liebhaber regelmäßig unruhig, waren beleidigt oder machten einfach weiter, während Nanci den Hörer ans Ohr gepresst hielt, was ihr nicht so unangenehm war, wie Karen zu gestehen, dass sie eigentlich mit etwas anderem beschäftigt war, denn in letzter Zeit machte sie sich zunehmend Sorgen um den mentalen und körperlichen Zustand ihrer Freundin, die bereits 15 Pfund abgenommen hatte und regelmäßig Schlaftabletten nahm. Nanci mochte Karen sehr, was eventuell daran lag, dass sie sich ihr stark verbunden fühlte. Wie sie hatte auch Nancis Familie diverse Schicksalsschläge einstecken müssen, und wie Karen hatte auch sie die Arbeit für den *Playboy* als Möglichkeit gesehen, einflussreiche Leute kennenzulernen und gesellschaftliche Perspektiven zu entwickeln, die ihr vorher verschlossen waren. Und auch wenn sich Nanci bisher noch keine derartige Gelegenheit geboten hatte, so schwelgte sie doch in der Aschenbrödelsituation ihrer Freundin, von der sie gelegentlich auch profitierte. Im Club, wo das Sicherheitspersonal wusste, dass sie die Frau war, die der Frau an Hefners Seite am nächsten stand, wurde sie als jemand behandelt, über den man Hefner eine Nachricht wesentlich schneller zukommen lassen konnte, als wenn man die normalen Kanäle benutzte. Und tatsächlich unterhielt sie sich in letzter Zeit häufiger mit Hefner am Telefon – vor allem dann, wenn er in Los Angeles war und bei ihr anrief, wenn Karen wieder einmal den Hörer aufgeknallt hatte. Bei diesen Gelegenheiten bat er sie dann, Karen etwas auszurichten und ihn gleich wieder zurückzurufen, um ihm zu berichten, wie sie reagiert hatte. Da er ihr nie anbot, ihn per R-Gespräch anzurufen, trieben die Verstimmungen zwischen Hefner und Karen Christy Nanci Heitners Telefonrechnungen in astronomische Höhen.

Dass sie dieses Spiel trotz allem so lange mitmachte, lag daran, dass ihr die Vermittlerrolle schmeichelte und sie wusste, dass Karen zu verwirrt war, um rationale Entscheidungen zu treffen. Hätte sie sich in einen verheirateten Mann mit Kindern verliebt, wären die Regeln einfacher zu verstehen gewesen, doch ihr Dilemma bestand darin, dass sie sich auf eine wilde Romanze mit einem noch immer pubertierenden Zeitschriftentycoon eingelassen hatte, der versuchte, die Liebe zweier Frauen exklusiv für sich zu beanspruchen, und jedes Mal, wenn er mit der einen zusammen war, dem Ego der anderen einen Stich versetzte. An Feiertagen war Karen besonders deprimiert, auch das wusste Nancy. Weihnachten verbrachte Hefner zwar für gewöhnlich mit ihr in Chicago, aber Silvester feierte er mit Barbi in Los Angeles auf einer großen Neujahrsparty in seiner Residenz. Und wenn er nicht bei Barbi Benton war, dann vergnügte er sich mit einer anderen jungen Frau. Immer wollte er haben, was er gerade nicht besaß. Er liebte die Jagd nach Frauen, und immer war es derselbe Typ, der ihn reizte: das gesunde, fröhliche, anständige Mädchen wie Barbi oder das sexy »bad girl« mit großen Brüsten wie Karen. Nanci wusste, dass die Situation für Karen langsam untragbar wurde. Weder würde er sie je heiraten, was sie im Stillen immer noch hoffte, noch konnte er ihr die Geborgenheit bieten, nach der sie sich in ihrer Unsicherheit sehnte. Und nun, nachdem Hefner mit seinen Bodyguards bei ihr in der Wohnung aufgetaucht war, hatte Nanci allmählich die Nase voll von Karens Beziehungsdrama. Sie tat ihr leid, doch Nanci sagte ihr rundheraus, es gäbe für sie keine Zukunft an Hefners Seite. Karen, die sonst so nahe am Wasser gebaut hatte, nickte zustimmend und versprach, die Affäre sofort zu beenden.

Stundenlang sprachen die beiden jungen Frauen miteinander. Um drei Uhr morgens verließen sie die Wohnung, um sich in einer nahe gelegenen Bar einen Schlummertrunk zu genehmigen. Als sie zwei Stunden später nach Hause gingen, sahen sie Hefners Wagen vorbeifahren, und als er sie erblickte, sprang er aus dem Auto und rannte auf sie zu. Karen blieb neben Nanci stehen und fluchte leise vor sich hin. Als er jedoch mit Tränen in den Augen und weit ausgebreiteten Armen vor ihr stand, warf sie sich an seine Brust und weinte. Eng umschlungen standen sie da und flüsterten sich zärtliche Worte ins Ohr. Nanci drehte sich um, und als Hefner Karen zum Auto führte, stieg sie bereits die Treppen zu ihrer Wohnung hinauf.

Was das Wochenende in Aspen betraf, so schwor Hefner, der Anruf, den Karen am Tag zuvor zufällig mitgehört hatte, sei nicht von Barbi Benton gewesen, sondern von seiner Tochter Christie. Das beruhigte Karen einigermaßen, obwohl sie seine Tochter eigentlich noch weniger schätzte als ihre Rivalin. Sie hatte Christie ein paarmal gesehen, als diese mit ihren Freunden aus dem College zu Besuch war. Neulich hatte sie sich wahnsinnig geärgert, als einer ihrer Freunde eine verächtliche Bemerkung über Hefners »Konkubinat« gemacht hatte. Sie wusste auch, dass Christie mit Barbi Benton sehr gut auskam. Die beiden gingen in Beverly Hills sogar zusammen einkaufen, was Karen in ihrem empfindlichen Zustand noch mehr verunsicherte. Doch andererseits hatte Hefner bisher keinerlei Anzeichen erkennen lassen, dass er sich, was Frauen anging, von seiner Tochter beeinflussen ließ, und als er Karen einen kurzen Urlaub in Acapulco vorschlug, fasste sie wieder Mut. Es war ein langer, kalter Winter für Karen gewesen, und sie freute sich auf ein paar sonnige Tage.

In Gesellschaft von einigen Freunden, die Karen wirklich mochte, empfand sie den Aufenthalt in Acapulco nach all der Unruhe in den letzten Monaten wie eine wohltuende Atempause. Hefner machte ihr sein kostbarstes Geschenk, seine Zeit, und während der wundervollen Tage und Nächte genoss sie seine Gegenwart wie nie zuvor und wünschte, der Urlaub nähme nie ein Ende. Doch nur Sonne und ruhige Abende waren auf die Dauer nichts für Hefner, und schon nach einer Woche schützte der rastlose Verleger dringende Geschäfte vor, um seine vorzeitige Abreise zu begründen. Karen überredete er, mit seinen Freunden noch eine Woche länger zu bleiben.

Auf dem Weg zum Flugplatz saß sie eng an ihn geschmiegt im Fond des Wagens und überlegte laut, wann sie sich wohl wiedersehen würden. Als er ihr nur eine vage Antwort gab, drängte sie ihn, sich präziser auszudrücken. Sie wollte ganz genau wissen, wie lange ihn diese Geschäfte beanspruchen würden und wann sie damit rechnen könne, ihn wieder in die Arme zu schließen. Doch er blieb stur und verschlossen – es schien fast, als wäre er schon über den Wolken, weit weg von ihr. Und als sie eng umschlungen mit ihm durch die Abflughalle schritt, hinaus zur Piste, wo der *Playboy*-Jet wartete, bekam sie es mit der Angst zu tun. Vor dem Abschiedskuss versuchte sie ein letztes Mal, von ihm eine genaue Antwort auf ihre Frage zu bekommen. In dem Moment nahm er seinen ledernen Aktenkoffer und schleuderte ihn wütend gegen die Maschine. Als der Koffer zur Erde polterte und auf der glatten Piste weiterrutschte, rannte Hefner hinterher. Dort angelangt, sprang er mit beiden Füßen auf den Koffer und trampelte auf ihm herum. Während seine Piloten mit Erstaunen die Szene verfolgten und sonnengebräunte Touristen mit Strohhüten neugierig stehen blieben, lief die zu Tode erschrockene Karen auf ihn zu. Doch noch ehe sie ihn erreichte, hatte er sich wunderbarerweise wieder beruhigt – der vulkanartige Ausbruch hatte sich nach Sekunden erschöpft. Weder war es ihm unangenehm, noch schien er richtig zu wissen, was er gerade getan hatte, und nachdem er den ramponierten Koffer wieder an sich genommen und Karen einen Abschiedskuss gegeben hatte, stieg er ohne Zögern die Treppe zur Flugzeugkabine hinauf.

In der Nacht rief er sie im Hotel an und sagte, es täte ihm leid, ihr Angst eingejagt zu haben; ansonsten sei alles in Ordnung. Er versprach ihr, sie zu benachrichtigen, sobald er alle Probleme aus dem Weg geräumt habe. Einige Tage später, als Karen am Telefon den Wunsch aussprach, ihre Verwandten in Texas zu besuchen, ermutigte er sie dazu und bot ihr an, sie von Los Angeles aus mit dem *Playboy*-Jet in Dallas abzuholen und mit ihr zurück nach Chicago zu fliegen. Das war eine großzügige Geste von ihm, denn Dallas lag weit abseits von der direkten Route nach Chicago. Er wollte sogar ihren Onkel und ihre Tante kennenlernen und all die anderen Verwandten, die sie zum Flughafen begleiten würden.

Wie angekündigt landete der schwarze Jet mit dem weißen Bunny-Logo am Leitwerk an einem Mittwochnachmittag im März 1974 auf dem Flughafen in Dallas, und als die auffällige Maschine ausrollte und vor dem weißen Terminalgebäude langsam zum Stillstand kam, reckten mehrere hundert Menschen die Hälse – Reisende, Gepäckträger, Frauen mit Kindern auf dem Arm, langhaarige junge Leute mit Gitarren – und starrten durch die riesigen Fensterscheiben auf die Rollbahn.

Das Flugzeug glänzte schwarz in der Sonne. Es war das einzige Flugzeug dieser Größe in dieser Farbe – ein typischer Einfall von Hefner. Als die Treppe heruntergelassen wurde, stand er einen Augenblick allein auf der obersten Stufe, sein Haar wurde vom Wind zerzaust, sein Seidenhemd blähte sich. Mit seinen dunklen Augen fixierte er die gaffenden Gesichter. Fast dreißig Jahre war er nicht mehr in Texas gewesen. Im Sommer 1944 war er mit einem Truppentransport nach Camp Hood in Texas gekommen, als schmächtiger 18-jähriger, der gerade als

Drittbester seines Jahrgangs die Highschool abgeschlossen hatte. Nun kehrte er im Alter von 47 Jahren zurück, um eine der kurvenreichen Blondinen von Texas in seine Arme zu schließen, ihre Verwandtschaft zu begrüßen und sie nach Chicago zu entführen, ohne auch nur die geringste Absicht zu hegen, sie zu heiraten, was in früheren Zeiten mit einiger Sicherheit den Zorn der Familie und das Krachen von Flinten nach sich gezogen hätte.

Als er auf den Terminal zuschritt, seine Leibwächter nur wenige Schritte hinter ihm, erkannte er Karen, die ihm zuwinkte und unter ihrem Strohhut lächelte. Sie trug Clogs, einen engen Rock und ein ultraknappes T-Shirt. Sie drängte sich durch die Menge, um ihn zu begrüßen und ihren Verwandten vorzustellen, in deren Ferienhaus am Eagle Mountain Lake sie die letzten Tage verbracht hatte.

Hefner nahm die Pfeife aus dem Mund, schüttelte jedem die Hand, lächelte und plauderte ein wenig mit ihnen. Als ein Fotograf eine Aufnahme von ihnen machen wollte, willigte er ein. In der Zwischenzeit hatten seine Freunde, die mit ihm geflogen waren, sich vor dem Flugzeug postiert: Männer mit goldenen Kettchen um den Hals und offenen Hemden, Bunnys in hautenger schwarzer Uniform, ein aufgedonnertes Playmate mit einem Pudel auf dem Arm und einer Pfauenfeder am Hut. Hefner beendete seinen Plausch mit den Verwandten, nahm Karens Hand und führte sie zu seinem Jet, während die Menge unbeweglich dastand und zuschaute, wie die Motoren gestartet wurden, und sich erst zerstreute, als der schwarze Jet nur noch ein kleiner Punkt am Himmel war.

Während ihrer Abwesenheit hatte Karen an Selbstbewusstsein gewonnen und nun eine klarere Vorstellung davon, was sie eigentlich wollte. Daher gewöhnte sie sich nur schwer wieder an das alte Leben in Hefners Prunkschloss. Mit John Dante hatte sie den einzigen männlichen Freund verloren, dem sie sich anvertrauen konnte, wenn Hefner auf Reisen war. Zu Hause war er mit Geschäftsbesprechungen und den persönlichen Problemen seiner Privatsekretärin Bobbie Arnstein so beschäftigt, dass er eine ganz ungewöhnliche Atmosphäre von Schwermut und Trübsinn verbreitete. Ein paar Tage vor Karens Rückkehr war Bobbie Arnstein verhaftet worden, weil sie ihrem Freund angeblich dabei geholfen hatte, ein halbes Pfund Kokain von Florida nach Chicago zu transportieren. Bei ihrer Festnahme hatte sie jede Menge Pillen und eine geringe Menge Kokain in ihrer Handtasche gehabt. Nach Hinterlegung einer Kaution in Höhe von 4500 Dollar wurde sie wieder auf freien Fuß gesetzt. Ihr Foto erschien überall in Amerika auf den Titelseiten der Presse, und Hefner und seine Clique gerieten in Verdacht, selbst Rauschgift zu nehmen oder damit zu handeln. Während des Prozesses stand er Bobbie Arnstein unerschütterlich zur Seite und bezahlte ihre Anwälte. Doch die negative Publicity war ihm ein Dorn im Auge, besonders weil er der Ansicht war, dass in seinem Haus weit weniger Rauschgift konsumiert wurde als in den meisten Studentenheimen der USA.

Die Rauschgiftaffäre war nicht das Einzige, was ihm Ärger bereitete. Ein farbiger Angestellter bei *Playboy* hatte ihn der Rassendiskriminierung beschuldigt, weil er sich bei der Beförderung übergangen fühlte, und die Zeitungen schlachteten diese Meldung weidlich aus. Da er auf Nixons Liste »persönlicher Feinde« stand, rückte ihm die Steuerfahndung auf den Pelz und suchte emsig nach Mittel und Wegen, den Großteil seiner verschwenderischen Spesenbeträge für nichtig zu erklären. Und immer wieder wurde in der Presse über fallende Aktienkurse des *Playboy* und über die erheblichen Verluste seiner Hotelbetriebe und Tochtergesellschaft berichtet. Nach Jahren stattlicher Gewinne und einer Glückssträhne sondergleichen, während der er all seine Lebensbereiche völlig unter Kontrolle hatte, schien Hefners Imperium plötzlich in seinen Grundfesten erschüttert. Karen wäre liebend gerne an seiner Seite geblieben, wenn sie das Gefühl gehabt hätte, wirklich einen festen Platz in seinem Leben zu haben. Doch diesmal war sie davon überzeugt, dass es idiotisch wäre, bei ihm zu bleiben. Sie war für ihn nur ein reizvolles Requisit, das gut zu seinem Image passte. Sie wusste, es war dumm von ihr, aber sie fühlte sich mit 23 Jahren wie eine alte Schreckschraube, die die Telefonate ihres Gatten belauschte; eine Bettgespielin, für die er rasch Ersatz fand, sobald sie getrennt waren. Ein Bunny hatte ihr erzählt, Hefner habe die Nacht, bevor er sie aus Dallas abgeholt hatte, in Los Angeles mit einem Playmate verbracht, da Barbi gerade als Sängerin auf Tournee gewesen war. Karen war zwar nicht so naiv anzunehmen, seine sexuelle Treue könnte jemals länger als eine Woche andauern, doch nun war sie nicht mehr bereit, seinen Erwartungen Folge zu leisten und mit keinem anderen Mann auszugehen. In Dallas hatte sie einen jungen Mann kennengelernt, der ihr sehr gefiel und mit dem sie sich heimlich getroffen hatte, und es gab sicher noch andere, die zu treffen sich lohnen würde. Und so entschloss sich Karen Christy, von ihrer Freundin Nanci Heitner bestärkt, ihre Koffer zu packen und Hefner ohne ein Wort zu verlassen.

Einfach mit ihrem ganzen Gepäck an den Sicherheitsposten vorbeizumarschieren wäre sicherlich zu auffällig gewesen. So entwarf sie einen Plan, um ihre Habseligkeiten nach Dallas zu schicken, ohne dass jemand im Haus Verdacht schöpfen und Hefner warnen konnte. Sie erklärte den Dienstmädchen und Butlern, sie wolle ihre abgetragenen Kleider ihren armen Verwandten nach Dallas schicken, und packte nacheinander ihre Pelze, ihren Schmuck und ihre umfangreiche Garderobe, die Hefner finanziert hatte, in Kartons. Nachdem sie innerhalb von zwei Wochen an die dreißig Pakete an ihre Tante nach Dallas aufgegeben hatte, lieh sie einem ehemaligen Bunny, dem sie vertrauen konnte, ihren weißen Lincoln, und eines Tages, als Hefner in Los Angeles war, ließ sie sich von einem Chauffeur zu ihrer bevorzugten Boutique in der Rush Street fahren.

Der Fahrer und ein Leibwächter blieben wartend im Wagen sitzen, während sie die Boutique betrat und mit Hilfe einer Verkäuferin durch den Hinterausgang auf die Parallelstraße entkam. Dort hielt sie ein Taxi an, das sie an den vereinbarten Treffpunkt brachte, an dem Nanci Heitner mit dem Lincoln bereits auf sie wartete. Sie wollte Karen Gesellschaft auf der langen Fahrt nach Dallas leisten, ein Trip, den sie unter Zuhilfenahme von Aufputschmitteln in sechzehn Stunden bewältigten. Unterwegs, viele Meilen von Chicago entfernt, rief Karen Bobbie Arnstein an, um sich von ihr zu verabschieden und ihr zu erklären, dass sie es einfach nicht mehr länger in dem Haus ausgehalten habe.

Als Bobbie Arnstein daraufhin Hefner in Los Angeles benachrichtigte, regte er sich wahnsinnig auf und versuchte in den folgenden Wochen immer wieder, Karen am Telefon zu überreden, zu ihm zurückzukehren. Sie war bereit, die Freundschaft mit ihm aufrechtzuerhalten und ihn von Zeit zu Zeit in Los Angeles zu besuchen, aber nach Chicago wollte sie nie mehr kommen. Sie hatte sich ein kleines Apartment in Dallas gemietet und bei einer Agentur eine Anstellung als Fotomodell gefunden. Und sie traf sich regelmäßig mit einem leitenden Angestellten einer Computerfirma, den sie in Dallas kennengelernt hatte. Sie fuhr zwar immer noch ihren weißen Lincoln, für ihre Pelze und ihren kostbaren Schmuck hatte sie jedoch keine Verwendung mehr. Um den Hals trug sie schon bald eine goldene Kette, ein Geschenk ihres neuen Freundes. Auf dem goldenen Anhänger waren die Worte eingraviert: »Bin vergeben«.

Im November 1974 wurde Bobbie Arnstein vor Gericht für schuldig befunden, ein halbes Pfund Kokain nach Chicago geschmuggelt zu haben, und zu fünfzehn Jahren Gefängnis verurteilt – fünf Jahre mehr, als die eigentlichen Drahtzieher des Deals erhalten hatten. Auch wenn die Agenten der Bundespolizei aufgrund abgehörter Telefongespräche und ihrer Beschattungsmaßnahmen wussten, dass sie von den Drogengeschäften ihres Freundes Ron Scharf wusste und sie duldete, argumentierten ihre Anwälte, dass sie die Kurierfahrt nach Miami in erster Linie mitgemacht hatte, »um mal rauszukommen« und ihrem sieben Jahre jüngeren Galan zu imponieren. Die Tatsache, dass ihre langjährige Freiheitsstrafe stark reduziert oder sogar ausgesetzt werden konnte, wenn sie der Polizei Informationen über Drogensüchtige und Rauschgifthändler aus ihrem Bekanntenkreis lieferte – auf haargenau diese Art waren die Behörden an den Informanten geraten, der sie und Ron Scharf angeschwärzt hatte –, ließ in Bobbies Anwälten den Verdacht aufkeimen, dass die Ankläger weniger daran interessiert waren, *sie* zu bestrafen, sondern sie vielmehr dazu benutzen wollten, an den Mann heranzukommen, der ihrer Ansicht nach die Verurteilte mit Drogen versorgt hatte: Hugh Hefner.

Seit Jahren waren Hefners Hedonismus und sein immer rascher anwachsendes Vermögen Justizbeamten und Kirchenvertretern ein Dorn im Auge gewesen; doch bislang hatten sie nicht die geringste Möglichkeit gesehen, ihn hinter Gitter zu bringen. 1963, als der *Playboy* eine Serie von Fotos von Jane Mansfield veröffentlichte, wurden diese für obszön erklärt. Beamte der Sittenpolizei erzwangen sich mit einem Durchsuchungsbefehl Eintritt in Hefners Villa, beschuldigten ihn, Schmutz und Schund zu produzieren, zerrten ihn aus dem Bett und brachten ihn zum Verhör ins Präsidium. Nach Hinterlegung einer Kaution wurde er jedoch wieder entlassen. In dem anschließenden Prozess wurde er nur freigesprochen, weil die Geschworenen keinen einhelligen Urteilsspruch fällen konnten.

Der Rauschgiftprozess gegen seine Vertraute Bobbie Arnstein schien eine günstige Gelegenheit zu bieten, endlich Hefners Einfluss einzudämmen, dessen Herrenmagazin an Zeitungsständen in ganz Amerika offen verkauft wurde, sogar in sehr konservativen Gemeinden. Mit einem Teil seines Vermögens hatte der Verleger einen Verein gegründet, der sich für die Entkriminalisierung des Marihuanagebrauchs einsetzte und gegen alle Formen staatlicher Repression opponierte. Weil Hefner zu seinen Partys häufig Rockstars, Jazzmusiker und junge, politisch radikal denkende Gäste einlud, unterstellte man, dass er, auch wenn er selbst keine Drogen zu sich nahm, als großzügiger Gastgeber den Gewohnheiten seiner Gäste Rechnung tragen würde. Die Ermittlungen gegen Hefner leitete der Generalstaatsanwalt von Illinois, James R. Thompson, der Jahre zuvor Lenny Bruce verfolgt hatte und im Zuge der medialen Aufmerksamkeit im Fall Hefner/Arnstein zum nächsten Gouverneur von Illinois gewählt wurde.

Einen Monat nachdem Bobbie Arnstein verurteilt worden war, ließ Thompson sie und ihren Anwalt in sein Büro rufen und informierte sie, er hätte in Erfahrung gebracht, dass ihr Leben bedroht sei. Solange sie gegen Kaution auf freiem Fuß sei, so riet er ihr, solle sie weder »Freund noch Feind« trauen. Ihr Anwalt hielt das für einen Versuch, seine ohnehin schon verschüchterte Mandantin so weit zu verängstigen, dass sie schließlich ihren Arbeitgeber verdächtigen und gegen ihn aussagen würde. Wenn das die Absicht der Strafverfolger war, so blieb sie erfolglos. Bobbie Arnstein hegte nicht den geringsten Zweifel an Hefners Treue und Sympathie, begann jedoch, sich in der großen Villa allmählich unbehaglich und einsam zu fühlen.

Wenn sie morgens die Zeitung aufschlug und las, wie intensiv sich die Staatsanwaltschaft für das Privatleben von Hefners Freunden, Geschäftspartnern und Angestellten interessierte – seine prominenten Gäste nicht ausgenommen –, überkam sie jedes Mal das gleiche bedrückende Gefühl. Obwohl Hefner sich gegen die Unterstellungen und Verdächtigungen von Justiz und Presse kaum wehren konnte, war er fest entschlossen, jeden Versuch der Ermittlungsbehörde zu unterbinden, eigene Leute in seine Villa oder seine Verlagsräume einzuschleusen, mit der Absicht, ihm Drogenpäckchen unterzujubeln, die später als belastendes Beweismaterial dienen konnten. Er befahl seiner Sicherheitstruppe, jede Ecke, jede Ritze, jede Spalte und jedes Medizinschränkchen in seinen beiden Häusern zu überprüfen, und ordnete eine strengere Bewachung der Eingänge an. Alle Lieferanten und Wartungsmonteure, die durch den Hintereingang das Haus betraten, wurden gründlich durchsucht. Seine Ingenieure mussten regelmäßig jedes Telefon kontrollieren, ob es nicht angezapft war, und alle Räume wurden mit elektronischen Geräten nach Wanzen abgesucht.

In dieser Zeit erhöhten Misstrauens wurde Bobbie Arnstein immer depressiver. Zweimal schluckte sie eine Überdosis Schlaftabletten – und wurde gerettet. Hefner bot ihr an, im sonnigen Kalifornien zu arbeiten, wo er, seit Karen sich von ihm getrennt hatte, den Großteil seiner Zeit verbrachte. Seine Anwälte jedoch rieten ihm dringend, seine Sekretärin nicht in seinem Haus in Los Angeles wohnen zu lassen, weil sie befürchteten, sie könne immer noch drogenabhängig sein. Als eine enge Freundin von ihr, die ehemalige *Playboy*-Angestellte Shirley Hillman, überlegte, mit ihrer Familie nach Los Angeles zu ziehen und dort mit Bobbie zusammen ein Haus zu mieten, wirkte die Westküste plötzlich verlockend auf Arnstein. Doch dann änderte sie ihre Meinung wieder, weil ihr aufging, dass sie in Los Angeles auf ein Auto angewiesen sein würde, und Autofahren behagte ihr nicht, seit sie 1963 in Kentucky auf einer holprigen Straße mit ihrem Volkswagen von der Fahrbahn abgekommen und gegen einen Baum geprallt war, wobei sie aus dem Auto geschleudert worden war und sich den Arm gebrochen hatte, während ihr Verlobter auf dem Beifahrersitz sofort tot war.

Dennoch hatte sie Hefner versprochen, im Januar 1974 nach Kalifornien zu kommen. Am zweiten Sonntag des neuen Jahres war sie zum Abendessen bei Shirley und Richard Hillman in Chicago und schien voller Hoffnung in die Zukunft zu sehen. Sie war sicher, ihre Strafe nicht absitzen zu müssen.

Nachts um halb zwei fuhr sie ein Freund zurück in Hefners Villa, wo sie sich vom Butler eine Flasche Schnaps geben ließ, die sie mit auf ihr Zimmer nahm. Nach ein paar Drinks packte sie einen kleinen Kosmetikkoffer und verließ das Haus. Einige Blocks weiter südlich, an der North Rush Street, betrat sie das alte Hotel Maryland, in dessen Nachtclub in den fünfziger Jahren Lenny Bruce sein Publikum unterhalten hatte, zu dem häufig auch Hugh Hefner zählte. Sie trug sich unter dem Namen Roberta Hillman ein, fuhr mit dem Lift in den siebzehnten Stock, betrat ihr Zimmer, hängte das Schild mit der Aufschrift »Bitte nicht stören!«, an die Tür und verriegelte sie. Durch das Fenster sah sie den siebenunddreißig Stockwerke hohen Wolkenkratzer mit den großen Neonbuchstaben auf dem Dach: PLAYBOY. Kurz vor drei Uhr rief sie bei Hillmans an. Robert war am Apparat und erklärte, dass Shirley schon schlief, er sie aber aufwecken konnte, wenn sie wollte, doch Bobbie meinte, das sei nicht nötig. »Sag ihr nur, dass ich angerufen habe.«

In Bobbies Kosmetikkoffer befanden sich mehrere Fläschchen mit Beruhigungsmitteln und Schlaftabletten. Nachdem sie eine genügende Anzahl von beiden geschluckt hatte, verfasste sie einen Abschiedsbrief und schrieb auf den Umschlag: »Langweiliger Brief mit Erklärung ...«

Am nächsten Nachmittag, nachdem das Zimmermädchen an ihre Tür geklopft hatte, ohne Antwort zu erhalten, ordnete der Manager an, das Schloss aufzubrechen. Bobbie wurde tot auf dem Bett liegend aufgefunden. Sie war noch bekleidet.

»Ich allein habe diese Tat ausgeführt«, erklärte sie in ihren Abschiedszeilen. »Die Entwicklungen der letzten Zeit zwingen mich zu betonen, dass mein Entschluss, aus dem Leben zu scheiden, in keiner Weise vom Verhalten meines Arbeitgebers mir gegenüber beeinflusst ist. Er hat sich vielmehr besonders geduldig und verständnisvoll meiner persönlichen Schwierigkeiten in den vergangenen Monaten angenommen …

Niemals habe ich Drogen weiterbefördert oder welche verteilt. Ich bin schuldlos. Nicht dass ich annehme, es ändert irgendetwas, wenn ich das sage, doch Hugh Hefner ist – obwohl das nur wenige Menschen begreifen werden – ein starker, aufrichtiger, zutiefst moralischer Mensch. Ich kenne ihn gut. Er hat nie etwas mit den kriminellen Handlungen, die man ihm jetzt unterschieben will, zu tun gehabt.«

Auf die Nachricht von Bobbies Selbstmord reagierte Hefner zutiefst verzweifelt. Sofort flog er nach Chicago zurück und hielt in der Halle seiner Villa eine Pressekonferenz ab, im Verlauf derer er die Staatsanwaltschaft heftig attackierte. Unrasiert und mit geröteten Augen verlas er die vorbereitete Erklärung:

> Die ganzen letzten Wochen war ich Mittelpunkt einer Reihe von Spekulationen und Behauptungen, in denen mir nachgesagt wurde, in meinen beiden Häusern in Chicago und Los Angeles sei Drogenkonsum an der Tagesordnung. Alles wird versucht, um mich mit der Verurteilung der *Playboy*-Sekretärin Bobbie Arnstein wegen Kokainschmuggels in Verbindung zu bringen. Obwohl ich mit diesem Falle persönlich auch nicht das Geringste zu tun habe, habe ich mich widerstrebend damit einverstanden erklärt, keine öffentlichen Erklärungen abzugeben, da meine Rechtsberater der Meinung waren, alles, was ich sage, würde gegen mich verwendet werden. Die Behörden würden trotzdem fortfahren, mich zu verdächtigen. Meiner Ansicht nach kann von legitimen Untersuchungen in einem Rauschgiftfall hier nicht mehr die Rede sein, sondern weitaus eher von einer politisch motivierten Hetzjagd gegen den *Playboy* und seinen Herausgeber.
>
> Der Selbstmord von Bobbie Arnstein macht es mir un-

> möglich, weiterhin zu schweigen. Was für Fehler sie auch in ihrem Privatleben begangen haben mag, *das* hat sie nicht verdient. Man hätte sie mit derselben unvoreingenommenen Fairness behandeln müssen, die man jedem anderen angeklagten Staatsbürger zubilligt. Doch wegen ihrer Zugehörigkeit zum *Playboy* und ihrem freundschaftlichen Kontakt zu mir wurde sie zum Mittelpunkt eines Rauschgiftprozesses, in dem sich herausstellte, dass sie lediglich am Rande beteiligt war. Es gibt genügend Gründe anzunehmen, dass sie nicht verurteilt worden wäre, wenn sie der Staatsanwaltschaft Beweise geliefert hätte, die für eine Anklage gegen mich ausreichend gewesen wären. Konfrontiert mit einer 15-jährigen Gefängnisstrafe, nervlich belastet durch einen langfristigen Berufungsprozess und durch ständige Attacken von Seiten der Staatsanwaltschaft und ihrer Agenten: Diesen Druck hat eine emotional bereits angeschlagene Frau nicht mehr zu ertragen vermocht – und hat sich umgebracht.
>
> Es ist schwer, die vergiftete Atmosphäre beim Arnstein-Prozess und die damit verbundenen Ermittlungen gegen den *Playboy* zu beschreiben. Bei den berüchtigten Hexenprozessen im Mittelalter wurden die Opfer vom Inquisitor nicht nur so lange gefoltert, bis sie gestanden, Hexen zu sein, sondern bis sie auch ihre eigenen Familienmitglieder und Freunde wegen Zauberei anschwärzten. Ganz ähnlich benutzen auch unsere Rauschgiftfahnder unsere strengen Drogengesetze auf willkürliche Art und Weise, um die gewünschte Zeugenaussage zu bekommen.

Nachdem er Bobbie Arnstein als die intelligenteste und wertvollste Frau beschrieben hatte, die er je gekannt habe, musste er eine Pause einlegen. Seine Hände umklammerten das Pult, Tränen liefen ihm über das Gesicht, als er fortfuhr:

> Ich habe nie Kokain genommen oder andere harte Drogen. Ich bin bereit, das unter Eid zu beschwören, wenn ich damit einen Schlussstrich unter die grundlosen Verdächtigungen und Spekulationen ziehen kann. Der Eifer, mit dem gewisse Regierungsbeamte diesen Fall verfolgen, sagt mehr aus über die Ankläger als über die Angeklagten. Offensichtlich ist das Denunziantentum immer noch unter uns, und der puritanische Geist, den der *Playboy* seit Beginn seines Erscheinens herausgefordert hat, ist anscheinend immer noch der größte Feind einer wirklich freien und demokratischen Gesellschaft.

Auch nach der Beerdigung von Bobbie Arnstein gingen die Untersuchungen gegen Hefner und seine Mitarbeiter weiter, und obwohl das Justizministerium Monate später verlauten ließ, es stelle die Ermittlungen in dem Rauschgiftfall wegen Mangel an Beweisen ein, nahmen die Medien Hefner weiter aufs Korn und berichteten genüsslich über die wirtschaftlichen Probleme seines Konzerns. Auf den Titelseiten vieler Zeitungen wurde verkündet, der *Playboy* habe Anzeigenkunden verloren, weil sein Herausgeber Hefner mit Drogenkonsum in Verbindung gebracht worden war. Die negative Presse und die Überzeugung, seine Aktiengesellschaft sei zu nachlässig gemanagt, veranlasste die First National Bank of Chicago dazu, ihm einen Kredit in Höhe von 6,5 Millionen Dollar zu verweigern. *Playboy*-Aktien, für die man 1971 noch 23,50 Dollar bezahlen musste, waren 1975 auf 2,25 Dollar gesunken. Hefner, der über 75 Prozent aller Aktien besaß, versuchte zu niedrigem Preis die 2,6 Millionen Wertpapiere, die auf dem freien Markt waren, aufzukaufen. Doch die Banken, die ihn inzwischen als unsicheren Kunden einstuften, weigerten sich, ihm das dazu nötige Kapital zu leihen. Obwohl die *Playboy*-Spielkasinos in England, von reichen Ölscheichs begünstigt, jährlich 57 Millionen Dollar abwarfen und die Zeitschrift trotz eines Auflagenschwunds auf unter sechs Millionen immer noch das einträglichste Herrenmagazin der Welt war, fuhren die Medien fort, ständig die Verkaufserfolge der Konkurrenz zu rühmen. Die Auflage von Robert Guccione's *Penthouse* kletterte auf fast 4,5 Millionen, und Larry Flynts *Hustler*, das im Juni 1974 herauskam und im August 1975 für eine Sensation sorgte, als es eine Serie von Fotos veröffentlichte, die Jacqueline Kennedy auf der Insel Skorpios hüllenlos beim Sonnenbad zeigen, näherte sich bereits der Zwei-Millionen-Grenze.

Flynt besaß eine Aufnahme von Hefner, auf der er sich von einem jungen Mädchen oral befriedigen ließ. Das Foto, das er irgendwie ergattert hatte, nachdem es Hefner aus seinen persönlichen Unterlagen gestohlen worden war, wollte er unbedingt publizieren. Als Hefner von Flynts Absicht erfuhr – erzählt hatte es ihm ein leitender Angestellter des *Playboy*, Nat Lehrman, der wiederum den Tipp von Al Goldstein vom *Screw* bekommen hatte –, drängte er Lehrman, sich mit Flynt in Verbindung zu setzen und ihn zur Herausgabe der Aufnahme zu überreden. Er sollte ihm erklären, das Bild würde Barbi Benton so schockieren, dass sie diesmal endgültig sein Haus in Kalifornien verlassen würde.

Als Lehrman mit Flynt darüber sprach, gab dieser keinen Kommentar ab, doch Lehrman hatte den Eindruck, er würde das Bild schon noch herausrücken. Obwohl kaum ein Amerikaner Hugh Hefner für fähig hielt, auch nur vor irgendeinem Menschen Respekt zu zeigen, war Flynt in Lehrmans Augen womöglich eine Ausnahme.

Als Sohn eines Farmpächters in Kentucky war er in der achten Klasse von der Highschool geflogen und dadurch reich geworden, dass er in seinem Heft Aufnahmen präsentierte, die die weiblichen Geschlechtsorgane mit einer mikroskopischen Genauigkeit zeigten, wie sie bis dahin nur aus medizinischen Fachbüchern für Frauenheilkunde bekannt war. Bei einem solchen Typen konnte es durchaus möglich sein, dass er sich von einer Einladung in Hefners Haus nach Los Angeles geschmeichelt fühlen würde, und als Lehrman Hefner dies nahelegte, ging umgehend eine Einladung an Flynt, der sie tatsächlich dankend annahm.

Während des ganzen Abends zeigte sich Hefner charmant und um seinen Gast besorgt, stellte seinem Kollegen seine vielen attraktiven Gäste vor und führte ihn persönlich durch Haus und Garten. Larry war nicht ohne gewisse Bedenken gekommen – er bezweifelte, Hefner könne irgendetwas anderes als seine eigenen Interessen im Auge haben –, war aber beeindruckt von dessen beruflichem und gesellschaftlichem Erfolg. Und noch ehe der Abend vorbei war, griff Larry Flynt in die Tasche und gab Hefner das begehrte Foto zurück. Er versicherte ihm, dass kein Duplikat angefertigt worden sei.

Nicht nur Nat Lehrman diente in dieser ungewissen Zeit erfolgreich Hefners Interessen, auch Victor Lownes, Direktor des *Playboy*-Spielkasinos in London, wurde herbeizitiert, um die finanziellen Probleme der Ferienhotels und *Playboy*-Clubs aus der Welt zu schaffen. Während der letzten vier Jahre hatten die Hotels nahezu 10 Millionen Dollar Verlust gemacht. Auch die Clubs erwirtschafteten keinen Profit mehr. Zusammen mit den Kinos und dem Schallplattengeschäft warfen sie 1,1 Millionen Dollar ab, zwei Jahre zuvor waren es noch 11 Millionen Dollar gewesen.

Der 47-jährige Victor Lownes war selbst ein reicher Mann, der noch vor einigen Jahren in einem englischen Landhaus gelebt hatte und sich von seinem Chauffeur im Rolls-Royce ins Büro fahren ließ. Als selbstbewusster, pragmatisch denkender Mann hatte er nie um die Anerkennung seiner Kollegen beim *Playboy* gebuhlt. Die Tatsache, dass er sich bereit erklärte, das angenehme Leben in Londen vorübergehend aufzugeben und in Chicago den Retter in Not zu spielen, war keineswegs ein Zeichen von persönlicher Selbstlosigkeit. Als zweitgrößter

Aktionär nach Hefner hatte er zwangsläufig ein Interesse an einer raschen Sanierung des *Playboy*-Konzerns. Lownes war es leid, dass die Gewinne aus den Spielkasinos und aus dem Verkauf des Herrenmagazins von verlustreichen Tochterfirmen aufgezehrt wurden. Sofort nach seiner Ankunft in Chicago leitete er Maßnahmen zur Rationalisierung ein: Die Ausgaben wurden drastisch gekürzt und entbehrliche Mitarbeiter entlassen. Dass man ihn in der Zentrale bald den »Hai« nannte, kümmerte ihn wenig.

Als er merkte, dass Hefner in seinem Haus in Chicago, in dem er kaum noch wohnte, 50 Angestellte beschäftigte, kündigte er 38 von ihnen, und nachdem er das Servicepersonal in den Hotels sowie in den Clubs erheblich reduziert hatte, stoppte er die Produktion einer Zeitschrift mit dem Titel *V.i.P.* und ersparte der Gesellschaft damit 80 000 Dollar im Jahr. Mit der Absicht, einen mehr konventionellen Personenkreis als Gäste zu gewinnen, ließ Lownes den Namen *Playboy* von den Hotels in Chicago und Great Gorge im US-Staat New Jersey entfernen und entschied sich mit Hefners Einverständnis dafür, das Hotel in Jamaika zu verkaufen und die unrentablen Clubs in Baltimore und New Orleans, in San Francisco, Montreal und Atlanta zu schließen. Das Plattengeschäft wurde aufgegeben. Unklar war nur noch, was mit der *Playboy*-Filmgesellschaft geschehen sollte. Lownes hatte zwar keinerlei Einfluss auf die Führung des *Playboy*-Magazins, das unter Arthur Kretchmer, dem Nachfolger des verstorbenen A. C. Spectorsky, an journalistischem Profil gewonnen hatte. Doch genügte einigen Redakteuren seine bloße Anwesenheit im Redaktionsgebäude, um sich bei Hefner über ihn zu beschweren, der Lownes' herrischer Natur früher ebenfalls kritisch gegenübergestanden hatte, nun aber seine rigorosen Schritte unterstützte, sofern diese nicht seinen eigenen Lebensstil beeinträchtigten.

Nachdem Hefner bereits sein Jahresgehalt von 300 000 Dollar auf 230.000 Dollar reduziert hatte und auf weitere 40 000 Dollar verzichtete, indem er sich seine Dividende nicht auszahlen ließ, glaubte er, für genügend Liquidität gesorgt zu haben. Als er aber erfuhr, dass Lownes sein Haus in Chicago und sein Flugzeug zum Verkauf angeboten habe, war der verblüffte Verleger nicht mehr so beeindruckt von den kaufmännischen Talenten seines Managers. Nach einem heftigen Disput mit Lownes widerrief er die Meldung öffentlich. Das Haus in Chicago blieb weiterhin in seinem Besitz. Hartnäckig hielt er auch an seinem Lieblingsspielzeug fest, dem *Playboy*-Jet, der meistens ungenutzt am Boden stand. Jeder Tag, an dem die Maschine in der Luft war, kostete die Gesellschaft 16 000 Dollar.

Als Hefner ein Angebot über 5 Millionen Dollar für das fünf Jahre alte Flugzeug erhielt, sah er sich doch veranlasst, sich mit dem Verkauf einverstanden zu erklären. Der Entschluss wurde ihm erleichtert, da der neue Besitzer den schwarzen Jet mit einer anderen Farbe spritzen lassen und den Namen des vorherigen Eigentümers nicht ausposaunen wollte. Außerdem sollte die Maschine weit weg von Amerika eingesetzt werden. Der Käufer von »Big Bunny« war nämlich die Regierung von Venezuela.

Als der Jet tatsächlich den Besitzer wechselte, herrschte Trauerstimmung im Herrenhaus in Los Angeles, nicht nur bei Hugh Hefner, sondern auch bei seinen vielen Freunden und Schmarotzern, die sich an die kostenlosen Flüge in luxuriöser Umgebung gewöhnt hatten. Sie wären noch enttäuschter gewesen, hätten sie das Schicksal gekannt, das den *Playboy*-Jet nach seinem letzten Abflug von Los Angeles erwartete.

Er wurde nach Wilmington in Ohio geflogen, wo die gesamte Inneneinrichtung herausgerissen wurde: die farbenprächtigen Sessel, die eingelassene Dusche, das runde Spezialbett. Dort, wo Hefner seine Spieltische hatte einbauen lassen, wurden nun an die hundert Passagiersitze in den Boden geschraubt. Der Rumpf wurde weiß gestrichen, und statt dem berühmten *Playboy*-Häschen prangte jetzt die Flagge von Venezuela mit den sieben Sternen auf dem Leitwerk.

Als die DC-9 im Jahre 1976 schließlich in Venezuela landete, sah sie genauso aus wie jedes andere Passagierflugzeug, und die ernst wirkenden Regierungsbeamten und Geschäftsleute, die von nun an mit dieser Maschine täglich zwischen Caracas und Maracaibo hin und her flogen, hatten nicht die geringste Ahnung, dass die nüchterne Kabine, in der sie Ellbogen an Ellbogen saßen, vor kurzem noch ausschließlich dem Vergnügen gedient hatte und Schauplatz von üppigen Schlemmereien und ausgelassenen Trinkgelagen gewesen war.

Um sich über den Verlust seines Lieblingsspielzeugs hinwegzutrösten, schaute Hefner sich in seinem Heimkino ständig Filme an, in denen er an Bord seines schwarzen Jets steigt. Als der Verleger im März 1976 zur Galaeröffnung des renovierten *Playboy*-Clubs nach New York flog, war er untröstlich, dass er und sein Gefolge am Flughafen von Los Angeles wie alle anderen am Abfertigungsschalter anstehen und eine Linienmaschine besteigen mussten, deren Abflugzeiten sich nicht nach den Schlafgewohnheiten oder Launen des *Playboy*-Verlegers richteten. Dieser Trip verlangte nicht nur von ihm, sondern auch von seinen verwöhnten Reisebegleitern einiges Umdenken. Obwohl er alle Plätze in der ersten Klasse für die Bequemlichkeit seiner zehn Freunde reserviert hatte, fühlte er sich zu der Bemerkung veranlasst: »Irgendwie habe ich das Gefühl, ich müsste mich bei euch entschuldigen.«

Doch der Besuch in New York verlief für Hefner äußerst befriedigend. Zum ersten Mal seit Jahren erhielt der *Playboy* eine freundliche Presse. In Zeitungsberichten wurde der Club an der 59th Street, nicht weit von der Fifth Avenue entfernt, lobend erwähnt. Man pries das Dekor und die fabelhafte Küche. Dutzende von Fotografen drängten sich durch die überfüllte Bar und schossen Bilder von allem und jedem.

Während Hefner in einem neuen weißen Anzug und Barbi Benton in einem langen schwarzen Abendkleid als Gastgeber fungierten, erregte ein bildhübsches junges Mädchen mit braunen Augen, die so dunkel waren wie die von Hefner, weitaus mehr Aufmerksamkeit. Die Schöne, die lächelnd an Hefners Seite stand, war seine 21-jährige Tochter Christie. In jener Nacht in New York wurde sie sozusagen in die Gesellschaft eingeführt.

Nachdem sie mit *summa cum laude* in englischer Literatur promoviert hatte, trat sie in den Konzern ihres Vaters ein und demonstrierte schon bald einigen skeptischen *Playboy*-Redakteuren, dass sie einen recht scharfen Verstand und großes Einfühlungsvermögen besaß. Sie war begierig zu lernen, ohne jemals als Tochter des Chefs eine Extrawurst zu verlangen. Es war natürlich nicht zu vermeiden, dass sie bevorzugt behandelt wurde, besonders nachdem ihr Vater öffentlich erklärt hatte, sie würde die Gesellschaft eines Tages eventuell übernehmen. Doch mit Taktgefühl und Geschick machte Christie das Beste aus einer Situation, die leicht hätte Verstimmungen hervorrufen können, und zu der Zeit, als der *Playboy*-Club in New York eröffnet wurde, hatte sie bereits die Sympathien und den Respekt fast aller Mitarbeiter gewonnen.

Mit Interviews in New York und vielen anderen Städten brachte sie die Presse allmählich davon ab, den *Playboy* immer nur kritisch unter die Lupe zu nehmen, und weckte das Interesse an ihrer eigenen Person. Christie war genau der Typ, der auch ihrem Vater zusagte, und wie sie selbst gestand, glich ihr Verhältnis weit eher einer romantischen als einer normalen Vater-Tochter-Beziehung.

In ihrer Kindheit war Hugh Hefner ihr wie ein Fremder vorgekommen, der in einer Welt voller Überfluss lebte, die sie als verlockend und verwirrend empfand. Er war aus der gemeinsamen Wohnung ausgezogen, als sie zwei Jahre alt war, und nach der Wiederheirat ihrer Mutter im Jahre 1960, als sie acht und ihr jüngerer Bruder fünf Jahre alt waren, nahmen beide Kinder den Namen ihres Stiefvaters an und lebten zufrieden in Wilmotte. Während ihrer Highschool-Zeit durfte sie Hefner gelegentlich in seiner Villa besuchen und betrachtete staunend die unglaublichen Spielsachen ihres Vaters und die attraktiven Frauen um ihn herum. Doch erst als sie aufs College ging, gelang es ihr, mit ihrem Vater ein persönliches Gespräch zu führen und die Charakterzüge und Qualitäten, die sie gemeinsam hatten, zu erkennen und zu schätzen. Genau wie er hatte sie eine rasche Auffassungsgabe, ein stark entwickeltes Selbstbewusstsein, den Willen zum Erfolg und einen Hang zu Individualität und sexueller Freiheit.

Schon in ihrem ersten Jahr auf der Universität lebte sie mit einem Studenten zusammen, den sie auf dem Campus kennengelernt hatte. Ihre Mutter war nicht gerade erfreut, als sie den jungen Mann in den Ferien mit nach Hause brachte und mit ihm das Bett teilte. Doch als Hefner Christies Freund kennenlernte, fand die Beziehung seine aufrichtige Billigung. Er war gerne bereit zu unterstellen, dass das glückliche Privatleben seiner Tochter ihren Leistungen im Studium nur förderlich war.

Nachdem sie 1974 in Brandeis promoviert und ein Jahr in Boston als freie Journalistin gearbeitet hatte – während ihr Freund an der Georgetown-Universität Jura studierte –, nahm sie das Angebot ihres Vaters an, nach Chicago zurückzukehren und als Assistentin beim *Playboy* anzufangen. Im ersten Jahr besuchte sie immer wieder die verschiedenen Spielkasinos und Clubs, nahm an Geschäftsbesprechungen teil und machte sich mit der innerbetrieblichen Organisation und den Mitarbeitern in den verschiedenen Abteilungen vertraut. Sie ließ sich auf Büropartys sehen und hatte wie ihr Vater nichts gegen sexuelle Kontakte mit Angestellten.

Einer davon, in den Christie sich kurz verliebte, mit vollem Wissen ihres nicht gerade begeisterten Vaters, war ein älterer

Mann mit weitreichender Verantwortung. Hefner traute eher seiner Tochter zu, die Situation zu meistern, als ihrem Liebhaber, und als die Affäre schließlich in Freundschaft auseinanderging, war ihr Vater erleichtert. Christie scheute sich auch nicht, ihm zu sagen, was sie von seinen jungen Freundinnen hielt. Sie war der Meinung, dass keine seiner Geliebten ihm tatsächlich so viel in seinem Leben bedeutete, wie er sich selbst einredete, und keine ihrer Mutter, was Intelligenz und Persönlichkeit anbelangte, auch nur annähernd das Wasser reichen konnte.

Christies vertrauter Kontakt mit ihrem Vater änderte nichts an der engen Bindung zu ihrer Mutter, die sie fast täglich anrief und einmal in der Woche besuchte, nicht aus Pflichtgefühl, sondern aus Zuneigung. Sie hielt es zwar nicht für möglich, dass ihre Eltern nach der Scheidung ihrer Mutter von ihrem zweiten Ehemann wieder heiraten könnten – schon aus dem Grund nicht, weil ihre Mutter seit längerer Zeit in einen charmanten Friseur verliebt war, der zwölf Jahre jünger war als sie –, dennoch gelang es ihr, eine freundschaftliche Beziehung zwischen ihren entfremdeten Eltern entstehen zu lassen. Auf Christies Betreiben wurden 1970 etliche Familienzusammenkünfte arrangiert, bei denen Vater und Mutter mit ihren jugendlichen Liebhabern unter einem Dach zusammenkamen.

Außerdem nahmen an diesen Treffen ihr geschiedener Onkel Keith aus Aspen teil, der regelmäßig seine jungen Apres-Ski-Starlets mitbrachte, sowie ihr Bruder David, ein aufstrebender Fotograf, der noch aufs College ging und den Nachnamen seines Stiefvaters behalten hatte. Dazu kam Christies eigener männlicher Begleiter, meist ein älterer Herr, sowie ihre Großeltern Grace und Glenn Hefner, die diese Familienzusammenkünfte zwar genossen, aber dennoch insgeheim ihren althergebrachten Moralvorstellungen anhingen. Die alten Hefners machten keinen Hehl daraus, dass sie in ihrem ganzen Leben mit niemand anderem sexuelle Erfahrungen gemacht hatten und dies nach fünfzig Jahren Ehe auch nicht bedauerten. Obwohl Glenn Hefner durch die Investition in das Unternehmen seines Sohnes zum Millionär geworden war und er jahrelang die Bücher des Unternehmens geführt hatte, behauptete er, nie auch nur einen einzigen Blick auf eines der Nacktfotos im *Playboy* geworfen zu haben. Die einzigen Zeitschriften, die er gerne las, waren *Fortune* und *Business Week*.

Nur ein paar Angestellte munkelten etwas von Vetternwirtschaft, ansonsten wurde Christie Hefners Ernennung zur Vizepräsidentin in der *Playboy*-Zentrale stürmisch gefeiert. Mit 26 Jahren verdiente sie nahezu 50 000 Dollar im Jahr, und selbst diejenigen Mitarbeiter, die der Meinung waren, sie sei zu schnell aufgestiegen, mussten zugeben, dass sie mehr als irgendjemand sonst das Image des *Playboy* seit den düsteren Tagen der Rauschgiftaffäre, seit dem Aktiensturz und dem Tod von Bobbie Arnstein in der Öffentlichkeit aufpoliert hatte.

Allerdings fiel ihr Aufstieg zu einer Figur des öffentlichen Interesses zusammen mit einer Reihe von Ereignissen, die ebenso dazu beitrugen, das Image der Zeitschrift bei Investoren, Anzeigenkunden und Banken aufzupolieren. Zum einen erwarb die Zeitschrift nach wie vor Rechte an herausragenden Arbeiten renommierter Autoren wie John Cheever, Irwin Shaw, Alex Haley, David Halberstam und Saul Bellow – was ihr den lange überfälligen Respekt der Literaturkritiker eintrug. Und zum anderen rückte der *Playboy* durch Interviews mit Personen des öffentlichen Lebens wie dem gerade entmachteten Gewerkschaftsboss Jimmy Hoffa – es war das letzte Interview vor seinem Verschwinden – und dem zukünftigen Präsidenten der USA, Jimmy Carter, ins Zentrum der Berichterstattung, wobei letztgenanntes Interview Schlagzeilen machte durch das Eingeständnis des Kandidaten, er habe »schon häufiger lustvolle Blicke auf andere Frauen geworfen und im Geiste oft Ehebruch begangen. Doch dies weiß Gott, und er vergibt mir dafür.«

Hefners Entscheidung, 1976 einen erfahrenen Zeitungsmann namens Derick J. Daniels zu seinem Topdirektor zu ernennen, erwies sich als weiser Zug, denn Daniels besaß nicht nur den glasklaren Verstand, mit dem ein Außenstehender oft die Probleme eines mittelmäßigen Managements meistern kann, er fand sogar Mittel und Wege, die Kosten noch weiter herunterzudrücken, als Victor Lownes es schon getan hatte. Im Anzeigengeschäft verdiente der *Playboy*, dessen Auflage sich unter der Fünf-Millionen-Grenze eingependelt hatte, schon bald die Rekordsumme von 50 Millionen Dollar im Jahr, das Doppelte seines nächsten Konkurrenten *Penthouse*. Die zweite Zeitschrift der Gesellschaft, *Oui*, warf allmählich auch respektable Gewinne ab, und die Verluste der Hotels und Clubs verringerten sich spürbar. Obwohl Daniels in den ersten zwei Jahren seiner Regentschaft an die hundert Angestellte entlassen, ganze Abteilungen aufgelöst und Tochterfirmen liquidiert hatte, vertrat er keineswegs eine defensive Geschäftspolitik. Er wusste ganz genau, dass ein leistungsfähiges Unternehmen von Zeit zu Zeit gewisse Risiken eingehen muss, wenn es höhere Gewinne erzielen will. Bald kündigte Daniels den Bau eines luxuriösen Hotels mit Spielkasino in Atlantic City an, wo das Glücksspiel vor kurzem freigegeben worden war.

Zu den Entscheidungen, deren Initiator Daniels war, gehörte auch Christie Hefners Ernennung zur Vizepräsidentin. Als ihr Vorgesetzter setzte er sie in der *Playboy*-Stiftung (die jährlich etliche tausend Dollar für die medizinische Forschung auf dem Gebiet der Sexualwissenschaft spendete) und in der PR-Abteilung ein. Zu ihren vielen Pflichten gehörte es, Reden vor Anzeigenkunden zu halten, im Fernsehen aufzutreten sowie Reisen durch ganz Amerika zu machen, um Interviews für die Presse zu geben.

Journalistinnen stellten ihr häufig die Frage, wie sie ihren Anspruch, eine überzeugte Feministin zu sein, mit ihrer Arbeit für ein chauvinistisches Unternehmen vereinbaren könne, das ein Vermögen mit der Diffamierung des weiblichen Körpers verdiene. Christie widersprach, dass die Darstellung des weiblichen Körpers als Lustobjekt diffamierend sei, und erklärte, die Sexualität sei genauso Teil einer Frau wie ihre Intelligenz.

Eine Interviewerin schlug vor ihren Augen eine Ausgabe des *Playboy* auf, deutete auf eine nackte Frau, die mit dem Zeigefinger an der Klitoris rieb, und fragte erbost, ob das nicht entwürdigend sei.

Darauf antwortete Christie: »Ich finde nicht, dass Onanie etwas Schlimmes ist« und wies darauf hin, dass »zum ersten Mal gezeigt wird, dass Frauen sich mit ihrem Körper beschäftigen, und das ist es doch, worauf die Frauenbewegung unter anderem hinauswill.«

Sie erklärte, dass im *Playboy* – anders als beispielsweise in der *Vogue* – niemals Bilder von Frauen mit Peitschen, Ketten oder anderem Zubehör abgebildet wurden, und erinnerte an die Tage, als die Frauenbewegung sich durchzusetzen begann und »es den Eindruck machte, als ob die offizielle feministische Uniform aus Jeans und Kampfstiefeln bestand. Damals galten mit einem Mal Nacktheit und Erotik als entwürdigend und ausbeuterisch, und die Bewegung bekam zunehmend sex- und männerfeindliche Züge und richtete ihre Proteste mit aller Heftigkeit gegen den *Playboy*, der offen für Heterosexualität und sexuelle Beziehungen zwischen Männern und Frauen eintrat.« Doch dies, so fuhr sie fort, musste nicht zwangsläufig zu einem grundlegenden Gegensatz zwischen dem *Playboy* und dem Feminismus führen; in ihren Augen zielte der Feminismus darauf ab, Frauen weiter reichende Möglichkeiten zu bieten. Ihnen jetzt vorzuschreiben, dass sie ihre Nacktheit verhüllen sollten – was einige der puritanischen Feministinnen mittlerweile ebenso forderten wie die männlichen Zensoren über Jahrhunderte hinweg – stand in krassem Widerspruch zu den Zielen der Unabhängigkeit und Selbstbestimmung, die der Großteil der Frauenbewegung anstrebte.

Zwar räumte sie in einem Interview mit der *New York Times* ein, dass der *Playboy* Frauen nur begrenzte Perspektiven aufzeigte, wies gleichzeitig aber darauf hin, dass es sich dabei um ein Männermagazin handelte und die Probleme von Frauen in der modernen Gesellschaft dort nicht eingehender behandelt wurden, ebenso wenig wie die Probleme der Männer in Frauenzeitschriften. Im Gegenteil, die meisten Frauenzeitschriften befassten sich »überhaupt nicht mit den komplexen Aspekten des Lebens als Frau« und sie fügte hinzu, dass in ihren Augen die Art und Weise, wie Frauen in Zeitschriften wie *Family Circle* dargestellt wurden, viel mehr der Revision bedurften als im *Playboy*.

Im Dezember 1978 feierte der *Playboy* seinen 25. Geburtstag, und in den darauf folgenden Wochen wurde in New York, Los Angeles und Chicago mit großem Aufwand eine Reihe von festlichen Partys inszeniert, die das Unternehmen über eine Million Dollar kosteten.

Die Organisation hatte Christie übernommen, die inzwischen für Hefner unentbehrlich geworden war. Die 28-jährige Barbi Benton war zwar noch mit ihm befreundet, doch allmählich langweilte sie ihre Beziehung immer mehr. Schließlich zog sie ganz in ihre Wohnung in Beverly Hills und begann sich für andere Männer zu interessieren. Karen Christy hatte ihm vor kurzem in einem Brief mitgeteilt, sie hätte geheiratet. Hefners ehemalige Frau Mildred entschloss sich, nach vier Jahren Freundschaft den in der Schweiz geborenen Friseur Pierre Rohrbach zu ehelichen, und Hefner machte im Alter von 52 Jahren seiner neuesten Schlossdame den Hof, dem 25-jährigen Playmate Sondra Theodore, die eine blonde Ausgabe von Barbi Benton und Karen Christy war. So schaffte es Hefner, dass die Frau an seiner Seite niemals alterte.

In der 410 Seiten starken Jubiläumsausgabe, die Fotos sämtlicher Playmates in der Geschichte der Zeitschrift enthielt, erinnerte sich Hugh Hefner in seiner Kolumne:

> Als ich vor einem Vierteljahrhundert diese Zeitschrift aus der Taufe hob, hatte ich nicht die geringste Ahnung, dass sie, obwohl oft imitiert, einmal zu den wichtigsten und einflussreichsten Publikationen unserer Zeit gehören würde. In den frühen fünfziger Jahren, als Eisenhower und Senator Joe McCarthy die politische Macht ausübten, war das staatliche Leben von Konformität und Unterdrückung bestimmt. Doch es war auch eine Periode des Erwachens in Amerika. Allmählich wurde sich der Einzelne wieder seiner Rechte und seiner Möglichkeiten in der Gesellschaft bewusst. Eine Phase wachsenden Wohlstands setzte ein.
>
> Ich wollte eine Zeitschrift herausbringen, die den sozialen und sexuellen Wandel in Amerika beeinflusst und reflektiert, die jedoch in allererster Linie unterhaltend ist. Der *Playboy* ist die Antwort auf die repressive, sexualfeindliche Gesinnung unseres puritanischen Erbes. So wurde der kühne Traum eines jungen Mannes wahr, der einst seinen Job bei *Esquire,* der ihm 60 Dollar in der Woche einbrachte, an den Nagel gehängt hat, weil er keine 5 Dollar Gehaltserhöhung bekam.

Am 11. Januar 1979, dem Abschlussabend der Jubiläumsfeierlichkeiten, versammelten sich Hunderte von Gästen vor dem Restaurant Tavern-on-the-Green im Central Park in New York. Mit einem Mal erhob sich ein Vertreter der Zeitschrift *Esquire* und überreichte Hefner eine vergrößerte Version einer Fünf-Dollar-Note als Entschädigung für die Gehaltserhöhung, die ihm vor Jahrzehnten schnöde versagt geblieben war.

25

Wir haben die Keuschheit der Frau als das höchste Gut der Nation zu beschützen, denn sie ist die einzige Garantie dafür, dass wir mit Sicherheit die Väter unserer Kinder sind, dass wir für unser eigen Fleisch und Blut arbeiten. Diese Garantie ist die Voraussetzung für ein gesichertes Familienleben, das die unerlässliche Basis für das Wohlergehen des Staates ist.

Dies und nicht die männliche Selbstsucht ist der Grund, warum Gesetze und Moral strengere Anforderungen an die Frau stellen in Bezug auf voreheliche Enthaltsamkeit und eheliche Treue. Denn die Freiheit der Frau hat wesentlich weiter reichende Konsequenzen als die Freiheit des Mannes.

Max von Gruber, deutscher Sexualforscher, 1920

Unter den vielen Fragen, die die Emanzipationsbewegung der Frau aufgeworfen hat, standen für mich persönlich zwei Aspekte im Vordergrund: Sexualität und wirtschaftliche Zwänge. Beide sind untrennbar miteinander verbunden – jedenfalls so lange, wie die weiblichen Geschlechtsorgane für die Frauen einen ökonomischen und nicht einen sexuellen Wert darstellen. Als Gegenleistung für den ausschließlichen Sex mit meinem Liebhaber/Ehemann erhalte ich wirtschaftliche Sicherheit – in Gestalt einer »ernsthaften Beziehung« oder »Ehe«. Meine Zukunft hing davon ab, den richtigen Partner zu finden, den ich, als Gegenleistung für meine Zärtlichkeiten, für immer besitzen sollte.

Und mit dieser romantisch verklärten Auffassung von

> Sex in einer Gesellschaft, die geprägt ist von ökonomischer Diskrepanz zwischen den Geschlechtern, bezahlte ich mit meiner Möse für meine finanzielle Sicherheit. Unter diesen Umständen bedeutet die Ehe nichts anderes als eine Form der Prostitution.
>
> *Betty Dodson, amerikanische Feministin, 1970*

Wer den Wandel der Betty Dodson von einer biederen Hausfrau zu einer emanzipierten Persönlichkeit verfolgt hat, dem erscheint verständlich, dass ihre Entwicklung zur »phallischen Frau«, wie sie sich selbst bezeichnet hat, durch ihre Aufenthalte in Sandstone noch gefördert wurde. Auch wenn Betty Dodson durch Nachschlagen in Lexika schon vor geraumer Zeit feststellte, dass der Begriff »Phallus« in seiner ursprünglichen Bedeutung sowohl die Klitoris als auch den Penis meint, hat diese Tatsache in einer Welt, in der ihrer Ansicht nach »die Leugnung des weiblichen Phallus seit Jahrhunderten die Quintessenz männlicher Dominanz und weiblicher Unterwerfung« ist, wenig Chancen, öffentlich akzeptiert zu werden. Und um dieses zu kompensieren, hat Betty Dodson sich in den letzten Jahren, seit sie sich ihrer eigenen Sexualität zunehmend bewusst wurde, als Malerin und Schriftstellerin immer mehr auf die Darstellung erotischer Fantasien von Frauen in einer Gesellschaft verlegt, die haargenau diese Fantasien zu verdrängen versucht.

Schon vor ihren Besuchen in Sandstone, wo sie Feministinnen traf, die ebenso »phallisch« veranlagt waren wie sie, hatte Betty Dodson in ihrer Wohnung in New York Seminare für Frauen abgehalten, bei denen die Teilnehmerinnen aufgefordert wurden, ihre eigenen sowie die Genitalien der anderen Teilnehmerinnen ohne Scham und Schüchternheit zu untersuchen. Sie benutzten Spiegel, um sich selbst zu betrachten, und spreizten die Beine, um den anderen Gelegenheit zu einem gründlichen Einblick zu geben. Die Frauen waren erstaunt, wie verschieden ihre Geschlechtsteile in Form und Beschaffenheit waren: Einige waren herzförmig, andere wiederum ähnelten einer Muschel oder einer Orchidee. Und wenn das Schamhaar und die Schamlippen zurückgezogen wurden und die Klitoris frei dalag, sahen viele zum ersten Mal das Zentrum weiblicher Erregbarkeit und stellten überrascht fest, dass auch ihre Kitzler in Form und Größe variierten, einmal wie eine Perle in einem Futteral wirkte und ein anderes Mal aussah wie eine kleine Pistolenkugel.

Die Frauen entdeckten, dass die Position der Klitoris bei jeder Frau unterschiedlich ist, ebenso wie die Färbung der inneren und äußeren Schamlippen, die von Dunkelbraun bis Hellrosa reicht. Auf Ms. Dodsons Aufforderung hin beschränkten sich die Untersuchungen nicht nur auf das Betrachten, sondern die Frauen berührten ihre Geschlechtsteile, rochen und schmeckten daran, um so die Hemmungen aus der Kindheit abzustreifen und sich von der lustfeindlichen Erziehung der Kirche zu befreien, die diesen Bereich des weiblichen Körpers als sündig, schmutzig und fluchbeladen brandmarkte.

An den Wänden in Betty Dodsons Apartment hingen einige ihrer erotischen Zeichnungen, auf denen die weiblichen Genitalien abgebildet waren, und gelegentlich zeigte sie ihrer Gruppe Farbdias von nackten Frauen, die sich ungeniert zur Schau stellten und das ausstrahlten, was Betty Dodson ein »gesundes Mösenbewusstsein« nannte. Die meisten Teilnehmerinnen ihrer Seminare waren wie sie selbst hetero- oder bisexuell veranlagt und gehörten der Mittelschicht an. Ihr Alter lag zwischen dreißig und vierzig. Die einen waren bereits geschieden, die anderen noch verheiratet. Und obwohl sie alle die Frauenbewegung unterstützten, teilten sie nicht die sexual- und männerfeindlichen Neigungen einiger der führenden Feministinnen. Als Malerin, deren Zeichnungen und Gemälde als pornografische Werke galten, wurde Betty Dodson von einigen Feministinnen vorgeworfen, zur Entwürdigung der Frau beizutragen. Ohne ihre Arbeiten rechtfertigen zu wollen, sagte sie: »Wenn eine Frau auf sexuellem Gebiet ausschließlich negative Erfahrungen gesammelt hat, dann wird sie den Anblick von erotischen Bildern natürlich als degradierend empfinden.«

Die attraktive, energische Künstlerin mit dem dunklen Pagenkopf und der athletischen Figur war 1929 in Wichita im Bibelgürtel von Kansas geboren und mit idealistischen Vorstellungen von Ehe und Treue erzogen worden. Als Teenager stellte sie sich beim Onanieren ihre Hochzeitsnacht vor. Sie sah sich als elegante junge Braut in einem exquisiten Negligé selbstbewusst durch das Schlafzimmer auf einen gesichtslosen Mann zuschreiten, der auf dem Ehebett ausgestreckt lag, und wenn sie dann in Gedanken ihr langes, seidiges Gewand zu Boden gleiten ließ und ihre nackten Reize enthüllte, erreichte sie kurz darauf den ersehnten Höhepunkt.

Diesem einsamen Genuss konnte sie als junges Mädchen einfach nicht widerstehen, obwohl sie wusste, dass Masturbation verrucht und gottlos war, und fürchtete, regelmäßige Selbstbefriedigung könnte ihre Schamlippen entstellen. Zu dieser Annahme war sie gekommen, als sie eines Tages hinter verschlossener Tür mit gespreizten Beinen am Fenster ihres Zimmers saß und mit dem elfenbeinernen Handspiegel ihrer Mutter ihre Genitalien untersuchte. Mit Angst und Entsetzen bemerkte sie, dass die inneren Schamlippen deutlich größer geworden waren, was zweifellos eine Folge der sündigen Selbstbefriedigung war. Sofort legte sie einen heiligen Eid ab, von nun an für immer auf autoerotische Stimulation zu verzichten. Dem Schwur blieb sie kaum mehr als eine Woche treu, doch sie änderte ihre Technik: Sie hatte festgestellt, dass die Schamlippen auf der linken Seite kürzer waren als auf der rechten. Also beschränkte sie sich darauf, sich links zu streicheln, in der Hoffnung, mit der Zeit würden sich die unterschiedlichen Größen angleichen. Obwohl sich nichts änderte, berührte sie in ihren ersten Berufsjahren als junge Zeitungskarikaturistin in

Kansas und auch später, als sie 1950 nach New York zog, um an der National Academy und an der Columbia University Kunst zu studieren, nur die linke Schamlippe.

Während ihrer 5-jährigen Ehe lebte sie absolut monogam, stellte ihre Karrierepläne zurück und widmete sich ausschließlich dem Haushalt. Da ihr Mann unter vorzeitigem Samenerguss litt, stellte sich das eheliche Sexualleben eher unbefriedigend dar und Masturbation als einziger Quell der Befriedigung. Erst nach ihrer Scheidung im Jahre 1965 war Betty Dodson in der Lage, die vollkommene Erfüllung mit einem Mann zu genießen, und in ihrem Buch, das 1974 mit dem Titel *Liberating Masturbation: a Meditation on Self Love* auf den Markt kam, erinnerte sie sich an eine Episode, die entscheidend war für ihre sexuelle Emanzipation:

> Als ich geschieden war und mir die romantische Welt mit ihren Dinners bei Kerzenschein in Gesellschaft gut aussehender Männer wieder offenstand, war ich ungeheuer aufgeregt angesichts der Abenteuer, die nun auf mich zu warten schienen, und … gleichzeitig fast völlig gelähmt vor Unsicherheit, was mein Aussehen betraf und meine Fähigkeiten im Bett.
>
> Einer meiner ersten Liebhaber war von einer besonderen Leidenschaft für die weiblichen Genitalien erfüllt. Wir verkehrten oral (ich war entschlossen, alles zu versuchen), und als ich einmal gerade einen besonders tollen Orgasmus gehabt hatte, sagte er zu mir: »Du hast eine wunderschöne Möse. Lass sie mich ansehen.« Mir wurde ganz anders, ich fühlte mich unsicher, und ich sagte ihm, es wäre mir lieber, wenn er darauf verzichten würde. … Er wollte wissen, warum, und nach einigem Zögern erzählte ich ihm, ich hätte vom Onanieren so komisch herunterhängende innere Schamlippen, die aussahen wie die Kehllappen von Hühnern. Ich war überzeugt davon, dass sie nicht hübsch aus-

sahen und deshalb wollte ich auch nicht, dass jemand sie betrachtete. »Wow!« sagte er. »Viele Frauen sind so gebaut wie du. Um die Wahrheit zu sagen: So gefallen sie mir am besten.« Mit diesen Worten ging er zum Schrank und kam mit einem Stapel Zeitschriften wieder – so genannte »Beaver-Books«, wie man sie an der 42nd Street zu kaufen bekommt. Darin waren Fotos von Frauen, die ihre Schamlippen auseinanderzogen. Ich war schockiert und neugierig zugleich. Ich dachte, wie beschämend es für diese armen Frauen sein musste, in Unterwäsche, Strumpfhaltern oder schwarzen Netzstrümpfen zu posieren und sich so zur Schau stellen zu müssen. Aber ich betrachtete die Bilder genauer, und tatsächlich war da eine, deren Vagina genauso aussah wie meine – und noch eine und noch eine! Was für eine Erleichterung! In jener Nacht ist mir bewusst geworden, dass ich weder missgestaltet noch komisch oder hässlich aussehe ... Ich war ganz normal und, wie mein Liebhaber gesagt hatte, richtig schön.

Ermutigt durch ihr neu gewonnenes sexuelles Selbstvertrauen, wurden die Werke von Betty Dodson zunehmend sinnlicher, bis sie 1968 – als die Darstellung nackter Körper in Filmen, Theaterstücken und anderen Hervorbringungen der Gegenkultur immer mehr in Mode kam – eine Einzelausstellung in der Wickersham-Galerie hatte, die innerhalb von zwei Wochen mehr als achttausend Besucher anzog, die mit großem Interesse und manchmal auch Schamröte im Gesicht die heroischen Darstellungen nackter Gestalten bewunderten, die sich küssten, liebkosten und manchmal auch miteinander schliefen. Die Ausstellung sprach besonders die politisch »engagierten« Kunstliebhaber und liberalen Intellektuellen aus Manhattan an, die Eltern der Blumenkinder, und Betty Dodson erntete überschwängliche Kritiken für ihre klassische Technik, ihre schöpferische Energie und ihre Ausstrahlung.

Ihre Werke fanden reißenden Absatz und wurden in Kunstanthologien abgedruckt.

Und auch wenn eine weitere Ausstellung bei Wickersham nur dreitausend Besucher anlockte, so war sie darüber nicht weiter betrübt, denn diese Bilder waren viel persönlicher und künstlerisch kompromissloser, mit einem fast schon quälenden Blick auf die Sexualität in der Isolation und auf Abwegen. Unter den dreißig Exponaten dieser Ausstellung befanden sich Zeichnungen und Gemälde, die nackte Gestalten beim Onanieren oder Männer beim gegenseitigen Oralverkehr zeigten, einen nackten Schwarzen, der seinen übergroßen Penis streichelt, weiße Frauen mit aufgerichteten Kitzlern, die sich gegenseitig zärtlich die Genitalien berühren, Frauen, die mit Männern im Bett lagen, ohne dass es sie mental in irgendeiner Weise anrührte. Auf den Gesichtern einiger dieser Frauen spiegelte sich Teilnahmslosigkeit, Widerwille und manchmal sogar Wut, und was Betty Dodson damit ebenso deutlich zum Ausdruck brachte wie die zeitgenössischen Roman- und Theaterautoren, war, dass trotz Empfängnisverhütung der Krieg zwischen den Geschlechtern noch immer nicht zu Ende war und in vielen Schlafzimmern Amerikas Entfremdung herrschte. Bestätigt wurde sie in dieser Auffassung durch die zahlreichen Kommentare, die sie aus den Reihen der Galeriebesucher zu hören bekam, oder von dem, was ihr einige von ihnen – in der Mehrzahl Frauen – in Privatunterhaltungen abseits des Trubels erzählten. Manche gestanden ihr nicht nur, dass sie in ihrer Ehe selten oder nie zum Orgasmus kamen, sondern dass sie sich darüber hinaus schämten zu masturbieren oder Angst hatten, eventuell »süchtig« zu werden, wenn sie einen Vibrator ausprobierten. Einige der Männer erklärten beim Anblick der Bilder masturbierender Frauen, sie hätten überhaupt nicht gewusst, dass Frauen so etwas überhaupt taten, wohingegen einige wenige sich angesichts einer einen Meter achtzig hohen Zeichnung einer nackten Frau, die mit geschlossenen Augen auf dem Rücken liegt und sich mit einem Vibrator befriedigt, zu feindseligen Bemerkungen veranlasst sahen. Ein Mann erklärte bei dieser Gelegenheit: »Wenn das meine Frau wäre, würde die so 'n Ding gar nicht brauchen.«

Doch anstatt sich von negativen Reaktionen auf die Ausstellung beirren zu lassen, gelangten Betty Dodson und ihre Anhängerinnen aus dem feministischen Lager immer mehr zu der Ansicht, dass eine unvoreingenommene Haltung zur Selbstbefriedigung und ihre von Schuldgefühlen freie Ausführung grundlegend für die Befreiung der Frau war. »Wenn ich zuvor noch Zweifel gehabt hatte, dass Unterdrückung und Masturbation in unmittelbarem Zusammenhang stehen, so wurden sie während der zweiwöchigen Ausstellungszeit endgültig zerstreut«, schreibt Betty Dodson in ihrem Buch:

> Daraus folgt, dass Masturbation eine entscheidende Rolle spielt bei der Umkehrung dieses Prozesses und dem Erreichen der Freiheit. Das Streben nach sexueller Befriedigung ist der natürliche Drang eines jeden Menschen, und die Onanie ist unsere erste sexuelle Handlung. Auf diesem Weg entdecken wir unsere Erotik, wie wir auf sexuelle Reize reagieren, und wir lernen, uns selbst zu lieben und ein Selbstwertgefühl zu entwickeln ... Wenn eine Frau masturbiert, lernt sie, ihre eigenen Genitalien zu mögen, Sex und Orgasmus zu genießen und darüber hinaus, wie sie unabhängig selbst zum Ziel kommt. Unsere Gesellschaft aber gewöhnt sich nur schwer an sexuell versierte und unabhängige Frauen...

Ein in Betty Dodsons Augen typisches Beispiel für die Aufgabe der eigenen Identität ist der Verzicht auf den eigenen Familiennamen bei der Hochzeit. Hinzu kommt, dass die sexualfeindlichen Konnotationen, mit denen Mädchen der Mittelschicht aufwachsen und die sie an ihre eigenen Töchter weitergeben, die Ungleichbehandlung von Männern und Frauen perpetuieren und die Mehrzahl der verheirateten Frauen daran hindern, »ihren Körper als eine Quelle von Kraft, Lust und Stolz zu betrachten«. Darüber hinaus zwingt der soziale Druck zur Unterordnung unter die von Männern festgelegten Verhaltensregeln – es sei denn, man möchte als »Nutte oder Schlampe« ausgegrenzt werden, wobei die Dienste dieser Damen gar zu gern in Anspruch genommen werden von den männlichen Moralaposteln – allzu häufig dazu, dass Frauen sexuell buchstäblich verkrüppeln.

> Unsere Hüften sind steif. Unsere Schultern gebeugt. Und man hat uns eingetrichtert, dass unsere Geschlechtsteile eklig sind und uns nichts weiter als Ungemach bereiten. An unseren Körpern zeichnen sich keine Muskeln ab, sondern manchmal nur noch Panzer von Fett. Das Heimtückische an diesem System ist, dass wir am Ende eine Definition von normaler weiblicher Sexualität akzeptieren, die von Männern gemacht wurde und nur deren Interessen dient. Wir geben die Masturbation bereitwillig oder zögerlich auf und vermeiden jegliche Darstellung gesunder weiblicher Sexualität. An diesem Punkt erheben wir uns zu Säulenheiligen der gesellschaftlichen Moral und verwandeln uns in asexuelle Mütter und Haussklaven.

In einem Interview mit der Zeitschrift *Evergreen Review* fügte Dodson dem hinzu:

> Wenn sämtliche Frauen zusammenkämen und ein lautes ›Ja‹ zum Sex äußern würden, könnte man bei dieser Gelegenheit feststellen, dass Männer in Bezug auf Sex genauso verklemmt sind wie wir, sie sich dem aber nicht stellen müssen. Da Frauen auf Sex ausschließlich Ängste und negative Gefühle projizieren, sind Männer in der Lage, eine

wesentlich positivere Einstellung auszuagieren. Unbewusst sind sie davon abhängig, dass wir Nein sagen, zögern und Angst haben oder passiv bleiben.

»Und wenn ein Mann nicht in der Lage ist, eine Frau im Bett zu befriedigen«, schreibt sie in ihrem Buch, »leugnet er seine Unfähigkeit, indem er behauptet, die Frau sei frigide, selbst wenn diese Frau in der Lage ist, sich sehr gut selbst zu befriedigen.« »Wenn eine Frau sich zum Orgasmus stimulieren kann, ist sie sexuell gesund«, erklärte Betty Dodson.

> »Frigide« ist ein Männerwort zur Bezeichnung von Frauen, die unfähig sind, in der Missionarsstellung innerhalb von fünf Minuten den Höhepunkt zu erreichen, wobei nur das gemacht wird, was ihm gefällt. Wir müssen uns von der irrigen Auffassung lösen, dass wir ausschließlich beim Geschlechtsverkehr einen Orgasmus haben »sollten«. Und wir dürfen uns nicht einschüchtern lassen von Machos in weißen Kitteln, die nach wie vor von »koitalen Dysfunktionen« sprechen, obwohl die Ergebnisse ihrer Forschungen in krassem Gegensatz zu dieser männlichen Sicht weiblichen Lustempfindens stehen. Die Wahrheit ist, dass nur sehr wenige Frauen ohne Vorspiel den Orgasmus erreichen. Deshalb muss eine Frau sich sexuell emanzipieren, um frei und offen ihre Bedürfnisse im Bett aussprechen zu können.

Die Zusammenkünfte in Dodsons Apartment, zu denen häufig auch männliche Freunde oder Ehemänner eingeladen wurden, umfassten alles von Yoga bis Gruppensex, und hier erwiesen sich die Frauen als völlig ungehemmt und fähig – wie Betty Dodson es selbst formulierte –, »beim Ficken das Ruder in die Hand zu nehmen«. Die Frauen hatten durch die Seminare das Selbstvertrauen und die Fähigkeit erlangt, beim Sex die Initiative zu ergreifen und ihren männlichen Geliebten zu sagen, wie sie berührt werden mochten, wie viel Druck an welchen Stellen ihnen die meiste Lust bereitete und welche Positionen sie bevorzugten, bis hin zum Sitzen auf dem Gesicht eines Mannes und der Kontrolle seiner Bewegungen, wobei viele von ihnen feststellten, dass Männer den Tausch der traditionellen Rollen oft genossen und gerne den passiven Part übernahmen. Und je mehr Dodsons Anhängerinnen deren »mösenbejahende« Haltung übernahmen, desto mehr genossen sie nicht nur ihr Sexualleben, sondern entwickelten auch ein zunehmend stärkeres Selbstbewusstsein. Eine der Frauen, die wie Dodson selbst unter dem Glauben litt, dass ihre Genitalien deformiert und hässlich waren, gelangte durch einen Diavortag mit Fotos von weiblichen Genitalien zu der Auffassung, dass sie genauso schön war wie andere Frauen, und ausgestattet mit einem neuen Selbstvertrauen, verlangte sie am folgenden Tag eine Gehaltserhöhung und bekam sie.

Doch auch wenn Betty Dodson sich über die Fortschritte der Frauen ihrer Gruppe im Klaren und stolz darauf war, so war sie doch nicht so naiv anzunehmen, dass diese repräsentativ waren für die Mehrheit der amerikanischen Frauen in den Siebzigern, von denen ein großer Prozentsatz die gesetzliche Gleichberechtigung der Frau noch immer ablehnte und entweder nicht in der Lage oder nicht gewillt war, außerhalb der konventionellen Institution der Ehe ökonomisch oder emotional zu überleben. Frauen waren sexuell weniger spontan als Männer, räumte Dodson ein, doch auch dies war ihrer Auffassung nach nur eine Folge der historischen Konditionierung auf das traditionelle Rollenverhalten. Und solange mit dieser Tradition nicht gebrochen wurde, solange nicht auch Frauen One-Night-Stands genießen konnten oder »offene Beziehungen«, in denen beide Partner gelegentlich Sex mit anderen hatten, so lange blieben viel zu viele Frauen angewiesen auf einen einzigen Ehemann oder einen einzigen Liebhaber, wenn es darum ging, ihre ökonomischen, emotionalen und sexuellen Bedürfnisse zu befriedigen. »Man braucht in jeder Lebenssituation eine Menge Mut…«, erklärte Betty Dodson, »doch wenn es um Sex als solchen geht, muss man sich seinem orgiastischen Potenzial in der Gesellschaft anderer stellen ebenso wie ein Mann.« Womit sie gleichzeitig andeutete, dass »Sex als solcher« nicht unbedingt begrenzt war auf die »bedeutsame Beziehung«, sondern mehr mit Vergnügen und Entspannung, Experimentieren und Erfahrungen sammeln zu tun hatte. »Nur eine Person zu lieben ist antisozial«, erklärte Dodson und wiederholte damit eine Ansicht, die hundert Jahre zuvor der Oneida-Gründer John Humphrey Noyes vertreten hatte. Und sie fügte hinzu: »Das Konzept gesellschaftlicher Sexualität als lebensbejahendes Vergnügen ist wesentlich freundlicher als die Praxis von Sexualität auf der Basis von physischer und wirtschaftlicher Macht, von Kaufen und Verkaufen, und als Akt der Manipulation durch die Genitalien.«

Das änderte allerdings nichts an dem Problem, dass es in Amerika nur wenige Orte gab, an denen eine abenteuerlustige Frau ohne Gefahr für Leib und Leben die Erfahrungen sammeln konnte, die Männer schon seit Jahrhunderten selbstverständlich genossen. Es gab zwar zahlreiche Swingerclubs, doch handelte es sich dabei meist um heimliche, überfüllte Zusammenkünfte in irgendwelchen Vorstadthäusern, deren Fenster verhängt waren und die trotzdem häufig von der Polizei gestürmt wurden, die von misstrauischen Nachbarn auf den Plan gerufen worden war. Wenn man es genau betrachtete, war der einzige Ort in den USA, wo eine Frau entspannten Sex in einer angenehmen, offenen Umgebung genießen konnte, Sandstone Retreat, und als Betty Dodson während eines längeren Aufenthaltes in Kalifornien die Kolonie zum ersten Mal besuchte, war sie angenehm überrascht, es genau so vorzufinden, wie Freunde von der Westküste es ihr beschrieben hatten. Die Landschaft war wunderschön, das Haus auf dem Hügel lag in idealer Abgeschiedenheit, und der Gastgeber und seine Frau, John und Barbara Williamson, führten eine Ehe, die beispielhaft war für die Gleichberechtigung der Geschlechter. In ihrer Beziehung war Ehebruch kein Tabu, und für Lügen bestand keine Notwendigkeit.

Unter den Hunderten von Clubmitgliedern entdeckte Betty Dodson auch ein paar vertraute Gesichter, die sie von ihren Partys in New York kannte. Dort traf sie auch ihre enge Freundin wieder, die Anthropologin Sally Binford. Dodson schloss auch neue Bekanntschaften während ihrer Tage und Nächte in Sandstone. Eine der interessantesten war die Begegnung mit einem grauhaarigen Engländer, der ihr das erste Mal unten im Ballsaal aufgefallen war. Sie lag gerade nackt auf einer Matte mit zwei ebenfalls nackten Männern und ließ sich massieren, als sie bemerkte, dass ein Mann, der aussah wie eine Eule mit Brille und allein am anderen Ende des Raumes saß, sie fasziniert anstarrte, ohne im Geringsten davon irritiert zu sein, dass sie wiederum ihn beobachtete. Schließlich winkte sie ihm zu und bedeutete ihm, ihnen Gesellschaft zu leisten. Ohne zu zögern, stand er auf und kam zu ihr. Als er sich neben sie gesetzt hatte, nahm sie seine Hand und legte sie sich zwischen die Schenkel, wobei sie merkte, dass ihm einige Finger fehlten. So lernte Betty Dodson den erfolgreichsten Schriftsteller und Beobachter in Sachen Sex in Amerika kennen: Dr. Alex Comfort.

So unwahrscheinlich es auch klingen mag, war der Ballsaal in Sandstone doch ein Ort, an dem neben den wilden sexuellen Tänzen und Rangeleien gelegentlich die Liebe spross und gedieh – wie im Falle einer der scharfsinnigsten und klügsten Besucherinnen, Dr. Sally Binford. Nach drei Scheidungen, diversen Affären und etlichen Kurzbegegnungen in ihrem Apartment in der Nähe des Campus, wo sie lehrte, sowie jeder Menge ungezwungenem Sex in Sandstone machte Sally Binford eines Tages im Ballsaal die Bekanntschaft eines gut aussehenden, sensiblen Charakterdarstellers namens Jeremy Slate, der in verschiedenen Hollywood-Filmen mitgespielt hatte und 1970 durch eine befreundete Journalistin, die einen Artikel über die Williamsons schrieb, auf Sandstone aufmerksam geworden war.

Jeremy Slate hatte Ende der Fünfziger eine Nebenrolle in einer Broadway-Fassung von Thomas Wolfes Roman *Look Homeward, Angel*, der den Pulitzerpreis gewonnen hatte. Seine Mitwirkung bei dieser Produktion brachte ihm diverse Rollen in Hollywood ein, darunter in Filmen mit John Wayne, William Holden und Cliff Robertson; er spielte in verschiedenen Fernsehserien mit und trat in Komödien mit Bob Hope und Elvis Presley auf. 1968 hatte er kurz nach der Scheidung von seiner zweiten Frau, der Schauspielerin Tammy Grimes, während der Dreharbeiten zu einem Film über die Hells Angels einen Motorradunfall, bei dem er sich so schwere Verletzungen zuzog, dass er die nächsten acht Monate eingehüllt in einen zwanzig Kilo schweren Gipsverband in seinem Apartment in Laurel Canyon zubrachte, wo er vor sich hin brütete und meditierte, Gras rauchte und masturbierte – ein Nebendarsteller, der zum ersten Mal in Jahren ohne Rollen, Regisseure oder Drehbücher dastand.

Während dieser endlosen Stunden der Isolation, in denen er sich in Bücher – unter anderem von Wilhelm Reich – vertiefte, fasste er, nachdem er sich wieder bewegen konnte, den Entschluss, sich von nun an weniger dem Spielen fremder Persönlichkeiten zu widmen, sondern sich darauf zu konzentrieren, die verschiedenen Versatzstücke seines Charakters zu einer Persönlichkeit zusammenzufügen. Und so bezog er ein Apartment in Venice Beach, einer Enklave von Künstlern und Hippies, und hörte schon nach ein paar Tagen auf, die Fachzeitschriften für Schauspieler nach Rollenangeboten durchzusehen, und er ging auch nicht mehr in die Schauspielerkneipen, in denen er früher verkehrt hatte, sondern er interessierte sich für die Friedensbewegung, die Gegenkultur und alternative

Lebensstile. Unter den jungen Frauen, mit denen er sich gelegentlich traf, war auch die junge Journalistin, die ihm von den Williamsons und Sandstone berichtet hatte, und als sie ihn eines Tages einlud mitzukommen, brauchte sie ihn nicht lange zu überreden, denn er dachte, es könnte vermutlich einigen Spaß machen, sich mit anderen Leuten zu treffen, die keine Kleider am Leib hatten. Doch nachdem er die kurvigen Straßen nach Sandstone gefahren war und sich das Anwesen einschließlich des ungezwungenen Geschehens im Hauptgebäude hatte zeigen lassen, wobei er einen Blick auf das Gewirr der Körper im trüben Licht des Ballsaals hatte werfen können, wurde ihm schwindlig, und er fühlte sich so verunsichert, dass er keinen hochbekam, als er und seine Freundin versuchten, miteinander zu schlafen.

Das hielt ihn dennoch nicht davon ab, nach Sandstone zurückzukehren, weil er einfach gerne nackt im Freien war, und als er sich allmählich mit anderen Leuten anfreundete gewann er auch wieder an Selbstsicherheit, und er genoss es, zur Abwechslung einmal das Objekt weiblicher Begierde zu sein. Unter den weiblichen Gästen in Sandstone, die dies unverblümt äußerten, war auch Dr. Sally Binford. Slate fühlte sich zwar vom ersten Augenblick an zu ihr hingezogen, und er war hingerissen von ihrem ersten gemeinsamen Sex einige Zeit darauf im Ballsaal, doch ihre ungezwungenen Nummern im weiteren Verlauf der Zeit waren eigentlich nur eine Entschuldigung, um mehr Zeit miteinander zu verbringen und in der innigen Umarmung eine tiefere Verbindung zu ergründen, von der sie beide den Eindruck hatten, dass sie existierte. Sie waren beide Mitte vierzig und hatten bis dahin stets jüngere Sexualpartner gehabt, um den intellektuellen Anforderungen und Unwägbarkeiten ihres Lebens zu entgehen. Doch nach jahrelanger Frustration über die Werte ihrer Zeitgenossen und in dem Gefühl, dass ihre gesamte Generation sich durch Materialismus, Rassismus, Polizeihunde und Napalm charakterisieren ließ, waren beide hocherfreut, im jeweils anderen einen Aussteiger aus den Fünfzigern zu erkennen. Und auch wenn Sally Binford politisch aktiver gewesen war als Slate, so schloss er sich ihr bald an und ging mit ihr gemeinsam zu Kundgebungen und Demonstrationen oder besuchte Anthony Russo, den Mitverschwörer Daniels Ellsbergs, nach seiner Verhaftung im Bundesgefängnis auf Terminal Island, das mit dem Auto eine Stunde von Sandstone entfernt war, wo Russo am Vorabend seines Haftantritts noch ein rauschendes Fest gefeiert hatte.

Kurz nach der Party von Russo bezogen Sally und Jeremy eine gemeinsame Wohnung in Venice Beach, und da sie ihren Job an der Universität aufgegeben hatte und er keine Lust hatte, als Schauspieler zu arbeiten, zogen sie 1972 in die Bay Area von San Francisco. Hier lebten sie einige Monate von ihren Ersparnissen und den Tantiemen, die Jeremy Slate als Co-Autor von zwei Countryhits zuflossen – Tex Ritters »Just Beyond the Moon« und die Rückseite von Glenn Campbells Single »Galveston«, ein Song mit dem Titel »How Come Everytime I Itch, I Wind Up Scratching You?«.

Im weiteren Verlauf des Jahres 1972 zogen Sally und Jeremy nach Vermont, wo Sally während der nächsten neun Monate am progressiven Goddard College Kurse in Anthropologie und Frauenstudien abhielt und Jeremy ein Selbstfindungsseminar für Männer leitete und dort die Sandstone-Theorien von gleichberechtigtem Sex darlegte. Er stieß damit bei den männlichen Seminarteilnehmern größtenteils auf Zustimmung, die ebenso wie er der Auffassung waren, dass die Abschaffung der traditionellen Geschlechterrollen sowohl für Frauen als auch Männer eine Befreiung darstellen würde. An den Wochenenden besuchten Jeremy und Sally manchmal befreundete Ehepaare in New England oder New York, die ebenfalls schon in Sandstone gewesen waren und gerne ihr Bett mit gleichgesinnten Hausgästen teilten. Und so war es nur noch eine Frage der Zeit, dachte jedenfalls Jeremy Slate, bis überall im Land ähnliche Einrichtungen wie der Ballsaal in Sandstone aufmachen würden – eine Einschätzung, mit der er so falsch nicht lag, denn ein paar Jahre später eröffnete mit Plato's Retreat in Manhattan der erste einer ganzen Reihe von Vergnügungscentern, in denen Kleidung nicht zwingend vorgeschrieben war.

Im Herbst 1973 machten sie sich in einem luxuriösen Wohnmobil, das Sally gerade erworben hatte, über Kanada auf den Weg zurück nach Kalifornien und verbrachten einige Tage in der Nähe des Glacier-Nationalparks in Montana, wo sie John und Barbara Williamson besuchten, die sich vor kurzem hier niedergelassen hatten. Die Williamsons hatten gerade ein Vorkaufsrecht auf 80 Hektar Land in einer Gemeinde namens White Fish erworben mit der Absicht, ein zweites Sandstone in größerem Rahmen aufzubauen. Die sechs Hektar über dem Topanga Canyon erschienen ihnen recht beengt, besonders seit in den letzten Monaten ringsherum neue Häuser entstanden waren, die den einstmals ungestörten Blick über Bäume und Berge bis hinunter zum diesigen Pazifik versperrten. Seit Jahren waren sie Mittelpunkt einer intensiven Gruppenehe gewesen und hatten gleichzeitig versucht, einen Club für Ehepaare zu betreiben, dessen neue Mitglieder stets durch die traumatischen Geschehnisse des Eintretens in eine Welt freier Sexualität geleitet werden mussten. Nun fühlten sie sich emotional erschöpft und brauchten dringend Erholung von den intimen Problemen anderer Leute. Darum warteten sie mit einer Reihe ausgesuchter Anhänger aus der alten Kolonie nur noch auf einen Nachfolger, der Sandstone kaufen und ihre Arbeit am Topanga Canyon fortsetzen würde. Viele Leute in Los Angeles hatten ihr Interesse an dem Grundstück oberhalb des Canyons bekundet; doch erst 1974 brachte ein Eheberater und Gestalttherapeut namens Paul Paige das nötige Kapital zusammen, um Sandstone zu erwerben und den Pärchenclub, der vorübergehend geschlossen war, wieder eröffnen zu können.

Paul Paige war mit 34 Jahren acht Jahre jünger als John Williamson und hatte an der Universität von Los Angeles Sozialarbeit studiert und seinen Master gemacht. Der ehemalige Marineoffizier war ein Meter neunzig groß, hatte eine muskulöse, schlanke Figur, blaue Augen und sauber frisiertes dunkles Haar. Er sprach leise und hatte die Besonnenheit eines professionellen Ratgebers an sich. Aber dennoch vermittelte er den Eindruck, als würde irgendetwas in ihm brodeln, eine rastlose Energie, die er kaum zu bändigen vermochte. Er war Kettenraucher und verfiel manchmal ins Stottern. Bis auf sein Interesse an Sex und der Ansicht, dass die Weltgeschichte zum Großteil von Dämonen bestimmt war, die sich mit den erotischen Aspekten der menschlichen Natur befassten, hatte Paul Paige wenig mit Williamson gemein, der immer ein bisschen träge wirkte und dessen feiste Figur mit dem dicken Bauch für sein schlampiges Management in Sandstone symptomatisch war. Paige war ein Mann, der nach Ordnung und Disziplin strebte. Er sah nicht den geringsten Grund, warum eine straffe Organisation nicht mit den utopischen Prinzipien vereinbar sein sollte, die Sandstone zu repräsentieren vorgab.

Seit Anfang 1972 war Paige zahlendes Mitglied in Sandstone und hatte – lange bevor er das Refugium kaufte – die Mängel erkannt. Das Gebäude und das Gelände wurden nicht genügend gepflegt, die Zufahrtswege waren holprig. John Williamson schien seinen Enthusiasmus als Guru verloren zu haben. Statt sich vor dem Abendessen im Hauptgebäude unter die Menschen zu mischen, nahm er seine Mahlzeiten immer öfter in seinem Wohnwagen ein, den er am höchsten Punkt des Grundstücks aufgestellt hatte. Oder er saß allein in der Halle am Kamin und las ein Buch. Wenn er sich überhaupt dazu herabließ, mit jemandem zu reden, dann nur mit den wenigen Leuten, die er als ebenbürtig betrachtete, wie zum Beispiel der Kolumnist Max Lerner, Dr. Comfort oder Dr. Ralph D. Yaney, ein Psychoanalytiker und Psychiater aus Beverly Hills, der seit langem zu den Stammgästen in Sandstone gehörte.

Obwohl Sandstone 1972 mit viel positiver Publicity in Zeitungen und Magazinen bedacht worden war, hatte das Management es nicht verstanden, die Popularität für die Werbung neuer Mitglieder auszunutzen. Es war auch kein Geheimnis unter den regulären Gästen, dass Williamson im letzten Jahr ziemlich viel Geld verloren hatte – was Paul Paige nicht nur seiner lustlosen Leitung zuschrieb, sondern hauptsächlich der Tatsache, dass er den jährlichen Mitgliedsbeitrag pro Paar mit 240 Dollar zu niedrig veranschlagt hatte. Aus diesem Grund verdoppelte Paige nach dem Erwerb von Sandstone sofort die Gebühr und begann mit der Renovierung der Anlage. Unter anderem ließ er das Hauptgebäude neu streichen und einrichten und die Sonnenterrasse vergrößern und einen Jacuzzi im Garten einbauen, der ebenfalls auf Vordermann gebracht wurde. Die Straßen wurden repariert und die Gästehäuser umgestaltet. Er machte intensiv Reklame in Zeitungen und gab Interviews im Fernsehen, was der kamerascheue Williamson tunlichst vermieden hatte. Zusammen mit seiner rothaarigen Freundin Theresa Breedlove, die mit ihm in Sandstone lebte, begrüßte Paul Paige die ankommenden Gäste und Mitglieder im Salon und spielte so eine entscheidende Rolle bei der erfolgreichen Wiederbelebung von Sandstone.

Beeinflusst vom Esalen-Institut in Big Sur, das Paige häufig aufgesucht hatte, engagierte er eine Reihe von Spezialisten, die den Mitgliedern gegen Bezahlung alles Mögliche boten, von Esalen-Massagen über Bioenergetik bis hin zu Hatha-Yoga. Nichtmitglieder konnten für 250 Dollar das Wochenende in Sandstone verbringen. Der Preis beinhaltete Vollpension sowie die Möglichkeit, sich der verschiedenen Einrichtungen zu bedienen. Eingeschlossen war auch ein Kurs in Gestalttherapie unter der Leitung von Paige. Unter den Teilnehmern war bei einem dieser Wochenenden auch der Schauspieler und Fernsehmoderator Orson Bean in Begleitung seiner Frau Carolyn, die sich mit Paige anfreundeten und sich in Sandstone engagierten. Bean hatte im Anschluss an eine Psychotherapie nach der Reich-Methode ein Buch mit dem Titel *Me and the Orgone* verfasst und schrieb nun in der *Los Angeles Free Press* in seiner Kolumne über das Leben in Sandstone und äußerte sich positiv über die Kolonie bei einem Auftritt in der *Johnny-Carson-Show*. Des Weiteren erschien im *Playboy* ein Artikel über Sandstone, der von Dan Greenbaum verfasst war, sowie ein weiterer von Herbert Gold in *Oui* und einer von Robert Blair Kaiser in *Penthouse*. In seinem zweiten Bestseller, *More Joy*, widmete Alex Comfort Sandstone ein ganzes Kapitel, in dem er schreibt:

> In Kalifornien wimmelt es von Therapiezentren. Die Leute, die sie besuchen, entdecken sich selbst – oder auch nicht … Viele nehmen jede Menge psychologisches Gequatsche auf sich, obwohl das eigentliche Ziel der Übung ist, einmal anständig zu bumsen. In Sandstone kann man das ganz offen machen, und wenn das erledigt ist, merkt der Teilnehmer voller Staunen, dass auch Gruppensitzungen und Sensitivitäts-Training und eine Menge Autodidaktik zur Therapie gehören. Er hat es genossen, sein Ziel erreicht und sein Selbstbewusstsein wiederhergestellt. Das Resultat ist, dass Sandstones Anhänger (viele waren nur ein einziges Mal dort) vielerorts in der Sexualberatung tätig sind, auch in Organisationen, die von der Kirche finanziert werden. Angesichts seiner Größe und der Tatsache, dass das ursprüngliche Experiment, ins Leben gerufen von John und Barbara Williamson, nur vier Jahre dauerte, hatte es eine immense Wirkung, die sich erst im Lauf der Jahre vollständig zeigen wird. Für viele »normale« Menschen stellt es die erste und einzige Bekanntschaft mit wirklich offener Sexualität in einer geordneten Umgebung dar, und die Tatsache, dass dadurch verknöcherte Erwachsene auf intensive Weise die Erfahrung kindlicher Unschuld wiederholen

> konnten, ruft in etlichen der damaligen Besucher wehmütige Erinnerungen wach, in deren Schein einiges verklärt wird, doch gemessen an den Umständen, war der Grad der psychologischen »Entwicklung«, den die Einrichtung ermöglichte, ziemlich bemerkenswert.

Auf Paiges Bitte wurde Dr. Comfort Sandstones offizieller Berater. Sein Name erschien in der Werbebroschüre, die jeden Monat verschickt wurde, und bei besonderen Gelegenheiten hielt Dr. Comfort vor einem Publikum, das 25 Dollar pro Kopf bezahlte, einen Vortrag. So auch Anfang Juni 1974, beim Tag der offenen Tür in Sandstone. Über 200 Besucher waren die neblige Zufahrtsstraße heraufgekommen und mischten sich unter die Mitglieder, darunter auch Sally Binford und Jeremy Slate, die schon Wochen zuvor ihr Wohnmobil auf einem der Hügel geparkt hatten. Tagsüber war es wolkig und kühl gewesen, so dass die meisten während des Vortrags von Dr. Comfort ihre Kleider anbehielten – ein ungewöhnlicher Anblick in Sandstone.

Nach Alex Comfort sprachen Al Goldstein, der Verleger von *Screw*, und Nat Lehrman, der Mitherausgeber des *Playboy*, bevor ein Schriftsteller aus New York das Podium betrat, dessen Name Gay Talese war und der über seine Recherchen für ein Buch über Sex in Amerika berichtete, das bei dem Verlag Doubleday & Company erscheinen sollte.

Talese, ein schlanker Mann von 43 Jahren mit dunklen Augen und braunem Haar, das langsam ergraute, war für viele im Raum kein Fremder mehr. Es war schon bei verschiedenen Gelegenheiten in Sandstone gewesen, auch im »Ballsaal«, und sein Buch, das im Entstehen war, hatte bereits eine unglaubliche Publicity in zahlreichen Zeitungen und Magazinen bekommen. Mit ironischem Unterton wurde in Artikeln von seinen journalistischen Praktiken als »teilnehmender Beobachter« in der Welt der Erotik berichtet, von seiner Vorliebe für Massagesalons, von seinen Nachmittagen in dunklen Pornokinos und seiner Vertrautheit mit Swingerclubs im ganzen Land und implizit angedeutet, dass dies nur ein geschicktes Manöver seinerseits war, seinen fleischlichen Lüsten nachzugeben und seine Frau zu betrügen und dies mit dem Mäntelchen der sexuellen »Recherche« zu behängen.

Diesem Image eines sinnenfreudigen Abenteurers hatte Talese nie ausdrücklich widersprochen, in der Annahme, dass ein solcher Widerspruch ihm als Rechtfertigungsversuch ausgelegt würde, zu dem er sich eigentlich nicht genötigt sah, oder man ihn als einen der üblichen Heuchler bezeichnete, die so lange für die Pressefreiheit eintraten, wie es um ihr Recht auf pornografische Lektüre ging, um sie just in dem Augenblick einzuschränken, wenn sie selbst ins Visier der Presse gerieten. Und so versuchte er klarzustellen, dass seine vermeintlich idyllischen Arbeitsbedingungen so berauschend, wie viele Leute offensichtlich dachten, gar nicht waren. Und was ihn am meisten irritierte, war die Tatsache, dass er nach drei Jahren Recherche und unzähligen Stunden des Grübelns an der Schreibmaschine noch kein einziges Wort zu Papier gebracht hatte und noch nicht einmal wusste, wie er das Buch beginnen lassen oder das Material gliedern sollte. Oder ob das, was er über Sex zu schreiben gedachte, nicht schon in Dutzenden von kürzlich erschienenen Büchern von Eheberatern, Sozialgeschichtlern und prominenten Talkshow-Gästen abgehandelt worden war.

Dabei war Talese letzter Zeit häufig selbst in Talkshows aufgetreten, nachdem ein Journalist ihn in New York als Geschäftsführer eines Massagesalons aufgespürt und einen entsprechend süffisanten Artikel darüber verfasst hatte. Dem daraus entstandenen falschen Eindruck versuchte Talese im Fernsehen entgegenzutreten, indem er die Seriosität seines literarischen Vorhabens, wenn auch manchmal zu verbissen, betonte. Auch seine Rede in Sandstone galt diesem Ziel. Er wollte sich dem Publikum ohne jegliche Selbstbeweihräucherung als pflichtbewusster Rechercheur und Schriftsteller präsentieren, der im Augenblick ungeachtet persönlicher Verstrickungen und Laster an seinem wichtigsten Werk arbeitete. Darin wollte er die Menschen und Ereignisse schildern, die in den letzten Jahrzehnten die Neudefinition der Sexualmoral in Amerika entscheidend beeinflusst hatten.

Nachdem Talese den Zuhörern von Martin Zitter, einem jungen Stabsmitglied von Sandstone und einer der wenigen Nackten im Raum, vorgestellt worden war, stand er auf und betrat mit seinem vorbereiteten Text das Podium:

> Diese Nation wird langsam, aber sicher von einer lautlosen Revolution der Sinne überrollt, in der alte Konventionen ihre Gültigkeit verlieren. Sogar in der Mittelschicht, auf die sich meine Recherchen konzentrieren, ist eine zunehmende Toleranz für die Darstellung von Sexualität in Literatur und Film zu spüren, ein größeres Verständnis für das, was in den Schlafzimmern bisher als »pervers« gegolten hat – als da sind: Spiegel an den Wänden, farbiges Licht und Kerzen, Vibratoren neben dem Bett, Satinbettwäsche, Pornofilmkassetten, oraler Sex und viele andere Aktivitäten, die das Gesetz in gewissen Staaten nach wie vor als »Sodomie« verurteilt. Der Erfolg von *The Joy of Sex,* ein Buch, das vor ein paar Jahren noch als »Schmutz und Schund« verdammt worden wäre, ist ein weiterer Beweis dafür, dass der Durchschnittsbürger, was erotische Schilderungen anbelangt, weniger zimperlich geworden ist.

Talese nickte Dr. Comfort zu, dem Verfasser des erwähnten Werkes, der in seiner Nähe saß.

> Von diesem Buch sind bis heute 700 000 Exemplare verkauft worden, auch in der Provinz, obwohl darin Zeichnungen von nackten Paaren zu sehen sind, die den Ge-

schlechtsakt in jeder nur denkbaren Stellung zeigen und nichts an Deutlichkeit zu wünschen übrig lassen.

Auf ganz gesitteten Dinnerpartys hört man jetzt Leute, die über die intimsten Aspekte ihres Privatlebens auf eine Weise diskutieren, wie es in den sechziger Jahren gesellschaftlich noch unmöglich gewesen wäre. Homosexuellenbars sind nicht länger Zielscheibe von Polizeirazzien, seit sich die Homosexuellen als Bewegung organisiert haben. Und die meisten Eltern der Mittelklasse haben sich mit der Tatsache abgefunden, dass ihre Kinder am College vorehelichen Sex in ihren Wohnungen oder sogar Studentenheimen haben. Und auch wenn ich es nicht beweisen kann, so wage ich dennoch die Behauptung, dass mittlerweile mehr Ehemänner als je zuvor in der amerikanischen Geschichte mit der Gewissheit leben können, dass ihre Frauen nicht jungfräulich in die Ehe getreten sind und dass sie gelegentlich eine außereheliche Affäre hatten oder *haben.* Wobei ich nicht behaupte, dass diese Ehemänner darüber begeistert sind sondern lediglich feststelle, dass der Ehemann der heutigen Zeit, im Gegensatz zu seinem Vater oder Großvater, über eine solche Enthüllung nicht völlig am Boden zerstört und entehrt ist, sondern eher geneigt, Frauen als sexuelle Wesen zu akzeptieren, und nur in Extremfällen Zuflucht suchen wird zu Gewalt gegen die Frau oder den Rivalen…

Im Gegensatz zu den meisten im Publikum, die 20 bis 30 Jahre jünger waren als er, konnte sich Talese sehr lebhaft an die rigiden Moralvorstellungen der dreißiger und vierziger Jahre erinnern, wie sie damals vor allem in den Provinzstädten herrschten. Er war in einer konservativen Gemeinde im Süden von New Jersey geboren und aufgewachsen, wo sogar jetzt noch, in den siebziger Jahren, der Verkauf von alkoholischen Getränken verboten war. Als ehemaliger Ministrant erinnerte er sich an die düsteren Prophezeiungen des Priesters, der seinen Pfarrkindern bei der sonntäglichen Messe die Strafe des Himmels androhte, wenn sie ein Buch lasen, das auf dem Index stand, oder sich einen der Filme ansahen, die von der »Legion of Decency« mit einem Bann belegt waren. In der Pfarrschule wurden er und seine Klassenkameraden ermahnt, nachts auf dem Rücken zu schlafen – die Arme über der Brust gekreuzt und die Hände auf den Schultern. Eine vermeintlich heilige Position, die in Wirklichkeit dazu dienen sollte, Masturbation unmöglich zu machen. Talese war bereits das zweite Jahr auf dem College, bevor er zum ersten Mal onanierte, allerdings nicht mit dem Bild einer Schönheit aus einem der Männermagazine, die er sich nicht zu kaufen traute, sondern erregt von den Gedanken an eine Studentin, mit der er damals flirtete.

Und plötzlich, Ende der fünfziger, Anfang der sechziger Jahre, schien es ihm, als tauchten die Herrenmagazine aus ihren Verstecken unter dem Ladentisch auf und wurden frei verkauft. Erotische Romane waren nicht länger geächtet, der nackte Körper hielt Einzug im Hollywoodfilm. Diese Veränderung machte sich nicht nur in den Großstädten bemerkbar, in denen er als freiberuflicher Journalist oft zu tun hatte, sondern auch in konservativen Gemeinden, zu denen seine Heimatstadt zählte, der er regelmäßig einen Besuch abstattete. Und im Jahre 1971, als er mit den Recherchen für sein neues Buch begann, wurde er gewahr, dass die Amerikaner allem Sexuellen gegenüber aufgeschlossener wurden, dass der Konsum erotischer Artikel immer weiter anstieg. Er spürte die stille Rebellion unter den Angehörigen der Mittelklasse gegen staatliche Zensur und kirchliche Bevormundung, die seit der Gründung der puritanischen Republik ihre repressive Wirkung entfaltet hatten.

Er las Kommentare über Sittengesetze, verfolgte Obszönitätsprozesse, interviewte die Verleger von *Screw* und ähnlichen

Zeitschriften und begann seine persönliche Odyssee in der Welt des Sex damit, Massagesalons aufzusuchen und dort regelmäßiger Kunde zu werden.

Als er in New York zum ersten Mal einen Massagesalon entdeckte, befand er sich mit seiner Frau auf dem Heimweg von P. J. Clark's Tavern. Über einem Fenster im dritten Stock eines Gebäudes an der Lexington Avenue flackerten rote Neonbuchstaben. »Nacktmodelle«, hieß es da. Er war erstaunt, dass ein derartiges Etablissement so öffentlich zu werben wagte.

Am nächsten Mittag kam er allein zurück, stieg die drei Treppen hoch und betrat durch einen verhängten Eingang einen Raum, der wie das Wohnzimmer eines alten, heruntergekommenen Hauses aussah. Der Perserteppich war verblichen und abgetreten. Sofas, Tische und Stehlampen stammten offensichtlich vom Trödler, und die stillen Männer mittleren Alters, die wie Patienten beim Zahnarzt auf ihre »Behandlung« warteten, schienen sich nicht auf die Zeitungen in ihren Händen konzentrieren zu können.

Talese trat an den Tisch des Managers, hinter dem ein junger Mann in Bluejeans saß, der ihm erklärte, dass eine Behandlung von einer halben Stunde 18 Dollar kostete und er sich seine Masseuse anhand des halben Dutzend Fotos aussuchen konnte, die er nun vor Talese ausbreitete. Talese suchte sich eine nett aussehende Blondine mit dem Namen June aus, die im Bikini an einem tropischen Strand posierte, und nachdem er zwanzig Minuten gewartet und sich seine Zeit mit der *Newsweek* und der Beobachtung lautloser Auftritte und Abgänge anderer Männer vertrieben hatte – die meisten waren in seinem Alter oder älter, trugen Anzug und Krawatte, Geschäftsleute während der Mittagspause, wie er annahm –, winkte der Manager ihm zu. Als Talese sich erhob, sah er ein blondes Geschöpf mit Sommersprossen, das nur wenig Ähnlichkeit mit dem Foto hatte, vielleicht sogar nicht einmal dieselbe Person, trotzdem aber recht attraktiv war, im Korridor stehen und auf ihn warten. Sie war gertenschlank und hatte einen leichten Silberblick. Sie trug einen rosa Wickelrock, ein gelbes T-Shirt und hatte Sandalen an den Füßen. Mit einem Frottiertuch über dem Arm führte sie ihn den Gang entlang zu Zimmer Nr. 5.

Mit deutlichem Südstaatenakzent erzählte sie, sie käme aus Alabama. Dort war Talese aufs College gegangen. Sie hörte kurz zu, als er von Alabama schwärmte, und wurde schnell ungeduldig. Dies war ein Geschäftstermin, erinnerte sie ihn, die Zeit lief bereits. Sie sagte, er sollte sich rasch ausziehen und auf den Tisch legen, über den sie das Tuch gebreitet hatte. Anschließend entkleidete sie sich und überraschte ihn mit einem wohlgeformten Körper, den er sehr aufregend fand.

»Öl oder Puder?«, fragte sie und trat an den Tisch.

Unsicher blickte er sich um. »Gibt es hier eine Dusche?«

»Nein.«

»Dann nehme ich lieber Puder, bitte.«

Sie griff nach einer Dose Babypuder, und schon spürte er, wie ihre weichen Hände Brust und Schultern massierten und hinunter zu seinem Bauch und seinen Schenkeln glitten. Er roch ihr Parfüm, spürte, wie seine Handflächen feucht und sein Penis steif wurde. Er schloss die Augen und hörte Seufzer aus den angrenzenden Räumen sowie den Straßenlärm von der Lexington Avenue – das Hupen der Autos, die Geräusche von anfahrenden Bussen, und er dachte an die Kunden und Verkäufer bei Bloomingdale's und Alexander's, den Kaufhäusern auf der anderen Straßenseite…

»Möchten Sie etwas Spezielles?«, fragte sie.

Er schlug die Augen auf und sah, dass sie seinen Penis betrachtete.

»Kann ich mit Ihnen schlafen?«, fragte er. Sie schüttelte den Kopf.

»Nein, das mach ich nicht. Französisch auch nicht. Nur mit der Hand.«

»Einverstanden.«

»Das kostet extra.«

»Wie viel?«

»15 Dollar.«

Zu viel, dachte er im Stillen. Doch in seinem erregten Zustand wollte er nicht lange feilschen. Also nickte er und beobachtete neugierig und voller Ungeduld, wie sie seine Lenden mit Puder bestäubte und sich anschickte, ihn zum Orgasmus zu massieren – wobei sie genau den Augenblick abpasste, an dem sie ein Kleenextuch aus der Schachtel neben sich reißen musste.

Manche Leute finden ein solches Erlebnis vielleicht erniedrigend oder deprimierend, doch Talese genoss die seltsame Unpersönlichkeit dieses Kontaktes und besuchte den Salon immer wieder, wobei er nicht nur die Dienste von June in Anspruch nahm, sondern auch die von den anderen Mädchen, und durch sie erfuhr er, dass dies nicht das einzige Etablissement dieser Art in New York war.

Den Rest des Jahres und das kommende Jahr 1972 besuchte er Dutzende solcher Etablissements so regelmäßig, dass er nicht nur die weiblichen Angestellten, sondern auch die jungen Manager und Besitzer näher kennenlernte. Einige hatten englische Literatur studiert oder Journalismus und kannten Taleses Artikel. Sie fanden es »cool«, dass er gleichzeitig Kunde war und über ihre Dienste berichtete. Sie nahmen seine Einladungen zum Essen an, ließen sich ausfragen und gestatteten ihm, ihre richtigen Namen zu erwähnen. Schließlich gaben sie ihm sogar die Möglichkeit, in ihrem Salon als Manager ohne Bezahlung zu arbeiten.

Taleses erster Job war im Secret Life Sudio im zweiten Stock des Gebäudes 132 East 26th Street Ecke Lexington Avenue. Etliche Wochen lang arbeitete er von zwölf Uhr mittags bis abends um sechs, den ganzen Frühling und Sommer hindurch. Er war verantwortlich fürs Abkassieren und unterhielt sich mit den wartenden Kunden, ohne dabei die Uhr aus den Augen zu lassen. Wenn nicht gerade Hochbetrieb herrschte, fragte Talese die Masseusen über ihre Kunden aus, was sie ihnen über ihr Privatleben, ihre Frustrationen, Wünsche und Fantasien erzählt hatten. Bald schon gelang es ihm, die Masseusen dazu zu überreden, Tagebuch für ihn zu führen, in dem jeder einzelne Gast genau beschrieben und festgehalten wurde, was hinter den geschlossenen Türen gesagt worden und geschehen war und welche Gedanken der Masseuse selbst durch den Kopf gegangen waren, während sie die Wünsche ihres Kunden erfüllt hatte. Talese hatte ursprünglich die Absicht, eine fiktive Geschichte über einen Geschäftsmann mittleren Alters und ein Hippiemädchen vom College zu schreiben, die sich in einem Massagesalon begegnen, wo sie gegen Bezahlung seine erotischen Bedürfnisse befriedigt und von seinen Hemmungen finanziell profitiert, bis sie sich allmählich anfreunden und sie ihm hilft, seine Schuldgefühle und seine Verklemmtheit abzulegen. Aufgrund von Hunderten von Gesprächen mit männlichen Salonbesuchern und der Lektüre der Tagebücher bereitete es dem Autor wenig Schwierigkeiten, sich in diese Männer hineinzufühlen. Denn in mancher Hinsicht war er wie sie, und in den Aufzeichnungen der Masseusen fand er immer wieder Äußerungen, die von ihm stammen könnten.

Wie die meisten Männer hing Talese an seiner langjährigen Ehe, die er nicht aufgeben wollte. Er hatte zwar Affären gehabt, doch nie daran gedacht, seine Frau wegen einer anderen zu verlassen, auch wenn er einige von ihnen bewunderte und selbst nach dem Ende ihrer Affäre eine freundschaftliche Beziehung mit ihnen aufrechterhielt. Prostituierte hatten ihn nie gereizt, zumal die Mädchen vom Straßenstrich gewöhnlich sehr wenig Bildung, dafür aber jede Menge Drogenprobleme hatten und selten attraktiv aussahen. Aber sich von einer attraktiven Masseuse befriedigen zu lassen, von einer Frau, mit der man sich auch über etwas anderes als Sex unterhalten konnte, war etwas ganz anderes.

Der Großteil der Stammgäste fand Onanieren in der Einsamkeit der eigenen vier Wände deprimierend. Die Gegenwart einer Frau, mit der man kommunizieren konnte und die einem, wenn schon nicht Liebe, so doch wenigstens Verständnis entgegenbrachte, empfanden sie ebenso wie Talese als wohltuend und angenehm. Und im Laufe der Monate betrachtete er die Masseusen zunehmend als eine Art Sexualtherapeutinnen, die lediglich keine Lizenz dafür hatten. Ebenso wie Tausende von Menschen jeden Tag Psychotherapeuten dafür bezahlten, dass sie ihnen zuhörten, bezahlten die Besucher der Massagesalons dafür, dass man sie berührte.

Und wenn der Großteil seiner Geschlechtsgenossen so empfand wie er – seine Gespräche mit ihnen und die Tagebücher brachten ihn zu dieser Überzeugung –, dann schränkten ihre sexuellen Aktivitäten mit einer Masseuse ihre Leidenschaft für ihre Ehefrauen nicht im Geringsten ein. Tatsächlich erzählten viele, sie hätten am Abend nach einer Massage sogar mehr Lust auf ihre Frau. Offensichtlich aktivierten die Masseusen die sexuellen Triebkräfte älterer Herren, gaben ihnen Selbstvertrauen, spornten ihren Eifer an, die Gattin im Bett und außerhalb zufriedenzustellen.

Während der Monate, die Talese hinter seinem Pult im Secret Life Studio stand und später als Manager des Middle East Salons an der 51st Street, passierte es kein einziges Mal, dass eine Frau anrief und fragte, ob auch junge männliche Masseure für Frauen zur Verfügung stünden. Was nicht daran liegen konnte, dass sich Frauen nicht über die Existenz von Massagesalons im Klaren waren, denn an Taxis und Hauswänden und Plakatflächen klebten überall Werbezettel für verschiedene Massagesalons, und die Anzeigen in der *New York Post* und der *Village Voice* verhießen sinnliche Befriedigung für Männer *und* Frauen. Talese war davon überzeugt, dass es in New York zahllose Frauen geben musste – Witwen, alte Jungfern, sexuell emanzipierte Angestellte mittleren Alters –, die eine Massage mit allen erotischen Delikatessen einschließlich oralem Sex in einem gepflegten Ambiente durchaus begrüßen würden. Aber die Salonbesitzer, die Talese daraufhin ansprach, versicherten ihm, dass es dafür keinen Markt gab. Mit viel Reklame war ein einschlägiger Salon in einem guten Hotel an der East Side eröffnet worden, dem es jedoch nicht gelungen war, genügend Kundinnen für seine jungen Masseure anzulocken, und bald musste er wieder schließen. Frauen waren offensichtlich nicht bereit, solche Dienste gegen Geld in Anspruch zu nehmen. Frauen waren gewillt, Männer dafür zu bezahlen, dass sie ihnen die Haare wuschen, ihre Kleider entwarfen, ihre kranke Psyche behandelten oder ihnen halfen, ihren Bauch loszuwerden – aber nicht für manuelle Stimulation, Cunnilingus oder einen Koitus.

Selbst die Rolle des Gigolo wurde in den USA, so ließ sich Talese von kompetenter Seite aufklären, weitgehend missverstanden. Es gab zwar wohlhabende Frauen, die Gigolos aushielten, doch dienten ihnen diese jungen Männer hauptsächlich als Begleiter oder Sohnersatz und weniger als Liebhaber. Die meisten Gigolos waren homosexuell, weshalb ihre Gönnerinnen häufig auch von ihren Schützlingen als »Schwuchtelhalterinnen« verunglimpft wurden. Es schien, als ob der Penis an sich, außer auf homosexuelle Männer, keinerlei vermarktbares Potenzial hatte. Nur wenige Frauen fanden den Anblick eines erigierten Penis erregend, solange sie dem dazugehörigen Mann *nicht* positive Gefühle entgegenbrachten. Und ganz abgesehen von der Gefahr für Leib und Leben, die einer Frau drohte, wenn sie sich mit einem Fremden einließ, empfand die durchschnittliche Frau kein Vergnügen beim Geschlechtsverkehr mit jemandem, bei dem jegliches Gefühl von Vertrautheit und persönlichem Interesse fehlte. Wenn es ihr nur um den Orgasmus ging, dann masturbierte sie lieber in ihrem Schlafzimmer unter Zuhilfenahme eines Vibrators, anstatt sich auf einen fremden Mann zu verlassen. »Sich das Geschlechtsorgan eines männlichen Fremden vom Leib zu halten, ist für eine Frau ein ebenso natürlicher Instinkt wie die Abwehr irgendeines anderen Fremdkörpers, ob es sich dabei um einen mikroskopisch kleinen Virus handelt oder ein unverträgliches Organtransplantat«, erklärte ein Eheberater Talese einmal. »Der Schlüsselbegriff dabei ist ›fremd‹, wenn ein Mann für eine Frau ein Fremder ist, dann empfindet sie auch seinen Penis als Fremdkörper, von dem sie nicht möchte, dass er in sie eindringt. Doch wenn es sich um jemanden handelt, den sie kennt, mag, vertraut oder begehrt, dann nimmt sie ihn in sich auf, heißt ihn willkommen und vereinigt sich mit ihm in Harmonie.«

Es war daher nur logisch, fuhr der Eheberater fort, dass Frauen auf Fotos von nackten Männern in Zeitschriften nicht in dem gleichen Maße reagierten wie Männer auf Pin-ups – eine Meinung, die Talese später von etlichen Frauen in Gesprächen bestätigt wurde; es kam selten vor, dass Frauen zu Bildern unbekannter nackter Männer masturbierten, egal wie gut aussehend das Fotomodell auch sein mochte. Während die Kioske überquollen vor Nacktmagazinen für Männer, gab es nur ein Hochglanzmagazin, *Playgirl*, das Fotos nackter Männer für ein weibliches Publikum abdruckte. Eine andere Zeitschrift mit dem Namen *Viva* hatte zuvor versucht, sich mit solchen Fotos Frauen als Käufer zu erschließen, war damit jedoch gescheitert und stellte ihr Erscheinen bald darauf ganz ein.

1973 bereiste Talese einige europäische Großstädte, um zu erforschen, ob die europäischen Frauen, die nicht vom amerikanischen Puritanismus geprägt waren, mehr für käuflichen Sex in Massagesalons (auch Sauna-Clubs genannt) übrig hatten und an der Darstellung des nackten männlichen Körpers in Zeitschriften interessiert waren. Alles, was er herausfand, war, dass die Europäerinnen sich in nichts von ihren Geschlechtsgenossinnen in New York unterschieden. In London, in Paris, selbst in der extrem freizügigen Stadt Kopenhagen fand Talese keine einzige Frau, die einen erotischen Massagesalon besuchte. Er lernte nur wenige kennen, die sich Sexshows oder Hardcorefilme anschauten, und entdeckte selten einen männlichen Akt in einer Frauenzeitschrift. Während seiner nächtlichen Streifzüge durch europäische Großstädte bot sich Talese das gleiche Bild wie in New York: einsame Männer, die Etablissements betraten oder verließen, Männer, die mit Prostituierten in Hauseingängen verhandelten, Männer, die schweigend die ganz oder halb nackten Tänzerinnen in Bars betrachteten. Männer, die offen ihre nicht enden wollende Faszination für den nackten weiblichen Körper eingestanden, während selbst die Frauen, die sich durch solcherlei unpersönliche, distanzierte Anerkennung geschmeichelt fühlten, diese Gefühle kaum nachvollziehen konnten. Männer waren voyeuristisch veranlagt, während Frauen eher zum Exhibitionismus neigten. Frauen verkauften sexuelle Vergnügungen. Männer bezahlten dafür. Bei gesellschaftlichen Anlässen wie Cocktailpartys oder wenn es um eine Büroaffäre ging – nahezu immer ergriffen Männer die Initiative und stets waren diejenigen, die sich sträubten, Frauen. Der vor kurzem geschiedene Ehemann einer berühmten europäischen Schauspielerin erzählte Talese einmal: »Männer und Frauen sind natürliche Feinde. Frauen fangen – meistens unbewusst – schon im Teenageralter an, Männer zu erregen. Sie tragen knappe Röcke, roten Lippenstift, benutzen Parfüm und wackeln mit den Hüften – und wenn Männer sich dann nach ihnen verzehren, werden sie mit einem Mal ganz schüchtern und anständig.« Männer wollen, was Frauen zu geben haben, so schloss er, doch Frauen rückten damit nur heraus, wenn zuvor gewisse Bedingungen erfüllt und Versprechen gemacht wurden. Frauen können einem kraftlosen Mann zumindest zeitweise das Gefühl von Stärke vermitteln oder ihn darin bestätigen, dass er nicht vollkommen unfähig ist. Und für einen Mann, so führte er weiter aus, gibt es keinen Ersatz für die Wärme zwischen den Schenkeln einer Frau, den Ort seiner Geburt, an den er unbedingt zurückkehren möchte. Doch dies hat seinen Preis, und dieser Preis ist manchmal hoch. Kirche und Staat versuchen seiner Auffassung nach, »den Penis zu sozialisieren«, seinen Gebrauch auf den nutzbringenden Kontext der monogamen Ehe zu beschränken. »Die Ehe ist so etwas wie die Rüstungskontrolle« in Bezug auf den männlichen Penis, doch auch ihr gelingt es nicht, die überbordende sexuelle Energie des Mannes einzudämmen, was dazu führt, dass in der Pornobranche und den Rotlichtbezirken der Städte die Geschäfte florierten – auch wenn Sittendezernate, zölibatäre Priester und einige männerhassende Feministinnen diese nach Möglichkeit abschaffen wollten. Doch »diese ›Säuberungsmaßnahmen‹«, fuhr er fort, »sind ein Kampf gegen die Biologie des Mannes, der in der einen oder anderen Form schon seit dem Mittelalter tobt.«

Nach seiner Rückkehr aus Europa setzte Talese seine Recherchen fort und bereiste das Landesinnere der Vereinigten Staaten. Er interviewte den Mann auf der Straße ebenso wie lokale Berühmtheiten. Er sprach mit monogamen Ehepaaren und Verfechtern offener Partnerschaft, mit Staatsanwälten und Verteidigern, Theologen und Eheberatern. Er verbrachte Wochen im Bibelgürtel von West Virginia und Kentucky, Indiana und Ohio, hörte sich Predigten an, besuchte Bürgerversammlungen, fand Einlass in Privathäuser und spitzte seine Ohren in Cocktailbars, besuchte Polizeireviere und den Straßenstrich. Am Tage schlenderte er durch die Geschäftsviertel und bemerkte, wie nah Woolworth und der Supermarkt J. C. Penney neben einem Massagesalon und einem Pornokino lagen. Nachts trieb er sich in den Lobbys der Hotels und Motels herum und beobachtete die Geschäftsleute mit ihren grauen Anzügen und Aktenkoffern, wie sie am Zeitungsstand den *Playboy* oder *Penthouse* kauften und damit auf ihre Zimmer eilten.

Er beobachtete ebenso junge Ehepaare, die in Kombilimousinen mit ihren Kindern zu Einkaufszentren fuhren, Rotarier in bunten Seidenhemden, die Bowlingkugeln über enge Bahnen wuchteten, er sprach mit Frauen vom Land mit Sommersprossen im Gesicht und Lockenwicklern im Haar, die in den Schulbüchereien nach Gespenstergeschichten suchten, ebenso wie mit sonnengebräunten Vorstadtbewohnern, die auf dem Tennisplatz gemischte Doppel spielten, oder Angehörigen der Pepsi-Generation, die sonntags im Kirchenchor sangen. Überall konnte er in langen Gesprächen feststellen, dass das normale amerikanische Familienleben mit seinen Traditionen an der Oberfläche zwar weiterhin Bestand hatte, es im Privatleben jedoch ständig in Frage gestellt oder überdacht wurde. Immer wieder rief er sich bei seinen Reisen in Erinnerung, dass es trotz sozialer Veränderungen und wissenschaftlicher Fortschritte, die mit der sexuellen Revolution einhergegangen waren – die Pille, die Abtreibungsreform, die gesetzliche Beschränkung der Zensur –, es nach wie vor Millionen von Amerikanern gab, deren Lieblingslektüre die Bibel war, deren Ehen unauflöslich und deren studierende Töchter noch Jungfrauen waren. *Readers Digest* war noch immer die populärste Zeitschrift Amerikas, und auch wenn die nationale Scheidungsrate zwar höher war als je zuvor, so stieg gleichzeitig auch die Zahl derjenigen, die wieder heirateten.

Was Talese jedoch stärker beeindruckte, waren die gewaltigen Veränderungen, die das Bewusstsein der amerikanischen Mittelklasse seit seinen Studientagen erfasst hatten. Obwohl es in den siebziger Jahren eine ganze Menge Leute gab, die darauf hofften, dass der Trend sich wieder umkehrte in Richtung zu den konservativen fünfziger Jahren, hielt Talese eine solche Entwicklung für undenkbar. Dies würde die Abschaffung der Abtreibungsreform erfordern, das Verbot der Empfängnisverhütung, Gefängnisstrafen für Ehebrecher, die Zensur nicht nur des *Playboy*, sondern auch der *Vogue* und der Unterwäschereklame in der Sonntagsbeilage der *New York Times.* Auch wenn das Miller-Urteil des Obersten Gerichtshofs es 1973 zunächst so aussehen ließ, als würden nun wieder finstere Zeiten anbrechen, denen Männer wie William Hamling zum Opfer fallen würden, versicherten etliche Anwälte, mit denen Talese über dieses Thema sprach, dass das Miller-Urteil keinesfalls eine Tendenz ankündigte, vor der Bürgerrechtler immer gewarnt hatten. Die meisten Geschworenen waren damals bereits liberaler als die senilen Richter der Nation, und selbst in einer konservativen Stadt wie Wichita triumphierte der New Yorker Verleger Al Goldstein in einem Prozess um seine Zeitschrift *Screw* über den Bundesanwalt. Im ganzen Land erschien ein Jahr nach dem Miller-Urteil eine neue Zeitschrift mit dem Titel *Hustler* an den Kiosken, deren Sexfotos an detaillierter Deutlichkeit nichts zu wünschen übrig ließen und deren Redaktionslinie sich auch dann nicht änderte, als der Herausgeber der Zeitschrift, Larry Flint, durch Kugeln, die ein unbekannter Schütze vor einem Gerichtsgebäude in Georgia auf ihn abfeuerte, für den Rest seines Lebens an den Rollstuhl gefesselt wurde. In ganz Amerika erklärten sich erstaunlich hübsche Schauspielerinnen bereit, in Pornofilmen mitzuwirken. Bei den Dreharbeiten zu einem dieser Filme, die in den abgelegenen Hügeln von Pennsylvania stattfanden, war Talese dabei.

Der Film wurde im Herrenhaus eines großen Landsitzes gedreht, der für diesen Zweck extra angemietet worden war. Talese verbrachte eine Woche mit dem Team. Einige, darunter auch der Regisseur, hatten bereits in *Deep Throat* und *The Devil in Miss Jones* mitgewirkt. Obwohl der in Pennsylvania produzierte Film – *Memories Within Miss Aggie* – nicht die hohen Einspielergebnisse erzielte wie etwa *Deep Throat*, ähnelte seine Machart mit Gruppensexszenen und den Großaufnahmen ejakulierender Penisse sowie dem aggressiven Sexualverhalten seiner weiblichen Darstellerinnen der seiner Vorgänger. Talese nahm an, dass die Szenen, in denen Frauen Männer fröhlich in ihr Bett einluden und offenbar unpersönlichen Sex ohne Hemmungen genießen konnten, die Wunschfantasien der meisten männlichen Zuschauer mittleren Alters widerspiegelten, aus denen sich das Publikum der Pornokinos in Groß- und Kleinstädten hauptsächlich zusammensetzte. Die Starlets in den Pornofilmen waren – im Gegensatz zu Frauen im wirklichen Leben – jederzeit bereit, wiesen nie einen Mann zurück und verlangten nur ein Minimum an Vorspiel. Sie scheinen von einem Orgasmus in den anderen zu taumeln und erwarten keine romantischen Versprechungen. Diese Pornoheldinnen wie Linda Lovelace, Georgina Spelvin und Marilyn Chambers benutzten die Männer zum Vergnügen und winkten auch noch einen zweiten oder dritten Akteur heran, wenn sich der erste erschöpft hatte. Und auch wenn seitens der Kritik den Produzenten pornografischer Filme oft vorgeworfen wurde, dass sie die Frauen schamlos ausnutzten und Gewalt glorifizierten, so deckte sich dies nicht mit den Beobachtungen, die Talese selbst bei Dreharbeiten oder während seiner zahlreichen Besuche in Pornokinos am Times Square oder anderen verrufenen Plätzen im ganzen Land gemacht hatte.

In Bezug auf Gewalt wurde das Publikum viel eher in Kriegsfilmen oder Epen wie *Der Pate* und Horrorfilmen bedient. Sexfilme waren im Vergleich dazu harmlos. Wenn man wirklich etwas gegen sie einwenden konnte, dann höchstens, dass 5 Dollar Eintritt zu viel Geld ist für die minderwertige Qualität der Filme, deren Drehbücher stümperhaft waren und in denen die schauspielerische Leistung niemanden überzeugen konnte – selbst in den Schlafzimmerszenen nicht, wo den männlichen Akteuren regelmäßig ihre Erektionen abhandenkamen und sie mit schlaffem Penis den Koitus häufig nur simulieren. Während seiner Exkursionen auf diesem Terrain hatte Talese auch auch so genannte »Kiddie-Pornos« zu sehen bekommen, in denen die sexuellen Handlungen Minderjähriger gezeigt wurden, doch waren solche Filme rar, da sie sich nur an ein begrenztes Publikum richteten. Er sah darüber hinaus auch einige S&M-Filme, in denen Frauen ebenso wie

Männer in der dominanten Rolle gezeigt wurden – meistens handelte es sich dabei um Göttinnen in hochhackigen Schuhen, die Männer auspeitschten, ihre Genitalien quetschten und nicht selten über deren Köpfen in die Knie gingen und ihnen ins Gesicht urinierten. Was immer man über solche Szenen sagen mochte, Talese war bereit anzunehmen, dass für viele Männer seiner Generation diese Nahaufnahmen von Frauen in der Hocke zumindest insofern lehrreich waren, als sie dabei zum ersten Mal feststellen konnten, dass Harnröhre und Scheide zwei verschiedene Körperöffnungen im Unterleib einer Frau waren.

Nachdem Talese die Filmtruppe in Pennsylvania verlassen hatte – die Dreharbeiten verzögerten sich um einen Tag, weil ein Darsteller nicht auf Kommando ejakulieren konnte –, reiste er nach Chicago, wo er sich nach einer Weile mit Harold Rubin, dem Besitzer eines Massagesalons an der South Wabash Avenue, anfreundete. Rubin war ein untersetzter Mann Mitte dreißig, hatte ein vorspringendes Kinn, blaue Augen und trug sein langes blondes Haar straff zurückgekämmt. Als Talese ihn kennenlernte, war Rubin erfüllt von einer grenzenlosen Wut. Sein Zorn richtete sich gegen den Bürgermeister Maley und die Polizei von Chicago, gegen die Feuerwehr und die Baubehörde, die ihn ständig schikanierten und mit allen Mitteln versuchten, ihn aus dem Geschäft zu drängen. Auf seinem Schreibtisch lag ein Kündigungsschreiben des Hausbesitzers, in dem neben anderen vermeintlichen Missetaten auch die Tatsache aufgeführt war, dass Rubin in seinem Schaufenster ein Plakat mit einem angeblich beleidigenden Slogan gegen Präsident Nixon aufgestellt hatte. Rubin erzählte, er wäre vor kurzem zu einer Geldstrafe in Höhe von 1200 Dollar verurteilt worden, weil er angeblich obszöne Bücher verkauft habe. Man hätte ihn sogar fälschlicherweise beschuldigt, einen Kubikmeter Pferdeäpfel auf die Stufen des Rathauses von Berwyn – einem Vorort von Chicago, in dem er lebte – geschüttet zu haben. Von seiner hübschen brünetten Frau, einer Masseuse, die sich in letzter Zeit wahnsinnig über seine immer häufigeren Kontroversen mit der Obrigkeit aufgeregt hatte, war er gerade verlassen worden. Sie hatte sich nach Florida abgesetzt und ihren 3-jährigen Sohn zurückgelassen, der nun im Empfangsraum und auf dem Gang seines Massagesalons auf seinem Dreirad hin und her rollte und überall seine Spielsachen verstreute.

Seitdem immer häufiger Razzien durchgeführt wurden, hatte das Geschäft drastisch nachgelassen, beklagte sich Rubin. Wenn am Nachmittag wenig zu tun war, unterhielt er sich mit Talese über seine Hoffnungen für die Zukunft, erzählte er von seiner vergeudeten Jugend. Trotz seiner ständigen Proteste und Fehden mit den Behörden schien ihm sein Image als Rebell in einer großteils konformistischen Stadt zu gefallen, und als er in den Schlagzeilen der »verrückte Harold« genannt wurde, übernahm er diesen Spitznamen und taufte seinen Salon offiziell so. Doch wenn er die Welt der grellen Neonreklamen und pornografischen Poster hinter sich gelassen hatte, schien er genauso konservativ zu sein wie der rechtschaffenste seiner Kritiker. Er lebte friedlich in Berwyn, besuchte zweimal in der Woche seine verwitwete Großmutter und achtete in seiner Wohnung, in der er mit seinem Sohn lebte, peinlichst auf Ordnung und Sauberkeit. Er sammelte antike Kunstgegenstände und bewahrte sie in Glasvitrinen auf, die er regelmäßig abstaubte. An der Wand hingen Poster aus der Zeit der Jahrhundertwende, und in seinem Wohnzimmer standen Stühle und Sofas, die älter waren als seine Großmutter. Musik spielte er auf einem Edison-Phonographen aus dem Jahre 1910. Prachtstücke seiner Sammlung waren eine Eisbox aus Holz, eine Jukebox von Pakard und sein genauso alter Kaugummispender der Firma Pulver. Auf Bücherregalen seines penibel aufgeräumten Schlafzimmers standen alte ledergebundene Bände, und im Schrank lagen, säuberlich gestapelt, seine Nudistenmagazine aus den fünfziger

Jahren. Fast alle enthielten Fotos der Frau, die fast sein Leben lang seine Fantasie beherrschte: Diane Webber.

Die Masseuse, die er geheiratet hatte, ähnelte dem Fotomodell seiner Träume sehr. 1959, im ersten Jahr ihrer Ehe, war Rubin mit ihr immer wieder in das Naturschutzgebiet von Cook County gefahren, hatte an versteckten Plätzen im Wald Nacktaufnahmen von ihr gemacht und sie genau so posieren lassen wie Diane Webber in den Heften, die er sorgsam in seinem Schrank aufbewahrte. Harold Rubins Schilderungen von seinen eingebildeten Zusammenkünften mit Diane Webber im Schlafzimmer seiner Jugendtage veranlassten Talese, nach Kalifornien zu fliegen, wo er mit der Hilfe von Fotografen, die früher einmal mit ihr gearbeitet hatten, ihre Adresse und Telefonnummer herausbekam. Zwar blieben seine Briefe ebenso unbeantwortet wie die zahlreichen Nachrichten, die er auf ihrem Anrufbeantworter hinterließ, doch als er sich schließlich an ihren Mann wandte, der als Cutter in Hollywood beschäftigt war, bekam er endlich eine Zusage für ein Interview in ihrem Haus in Malibu, das an einem grauen, kühlen Nachmittag stattfand, der durch den frostigen Empfang, den sie ihm bereitete, noch unfreundlicher wurde.

Diane Webber verzog keine Miene, als sie ihm barfuß die Tür öffnete. Sie war eine Frau Mitte vierzig, deren kleine, etwas rundliche Figur in verwaschenen Bluejeans und einem weiten Herrenhemd steckte, und die mit ihrem langen braunen Haar und der Brille an das derzeitige Erscheinungsbild von Feministinnen erinnerte. Ihre ersten Worte an Talese klangen eher wie eine Belehrung als eine Begrüßung. Sie war *nicht* beeindruckt von seiner Beharrlichkeit, sie aufzustöbern, behauptete sie und gab zu erkennen, dass das Interview möglichst wenig Zeit in Anspruch nehmen sollte. Sie habe sich in ihr Privatleben zurückgezogen, belehrte sie ihn, während sie ihn in ein aufgeräumtes Wohnzimmer führte, dessen Fenster zum Strand hinausgingen. Ja, es habe ihr damals Spaß gemacht, nackt zu posieren, nun aber sei sie völlig ausgefüllt mit ihrer Arbeit als Ballettlehrerin in Van Nuys. Darüber hinaus unterrichtete sie an einem Frauenzentrum auch die hohe Kunst des Bauchtanzes, den sie manchmal auch zusammen mit ihren besten Schülerinnen in Los Angeles und Umgebung aufführe, begleitet von einer Band, die orientalische Musik dazu spielte, erzählte sie weiter.

Talese hörte zu, ohne sie zu unterbrechen, und mit der Zeit schien sie sich zu entspannen und sich in seiner Gegenwart wohler zu fühlen. Er fand sie zwar attraktiv, und im Laufe des Gesprächs zeigte sich darüber hinaus, dass sie schlagfertig war und sich ausgezeichnet auszudrücken verstand, doch hätte Harold Rubin sie erlebt, er wäre sicherlich enttäuscht gewesen. So erotisch und abenteuerlustig sie auf den alten Fotos auch gewirkt hatte, nichts davon strahlte sie in Wirklichkeit aus. Das war, wie Talese annahm, früher wohl auch nicht anders gewesen. Wenn sie ihre Kleider abgelegt hatte und nackt im weißen Dünensand lag, spukten ihr sicherlich weder erotische noch obszöne Fantasien durch den Kopf, obwohl Talese nicht bereit gewesen wäre, darauf zu wetten, dass die Fotografen, die in ihrer Jugend mit ihr gearbeitet haben, keine derartigen Gedanken bei den Aufnahmen hatten. Immerhin waren sie Männer, die Fotos für Männer machten, und sie wussten, eventuell im Gegensatz zu ihr, ganz genau, dass sie die Fotos, die sie zum Abdruck in einer Zeitschrift für männliche Leser aussuchten, an die Fantasien von Männern appellierten, die mit ihr gedanklich wilde Orgien veranstalteten und sie lebenslänglich in ihren Schrank einsperrten.

Sie selbst hingegen interpretierte die Fotos von sich als Ausdruck fotografischer Kunst, und Talese widerstand dem Impuls, ihr zu entgegnen, dass das, was sie für »Kunst« hielt, in den Augen ihrer männlichen Bewunderer »Pornografie« war. Seine Zurückhaltung wurde belohnt, denn sie versprach ihm ein zweites Interview, und dann gab sie ihm sogar noch ein drittes. So lernte er auch ihren Mann kennen, mit dem sie seit zwanzig Jahren verheiratet war, sowie ihren 19-jährigen Sohn, John Webber, einen gut aussehenden ehemaligen Hippie, der vor kurzer Zeit Arbeit in einer Nudistenkolonie südöstlich von Malibu gefunden hatte, die den Namen Elysium Fields trug und einem ehemaligen Fotografen gehörte, der früher Fotos von Diane Webber gemacht hatte, dem graubärtigen Ed Lange.

John Webber lebte in der Kolonie und war den ganzen Tag mit irgendwelchen Arbeiten beschäftigt. Gelegentlich nahm er sich frei und schaute bei seinen Eltern in Malibu vorbei. Eines Nachmittags fand Diane Webber, als sie von einem Tanzkurs nach Hause zurückkehrte, ihren Sohn ausgestreckt auf dem Bett, wie er, den *Playboy* in der Hand, zu einem Bild von Ursula Andress onanierte. Diane Webber war alles andere als erfreut.

Während dieses Aufenthaltes in Kalifornien besuchte Talese Sandstone zum ersten Mal. Ein Schriftsteller in New York, Patrick McGrady, hatte ihm von Sandstone und dem Experiment der Williamsons mit der offenen Sexualität erzählt, und nachdem Talese in Los Angeles in der *Free Press* auf eine Anzeige von Sandstone gestoßen war, rief er dort an und wurde vom Clubmanager eingeladen, dem Anwesen einen Besuch abzustatten.

An einem sonnigen Nachmittag lenkte er sein Auto die kurvenreiche Straße hinauf, verfuhr sich zweimal und entdeckte schließlich die beiden weißen Säulen, die den Haupteingang markierten. Damals ahnte er noch nicht, dass dieser kurze Ausflug in das Paradies der Freizügigkeit sich über die ganze Nacht, den folgenden Tag und den größten Teil der nächsten beiden Monate hinziehen sollte. Talese war fasziniert von dem stillen Refugium, von der Freiheit und dem Minimum an Regeln und Vorschriften – und von den sexuell aggressiven

Frauen. Was er hier erlebte, war etwas völlig Neues für ihn und nicht zu vergleichen mit den Erfahrungen, die er bei den vergangenen Recherchen gemacht hatte. Sandstone stellte in den siebziger Jahren sicherlich die freiesten sechs Hektar Land in den nicht immer und überall demokratischen Vereinigten Staaten von Amerika dar. Es war der einzige Ort, den er kannte, wo zwischen Männern und Frauen Gleichberechtigung herrschte, wo es keinen ›Söldnersex‹ gab, keinen Bedarf an Sicherheitskräften oder Polizei, keinen Anlass für Fantasien als Ersatz für reale Stimulation. Und gleich in seiner ersten Nacht wurde Talese im Ballsaal in ein Gemeinschaftserlebnis verwickelt, an dem außerdem noch Dr. Comfort beteiligt war sowie ein berühmter Bauchredner aus Hollywood, der, obwohl sein Kopf zwischen den Schenkeln einer Frau steckte, weiterhin einen humorvollen Dialog mit seinem abwesenden holzköpfigen Alter Ego führte.

In Sandstone gewöhnte Talese sich allmählich daran, nackt herumzulaufen, und obwohl er nicht bisexuell veranlagt war, lernte er doch, sich in der Umgebung entblößter Männer nicht mehr unbehaglich zu fühlen. In dieser zwanglosen Atmosphäre schloss er mit einigen sogar Freundschaft, was dazu führte, dass man sich mit einer Umarmung begrüßte, so wie man sich vorher die Hand geschüttelt hatte. Es gab allerdings auch einiges, das Talese nicht als angenehm empfand. An den stillen Nachmittagen, wenn nur die zehn Mitglieder aus John Williamsons »Familie« anwesend waren, die – mit einigen Ausnahmen – kühl auf seine Gegenwart reagierten, seinen Intentionen skeptisch gegenüberstanden und sich manchmal sogar laut darüber wunderten, warum er seine Frau nicht mitgebracht hatte, fühlte er sich nicht sehr wohl in seiner Haut. Nachdem er bereits knapp einen Monat in Sandstone verbracht hatte, spürte er, dass auch Williamson zurückhaltender und unfreundlicher wurde, obwohl er ihn höchstpersönlich eingeladen hatte, ein Gästehaus zu bewohnen und so lange zu bleiben, wie er wolle. Vielleicht hatte er sich im Stillen eingestanden, mit der Einladung einen Fehler gemacht zu haben, aber anstatt ihn hinauszuschmeißen, schien er sich darauf zu beschränken, Taleses wachsendes Unbehagen zu nähren.

Anfangs dachte Talese, er sei überempfindlich und seine Reaktion auf den wortkargen Williamson zu heftig; doch er hielt es durchaus für möglich, dass Williamson ihn absichtlich einer besonderen Stresssituation ausgesetzt hatte, wie er das gerne bei Fremden tat, die sich entschlossen hatten, für kurze Zeit unter seinen nackten Jüngern zu leben, um den Irrwegen der Welt im Tal zu entgehen. Doch Talese blieb in Sandstone, auch wenn die Tage eine Qual waren und er den Abenden mit der Ankunft der Clubmitglieder und ihrer Fröhlichkeit entgegenfieberte. Dass er Williamsons Schweigen und das abweisende Verhalten anderer Mitglieder der »Familie« so lange ertrug, ist teilweise auf die Tatsache zurückzuführen, dass Talese daran gewöhnt war, Außenseiter zu sein. In seiner Vergangenheit hatte er oft diese Rolle gespielt: Als Katholik war er in einer überwiegend protestantischen Gegend aufgewachsen, in der er als Italoamerikaner einer vorwiegend von Iren dominierten Gemeinde angehörte; als Nordstaatler hatte er ein College in den Südstaaten besucht. Konservativ wie er war, trug er in den fünfziger Jahren stets Anzug und Krawatte und hatte sich in den Kopf gesetzt, einen Beruf zu ergreifen, der für geistig Wendige besonders geeignet ist: Er wurde Journalist und erhielt damit einen Freibrief, seine angeborene Schüchternheit abzulegen, seiner zügellosen Neugier freien Lauf zu lassen und das Leben von Personen zu erforschen, die er für interessanter hielt als sich selbst.

Als Journalist interessierte er sich für Menschen, die sich abseits der ausgetretenen Pfade bewegten: die unbemerkten Wanderer in den Schluchten von New York, die Brückenarbeiter in schwindelnder Höhe, die exzentrischen Bartelbys in den Redaktionen der *New York Times*, die Kinder der Mafia, die

Schmuggler illegaler Literatur, die gescheiterten Studentinnen in Massagesalons – und nun Williamsons Pioniere des ungehörigen Verhaltens. Doch selbst für einen Menschen wie Talese, der stolz war auf seine Fähigkeit, unerträgliche Gesellschaft lange erdulden zu können, wenn er davon überzeugt war, zu guter Letzt mit einer guten Geschichte belohnt zu werden, gab es Grenzen. Und in einer Phase, als er so weit war, sich einzugestehen, dass seine Duldsamkeit am Ende war, öffnete sich eines Tages die Tür des Gästehauses – und herein trat lächelnd Barbara Williamson, die ihre Hände auf seine Schultern legte, während er an seiner Schreibmaschine saß, ihm Rücken und Nacken massierte und ihn anschließend, ohne dass groß Worte gewechselt wurden oder Talese sich gewehrt hätte, in sein Schlafzimmer führte und dort mit ihm schlief.

Zum ersten Mal in seinem Leben war er so direkt von einer sexuell aggressiven Frau aufgefordert worden. Schon seit langem hatte er sich diese Erfahrung gewünscht. Erst nachdem sie den Höhepunkt erreicht hatte, fing Barbara Williamson an, offen mit ihm zu sprechen und sich ihm zum ersten Mal seit seiner Ankunft in Sandstone anzuvertrauen. Ohne sich für die Schweigsamkeit ihres Mannes entschuldigen zu wollen, versuchte sie ihm zu erklären, dass geschäftliche Rückschläge seinen Plan, sich in Montana niederzulassen, immer wieder vereitelt hatten. Dazu kam noch, dass Williamson, wie alle Träumer, schnell den Mut sinken ließ. Nachdem 1970 seine angebetete Oralia Leal mit David Schwind davongelaufen war und ihn in Ohio geheiratet hatte, hatte er in seinem Schlafzimmer vor sich hin gebrütet und fast zwei Monate lang mit niemandem in Sandstone gesprochen.

Talese hörte ihr interessiert zu, stellte Fragen, und Barbara begann ihm die Entstehungsgeschichte von Sandstone zu erzählen und ihre Affäre mit John Bullaro und die spätere Beziehung ihres Mannes mit dessen Frau zu schildern. Sie beschrieb ihm auch das dramatische Wochenende in Big Lake, an dem beide Paare die Partner tauschten. Obwohl John und Judith Bullaro ein Jahr später Sandstone verlassen hatten und nicht mehr zusammenlebten, hätte sich zwischen ihnen mit der Zeit eine offene Partnerschaft entwickelt, erklärte sie. Beide seien immer noch mit den Williamsons befreundet, und wenn Talese daran interessiert war, konnte sie ein Gespräch zwischen ihm und den Bullaros arrangieren.

Eine Woche später war es so weit, und während der nächsten beiden Jahre, in denen Talese regelmäßig zwischen New York und Kalifornien hin- und herreiste, besuchte er die Bullaros des Öfteren in Woodland Hills und gewann ihr Vertrauen und ihr Einverständnis, über sie zu schreiben und das Tagebuch zu benutzen, das John während der traumatischen Wochen geführt hatte, als Judith ihm von Williamson und der Gruppe, die den Kern von Sandstone bildete, abspenstig gemacht worden war.

Während dieser Zeit wurde Taleses eigene Ehe, die seit dem Jahr 1959 bestand und aus der zwei Töchter hervorgegangen waren, durch seine langwierige Recherchearbeit und durch die konstante Publicity ernsthaft belastet, besonders seit er einem Reporter der Zeitschrift *New York* in einem Interview über die Herausforderungen und Schwierigkeiten berichtet hatte, mit denen er bei seinem neuen Buchprojekt konfrontiert war. Der Reporter war ein langjähriger Freund von ihm. Deshalb nahm Talese an, dass er nur über seine Arbeitsmethode und nicht über die intimen Verwicklungen, die das Thema mit sich brachte, schreiben würde, und so hatte Talese den Eindruck, dass er ihm gegenüber nichts zu verbergen brauchte.

Eines Abends kam Talese in Gesellschaft dieses Journalisten nach Hause; alles war still. Im Esszimmer entdeckte er einen Umschlag auf dem Tisch. Er öffnete ihn, zog einen Briefbogen heraus und las, dass seine Frau ihn verlassen hatte. Mit keinem

Wort erwähnte sie, wann sie zurückkehren wollte. Ihre Intimsphäre, auf die sie den allergrößten Wert legte, sei durch seine vertrauensselige Bereitwilligkeit, der Presse Dinge zu erzählen, die sie nichts anginge, gestört worden. Sie warnte ihn, dass seine Offenheit, was das Thema Sex anbetraf, vielleicht von prickelndem Interesse für die Leser gewisser Zeitschriften sein mochte, er sich durch derlei Offenbarungen jedoch lediglich lächerlich machte.

Ängstlich darauf bedacht, seine Verwirrung vor dem Reporter zu verbergen, der schweigend neben ihm stand und darauf wartete, ihn in ein Restaurant zu begleiten, um das Interview, das schon Tage dauerte, endlich zu beenden, steckte Talese den Brief hastig in die Tasche. Er unterdrückte seine Erregung und unterhielt sich in dem Restaurant noch einige Stunden mit dem Journalisten, in der Hoffnung, dass diesem seine Nervosität und Verunsicherung nicht auffiel.

Ihre Nachricht hatte er an einem Freitag erhalten; am Montag darauf war sie ohne ein Wort der Erklärung zurück. Sie kam gar nicht auf die Idee, ihm zu sagen, wo sie gewesen war, und er hatte seiner Meinung nach nicht das Recht, sie danach zu fragen.

Im nächsten halben Jahr herrschte in ihrer Ehe eine Atmosphäre ungewisser Versöhnung. Dass ihre Ehe den Belastungen standhielt, war nicht nur mit ihrer gegenseitigen Liebe zu erklären, sondern eher mit der Tatsache, dass sie im Laufe der Jahre mit den seelischen Abgründen des jeweils anderen vertraut waren und feststellten, dass sie sich gernhatten. Sie respektierten sich gegenseitig und hatten lange Jahre gemeinsamer Erfahrungen – guter wie schlechter – hinter sich. Es gibt Zeiten in einer Ehe, in der es wichtiger ist, den anderen zu »mögen«, als ihn zu »lieben«. Deshalb hielt die Ehe auch und vertiefte sich weiter, und im Sommer 1974 fuhr Talese wie jedes Jahr mit Frau und Kindern in das viktorianische Strandhaus, das er in seiner Heimatstadt Ocean City in New Jersey besaß.

Die negative Berichterstattung über seine »Recherchen« hatte, wie von seiner Frau vorhergesagt, die Wochenzeitung, bei der er seine Karriere begonnen hatte, zu einem wenig schmeichelhaften Kommentar veranlasst. Dieser Leitartikel verletzte seine Eltern mehr als alle anderen Gerüchte und Kommentare in den großen Tageszeitungen, denn sie lebten noch immer in der gleichen Stadt und waren ein halbes Jahrhundert lang Musterbeispiele einer Moral gewesen, die zumindest nach außen hin an diesem kleinen Küstenort noch immer existierte. Und auch wenn Talese zunächst verärgert war und unsicher, welche Auswirkungen die Arbeiten an seinem Buch auf seine Familie hatten, so war es ihm doch zunehmend egal, was andere Leute von ihm persönlich hielten. Er hatte mittlerweile einen Anfang für das Buch gefunden, das erste Kapitel fertiggestellt, und wenn er eine Mittagspause machte, schlenderte er zum Zeitschriftenstand am Ort und blätterte die Männermagazine durch, um sich einen Überblick zu verschaffen über die sich wandelnde Moral nicht nur der unmittelbaren ländlichen Umgebung, sondern auch im nahe gelegenen Atlantic City.

Dreißig Kilometer von dort, wo Talese aufgewachsen war, existierte ein Nudistengelände, weitab in der waldigen Landschaft am Great Egg Harbor River, das er seit seiner Jugend kannte; nur hatte er damals nicht gewagt, es zu betreten. Das Gelände hieß Sunshine Park und war in den dreißiger Jahren von einem ebenso verschrobenen wie umstrittenen Geistlichen namens Ilsley Boone gegründet worden, der von seinen Anhängern als der Vater der Nudistenbewegung in Amerika betrachtet wurde. Nach seiner Pensionierung als Pastor der Ponds Reformed Church of Oakland, New Jersey, hatte Reverend Boone 1931 bei einer Reise durch Deutschland die Freikörperkultur kennengelernt, deren Anhänger, bevor Hitler ihre Begegnungsstätten schließen ließ, die Ansicht vertraten, dass das Ablegen der Kleider im Freien sich auf Geist und Körper positiv und befreiend auswirkte. Obwohl Boones erster Versuch, ein Zentrum für Freikörperkultur in Scholley's Mountain, im Norden von New Jersey, zu eröffnen, gescheitert war, nachdem der Grundbesitzer den Pachtvertrag für nichtig erklärt hatte, gelang es ihm später, im Süden von New Jersey in der Gemeinde Mays Landing dreißig Hektar Land von einer Familie deutscher Herkunft zu kaufen. Von messianischer Leidenschaft getrieben, baute er 1935 mit Hilfe seiner Anhänger im Schatten alter Eichen und Zedern am Fluss ein Refugium, das er Sunshine Park nannte. Er errichtete ein großes weißes Holzhaus, in dem er mit seiner Frau und seinen Kindern lebte. Rundherum entstanden kleinere Hütten, ein Versammlungshaus und eine Schule. Er brachte eine Nudistenzeitschrift heraus, *Sunshine & Health*, die regelmäßig vom Postdirektor in Mays Landing mit einem Bann belegt und ebenso regelmäßig von Boone in Gegenklagen verteidigt wurde. In einem Leitartikel schrieb er einmal: »Ehe die ›moralischen‹ Führer Amerikas nicht die Natürlichkeit des menschlichen Körpers akzeptieren und der Masse nicht gestatten, sich mit ihrem Körper vertraut zu machen, wird das mehr oder weniger fieberhafte Interesse des Durchschnittsbürgers an seinen ›verbotenen‹ Körperteilen andauern.«

Das »fieberhafte Interesse« an den »verbotenen« Körperteilen – kein Satz könnte besser Taleses Kindheit und Jugend in Ocean City charakterisieren. Er brachte zwar nie den Mut auf nachzufragen, ob *Sunshine & Health* im Zigarettengeschäft an der Ecke unter dem Ladentisch verkauft wurde, lauschte jedoch mit schamlosem Interesse, wenn seine Schulfreunde darüber sprachen, sich nachts in den Sunshine Park einzuschleichen, auf Bäume zu klettern und zu warten, bis das Tageslicht den verheißungsvollen Anblick nackter weiblicher Pracht ermöglichte. Wann immer er zu Baseballspielen nach Philadelphia die Straße am Fluss entlangfuhr, die am Sunshine Park und seinem großen weißen Schild vorbeiführte, versuchte er durch das Laubwerk der Bäume einen verbotenen Blick zu erhaschen. Er hatte außerdem davon gehört, dass es im Ort Bootsbesitzer gab, die besonders am Wochenende am Ufer des Great Egg Harbor Lake entlangschipperten und gerne gegenüber von Sunshine Park vor Anker gingen, um einen Blick auf die seltsamen Badegäste auf dem hölzernen Pier oder dem kleinen Strand zu erhaschen.

An einem Wochenende im Sommer, er war gerade von einem kurzen Besuch in Sandstone nach Ocean City zurückgekehrt, fuhr Talese allein durch die Allee, die zum Sunshine Park führte. Das seit seiner Jugend wohlvertraute Schild am Tor war das gleiche wie in den Tagen seiner Kindheit. Er bog in die Einfahrt und folgte einer langen, kurvenreichen Schotterstraße, die vorbei an dicken Bäumen und dichten Büschen zu einem hölzernen Pförtnerhäuschen führte, vor dem ein alter Mann nackt an einem Tisch in der Sonne saß und Eintrittsgeld kassierte. Der Mann begrüßte Talese, ließ ihn eine Anmeldekarte ausfüllen und kassierte den Mitgliedsbeitrag. Auf Taleses Frage erklärte der alte Mann, nein, er sei nicht Ilsley Boone, der sei 1968 gestorben. Doch er fügte hinzu, dass er damals Boone bei der Anlage des Parks geholfen hatte, der mit Ausnahme der Wohnmobile noch immer genauso aussah wie zum Zeitpunkt der Eröffnung vor vierzig Jahren. Nachdem der Mann ihn durch das Tor gewinkt hatte, fuhr Talese zum Fluss hinunter, wo Dutzende von Menschen aller Altersklassen in der Sonne lagen oder im Wasser schwammen. Da hielten Eltern ihre Babys im Arm, da gab es alte Menschen mit sonnengebräunter faltiger Haut, junge Frauen mit schönen oder weniger schönen Körpern, Männer mit muskulösen und feisten Figuren. Jungen und Mädchen lagen nebeneinander auf Badetüchern oder standen in Gruppen zusammen und unterhielten sich ungezwungen miteinander.

Talese parkte seinen Wagen, entledigte sich seiner Kleider,

schritt langsam zum Ufer und fühlte sich frei und wundervoll. Es war ein drückend heißer Julitag, doch der schattige Boden unter seinen Füßen fühlte sich angenehm kühl an, und das Wasser war warm und wohltuend. Er watete durch das seichte Wasser zu einer Holztreppe, die auf den Steg führte, und als er sich unter die nackten Menschen gemischt hatte, die ihm alle fremd waren, sah er, dass einige von ihnen in Richtung der Segelschiffe und Motorboote winkten, die jenseits der Leine vor Anker lagen, die die zum Park gehörende Wasserfläche vom Rest des Sees abtrennte.

Wie man an den Aufschriften erkennen konnte, stammten die meisten Boote aus Ocean City, New Jersey, und an Deck tummelten sich Leute in Bermudashorts und Badeanzügen mit Strohhüten und Segelmützen, in der Hand eine Dose Bier oder eine Thermosflasche. Einige winkten mit Taschentüchern zurück, aber auch missbilligende Rufe, Pfeifen und Gelächter drangen von den Booten herüber. Talese beobachtete die Szene ein paar Minuten lang, dann stand er auf, trat vor und erkannte einige Boote wieder und, wie er glaubte, einige der Leute an Bord. Nun fiel ihm auf, dass etliche der Passagiere glänzende Teleskope oder Ferngläser auf ihn richteten, während sie aufrecht an Deck saßen und in die Sonne blinzelten. Schamlose Voyeure starrten ihn an, und Talese erwiderte ihren Blick.

Nachwort

Ich habe neun Jahre lang für dieses Buch recherchiert und während dieser Zeit Hunderte von Leuten interviewt, einige davon mehr als fünfzig Mal. Erst musste ich das Vertrauen der Befragten gewinnen – was besonders schwierig und zeitaufwändig war –, bevor sie mir erlaubten, bei der Niederschrift ihrer intimen Beichten ihre Namen zu benutzen.

Nach Beendigung meines letzten Buches im Jahre 1971 – ein Projekt, das mich fünf Jahre in Anspruch nahm, während derer ich das Vertrauen der Familie Bonanno gewann und so in die Lage versetzt wurde, über den Wandel alter Traditionen innerhalb der Mafia zu schreiben und inwiefern Einzelne davon betroffen waren – hoffte ich ein umfangreicheres Projekt realisieren zu können, das sich mit den gesellschaftlichen Trends in den USA und der Beziehung der Amerikaner zum Sex beschäftigen sollte. Dieses Werk sollte nicht nur die Geschichte staatlicher Zensur umreißen, sondern auch die Menschen und Ereignisse schildern, die die Moralvorstellungen der US-Bürger in den letzten Jahrzehnten beeinflusst haben und widerspiegelten.

In diesem Buch wollte ich neben Personen wie Hugh Hefner, Samuel Roth, Alex Comfort und Sally Binford ganz normale Leute wie Judith und John Bullaro porträtieren, die, obwohl sie in eine ungewöhnliche Situation gerieten, sich eigentlich nicht von den vielen Ehepaaren unterscheiden, die ich während meiner Rechercheeisen quer durch die Staaten kennengelernt habe. Als mir die Bullaros und Williamsons und andere ihre Zustimmung gaben, ihre richtigen Namen zu nennen, hatte ich sie überzeugt, dass ich ihre Geschichte mit größter Sorgfalt und Genauigkeit zu Papier bringen würde und mit derselben vorurteilsfreien Haltung, die auch schon mein vorhergehendes Buch gekennzeichnet hatte. Um die Richtigkeit und Glaubwürdigkeit meiner Angaben jederzeit überprüfen und nachweisen zu können, war bei mehreren Interviews Ms. Cynthia Sears, meine Assistentin aus Los Angeles, anwesend. Sie hat die Gespräche mit Diane Webber, den Ehepaaren Bullaro und Williamson und einigen anderen auf Tonband aufgenommen und anschließend Abschriften angefertigt.

Meine eigenen Notizen und die schriftlichen Tonbandprotokolle wurden ergänzt durch Tagebücher, Aufzeichnungen und unveröffentlichte Erinnerungen der Befragten, in denen sie offen ihre sexuellen Wünsche und Aktivitäten beschrieben. Diese persönlichen Aufzeichnungen verliehen den Szenen und Verhaltensweisen, den Gefühlen und Fantasien, die in diesem Buch geschildert werden, zusätzliche Authentizität.

Gay Talese, 18. Januar 1980

Register